Claudia Rikl

Der stumme Bruder

Kriminalroman

Kindler

1. Auflage März 2019

Lektorat Silke Jellinghaus
Satz aus der Kepler MM Roman
bei Dörlemann Satz, Lemförde
Druck und Bindung CPI books GmbH,
Leck, Germany
ISBN 978 3 463 40707 4

Für Torsten, von dem so viel abhängt

3. Mai 1945

Sie weiß nicht, was da die Straße entlangläuft, auf ihren Füßen, in ihren Kleidern, die von ihren Händen zusammengehalten werden, als ginge es noch um etwas. Einen Namen hat das nicht, ihr fällt keiner ein.

Sie haben sie aus ihrem Körper verstoßen, es waren vier, wie absurd, dass sie mitgezählt hat. Vier keuchende Münder, acht zerrende, schlagende Hände, mit schwarzen Haaren darauf, ohne Haare, helle Haut und dunkle, alle mit abgekauten Nägeln. Das Gestöhn, der Hass, den ihr einer in den Mund spuckt. Sie möchte sich übergeben davon, weiß aber gar nicht, wie sie das schaffen soll.

Die Dorfstraße biegt sich ihr entgegen, kippt nach allen Seiten, sie kann sich kaum darauf halten. Und mit jedem Schritt fällt sie weiter aus sich heraus, durch das Loch zwischen ihren Beinen direkt auf die Straße, einfach so. Und es tut weh, so weh. Das muss aufhören. Bitte.

Als sie am Fluss ankommt, geht alles ganz schnell. Die Mutter hat ein Seil, sie werden sich selbst erlösen, niemand sonst kann das für sie tun. Frieder und sie werden ein Menschenbündel. Sie legt die Arme um den lieben kleinen Frieder, der ganz stumm ist und sich nicht wehrt, weil er nichts versteht.

Schon der erste Schritt in den Fluss schält ihr das Fleisch herunter. Ein Knochengerüst wird sie sein, das klappernd auf dem Grund des Flusses in sich zusammenfällt, das ist gut. Also schiebt sie den Fuß weiter vor, dann den anderen, vielleicht gehen sie schnell unter.

Da bäumt Frieder sich auf, will weg von ihr. Sie hält ihn fest, aber er ist stark, stemmt ihr die Fäuste gegen die Brust, seine Knie treffen ihren Bauch, aber das ist es nicht, was ihr den Atem nimmt. Es ist ihr Name, aus seinem Mund. Der drückt ihr das Herz zusammen. Er ruft sie, wieder und wieder, und etwas von ihr kehrt zurück. Ein Gefühl, eine Ahnung.

Das hier darfst du nicht, Kindern tun die Russen nichts, das weiß man doch. Der Gedanke schafft es nicht weit genug. Der Fluss zieht an ihr, lockt. Sie breitet die Arme aus. Will fallen ...

Aber Frieder gibt nicht auf. Er ist bis zum Hals im Wasser und windet sich. Sie sieht nach unten, in seine Augen, zwei kleine Seen, Entsetzen blinkt darin.

«Hast du mich nicht lieb?»

Der Druck in ihrem Kopf wird unendlich groß.

«Geh weiter, geh!»

Sie sieht sich um. Die Mutter ist dicht neben ihr, gleitet im nächsten Moment ins Wasser wie unter eine Decke.

Wieder ihr Name, Frieder ruft nach ihr, nicht nach der Mutter, und etwas schnellt in ihr hoch wie eine heiße Fontäne.

Ja, ich habe dich lieb, ja! Das hier darf ich nicht. Trotz allem. Sie tappt einen Schritt zurück, kommt ein Stück aus dem Wasser heraus, sodass er atmen kann. Will ihn losmachen, damit er ans Ufer schwimmt. Aber das Seil ist nass und ihre Hände steif. Sie zieht und zerrt. Muss noch weiter zurück, ganz nach draußen, dann werden sie es schaffen. Sie tastet mit dem Fuß. Rutscht aus, verliert den Halt. Mit einem Mal ist das Wasser über ihr, reißt ihr die Kopfhaut herunter.

Im Nu wird sie starr. Die Kälte presst sie zusammen, zwängt den letzten Atem aus ihr heraus. Sie will sich wehren, weiß nicht, wie, alles ist so schwer und das Wasser ein Eisblock. Aber sie muss. Sie versucht sich abzustoßen, nach oben.

Bitte, es darf nicht zu spät sein.

Doch schon spürt sie einen gewaltigen Druck, dann platzt sie, das Wasser kommt zu ihr, durch Mund und Nase, sie muss nichts tun, es geht ganz von allein.

Zeit vergeht oder steht still, das ist nicht mehr wichtig. Der Druck lässt nach, wird blass wie Winterlicht. Und sie schlüpft aus ihrem Körper, ganz leicht huscht sie davon. Dann ist da nichts mehr. Kein Schmerz. Nur Stille.

Bis das Schweben endet. Helles Licht wird über ihr angezündet. Sie ist irgendwo angekommen und will sich umsehen. Staunen.

Frieder, wir sind da.

Da rollt eine Welle auf sie zu. Der Schmerz kommt zurück. Mit einer Wucht, die sie aufsprengt, hochreißt und fallen lässt. Viele Male.

Dann spürt sie noch etwas, es ist weich und schmatzt. Ein Geruch fliegt auf sie zu. Erde im Frühling, nasses Moos und faulige Blätter. Unter ihr ist Schlamm, sie muss am Ufer liegen, aber warum ...?

Jemand packt sie an den Armen.

Frieder?

Sie wird aufgehoben. Wieder ein Geräusch. Klatschen. Rufen. Die Stimme kennt sie nicht, auch nicht die Sprache. Ein Arm schlingt sich um sie, da macht sie die Augen auf. Sieht drei Uhren an einem Handgelenk, alle nebeneinander. Drei Uhren?

Plötzlich schießen ihre Hände durch die Luft, ihre eigene Stimme lässt sie ganz wach werden. «Frieder. Frieder?» Sie schreit sich die Kehle heraus. Aber die Schlinge vor ihr ist leer.

Er ist weg.

Und sie hier.

Dann wird sie gepackt und herumgedreht. Sie sackt auf einen Schlag in sich zusammen. Das schafft sie nicht, nicht noch einmal. Sie will sich verstecken, unter ihren Armen, den Händen wenigstens, dreht das Gesicht zur Seite.

Aber der Mann ist stark, reißt ihr die Arme weg. Schüttelt sie. Hält inne. Sein Tabakatem wärmt ihr die Wangen, und sie sieht ihn an. Blickt in ein Kaukasengesicht rund wie der Mond, mit schmalen Augen hinter dicken Wülsten. Wird mutig. Schreit ihn an. Gestikuliert.

«Frieder. Mein kleiner Bruder. Er ist noch im Fluss, hol ihn raus!»

Aber der Soldat lacht ihr mitten ins Gesicht und nickt dabei wie ein Besessener. Seine Stimme klingt wie ein Reibeisen.

«Frau, du sollst leben!»

Sonntag, 27. August

Zwei Worte hatten Michael Herzbergs Leben auf den Kopf gestellt.

Sie waren in den riesigen Hohlraum gebrandet, der in seinem Inneren gewachsen war, weil er das falsche Leben über Bord geworfen hatte, die Lügen, die Unfreiheit. Hatten die unbekannte, köstliche Leere geflutet, alle Bedenken waren darin ertrunken.

Nur zwei Worte. In einer SMS, vier Monate zuvor.

Kommst Du?

Er war ins Auto gesprungen, hatte eine rote Ampel und mindestens zwei Geschwindigkeitsbeschränkungen ignoriert, dann war er mit butterweichen Knien die Stufen einer Villa hochgestiegen. Die Tür hatte offen gestanden. Keine Stunde später war er ein neuer Mensch gewesen. Endlich war es passiert.

Jetzt lag er im Bett eines Hotelzimmers irgendwo auf dem Land, Ariane Konrad ruhte in seiner Armbeuge. Um sich herum hatten sie hellblaue Wände, ein Fenster zum See, darunter einen Tisch mit den Resten einer halbherzigen Mahlzeit: angeschnittene Salami, eine zusammengeknüllte Brötchentüte, Käseränder. Gegenüber ein winziges Bad. Zwanzig Quadratmeter, aus denen sie sich zwei Tage lang nur zum Frühstück wegbewegt hatten. Und es geschah zum ersten Mal, dass er, ausgerechnet er, sich wünschte, hier eingesperrt und vergessen zu sein.

Doch damit würde es nichts werden, nicht mal heute.

Er beugte den Kopf zu ihr hinunter und vergrub seine Nase in der weichen Falte hinter ihrem Ohrläppchen, wo ihr Geruch am intensivsten war. Am liebsten hätte er sich darin aufgelöst. «Ich muss los», flüsterte er.

Sie schob sich von ihm weg. «Der Anruf kam doch erst vor zehn Minuten.»

Herzberg stand auf, benommen vom vielen Liegen und einem Brennen in der Brust, das sich anfühlte wie Verdursten. «Sie wollen die Zeugenaussage bis morgen früh auf dem Tisch haben.»

Sie strampelte die Decke zur Seite. «Was hat Drewitz eigentlich genau gesagt?»

Herzberg schluckte gegen das bittere Gefühl im Hals an. Nach der Aufklärung des Mordfalles an Arianes Stiefvater Hans Konrad, bei der er seinen Kollegen Sven Färber schwerer Verbrechen überführt hatte, war er zum Staatsschutz ins Fachkommissariat 4 versetzt worden. Offiziell wegen Personalmangels der Abteilung, aber er wusste, dass das eine Strafe war. Kollegen verpfiff man nicht. «Mein neuer Kollege Drewitz wollte wissen, ob ich endlich meine Arbeit mache, ansonsten würde er das gern für mich tun.»

«Das ist doch keine Falle, oder?»

«Darüber will ich lieber nicht nachdenken.» Und doch war genau das passiert, seit er sein Handy wutentbrannt auf einen der kleinen Sessel geknallt hatte. Mit einer Unterbrechung von etwa fünf Minuten.

Sie griff nach seiner Hand und hielt sie fest. «Du bist sehr aufgewühlt. Warum?»

Er sah sie an, ließ den Anblick in sich hineinsickern, der

sich anfühlte wie Balsam. «Wenn ich Fehler mache, lassen sie mich nicht zurück zu Jansen. Und ich bin nun mal Mordermittler.»

Sie ließ los. «Das klingt so, als wäre das viel mehr als ein Job für dich.»

Herzberg nickte, während er nach seiner Hose griff, die zusammengeknüllt unter einem Stuhl lag. Auf einmal war das Bein, das er hob, um es hineinzufädeln, bleischwer. «Weißt du, als ich in Bautzen eingesessen habe, gab es dort einen Mithäftling, einen ehemaligen Stasimitarbeiter, der ausgestiegen war. In unserer Zelle hatte er einen Asthmaanfall. Vor meinen Augen.» Herzberg hüpfte zur Seite, weil er das Gleichgewicht verloren hatte. Kein Wunder. Nie würde er Heinzis schleifenden Atem vergessen, sein blau anschwellendes Gesicht. Sein eigenes Geschrei nach Hilfe, das Trommeln seiner Fäuste, seine Fußtritte gegen die Tür. Er stemmte beide Beine fest in den Boden, schluckte. «Der Arzt kam zu spät, sie hatten sich Zeit damit gelassen, ihn zu holen. Selbstverständlich hatte das keine Konsequenzen, es gab keine polizeiliche Untersuchung, nicht mal eine Obduktion. Dass ich Mordermittler bin, hat auch mit ihm zu tun.»

Sie nickte, lächelte. «Verstehe ich vollkommen.»

«Da bin ich froh», sagte er, während er zusah, wie sie im Bad verschwand. Während er sich mit fahrigen Bewegungen das Hemd überstreifte, dachte er daran, dass er Renate nie von Heinzi erzählt hatte. Sein Gefängnisaufenthalt hatte viel länger gedauert, als er immer geglaubt hatte, im Grunde bis vor ein paar Wochen. Erst als er Ariane und mit ihr die Liebe kennengelernt hatte, hatte der ganze Schrecken auf einmal ein Gegengewicht bekommen.

In diesem Moment kam sie tropfnass aus dem Bad. Er schlug die Hände vors Gesicht. «Das ist nicht fair!»

Sie lachte, dann zupfte sie ihr Kleid unter dem Bett hervor. «Jetzt fahr schnell zu diesem Zeugen und finde heraus, ob er etwas weiß. Jemand muss den Tätern das Handwerk legen. Eine Flüchtlingswohnung zu verwüsten ist wirklich das Allerletzte.»

Herzberg griff nach seinem Handy und wählte Drewitz' Nummer. Ohne Erfolg.

Dann standen sie angezogen voreinander, und in seinem Magen schäumte die Lücke, die sie gleich hinterlassen würde, wie Gift. Ariane legte ihm ihre kühle Hand an die Wange. «Komm wieder, wenn du die Mistkerle hast.»

Er drückte sie an sich. «Kann man dich nicht in die Hosentasche stecken und mitnehmen?»

Lachend machte sie sich los. «Was vermisst du denn, wenn ich nicht bei dir bin?»

Der Knoten, den er auf einmal im Hals hatte, ließ seine Stimme ganz rau klingen. «Mich selbst.»

Draußen überfielen ihn das Tellergeklapper von der Restaurantterrasse, Entengeschnatter und das Geschwätz der herumlungernden Gäste. Am liebsten hätte er sich die Ohren zugehalten und wäre zu seinem Auto gerannt, ohne die freundlich nickenden Kellner zurückzugrüßen. Das Auto war sein Wohnsitz, seit er bei Renate ausgezogen war. Was ihn bislang noch keine einzige Träne gekostet hatte, kam ihm in den Sinn, als er alle Türen öffnete, um die angestaute Hitze aus dem Wagen zu lassen. In den letzten Jahren hatte ohnehin nur noch sein Schatten bei ihr gewohnt. Und jetzt gab es da diesen neuen, grundzufriedenen Herzberg, den er wie verrückt mochte.

Lichtenfels war keine zwanzig Autominuten entfernt. Schon von weitem sah Herzberg, wie zwei Flussarme das Dorf von den umstehenden Feldern abgrenzten. Vom Wasser umklammert, lag es in einer Senke, eine schmale Lindenallee führte schnurgerade hinein. Die Luft, die durch das geöffnete Fenster hereinströmte, kam ihm plötzlich noch heißer vor. Ein richtiger Kessel, dachte Herzberg beklommen, als er langsam ins Dorf hinunterrollte. Einer, in dem Ausländerfeindlichkeit schwelt.

Sein Blick streifte ein paar vernachlässigte Neubaublöcke, Behausungen für die ehemaligen LPG-Mitarbeiter. Es hatte hier Landwirtschaft gegeben, und zwar in größerem Umfang, doch damit schien es vorbei zu sein. Den Wohnblocks gegenüber standen etliche Reihen von typischen Familienbungalows aus den siebziger und achtziger Jahren, zum größten Teil hübsch saniert und mit bunten Vorgärten ausgestattet. Dann war wohl nicht alles an Wirtschaft kaputt hier. Nach etwa hundert Metern begann mit einem Löschteich, der von Trauerweiden umgeben war, das alte Dorf: langgestreckte Backsteinkaten, kleine Höfe und Stallgebäude.

Herzberg spitzte die Ohren. Jetzt hörte er es: das Donnern der Reifen auf dem alten Straßenpflaster zerschnitt eine Stille, die über dem Dorf lag wie Dunst. Eigenartig, dachte Herzberg, als er auf der Höhe der alten Feldsteinkirche den Motor abstellte und ausstieg, um sich das näher anzusehen. Aber hier war wirklich nichts. Keine Stimmen oder sonntägliches Tellerklappern, kein Fetzen Musik. Ein einzelner Hund bellte, als die Turmuhr losschlug, das war alles.

Mit angespannten Sinnen lief er los, an einem Backsteingebäude vorbei, über dessen Tür *Schule* stand. Im Vorgarten lag umgekippt ein Dreirad. Verflixt, dachte er. Die können doch nicht alle ausgewandert sein. Im Laufschritt eilte er weiter. Urplötzlich noch neugieriger, ob der Zeuge Rudolf Schröter wieder sprechen konnte und ihm sagen, wer so feige war, sich bei Nacht und Nebel an einer Flüchtlingsunterkunft zu schaffen zu machen. Weil der Mann eine Angina gehabt hatte, war am Freitag nichts daraus geworden, und Herzberg hatte nicht auf einer Aussage bestanden. Ein Fehler, wie er jetzt wusste. Vielleicht drehte ihm Hans Drewitz ja gerade einen Strick daraus.

Da knallte hinter ihm eine Tür, eine junge Frau stürzte aus einem der Reihenhäuser auf die Straße, zwei große Taschen in den Händen. Eine Frau, die ihr so ähnlich sah, dass sie die Mutter sein musste, kam hinter ihr her. Sie beachteten ihn gar nicht, so sehr waren sie miteinander beschäftigt.

«Überleg es dir noch einmal, bitte!», verstand er.

Eine Autotür wurde aufgerissen und schlug wieder zu. «Warum bist du eigentlich nicht bei der Feier? Dein Typ ist doch auch dort!», schrie die junge Frau.

«Bin ich allein an allem schuld, denkst du das?»

Der Motor sprang an.

«Ich beende es, bitte bleib!»

Herzberg hörte ein bitteres Lachen. «Ich habe jahrelang wie eine Verrückte zwischen meinen eigenen Eltern zu vermitteln versucht. Ich hab die Nase voll! Lasst euch eben scheiden!»

Der grüne Polo stob mit durchdrehenden Reifen davon.

Besser, er fragte jemand anderen als die zurückgebliebene Mutter nach dem Weg. Immerhin, die Tochter hatte etwas von einer Feier gesagt. Eine solche Veranstaltung fand im Pfarrhaus oder der Kirche statt oder im Gutshaus. Theoretisch.

An der Kirchentür gab es einen Aushang. Herzberg starrte den Zettel an, dann musste er ein paar Schritte zurückgehen, um durchzuatmen. Dennoch lief ihm der Schweiß bächeweise den Rücken herunter. Er sah noch einmal hin. Es stimmte, Irrtum ausgeschlossen. Rudolf Schröter wurde heute beerdigt. Ich bin erledigt, dachte er.

Im nächsten Moment rannte er los, den kleinen Weg von der Kirche zur Hauptstraße und von dort immer geradeaus. Schon nach ein paar Metern öffnete sich die kleine Allee zu einem Platz mit Blumenbeeten. Mittendrin hockten zwei wuchtige, gestutzte Kastanien. Wenig später stand er keuchend vor dem Gutshaus, einem blassgelb gestrichenen Gebäude mit dunkelgrünen Fensterläden. Auf der Freitreppe davor wartete wie befürchtet sein Kollege Hans Drewitz, rauchend und mit versteinertem Gesichtsausdruck.

«Lobenswert, so ein Spurt bei der Hitze, aber du kommst trotzdem zu spät.»

Herzberg erklomm die oberste Stufe, baute sich vor Drewitz auf und blickte auf dessen blankpolierte Glatze hinunter. Drewitz war einen ganzen Kopf kleiner und mochte es nicht, wenn man es ihn spüren ließ. «Was hast du denn hier zu suchen?», fragte Herzberg.

«Dasselbe wie du.»

«Es ist mein Fall.»

«Um den du dich nicht gekümmert hast.»

«Was dich nichts angeht.»

Drewitz zog die runden Wangen breit. «Sagt wer?»

Herzberg atmete tief in seine Flanken. Ihm war klar, dass sein neuer Chef Gerhard Meier ihn beobachten ließ, aber zugegeben hatte das noch niemand. Seit Färber suspendiert worden war, prangte ein Mal auf Herzbergs Stirn. *Kollegenschwein*.

Herzberg hob die Brauen. «Am Sonntag ist man manchmal mit anderen Dingen beschäftigt. Ich jedenfalls.»

Das künstliche Lächeln verschwand aus Drewitz' Gesicht. Er war, obwohl er ständig Frauen anflirtete, Single, und er schien auch keine Freunde zu haben, die ihm sagten, dass seine verwaschene braune Baumwollkleidung und der Verzicht auf Deodorant in einem solchen Fall nicht hilfreich waren.

Drewitz trat seine Zigarette aus. «Wie auch immer, wir sind hier fertig. Abflug.»

Wie bitte? Herzberg trat dicht an ihn heran. «Lass mich durch. Ich will da rein.»

Drewitz stieß beim Zurückweichen mit einem dumpfen Schlag gegen die Eingangstür. Er wurde knallrot im Gesicht. «Wir sollten uns lieber überlegen, was wir Meier sagen.»

«Es gibt kein Wir. Ich bin hier zuständig.» Herzberg griff um Drewitz herum und legte die Hand auf die Klinke. «Und ich gehe da jetzt rein.»

Drewitz musste zwinkern, weil ihm eines der Schweißrinnsale von der Stirn genau ins Auge gelaufen war. Er trat zur Seite. «Bitte schön. Aber wenn du uns Ärger ersparen könntest, obwohl du hier einfach so reinplatzt, wäre das ...»

«Du wirst es nicht mitbekommen, du fährst ja jetzt heim!»

«Du bist nicht befugt, mir derartige Anweisungen zu erteilen.»

Herzberg riss an seinem Hemdknopf, ihm war zum Platzen heiß. «Du hast schon mit Meier telefoniert?»

Drewitz wischte sich über die Stirn. «Der wird es erst morgen erfahren. Ich falle einem Kollegen nicht in den Rücken.»

Für das falsche Lächeln auf seinem Gesicht hätte Herzberg ihn am liebsten geohrfeigt. Aber er bezwang sich. «Stimmt. Meier ist ja verreist. Mit seiner Neuen. Sylt. Richtig?»

Dann hastete er durch die gigantische dunkel getäfelte Eingangshalle. Was Drewitz hier abzog, war eine Frechheit, mal wieder, aber was hatte er denn erwartet? Er hatte Grenzen überschritten, und jetzt musste er büßen. Herzberg legte die Hand auf eine gewaltige zweiflüglige Tür, die rechts und links von einer majestätischen Treppe flankiert wurde. Versuchte die Tür aufzubekommen, sie antwortete mit einem beleidigten Knurren. Mit klopfendem Herzen legte er ein Ohr an das dicke Holz, dahinter war es still. Also war die Feier wohl schon vorbei, und die Leute befanden sich hinten im Garten oder Park oder was immer sich an ein solches Gebäude anschloss.

Mit beiden Händen drückte er die Klinke hinunter und warf sich mit der Schulter gegen den Türflügel, der jetzt sofort aufschwang. Herzberg stolperte in den Raum, krachte gegen etwas Hartes. Auch die letzten Gäste drehten sich zu ihm herum.

«Entschuldigung.» Die Stille zerbrach wie Porzellan. Raunen setzte ein, das Scharren von Stühlen. Jemand zeigte auf seine Beine. Da merkte er, dass sie nass waren.

Herzberg sah auf seine Schuhe, auf denen kleine Blumensträußchen lagen, eines klebte an seinem Hosenbein. Mit knallrotem Kopf hob er das Edelstahlbecken auf, in dem sie gelegen haben mussten. Lächelte in runde Bauerngesichter, braun gebrannt, wohlgenährt und unverhohlen abgeneigt.

«Entschuldigung», brachte er noch einmal heraus. Diesmal sehr viel leiser.

«Ruhe!», kam es von irgendwoher.

Herzberg glühte vor Scham, trotz der Abkühlung. Geistesgegenwärtig pflückte er das Sträußchen von seiner Hose und reihte sich in die Schlange von Trauergästen ein, die nach vorn vorrückte, um dem Toten die letzte Ehre zu erweisen. Herzberg atmete tief aus. Was für ein Sonntagnachmittag.

Er war keine zwei Stuhlreihen weitergekommen, als sich jemand hinter ihm räusperte. Herzberg roch Schweiß und billiges Rasierwasser. Sah sich um. Drewitz stand da, das Gesicht zornesrot. Mit dem Kopf deutete er hinter sich. Herzberg schob das Kinn vor und lief unbeirrt weiter. Verschwinde, hatte er damit sagen wollen, aber der Gestank hinter ihm blieb, wo er war. Die Nase in das Blumensträußchen versenkt, versuchte er die Wut wegzuatmen, die sich in den letzten Wochen aufgestaut hatte, auf Drewitz, seinen neuen Chef Gerhard Meier, den Karriereknick. Und eine Arbeit, die ihn langweilte.

Benommen folgte er der Choreographie der Totenfeier. Die zwei Reihen von Menschen strebten auf den Toten zu, als ginge ein Magnetfeld von ihm aus. Kurz verharrten die Leute am Sarg, legten ihre Sträuße ab und kehrten mit derart erleichterten Gesichtern zu ihren Plätzen zurück, als wären sie einer Katastrophe entronnen. Wo gab es heutzutage noch solch morbide Zurschaustellungen?

Noch zwei Meter, dann war er selbst an der Reihe. Herzberg schluckte ein paarmal, der Druck in seinen Ohren platzte, und die Ruhe im Saal bekam Konturen. Ein leises Schaben, das Knarren von altem Holz, ein Schniefen. Und ein lautes Schlurfen. Stimmengezisch. Er sah nach links.

Von dort kam eine alte Frau heran, begleitet von einem Mann mit vollem weißem Haar, der ihren Arm an sich gepresst hielt. Das hellgraue Haar hatte sie zu einem Knoten zusammengesteckt. Anders als die anderen trug sie ein blaues, langes Kleid und an den Füßen, Herzberg traute seinen Augen nicht, weiße Plastikpantoletten. Und anders als die anderen machte sie nicht einen halben Meter vor dem Sarg halt, sondern ging ganz dicht heran. Obwohl ihr Begleiter, der etwa einen Kopf kleiner war als sie, weiter energisch auf sie einflüsterte, fiel sie auf die Knie. Mit den Ellbogen schlug sie seine Hände weg.

Herzberg tippte dem Mann auf die Schulter. «Kann ich helfen?»

Der Mann wandte ihm ein schmales Gesicht zu und sah ihn aus dunklen Augen durch eine kleine runde Brille hindurch an. «Das schaffe ich allein. Ich bin ihr Arzt.»

Ein Schluchzen der Frau mischte sich darunter.

Der Arzt versuchte jetzt, sie hochzuziehen. «Magda», flüsterte er, «das ist würdelos! Du willst ihn doch nicht beschämen.»

Würdelos?

Als sie im nächsten Moment aufstand und sich zum Gehen wandte, sah Herzberg ihr Gesicht. Ihre Haut war hell und von Falten, tief wie Flusstäler, zerfurcht. Die Augen darin waren von einem so unwirklichen Blau, dass ihm kleine Schauer über den Rücken liefen. Sie sahen sauber gewaschen aus, so als hätte sie lange geweint. Herzberg trat zur Seite, ließ die beiden durch. Schluckte, senkte den Blick. So ist das am Ende, dachte er. Einer bleibt zurück. Ob Ariane um ihn weinen würde? Irgendwann, am Ende eines Lebens, das nicht mehr allzu lang dauern würde, vielleicht zwanzig, fünfundzwanzig Jahre? Bedauernd nickte er der Dame zu, die jetzt an ihm vorbeiging.

«Möchten Sie jetzt noch?», hörte er dann.

Einer der beiden Anzugträger, die zu viert neben dem Sarg Wache standen, hatte Herzberg angetippt. Mit seinen wurstigen Fingern deutete er auf Herzbergs Sträußchen. «Wir wollen hier fertig werden.»

Herzberg nickte, hielt unwillkürlich die Luft an und trat vor den Sarg. Und dann spürte er es: Es war widernatürlich warm hier vorn, nicht das kleinste bisschen Kälte ging von dem Toten aus. Hastig ließ er den Strauß fallen, wollte sich schon zum Gehen wenden, da war es, als würde er im Nacken gepackt.

Gebannt starrte er in den Sarg, während sein Herzschlag aussetzte, um dann umso lauter loszutrommeln. Das künstliche Grünbunt der Blumen stach ihm in die Augen, die Haut des Toten hingegen war fast weiß, wie Papier, aber das war es nicht. Mit dem altmodischen Anzug bekleidet sah der Tote im Sarg aus wie ein geistlicher Würdenträger aus dem neunzehnten Jahrhundert. Der Kragen, den man ihm umgebunden hatte, musste ebenfalls sehr alt sein, das glatte Leinen war dünn und glänzte. In vielen kleinen Falten war es um seinen Hals drapiert. In der Mitte des Kragens prangte wie ein riesiger Käfer eine dunkle Brosche. Herzberg trat einen Schritt zurück, um zu atmen. Kümmerte sich nicht um das Knurren hinter sich, ließ stattdessen einen Gedanken Gestalt annehmen.

Die ganze Inszenierung wirkte, als meinte sie jemand gar nicht ernst. Oder viel zu ernst.

«Wann ist er gestorben?», flüsterte Herzberg dem Sargträger zu.

«Vorgestern Abend.»

«War er die ganze Zeit hier?»

Der Sargträger nickte knapp. «Im Keller, da ist es kühl.»

«Woran ist er ...»

Der Mann räusperte sich und deutete ein Kopfschütteln an.

Jetzt spürte Herzberg einen Finger im Rücken. Er schüttelte Drewitz' Finger ab. «War die trauernde Dame von eben seine Frau?»

Der bullige Mann stierte entschlossen an Herzberg vorbei. Erst als er die Frage wiederholte, kam als Antwort ein Kopfschütteln.

Eigenartig. «Die Schwester?»

Wieder ein Räuspern, diesmal trafen Herzberg auch die

vernichtenden Blicke der anderen Sargträger, wie ihr Kollege Besitzer gewaltiger Muskelmassen.

«Wir gehen!», hörte er Drewitz hinter sich.

«Ruhe!», ertönt es vereinzelt aus der Mitte des Saals. Herzberg beugte sich blitzschnell hinunter, er hatte etwas gesehen. Wieder bekam er einen leichten Knuff von Drewitz, aber das war nicht mehr von Belang. In seinen Zellen tanzte das Adrenalin.

Vorsichtig langte er nach seinem Strauß und tat, als würde er ihn neu ordnen, sah dabei genauer hin. Zuckte zurück. Sein Puls donnerte jetzt unter den Schläfen.

Na bitte.

Oben am Hals des Toten lugte ein bräunlicher Fleck aus der Halsbinde. Herzberg stieß den verblüfften Hans Drewitz an, deutete auf die Stelle. Der kapierte nicht, schüttelte missbilligend den Kopf.

«Sieh dir das an», beharrte Herzberg.

«Raus hier!» Drewitz hatte sich nicht einmal die Mühe gemacht, seine Stimme zu senken.

Das Raunen im Saal hinter ihnen wurde dichter. Die Menschen saßen nicht mehr auf ihren Stühlen, ein Teil war auf dem Weg nach vorn. Ein rundlicher Herr drängelte sich durch, er hielt beschwörend eine Hand hoch, während er sich umwandte. In der anderen hielt er eine Mappe.

«Wir wollen unseren lieben Verstorbenen Rudolf Schröter jetzt auf seinem letzten Weg begleiten. Wenn ich bitten dürfte!» Auf sein Handzeichen hin holten die Sargwachen den bereitstehenden Sargdeckel aus einer Ecke.

Herzberg hob die ebenfalls die Hand, doch Drewitz packte seinen Arm. «Komm mit, verdammt!»

«Halt den Mund und lass mich arbeiten!»

«Was wird das da vorn?», rief jemand.

«Er ist doch tot, stimmt da was nicht?» Eine Frauenstimme, sehr jung.

Herzberg richtete sich auf, die Menge im Saal drängte heran, er musste es irgendwie schaffen, einen Aufruhr zu verhindern. Er griff sich einen Stuhl und stieg darauf. «Liebe Trauergemeinde! Bitte entschuldigen Sie die Störung. Wir ...»

«Wir sind von der Polizei», ergänzte Drewitz laut.

Schlagartig setzte lautes Stimmengewirr ein. «Polizei?», rief jemand. Alles andere war nicht zu verstehen.

«Ich bitte um Ruhe!», brüllte der Trauerredner.

Herzberg stieg herunter. «Musste das sein? Wir müssen es irgendwie schaffen, die Leute hier rauszukriegen», zischte er Drewitz zu.

«Das hier ist deine Baustelle.»

«Du sorgst aber dafür, dass ...»

Herzberg brach mitten im Satz ab, als ein gutgekleideter Mann, Typ Banker, auf sie zukam. Er war genauso klein wie Hans Drewitz, sah aber ungleich besser aus. Breites Gesicht mit kurzer Nase, dezente, aber sichtbare Muskelberge unter dem grauen Hemd. Sehr gepflegt.

«Reichenbächer, Rudolf Schröters Anwalt. Was geht hier vor?», fragte er.

Herzberg hielt ihm seinen Ausweis hin. «Ich muss mir etwas ansehen. Können Sie hier für Ruhe sorgen?»

«Ist das meine Aufgabe?»

«Natürlich nicht», mischte sich Drewitz ein.

Herzberg schluckte eine gehässige Erwiderung hinunter. «Ich fürchte, dass ich mir den Toten kurz allein ansehen muss.»

«Wie bitte?» Schon wieder Drewitz.

Herzberg beachtete ihn nicht. «Es ist wichtig, dass die Leute geordnet den Saal verlassen. Bitte helfen Sie mir, keine

Panik ausbrechen zu lassen, das ist eine polizeiliche Anordnung, es wird dann alles erklärt werden», fuhr er fort, während die hervorstehenden Augen des Trauerredners immer größer wurden.

«Polizeiliche Anordnung?» Wieder Drewitz.

Herzberg hätte ihm am liebsten eine geknallt. Er wandte sich an den Redner. «Sie könnten ein wenig ruhige Musik spielen, wenn Sie welche haben. Jetzt!»

Die umstehenden Gäste mussten alles mit angehört haben, die Stimmen im Saal überschlugen sich. «Unverschämtheit!», «Störung der Totenruhe!»

Die Sargträger stellten sich dichter neben den Sarg, einer ließ seine Fingergelenke knacken.

Herzberg stieg noch einmal auf den Stuhl und bezwang den Wunsch, Drewitz anzubrüllen, der nicht den geringsten Versuch unternahm, beruhigend auf die Menschen einzuwirken, die sich um sie geschart hatten.

«Mein Name ist Michael Herzberg, Kripo Neubrandenburg. Bitte rufen Sie dort an, wenn Sie sichergehen wollen. Es tut mir leid, Ihnen Unannehmlichkeiten zu bereiten, ich respektiere Ihre Trauer. Aber Sie müssen den Saal jetzt räumen, bitte warten Sie einen Moment draußen und seien Sie ohne Sorge. Sie bekommen eine Erklärung von meinem Kollegen.»

Dann wies er die Träger an, den Bereich abzuschirmen. Als er das Wort Befehl fallen ließ, postierten sie sich mit ausgebreiteten Armen blitzschnell um den Sarg, die Menge wich zurück.

Erleichtert sprang er vom Stuhl, dicht vor Hans Drewitz' Füße.

«Vergiss es», sagte der. «Das ist dein Bier.»

Mistkerl. «Dann siehst du dir das jetzt an!» Herzberg griff

nach seinem Arm und zog ihn zum Sarg. Er schluckte seinen Widerwillen hinunter und zupfte am oberen Rand der Halsbinde. Die schwarze Brosche löste sich und polterte gegen die Sargwand, Herzberg zog noch einmal ganz vorsichtig, und der Hals des Toten lag frei.

Dann standen sie alle da und starrten. Herzberg, der Anwalt, Drewitz, der Trauerredner und zwei der Sargträger.

Herzberg zeigte auf den Hals. «Sehen Sie das?»

Die Haut, die nun freilag, offenbarte eine Ansammlung verblassender Flecke rechts und links des Kehlkopfs.

Drewitz' Gesicht sprühte vor Wut. «Na und?», zischte er. «Das hat ein Nachspiel.»

«Sie werden die Leiche also beschlagnahmen», stellte der Anwalt bloß fest. Anschließend stieg er auf den Stuhl.

«Ich bin Rudolfs Anwalt, viele von Ihnen kennen mich», begann er. «Ich vertrete seine Interessen. Es wird hier jetzt eine kurze polizeiliche Untersuchung geben, die ist ganz im Sinne des Verstorbenen, da können Sie sicher sein. Bitte gehen Sie langsam nach draußen. Dort erfahren Sie alles Weitere. Ich komme mit Ihnen mit.»

Schon im nächsten Moment ertönte leise Orgelmusik aus den Lautsprechern. Stühle schabten über den Boden, ein paar krachten um, als die Leute laut schwatzend nach draußen drängten, während sie sich immer wieder zu ihnen umsahen. Herzberg blickte in hochrote Gesichter, sah Zeigefinger, die sich in die Luft reckten, an Stirnen tippten. Aber es war ihm egal. Kurze Zeit später war der Saal geräumt. Erleichtert lief er ein paar Schritte zum Fenster.

Drewitz kam ihm nach, die Arme in die Seiten gestützt. Sein braunes Hemd war unter den Achseln dunkel von Schweiß. «Wegen ein paar Leichenflecken machst du so ein Theater? Deine ehemalige Abteilung wird sich freuen.»

«Livores? Am Hals? Ich würde sagen, das sind Hämatome, und wir haben es mit stumpfer Gewalteinwirkung zu tun.»

Drewitz guckte irritiert. «Der Mann ist an Herzversagen gestorben, hieß es.»

«Ich will den Totenschein sehen und den Kerl, der ihn ausgestellt hat.» Herzberg hielt sich das Handy ans Ohr.

«Wie du willst. Dann melde ich mich bei Jansen an und gebe alles durch. Wahrscheinlich kannst du dich ...»

Aber Herzberg ließ ihn einfach stehen, denn Hilde Westerborg war an das Notruftelefon der Staatsanwaltschaft gegangen. Sie versprach, einen Beschlagnahmebescheid auszustellen und einen Transportwagen loszuschicken.

Danach ging Herzberg zu den großen Glastüren und sah hinaus auf die Trauergemeinde im Garten. Das hier war tatsächlich die groteskeste Trauerfeier, die er je erlebt hatte.

Er lauschte in sich hinein. Noch immer spürte er das Adrenalin wie einen reißenden Strom, der durch seine Adern schoss. Die Wachheit im Kopf, das leise Rattern der Fragen, die der Tod seines Zeugen aufwarf. Alles in allem den Teil seiner selbst, der in der täglichen Routine bei der Abteilung für Staatsschutz verloren gegangen war. Ich bin noch da, dachte er bei sich, und das fühlt sich herrlich an. Kein Jansen dieser Welt konnte ihm das wegnehmen.

Herzberg zog sich einen Stuhl ans Fenster und schrieb Ariane eine SMS, in der er ihr mitteilte, dass es spät werden würde. Und dass er sie vermisste. Dann ging er zurück zum Sarg, der verschlossen und einsam auf seinem Podest stand. Totenflecke am Hals, so ein Schwachsinn. Es waren Hände, die sich um den Hals dieses alten, kranken Mannes gelegt und zugedrückt hatten. Des mutmaßlichen Zeugen einer Straftat. Warum hatte er sterben müssen?

«Ich find's raus», sagte er leise zu dem Sarg. «Versprochen.»

Die Vorhangstange krachte genau in dem Moment herunter, als der improvisierte Samtvorhang sich schließen sollte. Die Schauspieler starrten mit eingezogenen Schultern ins Publikum, aber es war gutgegangen, die Stange hatte lediglich einen Konsoltisch getroffen, der zur Kulisse gehörte. Für Momente war es still im Saal des Neubrandenburger Theaters. Dann prustete jemand los, und wie auf ein Signal setzte donnernder Applaus ein.

Desiree Weigand fuhr auf ihrem Sitzplatz in der ersten Reihe herum. Dieses Lachen kannte sie doch. Mir bleibt auch nichts erspart, dachte sie im nächsten Moment und schoss ihrem Kollegen Stephan Müller den bösesten Blick zu, den sie nach einem solch amüsanten Abend zustande brachte. Er genügte, das Lachen floss von seinen Wangen wie Wasser. Vorsichtig hob er eine Hand.

Hilf mir mal, formte sie mit den Lippen und deutete zur Seite, wo der bereitstehende Blumeneimer mit sieben Sträußen ebenfalls zu Boden gerissen worden war. Wenn du schon hierherkommen und dann auch noch blöd lachen musst. Gemeinsam schnappten sie sich die Sträuße und stiegen über den Vorhang.

Zuerst umarmte Desiree die kleine Eva Könitz, Intendantin des Neubrandenburger Theaters und beste Freundin seit mindestens zehn Jahren.

«Guck mal, wie die toben!» Desiree musste brüllen, inzwischen hatte sich das Publikum von seinen Plätzen erhoben und applaudierte, als ginge es um sein Leben.

Eva Könitz war ganz in ihrer Umarmung untergegangen, ihr Rücken zuckte. Die Truppe war ihre Familie, die Schauspieler ihre Kinder.

Desiree klopfte ihr sanft den Rücken. «Du hast es verdient.»

Eva Könitz machte sich los. «Das ist übrigens auch dein Applaus», sagte sie. «Ohne deine Hilfe sähe hier vieles anders aus.»

Desiree war Mitglied im Förderverein und half, Spenden für das Theater einzuwerben. Während sie sich zum Publikum umdrehte, fühlte sie einen Stich im Herzen. Es hätte nicht viel gefehlt, und sie hätte ganz offiziell in der Reihe der Schauspieler gestanden. Aber sie hatte an einem Punkt ihres Lebens andere Prioritäten gesetzt. Möglicherweise die falschen.

Gemeinsam mit Stephan verteilte sie die übrigen Sträuße an die Schauspieler.

Als Desiree zurück an ihren Platz wollte, hielt Eva sie fest. «Du kannst schon mal den Sekt holen, aber den guten. Wenn die Bude in den nächsten Tagen genauso voll wird, können wir uns gratulieren.»

«Wird sie, ihr habt's einfach drauf.»

«Wäre trotzdem schön, wenn die Leute auch mal kämen, wenn wir was Anspruchsvolleres machen.»

«Ich werde da sein.»

«Bringst du dann den Hübschen da wieder mit?»

Sie hatte direkt auf Stephan Müller gezeigt, der sich davon angesprochen fühlte und dümmlich lächelnd auf sie zukam. Stephan war ein angenehmer Typ, ruhig, stark, sogar gut aussehend, groß und sehr schlank, helles Haar, helle Augen. Aber zehn Jahre jünger als sie und noch grün hinter den Ohren. Und so nett, dass man ihm eine Ohrfeige geben konnte und er sagte auch noch danke. Männer, die einem zu Füßen lagen, benutzte man als Fußabstreifer, so war das nun mal.

«Ich geh dann mal», knurrte Desiree, aber Eva hatte einen Zipfel ihres Kleides zu fassen bekommen. «Erst stellst du uns vor!»

Sie machte sich los. «Er heißt Müller.»

«Ich werde dem Förderverein beitreten», sagte Stephan, während er Eva so vorsichtig die Hand schüttelte, als wäre sie aus Glas, ein Lächeln im Gesicht wie der liebe Sonnenschein. «Gratuliere zu der tollen Premiere. Wenn ich sonst irgendwie helfen kann?»

Eva musterte ihn ungeniert. «Da fällt mir garantiert was ein!»

Desiree knuffte sie in die Seite, aber sie ließ sich nicht beirren. «Vorerst könntest du von hinten noch Gläser holen, Süßer, die Leute wollen noch nicht nach Hause, und wir brauchen die Getränkeeinnahmen. Frag einfach nach Toni, der weist dich ein.»

«Das mache ich gern.» Im nächsten Moment war er verschwunden.

Desiree stemmte die Hände in die Seiten. «Sag mal, spinnst du?»

Eine Mitarbeiterin des Theaters lief jetzt mit einem Tablett an ihnen vorbei, Eva nahm ihr zwei Sektgläser ab. «Wieso? Der ist doch niedlich. Und er kann die Hände kaum stillhalten, wenn er neben dir steht. Du solltest dich erkenntlich zeigen.»

«Der ist im Vergleich zu mir noch ein Kind!»

Eva nippte genüsslich an ihrem Glas. «Dann freu dich, dass du ihm was beibringen kannst.»

Desiree trank ihr Glas aus, dann sprang sie zur Seite, denn die Bühnentechniker begannen damit, das Gestühl aus dem Saal zu räumen. «Mach du's doch!»

«Ich bin ausgelastet.»

«Wer ist es diesmal?»

Eva prostete einem Gitarristen zu, der zusammen mit seinen Bandkollegen gerade die Bühne betreten hatte und sein

Instrument in eine der bereitstehenden Boxen einstöpselte. «Ich mache mit Ivo Schluss, habe ich gerade beschlossen.»

«Wirst du alt?»

Das Lächeln in dem zarten Gesicht unter den flammend roten, wirren Haaren wurde noch eine Spur breiter. «Träum weiter.»

Desiree seufzte. «Ich will aber was Richtiges.»

«Das ist ja in Ordnung, aber erst mal musst du dich locker machen! Probier was aus!» Eva nahm ihr das Sektglas ab. «Du gehst augenblicklich nach hinten und holst ein paar Gläser. Wackel ein bisschen mit deinem tollen Hintern, und dann sehen wir, was passiert, ja?» Daraufhin bewegte sie sich leicht und elegant zu den Klängen der einsetzenden Musik auf die entstehende Tanzfläche zu, dorthin, wo die Stuhlreihen in der Zwischenzeit zur Seite geräumt worden waren.

Desiree versuchte einen Schritt in Richtung Toiletten zu gehen, aber die Wärme des Sommerabends und der Alkohol hatten ganze Arbeit geleistet. Zum Glück stand ein Stuhl neben ihr, er war stabil.

Als der Schwindel nachließ und sie sich umdrehte, stieß sie gegen Stephan Müller. Starrte auf die kleinen blonden Härchen an seinen Armen. Die sehen gut aus, stellte sie fest. Oder bin ich zu besoffen? Unsicher stand er vor ihr, von einem Bein aufs andere tretend. «Musst du mal?», fragte sie.

Sein Lächeln verschwand. «Ich bin gerade hinten fertig geworden, da dachte ich, wir könnten tanzen.»

Wenn sie jetzt nichts unternahm, würde Eva wieder aufkreuzen und Sprüche machen. «Okay», sagte sie langgezogen. «Was soll's.»

Stephan griff nach ihrer Hand und dirigierte sie zur Tanzfläche, die sich bereits gefüllt hatte. Dort legte er ihr einen Arm um die Taille. Einen dünnen Arm. Aber erstaunlich stark.

Im nächsten Augenblick waren sie ein Teil der Musik. Sein Körper gab die Richtung vor, seine Arme führten sie. Es geschah so schnell, dass sie ganz vergaß, dagegen anzutanzen. «Also, das hätte ich jetzt nicht erwartet», sagte sie.

Er beugte sich zu ihr herunter, seine Lippen waren dicht an ihrem Ohr. «Ich musste mit meiner Schwester Tanzstunde machen, nicht nur einmal. Das ist ein Slowfox.»

«Sonst noch irgendwelche Überraschungen?» Ihre Stimme hatte rau geklungen, was daran lag, dass sich eines seiner langen Beine gerade zwischen ihren befand, die Berührung hatte ihr einen Stromstoß versetzt. Himmelherrgott, fluchte sie innerlich. Es ist Müller. So besoffen kann man doch gar nicht sein.

Er grinste sie jetzt an, sein Gesicht war unscharf vor ihren Augen. Ehe sie sich wehren konnte, hatte sie seine Lippen mitten im Gesicht, passgenau auf den ihren. Ganz schnell, ganz leicht, dann sah er wieder an ihr vorbei, als sei nichts gewesen. Für einen Moment war es, als hätte ihr jemand mit einer Brennnessel über den Bauch gestrichen. «Das habe ich definitiv nicht gemeint.»

«Sondern?»

Schon im nächsten Moment zog er sie an sich, und sie war nicht schnell genug, sich gegen ihn zu stemmen. Aber es gab keinen Kuss, nur ein eifriges Paar, dessen Arme sich wie Windmühlenflügel bewegten. Stephan schob Desiree zur Seite, dorthin, wo es ein wenig mehr Platz gab. «Ich bin artig, keine Angst.»

Du kannst mich, dachte sie wütend und versuchte ihn abzuschütteln. «Das hier wird nie was, tu uns beiden einen Gefallen und vergiss es endlich!»

Da ließ er sie los. Die Musik war verstummt, ohne dass sie es mitbekommen hatte. Sie musste laut gesprochen haben, denn die Paare um sie herum glotzten zu ihnen herüber, eine Frau verdrehte die Augen. Ein halbes Jahr keinen Sex, ein bisschen Alkohol, und ich kann mich nicht mehr benehmen, schoss es ihr durch den Kopf. Ihre Beine, die eben noch so beweglich gewesen waren, fühlten sich stocksteif an, in ihrem Kopf drehte es sich.

Stephan tippte ihr auf die Schulter. «Wir müssen morgen zeitig raus, ich gehe noch ein Stück mit dir mit, es ist schon dunkel.»

Auf der Straße glühte der Tag noch auf dem Asphalt. Unmöglich, barfuß zu gehen. Also schwankte sie auf ihren Stilettos die Pfaffenstraße entlang. Der Sekt kreiselte weiter in ihrem Kopf, als sie auf den Wall einbogen. Ein Umweg, aber sie brauchte jetzt etwas von der dunklen Kühle des langgestreckten Parks. Hier konnte sie endlich die Schuhe ausziehen. Einer fiel ihr prompt aus der Hand.

Stephan hob ihn auf und nahm ihr auch noch den anderen ab. «Ich mach das aber nicht, es ist ja allgemein bekannt, dass meine Füße … na, du weißt schon.»

«Lieb von dir, meine Nase dankt.»

Ihr fiel noch auf, dass das viel zu nett geklungen hatte. Schon im nächsten Moment prallte sie gegen seinen Oberkörper, weil er sich ihr in den Weg gestellt hatte. Seine Lippen erwischten ihre, ehe sie ausweichen konnte. Ohne nachzudenken, öffnete sie den Mund. Registrierte ein Staunen. Es war nicht eklig, im Gegenteil. Von ihrer Körpermitte aus floss etwas Warmes in Arme und Beine. Als seine Hände ihre Taille hochwanderten, ließ sie sich gegen ihn sinken. Sekunden später hatte sie seine Hände auf den Brüsten. Wie von allein hob sich eines ihrer Beine und wollte sich um seinen Oberschenkel schlingen.

Da verlor sie das Gleichgewicht und landete auf dem Po. Hart.

Stephan ging in die Knie. «Oh Gott, habe ich dir weh getan?»

Sie schlug seine Hand zur Seite und rappelte sich hoch. Auf einmal war sie stocknüchtern. Habe ich gerade mit Stephan geknutscht? Oh Gott, wer bin ich! Sie lief los, barfuß, mit schmerzenden Füßen, über die nachtschwarzen Wege des Walls auf die Wollweberstraße zu. Er kam ihr nach, natürlich tat er das.

«Lauf nicht weg!» Es klang flehentlich.

«Lass mich in Ruhe.»

«Das kann ich nicht, und das weißt du!»

Oh Gott, heulte er etwa? Sie stampfte mit dem Fuß auf, ein gellender Schmerz fuhr ihr ins Bein. «Das war ein Fehler!», rief sie.

«Du hast mitgemacht!»

«Na und?»

«Es hat dir gefallen. Ich bin doch nicht blöd!»

Sie streckte eine Hand aus. «Schuhe!» Ihre Stimme bebte. Sie riss ihm die Dinger aus der Hand und schlüpfte hinein. Verdammt, Müller, dachte sie, als sie loslief, noch immer mit diesem gemeinen Brennen im Unterleib. Warum kannst du nicht irgendein Typ sein, mit dem man in einem Hotel verschwindet? Dann wäre endlich wieder für eine Weile Ruhe.

Diesmal hörte sie keine Schritte mehr hinter sich. Nach ein paar Metern stand sie vor der rostroten Fassade, die im Nachtlicht wie blutiges Braun aussah. Das Haus ihrer Großmutter, die hier allein fünf Kinder großgezogen hatte. Ihr Haus. Wenn sie gekonnt hätte, hätte sie es umarmt. Hier kam niemand rein, schon gar kein One-Night-Stand. Herzberg war einmal ganz kurz da gewesen, aber das war etwas anderes.

Drinnen war es kühl und still. Nur ein paar Insekten summten, als sie das Licht einschaltete. Ich habe keinen Kerl, sagte sie zu dem Haus. Wie Oma, stell dir das mal vor. Nicht mal eine Katze, die auf mich wartet. Dann ließ sie sich auf ihr Sofa fallen und boxte in das rote Blumenkissen.

Montag, 28. August

Es war noch nicht acht, als Herzberg die Kellertreppe zur Sektionsabteilung des Krankenhauses hinabstieg. Heinz Jansen war nicht zu erreichen gewesen und Desiree Weigand, seine liebste ehemalige Kollegin im Fachkommissariat 1, hatte am Telefon etwas von «Geh du ruhig» gemurmelt. Es hatte nicht sehr wach geklungen, aber er hatte den Vorschlag sofort angenommen. Denn so würde er gleich mit dem passenden Faktenmaterial um die Mitarbeit in dem Mordfall ersuchen können, und er würde endlich, endlich wieder das tun, was ihm wichtig war.

Das Büro des Rechtsmediziners Wim Hultzsch war ein schmales langes Kabuff ohne Fenster, gleich neben dem Sektionssaal.

Der kleinwüchsige Obduzent mit dem großen, freundlichen Gesicht und dem beneidenswert lockigen Haar rutschte von seinem Stuhl und streckte ihm die Hand hin. «Wie schön, Sie zu sehen. Geht es Ihnen gut?»

«Seit gestern Nachmittag kann ich das wieder in vollem Umfang bejahen. Ich bin so aufgeregt wie bei meinem ersten Fall 1994.»

Hultzsch deutete auf einen hölzernen Klappstuhl, der zwischen zwei Bücherregalen klemmte und als Besucherstuhl diente. «Dann habe ich was für Sie.»

Herzberg rutschte in die Delle der Sitzfläche, die unzählige Hintern durchgesessen hatten, sogar sehr wichtige. Der Stuhl war alles, was man von Hultzsch bekam, egal, wer man war. Herzberg fand es großartig. «Sie sind jetzt in Rostock an der Uni?»

«Quebec und Wien hatten auch ein Angebot gemacht, aber ich mag die Ostsee einfach zu gern.»

Und eine kleine, resolute Staatsanwältin namens Hilde Westerborg, ergänzte Herzberg in Gedanken. Er streckte eine Hand nach dem Bericht aus. «Ich kann's kaum erwarten.»

Über Hultzschs Gesicht huschte ein Lächeln. Er zog sich auf die Sitzfläche seines Stuhls, dann gab er Herzberg die Blätter. «Seite vier.»

Herzbergs Augen flogen über den Bericht, fanden Seite vier, dann machte sein Herz einen Satz. «Ein gebrochenes Zungenbein!»

«Und die typischen Einblutungen um die Augen, Petechien auch am Herzen und im Brustinnenraum, ganz wie im Lehrbuch. Herr Schröter ist erwürgt worden. Aber er scheint sich nicht verteidigt zu haben, Abwehrverletzungen waren nicht zu finden.»

«Gibt es fremdes Zellmaterial?»

«Kaum. Die Leiche wurde sehr, sehr gründlich gewaschen, die Nägel geschnitten. Wir haben allerdings ein menschliches Haar, das offenbar nicht seines ist.»

«Er war krank, Angina. War er medikamentös ruhiggestellt?»

«Es gibt eine Einstichstelle in der Vene am linken Arm. Sieht fachmännisch aus.»

«Irgendwelche Substanzen?»

«Kann ich noch nicht sagen.»

Herzberg sah auf. «Soweit ich weiß, wurde der Tote nicht

in ein Beerdigungsinstitut verbracht, sondern blieb vor Ort. Und wurde abgeschrubbt, wie Sie sagen.»

«Das ist nicht verboten.»

«Aber nicht mal auf den Dörfern noch üblich, meiner Einschätzung nach.»

Hultzsch verschränkte die Arme. «Das klingt alles ziemlich interessant. Sie sind zu beneiden. Ich hätte auch mal Lust, Verdächtige auszufragen.»

Herzberg stand auf. «Ich freue mich wie verrückt darauf, hoffentlich klappt es.»

Hultzschs Lächeln wurde schmaler, er streckte die Hand nach dem Bericht aus. «Sie sind noch nicht wieder im Team?»

«Es war abgesprochen, dass ich den Bericht abhole. Ein sehr gutes Zeichen.»

Hultzsch gab Herzberg jetzt die Hand, sein Lächeln war wieder da. «Dachte ich mir. Da drüben wird schließlich niemand so dumm sein und den besten Mann nicht ran lassen.»

Keine Viertelstunde später flog Herzberg die Treppe in den ersten Stock des Präsidiums hinauf, schwungvoll betrat er das langgezogene Foyer des Fachkommissariats 1, seinen alten Arbeitsplatz. Noch immer roch es leicht nach Farbe und dem Imprägniermittel der Spannteppiche, erst im April war die Etage renoviert worden. Er sog den Geruch tief ein. Zuhause. Soweit man sich auf seiner Arbeitsstelle heimisch fühlen konnte, hier tat er es.

Silke hockte hinter ihrem Tresen. Als sie ihn sah, sprang sie von ihrem Stuhl und umarmte ihn. Dabei kam sie gerade mal bis zu seiner Brust, die Sekretärin war klein und sehr zart.

«Du kommst zurück? Bitte sag ja, es ist so langweilig, wenn niemand den Laden aufmischt.»

«Ich will schon. Und wie.»

Sie sah an ihm herunter und wiegte den blondgefärbten Kopf. «Ist das da ein winziger Bauchansatz?»

«Es geht mir gut, wie du siehst.»

Sie lächelte. «Dann heute nur Kaffee für dich?»

Herzberg nahm den Becher, den sie ihm hinhielt. Einen roten Herzchenbecher, den außer ihr niemand benutzen durfte. Sie musste ihn wirklich vermisst haben. Er deutete auf Jansens Büro. «Was treibt er so?»

«Ein Typ aus deiner Abteilung ist vor einer Viertelstunde bei ihm raus.»

Herzbergs Vorfreude bekam schlagartig einen Kratzer. «Braune Klamotten, blasses Gesicht?»

«So schlimm fand ich's gar nicht.» Sie war ein bisschen rot geworden.

«Hat er mit dir geflirtet?»

Auf ihrer Stirn entstand eine Zornesfalte. «Ich weiß, ich sollte meine Ansprüche nicht so weit runterschrauben. Aber seit Tommi Schluss gemacht hat, weißt du, da ...»

«Nicht dieser Mann. Zur Not gehen wir gemeinsam auf Suche.»

Die sorgfältig gezupften Brauen unter ihrem Pony hüpften auf und ab. «Das möchte ich sehen. Der Typ wirkte übrigens so dermaßen zufrieden, das war fast pervers.»

Drewitz hatte also das getan, was er am besten konnte: ein hinterhältiger Streber sein. Sicher hatte er die halbe Nacht an seinem Vortrag gefeilt. «Ich tu einfach so, als wäre es mir egal.» Was eine Riesenlüge war. Es tat weh und machte ihn wütend.

«Du hast Nerven.»

«Ich spare nur meine Kräfte.» Herzberg winkte, dann lief er auf Jansens Büro zu.

«Du weißt aber schon, dass sie alle beim Schießtraining sind?», hörte er da hinter sich. «Vor zehn Minuten sind sie hier raus.»

Herzberg fuhr herum. «Jetzt?»

«Der Termin steht schon eine Weile, da wollte Jansen nicht absagen. Dauert ja nur eine Stunde.»

«Wir haben einen neuen Fall!»

«Wir?» Im nächsten Augenblick lief ihr Gesicht zartrosa an. «Entschuldige.» Silke biss sich auf die Lippe. «Also ... Jansen meinte, er würde sowieso auf den Obduktionsbericht warten müssen, den er danach bei Hultzsch abholen will.»

Jetzt war es Herzberg, der ein wenig rot im Gesicht wurde. Dann hatte Desiree nicht mit Jansen gesprochen, und dieser Tag würde vielleicht ganz anders verlaufen, als er so drängend gehofft hatte.

Stumm grüßend wandte er sich zum Gehen.

Desiree Weigand lachte das Gesicht aus, das ihr da im Spiegel entgegensah. Und wurde prompt mit einem Schmerz bestraft, der ihr das Blut in den Adern gefrieren ließ, ein Schnitt mitten durchs Gehirn. Sie krallte die Hände um das Waschbecken und versuchte, nicht zu schwanken. Erinnerungen ploppten in ihrem Kopf auf, ihr Körper war der fühlbare Beweis. Frust nach dem gestrigen Abend. Wein. Geheul. Gedanken über sich, ihr Leben. Über Männer, Herzberg zum Beispiel, der gerade eine neue Freundin hatte. Und Stephans Angebot. Noch mehr Wein.

Gott, wer immer du bist, warum muss ich das erleben? Sie beugte sich herunter, öffnete den Hahn. Schöpfte sich Wasser ins Gesicht. Endlich war da ein bisschen Klarheit, fadendünn, aber immerhin. Sie griff sich Papiertücher, trocknete ihr Gesicht ab. Stutzte.

Was war das gerade gewesen? *Warum muss ich das erleben.*

Ja, was denn? Dass Herzberg nicht mehr mit ihr zusammenarbeitete oder dass er glücklich war? Und was war daran so schlimm?

Ehe sie sich weiter das Hirn zermartern konnte, wurde die Tür aufgestoßen. Fred Richter kam herein, wie immer in grenzwertig eng anliegender Jeans und T-Shirt mit riesigem Logo, ein als Jugendlicher verkleideter älterer Mann. In ihren Augen, auch wenn er die sportlichste Figur im ganzen Kommissariat hatte.

Sie schmiss das zusammengeknüllte Papierhandtuch nach ihm. «Das ist ein sehr intimer Ort.»

«Du bist schon eine halbe Stunde auf dem Klo. Was ist los?»

Sie versuchte die Erinnerung daran heraufzubeschwören, aber es ging nicht.

Jetzt grinste er. «Gestern bei der Premiere tüchtig zugelangt, was? Stephan hat dich gesehen.»

Na prima, jetzt war es schon rum. Hoffentlich hatte er nichts von dem Kuss gesagt.

Fred Richter legte die Stirn in Falten. «Ich finde, Frauen sollten sich nicht derart ...»

«Klappe!» Sie unterdrückte einen Aufschrei, weil in ihrem Kopf etwas explodiert war. «Geh wieder schießen.»

Als die Tür zugefallen war, trank sie noch einmal einen Schluck kaltes Wasser, anschließend lief sie den schmalen Flur nach vorn, hin zu den Schießständen.

Mittendrin blieben ihre Beine abrupt stehen. Schwer wie Blei, sie kam einfach nicht weiter. Dann kapierte sie.

Jemand war aufgetaucht. Eine große, schmale Gestalt mit kahlem Schädel und tiefliegenden dunklen Augen verschwand gerade in einem kleinen Büro. Ihr Herz hüpfte los, als würde es Trampolin springen, bis hoch in ihren Kopf. Sie legte die kühlen Hände darum.

Und plötzlich hatte sie doch eine Ahnung, was ihr da gestern Abend im Suff durch den Kopf gegangen war, obwohl das dumpfe Knallen der Schüsse im Keller ihr Gehirn weiter in Fetzen riss. Herzberg und sie ... wie sie ihr tägliches Miteinander vermisste, die Gespräche, bei denen der eine wusste, was der andere dachte, noch ehe er es aussprach, ihre gemeinsamen Erfolge ...

Aber selbst das war im Moment wohl egal.

Denn da war noch etwas. Neben Herzberg war am Rand ihres Gesichtsfelds Jansens knallroter Kopf aufgetaucht, er war es gewesen, der Herzberg sehr entschieden in das kleine Büro gewinkt hatte. Richtig, sie hatte mit Herzberg telefoniert, heute ganz früh am Morgen, und irgendetwas angeordnet. Und Jansen würde ihm dafür gleich das Fell über die Ohren ziehen.

Kriminaloberkommissar Heinz Jansen ließ sich ächzend in einen Drehsessel fallen. Er wedelte, ohne aufzusehen, kurz mit der Hand, noch ehe Herzberg die Tür hinter sich geschlossen hatte. Kein Hallo, wie geht es dir, vermisst du uns. Nur ein geknurrtes *Wir müssen reden.*

«Dir auch einen guten Morgen», sagte Herzberg und schloss die Tür hinter sich. Atmete tief durch. Hier in dem kleinen Pförtnerbüro ging das besser als draußen, wo das Krachen der Schüsse durch seinen Körper pflügte. Kriegsgeräusche. Er hasste sie.

Heinz Jansen hatte inzwischen die Augen unter den buschigen Brauen auf die Papiere vor sich gerichtet. «Ich habe mir den Bericht mit hergenommen, so sehr hat mich das Gespräch mit deinem Kollegen aufgeregt.» Er hielt die Blätter hoch. «Drei Seiten lang, bin gerade durch.»

«Dann weißt du ja, dass wir erfolgreich waren. Aber warum erstattet Drewitz dir Bericht? Werde ich evaluiert?»

Jansen schloss kurz die Augen. «Meier ist erst morgen wieder da, daher bin ich jetzt gezwungen ... egal. Fakt ist ...»

«Moment, das ist nicht egal. Was hat mein Kollege bei dir zu suchen?»

Jansen wischte seinen Einwand beiseite. «Fakt ist, du hast halb Lichtenfels gegen die Polizei aufgebracht, es wird einen Artikel im *Nordkurier* geben. Du weißt, wie sehr wir das schätzen.»

«Ich habe was?»

Jansen tippte auf den Bericht. «Du hast eine würdevolle Trauerfeier unterbrochen und zu allem Übel an dem Toten ...» Jansen verzog das Gesicht, «... eine Untersuchung vorgenommen. Vor aller Augen. Die Menschen sind verstört und aufgebracht. Du hast jeden möglichen Ermittlungserfolg schwer behindert.»

Drewitz, na warte. «Ohne mein Verhalten gäbe es gar keinen Fall, und die Straftat an einem weiteren alten Menschen, auf dessen Totenschein Herzversagen steht, wäre unentdeckt geblieben.»

Jansen nickte, aber er wirkte verkrampft dabei. «Da draußen brauchen wir das Vertrauen der Leute, sonst reden die nicht mit uns. Muss ich ausgerechnet dir das erklären?» Jansen reckte das Kinn und rieb sich die schlaffe Haut darunter, die dort war, wo noch vor ein paar Wochen ein gewaltiges Doppelkinn geprangt hatte. Blass war Jansen auch. «Aber die Details müssen wir nicht diskutieren», fuhr er fort, «die kannst du in deinen Bericht schreiben.»

So leicht wirst du mich nicht los, dachte Herzberg, während er sich auf den Plastikstuhl setzte, der in einer Ecke stand. Was ich getan habe, war richtig. Wie traurig, dass ausgerechnet du das nicht mehr verstehen willst. «Als ich ankam und von der Beerdigung las, hatte ich schon ein ungutes Gefühl. Ein Zeuge stirbt in dem Moment, wo wir kurz davor sind, eine Straftat mit einer rechten Aktivistengruppe aus seinem Heimatort in Verbindung zu bringen. Und er war, abgesehen von einer Angina, ziemlich gesund. Also habe ich ...»

«Ich wiederhole mich nur ungern», unterbrach Jansen, «aber darum geht es hier nicht. Es geht um die Art und Weise. In einer solchen Situation ist Fingerspitzengefühl gefragt. Das hast du vermissen lassen. Mal wieder. Und ich muss draußen die Wogen glätten.»

Herzberg ballte die Fäuste und spürte, wie sich seine Fingernägel in die Handflächen bohrten. «Verstehe, es geht um mich.»

«So wichtig bist du auch nicht.» Jansen griff in seine Tasche und förderte eine Wasserflasche zutage. Seine Hand zitterte, als er sie zum Mund führte.

Jetzt registrierte Herzberg, dass Jansen schmaler war als sonst und sein Bauch wie weggebügelt. «Geht es dir gut?», fragte er leise.

Jansen tupfte sich, ohne aufzublicken, mit einem großen Taschentuch den Mund ab. «Was, wenn es eine Massenpanik gegeben hätte?»

«Dazu waren nicht genug Leute da.»

«Du hast es nicht geschafft, für Ruhe zu sorgen, dabei hattest du einen Kollegen dabei.»

Nicht geschafft? Hans Drewitz war ein verdammter Lügner. Herzberg spürte, dass seine Stimme bebte, noch ehe er überhaupt zu sprechen begonnen hatte. «Du warst nicht dabei. Also hältst du dich an das, was dir ausgerechnet der Kollege sagt, den du nicht kennst?»

«Dich kenne ich ja nun.»

Herzberg ließ sich gegen die Lehne sinken, ihm war auf einmal schlecht. «Ich hatte recht: Du lässt mich überwachen. Und machst gemeinsame Sache mit Meier, Drewitz ist euer Lakai.»

Jansens Gesicht färbte sich dunkelrot. «Die Fehler machen immer die anderen, ja?»

Herzberg streckte die Hand nach der Mappe aus, in der Drewitz' Bericht fein säuberlich abgeheftet war. «Ich will das lesen.»

«So weit kommt es noch!»

Herzberg fuhr aus dem Stuhl hoch. Wie war das noch gewesen? *Das vergisst dir hier niemand*, hatte Jansen ihn gewarnt, als er angekündigt hatte, seinen Kollegen Sven Färber zur Rechenschaft zu ziehen. Er hatte nicht daran geglaubt, doch jetzt wusste er es besser. «Hast du Drewitz wenigstens dieselbe Frage gestellt? Ob die Fehler immer die anderen machen?»

Jansens Faust krachte auf den Tisch. «Ich will nicht, dass das alles schon wieder losgeht!»

«Und jetzt?» Herzberg spuckte die Worte förmlich aus. «Ziehe ich mit eingezogenem Schwanz ab, und Drewitz reibt sich die Hände?»

Ehe Jansen antworten konnte, ging die Tür auf, und Fred Richter trat ins Zimmer. An Gesicht und Armen dunkelbraun gebrannt, bestimmt war er wieder mit dem Fahrrad in den Urlaub gefahren. Früher hatten sie beide sich gern darüber ausgetauscht.

Er starrte Herzberg an. «Ähm … Heinz, willst du nun noch? Gunther fragt.» Dann senkte er den Blick. «Was macht er hier? Ist er zurück?»

«Gute Frage», sagte Jansen. «Was machst du überhaupt hier?»

Merkst du das nicht? Herzberg fingerte den Obduktionsbericht aus der Tasche. «Ich wollte fragen ...»

«Ich komme mit nach draußen», unterbrach Jansen ihn, «und natürlich werde ich schießen üben, das gehört schließlich dazu.»

Herzberg schluckte. So etwas hatte Jansen noch nie gesagt. Bislang hatte er es immer unkommentiert gelassen, dass er, Herzberg, das Schießtraining unregelmäßig absolvierte. Fred Richter schlich umgehend nach draußen, aber das war zu erwarten gewesen, er sah nicht nur geschmeidig aus, er war es auch. Und er selbst musste ebenfalls hier weg, bevor er etwas Schlimmes sagen konnte. «Auf wessen Seite stehst du, kannst du mir das noch kurz sagen?», fragte er, so ruhig es ging. «Nur damit ich es weiß. Ich habe hier allmählich keinen Boden mehr unter den Füßen.»

«Blödsinn.»

«Danke, genau das meine ich.»

Jansen erhob sich nun ebenfalls aus seinem Stuhl und griff nach dem Bericht, den Herzberg ihm hingelegt hatte. Blätterte, las. Dann wurde sein Gesicht noch einmal rot.

«Kollegen!» Seine Stimme donnerte durch den Keller. «Stellt das Schießen ein und kommt mit mir mit, sofort!» Er ließ Herzberg dabei nicht aus den Augen.

«Hol mich zurück. Bitte», sagte Herzberg schnell.

Aber Jansen verließ schon das Büro, gefolgt von den anderen. Im Flur holte Herzberg ihn ein. «Heinz!»

Jansen blieb noch einmal stehen. Mit ausgestrecktem Zeigefinger deutete er auf den langgestreckten, höhlenartigen Raum mit den Schießständen. «Bitte schön, du kannst dich hier austoben, wir haben jetzt einen Fall zu lösen.»

Herzbergs Kehle war inzwischen so trocken, als hätte er eine Ladung Sand geschluckt. Er öffnete den Mund, bekam aber kein Wort heraus.

Jansen hingegen hielt seelenruhig den Obduktionsbericht hoch. «Du bist schließlich nicht hergekommen, um unbefugt in Gewahrsam genommenes Beweismaterial zurückzubringen, oder?»

Herzberg stand da wie festgeschweißt und sah den Kollegen nach, zu denen er einmal gehört hatte. Durch seinen Kopf zog ein dumpfes Rauschen. Er zwang sich zu atmen. Ein. Aus. Nein, beschwor er sich, das hier ist nicht das Ende, bevor alles wieder angefangen hat. Also halt vorerst den Mund. Zur Sicherheit biss er die Zähne fest aufeinander. Ein Backenzahn meldete sich, die Füllung hätte längst ausgetauscht werden müssen. Das Hacken in seinem Kiefer fühlte sich gut an.

Und noch etwas lenkte ihn ab. Es war urplötzlich in seinem Rücken. Eine Hand, sehr weich.

«Ich dachte schon, ich kriege dich nie wieder zu Gesicht.»

Herzberg genoss den Klang der schweren, warmen Stimme und drehte sich um.

Und da stand sie. Desiree. In schwarzer Hose und weitem Shirt von einer Farbe, die den Augen weh tat.

«Tja, zu früh gefreut», sagte sie noch, dann griff sie zu.

Seine Antwort ging in einer Masse aus Stoff unter, Herzberg hörte sich nur ein komisches Geräusch machen. Sie zu umarmen tat so gut, dass seine Knie ein Stück nachgaben.

«Du bist noch hier?», fragte er, als sie ihn losgelassen hatte.

«Ich muss was mit dir besprechen.»

«Das können wir nach Feierabend tun, jetzt muss jeder an seine Arbeit.»

«Darum geht es ja.»

«Du hast es vielleicht nicht mitbekommen, aber ...»

«Habe ich.»

«Na dann.»

Sie sah ihn schief an. «Wir werden bestimmt gleich nach Lichtenfels aufbrechen. Du musst sowieso hin, schließlich musst du rausfinden, wer aus dieser Wohnung Kleinholz gemacht hat.»

«Ja, aber ...»

«Du wirst mir unterwegs alles erzählen, was du schon weißt.»

Sein verräterisches Herz machte einen kleinen Satz. Wie gern würde er wieder mit ihr zusammenarbeiten. «Solltest du nicht abwarten, was Jansen anordnet?»

«Er wird anordnen, dass ich die Ermittlung leite.»

Sie sah ihn dabei fragend an. Bittend sogar. Sei nicht sauer, sollte das wohl heißen. Er spürte ein kleines, hässliches Ziehen in der Herzgegend. Sie war jetzt also Jansens Kronprinzessin. Natürlich hätte er keine bessere Wahl treffen können. «Und du stellst dein Team ohne Absprache zusammen?»

Sie sah auf ihre Schuhspitzen. «Nein.»

Das Ziehen, das sich anfühlte wie Hunger, wurde noch einmal schlimmer. «Was mache ich dann hier?»

«Du kommst trotzdem mit, was für eine blöde Frage.»

Eine halbe Stunde später kamen sie zu dritt in Lichtenfels an. Unterwegs hatte Herzberg Desiree und Stephan ausführlich Bericht über den gestrigen Nachmittag erstattet, danach hatten sie schweigend versucht, die Hitze zu ignorieren, die durch die heruntergelassenen Scheiben des kleinen Suzuki hereingeweht war. Dabei war ihm aufgefallen, dass zwischen den beiden irgendetwas vorgefallen sein musste. Desiree hatte

Stephans waidwunden Blicken nicht die geringste Beachtung geschenkt, mehr noch, sie hatte ihn wie Luft behandelt.

Jetzt standen sie vor einem zweistöckigen Gebäude aus rotem Backstein, *Gemeindeamt* stand in eisernen Buchstaben über der Tür. *Dorfeigentum, kein Staatseigentum* stand mit weißer Farbe auf einem Schild, das danebenlehnte. Gegenüber gab es ein modernes Haus mit großen Fensterfronten und einem Parkplatz davor. Eine Arztpraxis, wie ein großes Schild verkündete. Herzberg wäre am liebsten hineinmarschiert und hätte sich den Arzt wegen des Totenscheins seines Zeugen Rudolf Schröter vorgeknöpft. Doch genau das durfte er nicht.

Ehe Desiree aussteigen konnte, hatte Stephan ihr die Tür geöffnet und reichte ihr die Hand, aber sie winkte ihn unwirsch zur Seite. Auf Herzbergs fragenden Blick hin schüttelte sie den Kopf. Ich bin wirklich draußen, dachte er und ließ die Autotür zuknallen.

«Das ist kein Traktor!», fuhr Desiree ihn an, dann zuckte sie zusammen, als hätte sie etwas auf den Kopf bekommen.

Herzberg hatte es auch gehört.

«Was war das eben?», fragte Stephan.

«Klang, als würde etwas aus der Wand gerissen.»

«Sind das deine Leute?», fragte Desiree.

«Will ich nicht hoffen!» Herzberg rannte los, flog förmlich die Stufen in den ersten Stock des Gebäudes hinauf, das nach Staub roch.

Oben waren zwei Männer damit beschäftigt, Rohre aus der Wand zu reißen. Der Boden der Wohnung war übersät mit Putzfladen und zersplitterten Fliesen, Werkzeuge lagen verstreut zwischen ein paar Zementsäcken herum.

«Was ist hier los?», brüllte Herzberg gegen die Geräuschkulisse an.

Einer der beiden Handwerker, ein großer Dicker, legte den Bohrer ab, mit dem er eben noch Löcher in den Putz getrieben hatte. Unter seiner Schutzbrille kamen zwei graue Augen in einem grauweiß gepuderten Gesicht zum Vorschein. Er starrte auf Herzbergs Ausweis. «Die haben gesagt, wir dürfen das.»

Herzberg traute seinen Ohren nicht. «Wer sind *die*?»

Die beiden Männer sahen sich achselzuckend an. «Wie hieß der noch gleich?»

«Werner Simon oder Fred Richter?» Das hatte Desiree gesagt. Herzberg fuhr herum. Ist okay, dass ich hier bin, sagte ihr Blick. Bin auf deiner Seite.

«Nee, der hieß anders», antwortete jetzt der Dicke.

«Drewitz?», fragte Herzberg.

«Kann sein. Ja, genau, so hieß der.»

Ohne Absprache. Verflucht. Herzberg fuhr sich über den Schädel. «Und Sie machen hier was genau?»

«Nur ein bisschen aufräumen.»

«Und warum?»

Die beiden sahen sich schon wieder an und suchten nach einer Antwort im Gesicht des anderen.

Herzberg trat gegen eines der Rohre, das scheppernd gegen eine Wand flog. «Dann brauche ich jetzt Ihre Namen und die Fingerabdrücke. Sie rühren hier nichts mehr an.»

Augenblicklich hörte er, wie Desiree Werner Simon anrief und ihn bat vorbeizukommen.

«Wir waren das doch nicht», sagte der dünnere der beiden schließlich, er hatte engstehende Augen und eine sehr lange Nase.

Der andere sah aus dem Fenster. «Ausweise haben wir nicht dabei.»

«Ihre Namen werden Sie ja wohl auswendig wissen, und die Finger sind alle dran, oder?»

Die beiden sahen sich wieder an. «Schmied, Manfred», sagte der Dicke.

«Geißler, Karlheinz», der andere.

«Wo wohnen Sie?»

«Ähm ...», begann Karlheinz Geißler, «ich am anderen Ende, da steht ein gelb gestrichenes Haus. Und Manfred ... Hauptstraße 7.» Dann kratzte er sich den Kopf. «Was ist eigentlich mit Schröter, wurde der nun getötet? Das ist doch viel wichtiger.»

«Hier stelle ich die Fragen. Wo ist die Nummer 7?»

Manfred Schmied betrachtete seine verdreckten Hände. «Gegenüber, hinter der Arztpraxis.»

«Wo waren Sie am Dienstagabend, als die Wohnung hier unbrauchbar gemacht wurde?»

Schmied zog die Schultern ein klein wenig hoch. «Zu Hause.»

«Und von da drüben haben Sie nichts gehört oder gesehen? Es muss laut gewesen sein.»

«Nö.»

«Außerdem hätte es ja auch sein können, dass renoviert wird. Die Bude ist schließlich alt, und die Flüchtlinge kriegen doch eh alles hinterhergeschmissen», meldete sich Geißler zu Wort.

«Renoviert? Am Abend?» Herzberg ging jetzt zu einem Haufen in der Mitte des Zimmers. Er hatte etwas gesehen. Mit einem herumliegenden Dielenbrett stocherte er darin herum. Und richtig, unter einem Stück Tapete lag eine Brechstange. Er zeigte darauf. «Gehört die Ihnen?»

«Nö», sagten die beiden wie aus einem Mund.

Herzberg atmete tief durch. Dann gehörte sie vielleicht dem Täter, und die Kollegen hatten sie übersehen. Meiers Leute in dem Fall. Werner Simon wäre so etwas nicht passiert.

«Wo kommen die Flüchtlinge eigentlich her, wissen Sie das?», fragte er, während er weitersuchte.

«Afrika, das sind Schwarze», sagte Geißler.

«Und deren Anblick können einige Leute hier nicht ertragen?»

«Wir sind ja nicht mal gefragt worden. Außerdem brauchen wir das Gemeindeamt selbst. Deshalb würden wir das nie kaputt machen, da wären wir ja schön blöd.»

Jedenfalls waren sie nicht so blöd, es zuzugeben. «Hier gibt es genug Platz, soweit ich das beurteilen kann. Die jungen Leute ziehen wegen der Arbeit in die Städte, nicht wahr?»

Geißlers Blick wurde glasig. Schmied scharrte mit dem Fuß Kreise in den Dreck.

Im nächsten Augenblick hörte man jemanden die Treppe hochpoltern. Dann stand der bullige Werner Simon in der Tür, mit eingezogenen Schultern, was ihn aussehen ließ wie einen Stier.

«Was gibt's, Chefin?», wandte er sich an Desiree.

«Könnt ihr euch hier noch mal umsehen, bitte?»

Werner stellte seinen Koffer ab, dann rieb er sich die fleischige Hand an der Hose ab. «Aber klar, wird nicht lange dauern.»

«Ich habe eine Brechstange gefunden, die nicht den selbsternannten Handwerkern hier gehört», sagte Herzberg.

Werner nickte, er hatte ihn noch immer nicht angesehen, geschweige begrüßt. Ein völlig neues, blödes Gefühl. Herzberg wollte ihm zur Hand gehen, aber Werner winkte ab. War klar, dachte Herzberg und ging zum Fenster, um ein bisschen frische Luft abzubekommen. Werner Simon, sein gelegentlicher Skatpartner, hatte klare Ansichten darüber, was ein Polizist durfte und was nicht. Und einen Kollegen ans Messer zu liefern gehörte definitiv nicht dazu. «Wo haben Sie das Geld für die Aufräumarbeiten her?», wandte er sich an die Handwerker.

Die beiden sahen sich wieder an. «Geld?»

Herzberg zwang sich, weiter in normaler Lautstärke zu sprechen. «Der Zement war letzte Woche noch nicht da, soweit ich weiß.» Er wandte sich zu Werner Simon um, der gerade begonnen hatte. «Werner, was, schätzt du, kostet es, hier Ordnung zu schaffen?»

Werner Simon reagierte nicht.

Was für eine Blamage. «Ein paar tausend Euro?»

Jetzt ein Achselzucken, ohne ihn eines Blickes zu würdigen. Herzberg rieb sich die Stirn, um den Druck dahinter zu vertreiben. «Also sagen wir fünftausend, tausend allein für das Material, mindestens. Wo stammt das Geld her? Sie sind doch im ganzen Leben nicht von allein auf die Idee gekommen, den Flüchtlingen hier einen schönen Empfang zu bereiten. Sie beseitigen Spuren, von wem auch immer.»

«Nö.»

«Wir wissen, dass die NPD-Ortsgruppe, die auch hier Mitglieder hat, dagegen ist, dass Flüchtlinge unsere Dörfer und Städte besiedeln. Und dass sie Leute haben, die sich darum kümmern, dass keine kommen. Richtig?»

Der Dicke stand unbeweglich da. «Nö.»

Dann stimmte es also. «Waren Sie es vielleicht? Und haben dann ein schlechtes Gewissen gekriegt?» Wenn jetzt noch ein einziges Nö kam, würde er Schmied anspringen.

Der stand breitbeinig da, wie mit dem Boden verwachsen, und sah an Herzberg vorbei in den dunklen Flur. «Nö.»

Herzberg stemmte die Fäuste in die Flanken, er hatte den Mund schon geöffnet, da hörte er jemanden kommen.

Wie aus dem Boden gewachsen stand die alte Dame, die bei der Beerdigung so herzzerreißend geschluchzt hatte, im

Flur der Wohnung, ein kleines Paket in der Hand. Sie trug wieder ein Kleid, diesmal in einem verwaschenen Blau und mit aufgesetzten Taschen.

«Jetzt doch nicht», zischte Karlheinz Geißler sie an. «Hier ist gesperrt.»

Manfred Schmied trat zu ihr und nahm ihr das Paket ab. «Danke. Ist der Kuchen von gestern übrig?»

«Klar», quäkte Geißler, «die Bullen haben ja die Feier gesprengt, was, Magda?»

Jetzt sah die Frau Herzberg an. Er trat auf sie zu. «Wir kennen uns, ich habe Sie gestern ...»

Weiter kam er nicht, sie eilte schon zurück ins Treppenhaus. Herzberg rannte ihr hinterher, im Vorgarten war er bei ihr angekommen und wollte sie am Arm berühren.

Wie gestern am Sarg riss sie sich voller Energie los, blieb aber stehen. «Nicht ziehen!»

Herzberg hob beide Hände. «Natürlich nicht.»

Die alte Dame kümmerte sich nicht darum, sondern lief weiter.

«Wir müssen mit Ihnen sprechen», rief Herzberg ihr nach.

Da wandte sie sich noch einmal um. Lächelte. «Das ist nicht erlaubt.»

«Nicht erlaubt?»

Unbeirrt eilte sie weiter. Mit gebeugtem Oberkörper, als müsse sie gegen eine Sturmbö anlaufen.

«Nicht erlaubt, warum?», rief Herzberg noch einmal.

Dann blieb er verwundert stehen. Zuerst hatte es ausgesehen, als wollte sie bloß einen eingeschlafenen Arm ausschütteln, aber jetzt begriff er, dass sie damit auf etwas gezeigt hatte. Auf die Arztpraxis gegenüber.

Magda schloss die schwere Tür und spürte, wie ihr das Lächeln vom Gesicht floss. Und mit ihm schwand die Kraft, die es gekostet hatte. Sie sank gegen das alte Holz, das nach Staub roch, und genoss die Kühle an ihrer Wange. Beinahe konnte sie das feine Raspeln der Holzwürmer hören. Aber nur beinahe.

Ganz anderes schwirrte in ihrem Kopf herum. Dieser schlanke dunkle Mann eben hatte sie nämlich angesehen, als wollte er in sie hineinkriechen, widerlich so etwas. Seine Augen waren voller Neugier gewesen, schon gestern war ihr das aufgefallen. Aber niemand hatte in Fremden etwas zu suchen, nicht im Körper, nicht im Kopf. Versonnen strich sie über die dicke Wand aus Eiche. Etwas finden würde er ja nicht. Da waren bloß ein paar grelle Funken in ihrem Kopf, von denen sie Herzschmerzen bekam, seit sie den Toten versorgt hatte und die ganze Nacht mit ihm allein gewesen war. Aber das hatte nichts zu bedeuten.

Sie stützte sich von der Tür ab, ihr Atem klang, als würde ein nasses Tuch auf dem Boden schleifen, das war neu, aber nicht schlimm. Langsam schlüpfte sie aus den weißen Plastesandalen, schob sie sorgsam unters Regal. Man musste sie nur scheuern, und sie waren wie neu, herrlich praktisch so etwas. Sogar baden gingen die Kinder mit ihnen. Im Fluss …

«Nein!», rief sie in den dunklen Flur. «Nicht daran denken. Nicht ans Wasser!» Schlug sich mit der flachen Hand an die Stirn.

Das Rauschen darin hörte auf. Na bitte.

Dann ging sie in die Küche. Ließ Wasser ins Spülbecken laufen, goss kochendes aus dem Kessel dazu. Nahm die Rührschüsseln, die sie auf dem Tisch aufgestapelt hatte, die Quirle und den Teigschaber und beugte sich nach vorn, um sie ins Wasser zu lassen. Jetzt ist er fort, dachte sie dabei. Für immer.

Dann hielt sie inne. Starrte auf die glatte Fläche.

Es war ein Sonntag im November, seit Wochen war es kalt.

Sie fuhr hoch. Hatte da jemand etwas gesagt? Gehört hatte sie ja was. Wie war das gleich? Sie murmelte den Satz vor sich hin.

Richtig ... Ein Sonntag im November. Da hatte sie genauso dagestanden. Hatte sich beschäftigt, damit der Aufruhr in ihren Eingeweiden zur Ruhe kam.

Eine Träne brachte die Wasseroberfläche zum Zittern. Zwei Tonschüsseln glitten ihr scheppernd aus der Hand. Sie hatte wieder zwei Hände gespürt, die sich um ihre Hüften legen. In einer eiskalten Küche ...

In dicken Schuhen steht sie da, zwei Röcke übereinander, wollene Kniestrümpfe und Filzlatschen. Wie das aussieht. Und doch passiert es. Es geht auch nicht sehr langsam. Zum Mitmachen kommt sie nicht, weiß auch gar nicht, wie das geht. Jemandem gefallen ...

Jetzt sah sie, dass im Spülwasser kleine rote Tropfen schwammen. Schnell zog sie die Hände heraus. Mutters Rührschüssel mit den Punkten war zerdeppert. *Du bist ein Kamel, ein dummes!* Wie oft hatte sie das gehört.

Doch dann sah sie die blutigen Schlieren breit zerfließen und verschwinden. Und lachte. Nie wieder würde jemand sie so nennen. Das und alles, was dazugehörte, war lange vorbei.

«Eine Frage vorweg», sagte Herzberg, die Hand auf der Klinke zur Arztpraxis von Peter Gruner, zu der sie schnurstracks aufgebrochen waren, sobald Herzberg Desiree berichtet hatte, was diese Magda Schlottwitz ihm Merkwürdiges zu verstehen gegeben hatte. «Hast du schon Schröters biographische Daten?»

Sie schüttelte den Kopf. Wie auch, sie hatte dafür schlicht keine Zeit gehabt.

Herzberg zog einen Zettel aus der Hosentasche. «Geboren am 18. September 1925 in Berlin, 1929 nach Lichtenfels gezogen, als die Eltern das Gut im Zuge der Weltwirtschaftskrise kauften. 1945 enteignet worden, in den Westen gezogen, nach der Wende zurückgekehrt, hat den Agrarbetrieb wieder mit aufgebaut und geleitet. Lebte dann wieder im alten Gutshaus der Eltern, das er aufwendig sanierte. Von 1995 bis 2000 Bürgermeister. Mitglied in diversen Fördervereinen, kannte Land und Leute.»

«Ein allseits bekannter Mann also. Verheiratet? Kinder?»

«Nein und nein. Geschieden übrigens.»

«Dann mal rein da.»

Herzberg jedoch blieb stehen. «Wissen wir, wie wir unsere Ermittlungen auseinanderhalten?»

«Du stellst deine Fragen, ich meine.»

«Nacheinander.»

«Nicht mal Jansen könnte daran etwas aussetzen.»

«Ich will dich nicht in die Bredouille bringen.»

«Wirst du aber, wenn wir hier noch lange labern und der Tag ohne Ergebnis zu Ende geht.»

«Deine erste Ermittlung, klar.»

Sie drückte an Herzberg vorbei die Faust gegen den Türrahmen. «Ich nehme es außerdem persönlich, wenn jemand einen Menschen umbringt. Erst recht, wenn es ein alter Mensch ist, der sich kaum mehr wehren kann.»

Herzberg hielt die Klinke weiter fest und grinste. «Persönlich, verstehe. Die Oma. Hast du mal erzählt.»

Sie spitzte die Lippen. «Alte Leute sind weise und gelassen. Ich mag das eben.» Und ja, Oma war genauso. Ein wohltuender Kontrast zu mir selbst.

Jetzt lächelte er, als hätte er den letzten Satz sehr wohl gehört. Dann öffnete er die Tür und hielt sie ihr auf. «Dein Gesicht, übrigens. Du hast doch keinen Kater?»

«Ich bin hellwach.» Na ja.

«Wann schlägst du in deiner Freizeit schon mal über die Stränge?»

«Wird vielleicht Zeit, dass ich damit anfange.»

Doktor Peter Gruner musste das Rentenalter längst erreicht haben, aber er wirkte vital. Er war nicht besonders groß, braun gebrannt, hatte kleine runde Augen hinter einer Brille, die weit unten auf der Nasenspitze saß. Sein Händedruck war kräftig, sein Lächeln professionell distanziert, aber freundlich. Und selbstverständlich hatte er Zeit für sie. «Sie kenne ich im Gegensatz zu Ihrem Kollegen noch gar nicht», sagte er zu Desiree. «Wie kann ich helfen?» Er deutete auf zwei Stühle, Herzberg nahm auf einem Platz, Desiree selbst setzte sich auf den Ruhesessel in einer Ecke.

«Indem Sie uns alles erzählen, was Sie über zwei Dinge wissen», antwortete sie. «Die Verwüstung der Flüchtlingsunterkunft im ehemaligen Gemeindeamt und Rudolf Schröters merkwürdigen Tod, den Totenschein, sein Leben hier im Dorf. Freunde, Feinde, die ganze Palette.»

Gruners Lächeln wirkte angestrengt, er starrte auf den Sessel unter ihr. «Also, der Totenschein, damit …»

«Wir fangen mal mit dem kleineren Übel an, wenn Sie so freundlich wären», unterbrach sie ihn und setzte sich nun doch auf den freien Patientenstuhl. Wenn er sich so wohler fühlte, bitte schön. «Herzberg, du zuerst.»

«Die Verwüstung der Wohnung geschah am Dienstagabend», begann Herzberg, «Rohre wurden aus der Wand gerissen, Möbel die Treppe hinuntergeworfen.»

«Eine Schande», ergänzte Gruner.

«Schön, dass wir uns einig sind.» Das hatte sie sich nicht verkneifen können und bekam ein weiteres professionelles Lächeln dafür.

«Alle, die wir schon befragt haben, wollen nichts gehört oder gesehen haben», fuhr Herzberg fort, «wie ist das bei Ihnen? Sie sind räumlich so dicht dran.»

«Bedaure, ich war bei einem Patienten in Altentreptow. Glauben Sie mir, wenn ich wüsste, wer es war, würde ich es Ihnen, ohne zu zögern, sagen.»

Herzberg verschränkte die Arme. «So eine Landarztpraxis ist ein Marktplatz der Gerüchte, richtig?»

«Genau auf den Punkt. Gerüchte. Auf die ich nicht viel gebe.»

Herzbergs Brustkorb hob sich sichtlich, er kam in Fahrt. Wie sie diesen Anblick vermisst hatte.

«Welche?», beharrte er.

«Dazu müsste ich sie mir erst mal erzählen lassen.»

Herzbergs Kiefer mahlten. Der übliche Zirkus, niemand wusste etwas.

«Manfred Schmied und Karlheinz Geißler räumen gerade im Gemeindeamt auf», sagte er dann.

Gruners Augenbrauen, aus denen man Zöpfe flechten könnte, hüpften nach oben. «Das ist nett. Die Sudanesen sollen ja trotzdem bald dort einquartiert werden.»

«Ich bezweifle, dass es darum geht, nett zu sein. Die haben Zement und anderes Baumaterial beschafft, von welchem Geld? Haben sie einen Auftrag? Oder einfach ein schlechtes Gewissen?»

«Ich habe wirklich keine Ahnung, tut mir leid.»

Herzberg machte es sich gemütlich in seinem Stuhl, sank in die Lehne, schlug ein Bein über das andere. «Das glaube ich nicht. Aber dass Sie nicht im inneren Zirkel des Dorfes sind, ist richtig, oder?»

Ups, dachte Desiree. Forscher Vorstoß. Aber zwischen Leuten wie Gruner und den anderen klaffte eine ziemliche Lücke, das sah man schon an den Häusern, seins war einer der wenigen Nachwendebauten im Dorf. Groß und teuer. Damit kannte sie sich aus, hatte sie doch ihr eigenes Haus von einer Ruine in ein Schmuckstück verwandelt. Und es schien zu stimmen, Gruner hatte Herzberg kurz angesehen, als wollte er ihm an die Kehle springen. Trotzdem lächelte er.

«Ich bin jeden Tag zwölf Stunden auf Achse. Eigentlich wollte ich längst aufgehört haben und mich den schönen Dingen des Lebens widmen, aber finden Sie mal jemanden, der hier eine Praxis übernimmt. Nein, für Freundschaften habe ich leider, leider nicht die Zeit.»

Herzberg nickte. Sicher dachte er dasselbe wie sie. Die Leute brauchten Gruner, und das war es auch schon. Vielleicht war es Schröter ja ähnlich gegangen.

«Wir hatten vermutet, dass die Zerstörung etwas mit einer Gruppierung zu tun hat, die es im Dorf gibt, einer Splittergruppe, die den rechtsnationalen Kreisen um einen gewissen Roy Blasskewitz aus Neubrandenburg nahesteht. Die kaputten Scheiben des Bürgerbüros der Linken im Mai bei uns in Neubrandenburg sollen auf deren Konto gehen.»

Gruner nickte wieder, dabei stützte er das Kinn in eine Hand. «Ein Verdacht also. Dann müssen Sie erst noch zu Beweismaterial kommen.»

Frechheit. «Es ist nicht üblich, Ermittlungsergebnisse auszuplaudern», warf Desiree ein.

«Da fällt mir ein ...» Gruner zog jetzt eine Schublade auf und legte ihnen einen Flyer vor die Nase. Eine graue Menschenmasse war unscharf darauf abgebildet, Leute in abgerissenen Sachen, mit entschlossenen Gesichtern und Koffern in der Hand. *Wollt ihr diese Leute? Wenn nicht: Wehrt euch, das Vaterland ist unser!*, stand mit knallroten Lettern quer darüber. «Das lag vor etwa vierzehn Tagen in allen Briefkästen hier. Ohne Absender natürlich.»

«Und Sie wissen, von wem das kommt?»

«Jeder Mensch hat heutzutage einen Computer und einen Farbkopierer.»

Herzberg überflog den Text mit einem Stirnrunzeln. «Könnten Schmied und Geißler damit zu tun haben?»

Gruner lächelte mild. «Die haben mal dubiose Reden geschwungen, das habe ich schon mitbekommen, aber diese Zerstörungswut traue ich ihnen nicht zu. Manfred und Karlheinz sind wie alle hier im Dorf Lokalpatrioten. Die hauen kein öffentliches Gebäude kaputt.»

«Wer schwingt noch solche Reden?»

Gruner wiegte den Kopf. «Da fällt mir nur Kai Henschke ein, der jetzige Geschäftsführer der Agrargenossenschaft, er war auch mal sehr eng mit ihnen, eine kurze Zeit lang. Aber auch der würde nie ... nein, der ist schnell wieder zur Vernunft gekommen.»

Herzberg hatte sich in seinem Stuhl aufgerichtet. «War Rudolf Schröter auch so ein Lokalpatriot?»

«Er war sehr heimatverbunden, aber auch ein vornehmer Mensch, so ein primitives Kaputthauen hat er verurteilt. Überhaupt hat er viel für das Dorf getan. Im Grunde hat er nach der Wende Tag und Nacht geschuftet. Für den Agrarbetrieb, der läuft ja glänzend. Für den Ort. Hat sich in seiner Freizeit um Fördermittel für unsere Bausubstanz gekümmert, Sanierungsarbeiten auf den Weg gebracht. Die Kirche würde nicht mehr stehen ohne ihn, das Dach war völlig hinüber. Wir alle hier verehren ihn dafür.»

«Könnte er gewusst haben, wer hinter dem Übergriff steckt?»

«Er hat es mir jedenfalls nicht verraten.»

Desiree hob die Hand. «Sie sprachen eben von Verehrung, die man ihm hier entgegenbringt. Was ist mit Freundschaften?»

Gruner sah sie an, als wundere er sich, dass sie noch da war. «Nun ja, seine Stellung war schon sehr exponiert. Einmal Gutsherr, immer Gutsherr, das lag ihm einfach im Blut.»

In ihrem Kopf sprang eine Alarmleuchte an. Ein Wohltäter, ein Held, aber nicht mehr. Und dann wurde er ermordet. «Was ist mit Ihnen, mochten Sie Schröter?»

«Ich hatte den allergrößten Respekt vor seiner Lebensleistung, und ich habe die Gespräche mit ihm sehr geschätzt.» Es klang hölzern, wie auswendig gelernt.

«Danach habe ich nicht gefragt.»

Gruner hob die Schultern. «Ich mag – mochte ihn, wie man seine Patienten eben mag, es sind Patienten.»

«Sie haben seinen Totenschein ausgestellt?»

«Nein», kam es prompt zurück. «Das war mein Kollege Wolfgang Jauer, der mich an dem Abend vertreten hat.»

Desiree stand auf, stützte die Hände auf seinen Schreibtisch und sah ihm direkt ins Gesicht. «Dann haben Sie doch aber eine zweite Leichenschau vorgenommen, nachdem Sie von seinem Tod gehört hatten, oder? Wenn es um einen langjährigen Patienten geht, schaut man schließlich genauer hin.»

Treffer. Seine Hand zitterte ein wenig, als er seine runde Brille auf der Nase nach oben schob. «Ich vertraue dem Kollegen voll und ganz. Außerdem bin ich erst spät aus dem Theater zurückgekommen. Es war nach elf. Da war meine liebe Nachbarin schon dabei, ihn für die Trauerfeier herzurichten. Außerdem war er neunzig und herzinsuffizient. Bei der Hitze sterben viele alte Menschen. Ich hatte keinen Grund, misstrauisch zu sein.»

Er hatte sie nicht gefragt, was genau die Obduktion ergeben hatte. Wusste er es bereits, hatte er es selbst gesehen? «Können Sie mir bitte Ihre Eintrittskarte zeigen?»

«Was?»

Sie räkelte sich innerlich, ja, so fühlte es sich gut an. Er hatte geguckt, als hätte sie ihn gebeten, sich nackt auszuziehen. «Was gab es überhaupt im Theater?»

«Molière. *Der eingebildete Kranke.*»

«Ich finde das Bühnenbild blöd.»

«Einen Thron statt eines Bettes zu verwenden ist doch zumindest einfallsreich.»

Okay, aber das konnte er aus der Zeitung haben. «Schade, dass ... wer war gleich noch mal krank geworden?» Eva hatte ihr vorletzte Woche deswegen die Ohren vollgejammert.

«Josefa Andreas war am Freitag wieder dabei.»

Er war wirklich da gewesen. «Dann sagen Sie mir jetzt noch, ob Ihnen in letzter Zeit etwas an Rudolf Schröter aufgefallen ist. Wirkte er verunsichert, hat er sich bedroht gefühlt?» Es war die blödeste aller Routinefragen, jeder antwortete erst mal mit Nein, sie hasste es.

Gruner faltete die kräftigen Hände. Schüttelte den Kopf. «Er hat allerdings oft von früher gesprochen in den letzten Wochen. Im Grunde seit die Hitzewelle eingesetzt hat. Er war ein wenig nostalgisch, wie viele alte Menschen, die spüren, dass sie nicht mehr lange haben. Er erzählte vom Gut, aus der Zeit vor dem Krieg. Schimpfte auf die Russen. Seine Familie wurde ja enteignet.»

Im nächsten Moment klopfte es, die Schwester steckte den Kopf zur Tür herein. «Da ist wahrscheinlich eine Fraktur gekommen.»

Gruner schnellte aus dem Stuhl. «Da muss ich wohl.»

Herzberg sprang ebenfalls auf. «Eins noch. Bitte. Diese alte Dame. Magda. Warum wirkte sie gestern so niedergeschlagen?»

«Sie kennen sich von früher, vor dem Krieg.»

«Mir kam ihre Reaktion ein wenig übertrieben vor.»

«Mir nicht», sagte Gruner und begann, eine frische Papierunterlage über seine Patientenliege rechts neben dem Schreibtisch zu ziehen, die er sorgfältig glatt strich.

«Was war das mit den Armen, sie wollte von Ihnen nicht an den Armen gezogen werden. Ihre Reaktion war heftig. Warum? Hat ihr mal jemand weh getan?»

Desiree, die gerade beim Aufstehen war, hielt mitten in der Bewegung inne. Mit Sicherheit, schoss es ihr durch den Sinn. Wie auch nicht, die Frau war in einer rauen Zeit groß geworden.

Gruner wühlte jetzt in seinen Kitteltaschen, fand aber offenbar nicht, was er suchte. «Eine kindliche Schutzgeste, Magda zeigt in letzter Zeit oft ein derartiges Verhalten, Anzeichen einer Demenz, sie ist sechsundachtzig. Leider bekomme ich sie in kein Krankenhaus.»

«Hat sie Angst vor etwas? Vor jemandem?»

«Ich denke nicht, nein. Allerdings kann man in einen dementen Menschen schwer hineinsehen. Daher muss ich Sie bitten, sie nicht aufzuregen, das könnte die Krankheit ungünstig beeinflussen. Sie ist die Letzte ihrer Generation, wir hier im Dorf wollen sie noch ein bisschen behalten.»

Die Schwester klopfte noch einmal gegen den Türrahmen. «Peter, bitte!»

«Natürlich. Sie sehen, ich werde gebraucht.»

Im nächsten Moment wurde ein brüllendes Kleinkind von seiner Mutter ins Sprechzimmer getragen.

Die Letzte ihrer Generation, dachte Desiree, während sie das Sprechzimmer verließen. Die ihr ganzes Leben hier im Dorf verbracht hatte und garantiert jeden kannte. Am Fensterbrett zu sitzen und die Straße zu beobachten war mit Sicherheit eine ihrer Lieblingsbeschäftigungen, bei allen alten Menschen war das so.

Bei Oma war das sogar ganz besonders ausgeprägt gewesen, fiel ihr ein, als sie draußen auf dem Parklatz gegen das Sonnenlicht anblinzelte. Stundenlang hatte sie dann Geschichten aus der Nachbarschaft erzählt. Von Liebe und Eifersucht, von Streitereien, verqueren Familienverhältnissen, Lügen und Betrügereien. Und in Klitschen wie Lichtenfels brodelte so etwas über Generationen vor sich hin, mehr als in der Stadt, wo es eine Menge Ablenkung gab. Was für ein Glück. «Ich freue mich schon, diese Magda kennenzulernen», sagte sie zu Herzberg, der sich im nächsten Moment zwischen sie und das grelle Licht stellte. «Ansonsten bleib so stehen, das tut gut.»

«Ich denke gar nicht dran und frage mich stattdessen, ob diese alte Frau nicht doch bei Verstand ist, zumindest phasenweise.»

«Das kriegen wir raus.» Sie packte jetzt seinen Hemdsärmel, sodass er stehen bleiben musste. «Noch was anderes. Die Sprechstundenhilfe, warum hat die dich so komisch angesehen, vorhin, als wir kamen?»

Herzberg zog sie ein Stück vom Parkplatz vor dem Haus weg. «Ich habe gestern unfreiwillig einen Streit mit ihrer Tochter beobachtet. Die gerade mit ihren Siebensachen auszog, weil ihre Mutter offenbar eine Affäre mit einem anderen Mann hat.»

«Mit Gruner vielleicht, so wie die ihn herumkommandiert? Oh Mann, und ich dachte, in diesem Kaff wäre der Hund begraben.»

Jetzt lachten sie beide. Mittendrin hörten sie auf. Müller kam die Straße entlanggerannt, geradewegs auf sie zu.

«Spionierst du uns hinterher?», fuhr Desiree ihn an, kaum dass er keuchend zum Stehen gekommen war. Immerhin stand sie hier mit Herzberg und tauschte unerlaubt Ermittlungsergebnisse aus.

Stephan schüttelte den Kopf und schnappte nach Luft. «Werner hat bloß gesagt, ich soll besser nicht ohne dich zurückkommen.»

Das Gutshaus wirkte anders, stellte Herzberg sofort fest, als er den Fuß hineinsetzte. Und das lag nicht nur daran, dass die vielen Menschen, die am Vortag hier getrauert hatten, fehlten. Die Ölbilder in der großen Halle, die schweren Teppiche, ein riesiger Dielenschrank, alles war weggeschafft. Das Haus war nicht versiegelt worden, oder jemand hatte sich nicht daran gehalten. Das durfte nicht wahr sein.

Herzberg hastete in einen Raum mit hohen Vitrinenschränken, gefolgt von Desiree und Stephan. Vergaß, die beiden anderen Kriminaltechniker zu begrüßen, die mit Werner Simon gekommen waren. Auch dieser Raum war ausgeweidet. Die Glastüren standen offen, die Regale dahinter waren bereits leergeräumt, ebenso der große Schreibtisch in der Mitte des Raumes. Auf dem Boden lagen ein paar Bücher und durcheinandergewirbelte Papiere. Durch die geöffnete Flügeltür konnte man in den Garten sehen, dort standen Feuerkörbe, kleine Flammen loderten darin.

Herzberg spürte, wie etwas in ihm explodierte. «Was ist hier los?»

Es krachte, als Werner Simon den Pinsel in seinen Koffer schmiss, mit dem er gerade Rußpulver auf die Vitrinentüren gestäubt hatte. «Ich wüsste nicht, was dich das angeht.»

«Schröter war in meinem aktuellen Fall ein wichtiger Zeuge.»

«Niemand wusste, dass der mutmaßliche Tatort erst heute Morgen versiegelt worden ist, sonst wären wir eher los. Stephan hat immerhin verhindert, dass sie alles verbrennen. Was übrig ist, hat er da drüben auf einen Haufen gelegt. Du könntest dich bedanken.»

«Tun wir ja», mischte sich Desiree ein, während sie Werner einen strengen Blick zuschoss, «danke.»

Dann hörten sie jemanden ins Zimmer kommen. «Bin da», sagte der Anwalt Jens Reichenbächer, «war nicht schwer, Sie zu finden bei der Lautstärke hier.»

Herzberg stellte ihn den anderen vor, dabei registrierte er, dass Reichenbächer noch dieselbe Kleidung trug wie gestern und aussah, als hätte er lange nicht geduscht. «Sie haben hier also eine Nachtschicht eingelegt?», fuhr er ihn an.

Reichenbächer hob abwehrend die Arme. «Ich habe nur die Anordnungen des Verstorbenen befolgt.» Dann hielt er Herzberg ein Blatt Papier hin. «Er wollte, dass seine persönlichen Unterlagen unmittelbar nach seinem Tod vernichtet werden, also habe ich …»

«Wir ermitteln hier in einem Mordfall!» Hinter sich hörte Herzberg Werner Simons charakteristisches Räuspern.

«Gestern Abend war aber noch nicht die Rede davon, es erging keine so lautende explizite Anordnung», erwiderte Reichenbächer.

Herzberg sah zu Boden, Werners vernichtender Blick war kaum auszuhalten. Auf Drewitz war also kein Verlass gewesen, er hatte Jansen zwar Bescheid gegeben, aber erst heute Morgen. Verflucht, das hätte nicht passieren dürfen. «Stellen Sie sich nicht dumm, das war ja eindeutig. Wir sind nicht davon ausgegangen, dass hier über Nacht ausgeräumt wird.»

«Tja, was für ein Irrtum.»

Werner Simon hatte sehr leise gesprochen, Herzberg hatte es dennoch gehört.

«Eins sollten Sie aber wissen», meldete sich Reichenbächer zu Wort, «die Aufräumarbeiten hier haben schon am Samstag begonnen. Das müssten Sie mitbekommen haben, die Bibliothek war da schon leer. Sie können uns also nicht unterstellen, wir hätten vorsätzlich Beweismaterial unterschlagen.»

«Betrifft das auch die Putzaktion im Schlafzimmer und dem kleinen Kaminzimmer?», fragte Werner Simon.

«Ja. Es tut mir leid.»

Putzaktion?, dachte Herzberg. Mist. «Wer war das?»

«Magda Schlottwitz. Sie hat den Toten auch gewaschen.»

Desiree warf ihm einen vielsagenden Blick zu, dann trat sie auf Reichenbächer zu. «Unterstehen Sie sich, hier noch irgendetwas anzurühren. Wir ermitteln jetzt.» Und dann mit einem Seitenblick auf Werner Simon: «Auch der Kollege vom FK 4.»

Herzberg fühlte sich augenblicklich leichter, dann fuhr er den Anwalt an, der noch immer gespielt ahnungslos guckte: «Sie kommen mit mir mit, wir müssen uns unterhalten.»

In der Küche waren zwei der Männer, die gestern den Sarg bewacht hatten, dabei, Teller in Zeitungspapier zu wickeln. Herzberg erkannte die untersetzten Gestalten sofort wieder. «Verlassen Sie den Raum. Bitte.»

Dann las er den Wisch, den der Anwalt ihm gegeben hatte. Es stimmte, Schröter hatte handschriftlich angeordnet, dass seine persönlichen Unterlagen sofort nach seinem Tod zu vernichten seien. «Warum hat er das angeordnet?»

Reichenbächer zuckte die Achseln. «Ich bin nur das ausführende Organ.»

«Es ist von persönlichen Unterlagen die Rede!» Herzberg knüllte das Blatt in die Hosentasche, ging zu einem Karton, holte einen Teller heraus und war enttäuscht. Er hatte altes Porzellan erwartet, aber der Teller war schneeweiß und sehr modern. Er hielt ihn hoch. «Warum müssen Sie dann das ganze Haus so schnell ausräumen? Stehen die Erben Schlange?»

«Nein.»

«Warum nicht? Das Haus lässt sich bestimmt gut verkaufen.»

«Ähm … das ist schon passiert, Herr Schröter hat es selbst noch verkauft.» Reichenbächer sprach sehr leise. Im nächsten Moment zuckte er zusammen, drüben in der Bibliothek hatte eine Vitrinentür gescheppert. «Geht das auch vorsichtig?», rief er in den Flur. «Das ist sehr altes Bleiglas!»

Herzberg meinte, eine gehässige Erwiderung zu hören und musste lächeln. Wie oft hatte ihn Werners ruppige Art aufgeheitert, wie oft hatten sie sich bei der Arbeit verschwörerisch angesehen! Zerknirscht legte er den Teller ab. «Warum haben Sie eben geflüstert?»

Reichenbächer kratzte sich am Kopf. «Außer mir, seinem Anwalt, weiß das, glaube ich, noch niemand.»

«Und das muss so bleiben?»

«Ich will nur diskret sein.»

«Wie dem auch sei, da Sie nun einmal hier sind: Ich muss herausfinden, wer hinter dem Übergriff auf die Wohnung im Gemeindeamt steckt. Das muss Schröter gewusst haben, er war hier im Dorf eine Instanz, kannte alle Leute. Den ganzen Klatsch. Und da Sie sein Anwalt sind, gehe ich davon aus, dass Sie es auch wissen.»

Reichenbächer sah auf die Uhr. «Da muss ich Sie ganz gewaltig enttäuschen. Außerdem muss auch ich irgendwann arbeiten.»

Herzberg sah ebenfalls auf die Uhr. «Ich werde jetzt einen Anruf erledigen, Sie warten so lange und denken noch mal scharf nach, dann geht es schneller. Vielleicht.»

«Na, wer ist denn da?»

Herzberg musste den Hörer kurz zur Seite halten, die quäkende Stimme am anderen Ende der Leitung klang noch eine Spur unangenehmer als sonst. Monika Lochschmidt war natürlich sofort ans Telefon gegangen.

Er brachte sein Anliegen vor und nannte ihr die Eckdaten. Nein, es gab noch keinen Durchsuchungsbeschluss, teilte sie ihm mit. Wen wunderte das. «Es muss schnell gehen, ehe sich der Rest auch noch in Rauch auflöst.»

«Du hältst mich ja ganz schön auf Trab!», sagte die Untersuchungsrichterin gespielt vorwurfsvoll.

Wahrscheinlich sollte das den Grad ihrer Vertrautheit dokumentieren, Herzberg nervte es. Er unterdrückte ein Seufzen. «Also?»

«Ich schick ihn dir per Mail, müsste gleich da sein, ja?»

«Danke.» Er wollte auflegen, aber ihre Quäkstimme war schneller.

«Du hast kein Zuhause mehr, hab ich gehört?»

Im Hintergrund hörte man eine Computertastatur klappern, also hielt sie ihr Versprechen. «Das ist noch nicht offiziell.»

«Dann bin ich jetzt Geheimnisträgerin?»

«Wenn es sich schon bis zu dir rumgesprochen hat, kann man wohl nicht mehr von einem Geheimnis sprechen.»

«Warum gleich so barsch?» Das Klappern hatte aufgehört.

«Entschuldige, ich bin ...»

«Du bist noch verärgert, das weiß ich doch. Und verletzt,

vielleicht auch wütend. Aber das ist kein Thema fürs Telefon, verstehe ich.»

Herzberg brachte als Antwort nicht mehr als ein Knurren zustande. Immerhin, die Tastatur war wieder zu hören. «Dann danke vorerst.»

«Wenn du irgendwas brauchst, sag sofort Bescheid, ja?»

«Keine Sorge, mir geht's gut.» Wenn du wüsstest, wie gut, könnte ich mir meine Beschlüsse auf dem schnellen Dienstweg sonst woher holen.

«Ein Bettchen zum Schlafen ... nur damit du nicht unter freiem Himmel nächtigen musst?»

Diese Frau saugte einem das Mark aus den Knochen, es war jedes Mal dasselbe. «Noch haben wir ja schönes Wetter.»

«Das wird sich bald ändern, es ist Ende August.»

Herzberg konnte nicht anders, er legte ohne Gruß auf. Und das nicht nur weil er das Mittagessen ausgelassen hatte und sein Magen knurrte wie ein zorniger Kettenhund. Die Sehnsucht nach Ariane war urplötzlich in ihm erwacht, und er konnte sie heute wahrscheinlich nicht mehr sehen. Weil hier nämlich so ziemlich alles schieflief. Und es sah danach aus, als wäre das allein seine Schuld. Das war das Allerletzte, was er gebrauchen konnte, Jansen würde ihn so nie zurückholen.

Reichenbächer hatte offenbar zugehört, ein Grinsen hatte sich auf seinem übernächtigten Gesicht breitgemacht. «Das Beamtenleben ist doch nicht so langweilig, wie ich immer dachte.»

«Nachdenken sollten Sie möglichst nur über meine Frage.»

Reichenbächer verzog das Gesicht, sodass seine kleine Nase fast zwischen den Wangen verschwand. «Sollte sich die Polizei nicht lieber Gedanken darüber machen, warum Schröter ermordet wurde? Und wie, wenn ich fragen darf?»

«Er wurde erwürgt.»

Reichenbächer legte seine Hand vor den Mund. «Warum?»

«Da kommen wir schon drauf. Und es geht schneller, wenn Sie mir helfen.»

«Könnte ich vielleicht ins Präsidium kommen? Heute passt es mir gar nicht, ich habe einen ziemlich vollen Tag.»

«Ich auch, also suchen Sie uns besser zwei Stühle. Eher kommen Sie hier nicht raus.»

Unter dem Fenster eines Nebenraums standen zwei niedrige lederne Clubsessel, Herzberg suchte sich den aus, der weniger durchgesessen war, und nahm Platz.

«Hier war früher einmal das Esszimmer», erklärte Reichenbächer.

«Früher?»

Reichenbächer versank ihm gegenüber ein ganzes Stück in dem anderen Sitzmöbel und war nun noch ein Stück kleiner als Herzberg. Er runzelte die Stirn, aber nur für einen winzigen Augenblick. «Schröter selbst hat immer in der Küche gegessen.»

«War er kein Freund der Etikette? Bislang macht das Haus auf mich einen anderen Eindruck, besonders die Trauerfeier gestern.»

«Die haben wir noch gemeinsam geplant, kurioserweise ist das gar nicht lange her.»

Herzberg schlug die Beine übereinander. «Warum hat er das Haus eigentlich verkauft? Brauchte er Geld?»

«Er wollte es in den richtigen Händen wissen.»

Natürlich. «Schluss mit dem Geplänkel. Zum Gemeindeamt, haben Sie jemanden im Verdacht? Hatte Schröter vielleicht jemanden im Verdacht?»

Reichenbächer lächelte. «Sie eiern ein wenig herum, also haben Sie noch nichts, richtig?»

«Antworten Sie bitte.»

Reichenbächer streckte sich, erreichte aber auch unter großen Mühen nicht dieselbe Größe wie Herzberg. «Reden Sie darüber mit Leuten aus der Szene. Dass es Kontakte hier ins Dorf gibt, wissen Sie doch, oder?»

«Und dass Sie der Rechtsbeistand solcher Leute sind, von Roy Blasskewitz zum Beispiel.»

«Das ist nicht verboten.»

«Sind alle Ihre Mandanten dieser politischen Gesinnung?»

«Aber nein, natürlich nicht.»

«Dann legen Sie mal los und ersparen mir die Mühe, mit Roy …» Herzbergs Handy hatte gesurrt, er unterbrach sich und holte es in aller Seelenruhe aus der Tasche. Dann ließ er sich Zeit, ein paar Mails zu checken und registrierte erfreut, dass Reichenbächer in seinem Sessel hin und her zu rutschen begann. Der Beschluss von Monika Lochschmidt war dabei, er hielt Reichenbächer sein Display hin.

Der nickte knapp, ohne den Text näher anzusehen. «Ich kann Ihnen nicht helfen. Wirklich nicht.»

«Wie stand Schröter zu diesem Übergriff?»

«Wie schon? Sein Vater hat das Gemeindeamt 1936 bauen lassen. Er hat nach dem Übergriff auf die Wohnung Geld bereitgestellt, damit dort aufgeräumt werden kann.»

«Ach was.»

«Rudolf Schröter hat sich überhaupt große Verdienste um das Dorf erworben. Das Gut gehört der Familie seit drei Generationen. Mit einer Unterbrechung von vierzig Jahren.»

«Das weiß ich alles schon.»

«Und er hat nach der Wende die LPG in eine moderne Agrargenossenschaft umgewandelt. Es ist keine Selbstverständlichkeit, dass es hier noch Arbeitsplätze in der Landwirtschaft gibt.»

Herzberg ließ sich langsam nach hinten sinken. «Ah ...», sagte er gedehnt, «jetzt wird es interessant.»

Reichenbächer sah ihn verwundert an. «Interessant?»

Mit dem Finger fuhr Herzberg über das alte Leder der Armlehne, ein paar Risse waren darin. «Ihr schönes Lichtenfels sieht nicht so aus, als würde es allen Menschen hier gleichermaßen gutgehen. Zumindest nicht mehr, zu DDR-Zeiten war das anders, da war die Beschäftigungsquote höher.»

«Und daraus konstruieren Sie bitte was?»

«Das ist vorläufig nur eine Beobachtung.»

Jetzt deutete Reichenbächer in Richtung Tür.

«Was ist denn?»

«Nur eine Beobachtung.»

Herzberg wandte sich um, sah Stephan in der Tür stehen.

Der hatte etwas in der Hand. «Kann ich kurz?»

Herzberg nickte, nahm den Ordner in die Hand, den Stephan ihm hinhielt. «Rentensachen?», fragte er. Schlug den Ordner auf, sah einen Kontoauszug. «Seine Rente war sehr niedrig, und?»

Stephan beugte sich über ihn. «Weiter hinten.»

Dann sah er es. Hier war ein Antrag abgeheftet, Herzberg kannte das Formular, er selbst hatte es einmal ausgefüllt, fiebrig, mit schwitzenden Händen. Und dann zerknüllt und weggeworfen. *Ich verstehe dich nicht,* hatte Renate dazu gesagt, *das steht dir doch zu.* «Eine Opferpension nach dem Rehabilitierungsgesetz für Opfer politischer Verfolgung in der ehemaligen DDR?», fragte er. «Warum?»

Reichenbächer setzte ein ernstes Gesicht auf. «Das wissen Sie nicht? Schröter ist ein Opfer des Stalinismus. Die Russen haben ihn nach Fünfeichen verschleppt.»

«Das ist ein …» Stephan kam nicht weit. Herzberg hatte ihm mit einer schnellen Handbewegung das Wort abgeschnitten. Ungewollt, instinktiv. Weil seine Haut urplötzlich begonnen hatte, Schweiß abzusondern, und zwar in Mengen. Fünfeichen. Ein Lager, schlimmer als Bautzen, nicht mal er konnte sich vorstellen, was dort passiert war. Menschen, die nicht zum Kommunismus passten, wurden gebrochen. Geld konnte das seiner Meinung nach nicht wiedergutmachen, aber das war Ansichtssache. Renate hatte eine Woche lang nicht mit ihm geredet.

«Entschuldige, aber ich weiß, was das ist», sagte er schnell und sah hinunter auf das Formular. «Da ist aber nur der Name eingetragen, mehr nicht.»

Reichenbächer nickte mit dem ganzen Oberkörper, die Hände hatte er ineinandergelegt. «Er hat ja relativ schnell gut verdient mit der Agrarfirma. Daher wollte er kein Geld vom Staat annehmen, es schien ihm nicht fair.»

«Verstehe», sagte Herzberg. Aber das stimmte nicht. Er selbst hatte den Antrag um seiner selbst willen weggeworfen. Jeder Blick auf den Kontoauszug hätte ihn daran erinnert, dass er ein Opfer war, hätte seine Erinnerungen an Bautzen am Leben gehalten. Damals hatte er das totale Vergessen gebraucht. Herzberg räusperte sich und klappte den Ordner zu. «Ist sonst noch etwas, Stephan?»

«Nur eins», sagte der, nachdem er den Ordner an sich genommen hatte. «Wir haben einen Computer gefunden. Der war im Safe. Priebsch sieht ihn sich in den nächsten Tagen an.»

Reichenbächers Blick flog zu Stephan, dann wippte er gelangweilt mit dem Fuß.

«Sie sehen, es geht vorwärts», sagte Herzberg. «Dann wissen wir vielleicht bald mehr, seine Korrespondenz müsste ja drauf sein.»

Reichenbächer nickte, aber es schien ihn Kraft zu kosten.

«Sie sind auf einmal nervös?»

«Wegen der Zeit.» Reichenbächer sah auf die Uhr. «Brauchen Sie mich noch? Anderenfalls würde ich gern ...»

«Danke, Sie haben mir genug geholfen. Für heute jedenfalls.»

Wie der Blitz stob Reichenbächer davon.

Ein glimmender Papierfetzen flatterte durch die Luft.

«Aua!» Desiree Weigand streifte einen angesengten Gummihandschuh von der linken Hand und pustete auf ihren Zeigefinger. Seit ein paar Minuten trennte sie im Garten Papier von Ascheresten und verstaute, was noch einigermaßen lesbar war, in Plastikschachteln. Und das nur weil die Tür-zu-Tür-Befragungen im näheren Umkreis des Gutshauses sie frustriert hatten. Entweder war niemand da gewesen, schon gar nicht diese Magda Schlottwitz, die sie unbedingt sprechen musste, oder sie hatte lauter Loblieder auf den Verstorbenen zu hören bekommen. Ja, alle kannten ihn. Nein, er hatte mit niemandem Streit gehabt, schon gar nicht hätte ihn irgendwer umbringen wollen, keiner von hier jedenfalls, aus Lichtenfels. Also hatte sie nach einer Weile abgebrochen und war hergekommen, um den Kollegen zu helfen.

Werner Simon tauchte hinter der Hecktür des schwarzen Kombi der Spurensicherung auf, der eben herangerollt war. «Du musst das nicht tun.»

Sie zog auch den zweiten Handschuh aus. «Ich bin hier durch, die anderen zwei müsst ihr selbst durchsehen, ich drehe noch eine Runde.»

Werner Simon hob eine Kiste mit der Aufschrift *Kriminaltechnik* hoch. «Wo ist eigentlich Stephan?»

«Keine Ahnung.»

«Wirklich?» Werner Simon grinste, als wäre er gestern Abend im Theater dabei gewesen. Er hatte garantiert mitbekommen, dass sie Stephan ein wenig kaltschnäuzig ins Haus geschickt hatte, weil ihr sein neugieriger Blick allmählich auf den Wecker ging, der beständig zu fragen schien, wie es nach gestern Abend denn nun weiterginge. Wenn sie das nur wüsste.

Desiree riss sich den Overall vom Leib und knüllte ihn in einen der Müllsäcke, in denen die Aschereste aus den Tonnen lagen. Dabei bemerkte sie einen zweiten Transporter an der linken Mauer des Gutsparks.

«... auch keine Ahnung, was das noch wird ...», hörte sie einen Mann ins Telefon zischen, während sie darauf zulief. Er stand an eine dicke Eiche gelehnt da, einen Fuß hatte er gegen den Stamm gestemmt und schabte mit dem Schuh die Rinde ab. «Was soll ich nun ...»

Jetzt bekam er mit, dass sie auf ihn zustapfte. «Ich kann gerade nicht sprechen», sagte er schnell und steckte das Handy in seine rote Jacke. *Hennig Umzüge* war auf die Brusttasche gestickt, derselbe Schriftzug befand sich auf der Fahrertür hinter ihm.

Desiree baute sich vor ihm auf und war tatsächlich ein ganzes Stück größer als er. Und viel breiter, der Mann war ein Hänfling. Mit einem dürren Dreitagebart. Sie deutete auf seinen Fuß. «Was machen Sie da?»

Der Mann ließ den Baum augenblicklich in Ruhe. «Wonach sieht es denn aus?»

«Nach etwas, das mich interessiert.»

Er grinste und musterte sie von oben bis unten. «Ach ja?»

Sie hielt ihm ihren Dienstausweis unter die lange Nase. «Sie können mir gern auf dem Präsidium blöd kommen.»

«In ’ner Zelle? Wir zwei? Geil.»

Sie zückte das kleine Diktiergerät, das sie immer in der Hosentasche hatte. «Name? Geburtsdatum? Ausweis?»

«Das geht ja schnell.» Er gluckste. «René Schulze. 12. März 1983.» Dann zog er ein Portemonnaie aus der Hosentasche.

«Was sollen Sie transportieren?»

Er hielt ihr seinen Ausweis hin. «Was die mir geben?»

Sie ignorierte den Ausweis. «Wer sind die?»

Er fächelte sich mit dem Plastikkärtchen Luft zu. «Keine Ahnung?»

Desiree lehnte sich gegen sein Auto, platzierte einen Fuß an der Karosserie und ließ das Diktiergerät an der Schlaufe hin und her baumeln wie ein Pendel.

«Äh … und jetzt?»

Desiree gähnte ausgiebig, dann blinzelte sie in die Sonne. «Mich bezahlen die auch dafür, dass ich rumstehe, egal, wie lange es dauert. Bei Ihnen kann ich mir das nicht vorstellen.»

Sein Grinsen wurde schmal, aber sie war noch nicht fertig mit ihm. Sie zückte ihr Handy, ging um den Wagen herum und tat, als würde sie die Nummer wählen, die auf der Fahrertür stand. «Aber ich lasse mich gern vom Gegenteil überzeugen.»

«Ist ja gut!»

Sie hielt sich den Apparat ans Ohr. «Guten Tag.»

Er kam ihr hinterher. «Bitte, nein!»

«Arbeitet ein René Schulze bei Ihnen?»

Dann zog sie abrupt das Handy vom Ohr, so als hätte am anderen Ende jemand gebrüllt. «Ups», sagte sie und genoss Schulzes dämlichen Gesichtsausdruck.

«Wer ist denn dran?», fragte er.

Sie sprach unbeirrt weiter. «Können Sie mir den Chef geben?»

«Scheiße, Mann», wimmerte Schulze jetzt.

Desiree tat, als würde sie weiter genau zuhören. Nickte. «Alles klar, da bin ich informiert. Schicken Sie mir bitte noch die heutigen Auftragsunterlagen an diese Nummer. Er ruft Sie zurück, aber ja.»

Dann sah sie Schulze herausfordernd an. «Können wir jetzt?»

Er rieb sich die Hände an der Hose ab. «Klar! Klar.»

«Dann schießen Sie mal los!»

«Der Anwalt hat uns beauftragt.»

«Und die Lieferung geht wohin?»

«Erst mal in die Firma, und dann … keine Ahnung.»

Sie hielt ihm ihr Handy vor die Nase.

«Bitte, mir sagen die doch nichts!»

«Gibt es denn Geheimnisse?»

Schulze sah jetzt aus, als säße er auf dem Klo und es käme nichts, trotz größter Anstrengung. «Weiß ich nicht. Echt.»

Das stimmte wahrscheinlich, aber sie hatte noch keine Lust aufzuhören. «Warum musste das Zeug hier weg?»

Er entspannte sich ein wenig. «Na, wegen dem Platz.»

«Wie bitte?» Sie war ein bisschen laut geworden, er war zusammengezuckt. «Wer braucht denn den Platz?», fragte sie.

«Na, der Anwalt.»

Jetzt hielt sie kurz die Luft an, in ihrem Kopf blinkte ein Lämpchen auf. «Der Typ mit der Protzkarre, der eben weg ist?»

Schulze nickte. «Das ist der Eigentümer.»

«Des Gutshauses? Aber … und Rudolf Schröter?»

Schulze zuckte mit den Achseln. «Weiß nicht, warum der da noch drin gewohnt hat.»

Dieser Reichenbächer hatte also ein wunderschönes Motiv. Die Erkenntnis fühlte sich an wie frischer Wind. Sie atmete tief ein. «Na, wir kriegen das schon alles raus.»

Jetzt griff sie doch nach seinem Ausweis, mit dem er wieder herumwedelte. «Sie sind aus Lichtenfels?»

«Klar.»

«Hier wurde eine Flüchtlingsunterkunft unbrauchbar gemacht.»

«Hm.»

«Stört Sie das?»

«Finde ich gemein, klar. Das schöne Haus.»

Das schöne Haus? Oh Mann, dachte sie. Jetzt bin ich wirklich wütend. Desiree sah sich um. «Werner?»

Es dauerte eine kleine Weile, dann trat Werner Simon auf die Terrasse. «Ja?»

«Noch eine ED-Behandlung, bitte.» Dabei zeigte sie auf Schulze.

Schulze zeigte mit beiden Daumen auf seine Brust. «Ich war da nicht drin in der Bude für die Schwarzen!»

Sie schnipste mit dem Finger. «Hoch da jetzt, oder es wird noch länger dauern.»

Werner Simon klopfte oben ungeduldig gegen das Holz der Terrassentür, er hatte seinen fiesesten Wernerblick aufgesetzt. Desiree lächelte ihn an, während Schulze vor ihr hertappte. Das Leben konnte so interessant sein.

«Hab was für dich, gern geschehen», sagte sie später im Vorbeigehen zu Herzberg und deutete auf Schulze. Sie und Schulze liefen durch die Bibliothek, wo Werner seinen Koffer stehen hatte und Herzberg gerade in einem Stapel Papier wühlte.

«Danke, und ich für dich», antwortete er.

Also blieb sie stehen. Tauschte einen vielsagenden Blick mit ihm.

«Küche», sagte Herzberg.

Sie gingen hinüber, er schloss die Tür.

«Stell dir vor, es gibt einen Grund dafür, dass der smarte Anwalt hier so schnell ausräumt, die Bude gehört nämlich ihm», sagte sie.

«Wahnsinn!»

«Du hast ihn laufenlassen.»

«Du kriegst seine Kontaktdaten, und zwar sofort. Er war allerdings ziemlich betroffen, als ich sagte, dass Schröter erwürgt wurde. Das wirkte echt.»

«Und was hast du?»

«Schröter war ziemlich isoliert, das ist das Einzige, woran ich mich bislang ein wenig festgehakt habe. Vielleicht wollte er das so, vielleicht hat es sich ergeben. Er kam ja nach der Wende hierher zurück und hat den Agrarbetrieb mit umgebaut. Und wie es aussieht, leben hier nicht alle im Wohlstand, ich würde da mal nachhaken.»

«Der Agrarbetrieb, klar. Hat dieser Gruner nicht gesagt, dass der Chef des Betriebs, ein gewisser Henschke, mal in diesen rechten politischen Kreisen verkehrt hat?»

«Hat er, ich danke dir.»

Sie klopfte ihm auf die Schulter, es hatte kumpelhaft rüberkommen sollen, war aber mehr in eine zarte Geste ausgeartet. Sofort nahm sie die Hand weg.

Herzberg sah sie kurz irritiert an.

«Hast du auch Hunger?», fragte sie schnell.

Er legte sich die Hand auf den Bauch und lachte. «Das hört man, was?»

«Und jetzt?»

Er seufzte. «Haben wir beide was anderes zu tun.»

«Jeder für sich.» Es hatte fast wie eine Frage geklungen.

Er hob bedauernd die Schultern.

Habe dich auch vermisst, dachte sie und lief zur Tür, aber

seine tiefe Stimme war bei ihr, ehe sie draußen war. «Eins würde mich noch interessieren», sagte er versonnen. «Das ist aber eher persönlich.»

Sie blieb noch einmal stehen. Persönlich?

«Wozu in aller Welt braucht man so ein Riesenhaus? Reichenbächer will ich das zugestehen, der hat Familie, aber Schröter? Wollte er damit seine herausgehobene Stellung dokumentieren?»

Ach so, klar. Sie drehte sich um. «Es war das Haus seiner Familie, er ist hier aufgewachsen.»

Herzberg zuckte die Achseln.

«Und ob das ein Grund ist», sagte sie, als sie die Küche verließ, «du ahnst gar nicht, was Menschen dafür auf sich nehmen.»

Im Flur stieß sie gegen Stephan Müller, der gerade eine schwere Kiste über den Flur zog. Auf dem Parkett entstanden helle Streifen.

«Pass ein bisschen auf, ja?», bat sie.

Stephan sah zu ihr auf, sein Gesicht war knallrot vor Anstrengung. Jetzt fiel ihr auf, dass er kurze Hosen anhatte, aus denen seine dünnen Beine mit langen rotblonden Haaren daran herausragten. Früher hätte sie irgendeine Bemerkung dazu gemacht, seit gestern Abend war das nicht mehr so einfach.

«Werner?», rief sie.

Werner Simon erschien umgehend im Flur.

«Kannst du mal mit anfassen bitte?»

Dann fassten beide an, auch Herzberg war inzwischen bei ihnen und hielt die Eingangstür auf.

Desiree sah sich um. «Sagt mal, gibt es hier irgendwo einen brauchbaren Wasserhahn, ich komme um vor Durst.»

«Mein Rucksack steht an der Garderobe, die Flasche darin ist noch ungeöffnet», sagte Stephan.

«Das war nicht meine Frage», murmelte sie.

«Der in der Küche funktioniert nicht», sagte Werner Simon, «aber oben im Bad ist einer, der geht.»

Ihre Zunge klebte inzwischen am Gaumen. Also wartete sie ab, bis ihre Kollegen zur Tür hinaus waren, dann war sie mit ein paar Schritten bei Stephans Rucksack, holte die Flasche heraus und öffnete sie. Eine Wohltat. Gut, dass Stephan ihr glückliches Gesicht nicht sehen konnte. Ihr Magen knurrte zwar weiter, aber wenigstens fühlte sich ihr Gehirn nicht mehr an, als würde es gegart.

«Geht doch», sagte Herzberg, als er wieder zur Tür hereinkam.

Sie hielt ihm die Flasche hin, wischte sich die Stirn. «Da fällt mir ein: Sag mal, dürfen die das eigentlich, einen Toten bei der Hitze hier draußen im Dorf lassen, anstatt ihn in die Kühlhalle zu bringen?»

«Er hat kühl gelegen, im Keller.»

«Ich meinte den rechtlichen Aspekt.»

«Nach unserem Bestattungsgesetz darf man einen Verstorbenen zu Hause behalten, da gibt es eine Ausnahmeregelung. Du musst nur sicherstellen, dass der Tote innerhalb von achtundvierzig Stunden beerdigt wird.»

«Das hätten sie ja fast geschafft.»

Herzberg trank einen Schluck aus der Flasche. «Nach Aussage des Anwalts hat er seine eigene Beerdigung genau so geplant.»

«Davor hat ihn also niemand außer dem Arzt und Magda zu Gesicht bekommen», sagte sie nachdenklich.

«Den Arzt musst du dir vornehmen, am besten heute noch.»

«Danke, Chef.» Sie sah auf die Uhr, es war fast fünf. «Ich wollte noch zu Magda Schlottwitz. Wahrscheinlich muss ich die eine Weile suchen, vorhin war sie nicht da. Beides schaffe ich heute nicht mehr.»

Im nächsten Moment standen Werner Simon und Stephan Müller wieder im Flur. Werner warf ihr einen warnenden Blick zu, Herzberg ignorierte er, wahrscheinlich hatte er sie gehört. Du kannst so ein Arsch sein, dachte sie, dann lächelte sie Herzberg an. «Diese Magda kannte Schröter gut. Und wenn er ein wichtiger Zeuge in dieser Sachbeschädigungssache war, warum nicht auch sie?»

Herzberg guckte, als hätte sie ihm gerade das Leben gerettet. Oder sie bildete sich das ein, aber egal.

«Ich werde dann mal», sagte er und verschwand.

«Und jetzt?», fragte Stephan, nachdem Herzberg zur Tür hinaus war.

Sie hielt Stephan seine Trinkflasche hin. «Danke ich dir.»

Er nahm sie entgegen. «Musst du jetzt weg?»

«Ja. Zu diesem Jauer, dem Arzt, der die Leichenschau verschlampt hat, das ist im übernächsten Dorf. Bis morgen also.»

«Nein, warte!»

Sie blieb stehen, warf ihm einen genervten Blick zu. Ich gehe nicht mit dir aus, und wenn ich verhungere. «Was ist denn?»

«Werners Auto ist voll, wegen der Kisten, und ich bin ja mit dir hergekommen.»

«Okay, ich hole dich in einer Stunde ab.»

«Danach können wir ja ...»

Sie sah zu, dass sie wegkam.

Magda kniete im Garten hinterm Haus, genau zwischen eingetrocknetem Kartoffelkraut und einer Reihe Zwiebeln. Die Hände tief in den Boden gegraben. Viele gingen einfach mit dem Rechen durch, aber das konnte den empfindlichen Knollen schaden. Behutsam hob Magda eine Kartoffel ans Licht. Wunderschön dunkelviolett war sie ... ja, diese alten Sorten. Sie rieb sie an der Schürze sauber, roch daran, schmeckte schon ihr mildes Aroma. Wie es zwischen dem zartbitteren Rosenkohl und dem kräftigen Geschmack des geschmorten Rindfleischs vermittelte. Sie mochte Dinge, denen man nicht gleich anmerkte, wie unverzichtbar sie waren. Vorsichtig legte sie die Kartoffel zu den anderen. Sah in den kleinen Korb, der fast voll war. Es war ein gutes Kartoffeljahr.

Sie stand auf, dann hielt sie das Gesicht in den leichten Wind, der seit ein paar Tagen um die Häuser strich. Es würde nicht mehr lange so heiß bleiben, ein bisschen kühle Herbstluft kämpfte sich schon durch, aber alles war noch warm, der Boden, das Wasser, und so gab es eben ein Durcheinander. Überall gab es ein Durcheinander, aber lange würde das nicht dauern. Die Zeit floss dahin, alles ging vorüber, so ein Glück.

Als sie sich auf die kleine Bank neben der Hintertür setzte, hatte sie plötzlich etwas Weiches unterm Hintern. Da hatte sie sich glatt auf das Kuchenpaket gesetzt, dass Manfred und Karlheinz ihr eben zurückgebracht hatten. Sie zog es zur Seite. Eine ganze Menge hatten die beiden übrig gelassen, eigenartig. Wenigstens hatten sie sich zusammengerissen und nicht herumgeredet vor dem fremden Mann, richtige Tratschweiber waren das ja sonst. Sie nahm sich ein Stück und biss hinein. Kaute, verzog das Gesicht. Komisch. Hatte sie etwa den Zucker vergessen?

«Guten Appetit», hörte sie da, und die Luft um sie herum begann zu tanzen, als wäre ein Sturm im Anmarsch.

Denn da stand der schlanke Mann mit den tiefen dunklen Augen und dem kahlen Kopf. Mitten in ihrem Garten.

«Mein Name ist Michael Herzberg», sagte er.

Ein Erzengel, wie hübsch. «Habe ich Ihnen erlaubt, dass Sie hereinkommen?», fragte sie und hustete kurz, ein Krümel hatte ihre Stimme hoch und dünn klingen lassen. Ängstlich.

«Soll ich gehen?»

«Ja.»

Er gehorchte. Aber hinter dem Zaun blieb er stehen. Dann guckte er ihren prächtigen Garten an, als täte der ihm leid.

«Ich habe eine Frage», sagte er.

«Ach ja?»

«Es ist meine Aufgabe, Fragen zu stellen. Ich bin Polizist.»

Und was hatte er dann bei ihr zu suchen? «Muss ich antworten?»

«Wenn Sie können.»

«Peter hat nichts dagegen?»

«Haben Sie etwas dagegen?»

«Ich weiß nicht.»

Er lächelte. «Nur keine Angst, wir kennen uns schon, von gestern, bei der Trauerfeier stand ich hinter Ihnen.»

Sie schluckte. «Ich weiß.»

«Mein Beileid.»

Mit einer Hand bedeckte sie ihre linke Brust, darunter ziepte es ein wenig. Dann nickte sie.

«Sie haben für den Verstorbenen gekocht, sauber gemacht, sich mit ihm unterhalten. Auch in der letzten Woche?»

Wieder schaffte sie nicht mehr als ein Nicken. Er war ja

tot. Tot! Aber warum musste der Polizist herkommen und sie daran erinnern?

«Ich wollte Sie fragen, was die Menschen hier darüber gedacht haben, dass sich Flüchtlinge im Dorf niederlassen», sagte er.

Flüchtlinge ... Die hatten ihr immer leidgetan. Sie legte die Hand an die Stirn, dahinter drückte es. «Wir haben so viele aufgenommen, in Scharen sind die ja gekommen.»

«Wann denn?»

«Früher. Nach dem Krieg.» Das halbe Dorf hatte da aus Flüchtlingen bestanden. Sie rieb sich die Augen. Hinter dem kantigen Kopf des Polizisten war ganz plötzlich ein Menschenzug aufgetaucht, lauter lumpige Gestalten, die wie Wölfe heulen, aber nur stumm, tief in ihr Innerstes hinein ... Niemand im Dorf will ja wissen, dass sie vor dem Lärm der Tiefflieger nicht weglaufen konnten, vor den Kratern, die brüllend neben ihnen aus dem Boden geschossen sind und aus ihren Liebsten roten Staub gemacht haben, und dass der Gedanke an die kleinen stummen Bündel, die sie am Straßenrand zurücklassen mussten, sie zerstört ...

Der Polizist runzelte die Stirn. Natürlich, das konnte er ja nicht wissen, da war er noch nicht auf der Welt gewesen. Und auch nicht dass sie hier nicht mehr Flüchtlinge verkrafteten, noch dazu Menschen mit schwarzer Haut, weil es den Eingesessenen Angst machte, sich die Traurigkeit in fremden Augen anzusehen. Und dass das Teilen schwerfiel, das Schwerste überhaupt war ...

«Diese Menschen tun Ihnen leid?», fragte er. «Sie haben eben ausgesehen, als wäre das so.»

Sie nickte.

Wie gut sie sich daran erinnerte. Wie sie das Echo von all dem Schmerz in ihrem Herzen vernimmt und einen Menschen herausgepflückt aus der Schar. Ein Mädchen, so alt wie sie selbst, ein bisschen kleiner, mit kohlrabenschwarzen Augen und dunkelbraunem Haar. Maria. Ihr mit blau gehauenen Fingern einen Brotkanten hinhält, obwohl die Mutter das eindrücklich verboten hat, eine Kuhle ist da hineingebohrt und mit Butter gefüllt, eine große Himbeere liegt mittendrin wie in einem Bettchen. Und das klapperdünne Mädchen bricht bei dem Anblick in Tränen aus. Wegen einer Himbeere ...

«Himbeere?», fragte da der Polizist.

Hatte sie das etwa laut gesagt? Sie kramte nach einer Antwort. «Ich habe keine mehr, wollten sie welche?»

Er lächelte jetzt, schüttelte den Kopf. «Ich will nur wissen, was Rudolf Schröter zu dem Vorfall gesagt hat. Taten ihm die Menschen leid?»

Nun ja. «Das Gemeindeamt hat doch sein Vater bauen lassen, 1936 wurde es eingeweiht, er war traurig, als es beschädigt wurde.»

«Wer hat das getan? Hier im Dorf wird doch geredet.»

«Das war niemand von hier.»

Der Polizist schien ihr nicht zu glauben, er guckte wie ihre Mutter, derselbe Blick, als wüsste er schon alles, egal, was sie noch sagte.

«Hat er versucht herauszufinden, wer es war?»

Sie schüttelte den Kopf.

«Weil er es schon wusste?»

«Nein. Ich weiß es nicht.»

«Warum wird dort jetzt aufgeräumt?», beharrte er.

Sie wischte sich die Stirn. Ihr war heiß auf einmal, der Schweiß lief aus allen Poren. Diese Fragen waren nichts für sie, überhaupt nicht. «Hauptsache, es passiert», sagte sie fest. Und damit war es doch gut. Ihre Stimme hatte trotzdem gescheppert wie eine Kinderrassel.

«Wo kommt das Geld dafür her? Von ihm?»

Sie schnappte nach Luft. «Das weiß ich nicht.» Ihr Herz war ebenfalls ins Stolpern gekommen. «Warum fragen Sie das?»

Er legte die flache Hand auf den Zaunpfosten. «Wir vermuten, dass Rudolf Schröter etwas über diese scheußliche Tat wusste. Und das war vielleicht gefährlich.»

Sie kaute die Trockenheit in ihrem Mund weg. Was sagte er da? Gefährlich?

Jetzt trat er ganz dicht an den Zaun, sah sich um, an seinen Schläfen liefen Schweißfäden herab. «Deshalb muss ich alles darüber erfahren. Bitte.»

Ihr Herz machte einen Satz, dann eine Pause. Sie klopfte mit der Faust darauf. Dann hüpfte es weiter. Wie von unsichtbaren Fäden gezogen stand sie auf, das Paket neben ihr klatschte auf den Boden. In ihrem Brustkorb, vorn, wo die Rippen zusammengewachsen waren, drückte es jetzt gewaltig. Sie rieb sich die schmerzende Stelle. «Warum ist das gefährlich?»

Der Polizist guckte jetzt, als hätte er ein schlechtes Gewissen. «Das wird Ihnen meine Kollegin erklären.»

Die Kollegin? Wer war das? Und würde jetzt ständig jemand kommen und sie alles Mögliche fragen? «Das ist nicht nötig», keuchte sie. «Und wo ist er überhaupt? Das Grab ist leer, und das darf nicht sein. Wo …» Weiter kam sie nicht, weil sie sich an ihrem eigenen Atem verschluckt hatte.

«Was ist mit Ihnen?», hörte sie noch. Dann gaben ihre Beine nach, und sie sackte auf die Bank zurück.

Der Mann kam jetzt durch die Pforte direkt auf sie zu. «Keine Angst, Sie bekommen ihn zurück, in den nächsten Tagen schon. Dann dürfen Sie ihn beerdigen.»

Jetzt griff er nach ihren Armen, aber sie war schneller

und versteckte die Arme hinter ihrem Rücken. Nicht ziehen, nicht an den Armen ziehen! «Was haben Sie denn mit ihm gemacht?» Ihren Herzschlag hörte sie jetzt hallen, als stünde sie im Turm neben der Glocke.

Der Polizist kniete sich vor sie hin. «Er ist bei einem Arzt zu einer Untersuchung.»

«Aber davon weiß ich gar nichts!» Jetzt weinte sie doch.

«Was haben Sie gestern nach der Trauerfeier gemacht?»

Sie musste eine Hand wieder vorholen, um sich festzuhalten. «Peter hat mir eine Spritze gegeben, weil ich mich so aufgeregt habe, dann habe ich geschlafen, bis heute früh um sieben.» Da war sie aufgewacht mit dem Gefühl, dass sie nicht mehr aufstehen wollte, nie mehr. Sie hatte nicht einmal genau gewusst, warum. Irgendetwas war da in ihrem Kopf passiert, und das hatte ihr Angst gemacht. Wieder einmal. Vor ein paar Wochen hatte es angefangen. Kleine Dinge hatte sie vergessen: die Blumen zu gießen, Eier zu kaufen. Und mit seinem Tod war nun alles noch einmal schlimmer geworden.

Der Polizist legte ihr eine Hand aufs Knie. «Bitte beruhigen Sie sich.»

Seine Stimme klang, als wüsste er, dass er eben einen Fehler gemacht hatte, aber darum konnte sie sich nicht kümmern. Sie schlug die Hände vors Gesicht. Etwas Schreckliches war passiert.

«Warten Sie hier, ich hole den Arzt», hörte sie ihn sagen.

Da kam sie ein klein wenig zu sich. Rieb sich das Wasser aus dem Gesicht. Besser keine Spritzen! Von denen wurde ihr ganz schummrig im Kopf, alles Mögliche geisterte da plötzlich herum. Also erlaubte sie sich ein paar letzte Schluchzer, dann atmete sie tief in den Oberkörper hinein, dorthin, wo der Schmerz saß. Einmal und noch mal. Na bitte, es ging doch.

Und als Peter dann vor ihr stand, die Tasche in der Hand,

neben sich den Polizisten mit knallrotem Gesicht, der gerannt sein musste wie der Blitz, da konnte er sich nur noch wundern.

Der Arzt Wolfgang Jauer stand in seinem Vorzimmer am Empfangstresen über einen Stapel Papier gebeugt. Er hatte keine Haare mehr auf dem Kopf, sicher war er älter als sein Kollege Peter Gruner. Seine Angestellte, sie mochte vielleicht zwanzig sein, lümmelte kaugummikauend neben ihm. Dort, wo sie mit dem Finger hintippte, setzte er seine Unterschrift.

«Ich komme wegen Rudolf Schröter», begann Desiree.

Jetzt drehten sich beide zu ihr um, und sie sah sofort, dass Jauer das Rentenalter längst überschritten hatte. Sein Gesicht war verlebt und aufgedunsen, die Nase rötlich geschwollen, seine Bewegungen wirkten fahrig. Der kann doch nicht mal mehr eine Spritze halten, dachte Desiree, geschweige denn eine Vene treffen.

In dem Sprechzimmer, in das er sie nun bat, sah es aus, als sei die Zeit vor dreißig Jahren stehengeblieben. Es war also nicht gut gelaufen für Jauer, in jeder Hinsicht.

«Habe ich irgendwas falsch gemacht?», fragte der Arzt, kaum dass er die Tür zum Vorzimmer geschlossen hatte.

«Sagen Sie es mir.»

«Müssen wir uns setzen?»

«Wäre besser.» Desiree ließ sich auf den Patientenstuhl vor dem Schreibtisch sinken, Jauer blieb stehen.

«Sie haben Rudolf Schröter gefunden und Herzversagen festgestellt.»

«Was war daran falsch?»

«Er wurde erwürgt.»

Jauer glitt langsam in seinen Stuhl. Die Hände legte er in seinen Schoß. «Eigenartig.»

«Die Obduktion ergab, dass ihm das Zungenbein gebrochen wurde.»

Jauers Blick war auf einmal klar. «Das sieht nur ein Rechtsmediziner.»

«Aber die Hämatome am Hals, die konnten Sie unmöglich übersehen haben.»

Jauer starrte auf seine Hände. «Ich erinnere mich an beginnende violette Verfärbungen, die sogenannten Livores. Im Gesicht und am Hals. Hämatome entstehen ja erst eine gewisse Zeit nach dem Trauma, das kann Stunden dauern. Nein, Sie können mir da keinen Vorwurf machen.»

«Sie sind Ihrer Pflicht, beim geringsten Zweifel an einem natürlichen Tod den Staatsanwalt zu rufen, nicht nachgekommen.»

Jauer starrte auf seinen leeren Schreibtisch. «Dazu besteht bei einem über neunzigjährigen, herzinsuffizienten Patienten gar keine Veranlassung.»

Mist, dachte sie. Das ist wieder so ein Punkt, an dem ich mir wünschte, öfter zu Hultzschs Vorträgen gegangen zu sein. Dann aber fiel ihr etwas ein. «Wieso sollten sich Livores ausgerechnet am Hals und im Gesicht ausbilden?»

«Weil der Tote mit dem Kopf nach unten in seinem Sessel hing.»

«Können Sie mir das zeigen?»

Er sah auf. «Wie ... zeigen?»

«Dort in Ihrem Drehsessel am Fenster, das müsste gehen.» Sie zückte ihr Handy und wedelte damit vor seinen Augen herum.

Jauer schlurfte zum Fenster. «Also ... ich habe schon fast vergessen, wie das genau aussah.»

«Dann strengen Sie sich mal an.»

Er setzte sich vorsichtig in den Stuhl und beugte sich so zu einer Seite, dass sein Oberkörper nach links über die Lehne hing. Desiree fotografierte.

Anschließend hatte Jauer Mühe, wieder in eine aufrechte Sitzposition zu kommen.

Sie half ihm. «Warum tun Sie sich das mit der Praxis noch an, in Ihrem Alter?»

«Ich mache nur ein paar Vertretungen.»

«Zum Beispiel für Doktor Gruner?»

Als er wieder am Schreibtisch saß, war sein Gesicht knallrot. «Ja.»

«Wann sind Sie am Freitag eingetroffen?»

«Gegen neun. Gruner wollte ins Theater, eigentlich hatten wir keine Vertretung abgesprochen. Schröter hatte eine Angina, Doktor Gruner hatte intravenös Penicillin verabreicht, ich sollte noch eine Dosis setzen. Das muss ja alle acht Stunden passieren.»

Sie sah auf seine zitternden Hände. «Dann hätten Sie ihn im Bett liegend antreffen müssen.»

Jauer blickte zu der Kaffeetasse, die auf dem Tisch stand, schien sich aber nicht entschließen zu können, danach zu greifen. «Er hätte sich nie im Schlafanzug präsentiert. Es musste ihm auch schon besser gegangen sein.»

«Und die Tür stand offen?»

«Er hat immer erst gegen zehn abgeschlossen, das wusste ich von Doktor Gruner.»

«Und dann kamen Sie rein und dachten ... was?»

Jauer schielte noch immer nach seinem Kaffee, jetzt hob er eine Hand, ballte sie aber sofort wieder zur Faust, weil sie so zitterte. «Da hat er wohl Glück gehabt, dachte ich in dem Moment. Es war ja Abend, und der Fernseher lief. Viele alte Leute sterben ganz friedlich im Bett oder auf dem Sofa. Erst recht bei der Hitze, da geht es oft ganz schnell. Der Tote trug Hemd und Hose, alles in ordentlichem Zustand, nichts zerrissen, er hat nicht geblutet, es gab keine Hinweise auf einen Übergriff. Im Untergeschoss selbst schien alles aufgeräumt, keine Spuren eines Einbruchs.» Auch seine Stimme zitterte jetzt, er war beim Sprechen immer schneller und leiser geworden, sie hatte sich anstrengen müssen, alles zu verstehen.

Da ging die Tür auf, und die Sprechstundenhilfe kam herein. «Möchten Sie vielleicht einen Kaffee?» Sie stellte zwei Tassen auf den Tisch und griff nach der halbvollen Tasse.

«Den trinke ich noch aus», sagte Jauer schnell und hielt die Tasse fest.

Als sie wieder allein waren, trank er die Tasse aus, und seine Gesichtszüge entspannten sich. Dann lehnte er sich zurück. «Bei Herzversagen staut sich das Blut in den Venen, da ist es gar nicht untypisch, dass Livores am Hals oder im Gesicht auftreten. Alles kam mir normal vor.»

Desiree beugte sich vor, um in die Tasse zu schielen. Tatsache, ein kleiner Schluck war noch drin. «Sie haben ihn zur Leichenschau ausgezogen?»

«Ich habe das nicht zum ersten Mal gemacht.»

Blitzschnell griff sie nach der Tasse. «Haben Sie?»

Seine Hand zuckte nach vorn, um sie daran zu hindern, aber es war zu spät. «Ich habe ihm das Hemd aufgeknöpft.»

Desiree sah ihm fest in die Augen, während sie sich die Tasse unter die Nase hielt. «Russischer Kaffee?»

Jauer sah zur Seite. «Ich habe manchmal Magenprobleme, das Mittagessen war heute sehr fettig.»

Tja, alter Mann, das war's wohl, dachte sie und stand auf. «Für mich sieht das so aus: Gruner hatte Sie informiert, dass der Patient Angina hat und herzschwach ist, und als Sie ihn dann fanden, haben Sie das einfach auf den Totenschein geschrieben, alles andere wäre zu anstrengend gewesen. Wen interessiert die Todesursache bei einem so alten Menschen schon genau! Pech für Sie, denn mich interessiert sie.»

Jauers Blick flog zurück zu der Tasse in ihrer Hand. «Ich habe mich rückversichert.»

«Bei Gruner?»

«Er war betroffen, dass Schröter gestorben war.»

«Und er wollte die Leichenschau nicht selbst vornehmen, als behandelnder Arzt?»

«Er hat mir sein Vertrauen ausgesprochen.»

«Ein Riesenfehler!»

«Eine nicht ordnungsgemäß vorgenommene Leichenschau ist nur eine Ordnungswidrigkeit bei uns hier in ...», sagte Jauer noch.

Aber sie hörte nicht weiter zu, sondern stürmte raus auf die Straße, sonst wäre sie vor Wut geplatzt.

Hultzsch ging sofort an den Apparat, wenigstens das.

«Darf ich Ihnen ein Foto schicken, Professor?», begann sie.

«Ich bin noch im Büro.»

Seine Stimme klang ein wenig gereizt. Sie hatte ihn überfallen, okay. «Da habe ich wirklich Glück», sagte sie schnell. «Vielen, vielen Dank.» Sie wusste, dass der Rechtsmediziner neuerdings gern pünktlich in den Feierabend ging, weil er sich nun auch privat mit Staatsanwältin Hilde Westerborg traf. Nur ich habe mal wieder keinen Kerl, dachte sie.

«Ich habe das Foto», sagte er. «Sieht lustig aus, was gibt's?»

Desiree berichtete von ihrem Gespräch mit Jauer, während sie in ihr Auto stieg. «Er behauptet, es wären noch keine Hämatome am Hals gewesen, die er hätte sehen müssen.»

«Das ist möglich, die brauchen, je nach Veranlagung, eine gewisse Zeit, sich auszubilden. Livores hingegen erscheinen schon nach fünfzehn bis zwanzig Minuten.»

«Konnten Sie den Zeitpunkt des Todeseintritts eingrenzen?»

«Warten Sie ... ich suche gerade die Datei.»

«Es ist wirklich wichtig.»

«Gar kein Problem. So. Es ist der frühe Abend, es kann gegen sieben oder acht gewesen sein. Wann kam Jauer denn zum Unglücksort?»

Im Auto war es widerlich heiß, und bei offenen Fenstern konnte sie keine Ermittlungsergebnisse austauschen, also startete sie den Motor und fuhr langsam los. «Gegen neun. Reicht das für die Hämatome?»

«Möglich.»

«Und wo hatte der Tote überall Livores?»

«Im Gesicht, im Stirnbereich, auch noch auf den Wangen. Am Hals fanden sich neben den Hämatomen Vibices, sogenannte Totenfleckblutungen, dunkelviolett. Hervorgerufen werden sie durch Rupturen der Hautkapillaren, beim Tod durch Ersticken treten sie typischerweise auf. Livores hatte der Tote noch an den Händen ... nein. Nur links. Nicht aber unter der linken Achselhöhle. Dazu passt das Bild, das Sie mir geschickt haben. Dort, wo Gegendruck auf das Gewebe ausgeübt wird, der stärker ist als die Schwerkraft, bilden sich keine Livores. Also unter einer Achselhöhle, wenn die Leiche damit auf der Sessellehne aufliegt. Die Seiten stimmen überein, es war die linke. Livores hatte der Tote jedenfalls an den Füßen, also hat er wohl gesessen.»

«Der Arzt will die Livores aber am Hals gesehen haben.»

«Unmöglich, da der Kopf das war, was am tiefsten lag, nach seiner Darstellung. Dann waren die Hämatome schon da. Hilft Ihnen das?»

«Es stiftet Verwirrung.»

«Tut mir leid.»

«Da ist noch eine Sache, die mir nicht aus dem Kopf geht. Wir haben einen Tod durch Ersticken, stumpfe Gewalt, Halszudrücken, und dann liegt die Leiche in einem Sessel und sieht nach friedlichem Herzstillstand aus.»

«Dann sollte es vielleicht so sein.»

«Beweisen die Totenflecken nicht, dass er in dieser Position gestorben ist?»

«Aber nein.»

«Jetzt verstehe ich gar nichts mehr.»

«Bis zu sechs Stunden nach Eintritt des Todes, bei einer trockenen Hitze wie jetzt eher weniger, befindet sich noch genügend liquide Flüssigkeit in dem Toten, sodass das Blut überall problemlos hinfließen kann. Das heißt, man kann das Opfer nach Todeseintritt umlagern, und die Livores bilden sich an einer anderen Stelle aus. Erst nach sechs Stunden ist so viel Serum aus dem Gefäßsystem entwichen, dass das Blut zu dick geworden ist, um durch das Gewebe hindurch der Schwerkraft folgen zu können.»

Vielleicht hatte sogar der Täter selbst Rudolf Schröter frisch angezogen, damit jeder glauben musste, er habe tatsächlich die ganze Zeit im Sessel gesessen und sei von einem plötzlichen Herztod überrascht worden. Jetzt wurde es spannend.

«Habe ich Ihnen damit helfen können?»

Desiree hatte Mühe, ihre Aufregung zu bezwingen. «Ich bin froh, dass wir Sie haben, Professor.»

Hultzsch stieß einen Pfiff aus. «Und ich habe gerade kein Taschentuch.»

Peter Gruners Wartezimmer war leer, als Herzberg nach dem Besuch bei Magda Schlottwitz mit ihm dort eintraf.

«Was ist hier los?», fuhr Gruner seine Sprechstundenhilfe an.

«Ich dachte, du würdest länger bei Magda brauchen, so wie ...»

«Nein, sie war in Ordnung.» Gruner klang verärgert. Dann wandte er sich an Herzberg. «Dann können wir gleich sprechen, wenn Sie noch etwas haben, und Sie müssen nicht warten.»

«Sie haben gestern lange gebraucht, um Magda zu beruhigen?», fragte Herzberg, kaum, dass sie allein im Sprechzimmer waren.

«Allerdings.»

«Sie selbst sagt, sie wäre aufgrund der Spritze sofort eingeschlafen.»

«Die habe ich ihr erst nach einer Weile gegeben.»

«Natürlich. Darf ich?» Gruner nickte, Herzberg setzte sich. «Warum hat sie sich so aufgeregt?»

Peter Gruner setzte sich ebenfalls, die Hände faltete er über seinem Bauch. «Sagte ich bereits: weil sie Schröter ein Leben lang gekannt hat. Weil sie sehr alt ist und ebenfalls nicht mehr lange hat. Rein statistisch gesehen.»

Herzberg schüttelte den Kopf. «Das genügt mir nicht.»

Gruner schob bedächtig einen Stapel Patientenakten zur Seite, dann nahm er sich die Zeit, ein paar herumliegende Kugelschreiber in eine Ablage zu sortieren. «Sie verhält sich äußerst auffällig, ziemlich unbeherrscht, eigentlich pathologisch. Ich bin überzeugt, dass sie an einer beginnenden Altersdemenz leidet. Diese Patienten verändern ihre Persönlichkeiten, manche werden kindlich, andere aggressiv oder übertrieben gefühlsselig. Oft können sie sich nicht kontrollieren.»

Herzberg dachte an den Garten, der aussah, als würde er niemanden interessieren, überall wucherte das Unkraut, die Gemüsebeete waren vertrocknet. «Sie ist körperlich nicht ganz fit, aber geistig?»

Gruner wiegte den Kopf. «Sehen Sie mir meine Besserwisserei nach, aber das können Sie kaum einschätzen. Ein Hirnscan würde Gewissheit bringen, aber sie hat Angst vor technischen Geräten.»

«Das ist schade.»

«Daher habe ich eine Bitte. Ich nehme Ihnen nicht übel, dass Sie eben bei ihr waren. Aber in Zukunft sprechen Sie zuerst mit mir, ja?»

«Wie sich gerade herausgestellt hat, habe ich ihr mit dem kurzen Gespräch keinen Schaden zugefügt.»

Gruner beugte sich über seinen Schreibtisch, die Brille rutschte ihm dabei nach unten auf die Nasenspitze. «Das werden wir sehen. Ihr gestriger Zusammenbruch jedenfalls hängt damit zusammen, dass Sie angefangen haben, die Leiche zu untersuchen. Was notwendig war. Dennoch schütze ich meine Patienten, und zwar unbedingt.»

Oder du hast gern die Kontrolle, dachte Herzberg. Definitiv ein neuralgischer Punkt. «Ist Ihnen nicht klar, dass Ihre Anordnung einen fragwürdigen Eindruck hinterlässt?»

Gruner lachte. «Sie hat nichts zu verbergen, bestimmt nicht.»

Herzberg schüttelte den Kopf. «Kann ihre Empfindlichkeit auch damit zu tun haben, dass sie etwas über die Zerstörung der Flüchtlingsunterkunft weiß? Etwas, das Schröter auch wusste? Das ihm vielleicht zum Verhängnis wurde?»

Gruner hielt inne, die Brille rutschte weiter nach unten, er kümmerte sich nicht darum. «Ein interessanter Gedanke. Der Vorfall hat sie in der Tat sehr aufgeregt, sie hat nicht verstanden, dass Menschen nicht teilen wollen, das ist ihr fremd. Auch dieser Zerstörungswille. Aber dass sie etwas darüber weiß, nein, das halte ich für ausgeschlossen. Dann wüsste ich es auch. Ich kenne sie nämlich sehr gut.»

Wieder ein Satz, der ihn hellhörig machte. «Wie kommt das?»

Gruners dunkle Augen huschten über seinem Brillenrand hin und her. «Ich hatte keinen Vater und eine Mutter, die arbeiten musste, weshalb ich sie wenig gesehen habe. Magda hat mir beide ersetzt. Als ich eingeschult wurde, sind wir Kinder noch im Gutshaus unterrichtet worden, sie war die Schulköchin, später die des dortigen Kindergartens, der die schulpflichtigen Kinder mit verpflegte. Ich habe sie jeden Tag gesehen, und das hat mich oft gerettet.»

«Wovor?»

Gruner schürzte die Lippen. «Das geht zwar nur mich etwas an, aber ich sage es Ihnen: Ich war ein bisschen anders als die anderen Kinder. Habe viel gelesen, klein und zart war ich auch. Damit hatte man es hier nicht leicht in den fünfziger Jahren. Kinder spielten fast ausschließlich draußen. Krieg, Räuber und Gendarm, solche Sachen. Ohne Aufsicht. Sie erzogen sich gegenseitig, und niemand kontrollierte, ob sie dabei die richtigen Prioritäten setzten.»

Gruner hatte sehr schnell gesprochen und sich bemüht, seine Stimme ruhig klingen zu lassen, aber man spürte, dass es ihn enorm anstrengte. Also hatte er wohl eine Menge ertragen müssen, vielleicht mehr, als ein Kind aushalten konnte. «Frau Schlottwitz hätte Ihnen ihr Wissen also anvertraut? Aber sie ist doch dement.»

«Nicht vollständig, nein, sie ist ganz am Anfang.»

Ehe Herzberg noch etwas erwidern konnte, klopfte es.

«Nicht jetzt!», rief Gruner.

Dennoch ging die Tür auf. Und Herzberg musste lächeln. Desiree kam so eilig ins Zimmer, dass sich ihr knallgrünes Shirt im Rücken blähte wie ein Ballon. Ihr Gesicht wirkte frischer als heute Morgen, etwas musste sie in helle Aufregung versetzt haben.

«Ich fürchte, Sie haben keine Wahl, und nein: Ich kann nicht versprechen, dass es schnell geht», sagte sie und ließ sich neben Herzberg auf einem Stuhl nieder. Als er sich erheben wollte, um zu gehen, legte sie schnell die Hand auf seinen Arm.

«Ich war bei Doktor Jauer», begann sie. «Der Mann ist Alkoholiker.»

Gruner riss die Augen auf. «Er hat einen Entzug absolviert, das weiß ich.»

«Tja, ohne Erfolg.»

Der Arzt zuckte die Achseln. «Und?»

«Mich ärgert, dass das beinahe dem Täter genützt hätte. Nur dank meines Kollegen hier ist der Mord aufgeflogen. Es ist nicht das erste Mal, dass er Dinge sieht, die anderen entgehen.»

Das war entschieden zu dick aufgetragen, dennoch fühlte Herzberg sich, als würde er inwendig eingecremt.

Mit dem Zeigefinger strich Gruner ein Zucken im Mundwinkel glatt. «Das freut mich. Ich wusste dennoch nicht, dass Wolfgang wieder trinkt.»

Sie sahen sich an, beide nicht überzeugt von dieser Antwort. Eine Krähe hackte der anderen nun mal kein Auge aus.

«Schlampereien bei der Leichenschau sind ja auch nur eine Ordnungswidrigkeit in Mecklenburg», fuhr sie fort.

«Bedauerlicherweise, da bin ich ganz bei Ihnen», entgegnete Gruner in scharfem Ton. «Aber hier draußen gibt es keinen anderen Vertretungsarzt. Aus Neubrandenburg kommt niemand wegen einer Spritze her.» Gruner stützte den Kopf in eine Hand. «Es tut mir wirklich leid, aber ich muss ab und zu hier raus, auch ich brauche ein bisschen Kultur.»

Desiree guckte, als wollte sie fragen: Soll ich jetzt heulen?, aber Gruner bekam es nicht mit.

«Sie wissen, wie Rudolf Schröter aufgefunden wurde?», fragte sie weiter.

Gruner sah auf. «Er hat wohl im Sessel gesessen, hat Wolfgang mir erzählt. Da hat er immer gewartet, wenn ich zum Hausbesuch kam. Bestimmt hatte er einen Anzug an.»

Desiree nickte. «Und Sie haben ihn sich nicht noch einmal angesehen?»

«Es gab für mich keinen Grund, an der Diagnose meines Kollegen zu zweifeln.»

«Auch ohne Zweifel zu haben, kann man einen Blick riskieren.»

«Magda hat ihn gerade im Schlafzimmer gewaschen, sie hat dabei gesungen. Ich wollte nicht stören und habe nur mit Jauer die Diagnose besprochen. Er war an dem Abend definitiv nicht betrunken, das hätte ich bemerkt.»

«Vor Magda?», fragte Herzberg.

«Selbstverständlich nicht. Später bin ich noch einmal vorbeigekommen, um Totenwache zu halten. Da war er schon angekleidet.»

«Natürlich.» Desirees Stimme triefte vor Hohn.

Gruner öffnete schwungvoll seine Schreibtischschublade und wühlte darin herum. Dann schmiss er eine Karte auf den Tisch. «Bitte schön, die wollten Sie doch.»

Es war eine Theaterkarte, Desiree sah nicht einmal hin. «Die Hämatome am Hals waren schon da, als Jauer den Toten untersucht hat. Er hätte sie sehen müssen.»

«Es wurden auch schon Einschusslöcher übersehen, von

renommierten Hausärzten, das kommt vor. Tut mir leid.» Im nächsten Moment hob Gruner verwundert die dichten Augenbrauen.

Herzberg merkte jetzt, dass Desiree übers ganze Gesicht strahlte, die Freundlichkeit in Person. «Gut!», sagte sie fröhlich und sprang auf. «Das war's dann. Danke für alles.»

«Eine kleine freundliche Schockbehandlung nach dieser kühlen Unterredung?», fragte er sie draußen. «Oder hat es damit zu tun, dass dein Verehrer wartet?» Er zeigte die schnurgerade Hauptstraße hinunter. Stephan Müller hielt sich im Vorgarten des Gutshauses auf und umrundete ein Blumenbeet. Er hatte etwas in der Hand, damit wedelte er jetzt.

«Ich bin bloß sauer, dass ein Arzt so herumschlampt und ein anderer wegguckt!»

Er überlegte einen Moment, ob er das kommentieren durfte, und entschied, dass sie beide sich nahe genug standen. «Aber mehr auch nicht. Emotionen sind kein guter Ratgeber. Krieg den Kopf klar und halt dich an die Fakten.»

«Na, das sagt der Richtige.»

«Ich bin der mit der Erfahrung – zusätzlich zu den Emotionen.»

Sie blieb stehen, stemmte die Hände in die Seiten, nickte. «Okay.»

Dann erzählte er ihr, was Gruner ihm über seine schwierige Kindheit erzählt hatte.

«So allmählich kriegt diese einsame Landidylle hier Risse», sagte sie dann.

«Im Nachbarort gibt es einen Konsum», rief Stephan im nächsten Moment und wedelte erneut mit seiner Tüte.

Das war in der Tat eine echte Überraschung.

«Das reicht mir aber nicht!», rief Desiree zurück. Mit entschlossenem Gesicht, sodass Herzberg sich fragte, ob sie damit nicht noch etwas anderes meinte.

«Es ist etwas zu essen, kein Heiratsantrag», scherzte er.

Sie fuhr zu ihm herum, ihr Gesicht war ein Vernichtungsfeldzug. «Nicht witzig.»

«Habe ich was verpasst?», flüsterte er, als sie weitergingen.

«Nein. Und jetzt komm mit zum Auto, ich will dir auf dem Heimweg erzählen, was ich außer Jauers Alkoholismus noch herausgefunden habe.»

«Ich komme schon irgendwie heim, erst mal muss ich mir noch ein paar Gedanken machen. Und vielleicht noch ein paar Leute befragen, einige arbeiten ja tagsüber. Endlich mal wieder ein Tapetenwechsel.» Die letzten Wochen hatte er vorwiegend mit Büroarbeiten verbracht, es war furchtbar gewesen. Dass es vor allem der Mord war, der seinen Arbeitseifer entfacht hatte, konnte sie sich ohnehin denken.

«Dann haben sie den alten Herzberg noch nicht ganz verdorben. Und du hast recht, bis jetzt hat uns niemand etwas Brauchbares geliefert. Die Dörfler wollen sich ihren Seelenfrieden nicht kaputt machen lassen von unserer Fragerei.»

«Sie wollen sich den durch überhaupt nichts kaputt machen lassen. Schröter wird, so schnell es geht, unter die Erde gebracht, ohne dass jemand genauer hinsieht, und sie räumen hinter ihm auf, als könnte jede Stunde, die noch vergeht, eine zu viel sein.»

«Es sieht fast so aus, als wären einige Leute froh, ihn los zu sein. Zumindest scheint es für sie ein paar Probleme zu lösen.»

Sie beide waren in Fahrt, Herzberg spürte es wie einen frischen Luftzug, herrlich an diesem quälend heißen Tag. «Die des Anwalts zum Beispiel.»

Desiree stieß energisch einen Kiesel zur Seite, ein wenig

Staub flog auf. «Probleme, genau. Es ist persönlich, das Erwürgen. Diese Mühe macht man sich nicht für jemanden, der einem egal ist. Wut, Zorn, Hass haben den Täter angetrieben. Möglicherweise war es sehr spontan. Und der Täter besitzt eine gewisse Kaltblütigkeit. Er hat den Toten möglicherweise hinterher in einen Sessel drapiert, damit es so aussieht, als sei der ganz friedlich an Herzversagen gestorben.»

«Dann wusste er, dass der Arzt kommt, dass dieser Arzt kommt?»

«Möglich.» Sie seufzte. «Es sind aber leider keine Abwehrverletzungen nachweisbar.»

«Schröter dachte vielleicht, es wäre besser, sich nicht zu wehren, oder er hat nicht begriffen, was passiert. Oder er war zu schwach. Wirklich krank eben.»

Stephan hatte seine Runde um das Beet beendet und war im Begriff, etwas aus der Tüte herauszufischen, aber Desiree schüttelte den Kopf. «Halten wir also fest: Es gab eine Beziehung zwischen Täter und Opfer, und die hatte eine traurige Vorgeschichte.»

«Und das halbe Dorf weiß darüber Bescheid.» Ganz ohne nachzudenken, war ihm das über die Lippen gekommen, aber es stimmte, davon war er auf einmal überzeugt. Und wenn der Täter dann gefunden war, würde es heißen: Ach so, deshalb, das haben wir fast geahnt.

«Und sie reden darüber, über den Mord und die Zerstörung der Wohnung, die ganze Zeit, ich kann's förmlich riechen», flüsterte sie. «Man müsste überall Wanzen installieren.»

«Oder jemanden. Einen Maulwurf.»

Sie sah ihn von der Seite an. «Würde passen.»

«Was ich nebenbei aufschnappe, würde ich an dich weitergeben.»

«Wunderbar.»

Stephan hatte es nicht gewagt, ihnen auch nur einen Schritt näher zu kommen, er sah nicht glücklich dabei aus. «Doch fürs Erste fahr heim, dein Romeo wartet.»

Doch sie knuffte ihn nicht freundschaftlich in die Seite, wie sie das schon oft getan hatte, sondern ließ ihn einfach stehen.

Im Gutshaus waren die Techniker noch bei der Arbeit, Herzberg umrundete das Haus und ging nach hinten in den Park, der von einer hohen Mauer umgeben war. Mitten auf einer Grünfläche blieb er stehen, lauschte einer fast klösterlichen Stille. Wartete, bis sich seine Augen an das Dunkel unter den riesigen Bäumen gewöhnt hatten. Mit ihrem gewaltigen ineinander verschlungenen Geäst bildeten sie einen majestätischen Raum, ein Kunstwerk aus Natur. Es kam ihm vor, als hätte die Hitze des Tages es nicht gewagt, hier einzufallen. Kein Wunder, dass sich reiche Leute so etwas gönnten, einen Ort, an den die Welt nicht zu ihnen vordrang. Was eine Illusion war, wie sich bei Rudolf Schröter gezeigt hatte.

Unter einer glutroten Buche stand eine Bank. Während er hinlief, klingelte sein Telefon.

«Ich bin gerade bei Mark raus, wir sind auf dem Heimweg.» Eine Stimme wie flüssiges Gold.

Herzberg spürte ein feines, rieselndes Wogen in jeder Zelle. Arianes Kinder Mareike und Hannes hatte er bereits ins Herz geschlossen und freute sich wie verrückt darauf, sie heute Abend noch zu sehen. Plötzlich war dieser nervenzehrend lange Tag wie weggewischt. «Das klingt gut. Wie war Mareikes Geburtstag?»

«Wie man es nimmt. Sie hat Fieber, relativ hoch, ich überlege, sie noch auf Station zu bringen.»

«Fieber? Was kann da los sein?»

«Sie hat Schmerzen im Unterbauch, ein Blutbild und ein Ultraschall würden mich extrem beruhigen.»

Die Sorge in ihrer Stimme legte sich schwer auf seine Beine. «Lass das machen, unbedingt. Kann ich irgendwie helfen?»

«Nein danke, Hannes ist bei Mark geblieben.»

Er legte sich eine Hand auf den Bauch, in Sekundenschnelle hatte sich dort ein hässliches Brennen breitgemacht. «Ich hätte ihn auch genommen.» Seit er mit Ariane zusammen war, hatte ihr Exmann seine Begeisterung für das Familienleben wiederentdeckt. Am liebsten hätte Herzberg ihn auf den Mond geschossen.

«Das weiß ich doch.»

«Dann komme ich heute später noch zu euch?»

«Ich weiß nicht, wie lange es im Krankenhaus dauert.»

Sie klang, als hätte sie einen langen Kampf hinter sich. Er wünschte sich so sehr, sie in den Arm zu nehmen, dass es weh tat. «Wenn ich irgendetwas tun kann?»

«Kannst du nicht.»

Herzberg schluckte das schale Gefühl weg. «Dann will ich wenigstens wissen, wie es ausgegangen ist. Ruf mich jederzeit an, ja?»

Sie seufzte. «Wo wirst du schlafen?»

«Ich finde was.»

«Wir sind gleich da.»

«Du fehlst mir. Ihr …»

«Bis später. Wir telefonieren.»

«Ich liebe dich», sagte er noch, aber sie hatte ihn schon weggedrückt.

Herzberg steckte das Handy mitsamt seiner Faust in die Hosentasche. Und dem Gefühl, winzig klein zu sein, fast unsichtbar. Ich sollte bei ihr sein, dachte er. Warum bloß hat sie mich nicht darum gebeten?

Dann schritt er energisch aus. So ist das, wenn man mit jemandem ein Leben anfängt. Da ist vieles um ihn herum, was man gratis dazubekommt, ob man will oder nicht. Trotzdem. Er konnte verstehen, dass jemand genau das wollte und nichts Halbgares, da hatte Desiree wohl recht. Am besten, er überredete Werner, kurz auf ihn zu warten, dann würde er seine Befragungen absolvieren und später noch im Krankenhaus vorbeigehen können.

Die tiefen Glastüren zur Terrasse waren jedoch schon abgeschlossen. Irgendwo hörte man einen Motor starten. Herzberg rannte die Stufen der Terrasse hinunter und ums Haus herum. Ganz vorn, am Ende der geraden Straße, stob in diesem Augenblick der graue Kastenwagen der Kriminaltechnik davon.

Mit den Armen wedelnd spurtete er ihm nach, ein paar hundert Meter weiter gab er auf. «Verfluchter Mist!»

«Was ist denn passiert?», hörte er da.

Peter Gruner stand auf dem Parkplatz vor seiner Praxis und lud leere Getränkekisten ins Auto.

Herzberg schüttelte den Kopf, in seinen Lungen klopfte die ungewohnte Anstrengung. Sein Kollege hatte ihn vergessen, absichtlich wahrscheinlich. So machte man das mit Verrätern. Und er wünschte sich in diesem Moment nichts mehr, als endlich mit Werner darüber zu reden.

Gruner schloss seinen Kofferraum. «Ist ja auch egal, kommen Sie rein und trinken Sie was, so kann ich Sie hier nicht stehenlassen.»

«Danke, ich ...»

«Na los, das ist eine ärztliche Anordnung.»

Also ließ Herzberg sich von Gruner durch die abgedunkelten Praxisräume führen. Dahinter gab es eine Küche.

Gruner öffnete den Kühlschrank und reichte ihm ein Bier.

«Das haben wir uns verdient», sagte er und reichte Herzberg einen Teller, auf dem unter Klarsichtfolie ein paar belegte Brote mit Wurst, Käse und kleinen Gurken- und Tomatenstücken lagen.

Bestimmt von seiner Sprechstundenhilfe liebevoll vorbereitet. «Das ist doch für Sie bestimmt.»

Gruner lächelte. «Ich bin nicht hungrig. Und hatte ich den Begriff ärztliche Anordnung schon erwähnt?»

Dankbar nahm Herzberg ihm den Teller ab, dann schlang er die Brote hinunter, mit dem Bier spülte er nach. Ein kühler Strom flutete sein Inneres, der Alkohol brachte seine Muskeln zum Vibrieren. «Danke. Wirklich.»

«Konnten Sie heute etwas erreichen?»

«Nicht so viel, wie ich wollte. Es würde mir schon helfen, wenn ich den oder die hätte, die die Wohnung zerstört haben. Dann wäre ich frei für den Mordfall.»

«Dafür sind Sie gar nicht zuständig?»

«Noch nicht.»

«Dann machen Sie doch einfach Feierabend, das wird schon.»

«Das ist nicht so einfach, mir gehen ein paar Dinge nicht aus dem Kopf. Zum Beispiel Magda. Wie kam es, dass sie sich um Sie gekümmert hat, als Sie ein Kind waren?»

«Sie war mit meiner Mutter befreundet, seit die im Juni 1944 aus Ostpreußen hierhergekommen war.»

Herzberg stutzte, stellte dann den leeren Teller in die Spüle. Von Flüchtlingstrecks hatte Magda am Nachmittag gesprochen und ausgesehen, als stünden ihr die so klar vor Augen wie vor siebzig Jahren. Wie alles Furchtbare, was man einmal erlebt hatte. Und die Menschen, mit denen man es erlebt hatte. «Sie hat ein Herz für Flüchtlinge.»

Gruner nickte. «Sie ist jemand, der sich kümmert.» Dann

schnappte er sich einen weiteren Kasten, und sie verließen gemeinsam die Praxis.

Während Gruner den Kasten verstaute, sah Herzberg die lange, gerade Straße hinunter. Verglich das Haus in seinem Rücken, die tipptopp sanierte Kirche und das Gutshaus mit einigen anderen Gebäuden, die ihm ins Auge gefallen waren. Die aussahen, als sei die Zeit vor zwanzig Jahren stehengeblieben. «Es gibt ein Wohlstandsgefälle im Ort, richtig?»

«Leider.»

Herzberg nickte. Es war zwar ein Klischee, aber vielleicht fand er hinter diesen Wänden genau die Wut, die sich im Sturm auf Flüchtlingsheime entlud. «Hat es jemanden besonders schlimm getroffen?»

Gruner, der gerade seinen Kofferraum verschlossen hatte, rieb sich die Hände sauber. «Alle, die keine Arbeit mehr haben.» Dann sah er sich auf dem Parkplatz um. «Wo steht denn Ihr Wagen?»

«In Neubrandenburg. Danke fürs Abendbrot.» Herzberg gab ihm die Hand.

Gruner ließ nicht los. «Sie könnten hier übernachten, ich habe Gästezimmer. Es gibt sogar Handtücher und Einwegzahnbürsten.»

«Ich kann mir später ein Taxi rufen.»

«Müssen Sie morgen früh nicht ohnehin wieder herkommen?»

Das stimmte zwar, aber Herzberg wollte Ariane noch sehen. Obwohl sie ihm eigentlich zu verstehen gegeben hatte, dass ihr das nicht recht war.

«Sie hätten zwar einen grässlichen Blick in den Garten», fuhr Gruner fort, «weil dort ein Container steht, ich miste nämlich gerade den Dachboden aus. Aber sonst ...»

Endlich gab Gruner seine Hand frei, und Herzberg deutete

auf das dreistöckige, moderne Haus hinter sich. «Sie wollen Platz schaffen? Bei Ihnen sieht es schon jetzt sehr geräumig aus.»

Gruner stieg in sein Auto, die Scheibe ließ er herunter. «Es standen noch Sachen von meiner Mutter dort, auch von meiner Frau. Exfrau. Im Grunde habe ich ein ganzes Museum die Treppe heruntergetragen.»

Herzberg spürte, wie die bierselige Müdigkeit mit einem Mal aus seinem Kopf verschwand. «Ein Dorfmuseum?»

«Heiderose war Geschichtslehrerin und begeisterte Heimatforscherin, sie hat eine Menge Zeug gesammelt, von dem sie jetzt nichts mehr wissen will. Genau wie von mir.»

Herzberg war wieder ganz wach. «Aus welcher Zeit stammen die Sachen?»

«Aus den letzten hundertfünfzig Jahren. Wieso?»

«Nur so. Und wissen Sie was», sagte Herzberg, ehe er weiter darüber nachdenken konnte, «ich nehme Ihr Angebot an.»

Sie saßen am Tisch und starrten gemeinsam auf das, was nach Stephans Bekunden «die beste Pizza der Welt» hätte sein sollen.

«Was sind diese grauen Fäden?», fragte Desiree ungeniert die Kellnerin, die ihnen soeben die Teller hingestellt hatte.

Die beugte sich so tief herunter, dass ihr grauer Haaransatz zu erkennen war. «Sie hatten doch Thunfisch bestellt?»

«Ja?»

«Na bitte.» Achselzuckend wandte sie sich dem Nebentisch zu.

Stephan senkte den Kopf. «Die haben die Belegschaft gewechselt, das nächste Mal gehen wir einfach ...»

«Das nächste Mal, wie kommst du darauf?»

Stephan ließ sein Stück Pizza Salami auf den Teller klatschen. «Hattest du vorhin nicht gesagt, du würdest auch Trockenfutter essen?»

Clever gekontert, dachte sie. Vorhin im Auto hatte ihr Magen so zornig geknurrt, dass sie sich zu der Äußerung hatte hinreißen lassen. Sie riss ein Stück Thunfischpizza ab und rollte den dünnen Gummiteig zusammen. «Also runter damit.»

Stephan kaute langsam. «Du bist froh, dass Michael wieder da ist?»

Sie war kurz irritiert. «Herzberg. Ich nenne ihn nie beim Vornamen.»

«Ihr beide funktioniert wie ein gutgeöltes Uhrwerk, das war deutlich zu merken.»

«Ach nee», brummelte sie zwischen zwei Bissen. Dennoch war ihr Herz gehüpft. Lob tat nun mal gut, sogar ihr. «Reichenbächer hat übrigens ein Alibi», sagte sie, während sie sich den flüssigen Pizzabelag von den Fingern wischte. Sie hatte ihn auf dem Weg zu Gruner telefonisch noch in der Kanzlei erreicht, wenigstens das, nachdem sie bei Magda vergeblich geklingelt hatte. «Er hat am Freitag den Siebzigsten seiner Schwiegermama gefeiert, auf Schloss Kippendorf.»

«Prima.»

«Das ist alles, was du zu sagen hast?»

Stephan schob seinen Teller von sich. «Sag mal, was mache ich falsch?»

Oje, dachte sie und rollte hingebungsvoll das nächste Stück Pizza zusammen. «Kann man sich nicht mal küssen, ohne sich gleich verloben zu müssen?», fragte sie leise und biss ab. Im nächsten Moment verkeilte sich ein Stück Pizza in ihrem Hals, und sie musste husten.

Er sprang auf und hieb auf ihren Rücken ein. «Alles gut, ich wollte dich nicht unter Druck setzen. Es ist nur ...»

«Und ich wollte nicht gemein sein», sagte sie, als der Klumpen weg war.

Er grinste vorsichtig. «Wäre doch 'ne Schande, an so 'ner Pizza zu ersticken, was?»

Uff, dachte sie erleichtert. Hoffentlich ist das Thema für eine Weile vom Tisch. «Du hast übrigens recht, Herzberg hat mir gefehlt», sagte sie, als er wieder saß.

«Mir auch, irgendwie», konnte sie gerade noch verstehen, dann flog die Eingangstür auf.

Drei Kerle stapften durch das Lokal, direkt an ihrem und Stephans Tisch vorbei. Alle drei trugen schwarze Klamotten. Ein Geruch von mildem Weichspüler flog auf sie zu, als der letzte der drei an ihr vorbeiging. Er war nicht besonders groß, dafür aber kräftig. Und seine Muskeln sahen nicht aus, als wären sie das Ergebnis von Eiweißshakes und Krafttraining wie die der beiden anderen. In dem Moment wandte er sich ihr zu. Für einen Sekundenbruchteil riss er die Augenbrauen nach oben, so als würde er sich über etwas wundern. Ein erdig brauner Blick schoss auf sie zu, und in ihrem Bauch flammte etwas auf. Pfui, dachte sie. Schäm dich. Und doch musste sie ihm hinterhersehen. Seinem wiegenden Gang. Waldarbeiter, dachte sie. Oder Baustelle. Auf jeden Fall irgendwas draußen. Jetzt hielt er auf die Tür zum Hinterzimmer neben dem Tresen zu, durch die die beiden anderen schon verschwunden waren. Na was, drehst du dich noch mal um?

So als hätte sie das quer durch den Raum gebrüllt, blieb er stehen und tat es. Wieder der Blick. Wieder das Kribbeln. Sie riss sich los, faltete ein weiteres Stück Pizza zusammen und schob es sich in den Mund.

«Hast du mir gerade zugehört?», fragte Stephan da.

Sie schreckte auf. «Was?»

«Schon klar.» Er nickte, guckte, als hätte sie ihm eine

runtergehauen. «Ich hatte nach deinen Plänen für morgen gefragt.»

Sie hatte zu schnell geschluckt, das Teigstück fühlte sich an wie eine Faust, die ihr jemand durch die Speiseröhre schob. Sie nahm einen Schluck Wasser, die Faust rutschte in ihren Magen. «Wir werden die Unterlagen aus dem Gutshaus sichten, und ich will diese Magda sprechen. Bis jetzt sehe ich nur Fragezeichen. Wir müssen mehr über Schröter wissen, über seine Vergangenheit. Alles Weitere findet sich.»

In dem Moment flog die Tür zum Hinterzimmer wieder auf, und der Typ mit den braunen Augen kam heraus. Warf ihr einen Blick zu und hockte sich an den Tresen.

Das ist jetzt nicht wahr, dachte sie, stopfte und kaute. Noch ein Stück, dann das nächste. Starrte auf ihren Teller.

«Ich habe da eine Idee», sagte Stephan. «Lern mich kennen.»

Ich dachte, das wäre geklärt, dachte sie. Oh Mann. In dem Moment drehte der Typ am Tresen den Kopf zu ihr um und sah sie fragend an. «Dich kennenlernen. Hm. Weißt du ...», stotterte sie.

«Wenn du dann noch sagst, dass es nichts werden kann, ist es eben so.»

Jetzt stemmte der da vorn die Hände auf den Tresen und kam auf die Beine.

«Ähm ... Dafür habe ich im Moment keine Zeit», sagte sie.

«Dann hätte ich meine Chance gehabt und würde nie wieder ein Wort darüber verlieren.»

Der Mann kam auf sie zu, dabei sah er vom einen zum anderen. Verflucht, dachte sie. Kennt der uns?

«Hör zu, das bereden wir ein anderes ...» Ihr stockte der Atem.

Die Tür war noch einmal aufgegangen, die beiden anderen

waren hereingekommen. Sie sahen sich alle drei kurz an, nickten einander zu. Alle drei trugen Springerstiefel. «Wir sollten bezahlen.»

«Okay», sagte Stephan und hob den Arm, um die Kellnerin heranzuwinken.

Die Typen kamen näher, das Kribbeln in Desirees Bauch machte einem kalten Ziehen Platz. Die hatten bestimmt eine Ahnung, wer sie waren. Und wollten Polizisten klatschen. Sie tastete ihre linke Körperseite ab. Die Waffe lag im Handschuhfach. Verflucht.

In diesem Moment kam der, der sie so angestarrt hatte, vor ihnen zum Stehen. Er warf Stephan einen abschätzigen Blick zu.

Mist, dachte sie. Der kennt ihn.

Stephan reichte ihr eine Hand über den Tisch, als wollte er sie zu sich herüberziehen. Süß, dachte sie kurz, da baute sich der Typ schon breitbeinig vor ihnen auf.

«Hi, ich bin Uwe. Nur 'ne kurze Frage.»

Sie schluckte. «Wollt ihr Ärger? Kein Problem», sagte sie sehr laut.

Der Typ entblößte eine Reihe schnurgerader Zähne, da begriff sie, dass er sie auslachte.

Mit einer Kopfbewegung deutete er auf Stephan. «Ist das dein Freund?»

«Ja.» Stephan hatte geantwortet und nach ihrer Hand gegriffen. Instinktiv riss sie sie zurück.

Der Kerl ließ sie nicht aus den Augen. «Also nein.»

Sie zuckte die Achseln. «Wüsste nicht, was dich das angeht.»

«Also wirklich nein. Cool.»

Stephan wühlte indessen in seinem Portemonnaie. «Moment. Wir zwei haben gerade besprochen, dass wir ...»

Sie schnitt ihm das Wort ab. «Wir zwei reden später.»

Stephan schmiss einen Geldschein auf den Tisch.

«Krieg ich deine Nummer?», fragte dieser Uwe jetzt, das Grinsen noch immer breit wie sonst was.

«Kriegst du nicht.» Stephan, knallrot vor Zorn.

Dieser Uwe kam näher, grinste. «Du hast wohl nicht gehört, was die Lady gesagt hat. Du bist raus, okay?» Dann wandte er sich ihr wieder zu.

Wir müssen hier raus, dachte Desiree. Sah sich blitzschnell um. Die beiden anderen lümmelten am Nebentisch auf zwei Stühlen und grinsten wie Honigkuchenpferde. Bereit, jederzeit aufzuspringen und mitzumischen.

«Macht der Typ dir Schwierigkeiten?», fragte Uwe weiter. Die zwei anderen Kerle standen jetzt auf.

«Nein!», sagte Desiree schnell. Dann schnappte sie sich ihre Tasche.

Uwe kam noch ein Stück näher. «Krieg ich jetzt deine Nummer?»

«Vergiss es.»

Sein Grinsen fiel in sich zusammen. Er fuhr sich mit der flachen Hand über den Kopf, es wirkte unbeholfen. Dann trat er zur Seite. «Du weißt aber, wo du mich findest. Wenn du wieder in der Gegend bist, frag nach Uwe Schmied.»

Er hatte sehr leise gesprochen. Weich wie Badewasser, nicht mal unangenehm.

Stephan war inzwischen auf dem Weg zur Tür, sie lief ihm nach.

Draußen im Flur, er hielt ihr gerade die Tür auf, hörte sie Stiefel hinter sich und spürte gleich darauf ganz sacht eine Hand auf der Schulter.

«Eine Frage noch.»

Sie drehte sich um. Sah, dass die zwei anderen Glatzen Uwe

Schmied hinterhergedackelt kamen. Begriff, dass der schmale Flur im Zweifel zu eng für eine Prügelei war, sie mussten irgendwie nach draußen kommen. Schnell. Stephan hatte sich in der Tür aufgebaut, er griff in seine Hosentasche. Er würde doch nicht ernsthaft seinen Dienstausweis rausholen? Die Waffe?

«Was denn?», fragte sie schnell.

Uwe schob sich an sie heran. «Sagst du mir wenigstens, wie du heißt?»

Stephan war schon im Begriff, einen Satz auf ihn zuzumachen, aber sie hielt ihn mit einer Handbewegung zurück. Das Herz schlug ihr bis in die Kehle. «Mein Name ist Doris. Doris Weiler.»

Dienstag, 29. August

Michael Herzberg rannte einen Weg entlang. Der Boden klebte an seinen Füßen, die nackt waren, mit jedem Schritt wurden die Klumpen schwerer. Ganz vorn, am Ende der Dunkelheit, flatterte braunes Haar, aber er bekam es nicht zu fassen, so schnell er auch lief. Seine Hände waren wie dünne Schwaden Luft, er spürte sie nicht einmal. Plötzlich löste sich alles auf. Sein Rufen, das Dunkel und der Traum. Nur er lag am Ende da, allein, mit einem bitteren Geschmack auf der Zunge.

Herzberg schälte sich aus dem Bett, sein Handy blinkte ihm zu, er riss es an sich.

Alles ist gutgegangen, Mareike schläft. Melde mich später.

Alles war gutgegangen? Sein Puls überschlug sich. Dann sah er die andere Nachricht, Ariane hatte sie gegen Mitternacht abgeschickt, da hatte er schon geschlafen.

Sie wird noch operiert, es ist der Blinddarm, ich bleibe heute Nacht bei ihr.

Und er war nicht da gewesen und hatte ihr die Hand gehalten, während sie ihr Kind aufschnitten. Als sie auch beim dritten Versuch nicht abhob, schmiss er frustriert das Handy aufs Bett. Dann ging er in das kleine Bad, das neben dem Gästezimmer auf einem schmalen Flur lag, und duschte, so schnell er konnte.

Mit dem kühlen Wasser aus der Leitung stürzte der kommende Tag auf ihn ein: was zu tun war, was ihm so schnell als möglich gelingen musste. Er musste herausfinden, wer sich am Gemeindeamt zu schaffen gemacht hatte. Gestern hatte er bis zum Sonnenuntergang Leute im Dorf befragt. Nein, hatten sie ihm allesamt lächelnd mitgeteilt, sie hätten keine Vorstellung, wer das getan haben könnte, jedenfalls niemand aus Lichtenfels. Als ob sich jemand von außerhalb um die Belange des Ortes scherte! Es sei denn, jemand vom Kaliber eines Roy Blasskewitz steckte dahinter, dem kam ein bisschen brutaler Lokalpatriotismus gerade recht, um die Polizei von seinen anderen Aktivitäten abzulenken.

Als Herzberg kurze Zeit später die schmale Treppe im Hinterhaus nach unten stieg, klingelte endlich sein Telefon. «Liebling?»

«Wirklich?»

Es war Renate, er blieb wie angewurzelt stehen. «Oh, hallo.»

«Hast du meine Nachricht nicht bekommen?»

«Ich soll mich mal melden», riet er.

«Es geht um die Scheidung.»

In seinen Oberschenkeln brannte ein gewaltiger Fluchtimpuls. «Das müssen wir ein anderes Mal bereden. Ich ermittle gerade in Lichtenfels.»

«Es dauert nur eine Minute.»

Er dachte an Ariane und Mareike. «Den Kopf habe ich auch nicht frei.»

«Du musst nur zuhören.»

Herzberg lehnte sich mit dem Rücken, der sich auf einmal verkrampft anfühlte, gegen die Wand. «Okay.»

«Eine Scheidung können wir uns im Moment nicht leisten, jetzt, wo ich das Haus baue.»

Er stieß sich ab. Darüber hatten sie das letzte halbe Jahr

ihrer Ehe gestritten. Mindestens. «Du kannst ohne mich keine solche Entscheidung über unser Geld treffen. Und ich bin nicht einverstanden.»

«Du würdest nicht wagen, mir das kaputt zu machen, nicht nach diesem Betrug!»

Herzberg spürte, wie sich etwas in ihm schneidend scharf aufrichtete. «Und was ist mit deinem Betrug?»

«Du hast mir nicht einmal Gelegenheit gegeben, mich dazu zu erklären. Deshalb schlage ich vor, wir legen die Scheidung auf Eis und lassen ein bisschen Gras über die Sache wachsen. Dann sehen wir weiter.»

Wenn das Haus stand und sein Geld ausgegeben war? «Es wird keine andere Entscheidung geben.»

Sie schnaufte. «Du bist jetzt verliebt, schön, das kann passieren. Auch ich war das während unserer Ehe, und nicht nur einmal. Kannst du dich an Jürgen erinnern, auf den du so eifersüchtig warst? Du hattest recht damit.»

Sein Kopf konnte sich schwach daran erinnern. Herzberg legte sich die Hand aufs Herz, darunter war alles kalt. «Bei mir ist das aber anders.» Er war endlich mit der Frau zusammen, die ihn bis ins Mark erschütterte. Und er würde nicht auf sie verzichten.

«Sag Bescheid, wenn du im Anmarsch bist, damit ich mich vorbereiten kann.»

«Vorbereiten?»

«Ich bringe dann Martin mit.»

Martin war der Bruder ihrer besten Freundin Gitta und Rechtsanwalt. Einer von der unangenehmen Sorte. «Verlass dich nicht darauf», sagte er scharf, aber Renate hatte schon aufgelegt. Fassungslos starrte er sein Telefon an. Hatte er eben wirklich dieses Gespräch geführt?

Stück für Stück sickerte die Bedeutung ihrer Worte in seinen Verstand. Wenn er nicht bei Renate blieb, würde er sie entschädigen müssen, und zwar mit seinem Geld. Das war die Strafe. Es würde einen Kampf geben, sollte er sich nicht fügen; sie und ihre Racheengel hatten sich bereits in Stellung gebracht. Er nahm die Hand von seinem Herzen und horchte tief in sich hinein. Da war tatsächlich kein gutes Gefühl mehr für sie, nur Wut, Befremden und ein gewisser Ekel.

Als er unten im Flur angekommen war, fühlte er sich dennoch bleischwer. Ich sollte mich schämen, so zu empfinden, sagte er sich. Nach fast dreißig Jahren Ehe. Beim Heraustreten in den Garten musste er jedoch lachen. Wie gut doch das schlechte Gewissen funktionierte, das sie beide ihm über die Jahre antrainiert hatten!

Im nächsten Moment wäre er beinahe gegen den Sperrmüllcontainer gerannt, der direkt vor seiner Nase stand. Das hatte irgendetwas zu bedeuten, erinnerte er sich, kam aber nicht dazu, darüber nachzudenken, was das gewesen sein konnte. Sein Telefon hatte geklingelt, schon wieder.

«Ja?»

«Sie haben wohl gerade keine Zeit? Oder ist es zu früh am Morgen?» Die Stimme von Carsten Priebsch, ihrem IT-Mann, klang gereizt.

Herzberg sah auf die Uhr, es war fast halb neun. «Natürlich nicht, entschuldigen Sie den rüden Ton.» Dann ging er zu dem Container. «Was gibt es denn?»

«Ich habe mich mit Schröters Computer beschäftigt, was nicht besonders schwierig war.»

Herzberg griff hinein, er hatte ein paar große Pappen ausgemacht, vergilbt und staubig, Fotos und Texte waren darauf geklebt. «Und?»

«Es gibt Korrespondenz mit einem Blasskewitz, Roy, an

dessen private Mailadresse. Wo er sich darüber beschwert, dass das Gemeindeamt, ich zitiere: so barbarisch zugerichtet wurde. Und dass das Konsequenzen haben würde.»

Das war nicht wirklich eine Überraschung, nur das mit der Privatadresse, aber die konnte er von Reichenbächer haben. «Sonst nichts?» Herzberg zog eine Pappe heraus, Bäume und Tiere waren darauf abgebildet. *Flora und Fauna unserer Heimat* stand darüber.

«Ich habe das zum Anlass genommen, mich noch mal mit Blasskewitz' Korrespondenz zu beschäftigen, da sind wir ja schon länger dran.»

Herzberg hielt in der Betrachtung der Tafel inne. «Und?»

«Ein Uwe wird da in einer Mail an Ronny Günther erwähnt – auch ein alter Bekannter von euch – als bewährter Helfer bei, ich zitiere: vielen operativen Einsätzen vor Ort, und dass man, was das betrifft, in den nächsten Wochen den Ball lieber flachhalten wird. Schließlich gehe es um höhere Ziele. Es gibt zwar keine direkte Bezugnahme auf die Sachbeschädigung in Lichtenfels, die Nachricht wurde aber am selben Tag abgeschickt, ist mir aufgefallen, vielleicht nützt es Ihnen.»

«Bestimmt. Was meint er mit höheren Zielen?»

«Da kann ich erst mal nur raten, es gibt aber einen Ansatzpunkt. Ansonsten geht es einen Tag später nämlich um eine Bürgerwehr, mit BW abgekürzt, und um Equipment, das geliefert und bezahlt werden muss, was ganz aktuell wohl Probleme macht.»

Herzberg legte die Pappe weg, atmete tief durch. Wunderbar. Eine Aufrüstung in der Gruppe wurde schon längere Zeit vermutet, es fehlte aber noch an konkreten Hinweisen. Immerhin tobte seit geraumer Zeit ein Revierkampf in der Türsteherszene von Rostock und Schwerin, zu der Roy Blasskewitz enge Verbindungen pflegte. «Danke, das ist großartig», sagte er. Im nächsten Moment entdeckte er eine andere Tafel und zog sie zu sich heran. *Altes Brauchtum*, lautete die Überschrift. Darunter ein Foto, es war alt. Mit *Erntedankfest 1936* war das Bild unterschrieben. Herzberg erkannte die beiden steinernen Torpfosten, die noch immer die Einfahrt zum Gutshaus schmückten, ein Erntewagen war davor aufgebaut, ein riesiger geschmückter Kranz daran befestigt.

Am anderen Ende erklang ein Räuspern.

«War es das?», fragte Herzberg.

Er starrte die Kinder an, die oben auf dem Erntewagen hockten. Ein Junge saß vorn, er hatte die Arme ausgebreitet und verdeckte damit einen anderen Jungen, man sah nur die Beine, ein Stück seiner kurzen Hose und einen Arm. Daneben ein blondes Mädchen, es war sehr schlank und wirkte groß, ihr Gesicht war schmal und ebenmäßig. Eine kleine Schönheit. Magda Schlottwitz? «Können Sie mir die Sachen schicken?»

«Schon passiert.»

«Vielen herzlichen ...»

Aber das Gespräch war beendet. Blitzschnell stopfte Herzberg sein Telefon in die Tasche, um beide Hände frei zu haben. Damit hob er die nächste Tafel heraus. Ein Zeitsprung. *Beste Ernteergebnisse.* Bilder von LPG-Feiern, aufgereihte Mähdrescher, davor Frauen mit Kopftüchern, die den Fahrern Blumen reichen, das kannte er zur Genüge aus seiner Kindheit, uninteressant. Dann hatte er eine andere Tafel in die Hände bekommen. *Jahre des Aufbaus* stand darauf. Zeitungsausschnitte waren daraufgeklebt, wieder Fotos. Männer in viel zu weiten Hosen und Hemden, ihre Arme waren kaum dicker als die Pflöcke, die sie in die Erde schlagen. Aufteilung des Großgrundbesitzes. Eine Flurkarte, auf der die Namen und Grundstücke der Neubauern eingezeichnet waren. *Siewering,* las Herzberg. *Kowalek, Schmied, Büchner.* Dann ein kleiner Zettel.

Bezugsberechtigungsschein für Erntebindegarn, von 1947. Ein Bezugsberechtigungsschein für etwas derart Simples? Unvorstellbar, was die Menschen nach dem Krieg für Entbehrungen erlitten hatten, verglichen mit dem relativen Wohlstand seiner Kindheit. Gut möglich, dass dieser Schmied mit dem Mann gestern im Gemeindeamt verwandt war. Für den es offenbar keine Arbeit mehr in der Landwirtschaft gab, was für ein Niedergang nach den Mühen des Aufbaus.

Er legte die Pappen auf den Boden und beugte sich in den Container, um weitere herauszuholen.

«Fallen Sie bloß nicht rein!», hörte er da.

Herzberg fuhr herum.

Gruner stand in der Tür und prostete ihm mit einer Kaffeetasse zu. «Auch einen?»

Herzberg schüttelte den Kopf. «Das hier ist eine Fundgrube!»

Gruner winkte ab. «Die besten Sachen habe ich nach Neubrandenburg ins Museum gebracht, der Rest ist nicht wertvoll.»

«Dann darf ich etwas davon haben?»

Gruner drehte sich kurz um, ein paar Kinder kamen gerade in den Garten gestürmt und nahmen die Schaukeln in Besitz. «Klar.»

Herzberg sah durch die geöffneten Terrassentüren, dass das Wartezimmer bereits sehr voll war. «Aber hinauf ins Zimmer würde ich die verstaubten Sachen nicht mitnehmen wollen.»

Gruner wandte sich zum Gehen, seine Sprechstundenhilfe hatte gegen die Terrassentür geklopft. «Ich werde eine Plane darüberlegen», sagte er noch, «dann können Sie die Sachen in aller Ruhe heute Abend ansehen, ohne dass sich noch jemand daran vergreift.»

«Das ist sehr nett», rief Herzberg ihm nach. Dann stellte er die Pappen sorgfältig in den Container zurück. Warf noch einen kurzen Blick auf die übrigen Schautafeln, die darin lagen, es waren drei. Pionierbesuche in der LPG, Säuberungsarbeiten in den Wäldern, eine Schulklasse beim Sportfest. Er sah noch einmal alles durch. Die Dokumentation begann 1936 und endete 1989, aber es gab tatsächlich nichts über den Krieg. Was immer das zu bedeuten hatte.

Im nächsten Augenblick sah er Gruner auf sich zukommen, er trug eine große grüne Plane.

«Bin schon weg», sagte er schnell, riss im letzten Moment zwei der alten Fotos herunter und steckte sie ein.

«Das ist nicht wahr jetzt, oder?» Desiree Weigand war in der Tür zu ihrem Büro stehen geblieben, in einer Hand hielt sie einen Kaffeebecher, in der anderen ihre Tasche. Es war noch nicht acht, sie hatte noch keinen Kaffee intus, und dann so etwas. «Werner?», rief sie hinaus in den Flur.

Keine Antwort.

«Als die Rede war von ein paar Sachen, die untergestellt werden müssen, hast du doch nicht ernsthaft diesen Müllberg gemeint?»

Silke Meier, die Sekretärin der Abteilung, zuckte hinter ihrem Tresen entschuldigend mit den Achseln. «Ich kann Jansen fragen, ob wir ein bisschen was hier bei mir ...»

«Danke dir, aber es reicht, wenn das Zeug mich nervt.» Mit dem Fuß schob sie ihren Garderobenständer beiseite und schlängelte sich durch den schmalen Spalt zwischen ihrem Schreibtisch und den sechs Pappkartons, die nachlässig übereinandergestapelt mitten im Raum standen. Das sichergestellte Material aus dem Gutshaus.

Okay, sagte sie zu sich selbst. Erst Frühstück, dann Arbeit.

Niemals umgekehrt. Und nicht zu früh aufregen. Sie ließ sich auf ihrem Stuhl nieder und führte den duftenden Becher zum Mund.

Ein wenig von dem heißen Kaffee verbrühte ihr die Lippe, als sie nach ihrem Handy tasten musste.

«Verflucht, Herzberg, hättest du nicht noch einen Moment warten können?»

«Ich hab dir was geschickt, was sagst du dazu?»

«Warte kurz.» Sie setzte den Pappbecher an, den sie in der Stadtbäckerei gekauft hatte, weil die Maschine auf der Etage kaputt und der Automatenkaffee zum Davonlaufen war, und trank ihn halb leer. Der bleierne Druck in ihrem Kopf wurde wie ein Vorhang zur Seite gezogen. Dann begann sie zu lesen.

«Ja?», fragte sie gleichzeitig.

«Schröter hat Roy Blasskewitz gedroht, weil ihm die Zerstörung der oberen Etage des Gemeindeamts in Lichtenfels gegen den Strich ging. Und stell dir vor: In einer Mail von Blasskewitz wird ein Name genannt. Uwe, einer von der mobilen Schlägertruppe, die diesen Angriff mutmaßlich begangen hat.»

Beinahe wäre ihr die Papiertüte mit dem Marmeladenteilchen aus der Hand gerutscht, das sie sich in einem Anfall von Leichtsinn zum Kaffee gekauft hatte. Uwe? Sofort hatte sie den Typen von gestern Abend vor Augen, seinen selbstsicheren Gang, sein Auftreten, die schwarze Kleidung und die Springerstiefel. «Solltest du zu ihm einen Nachnamen finden, wäre das wichtig für mich. Ihr habt doch Schröters Unterlagen», sagte Herzberg da schon.

Sie sah zu den Kartons und verdrehte die Augen. «Das wäre jetzt ein komischer Zufall, aber: Wie wäre es mit Schmied?»

«Manfred Schmied hat tatsächlich einen Sohn. Woher kennst du ihn?»

Sie berichtete von ihrer gestrigen Begegnung, und das Ziehen in ihrem Magen fühlte sich auf einmal nicht mehr nur nach Hunger an. «Sag mir, wenn der in Lichtenfels wohnt, okay?»

«Wozu?»

«Nur so.» Reine Vorsicht, die erste Begegnung hatte ihr gereicht. Und jetzt wusste sie, dass ihre Instinkte sie nicht getäuscht hatten.

Herzberg versprach es. «Du glaubst nicht, wie sehr du mir damit geholfen hast. Ich will das hier so schnell als möglich beenden und zu euch zurück. Aus den wichtigen Fällen halten sie mich sowieso raus, ich komme mir vor wie ein Berufsanfänger. Jansen könnte mich anfordern.»

«Was sagen Drewitz und Meier?»

«Keine Ahnung.»

«Herzberg, du musst mit denen reden, sonst verschimmelst du dort.»

«Aber dazu muss ich mehr mitbringen als den Namen desjenigen, der ein paar Rohre aus der Wand gerissen hat. Ich will in die Nähe der Ermittlungen kommen, aus denen sie mich konsequent raushalten, dann sind sie genervt und schicken mich zurück. Pass auf. Drewitz ist an einer großen Nummer dran. Roy Blasskewitz pflegt enge Kontakte zur Türsteherszene in Rostock und Schwerin. Ein paar konkurrierende Gangs gehen sich zur Zeit gegenseitig an die Gurgel, um ihre Claims neu abzustecken, es gab bereits einen Brand in einer Turnhalle und zwei Tote bei einer Schießerei. Die Abteilung hat einen Mordserfolgsdruck. Wenn ich Blasskewitz mit irgendwas in der Hand hätte, sodass er uns ein paar Informationen zu diesen Vorfällen liefern müsste, wäre das gut.»

Mit zwei Fingern pulte sie die Tüte auf. Beim Anblick der

Zuckerglasur lief ihr das Wasser im Mund zusammen. «Gut wofür?»

«Dann würden sie alles Weitere allein machen wollen. Die Nummer ist zu groß für mich, ich gehöre ja jetzt nach ganz unten in die Hackordnung. Sie würden mich mit Freuden freistellen.»

«Eine Riesensauerei, aber ich bin dran, versprochen.» Endlich hatte sie das Teilchen freigelegt. An ihrem Zeigefinger klebte ein wenig Zuckerglasur, sie leckte sie ab. Himmlisch. Dann horchte sie auf. Am anderen Ende hatte sie ein dumpfes Grummeln wahrgenommen. «Sag mal, ist das dein Magen?»

Er seufzte. «Hier gibt es nicht mal einen simplen Tante-Emma-Laden.»

Gut, dass er ihr Grinsen nicht sah. «Tut mir leid. Wirklich.»

«Egal. Kannst du die Sache in Angriff nehmen?»

Sie betrachtete die sechs großen Kartons. Papiere quollen aus ihnen heraus, und sie stanken nach Rauch. «Gibt nichts, was ich lieber täte.»

«Dann kann ich mich ja jetzt um mein Frühstück kümmern.»

Sie verdrehte die Augen. «Apropos. Fred ist mir vorhin über den Weg gelaufen. Hat er es dir gesagt?»

«Was denn?»

«Er war ganz aufgeregt.»

«Desiree!»

Sie ließ eine kurze Pause und genoss den scharfen Atemzug am anderen Ende. «Im Keller des Gutshauses gibt es eine Tür, sie war verschlossen, angeblich hat niemand den Schlüssel, Fred hat diesen Anwalt in die Spur geschickt, der will sich darum kümmern.»

«Warum habt ihr das Ding nicht aufgebrochen?»

«Wir hatten keinen Sprengsatz dabei.»

Als Herzberg sich verabschiedet hatte, legte sie das Telefon beiseite. Vor ihr lag der leere Pappteller, aber ihr Magen verlangte nach mehr. Wie war das noch gleich? Zucker war das neue Fett. Bestimmt hatte sie vierhundert Kalorien in sich reingefuttert, die schon dabei waren, sich an ihre Hüften zu klammern. Herzberg hingegen konnte essen, soviel er wollte, und blieb rasseldürr. Sie knüllte das Papier zusammen und fegte die Krümel von der Tischplatte.

Uwe Schmied also. Der sie gestern Abend angemacht hatte und der, wenn er ein Gehirn und so etwas wie ethische Grundsätze besäße, ganz süß wäre. Und dem sie hoffentlich nie wieder über den Weg laufen würde. Besser, sie half Herzberg, ihn schnell aus dem Verkehr zu ziehen.

Sie fuhr ihren Computer hoch. Gab Roy Blasskewitz in die Google-Suchleiste ein. Scrollte sich durch die Trefferliste, ein Datum schreckte sie auf. Der Todestag von Rudolf Schröter, Freitag, der 25. August. Da hatte Blasskewitz auf einer Veranstaltung in Rostock eine Rede gehalten. Am Abend. Fotos davor und danach am Biertisch in einer Kneipe. Mist, er kam also nicht in Betracht als Mörder von Schröter, der ihn immerhin bedroht hatte. Sie las noch ein wenig weiter, fand nichts, was ihr weiterhalf, betrachtete den Müllberg in ihrem Büro. Also gut.

Mit dem Fuß angelte sie nach einem der Kartons. Nahm einen Stapel Bücher und lose Blätter in Regenbogenfarben heraus und breitete sie vor sich aus.

Das Buch, das sie zuerst aus dem Stapel fischte, war dick und hatte einen bedruckten Einband. *Der deutsche Genius*, las sie laut. Sie schlug das Buch auf. *Mit einem Geleitwort von Thomas Mann* stand dort. Hinten gab es ein Kapitelverzeichnis. *Das Land und das Volk. Das deutsche Schicksal. Das deutsche Wesen. Die deutsche Persönlichkeit und die Familie.* Sie schob das Buch mit spitzen Fingern in die äußerste linke Ecke ihres Schreibtisches. Nein, dachte sie. Bei aller Liebe. Das kann dein Drewitz lesen. Dann runzelte sie die Stirn. Sollte Rudolf Schröter rechtes Gedankengut gepflegt haben? Andererseits, das Buch war 1926 erschienen, es war vielleicht nationalistisch, aber es hatte nichts mit den Nazis zu tun.

Die anderen Bücher stapelte sie darauf und wandte sich den losen Blättern zu. Zuerst sammelte sie die Fotos heraus. Hier. Ein junger Mann in Uniform. Glattes Gesicht mit hellbraunen Haaren, bis über die Ohren geschoren, darüber länger, erschreckend jung, bestimmt keine zwanzig. In feldgrauer Uniform. Er blickt so streng in die Kameralinse, als stünde dahinter ein Feind. Das Foto war an den Rändern angesengt. Sie roch daran. Kein frischer Rauchgeruch, das musste also länger her sein. Auf der Rückseite stand mit Bleistift «Hermann». Dann ein Datum mit einem Kreuz davor: «3. Mai 1945», diesmal mit Tinte.

Ein Klopfen riss sie aus ihren Gedanken. Jansen trat ein, noch ehe sie ein Wort sagen konnte. «Morgen. Eine diffizile Frage.»

«Die mag ich besonders.»

Er schloss die Tür hinter sich. «Hast du schon was außer dem Obduktionsprotokoll?»

Sie zeigte auf die Kisten. «Noch nicht.» Dann las sie ihm den Inhalt der kurzen Mails vor, die sie von Herzberg bekommen hatte. «Für den Tatzeitpunkt hat Blasskewitz ein Alibi.»

Jansen stützte die kräftigen Arme auf ihren Schreibtisch. «Und diese Szene gehört zu unserem Täterkreis?»

Sie rollte ihren Stuhl ein wenig zurück, um nicht in einer Wolke aus Eau de Toilette zu ersticken. «Das kann ich dir zu diesem Zeitpunkt noch nicht sagen. Aber ja, möglich ist es.»

Jansen studierte das Foto, das sie eben in der Hand gehabt

hatte. «Herzberg untersucht ja den Wohnungsfall. Kommt ihr euch in die Quere?»

Es klang beiläufig, aber sie hörte die Gereiztheit heraus. «Das Umfeld, in dem wir ermitteln, ist dasselbe.»

«Vertritt einfach unsere Interessen, ja?»

«Und die wären?»

Jansens Augenbrauen schoben sich zu einem dicken Balken zusammen. «Hier geht nichts raus, das nicht mit mir abgesprochen ist.»

Aha. «Was ist mit dezernatsübergreifender Zusammenarbeit? Ich erinnere mich an das Grußwort des Präsidenten zum neuen Jahr.»

«Die haben eigene Leute, mehr als wir.»

«Noch ein Grund, Herzberg zurückzuholen.»

«Das ist nicht meine Entscheidung.»

«Du spielst Golf mit dem Präsidenten.» Das hatte sie sich nicht verkneifen können.

Jansens Gesicht wuchs ihr entgegen, es war bis zu den Ohren rosarot angelaufen. «Ich will auf dem Laufenden gehalten werden! Es wäre nicht das erste Mal, dass jemand vorprescht, und ich muss dann die Scherben aufkehren.»

Ihr fiel auf, dass sein Zorn wesentlich schwächer ausfiel als üblich. Und dass er schlanker geworden war. Darauf hatte seine Frau jahrelang vergeblich hingearbeitet, und jetzt war es ganz plötzlich passiert. Komisch. Desiree verschränkte die Arme. «Du willst ihn nicht zurück.»

Jansen richtete sich auf. «Fahr erst mal nach Lichtenfels, du hast einen Befragungsmarathon vor dir. Das hier kannst du später machen.»

Desiree spürte, wie sich alles in ihr aufblähte. Noch ein Wort, und ich platze, dachte sie. «Wenn ich die Kisten vorher durchsehe, kann ich viel gezielter …»

«Fahr hin!» Sein Blick sprühte. *Ich bin dein Chef.* Sie kannte das.

«Jemand mit Erfahrung wäre mehr als hilfreich.»

Jansen ließ das Foto fallen und verließ das Büro. Andere überrollen, das konnte er. Aber wehe, jemand tat das mit ihm. Das war es, was er Herzberg nicht verzeihen konnte.

Du mich auch, sagte sie zum Abschied. Aber nicht laut.

Michael Herzberg war eine Weile durchs Dorf gelaufen und hatte sich umgesehen. Es gab hier Wohlstand und das sichtbare Gegenteil davon. Und wenn man dem Klischee folgte, saßen die Ängstlichen, die keine Fremden hier haben wollten und lieber ein Gebäude beschädigten, als das zuzulassen, in den einfachen Hütten. Mit ihrer Wut und der Enttäuschung, dass die Wirtschaft im Ort nichts für sie abwarf. Voller Angst, dass öffentliche Mittel Ausländern gegeben und ihnen weggenommen würden, eine nicht auszurottende Schnapsidee. Vor einem Haus blieb er stehen.

Auf sein Klingeln reagierte niemand. Herzberg beugte sich über den Zaun, ließ den Blick über das winzige Grundstück mit dem kleinen Wohnhaus aus der Nachkriegszeit wandern.

«Im Nachbarort soll ein Konsum sein, können Sie mir sagen, wie weit es bis dorthin ist?»

Auch darauf kam keine Antwort. Also nahm er die Hände, die er zum Trichter geformt hatte, vom Mund. Beugte sich über den Zaun, der aus hohen, ungestrichenen Holzlatten bestand. Hinten im Garten entdeckte er einen Mann, er hatte eine Sense in der einen und einen Wetzstein in der anderen Hand. Das musste G. Siewering sein, wie das Türschild verkündete. Herzberg winkte, rief noch einmal, aber der Mann reagierte nicht.

Die Gartenpforte war nicht abgeschlossen, also ging Herzberg hinein. Im selben Moment packte der Mann im grauen Arbeitsoverall eine Sense und kam ein paar Schritte auf ihn zu.

Herzberg hob die Hand zum Gruß und wagte sich weiter vor.

«Stopp!», wurde ihm da entgegengebrüllt.

Dann stand der Mann vor ihm. Seine Augen lagen so tief in ihren Höhlen, als wollten sie sich darin verstecken.

«Herr Siewering? Polizei, ich habe ein paar Fragen», sagte Herzberg schnell.

«Und da können Sie nicht warten, bis man zur Tür kommt?»

«Entschuldigung.»

«Das hier ist mein Grund und Boden, und da vorn ist ein Zaun!»

Herzberg zeigte ihm seinen Ausweis. «Zuerst mal: Wie komme ich zu dem Konsum im Nachbarort?»

«Laufen.»

«Ist es weit?»

«Relativ.»

«In Kilometern?»

«Drei bis fünf, je nachdem, wo Sie langgehen.»

«Und der kürzeste Weg führt wo lang?»

«Hängt davon ab.»

Schön. Herzberg trat dichter ans Haus heran. Sah an der Fassade hoch, die seit Jahrzehnten nicht frisch verputzt worden war. Von den Fensterrahmen blätterte der Lack. «Es geht um das Gemeindeamt.»

Siewering stellte seine Sense ab. «Und was habe ich damit zu tun?»

«Haben Sie auch etwas dagegen, dass die Ausländer hierherkommen?»

Jetzt trat Siewering einen Schritt zur Seite. «Nee, im Grunde nicht. Aber die fühlen sich doch eh fremd bei uns, was wollen die dann hier?»

Herzberg verschränkte die Arme. «Überleben? Und der Ort braucht keine weitere Ruine, finden Sie nicht? Warum tut jemand so etwas?»

Siewerings Augen zogen sich noch weiter zurück, mit einer Hand fuhr er am Schaft der Sense auf und ab. «Das mit dem Gemeindeamt war bestimmt niemand von hier.»

Natürlich nicht. «Es heißt, Rudolf Schröter hat etwas darüber gewusst.»

«Und?»

«Und wenn er das tat, tun es noch mehr Leute. In so einem Dorf.»

Siewerings Oberlippe zuckte. «Das würde ja voraussetzen, dass er mit den Leuten geredet hätte.»

«Er hat die Dinge eher für sich behalten?»

Als Antwort kam nur ein verächtliches Nicken.

«Wir wissen, dass viele im Dorf etwas dagegen haben, dass hier Ausländer untergebracht werden.»

Siewering zuckte die schmächtigen Achseln. «Wenn, dann kenne ich die nicht.»

«Manfred Schmied und Karlheinz Geißler zum Beispiel. Die haben dort aufgeräumt. Haben die ein schlechtes Gewissen?»

«Das sagen sie mir nicht.»

Na klar. Und ich ziehe mir die Hose mit der Kneifzange an. «Was ist mit Uwe Schmied?»

Siewering wischte sich mit dem Hemdsärmel die Nase. «Der Junge von Manfred ist zwar weggezogen, wegen der Arbeit, aber der würde das auch nicht machen, ist ja seine Heimat hier.»

Hätte ich fast vergessen, dachte Herzberg. «Aber er ist in der rechten Szene?»

Siewering blickte durch seinen Vorgarten hinaus auf die Straße. «Ich bin hier ein bisschen ab vom Schuss, keine Ahnung.»

«Haben Sie Angst, dass Ihnen jemand die Fenster einschlägt, wenn Sie mit mir reden?»

Sein Kopf schoss zu Herzberg herum. «Das machen die nicht! Mein Vater hat das Neubauernhaus hier mit seinen eigenen Händen gebaut, alle wissen das! Geschuftet hat er für die LPG und ich auch!»

«Also war es doch jemand von hier, das mit dem Gemeindeamt.»

«Nee, bestimmt nicht, sag ich doch!»

«Ich kann Sie im Präsidium antanzen lassen, so langsam habe ich es satt, mir diese Lüge anzuhören.»

Siewering wischte sich noch einmal über die Nase, dann bettete er für einen Moment den Kopf in die Armbeuge. «Mir sagen die nichts, glauben Sie's oder nicht. Wirklich.»

Es hatte tieftraurig geklungen. Herzberg umfing das winzige, bedauernswerte Anwesen am Dorfrand mit einem Blick. «Sie sind seit der Wende zu Hause?»

Siewering geriet in Bewegung, pflanzte die Füße fest in den Boden. «Seit 1993.»

«Und davor?»

«Rinderzucht bei der LPG.»

«Scheint ja nach wie vor ein Riesenbetrieb zu sein.»

Siewering bewegte die Schultern, als säße dort etwas, das er abschütteln musste. «Hat Schröter über die Wende gerettet. Zum Glück, sonst gäbe es hier gar nichts mehr.»

«Für Sie war da aber kein Platz?»

Siewering zuckte zusammen, als hätte man ihm eine Ohrfeige verpasst. «Ich hatte hier mein Zutun, die Frau ist dann ja auch bald krank geworden. Ist schon in Ordnung gewesen so.»

Herzberg sah zu den Fenstern. Die Gardinen, die dort hingen, kannte er von früher, orangebraune Muster auf beigem Grund. Es musste weh getan haben, das nach der Wende nicht ersetzen zu können, zumindest einer Frau. Sogar er hatte begeistert in Einrichtungskatalogen gestöbert. «Am Haus ist lange nichts gemacht worden.»

Siewering reckte das Kinn. «Ich will es nicht anders als so, wie mein Vater das alles gebaut hat. Mit seinen eigenen Händen. Verstehen Sie vielleicht nicht, aber ich bin stolz darauf.»

«Dann kommen Sie zurecht.»

«Natürlich!» Beschämt sah er zur Seite.

Dort stand eine aus ungeschälten Ästen selbstgezimmerte Bank vor der Hauswand, darauf standen ein paar Töpfe mit mickrigen Geranien. Und eine leere Plastikdose für Lebensmittel. Herzberg musste an den Kuchen denken, den Magda ins Gemeindeamt gebracht hatte. «Die Nachbarn helfen aber.»

Siewering schielte zu der Dose hin. «Magda manchmal.»

«Sie war enger mit Schröter bekannt, erzählen Sie mir davon.»

«Ich weiß darüber nichts, also, wie weit das ging oder so.»

Herzberg stutzte. «Ging das denn weit?»

Siewering zog angestrengt die Schultern nach unten, die zu seinen Ohren gewandert waren, als wollten sie sein Gesicht verstecken. «Sie hat ihr ganzes Leben im Gutshaus gekocht und geputzt, in letzter Zeit etwas weniger, weil sie schon ein bisschen tüdelig ist. Klar, dass sie alle kennt. Der Konsum ist übrigens gleich am Ortseingang. Wenn Sie am Schild scharf links abbiegen und dann ein Stück übers Feld gehen, kommen Sie von hinten ran und müssen nicht durch den ganzen Ort. Wenn dann nichts mehr ist, ich muss mähen, ehe das wieder so heiß wird.»

Herzberg zeigte auf die Plastikdose. «Auf dem Rückweg könnte ich die mitnehmen und zu Magda bringen, ich gehe dort vorbei.» Ich nenne sie ja schon beim Vornamen, dachte Herzberg. Aber das tut hier wahrscheinlich jeder.

Siewering kniff die Lider zu. «Kann ich selbst. Wiedersehen.» Dann trottete er nach hinten in eine Wüstenei, die früher einmal ein Garten gewesen sein musste.

Es dauerte nicht lange, und Herzberg bog von der Hauptstraße ab und auf den Feldweg ein, den Siewering beschrieben hatte. Die Sonne knallte schon auf den staubigen Weg, in den matten Blättern der Sträucher war Bewegung und ein leises Zischeln. Durst. Herzberg stellte sich in den Schatten eines Holunders, riesige schwarze Beerendolden hingen daran. Dahinter, durch eine Lücke, sah er Weizenähren, dicht an dicht, goldgelb, erntereif. Weiter weg gab es Mais, der noch saftig grün war, und grauen Raps. Jeder Quadratzentimeter Boden schrie: Ich bin fruchtbar! Aber nicht für alle fiel etwas davon ab. Dennoch war es wahrscheinlich zu einfach, dachte er beim Weitergehen, die tatkräftigen Ausländerfeinde bloß auf der Seite derer zu vermuten, denen es wirtschaftlich nicht gutging. Die Wirklichkeit hielt sich nicht an Klischees. Er zupfte sein Telefon aus der Hosentasche, rief die Auskunft an und ließ sich mit Jens Reichenbächer verbinden.

«Herzberg hier. Ich hätte gern den Schlüssel für den Abstellraum im Kellergang, den mit der Eisentür.»

Kurzes Schweigen am anderen Ende. «Da muss ich überlegen, am Bund war er, glaube ich, nicht mit dran.»

«Bringen Sie ihn einfach vorbei.»

Ein kurzes Auflachen am anderen Ende. «Ich habe keine Ahnung, was Sie da finden wollen. Ich war noch nie dort drin.»

«Auch darüber müssen Sie sich keine Gedanken machen. Wann können Sie hier sein?»

«Puh, ich bin bis fünf bei Gericht. Wäre achtzehn Uhr in Ordnung?»

«Das schaffe ich gerade so.»

«Es ist kein Problem für mich, ein bisschen zu warten, bis sieben bin ich auf jeden Fall im Haus.»

«Wunderbar, danke», sagte Herzberg und beschloss, spätestens um fünf da zu sein.

Dann stand er auch schon vor einem eingeschossigen Steinbau, dem typischen Konsumbau aus den siebziger Jahren, zwei Stufen führten hinauf in den Laden.

Eine Verkäuferin mit Pausbacken und rot-gelber Kittelschürze wuchtete eine Packung Colaflaschen in ein Regal. Herzberg nahm die nächste, die auf dem Boden stand, und stellte sie daneben.

Sie wischte sich die rundlichen Hände an der Schürze ab. «Ach, danke. Womit kann ich dienen?»

Herzberg griff nach einer großen Wasserflasche und einem Bockwurstglas.

Sie bückte sich jetzt und hob einen Einkaufskorb auf, den reichte sie ihm. «Das Glas müssen Sie bei der Hitze nur in die Sonne stellen, schon sind die Dinger heiß, was? Wie haben Sie mich eigentlich gefunden?»

Herzberg erzählte es ihr.

Sie zog die Nase hoch. «Ach, der Gerd. Armes Schwein.»

«Er gehört aber nicht zu denen, die Rabbatz machen, wenn was passiert, das ihnen nicht passt, Flüchtlinge zum Beispiel?»

Jetzt riss sie ihre kleinen Augen auf, die zwischen dicken Fettwülsten lagen. «Sie sind von der Polizei?»

«Sieht man das?»

«Man hört es. An der Frage.» Eilig schob sie ein paar Eierkartons zur Seite und stellte weitere daneben. «Falls Sie das mit der Wohnung meinen, in der sie die Ausländer nicht haben wollten, darüber weiß ich nichts.»

Genau was er erwartet hatte. «Ist kein Wunder, Sie sind ja ziemlich weitab vom Schuss hier, nicht wahr?»

Sie presste die Lippen zu einem dünnen Strich zusammen, sodass man das Bärtchen sah, das darüber prangte.

«Lichtenfels wäre ein besserer Standort.»

«Schon.»

«Sie klingen anders. Berlin?»

Sie schnäuzte sich ausgiebig. «Die lassen einen das immer spüren, egal, wie lange man hier wohnt. Wäre mein Heiner nicht mehr, der hatte vor sieben Jahren Krebs, Hoden, da dachten wir schon ...», sie vollführte mit der Handkante eine Bewegung quer über die Kehle, «war aber nicht, zum Glück. Also, wenn das gewesen wär, ich wär nicht mehr hier.»

Herzbergs Hunger war vergessen, sein Kopf hellwach. «Es gibt immer irgendwen, der bestimmt, wer dazugehört und wer nicht, das war schon in der Schule so.»

Ihr Nicken fiel raumgreifend aus.

«Ist es etwa Schröter gewesen? Immerhin war er eine Zeitlang Bürgermeister.»

Sie verstaute die Hände in den Schürzentaschen. «Indirekt schon. Von mir haben Sie das aber nicht. Meine Scheiben waren schon einmal eingekloppt, damals, drüben in Lichtenfels, als wir expandieren wollten, da sind wir dann hierher zurück. Aber den Konsum drüben, den gibt es jetzt auch nicht mehr, war also dumm, mich zu vergraulen. Na, kann mir ja egal sein.»

«Haben Sie Anzeige erstattet?»

Sie lachte.

«Wer sind die Leute, die das machen, anderen die Scheiben einschlagen oder Rohre aus Wänden reißen?»

Sie sah nach draußen auf den kleinen Parkplatz. «Können Sie nicht was anderes fragen?»

«Haben Sie einen Namen für mich?»

Sie wartete einen Moment, kniff die Augen zusammen. «Nee.»

Herzberg lächelte breit. «Glaube ich nicht.»

«Nicht mein Problem.»

«Die waren gemein zu Ihnen!»

Sie stemmte sich jetzt gegen die Colaflaschen, schob sie weiter nach hinten und wuchtete den nächsten Sechserpack ins Regal. «Da fragen Sie am besten mal den Kamp, Dietmar.»

«Warum?»

«Na, der war hier früher der LPG-Chef, der kennt alle. Mehr sage ich aber nicht. Hätten Sie ja auch von allein rausgekriegt, was?»

Herzberg nickte. «Danke.»

«Die waren sich nicht grün, die beiden, Schröter und Kamp. Aber mehr sage ich nicht.»

Klar. «Und wo finde ich diesen Kamp?»

«Hinter den Neubauten in Lichtenfels, da stehen ein paar neue Einfamilienhäuser, die Thälmannstraße runter. So ein Schickimickihaus ist das, weiß und grau. Lauter Dekokugeln in Schillerfarben stehen da im Vorgarten und Gartenzwerge, ist nicht schwer zu finden, immer dem Brechreiz hinterher.»

Herzberg musste lachen, dann holte er sein Portemonnaie heraus und bezahlte. Zum Abschied hielt er ihr eine Visitenkarte hin. «Falls Ihnen noch etwas einfällt.»

Sie sah die Karte an, als sei sie vergiftet. «Legen Sie sie hier irgendwohin. Ich muss jetzt erst mal zu den Teigwaren.»

«Ich komme gern wieder», sagte er noch, aber da hatte sie sich schon den Nudelpackungen zugewandt.

Draußen schlang Herzberg zwei Scheiben Brot und eine versalzene Bockwurst hinunter und spülte mit einer ganzen Flasche Wasser nach. Dann fischte er die nächste Wurst aus dem Glas, lange würden die bei den Temperaturen sowieso nicht halten. Währenddessen klingelte sein Handy.

Ariane. Endlich. Sein dummes Gespräch mit Renate war auf einen Schlag vergessen, selbst ihre Gier auf sein bisschen Geld. Sollte sie doch alles haben!

Er warf die angebissene Wurst ins Gebüsch. «Liebling?»

«Das war eine Nacht!»

«Wie geht es der Kleinen?»

«So ein Blinddarm ist schon fies. Er war zwar nicht hochgradig entzündet, aber ich habe ihn entfernen lassen. Wir hatten bereits das dritte Mal Ärger damit, und ich hatte schon langsam Albträume, dass es das nächste Mal auf einer Klassenfahrt passiert. Sie sagt ja nichts, wenn es ihr nicht gutgeht.»

«Das hast du richtig gemacht, hörst du? Ich habe viel an euch gedacht. Wann kann ich vorbeikommen?»

«Sie bleibt bis heute Nachmittag auf ITS.»

Herzberg sah die Kleine vor sich, inmitten weißer Laken, angeschlossen an piepende Geräte, die ihr Angst machten, es schnürte ihm den Hals zu. «Kann ich ihr was mitbringen?»

«Eher nicht, sie ist noch nicht ganz da. Ich muss jetzt in die Praxis, am Nachmittag werde ich nach ihr sehen.»

Herzberg überlegte einen Moment, ob er sie das fragen konnte, dann entschloss er sich doch dazu, es nagte zu sehr an seinem Inneren. «Wird Mark auch da sein?»

«Das weiß ich nicht, und es ist mir egal. Aber irgendwann in den nächsten Tagen wird er Hannes bringen.»

Herzberg schloss die Augen. «Du glaubst nicht, wie ich dich vermisse», flüsterte er.

«Wie schön, das zu hören. Bis später dann.» Ihre Stimme klang endlich, als schwimme ein breites Lächeln darin, nur für ihn. Zumindest stellte er es sich so vor.

Kriminalkommissarin Desiree Weigand fuhr mit heruntergekurbelten Scheiben die lange Straße ins Dorf hinab. Ganz still lag es da, starr unter der Hitze des späten Vormittags. Zwei, drei Takte eines Liedes waren zu hören, als eine Tür klappte, ansonsten: keine Bewegung. Viele Menschen suchten ja genau so etwas: Ruhe, Abgeschiedenheit. Für Desiree war es nicht mehr als das Fehlen von allem, was zum Leben gehörte. Theater zum Beispiel. Menschen, Musik.

Nicht mein Ort, dachte sie, als sie zehn Minuten später ausstieg. Nur die Luft war sauberer, definitiv. Sie nahm einen tiefen Zug und lief auf das kleine Haus zu, das wie ein Schwalbennest ein Stück links von der Einfahrt zum Gutshaus an die Mauer geklebt war. Es war klein, hatte aber schöne große Fenster, so etwas mochte sie. Licht, Helligkeit. Auch das Dach schien neu zu sein. Nur der tiefrote Lack der schweren Holztür blätterte vor sich hin.

Sie klingelte, dann stand Magda Schlottwitz vor ihr. Endlich. In einem langen blauen Kleid. Aus ihrem weißen Haarknoten hatten sich Strähnen gelöst, die ein schmales Madonnengesicht mit unwirklich blauen Augen umspielten. Eine große Frau, stattlich, aber sehr schlank. Als Magda sie erblickte, zog sie die Schultern ein, ihr Blick wurde eng.

Desiree deutete auf die schmalen, langen Hände, die dunkle Flecke hatten. «Holunderbeeren?»

«Brombeeren.»

«Hm ... meine Oma konnte ein Gelee mit Birnen.»

Magda Schlottwitz' Schultern sanken ein Stück nach unten. «Das kenne ich auch, aber jetzt esse ich sie so.»

«Noch besser.»

«Wollen Sie welche?»

«Und wie.»

Desiree folgte ihr in einen kühlen Flur, der leicht nach feuchtem Putz roch, genau wie ihrer, nie wurde man das ganz los, Sanierung hin oder her.

In der Küche setzte sie sich an den Tisch, der tiefe Dellen in der Holzplatte hatte, Magda genau gegenüber. Die Früchte, die sich darauf stapelten, schmeckten herrlich. So etwas wuchs in keiner Stadt. «Ich habe auch so ein kleines Haus für mich allein, es gehörte meiner Oma. Haben Sie Kinder?»

Magda Schlottwitz saß regungslos da, an ihrem langen Hals klopfte eine bläuliche Ader. Also keine, dachte Desiree. Ganz anders als Oma, der haben fünf Gören die Bude auf den Kopf gestellt. Sie war eine ebenso stattliche Frau gewesen, allerdings kugelrund, mit weichem Bauch und Fußballerwaden, die Krampfadern darauf dick wie Flüsse. Gelacht hatte sie darüber und sich trotzdem die Kerle ins Bett geholt.

«Sie wissen, wer ich bin?», fragte sie Magda Schlottwitz.

Deren Blick glitt haarscharf an ihrem vorbei. «Von der Polizei. Und Sie wünschen?»

«Es geht um den Verstorbenen.»

Jetzt wanderte der Blick zu ihr zurück. «Der muss unter die Erde.»

Desiree stutzte. «Weil sich das so gehört?»

Sie bekam keine Antwort.

«Erzählen Sie mir von ihm.»

Magdas Kopf begann zu wackeln. «Warum denn?»

Gut, dann anders. «Sie haben am Samstag bei ihm sauber gemacht?»

Jetzt bekam sie ein Nicken.

«Warum?»

Nun ein Lächeln. «Das macht man so.»

«Waren Sie am Freitag auch bei ihm?»

«Ja.»

«Ist Ihnen da etwas aufgefallen?»

Magda schüttelte den Kopf.

«Wann waren Sie dort? Und wann sind Sie weg?»

«Zur Abendbrotzeit.»

«Auf die Uhr haben Sie nicht gesehen?»

Magda zog den Kopf ein Stück ein. «Hier braucht man keine Uhr, wir haben die Sonne.»

Die Sonne? In welcher Welt lebte diese Frau? Wahrscheinlich hatte Gruner mit seiner Diagnose recht. Nicht gut. «Haben Sie jemanden gesehen?»

Jetzt schüttelte sie heftig den Kopf, Tränen traten ihr dabei in die Augen.

Desiree beugte sich zu ihr hinüber, senkte die Stimme. «Als Sie weg sind, hat er aber noch gelebt.»

Ein Schluchzen war jetzt zu hören, Magda legte sich eine Hand auf die Lippen.

Oje, dachte Desiree und legte beide Hände auf die andere Hand der alten Frau, mit den Daumen fuhr sie sacht über ihren Handrücken. «Ist Ihnen etwas an ihm aufgefallen? Wirkte er verstört? Hatte er vor etwas Angst?»

«Nei… nein», schluchzte Magda.

Mist, dachte Desiree. Sie streichelte weiter. «Ging es ihm schon besser? Hatten die Medikamente geholfen?»

Das Schluchzen brach ab, Magda zog die Nase hoch. «Aber ja.»

Uff, dachte sie erleichtert. Dann war es für einen Moment still, und sie hörte ein Brummen in ihrer Handtasche. Fummelte ihr Handy heraus, sah, dass Herzberg ihr zwei Fotos geschickt hatte. Könnte nicht besser passen, dachte sie und hielt Magda das Display hin. «Sehen Sie mal. Ein altes Bild, kennen Sie es?»

Magda reckte den Hals, ihr Gesicht glättete sich. «Das bin ja ich da oben.»

«Und die anderen?»

«Da unten neben dem Heuwagen steht meine Mutter, oben sitzt ... Hermann, dahinter ... Rudolf, sein Bruder.» Dann beugte sie sich weiter hinunter, ihre Augenbrauen hoben sich ganz leicht, wie zu einem Staunen. «Hermann ...»

Desiree zeigte ihr kurz das andere Foto mit den zwei Bauern auf dem Feld, dann, als Magda die Augen schloss und eine Träne ihre Wange hinabrollte, legte sie das Telefon zur Seite. «Sie haben nicht zufällig doch gesehen, wie nach Ihnen am Abend noch jemand kam?», flüsterte sie. Immerhin hatte sie eben bei genau der Frage zu weinen begonnen.

«Wer soll denn gekommen sein?»

Lieber Gott, dachte Desiree, lass das hier nicht schiefgehen. «Haben Sie?»

«Nein.»

«Sie waren nicht zufällig im Garten? Von dort aus kann man ja alles überblicken.»

Magda schüttelte den Kopf.

Okay. Augen zu und durch. «Warum haben Sie Herrn Schröter diese Halsbinde angelegt?» Sie hatte die Fotos gesehen und es kaum glauben können.

«Wegen der Totenflecke, das sieht doch nicht schön aus.» Ihr fliegender Atem hatte die Worte in kleine Stücke gehackt.

«Hat der Arzt gesagt, dass es Totenflecke sind?»

Sie nickte, schlug sich mit der flachen Hand auf den Brustkorb.

«Welcher?»

«Der andere, nicht Peter.»

«Wann kam er dazu?»

Das Schlagen wurde heftiger. «Weiß nicht.»

Desiree kam eilig um den Tisch herum, griff nach Magdas Händen. «Schhh.… ist ja gut, alles gut.» Verflixt, was tue ich hier, schalt sie sich. «Schön atmen, bitte … ein, aus … ja, das ist gut so. Prima.»

Nach ein paar Minuten ging es Magda besser, zumindest schien es so. Desiree führte ihre Hand zu dem Brombeerhäufchen, das noch auf dem Tisch lag. «Hier …»

Magda griff zu, eine Beere verschwand in ihrem Mund, platzte mit leisem Schmatzen, ein wenig dunkler Saft färbte ihre Oberlippe. Sie schloss die Augen. «Hm, gut …»

«Ich werde jetzt gehen», sagte Desiree leise, «und ich danke Ihnen.»

Magda öffnete die Augen. Guckte zuerst irritiert, als könne sie sich nicht erinnern, wer sie war und was sie hier tat. Als sie sah, dass Desiree sich ebenfalls eine Beere nahm, nickte sie lächelnd und stand auf. «Dann wollen wir mal.»

Vor der großen Tür blieb Desiree noch einmal stehen. «Ich lasse Ihnen einen Abzug machen, ja?», flüsterte sie. «Von dem Bild mit dem Erntewagen.» Magda hatte vorhin ausgesehen, als würde es sie freuen, an diese Zeit erinnert zu werden. «Auf Wiedersehen.»

Für einen Sekundenbruchteil strahlte Magdas Gesicht auf, als hätte jemand die Jahre darauf weggewischt. «Das mit Hermann.»

«Sie kannten ihn sehr gut, nicht?», fragte Desiree mit klopfendem Herzen.

Magdas Wasseraugen wurden weit, ihr Brustkorb hob sich.

Schnell legte Desiree ihr eine Hand auf die Schulter, in der ihr Herzschlag wie verrückt klopfte. Um Himmels willen, brich mir nicht zusammen, dachte sie dabei. Jansen wird mich vierteilen, mit vollem Recht. Einem alten Menschen so zusetzen, pfui!

Aber da guckte Magda plötzlich ganz verschmitzt und winkte sie mit gekrümmtem Zeigefinger zu sich heran.

«Ja?», fragte Desiree verwundert.

Jetzt legte Magda sich den Finger auf die Lippen. «Wir sind verlobt.»

Irgendwann kam von ferne ein Klingeln herangerollt wie ein Ball. Magda stand in der Küche und starrte den Tisch an, sah, dass das Brombeerhäufchen klein geworden war. Hatte sie die alle gegessen? Drehte den Kopf nach links zur Anrichte, wo das Telefon stand. Ah, da kam das her …

«Magda?»

Am anderen Ende war … ja, das war Peter.

«Was ist?»

«Geht es dir gut?»

Sie riss die Augen auf, strengte sich an, etwas in ihrem Kopf platzte auf und leuchtete. «Eine Frau war hier.»

«Das habe ich gesehen. Was wollte sie?»

Sie lächelte. Schön war das gewesen, doch. «Ich weiß nicht.»

«Ich sage denen, dass sie dich in Ruhe lassen sollen, keine Angst.»

Jetzt wurde es noch ein wenig heller. «Sie wollte wissen, ob ich jemanden gesehen habe am Freitag.»

«Das ist nicht möglich, du bist um sieben in dein Haus gegangen.»

«Danach war ich noch im Garten, denke ich. Kurz. Und dann habe ich Abendbrot gemacht.» Und hatte sie dann nicht auch noch draußen auf der Bank gesessen? Oder war das am Donnerstag gewesen?

«Du kannst nichts mitbekommen haben, lass dir das von denen nicht einreden. Deine Seh- und Hörleistung ist geschwächt, und das Haus ist weit weg.»

Sie blickte aus dem Fenster, erkannte haarscharf die Fenstersimse des Gutshauses, die Kante auf den Fensterbänken, den Schwung des Zierrats obendrüber. Rechts und links eine kleine Blumengirlande, in der Mitte eine Muschel. Aber war das nicht vor dem Krieg so gewesen? «Ich muss manchmal an früher denken, weißt du?»

«Obwohl du das nicht sollst, es regt dich auf, und ich will nicht, dass du auch noch einen Herzkasper kriegst.»

«Das nicht, nein.»

Peter schnaufte. «Und du hast nichts gesehen?»

Sie dachte an die hübschen Muscheln. Richtig, die waren abgeschlagen worden, schon 1960. Man konnte sich selbst manchmal nicht über den Weg trauen. «Nein.»

«Hör auf, daran zu denken, die letzten Tage haben dich sehr aufgeregt, da kann es sein, dass deine Nerven verrücktspielen.»

«Wie gut, dass du da warst.»

«Und jetzt kümmerst du dich um die Brombeeren, alles andere ist meine Sache, ich bin dein Arzt. Was ist überhaupt mit den Augustäpfeln?»

Dann legte er auf.

Hinten im Garten kroch die Sonne schon um die Ecke und begoss den alten Baum mit Licht. Sie pflückte einen grüngelben Apfel, schloss die Augen, sog den feinen Geruch ein. Spürte

Wasser im Mund von überall her zusammenfließen. Meinte schon, hinter sich das Schaben der schweren Tonkasserolle zu hören, die in den Ofen geschoben wird. Die Apfelspeise ihrer Mutter ... Apfelscheiben, altes Weißbrot, Mehl mit Eiern verquirlt, Butter und Rosinen, alles in dünnen Schichten übereinander im Ofen gebacken, dazu süße Milchsoße. Vor dem Krieg hatte es das oft gegeben ...

Als sie die Augen aufschlug, saß sie auf der Bank. Ganz blau war der Himmel über ihr. In ihrem Kopf war es auch blau und sehr hell. Aber wie war sie jetzt auf den Krieg gekommen? Schon wollte sich die Luft in ihrem Hals quer legen, als sie es plötzlich wusste. Ihr Besuch und das Bild auf dem Telefon! Das zweite, das die Polizistin so schnell weggesteckt hatte. Sie lächelte, als sie daran denken musste. Wie genau sie sich erinnerte, so als wäre das gestern gewesen ...

Der Alfred Schmied und der Johann Kowalek sind darauf zu sehen. Hubert Siewering steht etwas abseits und der Gregor Büchner auch, man sieht sie nur halb. Alle stehen sie auf dem Feld und hauen Pflöcke in den Boden. *Junkerland in Bauernhand.* Fünf Hektar Acker für jeden, zwei Hektar Wald und anderthalb Wiese. Ihr Lachen müssen sie noch üben, in den Jahren zuvor ist es ihnen verloren gegangen. Abends flackert ein Freudenfeuer auf dem Feld. Mit hängenden Schultern stehen sie drum herum, ihr Gesang klingt kraftlos. Wissen sie doch, was sie haben, ist immer noch zu wenig: ein paar Scheffel krümelige Saaten, ein paar Eggen und Sensen und die bloßen Hände. Und damit sollen sie griffiges Mehl machen, Kartoffeln, duftenden Mohn, Tabak sogar, der hier niemals wachsen wird. *Neubauer, erfülle dein Soll.* Es bleibt ihnen nichts übrig, als anzufangen. Man überlebt ja nur mit Brot und einer Plackerei den ganzen Tag, die den Kopf ausspült. Wenn man alles, alles ausschwitzt, was nach so einem Krieg am Herzen gräbt. *Vorwärts immer, rückwärts nimmer.*

In dem Moment gab es ein Schmatzen, und ihre Hände wurden nass. Die Äpfel waren überreif und mussten abgenommen werden. Wirklich wahr.

Es hatte fast eine halbe Stunde gedauert, bis sie das Schild gefunden hatte. Thälmannstraße, las Desiree laut. Du meine Güte, wo lebten die hier?

Vorhin, kaum, dass sie wieder auf der Straße gestanden und verdaut hatte, dass Magda Schlottwitz mit dem Bruder des Opfers verlobt gewesen war, hatte sie eine SMS bekommen. *Du musst zu einem Dietmar Kamp,* hatte Herzberg ihr geschrieben. *Ehemaliger LPG-Chef, Schröter und er hatten Probleme miteinander, heißt es.* Dann eine Wegbeschreibung. Seither war sie durch das Dorf geirrt und hatte vor Ärger über die Sucherei eine Packung Kekse leergefuttert, die sie nun in einem Papierkorb entsorgte.

Eine neue Asphaltstraße begann genau dort, wo das rissige Betonpflaster der Neubauwohnklötze aus den Siebzigern aufhörte. Rechts und links der Straße mannshohe Thujahecken, metallene Gartenzäune davor. Nach etwa hundert Metern öffnete sich die Straße zu einem breiten Platz, dahinter befand sich ein Anwesen, das aus einem langgestreckten Wohnhaus und einem Garagenhaus bestand. Auf einem riesigen Grundstück mit dunkelgrünem Rasen, der aussah, als wäre er aus Plastik. Darauf schimmerten rosa und lila Kugeln auf Stöcken. Lächerliche Gartenzwerginnen in bunten Kleidern standen herum. Sie konnte nicht anders und würgte einmal leise, dann drückte sie den Klingelknopf.

An der Tür empfing sie eine Frau in engen weißen Jeans und Achseltop, auf dem Glitzersteine die Umrisse eines Totenkopfs formten. Ihr Gesicht war sonnengebräunt und sehr faltig, der rosa Lippenstift auf ihren Lippen wirkte grotesk wie Faschingsschminke.

Desiree stellte sich und ihre Ermittlung vor. Eine ganze Ladung silberner Armreife klirrte aneinander, als die Frau ihr die Hand reichte. «Roswitha Kamp.»

«Ist Ihr Mann zu Hause?»

Das Lächeln wurde eine Spur schmaler. «Er duscht.»

Mitten am Tag? «Ich warte gern.»

Roswitha Kamp dirigierte sie durch den Flur, an einem beige und hellgrau eingerichteten Wohnzimmer vorbei in den Wintergarten. Hier war es schattig und erstaunlich kühl. Von irgendwoher kam das dezente Summen einer Klimaanlage.

Frau Kamp stellte ein Kristallglas mit Wasser, das auf einem kleinen Beistelltisch bereitgestanden hatte, vor Desiree auf einen Glastisch. Dort lagen an jedem Platz dunkelrote Untersetzer. «Sie denken doch nicht, dass wir mit Schröters Tod etwas zu tun haben?»

«Haben Sie?»

Sie stieß ein empörtes Lachen aus, während sie in einen der Korbsessel glitt. «Ich bitte Sie.» Dann drehte sie sich um. «Dietmar?»

Er war beinahe lautlos herangetreten. In seiner Pranke fühlte Desiree ihre Hand förmlich verschwinden, was sie wunderte, der Mann war ein ganzes Stück kleiner als sie. Jemand, der zupackte also. Während er sich setzte, tauschte er einen Blick mit seiner Frau, den Desiree nicht deuten konnte. «Sie waren vor der Wende LPG-Vorsitzender?», begann sie die Befragung.

Kamps aschegraue Augen weiteten sich. «Bis 1994.»

«Da sind Sie zeitig in Rente?»

Kamp schluckte. «Ja.»

«Wie alt waren Sie?»

Roswitha Kamp schlug die Beine übereinander, der obere Fuß wippte auf und ab.

«Ich war erst zweiundvierzig», sagte er.

«Was war passiert?»

Kamp schoss jetzt einen warnenden Blick auf seine Frau ab. «Etwa drei Viertel aller in der Landwirtschaft Beschäftigten haben in der Nachwendezeit ihren Job verloren, notwendige Umstrukturierungen, ich war nicht der Einzige.»

Desiree lehnte sich zurück in ein sehr weiches Polster. Diese Rattanmöbel mussten teuer gewesen sein. So wie alles hier. «Schröter war auch in der Firma, und er ist geblieben.»

Roswitha Kamps Fellpantoffel hüpfte jetzt von ihrem Fuß. «Kommt gleich nach der Maueröffnung hierher zurück und macht sich beliebt bei den Leuten. Zuerst ein großes Hallo, wie schön, dass ihr hier so fleißig wart in den letzten Jahren, meine Eltern hätten sich gefreut. Blabla.»

«Die Leute haben sich wirklich gefreut. Ich auch.» Dietmar Kamp hatte die Hände ineinandergelegt. Zitterten die etwa?

«Und dann?»

«Zuerst hat er einen auf Wirtschaftsberater gemacht, erzähl's ihr, Dietmar!»

Kamp schloss kurz die Augen. «Es war ja bald klar, dass die LPG als Rechtsform keinen Bestand haben würde, und wir kannten uns nicht aus mit westdeutschem Recht und den europäischen Richtlinien, den Fördermöglichkeiten und so weiter. Da hat er sehr geholfen.»

Die Armreifen klirrten erneut. «Schröter hat Dietmar gebraucht. Dietmar kennt ja jeden hier, er hat ihm die Kontakte zu den Leuten verschafft.»

«Und dann musste er gehen. Warum?»

«Er hat eben die Arbeit verloren, wie so viele.» Roswitha Kamps geschminktes Gesicht glühte.

Desiree wagte einen vielsagenden Rundblick. «Das tut mir leid. Brauchen Sie etwas?»

Roswitha Kamps Lächeln klirrte vor Kälte. «Es würde uns bessergehen, wenn er seine Arbeit behalten hätte. Viel besser. Sag's ihr, Dietmar!»

Kamps Fingerknöchel wurden weiß, so fest presste er die Hände umeinander.

Desiree trank langsam ihr Glas aus, um ihm Gelegenheit zu geben, etwas zu sagen. Er tat es nicht.

«Waren Sie deshalb wütend auf ihn?», fragte sie schließlich und stellte das Glas wieder ab. Neben den Untersetzer. Dann schob sie es scheinbar gedankenverloren ein Stück hin und her, was eine schöne Wasserschliere auf dem Glastisch hinterließ.

Roswitha Kamp fasste die Verunreinigung sofort ins Auge. «Wut hilft uns auch nicht.»

«Die Frage ging nicht an Sie.»

«Dann bringe ich das inzwischen weg.» Sie griff nach Glas und Untersetzer, wischte damit blitzschnell das Wasser weg und stand auf. «Übrigens, der Dietmar war am Freitagabend hier zu Hause, das ist es doch, was Sie interessiert, oder? Ich kann das bezeugen. Ist doch so, Dietmar?»

Dietmar nickte, es sah aus, als brauchte er dazu seine ganze Kraft.

Desiree verschränkte die Arme. «So weit waren wir noch gar nicht, aber trotzdem danke.» Dann wartete sie, bis Roswitha Kamp aus dem Zimmer war. «Und jetzt erzählen Sie mal, Herr Kamp. Sie waren es, der früher hier das Sagen hatte, richtig? Wie war das damals?» Sie brauchte eine Beziehung zu diesem Mann, er war eine Fundgrube.

Auf Kamps herunterhängenden Wangen erstrahlte ein stolzes Lächeln. «Ich bin achtundsiebzig LPG-Chef geworden. Unter meiner Regie haben wir neben Weizen und Gerste auf Rinderzucht erweitert, Folge einer Zusammenlegung mit benachbarten Kleinbetrieben, das ist dann Mitte der Achtziger über die Bühne gegangen. Die Hühneraufzucht im Nachbarort haben wir auch hergeholt, die Anlage dort war veraltet, und wir haben hier neu gebaut. So wurde die LPG ein profitabler Großbetrieb. Wir waren hier eine richtige kleine Stadt, mit Kindergarten und Schule und allem. Die Menschen haben sich wohlgefühlt.»

Desiree blickte auf Kamps Hände, Bauernhände, groß wie Teller, immer noch rissig und mit braunen Rändern unter den Nägeln. «Sie mögen es nicht, das Herumsitzen?»

Kamps Augen waren auf einmal von einem seltsamen Schleier überzogen. «Geht schon.»

«Wie konnte Schröter wieder so an Einfluss gewinnen?»

«Am Anfang hat er uns als Berater zur Seite gestanden, wie Roswitha sagte. Gleich 1990. Seine Frau, von der er zu dem Zeitpunkt noch nicht geschieden war, ist eine Großbauerntochter aus dem Alten Land in Schleswig-Holstein. Von dort hat er gute Kontakte zum Bauernverband mitgebracht. Die neue Rechtslage, die Konkurrenzsituation in ganz Europa, die EU-Fördermittel, damit kannten wir uns doch nicht aus. Er hat immer gesagt, er ist auf unserer Seite, will bloß mit dafür sorgen, dass der Großbetrieb das bleibt, was er ist. Und es war ja auch so: Diese großen Strukturen, wie wir sie haben, sind hochmodern und sehr effizient. Die haben vielen Bauern aus dem Westen ganz schön Angst eingejagt. Im Vergleich zur DDR waren die Strukturen dort viel kleiner.»

«Und hat er es getan: Ihnen geholfen?»

Kamp sah in Richtung Flur, seine Frau war nicht zu sehen.

«Und wie. Ich hatte immer großen Respekt vor ihm, seiner Arbeitsmoral, der Liebe zu alldem hier.»

«Und Sie hatten nie das Gefühl, dass er aus Eigennutz hilft?»

Kamp sah auf den Boden. «Ich hätte es mir denken müssen, habe ich aber nicht. Alles lief so gut, wir waren euphorisch. Während in den Städten die Fabriken kaputtgingen, konnten wir uns mühelos über die Wende retten. Und mich hat es eben getroffen, als Leute gehen mussten. Ist ja normal gewesen. Außerdem hat er sich in den Laden eingekauft, sein Einfluss war völlig legitim.»

Laut hatte Kamp das gesagt, so als müsste er sich selbst davon überzeugen. Oder als sollte das seine Frau ruhig hören. Die nicht damit einverstanden gewesen war, dass ihr Dietmar plötzlich kein Geld mehr nach Hause brachte.

«Wie hat er sich eingekauft?»

«Die Beraterhonorare hätten uns zum damaligen Zeitpunkt, also Ende 1991, ein riesiges Loch in die Kasse gerissen. Wir befanden uns gerade im Umfirmierungsprozess, hatten ohnehin viele Schulden, weil etliche Bauern ihre Genossenschaftsanteile an uns verkaufen wollten. Es ging allein bei ihm um mehrere hunderttausend Mark. Aber er hatte uns angeboten, sein Honorar mit Anteilen gegenzurechnen, und uns blieb nichts anderes übrig. Warum auch nicht, ich habe ihm vertraut.»

«Und dann war er drin.»

«Nicht allein wegen dieser Anteile. Innerhalb eines Jahres nach der Umfirmierung, als ich noch immer mit der neuen Rechtslage gekämpft habe, hatte er vielen Kleinbauern ihre Felder abgekauft. Damit hat es dann anteilsmäßig gereicht, dass er den Posten des Geschäftsführers für sich beanspruchen konnte.» Kamp blickte durch die Glasscheibe des Wintergartens nach draußen, ins Leere, und seine Stimme klang so monoton, als hätte er über ein Kuchenrezept gesprochen und nicht über den Supergau seines Lebens.

«Da wäre jeder Zorn verständlich.»

«So was macht keinen Sinn.»

Kamp sah jetzt auf. Seine Frau war ganz leise zurückgekommen, sie hatte ein weiteres Wasserglas und eine Tablette in der Hand. «Dietmar, es ist Zeit.» Sie hielt ihm das Glas so dicht vor die Brust, dass er zugreifen musste, nahm es ihm, als er die Tablette hintergespült hatte, wieder ab und stellte es auf einen der Untersetzer. «Er hat es mit dem Herzen, müssen Sie wissen, das verdanken wir der ganzen Aufregung. Er hat's Ihnen ja erzählt.»

Sie hatte also zugehört, klar. Aber herzkrank? Sicher auch deshalb, weil er seine Energie nicht rauslassen konnte. «Noch etwas anderes. Es gibt ein paar Freizeitgruppen hier im Ort, ich habe die Anschlagtafel an der Hauptstraße gelesen. Machen Sie irgendwo mit?»

«Eigentlich überall. Ich bin bei den Volkstänzen und den Handarbeiten.»

Kamps Schultern sanken ein Stück ein. «Ich spiele Skat.»

«Es haben ja alle mitbekommen, dass die Unterkunft im Gemeindeamt verwüstet wurde.»

«Na klar.»

«Haben Sie eine Vorstellung, wer sich da ausgetobt hat?»

«Nein.»

«Sie wollen mir doch nicht weismachen, dass Ihre Häkelgruppe das nicht schon ausgiebig durchgekaut hat.»

Roswitha Kamp schlug die Beine übereinander. «Manfred Schmied hat dort aufgeräumt, habe ich gehört. Suchen Sie mal an der Stelle.»

«Doch nicht Manfred!», erwiderte ihr Mann.

Roswitha Kamps Arm klirrte auf ihn zu. «Der ist schon lange nicht mehr dein Freund, du musst ihn nicht in Schutz nehmen!»

Desiree notierte diesen Satz im Hinterkopf und versah ihn mit drei fetten Ausrufezeichen. «War Schröter eigentlich in einer dieser Freizeitgruppen aktiv?»

«Der? Nee. Der gehörte nie richtig dazu, wollte es auch nicht.»

«Das stimmt so nicht!» Kamp hatte die Hände zu Fäusten geballt.

Roswitha Kamp blähte die Nasenflügel. «Ich hab in all den Jahren nur ein paarmal kurz mit dem feinen Herrn gesprochen, und der hat mich jedes Mal angeguckt, als hätte er mich noch nie gesehen.»

Dass ein feiner Pinkel mit einem Buntspecht wie dir nichts anfangen konnte, kann man fast verstehen, dachte Desiree. Sie stand auf. «Danke vorerst. Ich muss dann los.»

Sie würde ihnen jetzt Gelegenheit geben, sich ein bisschen an die Gurgel zu gehen, dann würde sie wiederkommen und mit Dietmar Kamp sprechen. Allein.

Eine Viertelstunde später war sie zurück auf der Hauptstraße, beim Gemeindeamt bog sie von der Straße ab, sie hatte etwas gesehen.

Da stand Herzberg mit hochgezogenen Schultern und starrte auf den Löschteich hinter dem Gemeindeamt, die Hände tief in die Hosentaschen vergraben. Seine Denkerpose. Glücklich sieht aber anders aus, dachte Desiree, während sie auf ihn zulief. Mal sehen, ob sie das ändern konnte.

Sie tippte ihm auf die Schulter. «Schon Feierabend?»

Er legte den Kopf in den Nacken. «Ich bin stundenlang hier herumgetigert und habe mir ständig dieselbe Leier anhören dürfen: Nein, niemand aus dem Ort würde, ich zitiere: eines unserer Gebäude beschädigen. Ich kam mir beinahe unverschämt vor, etwas so Abstruses zu unterstellen.»

«War was für mich dabei?»

Er schüttelte den Kopf, hielt ihr sein Bockwurstglas hin. «Warst du bei Kamp?»

Sie schob das Glas vor ihrer Nase weg. «War ich. Und du denkst wohl, ich ekle mich vor gar nichts.»

Herzberg brachte das Glas in einen Papierkorb. «Außerdem war ich heute Morgen bei einem Dorfbewohner namens Siewering. Sein Haus sieht aus, als würde dort ein Obdachloser wohnen, und ich habe keine hohen Ansprüche, wie du weißt. Arbeitslos seit der Wende, seit die LPG runderneuert wurde und Schröter wieder am Ruder saß. Eher resigniert als wütend.»

«Anders als Kamp. Dem es zwar angeblich nichts ausmacht, seinen Job verloren zu haben. Aber er ist ein Arbeitstier und leidet darunter, nicht mehr gebraucht zu werden. Und Schröter war als Geschäftsführer verantwortlich für seinen Rauswurf. Natürlich hat Kamp ein Alibi, nämlich von seiner Frau.»

Herzberg trank den Rest aus seiner Wasserflasche und warf sie ebenfalls in den Papierkorb. «Ich wollte ohnehin mit dir zur Agrargenossenschaft.»

«Wie romantisch. Und das war eine Pfandflasche, gibst du sie nicht ab?»

«Das mache ich nie, es gibt Menschen, die davon leben.»

Sie verdrehte die Augen. «Danke, jetzt fühle ich mich gleich besser.»

Sie verließen das Dorf rechts hinter dem Gutshaus über eine Brücke. Der Fluss darunter gurgelte träge und braun vor sich hin, so als wäre ihm zu heiß für große Anstrengungen.

Das Bürogebäude der Agrargenossenschaft lag hinter einem hellblau gestrichenen Metalltor. Der Hof ringsum war mit Betonplatten gepflastert, ein paar große und kleine Landmaschinen standen mit geöffneten Türen herum, so als würden sie ihren Einsatz jeden Moment fortsetzen. Neben der Eingangstür standen zwei Plastikeimer, einer für Müll, ein kleinerer für Zigarettenasche. *Raucherinsel* stand auf einem Pappschild darüber.

«Könnte sein, dass Jansen dir den Hals umdreht, wenn er hiervon erfährt», sagte Herzberg, während er ihr die Tür aufhielt.

«Da wäre ich gern dabei, aber ich ...» Im nächsten Moment stoppte sie, um nicht gegen einen Mann zu rennen, der schwungvoll ins Freie trat. Er war groß wie ein Baum und sehr schlank, ganz kurz verirrten sich ihre Augen in seinen, und sie hatte das Gefühl, in einen Waldsee zu springen.

Wie vom Blitz getroffen sprang er zur Seite, murmelte eine Entschuldigung, griff nach einer Schubkarre und verschwand.

«Er hat so ausgesehen, als hätte er dadrin gerade Ärger gehabt», sagte Herzberg hinter ihr.

«Oder gemacht.» Der Mann hatte wie an eine Steckdose gehalten gewirkt, etwas hatte ihn aufgeregt. Sie wollte ihn kennenlernen.

Im Vorzimmer empfing sie eine Sekretärin, die geschminkt war, als wäre sie Empfangsdame in einem Puff. Desiree schritt mit gezücktem Dienstausweis durch ihr kleines Reich direkt auf die große Glaswand zu, hinter der ein großzügiges Büro zu sehen war. «Er hat jetzt eigentlich ...», rief die Sekretärin noch, aber da hatte Desiree die Tür schon in der Hand.

Das Büro war ausgestattet, als gehörte es in eine Bank. Großer Schreibtisch, langer Konferenztisch mit passenden Stühlen, alles in Grautönen, ein knallroter Getränkeautomat, riesige Kunstdrucke an den Wänden, ein Beistelltisch mit einer chromglänzenden Kaffeemaschine.

Kai Henschke, der Leiter der Agrargenossenschaft, reichte Desiree eine schmale, etwas feuchte Hand. Sein Kopf ähnelte dem eines Pferdes. Als er lächelte, entblößte er zwei Reihen sehr kleiner Zähne.

«Sieht schick aus», sagte sie zur Begrüßung und zeigte auf den alten Holzschreibtisch, der in einer Ecke stand.

«Kirschholz. Den hat jemand für dreitausend Euro gekauft, morgen kommt die Spedition. Was kann ich für Sie tun?»

Und davon hatte er sich freiwillig getrennt? Sie deutete auf Herzberg, der sich gerade vor Henschkes Schreibtisch in einem Stuhl niederließ, der aus schwarz glänzenden Beinen und einer weißen Plastikschüssel zum Sitzen bestand. Bestimmt Design, bestimmt teuer. «Der Kollege Herzberg. Mein Name ist Weigand.» Und verdammt hässlich, dachte sie, als sie sich ebenfalls setzte. Überdies so unbequem, dass sie es nicht länger als fünf Minuten darin aushalten würde. Sollte das so sein?

«Ich habe ein paar Fragen zum Anschlag auf die Flüchtlingswohnung im Gemeindeamt», begann Herzberg.

Henschke stellte ihnen eine Flasche Wasser und zwei Gläser hin. «Ich wohne am anderen Ende des Dorfes und habe nichts gehört oder gesehen. Und ich habe keine Ahnung, wer so etwas tut, schließlich ist es unser aller Gemeindeamt.»

«Das habe ich heute schon oft gehört», sagte Herzberg. «Warum sagen die Leute das? Um von sich abzulenken?»

Henschkes Lachen erinnerte tatsächlich an ein Wiehern. «Mir jedenfalls geht es gut, ich habe Arbeit, das mache ich mir doch nicht mit so einer Aktion kaputt.»

«Wir wissen, dass jemand im Dorf eine Kampagne gegen die Einquartierung losgetreten hat, Flyer wurden verteilt.»

«Es gab vorletzten Sonntag sogar eine Gemeindeversammlung zum Thema, wie wir uns juristisch dagegen wehren können, dass der Staat hier Ausländer unterbringt.»

«Und?»

Henschke setzte sich. «Ein paar waren dagegen, einige haben sich rausgehalten, und der Anwalt, also Reichenbächer, sagte, in dieser Sache könne man nicht viel unternehmen, zumal es sich auch nur um eine zeitweilige Unterbringung handeln würde, aber er würde sehen, was sich machen ließe, und tja, dann war es schon passiert.»

Herzberg goss sich seelenruhig ein Glas Wasser ein. «Schröter war dabei?»

«Er hat aber seinen Anwalt reden lassen, so wie immer.»

«Wusste er, wer die Sachbeschädigung begangen hat?»

«Da bin ich völlig überfragt.»

«Kennen Sie Roy Blasskewitz?»

«Nur vom Hörensagen. Aber so was macht doch das Fußvolk, oder nicht? Blasskewitz ist NPD-Parteichef.»

Herzberg trank langsam aus. «Und das Fußvolk ist wer?»

«Weiß ich wirklich nicht.»

«Sie haben auch mal mit dieser Szene sympathisiert.»

Henschkes Blick flog zur Tür. «Sagt wer?» Die Sekretärin war eben hereingekommen und stellte ein Kaffeepäckchen neben der Kaffeemaschine ab. Blieb kurz stehen und lächelte.

«Peter Gruner», sagte Herzberg, nachdem sie den Raum wieder verlassen hatte. Wahrscheinlich waren die Glasscheiben zu dick zum Lauschen, so ein Pech.

Henschke lachte wiehernd. «Ausgerechnet!»

«Wieso?», fragte Desiree.

«Selber hält er sich immer fein aus allem raus, der geht ja nicht mal zu Gemeindeversammlungen, es sei denn, es geht um ihn und seine Praxis. Oder seine Patienten, der Mann hat ein ziemliches Helfersyndrom. Und ich ...», Henschke starrte jetzt durch die Glaswand zu seiner Sekretärin, die ihr rundes Hinterteil sehr langsam durch das Vorzimmer schob, «hatte hier immer genug zu tun, auch am Wochenende, als dass ich auf solche Ideen hätte kommen können. Das ist nur was für Menschen, die nicht arbeiten. Außerdem: Wer rennt solchen Idioten hinterher?»

«Hm. Bei dieser Gemeindeversammlung: War Schröter da dafür oder dagegen, dass hier Ausländer herkommen?»

Henschke hob die Augenbrauen. «Eher dagegen.»

«Dann bezeichnen Sie Schröter als Idioten?»

Henschke riss die Hände hoch. «Tue ich nicht, nein, um Himmels willen, ich mochte ihn. Aber im Gemeindeamt wollte er eine kleine Bibliothek einrichten, es gibt ja einen Leseklub im Ort.»

«Interessant.» Herzberg nickte bedeutungsvoll, schwieg.

Henschke sah von einem zum anderen, dann griff er nach einer Cremetube und rieb sich die Hände mit einem Klecks Creme ein.

Nicht wahr jetzt, dachte Desiree. Das Tübchen hat dir wohl die Puffmutti geschenkt, damit du dich nicht so rau anfühlst. Oder wir machen dich wirklich nervös. Sie sah kurz zu Herzberg, der offenbar Ähnliches dachte, ein Grinsen zuckte in seinen Mundwinkeln. Er goss sich jetzt ein weiteres Glas Wasser ein und trank es langsam aus. Es funktionierte, Henschke begann, nervös auf seinem Stuhl herumzurutschen.

«Warum hat er ausgerechnet Sie in diesen Job geholt? Es gab ja Kamp. Sind Sie so ein Riesentalent in der Landwirtschaft?», fragte Herzberg dann.

Aua, dachte Desiree. Er war in Form, was für ein Genuss.

Henschkes Stecknadelaugen wurden ein gewaltiges Stück größer. «Ich habe hier meinen Job gut gemacht, schon als Praktikant. Er hat mich sehr respektiert dafür.»

«Gab es darüber hinaus eine Verbindung zwischen Ihnen?»

Henschkes großer Adamsapfel geriet in Bewegung, er strich sich hastig über die Stirn. «Sind Sie mit Ihrem Chef befreundet?»

Herzberg lächelte jetzt. «Nein.» Dann sah er sie an. Zwinkerte kurz.

Bei ihnen war das was anderes, klar. Sie nickte zurück. Dann stand sie so hastig auf, dass die Stuhlbeine unter ihr über den Fliesenboden kratzten.

«Ihr Vorgänger, Dietmar Kamp, hatte einen guten Grund, Rudolf Schröter zu verabscheuen, meinen Sie nicht?»

«Er hat wegen ihm seinen Job verloren. Einen ziemlich gut bezahlten Job und wer weiß was noch.» Henschke hatte sehr schnell geantwortet, zu schnell.

«Warum ist er geflogen?», fragte Herzberg.

«Er war nicht ganz unschuldig daran. Kamp hat in den ersten Nachwendejahren Mist gebaut, es ging wohl um Steuern, es gab sogar ein Strafverfahren. Genaues weiß ich aber nicht, das war vor meiner Zeit.»

Sie wechselte einen Blick mit Herzberg. Aha, dachten sie wohl beide. Interessant. Kamp hatte sich geschämt, die Gründe für seinen Rauswurf zu nennen. «Es muss dazu Unterlagen geben.»

«Ich wüsste nicht, wo ich die suchen sollte.»

«Da können meine Leute Ihnen helfen, gar kein Problem. Hinterher müssen Sie allerdings alleine aufräumen, das kann sehr aufwändig werden.»

Henschkes Pferdegesicht bekam einen rötlichen Schimmer. «Das ist doch …»

Erpressung? Warte, bis ich mit dir fertig bin. «Sie haben bis morgen Nachmittag Zeit», sagte sie, während sie Herzberg nachschenkte und ebenfalls in aller Ruhe ein Glas Wasser trank. Dann sah sie sich im Raum um. «Wie lange war Schröter hier Chef?»

«Er ist vor siebzehn Jahren in Rente.»

Sie legte den Kopf schief. «Seinen Schreibtisch entsorgen Sie aber erst jetzt?»

«Er ist immer noch mal hergekommen.»

Das hatte grimmig geklungen, also hatte es Henschke nicht gepasst. Dann war Kamp vielleicht nicht der Einzige, der hier Mist baute. «Bis zu seinem Tod?», fragte sie.

Henschke zog die Schultern ein winziges Stück hoch. «Im Grunde ja.»

Desiree nickte und realisierte zufrieden, dass er sich immer mehr Mühe geben musste, seine Nervosität zu überspielen. «Der Schreibtisch. Die Wanddeko. Die Möbel», sagte sie seelenruhig. «Sehen alle sehr neu aus. Wann wurden die aufgebaut?»

Er stellte das Rutschen ein. «Gestern. Ich will, dass sich alle wohlfühlen.»

«Die Arbeiter, die den ganzen Tag in verdreckten Klamotten rumrennen? Kommen die hier zum Essen rein?»

«Wir konferieren hier.»

Sie trat an den Schreibtisch, stützte sich auf beide Hände und beugte sich zu ihm hinunter. Registrierte zufrieden ein hektisches Kehlkopfrollen, als sein Blick haarscharf an ihrem Oberkörper vorbeischrammte. Noch etwas tauchte in ihrem Blickfeld auf, ein Bilderrahmen. Henschke drehte ihn schnell um. Frau und Kinder, wusste sie dennoch, was sonst. Henschke, du bist so ein Idiot. «Dafür der Aufwand?» Henschke hatte einen klaren Schnitt gebraucht, danach sah es eher aus.

«Na und?»

«Sind Sie froh, dass er Ihnen nicht mehr auf den Wecker gehen kann?»

«Nein!»

«Was gab ihm das Recht dazu, das noch zu tun?»

Henschke rollte mit den Schultern. «Er hatte nach wie vor seine Anteile.»

Herzberg stellte sein Glas ab. «Was wird aus denen, jetzt, wo er tot ist?»

«Da müssen wir wohl die Testamentseröffnung abwarten.»

«Und wie groß sind die Anteile?»

«Einundfünfzig Prozent», sagte Henschke leise.

Wow, dachte Desiree, das haut rein, wenn ihr irgendwen auszahlen müsst.

«Er war also niemand, der anderen Menschen vertrauen konnte», meldete sich Herzberg erneut zu Wort.

«Er hatte gern alles unter Kontrolle, das ist auch in Ordnung, es geht schließlich um viel Geld hier und viele Arbeitsplätze.»

Ich kotz gleich, dachte sie. «Also, ich wäre da die Wände hochgegangen. Was haben Sie dagegen unternommen?»

Henschkes breiter Unterkiefer mahlte. «Natürlich ziehe ich Grenzen, wenn mir jemand permanent über die Schulter gucken will. Das heißt, ich habe ihm nur das vorgelegt, was er laut Gesellschaftervertrag einsehen durfte. Das ist vollkommen legal.»

Herzberg schielte zu ihr hinüber. «Solche Grenzen werden nicht immer respektiert», sagte er.

«Das hängt ja ganz von einem selbst ab, nicht wahr?»

Desiree stand auf. «Wo waren Sie am Freitagabend?»

Henschke lachte jetzt noch einmal sein Pferdelachen. «Sie wollen mir doch nicht etwa unterstellen, ich hätte ihn ...»

«Haben Sie?»

Henschke wischte sich übers Gesicht. «Ich war hier, wo

sonst? Es ist Erntezeit, da arbeiten wir, solange es hell ist. Außerdem hätte ich gar keinen Grund.»

Sie hielt seinem Blick stand. «Das kann Ihre Sekretärin bestätigen, nicht wahr?»

«Allenfalls meine Arbeiter», sagte Henschke, sein Blick war eisig.

Getroffen, dachte sie. «Der, der gerade hier raus ist?»

«Nein, die Schlosser. Ich bin dann erst gegen halb zehn nach Hause.»

«Geben Sie mir die Nummer Ihrer Frau?»

Er schüttelte energisch den Kopf. «Sie hat schon geschlafen.»

«Halb zehn?»

Henschke schlug die Augen nieder. «Es geht ihr nicht so gut.»

Wie auf Kommando sahen sie und Herzberg sich an. Der Mistkerl betrog seine kranke Frau. Herzberg stand wie vom Blitz getroffen auf. Da begriff sie. Er tat ja dasselbe, in gewisser Weise.

«Wir haben einen Überblick bekommen. Danke für Ihre Zeit», sagte Herzberg schnell. Dann war er schon dabei, den Raum zu verlassen, eine Hand im Rücken, so als täte ihm dort etwas weh.

Henschke war in Sekundenschnelle ebenfalls an der Tür. «Freut mich, dass ich helfen konnte.»

«Darf ich fragen, was das gerade sollte?» Sie musste gegen das Gebrüll eines Mähdreschers anschreien, der herangerollt kam, kaum, dass sie im Hof standen. Im nächsten Moment standen sie mitten in einer Staubwolke.

Herzberg nieste ein paarmal. «Nein, aber du darfst dich mal schnell umdrehen.»

Der Mann, dem sie vorhin beinahe in die Arme gelaufen war, verschwand gerade keine hundert Meter entfernt mit seiner Schubkarre in einem Stallgebäude.

«Du hast jedenfalls ganz schön Tempo vorgelegt», sagte sie, während sie hinüberliefen, «Glückwunsch, die haben dich da drüben noch nicht versaut.»

«Du denkst, das war nicht gut?»

«Doch. Ich mag es, wenn sie nervös werden. Und Fehler machen. Henschke will, dass wir glauben, er hätte nicht den geringsten Grund gehabt, Schröter loswerden zu wollen, im Gegensatz zu diesem Kamp. Den mag er nicht, also schwärzt er ihn an.»

«Ich werde immer neugieriger, Himmel noch mal, ich will zu euch zurück!»

Ehe sie dem kleinen Freudenschauer nachsinnen konnte, der sie bei diesen Worten durchrieselte, standen sie schon im Stall.

Hier roch es durchdringend nach Schwein. Der Schubkarrenmann schüttete gerade frisches Stroh in einen der Koben.

«Sie schon wieder», sagte er und kam auf sie zu. Die langen grauen Haare hatte er im Nacken zu einem Zopf gebunden. Seine ganze Gestalt wirkte ergraut, stellte sie fest, als sie ihn genauer betrachtete. Auch die Haut, die zerschlissene Arbeitskleidung sowieso. Er musste fast sechzig sein. Nur die Waldseeaugen waren etwas anderes. Still und kühl und sehr grün. Ganz unverbraucht.

Sie nannte ihre Namen. «Wir haben ein paar Fragen.»

«Jan Kowalek. Ich gebe Ihnen besser nicht die Hand.»

Desiree nahm seinen Ellbogen. «Ist Henschke ein guter Chef?»

Er runzelte die Stirn. «Eigenartige Frage. Aber ja, er ist gut.»

«Wie läuft die Firma?»

«Gut, denke ich.» Ein Traktor fuhr draußen vorbei. «Ist jedenfalls eine Menge los, wie Sie sehen.»

«War Ihr Chef am Freitagabend hier?»

«Keine Ahnung, ich war draußen auf dem Feld.»

«Er sagt, er war im Büro.»

Kowalek verzog das Gesicht.

«Seine Sekretärin, macht die pünktlich Feierabend?», meldete sich Herzberg zu Wort. Er hatte die Hand noch immer in den Rücken gestemmt.

Kowalek spuckte ein Lachen aus. «Ich war wie gesagt draußen, so wie alle anderen Arbeiter auch. Wenn sie noch da war, weiß ich nichts davon.»

«Und die Schlosser?»

«Günther hatte Dienst, er war die meiste Zeit in der Werkstatt, die ist ganz hinten beim ehemaligen Hühnerstall.»

Ihr Blick fiel auf seine Arme, die lang waren und sehr sehnig. «Wie lange arbeiten Sie schon hier?»

«Seit über dreißig Jahren.»

«Schröter hat sich nach seiner Pensionierung hier noch herumgetrieben. Hat das gestört?»

Kowalek wiegte den Kopf. «Nicht gleich nach seiner Pensionierung. Erst in den letzten zwei, drei Jahren wieder. Und ja, das hat Henschke gestört. Mich auch. Jeden hier.»

«Gab es einen Grund für sein Auftauchen?»

«Darüber hat er nichts verlauten lassen.»

«Ist die Firma in Schwierigkeiten?»

«Nicht dass ich wüsste.»

Herzberg stützte jetzt beide Arme in die Seiten. «Wie lief es vorher zwischen den beiden? Kamen sie miteinander zurecht?»

Kowalek zuckte die Achseln.

«Geht das deutlicher? Bitte.»

Kowalek zog die lange gerade Nase geräuschvoll hoch, dann sah er sich nach allen Seiten um. «Henschke hat zu ihm aufgeschaut, wollte immer alles richtig machen. Er hatte keinen Vater.»

Na bitte, dachte sie. Schröter, der Dorfvater, Mentor, Mäzen und was nicht noch alles. «In diesen letzten zwei, drei Jahren, als er es für notwendig erachtete, Henschkes Arbeit zu kontrollieren, war Schröter da enttäuscht von ihm und hat es ihn spüren lassen?»

Kowalek trat jetzt von einem Bein aufs andere. «Das Verhältnis hatte sich abgekühlt, aber sie hatten keinen Streit oder so. Kai lässt sich auch nicht so schnell ins Bockshorn jagen, und er ist niemand, der anderen was übelnimmt.»

Nobel, dachte sie. Und wahrscheinlich falsch. «Er ist ein guter Kerl?»

«Hm.»

«Seine Frau ist krank.»

Auf einmal war Kowaleks Blick so scharf, als wollte er sie damit aufspießen. «Das hat hiermit nichts zu tun.»

«Er scheint ja nicht viel Zeit mit ihr zu verbringen.»

«Er hat Schröter nicht auf dem Gewissen.»

«Kann man sie sprechen, seine Frau?»

«Nein!»

«Sie kennen Sie?»

Sein strenger Ausdruck zerfloss. «Schon mein ganzes Leben.»

Dann schnappte er sich die Schubkarre und ließ sie stehen.

Sie starrte ihm nach. Ein hochaufgeschossener Kerl lief da durch den riesigen Stall, und doch strahlte sein breites Kreuz eine so gewaltige Trauer ab, dass sie fröstelte. Und ich habe darin herumgewühlt, dachte sie. Toll, jetzt haben wir ihn auf unserer Seite.

«Mach dir keine Gedanken», sagte Herzberg da hinter ihr, «er wird damit fertig. Muss er bestimmt schon lange.»

In dem Moment musste sie beinahe lachen. Wieder einmal hatten sie beide dasselbe gedacht, so als teilten sie sich ein und dasselbe Gehirn.

Gemeinsam liefen sie zurück ins Dorf.

«Weißt du was? Ich werde mir das Gemeindeamt noch mal ansehen», sagte Herzberg, als sie auf der Höhe der Arztpraxis angekommen waren.

«Da komme ich aber nicht mit, ich werde schon schläfrig, wenn ich nur daran denke, womit du dich neuerdings beschäftigen musst.»

«Tja, zu spät, wir sind schon da.»

«Vergiss es.»

Er hielt an, weil sie abrupt neben ihm stehen geblieben war. «Was ist denn?»

Desiree drehte plötzlich ab und lief schräg über die Straße davon. «Muss los, fällt mir gerade ein», rief sie ihm zu.

Herzberg sah sich verwundert um. Hier war nichts. Nur das Gemeindeamt, vor dem Manfred Schmied gerade große Pappkartons in sein Auto lud. Im nächsten Moment sah Herzberg, dass ein junger Mann neben ihm stand, der auf die Straße starrte, Desiree hinterher. Herzberg ging zu ihnen hinüber.

«Ist irgendwas?», fragte er scharf.

«Nee», sagte der junge Mann.

«Wer sind Sie?»

«Er hat mir nur kurz geholfen, danke, das war's eigentlich für heute», mischte sich Manfred Schmied ein.

«Okay», sagte der junge Mann und gab dem alten die Hand.

Er war nicht ganz so groß wie Schmied, schlanker, aber von ähnlicher Statur, und er hatte dieselben Augen.

«Sie sind Uwe Schmied?», fragte Herzberg.

«Und?», fragte der, die Augen noch immer auf die Straße geheftet, auf der Desirees Auto gerade davonstob.

«Ich muss Sie sprechen.»

Sein Vater ließ den Kofferraum zuknallen. «Ich kann dich dann mitnehmen, Uwe, deine Mutter hat Kartoffelsuppe gemacht.»

«Allein», beharrte Herzberg.

Uwe verschränkte die Arme. «Er kann ruhig zuhören.»

«Wo waren Sie vorletzten Dienstagabend zwischen zwanzig und dreiundzwanzig Uhr?»

«Was soll das?», blaffte der alte Schmied.

«Sie sind nicht gefragt», blaffte Herzberg zurück.

«Im Kino, aber ich kann es nicht beweisen, hab die Karte weggeschmissen.»

Na klar. «Dann finden Sie sich morgen auf dem Revier in Neubrandenburg ein und geben Ihre Fingerabdrücke ab.»

«Das ist ... der Junge war im Kino, das weiß ich!»

Herzberg achtete nicht auf Manfred Schmied. «Können Sie das einrichten?»

«Wenn Sie mir verraten, wer das war, eben.»

«Warum sollte ich?»

«Interessiert mich.»

Uwes Augen hatten eigenartig geflackert, und das gefiel ihm nicht. «Ich kenne die Dame nicht.»

Damit ließ er die beiden einfach stehen und lief los. «Bis morgen im Revier.»

«Das sah aber anders aus!», rief Uwe ihm nach.

Herzberg hob nur die Arme. Was, zum Teufel, hatte der mit Desiree zu schaffen? Hatte sie ihm nicht den Namen Uwe

Schmied geliefert? Dann kannte sie ihn wohl. Er drehte sich noch einmal kurz um. Die beiden mussten ungefähr im selben Alter sein, wer weiß … manchmal war die Welt eben ein Dorf.

Da fiel ihm ein, dass er noch ein bisschen Zeit hatte, bevor er mit dem Anwalt im Gutshaus verabredet war. Und hier noch gar nicht richtig spazieren gegangen war.

Magda saß am Küchenfenster und sah hinaus. Ihr Kopf war ganz still jetzt, nur das Herz ein wenig schwer, da half es, einfach auf die Straße hinaus- und ein paar Gesichter anzusehen. Gerd war vorhin grüßend vorbeigelaufen und Uwe. Jetzt war die Straße …

Oh nein. Nicht leer. Ihr Herz machte einen Satz, sie fuhr zurück. Lief nach hinten in den Flur, drückte sich gegen die Wand – die Tür war ja offen bei der Hitze, und der Polizist sollte sie nicht sehen. Dieser lange, hagere Mensch, kantig wie ein Holzkloben. Mit lauter Fragen im Schädel. Sie lugte um die Ecke, wich zurück, weil er in genau dem Moment an ihrem Zaun vorbeilief. Wartete einen Moment mit angehaltenem Atem. Aber der da draußen kam nicht in ihren Garten, nein, er lief an der Mauer lang, nach hinten in den Park. Also wagte sie es, ihm hinterherzusehen.

Was der da machte, konnte man aber nicht spazieren gehen nennen! Er bohrte seine Füße regelrecht in den Boden, blieb immer wieder stehen. Starrte in die Landschaft … als wollte er mit allem verwachsen. Sich hineinwühlen. Die Augen dazu hatte er ja. Sie lehnte die Stirn gegen die kühle Wand, wartete, bis er weit weg war.

Dabei fiel ihr Blick auf den Boden.

Der schmale Spalt zwischen Wand und Dielen war heute sehr breit und dunkel, nicht gelb wie die Wand, nicht hellbraun wie die gescheuerten Bretter. «Ich muss noch in den Garten, Ringelblumensamen absammeln, sonst sind sie nächstes Jahr überall», sagte sie laut zu dem Spalt.

Aber nicht laut genug. *Sie haben nicht zufällig gesehen, wie nach Ihnen am Abend noch jemand kam?*, hallte es von dort her.

Sie fuhr hoch, griff sich an die Brust, ihr Herz darunter hüpfte, als wollte es fort. Die Stimme ... Richtig, die gehörte der Polizistin mit dem runden Gesicht und der fraulichen Unruhe in den Gliedern. Sie ballte die Fäuste. «Gesehen, gesehen, wen soll ich denn gesehen haben?»

In diesem Moment wurde die Wand unten hellblau, Wasser stieg gluckernd auf, überschwemmte den Boden, den Flur zum Garten, biss mit seiner Kälte ihre Füße, die Beine, wollte ihr das Fleisch von den Knochen schälen. Bis sie zum Wäscheschrank taumelte, mit beiden Armen hineingriff und alle Laken danach warf, die sie hatte. Und es herausschrie ...

... dass es aufhören musste.

Da war es auf einmal vorbei. Was immer es gewesen war.

Als hätte man ihr die Luft abgelassen, sank sie auf einen Schemel. Stieg aus ihren Schuhen. Spürte das ausgetretene Eichenholz unter den Sohlen, das sogar ein bisschen warm war. Stemmte die Füße fest gegen die Dielen.

Der Boden war ganz ruhig, natürlich war er das. Die Möbel im Haus standen still, das Geschirr darin schepperte nicht. Kein Grollen und Beben von irgendwoher, während ein ganzes Dorf in Stille erstarrte, sogar die Tiere. Daran dachte ja schließlich auch niemand, und lange vorbei war es sowieso. Wie nicht da gewesen. Nicht wahr?

Desiree Weigand betrat ihr Büro. Schnupperte. Rauch, verkohltes Papier, noch immer. Gut, vielleicht half das ja gegen den Appetit. Sie hatte gerade ein sehr spätes Mittagessen in Form einer Automatensuppe zu sich genommen und musste hinnehmen, dass ihr Magen nach mehr schrie. In Form von Zucker. Immerhin war es schon halb fünf, nicht mehr lange bis zum Abendbrot, also würde sie es ignorieren.

Wütend schubste sie einen Karton beiseite. Tatsächlich, es waren weniger geworden. Hatte Stephan weitersortiert?

Gerade als sie nach draußen in den Flur rufen wollte, stand Jansen in der Tür. «Nanu, noch da?», fragte sie ihn.

Heinz Jansen schloss die Tür hinter sich. «Wie geht es dir?»

Das hatte er sie noch nie gefragt. «Gut.»

«Schon was erreicht?»

Sie setzte sich, bot ihm einen Stuhl an. Ihr Magen protestierte, wollte sie zurück in den unteren Flur schicken, zu den Automaten. «Ich bin nicht unzufrieden.»

Jansen lehnte den Stuhl mit einer matten Geste ab. «Lass hören.»

«Du weißt, dass unsere Situation schwierig ist, solange wir aus dem Labor nichts haben. Und die Kollegen sind mit einer Putzorgie am Tatort konfrontiert gewesen, also mach dir nicht viele Hoffnungen. Punkt zwei, der uns in dieser Ermittlung das Leben schwermacht: Rudolf Schröter ist im Dorf ein angesehener Mann gewesen, die Leute mochten ihn augenscheinlich, er hat auch viel für das Dorf getan. Ein Opfer des Stalinismus ist er außerdem, wie es aussieht, von den Russen enteignet. Lebte allerdings eher zurückgezogen, kaum enge persönliche Beziehungen – außer zu einer alten Dame, die dement ist. Aber: Dieses Bild hat heute ein paar Risse bekommen. Es gab doch einige Menschen im Umkreis der Agrarfirma, die mit seiner Person nicht nur gute Erinnerungen verbinden, da gilt es, weiter nachzuhaken.»

Jansen hielt die Arme dicht an die Hosennaht gepresst, so als müsse er sich stabilisieren. «Hm. Wie war es mit Herzberg?»

Sie bewegte sich in ihrem Drehstuhl hin und her. Woher wusste Jansen, dass sie mit ihm zusammengearbeitet hatte? Von Werner? Na warte, Kollege. «Gut», sagte sie scharf.

«Ihr zwei seid euch aus dem Weg gegangen?»

«Warum ist dir das so wichtig?»

«Ihr seid wie Pech und Schwefel, und das ist manchmal schon nicht mehr professionell.»

Sie hielt inne, im selben Moment gab ihr Magen ein gereiztes Knurren von sich. «Wie bitte?»

«Da fehlt leicht mal die Distanz zueinander, und dann passieren Fehler.»

Eine Distanz zu Herzberg? Der Mann war als Kollege eine Wucht, und überhaupt ... wie sollte das gehen? Bei dem Gedanken kam zu dem Loch im Magen ein rieselndes Brennen hinzu. Sie stand energisch auf, schnappte ihre Handtasche, bugsierte ihr Notebook hinein. «Ist das eine empirische Beobachtung?»

Jansen sah auf die Uhr. «Eine persönliche Erfahrung. Warum räumst du dein Zeug zusammen?»

«Ich dachte, ich gehe spazieren und lasse erst mal alles sacken.»

«Nein, nein, das wird nichts, schreib alles auf.»

«Ich habe meine eigenen Methoden.» Nun ja, es war eher eine von Herzberg, das mit dem Laufen, vieles sortierte sich dabei wie von selbst, erzählte er immer, das musste sie probieren.

Jansen nickte bedeutungsvoll. «Wir brauchen die Berichte.»

Jetzt sah sie auf die Uhr. «Mich wundert allerdings, dass du mir das so spät noch ...»

«Ich wollte nur sicherstellen, dass die Weichen für die nächsten Tage gestellt sind.»

Sie ließ sich auf ihren Stuhl zurückfallen. «Warum, was ist mit dir? Bist du krank?»

Jansen machte sich kerzengerade. «Es geht mir gut, danke der Nachfrage. Und jetzt fang bitte an. Du willst sicher irgendwann nach Hause. Stephan ist aber noch da, keine Sorge.»

Jetzt grinste er sie doch tatsächlich an! Also hatte Werner nicht nur über ihre Arbeit mit Jansen gesprochen. Mistkerle.

Wütend zerrte sie das Notebook wieder aus der Tasche. «Ich sehe eigentlich nicht ein, dass du mir ...»

Aber Jansen war schon im Flur verschwunden.

Von der Rückseite aus betrat Herzberg das Anwesen, durchschritt eine baumbeschattete Allee, die geradewegs auf das schlossartige Haus zuführte, das im späten Nachmittagslicht ruhig und erhaben dalag. Allein der Anblick schien seinen Herzschlag zu beruhigen. Der Tag schälte sich von ihm ab, der Ärger, sein Herumgerenne, das ständige Konzentriert-sein-Müssen. Beinahe hätte er einen großen Tisch auf der breiten Terrasse stehen sehen, eine Familie, die darum saß und bedient wurde, in schönen Kleidern. Jede ihrer Bewegungen von einer Gelassenheit, die aus der Überzeugung resultierte, dass das Leben sie und nicht die anderen privilegierte, und das aus guten Gründen. Abrupt blieb er stehen. Habe ich das jetzt wirklich gedacht? Und wie komme ich bloß darauf, es ist nur ein Haufen Steine. Beim Weitergehen flog ihn eine Ahnung an. Diese stille Erhabenheit hatte er schon gesehen, daran lag es, sogar darin geschlafen. Bei Ariane. Die etwas bewohnte, zu dem man ebenfalls nicht Haus sagte, sondern Gebäude. Machte so eine Immobilie das mit einem?

Unbemerkt betrat er die Terrasse. Im großen Saal des Erdgeschosses war es schummrig dunkel. Alle Türen waren verschlossen, natürlich. Er lief ums Haus, spähte um die Ecke.

Vorn in der Auffahrt stand ein SUV. Na bitte, flüsterte er, während er auf die Uhr sah. Es war noch nicht einmal fünf. Er schlich zur Eingangstür, die verschlossen war. Aber gab es nicht diesen kleinen Seiteneingang?

Herzberg hatte Glück, die niedrige Holztür ließ sich mit einem Nagel, den er in der Hosentasche hatte, problemlos öffnen.

Dahinter führte ein schmaler, unbeleuchteter Gang ins Herz eines riesigen Kellers. Kühl und leicht feucht, perfekt für Wein und andere edle Vorräte. Herzberg wartete, bis sich seine Augen an die Dunkelheit gewöhnt hatten, dann zog er die Schuhe aus. Lautlos erreichte er eine Kammer, die in die Küche führte.

Dahinter, im Flur, stand redend und lachend Jens Reichenbächer. In hellgrau glänzender Anzughose, die für Herzbergs Geschmack an der Hüfte ein wenig eng saß, und einem strahlend rosa Hemd.

Als er Herzberg sah, ließ er das Telefon sinken. Für einen Moment schien er fassungslos, dann gelang ihm ein Lächeln. «Sie sind schon hier?»

Herzberg zog seine Schuhe wieder an und ignorierte Reichenbächers fragenden Blick. «Sie doch auch.»

«Ich habe vorhin von meiner Frau noch schnell den Auftrag bekommen, ein paar Sachen auszumessen. Sie wird morgen mit dem Innenarchitekten herkommen und will heute die halbe Nacht an einem Grundriss für die Küche sitzen.»

Herzberg sah ungerührt an Jens Reichenbächer herab. «Und Ihr Zollstock ist wo?»

Er breitete die Arme aus. «Den muss ich noch finden, so etwas habe ich nicht bei mir!»

Die Selbstgewissheit, die er ausstrahlte, ging Herzberg gegen den Strich. Wahrscheinlich hatte das Haus schon auf ihn abgefärbt. «Aber den Schlüssel, den haben Sie.»

«Selbstverständlich.» Er zupfte ihn aus seiner Hosentasche.

Als Herzberg hinter ihm her in den Keller lief, sah er, dass hinten an Reichenbächers makelloser Hose eine Spinnwebe klebte. Also war er clever, aber nicht genug.

Keine Minute später standen sie einander in der halbhohen, leeren Kammer, die sich hinter einer Stahltür am Ende des verwinkelten Kellerganges aufgetan hatte, gegenüber. Über ihnen baumelte eine einzelne Glühbirne.

«Na, das ist ja eine Überraschung», gurrte Reichenbächer. «Oder besser gesagt, keine. Das Ding ist bestimmt aus der Vorkriegszeit, seit Jahrzehnten unbenutzt. Wenn Ihre Leute nicht darauf gestoßen wären, hätte niemand je erfahren, dass es den kleinen Bunker überhaupt gibt.»

Herzberg fiel jetzt die kleine Beule an Reichenbächers linker Hosentasche auf. «Haben Sie da zufällig Gummihandschuhe drin?»

«Nein, ein Taschentuch.»

«Kann ich es sehen?»

«Mein Schnupftuch? Haben Sie eine Ermächtigung, in meinen Privatsachen zu schnüffeln?»

Verärgert nahm Herzberg sein Telefon in die Hand. «Ich kann Ihnen auch so jede Menge Ärger machen, sagte ich das schon?»

Dann sprach er mit dem stummen Gerät und bat, die Spurensicherung noch einmal vorbeizuschicken, um die Stahltür auf Fingerabdrücke zu untersuchen. Auch wenn das ärgerlicherweise kaum Eindruck auf Reichenbächer machte.

Der stand lächelnd neben ihm. «Tja, ich müsste dann wieder.»

«Und der Auftrag Ihrer Frau?»

«Darf ich den überhaupt ausführen, wenn gleich noch jemand von der Technik herkommt?»

«Nein», log Herzberg und richtete sich noch ein Stück weiter auf. Er überragte Reichenbächer jetzt um mindestens einen halben Kopf.

Dessen Lächeln blieb völlig ohne Anstrengung. «Dachte ich mir. Also dann.»

Herzberg begleitete ihn zu seinem Auto. Grübelte, dann hatte er eine Idee. Er lauschte interessiert, als mit leisem Schnurren die Zentralverriegelung entsicherte. Gab Reichenbächer die Hand. «Danke und schönen Feierabend.»

«Rufen Sie mich jederzeit an, wenn Sie noch etwas brauchen. Und danke für Ihre Mühe», entgegnete Reichenbächer. Dann fiel die Wagentür mit einem dunklen, weichen Geräusch zu. Reichenbächer sah lächerlich klein aus in dem riesigen Auto.

Herzberg winkte, dann tat er erschrocken. «Was ist eigentlich mit der Terrassentür?» Er ging ein paar Schritte vom Auto weg und zeigte auf das Haus. «Die war offen, ich bin dort reingekommen. Ist das in Ordnung?»

Der Motor verstummte prompt, Reichenbächer sprang aus dem Wagen. «Natürlich nicht. Danke!»

«Berufskrankheit!» Herzberg wandte sich ab und spazierte los, damit Reichenbächer glauben musste, er verließe seinen Besitz durch den Vorgarten in Richtung Straße. Es funktionierte, der Anwalt verschwand, ohne sich umzusehen, im Haus.

Und sein Auto hatte er nicht verriegelt.

Herzberg öffnete voller Genugtuung den Kofferraum. Dann sah er beglückt hinein.

«Die Tür war gar nicht ...», hörte er kurze Zeit später

neben sich. Reichenbächer war zurückgekommen, im Lauftempo, er hatte ihn durchschaut, aber zu spät.

Jetzt war es Herzberg, der lächelte. «Wollen Sie die etwa alle rauchen?»

Reichenbächers Brustkorb dehnte sich aus, während er auf die Spitzen seiner kleinen Füße sah. «Ich wollte sie entsorgen.»

«Zigaretten im Wert von Hunderten von Euro?»

Reichenbächer stützte die Hände in die Seiten. «Die gehören mir ja nicht.»

«Wem gehören Sie dann? Schröter?»

«Ich denke nicht.»

«Hat er sie für jemanden versteckt?»

«Keine Ahnung.»

«Dann hat jemand hinter seinem und Ihrem Rücken Zigaretten hier gelagert, wollen Sie mich auf den Arm nehmen?»

Reichenbächer hob die Achseln.

«Andersherum wird ein Schuh draus, wie mir scheint. Es gibt eine Verbindung zwischen Blasskewitz und Schröter. Schröter hat ihrem Mandanten unlängst eine Mail geschickt. In der er sich heftig darüber beschwerte, dass das Gemeindeamt beschädigt wurde. Er hat ihm Konsequenzen angedroht.»

«Damit meinte er die juristischen Konsequenzen, eine polizeiliche Ermittlung, und nein, das beweist gar nichts, schon gar keine Verbindung.»

«Und die private Mailadresse hatte er woher?»

«Das können wir ihn leider nicht mehr fragen, nicht wahr?»

Mit Reichenbächers anwaltlicher Geschmeidigkeit hatte er gerechnet, aber das hier grenzte an Unverschämtheit. «Wir wissen, dass Blasskewitz mit Zigaretten dealt, auch mit Meth und Ecstasy, das verhökern sie in Diskotheken. Die Zigaretten gehören sehr wohl ihm.»

«Das ist ja wirklich frech.»

Und ich kann noch frecher. Herzberg deutete auf das Haus. «Ihre Frau steht schon in den Startlöchern und gräbt hier alles um?»

Reichenbächers Handkante schoss nach vorn. «Meine Frau lassen Sie aus dem Spiel! Ich wusste bis vorhin ebenso wenig wie Sie, was in dem Bunker versteckt war. Außerdem weiß ich nicht, warum Sie sich so aufspielen, es sind Zigaretten, keine Kalaschnikows.»

«Die finden wir auch noch irgendwo. Und wo? Erzählen Sie mal, Sie sind doch sein Anwalt.»

Reichenbächer hob beide Hände und lachte. Sein feines Hemd hatte einen nassen Fleck auf der Brust bekommen, es sah aus wie ein Latz.

«Ich weiß, dass wir schwer beweisen können, dass Sie irgendetwas mit diesen Zigaretten zu tun haben», sagte Herzberg dann versöhnlich. Auch er konnte spielen. «Lassen wir das raus.»

Reichenbächer sah ihn lauernd an.

«Ihnen wird eine deutliche Nähe zur NPD nachgesagt.»

«Ich bin lediglich als ihr Rechtsberater tätig. Und es gibt eine anwaltliche Schweigepflicht.»

Herzberg lächelte mild. «Natürlich. Ich überlege dennoch, ob es sich lohnt, Ihre Wohnung auf den Kopf stellen zu lassen. Und das Haus hier natürlich, obwohl mich der Gedanke ein wenig schreckt, vielmehr der Aufwand.» Reichenbächer wurde jetzt bleich, er war also auf dem richtigen Pfad. «In so einem Riesengebäude», fuhr Herzberg fort, «gibt es garantiert noch mehr solche Kammern, zugemauert eventuell, ich würde auch hinter der schönen Holzvertäfelung in der Bibliothek suchen lassen. Ist aber aufwendig, und wir sind keine Baufachleute, ob dann alles noch so brauchbar wäre, ist die Frage, oder wollten Sie die Täfelung ohnehin rausreißen?»

Reichenbächers Wangen glühten. «Was soll das!»

«In dem Fall würde es wirklich lohnen, einen Innenarchitekten zu engagieren, der könnte dann von Grund auf alles neu ...»

«Jaja!» Reichenbächer legte sich eine Hand auf den Mund, er war ziemlich laut geworden. «Ich habe verstanden. Was wollen Sie von mir?»

Herzberg legte sein Lächeln ab. «Können Sie sich das nicht denken? Es genügt mir nicht herauszufinden, wer sich im Gemeindeamt ausgetobt hat, das sind Kinkerlitzchen. Ich will die Hintermänner! Wir ermitteln schon eine ganze Weile gegen Blasskewitz, bislang ohne ihn dingfest machen zu können. War das verständlich?»

Reichenbächer sah sich um, schluckte ein paarmal, nickte. «Gehen wir ein Stück.»

«Nicht ins Haus?»

Er schüttelte den Kopf. «Ja, Roy Blasskewitz ist in verschiedene illegale Aktivitäten verwickelt», begann er leise, während sie das Haus weiträumig umrundeten. «Tabletten, Partydrogen, die er in polnischen Labors einkaufen lässt.»

Und unversteuerte Zigaretten. Keine Überraschung. Herzberg blieb stehen, kratzte sich auffällig den Kopf. «Warum habe ich das Gefühl, dass das nicht das ist, was ich brauche?»

«Keine Ahnung.» Es hatte nicht sehr überzeugt geklungen.

«Blasskewitz und seine Leute haben eine Art Bürgerwehr, die hinter dem Anschlag auf die Flüchtlingsunterkunft steckt. Und sie sind dabei, irgendwelches Equipment einzukaufen, Elektroschocker schätzungsweise, Teleskopschlagstöcke. Mindestens. Das stand in einer E-Mail von Blasskewitz an einen Vertrauten. Die wurde übrigens, einen Tag nachdem Rudolf Schröter diese Drohung gegen Roy Blasskewitz ausgestoßen hat, verschickt.»

Reichenbächer lächelte mild. «Das kann Zufall sein. Außerdem wissen wir beide, dass ein kleiner Waffenschein dazu ermächtigt, mit einer Schreckschusspistole und ähnlichem Zeug draußen herumzuspazieren. Viele Menschen haben solche kleinen Scheine beantragt und auch bekommen.»

«Ach was.» Herzberg baute sich vor Reichenbächer auf. Der augenblicklich begann, auf seinen Fersen zu wippen. «Aber das ist nicht das, was mir wirklich Kopfzerbrechen bereitet. Nur die kleine, bedeutungslose Spitze eines Eisbergs.»

Reichenbächer stieß ein Lachen aus und lief weiter.

Herzberg kam ihm mühelos hinterher. «Diese Typen sind skrupellos, ambitioniert, und sie sind Waffenfans. Blasskewitz ist Sportschütze. Ein paar seiner Mitstreiter ebenfalls. Also, was haben Sie für mich?»

Reichenbächer begann, an seinem nassen Hemd zu zupfen. «Sie wollen hoch hinaus, was?»

Getroffen. «Was wissen Sie über die Bewaffnung seiner Truppe?»

«Nichts, was ich Ihnen sagen könnte.»

Herzberg packte Reichenbächer am Arm und zwang ihn so, stehen zu bleiben. «Dann nicken Sie wenigstens.»

Reichenbächer riss sich los. «Okay.»

Herzberg sammelte sich kurz, scharrte zusammen, was er unerlaubt aufgeschnappt hatte. «Die Türsteherszene in Rostock, Schwerin, Greifswald», sagte er dann. «Es gibt Krieg, oder? Blasskewitz und seine Leute sind dabei, das Geschäft an die Russen zu verlieren.»

«Wie kommen Sie darauf?»

Herzberg schnaubte. «Stellen Sie sich bitte nicht blöd. Die Firma von Blasskewitz' Mutter, die ‹Nordland-Security›, stellt das Sicherheitspersonal in sieben führenden Diskotheken.

Und sichert sich damit die lukrativen Einnahmen aus dem Drogengeschäft.»

Reichenbächer kratzte sich am Ohr.

«Der Brand in der Ostturnhalle in Schwerin geht vermutlich auf Blasskewitz' Konto, die dortige Sauna nebst Kraftraum ist Treff der Russen, die ihnen gerade massiv Konkurrenz machen.» Seine neue Abteilung beschäftigte sich seit einem Vierteljahr angestrengt damit, ohne ihn, er war nur ein Laufbursche. Aber er hatte es mitbekommen.

Reichenbächer zog die Nase hoch.

«Die Russen wiederum haben unter den Arabern ein kleines Blutbad angerichtet, die Schießerei vor dem ‹Balstaff› in Schwerin, am 19. Juni. Um klarzustellen, dass sie vorn in der Schlange stehen, wenn die ‹Nordland-Security› schwächelt.»

Reichenbächer schwitzte, aber er deutete ein Nicken an.

«Blasskewitz rüstet also auf, denn nicht mal mit den Russen ist zu spaßen, geschweige denn mit den Arabern. Das heißt, es wird ein noch größeres Blutbad geben, das ist nur eine Frage der Zeit. Ich will also, dass Roy Blasskewitz vorher gezwungen ist, mit uns zu reden, damit wir diese Schweinereien aufklären können. Und dafür wird es nicht reichen, ihm mit einer Anstiftung zum Anschlag auf eine Flüchtlingswohnung zu kommen, verstehen Sie?»

Reichenbächer nickte wieder, diesmal deutlicher. Wischte über sein Gesicht, das jetzt aussah, als hätte es im Backofen gesteckt. «Hoffentlich klappt das alles.»

«Sie haben Angst vor denen?»

«Nein.» Reichenbächer klang, als würde er gleich heulen.

«Vor uns?»

«Träumen Sie weiter.»

Herzberg klopfte sich auf die Schenkel. «Sind Sie unser Informant und werden von uns beschützt, oder was?»

Reichenbächers Gesicht leuchtete in dem dämmrigen Wald hell wie der Mond. Seine grauen Augen flackerten. «Ich meine das jetzt verdammt ernst: Lassen Sie die Finger von Sachen, die Sie nichts angehen. Und seien Sie froh darüber, dass Sie es noch können.»

Herzberg hielt den Atem an. Spürte, wie in seinem Kopf ein Gedanke sichtbar wurde. In Großbuchstaben. HÖR AUF. Er war an genau dem Punkt angekommen, wo sich das Spiel drehen und ihm alles auf die Füße fallen konnte. Wenn das nicht schon passiert war. Er räusperte sich. «Drohen Sie mir etwa?»

Reichenbächer wandte sich ab. «Wenn Sie nicht kapieren wollen, kann ich nichts mehr für Sie tun.»

Verflucht. Herzberg atmete tief ein. «Geben Sie mir wenigstens Ihr Wort, dass Sie bis morgen Abend dichthalten?»

«Und was wird aus den Zigaretten?»

«Die bringen Sie zurück. Vielleicht kommt sie jemand holen. Den Schlüssel kriege aber ich.»

«Und Sie halten meinen Namen da raus?»

«Versprochen.»

«Ich habe Familie.»

«Und ich gebe selten Versprechen. Dafür geben Sie mir jetzt aber noch einen wirklich guten Tipp.»

«Welchen denn?»

Herzberg fing seinen schwirrenden Blick ein und hielt ihn fest. «Den, von dem ich die ganze Zeit spreche. Was Sie mir gerade geliefert haben, war ja wohl noch nichts, richtig? Und Sie wissen, dass wir das jederzeit offiziell machen können, im Präsidium.»

Reichenbächers Blick kam langsam zur Ruhe. «Wenn das funktioniert ... also, das wäre gut.» Dann sah er sich noch einmal um. «Passen Sie auf. Blasskewitz' Mutter hat ein Grundstück bei Altentreptow, einen Hof, der gerade saniert wird. Bis auf die alte Scheune gleich links neben der Einfahrt.»

Dann lief er, ohne Herzberg zu grüßen oder noch einmal anzusehen, durch den Park nach vorn zum Haus.

Als Herzberg das Ausmaß dessen verstand, was eben passiert war, rief er Werner Simon an und bat ihn, eine Überwachungskamera im Keller des Gutshauses zu installieren. Dann nahm er den ersten der unangenehmen Anrufe in Angriff.

Monika Lochschmidt versicherte, dass der Durchsuchungsbeschluss für Blasskewitz' Immobilien und die seiner Mutter morgen früh vorliegen würde.

Sein jetziger Chef Gerhard Meier hob erst nach dem neunten Klingeln ab. «Monika ist in der Leitung, was ist so dringend, dass Sie mich unbedingt sprechen müssen?»

Dann hatte sie sich, kaum, dass er aufgelegt hatte, beim Chef rückversichert, ob er überhaupt irgendetwas entscheiden durfte. Die Flasche Sekt, die er ihr schuldete, konnte sie vergessen. «Ich will dasselbe wie sie.»

«Wegen ein paar Packungen unversteuerter Zigaretten mache ich ungern so einen Aufriss.»

«Es geht nicht nur darum.»

«Monika Lochschmidt hat nichts anderes erwähnt.»

«Deshalb rufe ich an.»

«Sie kommen mir jetzt aber nicht mit irgendwelchen Verschwörungstheorien?»

Herzberg musste ganz kurz das Telefon vom Ohr nehmen und durchatmen. «Interessant sind nicht die Zigaretten. Blasskewitz bunkert Waffen.» Dann berichtete er von dem Gespräch mit Reichenbächer.

Eine Weile war es still am anderen Ende. Herzberg konnte fast sehen, wie Meier mit den Zähnen seine dünnen Lippen unter der riesigen Adlernase massierte, wie jedes Mal, wenn er angestrengt nachdachte.

«Wir brauchen Beweise, ist mir klar, deshalb die Eile», sagte Herzberg in das Schweigen hinein.

«Ich habe es nur nicht gern, wenn wir am Ende dastehen wie die Deppen. So wie ... egal.»

So wie am Sonntag. Herzberg verankerte beide Beine fest im Boden. «Warum sollte das passieren? Die wissen doch nichts von unseren Plänen, oder?»

Ein kurzes Lachen am anderen Ende. «Aber sie lagern ihr Zeug selten länger als vierundzwanzig Stunden an einem Ort. Haben Sie Reichenbächer gefragt, wie lange die Scheune zu diesem Zweck schon benutzt wird?»

«Nein.»

«Tja, das ist ein grober Fehler gewesen.»

Herzberg riss den Mund auf, um einen riesigen Schwall Luft einzuatmen, die trocken war und im Hals brannte. Er hatte nichts davon gewusst, und seine Abteilung hatte einen Teufel getan und ihn eingeweiht. «Wir sollten es trotzdem versuchen, am besten jetzt gleich.»

«Übertreiben wir es nicht, ja?»

Herzberg stellte sich vor, wie seine Beine in den Boden wuchsen, damit ihn nichts mehr umhauen konnte. Keine noch so blöde Antwort, nicht mal sein Zorn darüber, dass er hier gerade vorgeführt wurde. «Tue ich nicht.»

«Tun Sie das nicht immer?»

Herzberg spürte den Druck in den Beinen seinen Rücken hochschießen. Meier ließ ihn nicht nur spüren, dass er nicht dazugehörte, er zeigte ihm auch ungeniert, warum. «Das ist nicht fair, und das wissen Sie!» Es war ihm nicht ganz gelungen, seine Stimme zu zähmen, Meier musste es gemerkt haben, eine Weile sagte er nichts.

«Ich habe die Durchsuchung ja abgesegnet», meldete er sich dann zu Wort, «aber ich bin nicht dafür, gleich Blasskewitz' gesamte Familie in Sippenhaft zu nehmen, nicht ohne handfeste Hinweise. Da überschreiten wir definitiv eine Grenze. Es bleibt erst mal bei seiner Wohnung, dann sehen wir weiter.»

«An welche Grenzen müssen wir uns im Umgang mit solchen Typen halten?»

«An die des Gesetzes.»

Herzberg stieß ein Lachen aus. Es war sinnlos, er würde sich selbst die Scheune ansehen müssen. «Natürlich.»

«Hoffen wir also einfach, dass uns die Wohnung brauchbare Hinweise liefert. Ich drücke Ihnen jedenfalls die Daumen.» Damit legte Meier auf.

Herzberg schloss den Mund, der sich anfühlte, als wäre er mit Leder ausgekleidet. Im nächsten Augenblick stieg ihm sein komisches Bauchgefühl in den Kopf, und er begriff. Es gab Absprachen hinter seinem Rücken. Die den Fall betrafen, den man vor seinen Augen kleinredete. Vorsorglich beschäftigte man ihn mit einer kleinen Sachbeschädigung, damit er sich in nichts Wichtiges einmischte. Und wenn er es doch tat, hatte er ein Problem, schlimmer als die zermürbende Langeweile dieser Routinearbeit. Besser also, er tat so, als wäre er ein bisschen blöd.

Prima, dachte er, als er seine Beine vom Boden löste und loslief, das habe ich ja nun verpasst.

Vorn an der Eingangstür blieb er stehen.

Die Scheiben des Gutshauses glänzten schwarz in der Abenddämmerung. Jetzt fiel ihm auf, dass die Stufen zu seinen Füßen, die auf einen gepflasterten Vorplatz führten, Teil einer Allee waren, die im Herzen des Hauses begann und eine

Schneise durch das gesamte Dorf schlug. Die die Menschen teilte in die, die festen Boden unter den Füßen hatten, und alle anderen. Rechts und links der Linie standen einzelne Häuser, Statisten am Rande einer gigantischen Inszenierung. Herzberg schloss die Augen, schüttelte den Anblick ab. Nie würde er sich in so einem Haus wohlfühlen. In keinem Haus der Welt, es sei denn ... Plötzlich sah er ein Paar gewittergraue Augen vor sich, von einem Netz feiner Linien umspannt, die nur zu erkennen waren, wenn man Ariane sehr nahe kam.

Er musste zurück nach Neubrandenburg, unbedingt.

Im nächsten Moment hörte er Motorengeräusche, und sein Herz rutschte wie auf einer Eisbahn in seinen Bauch. Richtig, sein Auto war ja nicht hier. Mit den Fingern massierte er seine Augäpfel. Verflixt, er würde einen Bus suchen müssen, ein Taxi rufen oder wieder allein in Gruners Haus schlafen. Was für eine beschissene Aussicht, was für ein ...

Da hörte er ein feines, schabendes Knirschen. Leichte Schritte auf Kies.

Die Hände fielen ihm wie von allein vom Gesicht. «Ariane?»

Sie kam vor ihm zum Stehen. «Die Stadt ist wie aufgekocht, ich musste da raus.»

Er zog sie an sich, ein Dröhnen im Körper wie Glockenschlag, sodass er nicht einmal verstehen konnte, was er zu ihr sagte.

Sie legte den Kopf in den Nacken. «Und ich habe den ganzen Tag lang zu viele Menschen um mich gehabt, die wenigsten davon angenehm. Es ist erst sechs, ich weiß. Störe ich?»

«Niemals.»

«Du siehst ein bisschen verzweifelt aus. Ist es die Arbeit?»

«Nein, es sieht so aus, als würde ich den Anschlag auf die Flüchtlingswohnung bald aufklären, und das ist gut, denn dann kann ich vielleicht in Jansens Team und wieder in einem Mordfall ermitteln.»

Jetzt bohrte sie ihm den Zeigefinger in die Brust. «Dann sehe ich dich noch weniger.»

Das stimmte, und es tat ihm leid. «Ich wäre dann aber zufriedener.»

Sie lächelte. «Dann will ich es auch. Aber für heute ist Feierabend. Was schlägst du also vor?»

Ihre Stimme hatte rau geklungen, nach einem doppelten Boden und lauter Geheimnissen. Ein Schauer lief ihm über den Rücken. «Ich kann dir einen See bieten.»

Sie lachte. «Ich sehe nur einen Löschteich.»

«Man muss wieder raus dem Dorf und links in den Wald, der See dort ist blassgrün wie ... die Farbe habe ich, glaube ich, heute schon irgendwo gesehen ... ich weiß nicht mehr, wo, aber dort ist es schön.»

Jetzt legte sie ein Ohr auf seine Brust. «Wenn ich dich nicht kennen würde, würde ich dir glatt ein Beruhigungsmittel verabreichen.»

«Danke, aber es ging mir nie besser. Und du? Was ist mit dir, und wie bist du überhaupt hergekommen?»

Sie zeigte hinter sich. «In der Klapperkiste ist dein ganzes Zeug drin, ich wusste nicht, was du brauchst, also dachte ich ...»

Er ließ sie nicht ausreden, sondern schwang sie sich auf den Rücken, der ein sehr kleines bisschen dabei weh tat, und trug sie zum Wagen.

Als er endlich losfuhr, sie sich beruhigt und ihre Lachtränen aus den Augenwinkeln gewischt hatten, musste er noch einmal gewaltig schlucken. Etwas war ihm bleischwer in die Körpermitte gesackt. Mehr als eine Ahnung oder ein Gefühl, es war fest wie ein Felsblock. Ewig.

Er war noch immer in Lichtenfels, es war dasselbe todlangweilige Dorf mit seiner schnurgeraden Hauptstraße, den eingezäunten Häusern, den hässlichen Blocks am vorderen Ende, denselben verstockten Menschen, einer blöden Ermittlung und lauter Steinen, die man ihm in den Weg legte. Und doch war alles auf einmal wie in Sonne gebadet. Selbst der Gedanke an Renate und Drewitz und Meier konnte daran nicht das Geringste ändern. Und er hatte schon mehr als ein halbes Jahrhundert gelebt und die Welt noch nie so gesehen.

Mittwoch, 30. August

Ein lautes Krachen schlug einen Krater in seinen Schlaf. Traumsplitter wehten auseinander. Michael Herzberg fuhr hoch und blinzelte um sich. Sein Blick fiel auf Ariane, die neben ihm lag, den Oberkörper halb unter einem Kissenberg vergraben. Sie liebte es, sich in ihr Bett zu wühlen wie ein Vogel in sein Nest.

Der Kissenberg geriet in Bewegung. «Was ist los?»

«Es hat gekracht, tut mir leid, dass du wach geworden bist.»

Sie wischte sich das Haar aus dem Gesicht. «Ich bin nun mal ein Wachhund, alle Mütter sind das.»

Er zog sie zu sich heran, versank im Duft von Schlaf und Wärme und Glück.

Da krachte es noch einmal.

Sie strampelte sich frei. «Willst du nicht nachsehen?»

Ein tiefes Knirschen folgte, so als würden riesige Eisenplatten aufeinandergeschoben. Und er begriff. Herzberg sprang aus dem Bett, stieg in Hose und Hemd, hastete nach draußen in den Flur.

In Gruners Garten startete gerade ein LKW seinen Motor. Wie der Blitz war Herzberg in der Praxis.

Gruner blickte aus dem Fenster. «Was ist da los?», fragte er die Sprechstundenhilfe genau in dem Moment, als Herzberg den Mund aufmachte, um ebenfalls danach zu fragen.

Sie stellte sich neben Gruner, ein Tablett mit schmutzigen Tassen in der Hand. «Der war voll, also habe ich gestern Nachmittag noch die Entsorgungsfirma angerufen. Und mir versprechen lassen, dass sie sich beeilen.»

«Mist», sagte Gruner zu Herzberg, als sie mit dem Tablett in der Küche verschwunden war, «da habe ich doch glatt vergessen, ihr zu sagen, dass das noch warten soll, bis Sie sich alles angesehen haben. Es tut mir leid.»

«Wo kommen die Sachen hin?»

«Das müsste ich erst herausfinden. Heike?»

Die Sprechstundenhilfe kam noch einmal aus der kleinen Praxisküche, doch anstatt ihr eine Anweisung zu erteilen, riss Gruner die Augen auf und lief mit ausgebreiteten Armen auf jemanden zu.

Eine Giftkugel rollte durch Herzbergs Bauch, als er sah, wie Ariane in seiner Umarmung versank. In ihrem ärmellosen Kleid.

Gruner legte sogar die Hände auf ihre Arme. «Du warst das also, die gestern Abend um halb elf mit dem Kommissar klammheimlich hier reingeschlichen ist.»

Herzberg spürte, wie sich das Gift in seinem Körper verteilte. Spionierte Gruner ihm nach? Und was hatte er mit Ariane zu schaffen?

In dem Moment legte sie sich einen Finger auf den Mund. «Pst! Und danke für deine Großzügigkeit, ich wollte, wie immer, längst vorbeigekommen sein.»

Großzügigkeit? Herzberg spürte jede seiner Zellen aufglühen, sodass er nicht gleich mitbekam, dass sein Telefon klingelte. Erst als die Sprechstundenhilfe ihn vorsichtig antippte, holte er es aus der Hosentasche.

«Und jetzt?», fragte Gruner Ariane in dem Moment, als Herzberg ranging. «Frühstück?»

Jetzt lachte sie Gruner an, und Herzberg presste die Zähne aufeinander. Wie bitte?

«Hier ist Meier, besser, Sie kommen mal her», wurde da in sein linkes Ohr geblafft, das verstand Herzberg gerade so. Und die Adresse von Roy Blasskewitz. «Hier ist so ziemlich alles schiefgelaufen, was schiefgehen kann. Und wo sind Sie?»

«Also?», fragte Gruner noch einmal, kaum, dass Herzberg aufgelegt hatte. Er hatte noch eine Mail von Stephan mit dem Betreff *Blasskewitz*, aber das musste warten. Gruner sah noch immer ausschließlich Ariane an, die ihm, Herzberg, in dem Moment zuzwinkerte, vielleicht weil sie sein entsetztes Gesicht bemerkt hatte.

«Frühstücken würde ich gern», sagte sie, «aber ich muss in die Praxis, es ist schon halb acht. Und wir haben nur ein Auto hier.»

«Woher kennst du ihn?», fragte Herzberg, als sie zum Parkplatz gingen. Das Gift hatte sich wie feiner Nebel überall in ihm verteilt. Er bildete sich sogar ein, Gruner hinter sich am Fenster stehen zu sehen.

Sie stellte sich dicht vor ihn und stupste ihm den Zeigefinger gegen die Brust. «Ich kenne alle Kollegen im Landkreis, und er spendet für das Hospiz.»

Das Rauschen in ihm legte sich. «Ah ...» Und er führte sich so auf! Aber er hatte keine Ahnung, wie er diese ziehende Eifersucht abstellen sollte. «Es ist nur so, ich liebe dich.»

Für einen viel zu langen Moment schien sie erschrocken, dann blitzten ihre Gewitteraugen ihn amüsiert an. Sie schlang beide Arme um ihn, und ehe er daran denken konnte, dass Gruner seine Pfoten eben noch genau dort gehabt hatte, wo seine nun lagen, drückte sie ihm lachend einen Kuss mitten ins Gesicht.

Der Anblick des großen Konferenzraumes war erfrischend wie ein erster Septemberwind, der den Sommer endlich zum Teufel jagte. Und das hatte sie nötig, an Schlaf war kaum zu denken gewesen. Stattdessen: stundenlanges Hocken über den Berichten, die Jansen eingefordert hatte. Dem spärlichen Faktenhaufen und ihrem Versuch, einen Sinn hineinzubekommen. Dazu ein dummes Gefühl im Bauch und hämmernde Fragen, die sie von ihrer Arbeit ablenkten. War ich schnell genug, oder hat Uwe Schmied mich gesehen? Erkannt? Hat Herzberg ihm gesagt, wie ich heiße? Sie hatte ihm noch im Auto eine SMS geschrieben. *Notfall! Dieser Uwe sollte nicht wissen, wer ich bin. Vertrau mir.* Aber hatte er die auch rechtzeitig gelesen? Die halbe Nacht hindurch hatte sie darüber nachgegrübelt. Übergriffe auf Polizisten hatten sich in letzter Zeit gehäuft, und sie hatte jemanden angelogen, der höchstwahrscheinlich wenig Spaß verstand.

Aber jetzt war es damit vorbei, sie hatte vor einer halben Stunde diesen Raum betreten und die schneeweißen Magnettafeln an seiner Schmalseite mit Fotos und Skizzen bestückt. Desiree atmete tief durch und stellte ihren Kaffee ab. Registrierte genussvoll, wie das Koffein ihren Kopf auf Betriebstemperatur brachte. Die erste große Fallbesprechung. Und sie würde das erste Mal diejenige sein, der Jansen den Kopf abriss, wenn nichts dabei herauskam.

«Morgen.» Stephan war lautlos hereingekommen, jetzt umrundete er den Tisch, vor dem Stuhl an der oberen Stirnseite stoppte er. Kratzte sich ausgiebig den Kopf mit den dicken rotblonden Haaren, sah sie fragend an.

Sie deutete auf den Haarbusch, den er aufgewühlt hatte. «Waschen wäre eine Idee.»

«Wenn du das sagst.» Kopfschüttelnd zwängte er sich an dem Stuhl vorbei und setzte sich daneben.

Herzbergs Platz, fiel ihr in dem Moment ein, deshalb sein Zögern. Mal sehen, ob irgendjemand den Mumm hatte, sich dort hinzupflanzen. Oder gar danach zu fragen, warum ihr ehemaliger Kollege nicht zu dieser Ermittlung berufen wurde.

Zehn Minuten später saß der Rest der Abteilung kerzengerade in seinen Stühlen, ohne dass das eine oder das andere geschehen war. Ein paar Kekspackungen lagen aufgerissen herum, eine Schale mit Äpfeln, aber niemand griff zu.

«Zuerst den Stand aus der Technik», begann Desiree die Fallbesprechung, nachdem sie alle begrüßt hatte. «Werner?»

Werner Simon beugte seinen großen, schwitzenden Kopf über einen Bericht. «Die Situation ist vertrackt. Unser Problem: Eine gewisse Magda Schlottwitz, Nachbarin und gute Bekannte des Opfers Rudolf Schröter, hat eine gründliche Leichenwäsche vorgenommen, danach auch noch das Bett abgezogen, die Bettwäsche gewaschen und das Zimmer gereinigt. Sowohl das Wohnzimmer, wo die Leiche aufgefunden wurde, als auch das Schlafzimmer und die Küche geputzt. Unsere Spurensituation sieht nun, bezogen auf die Fingerabdrücke, wie folgt aus: Es gibt ein paar auf den Medikamentenschachteln und den paar Spritzen, die wir im Müll gefunden haben. Die meisten konnten wir dem Opfer zuordnen, ansonsten mischt es sich, die Spuren sind überdies durch den Müll in der Tonne verunreinigt. Wir haben auf dem Fußboden im Schlafzimmer auch noch ein weißes Haar gefunden. Im Wohnzimmer nichts. Leider war es das schon. Die Leiche ist übrigens freigegeben.» Jetzt schielte er nach einer aufgerissenen Kekspackung, versteckte seine Hand jedoch unter der Tischplatte. «Ach ja, wir haben überdies nichts finden können, was auf einen Einbruch hindeutet. Der Täter ist offenbar einfach zur Tür hereinmarschiert.»

Desiree nickte und rief das Obduktionsprotokoll auf.

«Letzteres ist nicht verwunderlich. Die Haustür wurde wohl immer erst gegen zehn abgeschlossen, Schröter hat überdies auf seinen Arzt gewartet. Und jetzt zu Hultzschs Ergebnissen. Der Tote hatte keine auffälligen Abwehrverletzungen, Hultzsch konnte kein fremdes Genmaterial unter seinen Fingernägeln oder in irgendwelchen Körperöffnungen sicherstellen. Das Opfer hatte Penicillin im Blut, das wurde ihm gespritzt, und irgendeinen Betablocker. Ebenso ein Schlafmittel. Hier das nächste Problem: Wenn das Opfer erwürgt wurde, hat es dabei bestimmt nicht friedlich im Sessel gesessen. Die Vermutung liegt nahe, dass der Fundort der Leiche nicht der Tatort ist, obwohl die Leichenfleckbildung diesen Schluss nahelegt. Hultzsch schreibt, das hat etwas damit zu tun, dass die Totenflecke sich verlagern. Ihre Anordnung auf der Leiche, also auf der rechten Hand und im Gesicht, deutete zwar zu Recht darauf hin, dass das Opfer nach Eintritt des Todes gegen acht Uhr abends einige Zeit in dem Sessel zugebracht haben muss, allerdings kann der Täter das Opfer noch unmittelbar nach der Tötung dorthin verbracht haben, um im Sessel einen friedlichen Herztod zu inszenieren. Livores sind bis zu sechs Stunden nach Eintritt des Todes problemlos umlagerbar. Der Aufwand, den das alles erfordert, deutet auf einen männlichen Täter hin, der einigermaßen kräftig ist.»

Jansen hatte einen Kugelschreiber in der Hand. «Tja, das ist nicht viel. Ich hoffe nur, dass ich mir jetzt nicht irgendwelche wilden Spekulationen anhören muss.»

Was sollen wir denn sonst machen, dasitzen und Däumchen drehen? Sie kippte den Rest ihres lauwarmen Kaffees hinunter. «Wir suchen jemanden, der eine persönliche Verbindung zum Opfer hatte, die Tatausführung legt diesen Schluss nahe. Das Opfer wurde erwürgt, und zwar mit bloßen Händen. Dass Abwehrverletzungen gänzlich fehlen, bereitet mir Kopfzerbrechen. Vielleicht war Schröter zu überrascht, um sich zu wehren, etwa weil er den Täter kannte, vielleicht hat er geglaubt, zu kooperieren sei die bessere Wahl.»

Stephan hob die Hand. «Vielleicht war es ihm egal?»

Sie zog eine Grimasse. «Zurück zu den Fakten. Rudolf Schröter war geschieden und kinderlos, Familie also: Fehlanzeige. Andere persönliche Bindungen scheint er nicht gehabt zu haben, abgesehen von dieser Magda Schlottwitz, geboren 1928. Sie ist allerdings dement. Außerdem dürfte ihr die Kraft fehlen, einen Mann von eins neunzig zu erwürgen. Sie war gegen achtzehn Uhr beim Opfer, um ihm Abendbrot zu bringen, zu dem Zeitpunkt war es noch quicklebendig. Etwa eine Stunde später ist sie wieder weg. Will aber niemanden gesehen oder gehört haben. Der Täter muss kurz danach, zwischen sieben und neun, über sein Opfer hergefallen sein, gegen neun traf der Arzt Wolfgang Jauer am Tatort ein und fand Schröter tot im Sessel. Friedlich über die Lehne drapiert, wie von allein eingeschlafen. Nach Jauers Bekunden genau das, was bei herzinsuffizienten alten Menschen bei so einer Hitze schnell passieren kann, daher hat den Arzt weder die beginnende Fleckenbildung am Hals interessiert, die er für Totenflecke gehalten hat, noch hat er sich genötigt gesehen, den Toten genau zu untersuchen. Der Mann ist übrigens Alkoholiker.»

«Warum hat dieser Gruner ihn dann hingeschickt?»

«Er hielt ihn für trocken.»

«Was für ein Irrtum, und nicht das erste Mal, dass ...» Jansen sprach den Satz nicht zu Ende, sondern nieste heftig.

Desiree zog ihre Handtasche zu sich heran. Fischte ein Taschentuchpäckchen heraus, denn Jansen wühlte ergebnislos in seinen Hosentaschen. Ein wenig fahrig wirkte er dabei, kraftlos. «Heinz, ist alles in Ordnung mit dir?»

Er griff nach dem Päckchen und zupfte ein Taschentuch heraus.

«Ist dieser Gruner verdächtig?»

Dann nicht, dachte sie, schließlich werden wir alle nicht jünger, auch ich habe inzwischen Tage, an denen ich mich saumäßig fühle und auch so aussehe. «Er hat ein Alibi, noch nicht zweifelsfrei, aber ich habe seine Theatereintrittskarte gesehen. Fred, das kannst du übernehmen, finde raus, ob ihn jemand gesehen hat.»

«Siehst du denn ein Motiv?»

«Darüber darfst du dir gern ein paar Gedanken machen, wir sind da noch nicht weit.» Dann erteilte sie Stephan das Wort, dessen Hand eben in die Höhe geschossen war.

Stephan Müller nickte so heftig, dass seine dicken Haarbüschel sich neu ordneten. «Die ersten Tür-zu-Tür-Befragungen haben nichts ergeben. Niemand hat am Tatabend ab sieben Uhr jemanden ins Haus gehen sehen, nicht mal den Arzt. Was einigermaßen nachvollziehbar ist, das Gutshaus ist ein wenig abgelegen und hat einen großen Vorplatz. Der Täter kann auch über die Terrassentür hereingekommen sein, die war ebenfalls nicht abgeschlossen. Und hinten ist ein Park mit hohen Bäumen, von einer Mauer umgeben, da sieht man erst recht kaum jemanden kommen oder gehen. Wohnhäuser gibt es dort ohnehin nicht.»

«Gut, dann ...» Desiree unterbrach sich, Werner hatte sich aus dem Stuhl gehievt.

«Ihr kommt allein klar», sagte er mit Blick auf Stephan.

«Moment bitte», entgegnete sie. Du liebe Güte, sei nicht so empfindlich, es meckert schon niemand, weil du das mit der Terrassentür vergessen hast. Im nächsten Moment war Werner nach draußen verschwunden. «Was ist denn mit dem los?»

«Lass ihn», mischte sich Jansen ein.

«Ich werde mir das nicht bieten lassen, warum auch?»

Ein kurzes Blickgefecht, etwas in Jansens Blick sorgte dafür, dass sie zuerst wegguckte. Sie war nicht in der Position, sich ihm zu widersetzen, aber warum musste er auf ihrer Autorität herumtrampeln?

«Stephan», sagte sie also energisch. «Fahr du fort!»

Stephan Müller stellte seine Wasserflasche so schnell ab, dass sich ein Schwall Wasser auf seine Aufzeichnungen ergoss. Mit rosa Wangen wischte er die Blätter ab. «Rudolf Schröters Einfluss im Dorf hatte eine stabile wirtschaftliche Grundlage. Schröter, von der sowjetischen Militäradministratur 1945 enteignet, kam nach der Wende in sein Dorf zurück, wurde zunächst Berater der LPG ‹Morgensonne›, die ab 1990 in eine Agrargenossenschaft umgewandelt wurde, dann ihr Geschäftsführer. Wohlhabend. War eine Zeitlang Bürgermeister, wurde bekannt dadurch, dass er viele Fördermittel einwarb, für das Gutshaus natürlich und auch für die Kirche. Das Gutshaus hat er übrigens gekauft, ebenso einige Felder.»

«Warum zurückgekauft?», fragte Jansen.

«Die SMAD-Enteignungen sind nie rückgängig gemacht worden, das war eine Bedingung dafür, dass die Russen dem Einigungsvertrag zugestimmt haben.»

«Das Dorf sieht jedenfalls aus wie geleckt, aber längst nicht überall», ergänzte Desiree.

Stephan hatte ihr Nicken gesehen und reagierte sofort. «Die Arbeitslosenquote im Ort ist relativ hoch, die Agrargenossenschaft hat nur siebenundfünfzig Mitarbeiter, vorher waren es fast sechshundert.»

«Und was sollen wir mit alldem?»

Schon wieder Jansen. Er saß ein wenig zusammengesunken da, ignorierte ihren fragenden Blick. Also gut. «Einen Verdächtigen finden. Die Technik wird uns aller Voraussicht nach nicht viel liefern, und genau das wird die Herausforderung: Wir müssen Schröters gesamtes Umfeld umgraben. Wer hatte Ärger mit ihm, wem hat er das Leben schwergemacht. Dazu Punkt eins: Ich habe mir den Geschäftsführer des Ladens angesehen, ebenso dessen Vorgänger, der wohl auf Schröters Betreiben geschasst wurde.» Sie schmiss ihren Kuli auf die Akte. «Was ist denn?»

Stephan hatte seinen Bleistift in die Luft gereckt. «Schröter war bis 2007 alleiniger Geschäftsführer, wollte ich nur sagen, nachdem dieser Dietmar Kamp rausgeflogen war. Er hatte keinen zweiten eingestellt, obwohl das im Gesellschaftsvertrag so vorgesehen war.»

«Der Laden gehörte ihm da also allein. Finde heraus, wann und wie Schröter Kamp aus dem Laden gedrängt hat. Seither sitzt der nämlich unzufrieden zu Hause, angeblich herzkrank.»

«Was ist daran auffällig?» Wieder Jansen.

«Kamp mimt das Opfer, und er hat unübersehbar ein schlechtes Gewissen dabei, ganz im Gegensatz zu seiner Frau. Vielleicht weil seine Hütte mindestens eine Million gekostet hat, der Mann hat massig Geld. Aber er ist in jedem Fall wütend auf Schröter.»

«Das sind ja steile Hypothesen. Bitte nicht noch mehr davon.» Jansen zog ein gequältes Gesicht.

Was wird das hier, dachte sie, ein Härtetest? Konnte er haben. Sie knallte ihre Kaffeetasse auf den Tisch, die sie noch immer in der rechten Hand hielt. «Dietmar Kamp hat den Laden 1978 übernommen und zu einer Riesen-LPG umgebaut, muss hart gewesen sein, einen Arschtritt zu kriegen. Kai Henschke, der derzeitige Geschäftsführer hingegen, hat sich ins gemachte Nest gesetzt, hält Schröter für eine Art Ersatzvater und sich selbst für einen Gewinner. Aber Schröter war nicht zufrieden mit ihm. Hat ihm in den letzten zwei, drei Jahren ständig über die Schulter geguckt. Ich frage mich, ob er versucht hat, auch Henschke loszuwerden. Unser zweiter Verdächtiger also. Henschke wird uns seine Firmenunterlagen zur Verfügung stellen, und das bedeutet für dich, Fred, einen Besuch in seinem schicken Büro. Such auch nach Hinweisen auf Vorgänge, die zu Kamps Rauswurf geführt haben können. Und nimm dir was zu essen mit, du fährst in die Pampa.»

«Das ländliche Mecklenburg ist eine der schönsten Gegenden Deutschlands!»

Sie lächelte Jansen nachsichtig zu. «Ein dritter Verdächtiger: Roy Blasskewitz, Vorsitzender der ...»

«Wie bitte?», fuhr Jansen dazwischen.

«Es gibt eine Mail von Schröter an Blasskewitz, in der er für die Beschädigung des örtlichen Gemeindeamts ...»

«Das ist Herzbergs Fall!»

Sie schoss einen bösen Blick auf Jansen ab. «... Konsequenzen angedroht hat. Er galt als möglicher Zeuge der Sachbeschädigung, und er wurde ermordet.»

«Und?»

Sie wiegte den Kopf. «Natürlich hat Blasskewitz ein Alibi, aber wir bleiben dran.»

Jansen hob den Zeigefinger. «Der würde jemanden engagieren, die Tat sähe ganz anders aus. Das passt doch nicht.»

Sie schluckte ihren Ärger hinunter. «Abwarten. Es gibt da im Dorf noch diese Magda, Schröters Tod hat sie sehr mitgenommen. Sie ist deshalb so wichtig, weil sie das Opfer am längsten kennt, auch persönlich. Sie war einmal mit dessen Bruder verlobt. Und auch sie macht den Eindruck, als seien ihre Erinnerungen an das Opfer nicht nur freudvoll. Mein Part, da dranzubleiben.»

Endlich bekam sie von Jansen ein kleines Nicken. Dann war es wohl nicht so schlecht gelaufen. «Wir fassen also zusammen: Das Bild vom unschuldigen Opfer hat Risse bekommen, und wir stochern weiter. Und nun raus mit euch und viel Erfolg!»

Nachdem Stephan und Fred ihre Unterlagen zusammengerafft hatten und nach draußen verschwunden waren, stand auch Jansen auf, blieb aber an seinem Platz stehen. Sah nach, ob die Tür geschlossen worden war, nickte.

«Abgesehen davon, dass mir das alles noch viel zu weit ausgreift», sagte er leise, «frage ich mich ernsthaft, wie du in der Kürze der Zeit zu so einer Fülle von Informationen gekommen bist. Wenn ich es nicht besser wüsste, würde ich denken, dir hätte jemand geholfen.»

Daher wehte also der Wind. «Tust du aber nicht.»

«Wie?»

Es besser wissen, es sei denn, du hast einen Spitzel auf uns angesetzt. Sie spürte ihren Groll auf seine Gereiztheit in die Höhe schießen wie Unkraut. «An meinem Fleiß zweifeln, jetzt, wo du mir die Leitung dieser Ermittlung übertragen hast. Oder bist du neuerdings nicht mehr der Alte?»

Im Raum war es augenblicklich totenstill. Für einen Sekundenbruchteil stand irgendeine Tür zu Jansens Kopf auf, und sie konnte direkt hineinblicken. Lodernde Angst war da, nackt wie ein gehäutetes Tier. Sie begriff in Sekundenschnelle. Sein Gewichtsverlust, die gelblich bleiche Haut, seine häufige Abwesenheit, der schwere Gang. Ich bin so ein Idiot. Sie öffnete den Mund, um sich zu entschuldigen, aber Jansen war schneller.

«Gut gemacht», sagte er und zwinkerte ihr unter dicken Brauenbüschen anerkennend zu. «Weiter so, und du wirst es ganz nach oben schaffen.»

Herzberg stellte seinen Passat neben dem Fuhrpark ab, der vor dem Gründerzeitgebäude parkte.

«Blasskewitz wohnt hier drin?», fragte er einen der Kollegen von der Streife, die sich neben der Haustür postiert hatten, um unerwünschte Besucher fernzuhalten.

«Nee, soweit ich weiß, ist das hier seine Dienstwohnung, also, die der Partei.»

Herzberg hastete die wenigen Stufen ins Hochparterre hinauf, wo neben einem Streifenbeamten Hans Drewitz stand, der gerade sein Handy in der Hosentasche verschwinden ließ.

«Wo ist Meier?»

«Schwerin, beim Innenminister einbestellt, und dann auch noch das hier ...»

Herzberg spürte seinen Puls ansteigen. «Aber er hat mich heute früh angerufen.»

«Da war er auf dem Weg. Er kommt heute wieder zurück.»

Davon hatte er nichts gesagt, natürlich nicht. Ehe Herzberg Luft holen konnte, fuhr Drewitz fort.

«Ich habe gerade mit ihm telefoniert. Die mussten ihn aus der Sitzung holen», bei diesen Worten setzte er ein verschwörerisches Lächeln auf, «keine Sorge, er war nicht allzu sauer. Sollte er heute Morgen bei eurem Telefonat ein wenig ... du weißt schon ... das ist ausgestanden.»

In Herzbergs Ohren dröhnte es. Das hier tat unglaublich weh, aber das würde er Drewitz nicht zeigen. «Da bin ich ja erleichtert.»

«Verstehe ich gut.»

Herzberg mühte sich, seine Stimme zu senken, wenn er schon nicht gegen die brüllende Wut in seinem Inneren ankam. «Warum hattet ihr überhaupt schon angefangen?» Es konnte nicht daran gelegen haben, dass er noch kurz in Altentreptow angehalten und in eine komplett leere Scheune gebrüllt hatte, vor der frische Fußspuren im Staub hinein- und hinausführten, nicht älter als ein paar Stunden. Er hatte Arianes Fragen ausweichen müssen, ihrer Sorge. Und ihrer Wut, weil er sie eine Viertelstunde im Auto hatte warten lassen. Wenigstens war es ihm gelungen, die Technik in die Spur zu schicken.

«Tja, so sind wir.»

«Aber das hier ist Blasskewitz' Dienstwohnung, fängt der immer schon um acht an?»

Drewitz setzte einen verständnisvollen Blick auf. «Es ist jetzt nicht mehr zu ändern, okay?»

Es hatte zwar keinen Sinn zu fragen, aber er tat es trotzdem. «Und, was haben wir?»

«Leider nichts.»

«Und warum? Weil irgendjemand ihn gewarnt hat?»

Drewitz Augenlid hatte gezuckt. «Entschuldige, habe ich mich da eben verhört?»

Herzberg ließ ihn stehen.

«Ist dir überhaupt klar, was du da von dir gibst?»

Herzberg drängte sich an ihm vorbei, weil in dem Moment Reichenbächer und ein großer, hagerer Mann mit akkuratem Haarschnitt und ein paar Aknenarben den Flur betraten.

Herzberg ging auf ihn zu, Reichenbächer ignorierte er. «Herr Blasskewitz?» Er steckte die Hände in die Hosentaschen, Scheiß auf Höflichkeit. «Das ist ein polnischer Name, richtig?»

Blasskewitz verstaute seine Hände ebenfalls. Der untere Teil seines dünnen Gesichts verzog sich zu einem Lächeln. «Mein Urgroßvater hatte das große Glück, eine Deutsche zu heiraten.»

«Ahnenforschung, interessant.» Herzberg deutete auf ein

großes Zimmer, dessen Doppelflügeltüren weit offen standen. «Falls ich Fragen habe.»

Jens Reichenbächer drängte sich jetzt an Blasskewitz vorbei. Er hatte sein Anwaltsgesicht aufgesetzt, stählern, undurchdringlich. «Welche sollten das bitte sein?»

«Was immer Sie zu finden glaubten, hier war es nicht», ergänzte Blasskewitz mild.

Gut, sie konnten das auch hier im Flur besprechen. «Wo ist es dann?»

Reichenbächer und Blasskewitz sahen einander achselzuckend an. Beide in Grau und glatt gebügelt, nur die Hemden waren verschieden, Blasskewitz hatte sich für reines Weiß entschieden, Reichenbächer für ein strahlendes Hellgrün. «Wenn Sie mir verraten, wovon Sie sprechen, kann ich vielleicht helfen», sagte Blasskewitz.

Herzberg ging an ihnen vorbei in das große Zimmer, in dessen Mitte ein überdimensionierter Schreibtisch mit Glasplatte thronte. Darauf lag aufgeschlagen ein Buch, Herzberg brauchte es sich gar nicht näher ansehen, er wusste auch so, was es war. *Mein Kampf.* Wenn die glaubten, sie könnten ihn damit provozieren, hatten sie sich getäuscht. Ansonsten war der Raum verhältnismäßig leer, ein paar Kollegen wühlten mit langen Gesichtern in zwei schwarz lackierten Regalen. An der Wand hing über einem schwarzen Ledersofa eine rot-weiße Fahne.

Wieder im Flur, stieß Herzberg mit Werner Simon zusammen. «Nehmt ihr das Buch trotzdem mit?», fragte er.

Simon ging kopfschüttelnd an ihm vorbei.

«Und sonst?»

Ein weiteres Kopfschütteln.

Zwei Kollegen, die gerade im Bad beschäftigt waren, stellten ihr Flüstern ein, als Herzberg einen Blick durch die Tür warf. Er meinte, so etwas wie *Scheißblamage* gehört zu haben.

Gnade dir Gott, Jens Reichenbächer, wenn du das hier auf dem Gewissen hast.

«Irgendwas Interessantes?», fragte er auch sie. «Wenigstens ein paar Drogen, Medikamente?»

«Wäre schön gewesen», sagte einer der beiden, Herzberg kannte ihn nicht, er musste von irgendwoher hinzugezogen worden sein. Dann warfen die beiden weiter Papierhandtücher und Seifenstücke durcheinander.

«Equipment, was heißt das bei Ihnen? Wie Sie einem Herrn Günther per Mail mitgeteilt haben, hatten Sie diesbezüglich Zahlungsschwierigkeiten», fragte Herzberg, nachdem er sich erneut im Flur vor Blasskewitz aufgebaut hatte.

«Unser Werbematerial, wir sind eine Partei und nicht verboten», sagte der lächelnd.

«Equipment wird am Ende übrigens mit T geschrieben.»

Blasskewitz' Grinsen blieb da, wo es war, aber es war plötzlich schockgefrostet.

Herzberg ignorierte die protzige Uhr, die Blasskewitz ihm unter die Nase hielt, und den spitzen Finger, der auf das Gehäuse klopfte. «Wer von Ihren Leuten hat sich im Gemeindeamt in Lichtenfels ausgetobt?»

«Machen Sie sich nicht lächerlich.»

«Mit solchen Kleinigkeiten geben Sie sich nicht ab? Dachte ich mir, deshalb sind wir ja auch hier und sitzen nicht bei einer harmlosen Befragung zur Sachbeschädigung im Präsidium.»

«Und ganz umsonst, wie sich gezeigt hat. Sie stehlen mir lediglich die Zeit.»

«Was für ein Katz-und-Maus-Spiel wird das hier?», blaffte Reichenbächer dazwischen.

Herzberg lächelte. «Wir gehen erst, wenn Sie mir eine Antwort gegeben haben. Für welches Equipment genau wollten Sie das Geld ausgeben, das Ihnen knapp geworden war? Und erzählen Sie mir nicht, dass Druckerzeugnisse so teuer geworden sind!»

Blasskewitz' Kopf schnellte zu Reichenbächer herum. «Muss ich das beantworten?»

«Nein.» Reichenbächers Stimme klang messerscharf. Warnend.

Herzberg kümmerte sich nicht darum. «Wo sind die Sachen, die mich wirklich interessieren, die Waffen zum Beispiel? Sie haben doch garantiert noch andere Immobilien, kein Problem, dort alles auf den Kopf zu stellen.»

«Nur mein Haus in Schwerin.»

Herzberg hatte spontan das Gefühl, dass Reichenbächers Schweißausbruch gigantisch ausfallen würde. «Die Firma Ihrer Mutter hat ihren Sitz wo?»

Blasskewitz holte kaum merklich Luft, aber sein Gesicht sah aus wie aufgeblasen. «Altentreptow.»

«Dort hat sie einen Hof, nicht wahr?»

Reichenbächer öffnete seinen obersten Hemdknopf. «Bis jetzt sind Ihre Vorhaltungen substanzlos, und ich kann mir nicht vorstellen, dass sich das noch ändern wird. Wie kommen Sie außerdem darauf, die Familie meines Mandanten in Sippenhaft zu nehmen?»

Dieselbe Wortwahl wie Meier gestern Abend. «Gäbe es denn einen Grund dafür?»

Reichenbächers Hemd wurde auf der Brust dunkelgrün. «Und wie kommen Sie so schnell auf Altentreptow?»

Herzberg verschränkte die Arme. Wir sind so weit, dachte er dabei. «Ich kenne jemanden, was sonst?» Dann genoss er die Verzweiflung, die wie eine Flamme in Reichenbächers Blick aufzischte, und das genügte ihm. «Beim Grundbuchamt.»

Im nächsten Moment konnte er spüren, wie Reichenbächer

in sich zusammensank, als hätte man ihm die Luft abgelassen. «Und wen», wandte er sich an Blasskewitz, «haben Sie dorthin geschickt, um die baufällige Scheune auszuräumen? Es waren frische Spuren da.»

Blasskewitz riss den Mund auf, schien sich aber zu besinnen. Er zuckte die Achseln. «Ich habe keine Ahnung, was auf dem Hof meiner Mutter vor sich geht, wirklich nicht. Da wird saniert, ständig rennen Bauleute herum.»

«Die Kollegen sind jedenfalls dran. Die Telefonnummer auf dem Lieferwagen habe ich zwar nicht mehr notieren können, aber so viele wird es in der Gegend ja nicht geben», bluffte er.

Blasskewitz' Arm zuckte kurz, aber er ließ seine Hand hinter dem Rücken. «Ich muss jetzt los, es ist schon spät. Andernfalls müssen Sie mir den Verdienstausfall bezahlen.»

«Ganz bestimmt nicht.» Herzberg trat zur Seite, sodass er die Wohnungstür blockierte. «Ich will Ihre Fingerabdrücke.»

Dann drehte er den Kopf ein wenig, dass es überall im Hausflur sicher zu hören sein würde. «Haben wir Roy Blasskewitz schon erkennungsdienstlich behandelt, oder brauchen wir das nicht, weil er bekannt ist?», rief er. Und ehe jemand antworten konnte, fügte er an Reichenbächer gewandt hinzu: «Er hat doch sicher nichts dagegen. Wir löschen sie, sobald sich nichts ergibt.»

Reichenbächer wollte etwas sagen, aber Blasskewitz schnitt ihm mit einer Handbewegung das Wort ab. «Habe ich nicht.» Es klang, als würde ein Stein über Sand geschoben.

Herzberg lächelte. «Ich wünschte wirklich, jeder würde es uns so leichtmachen.» Doch ehe Blasskewitz in Richtung Büro davonstiefeln konnte, in dessen Tür Werner Simon soeben erschienen war, trat Herzberg ihm noch einmal in den Weg. «Da ist noch etwas: Die Kollegen vom FK 1 werden Sie bald kontaktieren.»

Blasskewitz' blasses Gesicht zuckte zu ihm herum. «Schon wieder nichts als leeres Gerede.»

«Sie wissen so gut wie ich, dass Schröter Ihnen eine Mail geschrieben hat, in der er Ihnen wegen der Beschädigung der Wohnung die Hölle heißmacht. Und Konsequenzen androht.»

Blasskewitz stieß ein zischendes Gelächter aus. «Wir werden ständig mit Hassmails bombardiert, darauf geben wir doch nichts! Außerdem wurde mein Alibi schon überprüft.»

«Nicht wirklich, nein. Es gibt eine Verbindung und einen Konflikt zwischen Ihnen, da bleiben wir erst mal dran.»

«Träumen Sie weiter, ich war das nicht. Da wäre ich ja schön blöd.»

«Das wäre in der Tat eine Riesenüberraschung.»

Reichenbächer, der die ganze Zeit schwer geatmet hatte, legte jetzt eine Hand auf Blasskewitz' Schulter. «Sie zu einem anderen Tatvorwurf zu befragen ist nicht korrekt, der Beamte hier kennt die Vorschriften wohl schlecht.»

Herzberg tat, als würde er sich über eine Niederlage ärgern. Insgeheim freute er sich, er hatte ein bisschen Staub aufgewirbelt, und Blasskewitz war jetzt angesäuert.

«Da ist noch etwas zum Schluss, Ihre Spitzel werden es Ihnen ja schon gesteckt haben: Die Afrikaner sollen nach wie vor nach Lichtenfels kommen.» Dann stieß er Blasskewitz den Zeigefinger gegen die Brust. «Legen Sie Ihre Köter an die Leine, oder Sie lernen mich kennen.»

Im Hausflur stand noch immer Hans Drewitz. Das Gefühl, wenigstens ein kleines Stück vorangekommen zu sein, bekam einen Kratzer. «Du hast die Vorstellung genossen?», fragte Herzberg.

Drewitz drückte seine Zigarette an der Wand aus. «Misserfolge gehören zum Polizeialltag, haben wir alle schon gehabt.»

«Wir finden das Zeug, das uns wirklich interessiert, keine Sorge.»

«Glaube ich nicht, aber egal, das hier bleibt unter uns, klar.»

Herzberg lief weiter. «Da bin ich aber froh.»

«Reichenbächer hatte leider recht, deine Vorhaltungen waren völlig aus der Luft gegriffen.»

Herzberg stoppte und drehte sich noch einmal um, obwohl er am liebsten schreiend davongelaufen wäre. «Blasskewitz ist nervös geworden, besonders als es um Altentreptow ging, und das genügt mir.» In kurzen Sätzen erklärte er Drewitz, warum. Als er das Wort Bandenkrieg fallenließ, zuckte sein Kollege sichtbar mit den wulstigen Augenlidern.

Dennoch wiegte er skeptisch den Kopf. «Du lehnst dich ganz schön weit aus dem Fenster.»

«Dann stimmt es also, dass ihr in dieser Sache ermittelt.»

Drewitz trat näher, schluckte. «Deine Aufgabe bestand darin, denjenigen zu finden, der das Gemeindeamt verwüstet hat», sagte er leise und sah sich dabei um. «Wenn du nicht mal das schaffst, sag Bescheid, und vor allem: Hol mich ins Boot.»

Um sich von ihm von brisanten Ermittlungen abhalten zu lassen? Jansens Warnung fuhr schon wieder durch seinen Kopf wie ein Geschoss. Herzberg musste kämpfen wie ein Stier, ein neutrales Gesicht hinzubekommen. «Danke, aber nein.»

«Du hattest doch einen Verdächtigen, einen gewissen Schmied, wenn ich mich recht entsinne. Wo zum Teufel steckt der? Haut er vielleicht gerade ab, während wir uns hier die Beine in den Bauch stehen und die falschen Leute nerven?»

Drewitz' Haut war von einer feinen Wasserschicht überzogen, die einen komischen Geruch absonderte, aber Herzberg wich keinen Zentimeter zurück. «Was weißt du, das ich nicht weiß?»

Drewitz teigiges Gesicht floss in die Breite. «Du solltest mir einfach vertrauen. Wirklich. Such deinen Täter und schließ endlich den Fall ab, damit wäre uns allen gedient. Und vor allem: Lern mit Kritik umzugehen.»

Herzberg ballte die Hände zu Fäusten und drückte sie in die Hosentaschen. Er würde sich jetzt nicht gehenlassen, auch wenn er sich im Moment nichts mehr wünschte, als ein Junge auf dem Schulhof zu sein, der einem anderen eine reinsemmelte, bis die Nase schief stand. Dann riss er die Kiefer auseinander, die er kräftig zusammengebissen hatte. «Ich bin froh, dass du mir die Chance gibst, im letzten Moment doch noch was richtig zu machen.»

Drewitz' Mundwinkel zuckten, als hätte er Mühe, nicht loszulachen. «Ich hätte es nicht treffender ausdrücken können.»

Als Herzberg draußen mit wutrauchendem Kopf sein Auto aufschloss, stand ganz wie erwartet Reichenbächer vor ihm, das flache Gesicht knallrot. Blasskewitz' Auto war bereits verschwunden.

«Warum haben Sie mich dadrin provoziert?»

«Jemand hat Blasskewitz gewarnt.»

«Ich war's nicht!»

Herzberg öffnete die Fahrertür. «Sie sind in letzter Minute eingeknickt, Sie haben zu viel zu verlieren.»

Reichenbächer griff ebenfalls nach der Tür und hielt sie fest. «Deshalb habe ich Ihnen ja den Tipp gegeben, verdammt.»

Herzberg stieß die Tür an, damit sie ins Schloss zurückflog.

Reichenbächer zog seine Hand nicht weg, er zuckte nur kurz, als die Tür kurz vorm Rahmen stoppte. Seine Fingerknöchel waren weiß vor Anstrengung. «Es stimmt, verfluchte Scheiße noch eins. Ich war das nicht.»

Herzberg schob die Tür ein Stück auf und stieg ein.

«Ich habe keine Ahnung, was da gerade bei denen läuft, aber es gefällt mir nicht», legte Reichenbächer nach.

Herzberg lachte und startete den Motor.

«Ich meine es ernst.» Dann gab Reichenbächer die Tür frei. «Beenden Sie dieses Herumstochern auf Verdacht, lassen Sie das Drewitz machen. Das wäre wirklich das Beste.»

Herzberg stob mit heulendem Motor auf die Straße. Er drückte den Rücken fest in den Sitz, um dem brennenden Druck darin etwas entgegenzusetzen. Scheiße, Scheiße, Scheiße!, fluchte er dann. Ein wenig half es, und sein Kopf wurde freier.

Reichenbächer ist glaubwürdig, dachte er, als der Schmerz ein wenig nachließ. Er konnte sich zwar kaum vorstellen, dass Blasskewitz bei der Polizei jemanden sitzen hatte, vielleicht war alles nur ein saudummer Zufall. Aber wie wahrscheinlich war das?

Wenigstens brachte er Drewitz und Meier mit seinem Herumgestochere garantiert so gegen sich auf, dass sie ihn rauswerfen würden. Dann musste Jansen ihn zurücknehmen. Und das war es wert. Den Fall würde er allerdings zu Ende bringen, das war Ehrensache. Also ging er in Gedanken die Beweislage noch einmal durch, tippte die Nummer der Kollegen in sein Handy und bat um einen Einsatzwagen.

Desiree Weigand stand im Büro vor ihrem Wandboard. In einer Hand hielt sie einen Stapel Klebezettel in verschiedenen Farben, den sie durchblätterte wie ein Daumenkino. Herzberg machte das auch immer so. Er hatte ein System, irgendeins, und sie kam nicht dahinter. Starrte nur weiter auf die Stichworte, die sie kreisförmig um ein vergrößertes Passfoto des Opfers Rudolf Schröter angeordnet hatte. Sie ging näher heran. Versuchte, in seine Augen zu sehen, um etwas herauszulesen, aber es ging nicht, er sah irgendwie an ihr vorbei oder an dem Menschen, der das Bild geschossen hatte.

Sie ging zum Fenster. Die Augustsonne stand eisern am Himmel, die Luft in dem kleinen Karree war zum Ersticken dick. Da kam ihr eine Idee. Sie machte zwei Schritte und starrte wieder auf die Wand, genau in die Mitte. Sein Bild darf nicht in der Mitte sein, dachte sie, wie komme ich nur dazu, er ist doch kein Verdächtiger, den ich einkreisen will. Dann lachte sie plötzlich. Genauso macht es Herzberg, er pinnte das Opfer in die Mitte, wie ein Zentralgestirn, kreiste es mit Hinweisen und Spuren ein. Desiree trat einen Schritt zurück, setzte sich. Blickte auf die verkrüppelten braunen Blätter der Kastanie im Hof. Wir hatten noch nie einen völlig verrückten, durchgeknallten Mörder, sinnierte sie, nicht solange ich mich zurückerinnere. Die Frage war also, was einen gewöhnlichen Menschen dazu brachte, dermaßen aus der Haut zu fahren, dass er in einem furchtbaren Moment einem anderen das Kostbarste wegnahm, nämlich sein Leben. Hans Konrad fiel ihr ein. Noch ein, zwei andere Opfer. Allesamt selbst keine netten Menschen nach allem, was sie herausgefunden hatten. Und Rudolf Schröter? Auf den ersten Blick ein Held, aber eben nur auf den ersten Blick. Es war ihm darauf angekommen, die Blicke der anderen zu lenken, sich in einer bestimmten Weise zu inszenieren, das war allein nach all dem klar, was ihr Herzberg über die Beerdigung erzählt hatte. Desiree sprang auf, angetrieben von tausend kleinen Stromstößen. Selten war der Mord, den sie untersuchten, das einzige Verbrechen in diesem Kontext, und dieser Wille zur Inszenierung konnte ein Hinweis darauf sein, Schröter wollte oder musste sogar etwas verbergen. Nur was? Zufrieden atmete sie tief ein. Nur in wenigen Fällen fiel das Böse einfach vom Himmel, das war der

Gedanke hinter dem System. Sie ließ die Reste des malträtierten Zettelblocks auf den Schreibtisch fallen.

Die Frage war nur, warum sich ihre Gedanken, ohne dass es ihr bewusst war, auf denselben Bahnen bewegten wie die von Herzberg. Aus Gewohnheit? Oder war da mehr, eine geistige Verbindung? Und war diese schon nicht mehr professionell, wie Jansen geargwöhnt hatte?

Desiree setzte sich, hob Papiere auf und ließ sie wieder fallen. Wo war das noch gleich ... Sie erschrak plötzlich, weil Stephan Müller vor ihr stand. Mit hochgezogenen Augenbrauen, ein sonniges Lächeln im Gesicht, nur für sie.

«Ich habe ein paar interessante Dinge herausgefunden.»

«Dann mal los.»

Stephan kam mit gebeugtem Rücken um den Tisch getigert, legte ein paar Blätter vor ihr ab. «Es gab 1993 ein Steuerstrafverfahren gegen die Agrargenossenschaft, vertreten durch Dietmar Kamp. Es wurde eingestellt.»

«Und?»

«Hier», er tippte auf ein weiteres Blatt.

«Betriebsprüfungsunterlagen? Was soll ich damit?»

«Rate, wer die Betriebsprüfung ausgelöst hat.»

Stephan strahlte sie an, als wäre sie ein Kleinkind, das gleich seinen ersten Satz sprechen würde. «Keine Ahnung?»

«Der Betriebsprüfer, den ich gerade angerufen habe, hat mir gesagt, dass sie von einem Angestellten der Genossenschaft einen Tipp bekommen hatten. Denn zu einer Außenprüfung kommt es in der Regel nur bei einem konkreten Verdacht.»

«Spann mich nicht auf die Folter!»

«Von einem Jan Kowalek.»

Sie ließ das Blatt fallen. «Wieso schwärzt der seinen eigenen Laden an?»

Stephan ließ eine Pobacke vorsichtig auf eine ihrer Schreibtischecken sinken. «Jedenfalls wurde Schröter 1993, also kurze Zeit nach dem fraglichen Verfahren, alleiniger Geschäftsführer.»

Ihr Herz, das bislang gemächlich vor sich hin geschlagen hatte, legte jetzt Tempo vor. Da war er also, der erste handfeste Beweis für den fragwürdigen Charakter ihres Opfers. «Er hat eindeutig davon profitiert.»

«Der Mann vom Finanzamt, ein Herr Knorr, meinte allerdings, dass sie sich am Ende recht schnell einigen konnten und das Verfahren eingestellt wurde. Und dass sich Dietmar Kamp sehr kooperativ verhalten habe, wie aus den Akten hervorgeht.»

Aber der Schaden war angerichtet, Kamp war erledigt. Stephan hatte recht, es stank zum Himmel. «Und was war Verfahrensgegenstand?»

«Es ging um die Jahre 1991 und 1992. Zu wenig gezahlte Steuern, weil die Betriebsbewertungen zu gering ausgefallen waren. Und die Kosten für die Auszahlung der ausscheidenden Genossenschafter im Vergleich dazu sehr hoch. Die haben sich künstlich arm gerechnet.»

«Auszahlung der Genossenschafter?»

«Der fragliche Zeitraum ist der, in der die damalige LPG ‹Morgensonne› in eine Agrargenossenschaft umstrukturiert wurde, das zog sich alles lange hin.»

Sie blätterte den Stapel durch. «Sprich mit Fred, der will sich die Unterlagen vornehmen, frag ihn konkret nach diesen Zeiträumen. Ich will wissen, was da vor sich ging.»

«Wir denken, dass da eine große Schweinerei am Laufen war?»

Desiree verzog das Gesicht. Schätzchen, es gibt kein Wir. Aber das würde sie ihm nicht sagen. Nicht in dieses hoffnungsvolle Jungengesicht. Aber er hatte recht. «Es war die Wendezeit, da sind in der Wirtschaft viele Schweinereien gelaufen.»

Er nickte so heftig, dass der Schreibtisch unter ihm zu wackeln begann. «Ein ganzes Wirtschaftssystem wurde umgestellt und große Teile eingedampft, vieles lief an der Politik vorbei, die konnte gar nicht so schnell reagieren, es war die reine Anarchie. Ich klemme mich dahinter.»

Sie griff mit einer Hand nach der Tischplatte. «Immer mit der Ruhe, ja?» Das Gewackel hörte auf. Sie raffte seine Blätter zusammen und schob sie in den Locher. «Prima. Ich höre mich im Ort weiter um.»

Langsam stand er auf. «Ist das schon alles?»

Seine Stimme klang nach Abschied an einem Bahnsteig und Taschentüchern. Himmel noch mal. «Was soll denn sonst sein?»

«Habe ich das noch nicht gesagt?»

Sie schmiss den Locher hin. «Geht es etwa um was anderes als die Arbeit? Das wäre nicht sehr professionell. Ich stehe hier nämlich gerade mächtig unter Beobachtung, das ist meine erste eigene Ermittlung.»

Stephan war mitten in der Bewegung erstarrt, so als hätte er eine Backpfeife bekommen, mit der er im Leben nicht gerechnet hatte. «Es ging nur darum, dass ich dich heute Nachmittag begleiten würde, wenn es nötig ist, die Testamentseröffnung ist nachher um vier, direkt nach der Beerdigung.»

Oje. Wer von uns beiden ist hier peinlich, dachte sie, während sie an seinem Ohr vorbeisah. «Ach so, von mir aus, klar.»

«Was starrst du dann so auf die Wand?»

Sie kam nicht dazu, über eine sinnvolle Antwort nachzudenken. Ganz plötzlich, als ihre Augen Schröters Foto noch einmal gestreift hatten, hatte sie etwas in seinem Blick gesehen, der so schnurgerade an dem des Betrachters vorbeizog. Ehrgeiz. Eine stählerne Härte. Sie begann, in ihren Unterlagen zu wühlen. Bestimmt war er Soldat im Zweiten Weltkrieg gewesen, zeitlich könnte das hinkommen. Die Russen hatten ihn enteignet, deshalb vielleicht? Und er war wiedergekommen und hatte sich alles zurückgeholt. Um den Preis, dass andere dabei auf der Strecke blieben. Und um nicht rüberzukommen wie ein Mistkerl, brauchte man ein positives Image, in dessen Inszenierung Schröter viel Mühe gesteckt hatte. Wahnsinn.

«Wenn ich irgendwie helfen kann?», hörte sie da.

Sie sah Stephan an, der geduldig gewartet hatte, mit Hündchenblick und ineinander verknoteten Fingern. Ich habe schon wieder so gedacht wie Herzberg, schoss es ihr in dem Moment durch den Kopf. Was für eine Überraschung. «Ich will, dass du erst mal alles aufschreibst, was du herausgefunden hast, kurz und knapp.»

Stephans Hände flogen auseinander, rührten in der Luft herum. «Für wen? Du weißt doch Bescheid!»

«Für ...» Sie stoppte mitten im Satz, weil Sie beinahe gesagt hätte *Für mich, Schätzchen*. «Ich bin so vergesslich.» Aber damit hätte sie ihn nur manipuliert, und das wäre unfair. Denn gerade noch hatte sie vor sich gesehen, wie ihr für diesen Gedankenblitz eben jemand ganz Bestimmtes auf die Schulter klopfte. Und dabei gehofft, dass derjenige bald hier sein würde. So weit zu den Fakten. Sie schenkte Stephan ein warmes Lächeln. «Tu es einfach, ja?»

Herzberg war eilig zurückgefahren, er erwischte Werner Simon im FK 1, seinem alten Arbeitsplatz. Werner stand in der Küche und schenkte sich gerade einen Kaffee ein. Inzwischen war es fast Mittag.

«Die Maschine steht wieder hier?», fragte Herzberg zur

Begrüßung. Im Frühjahr hatte sie eine Weile in seinem Büro gestanden, das damals Treffpunkt des ganzen Kommissariats gewesen war. Goldene Zeiten.

Der große Werner Simon drehte sich behäbig um. «Da gehört sie ja schließlich hin.»

Herzberg spürte einen Stich in der Herzgegend, er lächelte ihn weg. «Habt ihr es schon nach Altentreptow geschafft?» Er hatte Werner auf dem Weg angerufen und gebeten, dass sie sich die Spurenlage in der Scheune ansahen.

«Ich habe Hagen geschickt.»

Hagen Erler war neu im FK 6, Herzberg hatte erst ein Mal mit ihm zu tun gehabt. Ergebnislos. «Der ist nicht erfahren genug.»

«Irgendwo muss er ja lernen.»

Herzberg presste die Lippen aufeinander. Werner würde ihm nie verzeihen, er hatte nur nicht geglaubt, dass ihm das so viel ausmachen würde. «Dieses Brecheisen», fuhr er fort, «aus dem Gemeindeamt in Lichtenfels, habt ihr darauf etwas finden können?»

Werner rührte unbeirrt in seinem Kaffee. «Da müsste ich nachsehen.»

Herzberg sah zur Seite. «Ich habe es eilig, wir haben Uwe Schmied festgenommen.»

«Und ich langweile mich den ganzen Tag.»

Herzberg atmete so lange aus, wie Werner einen weiteren Schluck aus seinem Becher nahm, es reichte, um sich ein wenig zu entspannen. «Wenn du trotzdem so freundlich wärst, wäre das eine große Hilfe.»

Endlich stellte Werner seine Tasse ab. «Dann gehe ich jetzt mal in mein Büro und sehe meine Mails durch, ich meine, ich hätte dir das Ergebnis schon geschickt.»

Herzberg stockte der Atem. «Ist das wahr?»

Werner riss entschuldigend die Hände hoch. «Ich arbeite für das gesamte Präsidium, wie soll ich mir da alles merken.»

«Klar. Danke», brachte Herzberg noch heraus, gerade so.

Keine zehn Minuten später betrat er den Vernehmungsraum des FK 4, der Abteilung für Staatsschutz. Im Treppenhaus hatte er kurz durchgeatmet und die Mail von Werner gelesen. Der hatte also diverse Fingerabdrücke an dem Brecheisen, an abgeschlagenen Fliesen und ein paar Tapetenresten sichern können. Gute Arbeit, er hatte nichts anderes erwartet.

Uwe Schmied saß bereits an einem Tisch, eine Flasche Wasser vor sich, sie war leer. Hans Drewitz lief auf der anderen Tischseite auf und ab.

Herzberg deutete darauf. «Nachschub?»

Schmied schüttelte den Kopf. «Können wir dann?»

Herzberg setzte sich. «Geht es Ihnen gut, sind Sie in Ordnung?»

Uwe Schmied stieß ein stummes Lachen aus. Die Haut um seine braunen Augen sah aus wie verharschter Schnee, der am Schmelzen war, immer wieder wischte er sich kleine Rinnsale vom Gesicht.

Herzberg betete die übliche Belehrung herunter. «Wir haben ja schon darüber gesprochen, Ihnen wird vorgeworfen, am ...»

«Stimmt alles.»

Herzberg sah auf. «Moment. Ich möchte Sie noch einmal ausdrücklich darauf hinweisen, dass Sie sich nicht selbst ...»

«Würden Sie das wiederholen?», fiel Drewitz ihm ins Wort.

Uwe Schmied starrte die Tischplatte an, als wollte er sie mit seinem Blick zerhacken. «Ich war's. Punkt.»

Herzberg klappte die Akte zu. «Verstehe ich nicht. Sie werden doch wohl ...»

Weiter kam er nicht, weil im nächsten Moment ein Kollege hereinkam, er hatte Manfred Schmied bei sich.

«Was soll das werden?», fragte Herzberg scharf.

Der Kollege zuckte die Achseln. «Hör dir an, was er zu sagen hat!»

«Dann bring ihn doch bitte in ein Nebenzimmer und ...»

«Geht schon klar, kein Problem», mischte sich Drewitz ein, und der Kollege verschwand nickend aus dem Zimmer.

Herzberg fuhr herum, Drewitz bot Manfred Schmied einen Stuhl neben seinem Sohn an. Das ging gar nicht, seiner Meinung nach, was wurde hier schon wieder gespielt?

«Ich war's», sagte Manfred Schmied, noch ehe er saß.

Herzberg stoppte seine Faust, die er gerade im Begriff war, auf den Tisch niedersausen zu lassen. Verschluckte sich fast an seinem eigenen Atem. Sie hatten zwar tatsächlich Fingerabdrücke von beiden gesichert, aber was sollte das werden? «Wie bitte?»

«Vater, spinnst du?»

Manfred Schmied legte seinem Sohn eine Hand auf den Rücken. «Uwe war nicht da an dem Abend, sondern im Kino», sagte er an Herzberg gewandt.

Aus dem Augenwinkel heraus sah Herzberg, dass Drewitz sich vergnügt auf die Kante des Tisches hockte und die Hände faltete. Er bezwang den innigen Wunsch, ihn rauszuschmeißen. Und seinen Ärger darüber, dass er hier rein gar nichts entscheiden durfte. «Jetzt mal ganz langsam und am besten von vorn. Wer hat was getan?»

Manfred Schmied bohrte sich den Zeigefinger in die Brust. «Ich kann Ihnen sogar sagen, wie ich es gemacht habe. Zuerst habe ich die Fliesen von der Wand geklopft, um an die Versorgungsleitungen heranzukommen. Dazu habe ich das Brecheisen ...»

«Lass den Scheiß, Vater!» Uwe Schmied schüttelte die Hand auf seinem Rücken ab. «Die haben meine Fingerabdrücke gefunden.»

«Meine aber auch, oder?»

«Das stimmt», räumte Herzberg ein.

«Aber ich ...», beharrte Manfred Schmied.

«He!», fuhr Herzberg dazwischen. «Sie streiten doch nicht ernsthaft darüber, wer es gewesen sein darf? Wollen Sie beide mich verarschen?»

Uwe schüttelte den Kopf. «Er lügt.»

«Sie waren doch im Kino!»

«Vorher, in der Wohnung war ich gegen elf.»

Herzberg griff sich an die Stirn. «Dann müssten die Nachbarn was gehört haben, zu der Zeit waren die Fernseher sicher schon ausgeschaltet und die Leute lagen im Bett.»

«Glaube ich gar nicht mal.» Drewitz.

Er war ein blödes Schwein, und das hatte Herzberg selten über jemanden gedacht, nicht mal über jeden seiner Aufseher in Bautzen. «Hören Sie auf, mich anzulügen, Sie beide!»

Manfred Schmied unternahm einen weiteren vergeblichen Versuch, seinen Sohn zu berühren. «Junge, du gehst dafür in den Knast! Für die! Du wolltest dir doch was aufbauen, was ist mit der Ausbildung, die sie dir angeboten haben?»

Na bitte, dachte Herzberg, was für ein schönes Motiv. «Herr Schmied», wandte er sich an Uwes Vater, «Sie können hier nicht einfach irgendwelche Schutzbehauptungen aufstellen, auch wenn ich verstehe, dass Sie für Ihren Sohn in die Bresche springen möchten.»

Uwe wandte sich jetzt seinem Vater zu. «Aber du bist doch ausgetreten.»

«Sie sind nicht in der NPD?», fragte Herzberg nach.

Schmied nahm keine Notiz von ihm. «Ich dachte immer, die

wären auf unserer Seite, bei den kleinen Leuten. Aber das sind sie nicht. Die benutzen dich nur. Das ist doch kein Leben!»

«Aber du hast ein Leben, ja?» Uwe Schmieds Stimme klang hoch und dünn.

Manfred Schmied legte sich eine Hand über die Augen. «Ich bin kein Vorbild, das weiß ich doch.»

«Hättest du dir eben woanders Arbeit gesucht, als bei uns alles den Bach runterging!»

«Ich habe wenigstens meine Frau behalten.»

«Und du denkst, meine kommt zurück, bloß weil ich jetzt was aus mir mache?»

Als Schmied die Hand vom Gesicht nahm, hingen seine vollen Wangen schlaff herunter. «Fang was Neues an, was Gutes, alles andere kommt dann schon.»

Uwe verschränkte die Arme, dann pustete er Luft durch die Lippen. «Erst soll ich das mit der Partei machen, dann auf einmal nicht mehr.»

Herzberg beugte sich nach vorn, um Uwe genauer unter die Lupe nehmen zu können. Seine Empörung wirkte angestrengt und künstlich, er war ein schlechter Schauspieler, definitiv. «Wollen Sie wirklich weiter dort mitmachen?», fragte er. «Kommt mir eigentlich nicht so vor.»

«Und wie kommen Sie darauf?»

«Weil Sie zwar Teil von Blasskewitz' operativer Truppe waren, wie er in einer Mail erwähnt, aber vom Gemeindeamt haben Sie die Finger gelassen. Das hat doch einen Grund, einen, der Blasskewitz nicht gefallen wird. Also: Tun Sie bloß so rechts?»

«Nein.»

Jetzt beugte sich Hans Drewitz zu Herzberg herunter. «Du solltest übrigens bei Meier vorbeischauen», flüsterte er. «Er ist extra zurückgekommen deswegen.»

Eine Schweißwolke zog an Herzbergs Nase vorbei, er wich ihr aus. Das war ein gutes Zeichen, Meier konnte es nicht abwarten, ihn rauszuwerfen. «Das muss warten», sagte er dennoch.

Manfred Schmied unternahm einen weiteren Versuch, seinen Sohn zu umarmen. «Uwe, mein Junge, du kannst gehen, lass mich ...»

«Warum darf er eigentlich hier sein?», rief sein Sohn da. «Können Sie ihn nicht wegschicken?» Dann rückte er mit seinem Stuhl an die Stirnseite des Tisches, weg von seinem Vater.

Der sprang auf. «Siehst du es jetzt? Die haben dich mir völlig entfremdet! Da sind mir erst die Augen aufgegangen, was das für Leute sind. Deshalb bin ich raus!»

Herzberg ließ seine Faust jetzt auf den Tisch krachen. «Setzen Sie sich gefälligst, oder ich lasse Sie anketten!»

Ein leises, kieksendes Lachen von Drewitz, Herzberg zog seine Faust mit einer scharfen Bewegung vom Tisch, dicht an Drewitz' Oberschenkel vorbei, der ein Stück zur Seite auswich und dann ganz still wurde. Wenigstens etwas.

Manfred Schmied gehorchte, dann rieb er sich mit seinen runden Bauernhänden den Nacken. «Du hast über Roy gesprochen, als wäre er dein Vater. Da musste ich was tun. Damit du siehst, wozu der fähig ist.»

In Herzbergs Kopf zündete ein Gedanke. Das war es also. Der wirkliche Grund. Die Verzweiflung eines Vaters, alles daran kam ihm echt vor. Auch weil er spürte, wie sich seine innere Anspannung langsam auflöste.

«Gut, Sie beide. Dann brauche ich jetzt noch ein paar ehrliche Antworten.»

Manfred Schmied sah ihn fest an, nickte.

«Mit der Renovierung, bei der ich Sie vorgestern erwischt habe, wollten Sie Ihre Spuren verwischen?»

Schmied schüttelte den Kopf. «Schröter hat das gewünscht, von ihm kam auch das Geld fürs Material.»

«Weil er es gern sah, dass die Flüchtlinge kommen?»

Die beiden Schmieds blickten einander an, Uwe nickte kaum merklich und sah als Erster weg. «Nee, das nicht.»

Herzbergs Oberkörper flog nach vorn über den Tisch. «Das erklären Sie mir mal genauer.» Die Beziehung zwischen Schröter und Blasskewitz, hier war sie.

«Ähm, hast du mich eben nicht gehört?», plapperte Drewitz dazwischen, ein nervöses Flattern in der Stimme.

Herzberg ließ Uwe nicht aus den Augen.

«Der hat denen immer mal was gespendet, also der NPD, immer schön über den Anwalt, sollte ja keiner wissen. Aber intern hat Blasskewitz damit rumgeprahlt.»

Pfeilschnell zog Herzberg sein Telefon aus der Tasche, rief die Mail von Stephan Müller auf. *Spendenliste von R. Schröter* stand da. Ein paar hundert Euro für den Leseklub waren aufgeführt, der Kirchenförderverein, in halbjährlichem Turnus, und ... dreitausend Euro *in bar an Reichenbächer ausgezahlt, Verwendung nach Absprache.* Wahnsinn. Er hielt Uwe das Display hin, der las, nickte.

«Kommt hin.»

Drewitz war um den Tisch geschnellt und hatte Uwe Schmied über die Schulter gespäht, jetzt war sein Gesicht rosarot angelaufen. «Du solltest jetzt wirklich besser gehen», fuhr er Herzberg an.

Der schnitt ihm mit der Handkante das Wort ab. «Eins noch. Ich verstehe nicht, warum Sie nicht froh sind, dass wir den Schuldigen haben», sagte er an Uwe gewandt, der jetzt dasaß, als hätte man ihm das Fell über die Ohren gezogen. Er will nicht nur, dass Blasskewitz ihn für einen harten Kerl hält, dachte Herzberg, als er das sah, er hat regelrecht Angst vor ihm.

Drewitz holte jetzt sein Handy aus der Tasche und tippte darauf herum. «Meier ist definitiv sauer», raunte er.

Herzberg kümmerte sich nicht darum. «Uwe, warum wollten Sie, dass Blasskewitz Sie für den Täter hält? Weil er gefährlich ist?»

Drewitz rückte noch einmal an ihn heran. «An deiner Stelle würde ich wirklich ...»

Im selben Augenblick wurde die Tür aufgerissen, und Herzberg hörte noch einmal ein leises Räuspern neben sich.

In der Tür stand Gerhard Meier.

Herzberg legte so viel Unverständnis in seinen Blick, wie ihm möglich war, und das war viel. Sein Rauswurf sollte eine Sache zwischen ihnen beiden sein und nichts für die Öffentlichkeit. «Ich bin mitten in einer Vernehmung.»

Der hagere Gerhard Meier rieb seine Adlernase. «Es war kein Problem für mich herzukommen. Über den Kollegen konnte meine Aufforderung Sie wohl nicht erreichen. Ich konnte das nicht nachvollziehen, also musste ich selbst kommen, um es mir anzusehen.»

Herzberg wäre um ein Haar zurückgewichen, weil sich das anfühlte, als habe er eine schallende Ohrfeige bekommen. Vor allen anderen. «Ich bin gleich fertig.»

Meier sah fragend zu Drewitz.

«Ich mache den Rest hier, gar kein Problem», sagte der.

Noch eine Ohrfeige. Herzberg ballte die Fäuste. So, dass Meier es sehen konnte. «Ich brauche noch zwei Minuten.»

Meiers schmales Gesicht wurde noch ein Stück länger. «Die haben wir aber nicht.»

Wie auf glühenden Kohlen lief Herzberg Gerhard Meiers langem Rücken hinterher.

«Ich wüsste gern, was das eben vor allen sollte», begann er, kaum, dass Meier sich in seinem Büro in den Designerdrehstuhl hatte fallen lassen.

Meier schürzte die dünnen Lippen. «Sie sind nicht in der Position, mir Fragen zu stellen, ich allerdings schon. Und ich habe eine Menge davon, erst recht, wenn ich deswegen herkommen muss.»

«Die Hausdurchsuchung war kein Erfolg, das weiß ich. Dafür haben wir den Täter der Sachbeschädigung im Gemeindeamt, einen Manfred Schmied. Der hat zwar ein zweifelhaftes Motiv, angeblich wollte er seinen Sohn damit von Roy Blasskewitz loseisen, damit er noch etwas anderes aus seinem Leben macht, als rechte Parolen zu grölen und mit dem Gesetz in Konflikt zu geraten, aber wir haben seine Spuren und ein passendes Geständnis. Fall gelöst also.»

«Warum legen ausgerechnet Sie eine solche Pleite aufs Parkett, Sie wissen doch von der Brisanz staatsschutzrelevanter Ermittlungen?» Herzberg hatte Mühe, nicht vor Verwunderung die Augen weit aufzureißen. Er hatte recht gehabt, niemanden interessierte die Sachbeschädigung, damit sollte er beschäftigt werden, damit er nicht im Weg stand. «Jetzt mehr als je zuvor.»

Meier schoss einen irritierten Blick auf ihn ab. «Wir haben nichts gegen Blasskewitz in der Hand, und das nachdem wir so ein Fass aufgemacht haben. Oder habe ich was verpasst?»

Hieß das, sie würden Blasskewitz in Ruhe lassen und nicht weitersuchen? Das durfte nicht sein. «Nicht in seiner Wohnung, aber es gibt da noch die Scheune, die seiner Mutter gehört, ich ...»

«Das hatte ich nicht abgesegnet!»

«Wollen Sie es trotzdem hören?»

Meier sah an ihm vorbei.

«Ich war dort, es müssen Sachen untergestellt gewesen

sein. Da gibt es frische Fußspuren und Reifenspuren, bei der derzeitigen Bodentrockenheit zwar schwierig auszumachen, aber das wird gerade geklärt. Außerdem wissen wir jetzt von einer Beziehung zu dem ermordeten Rudolf Schröter, von Parteispenden, die dieser angedroht hat einzustellen. Das können wir endlich gegen Blasskewitz ins Feld führen.»

Meier richtete sich auf. «Es wird so schnell keinen weiteren Durchsuchungsbeschluss geben.»

«Die Technik ...»

«Habe ich eben zurückgepfiffen. Gerade noch rechtzeitig.»

«Was?» Herzberg hatte das Wort ausgespuckt wie Gift.

«Hören Sie sofort auf, hier herumzuschreien, ich bin da ganz empfindlich!»

Herzberg atmete so tief ein, dass ihm die Lunge weh tat. «Ich kann Blasskewitz noch einmal vernehmen, dann sehen wir ...»

«Vergessen Sie's!»

Herzberg krallte die Finger in die Armlehnen, ließ seinen Atem langsam ausströmen. «Die Schweriner Ostturnhalle, die wahrscheinlich Blasskewitz' Leute angekokelt haben, wird nach viermonatiger Renovierungsarbeit endlich wieder eröffnet, und die Polizei hat nichts beizusteuern, das ist eine Schande!»

«Wir haben den Brand nun mal nicht aufgeklärt.»

«Dann sage ich Blasskewitz, dass sich das geändert hat.»

Meier klatschte sich lachend auf den Oberschenkel. «Ein filmreifer Bluff! Nur dass wir hier in der Realität sind.»

Etwas an Meiers Lachen hatte ganz und gar nicht amüsiert geklungen. Na bitte. «Wir haben außerdem diesen Uwe, der ja bekanntermaßen Teil von Blasskewitz' Einsatzgruppe ist, auch wenn er nicht hinter dem Übergriff auf die Wohnung in Lichtenfels steckt. Machen wir ihm ein Angebot, immerhin sind noch einige andere zurückliegende Übergriffe dieser Truppe, an denen Uwe mutmaßlich beteiligt war, nicht aufgeklärt beziehungsweise angeklagt worden. Ich bin sicher, Hilde Westerborg wird im Austausch gegen eine brisante Information über Blasskewitz einzelne Tatvorwürfe fallenlassen.»

Meiers linke Augenbraue zuckte. «Wozu?»

Herzberg fasste Meier scharf ins Auge. Ausgerechnet dir muss ich jetzt erklären, wie man Deals macht? «Damit Blasskewitz gezwungen ist, zu mit uns zu sprechen. Die zwei Morde an den Arabern am 19. Juni vor dem ‹Balstaff›. Vielleicht liefert uns Blasskewitz ein paar russische Namen, wenn wir den Ball flachhalten, was den Brand betrifft, es ist ja kein Mensch zu Schaden gekommen. Die Russen würden uns dann, wenn wir sie wegen Mordverdachts am Schlafittchen haben, sicher nur allzu gern einen Hinweis liefern, was die Waffen betrifft, mit denen Blasskewitz sich gerade ausstattet. Wir trauen es uns ja nicht zu, selbst danach zu suchen. Dann hört dieser Krieg erst mal auf.»

Meiers Unterkiefer klappte herunter. Dann reckte er das Gesicht zur Decke und lachte. «Wir machen keine Deals mit Blasskewitz.»

Herzberg spürte seinen Puls hämmern. Er hatte tatsächlich ins Schwarze getroffen, genau das war es, was er nie hatte herausfinden sollen. «Kann Reichenbächer helfen? Das tut er doch schon.»

Meier zog die schmalen Brauen zu einem Strich zusammen, dann sah er auf seine Uhr und stand auf. «Ich glaube, das war es erst mal. Schreiben Sie noch Ihren Abschlussbericht.»

Herzberg sprang auf. «Ich stochere in Dingen herum, die mich nichts angehen.» Er hatte zwar gewollt, dass Meier deswegen in Rage geriet und ihn rauswarf, aber seine Weigerung, weiter an dem Fall zu arbeiten, war eine gewaltige Niederlage im Kampf gegen eine Verbrecherbande, und das konnte er nicht hinnehmen.

Meier deutete auf die Tür.

«Sie schützen Reichenbächer. Wozu?»

Meier schüttelte angewidert den Kopf.

Herzberg wusste, dass er die rote Linie längst überschritten hatte, aber er konnte nicht aufhören. «Dann vielleicht Blasskewitz höchstselbst? Vielleicht ist er ja unser Tor in die Szene? Oder im Vergleich zu den Russen und Arabern einfach das geringere Übel, sodass wir ihn ein wenig verhätscheln?»

«Es reicht!» Meier hatte geflüstert, aber seine Stimme war messerscharf. «Sie schießen permanent übers Ziel hinaus. Das geht immer schief, ist Ihnen das nicht langsam klar?»

Es war zu spät. «Ich fasse es nicht, dass Blasskewitz vor Lachen nicht in den Schlaf kommt, weil ich Blödmann dort aufgekreuzt bin, während er längst alles weggeräumt hatte.»

«Die Diskussion ist beendet!» Meier war laut geworden, obwohl er seine Bürotür schon in der Hand hatte.

«Woher hat er gewusst, dass heute die Luft brennen würde?»

Meier knallte die Tür wieder zu, dann packte er Herzberg am Kragen und zog ihn dicht vor sein Gesicht. «Wollen Sie mir hier irgendwas unterstellen?»

Herzberg war so verblüfft, dass er sich nicht einmal wehrte. Er hatte verdammt noch mal recht. Es gab einen Deal, mit dem alle Seiten zufrieden waren, nur er stand dazwischen und stänkerte herum.

Meier schubste ihn von sich, dann schüttelte er seine Hände aus, als hätte er sich schmutzig gemacht. «Wie kann man nur so dumm sein. Das hier sollte eine Bewährung für Sie werden.»

Herzberg brauchte einen Moment, um gerade stehen zu

bleiben. Das war das erste Mal, dass es jemand ausdrücklich gesagt hatte, bislang hatten sich alle in Scheinargumente geflüchtet. Man durfte einen Kollegen nicht anschwärzen so wie er Sven Färber, sonst war man erledigt. Er atmete noch einmal Luft und Mut ein. «Ich habe den Fall gelöst, darum ging es. Stellen Sie mich doch frei.»

Meier reckte den Kopf, grübelte. Strich langsam sein in Unordnung geratenes Hemd glatt, ging um seinen Schreibtisch herum. «Wissen Sie was?» Meier lächelte auf einmal, als wäre er der Weihnachtsmann. «Gute Idee.»

Die letzten Reste von Herzbergs Wut versackten auf einmal irgendwo in seinem Bauch. «Wie darf ich das verstehen?»

«Das mit der Freistellung ist eine gute Idee, nur schwierig umzusetzen. Jansen braucht nämlich momentan niemanden, soweit ich weiß. Also werden Sie ein bisschen Urlaub nehmen.»

Schon wieder war ihm, als liefe vor seinen Augen ein grotesker Film ab, in den er schuldlos hineingeraten war. «Urlaub?»

«Oder wir suchen was anderes für Sie. Und ich fürchte, es gibt keine Alternative.»

Herzbergs Beine fühlten sich an wie mit heißem Blei gefüllt. Er dachte an Drewitz, das beständige Gefühl, ausgetrickst zu werden. Die letzten Tage, die ihm auf einmal vorkamen wie eine Falle, in die er hatte hineinlaufen sollen. Und er sah Meier an, dass er dasselbe dachte. Er musste es dennoch aussprechen. «Es war abgemacht, dass es so läuft, nicht wahr?»

«Sie gehen jetzt besser.»

Herzberg kümmerte sich nicht um Meiers hochrotes Gesicht. «Ich sollte hier scheitern, der Fall war perfekt dafür. Sie alle waren perfekt dafür.»

Anschließend ging er in den Flur. Vorsichtshalber zog er die Schultern ein, um seine Ohren zu schützen, doch die Tür hinter ihm wurde ganz leise geschlossen.

Wie jemand, der zwei Nächte hintereinander nicht geschlafen hatte, tappte Herzberg die Stufen zur Straße hinunter. Wunderte sich, dass er funktionierte. Atmete, lief, vorankam, ganz ohne sein Zutun. Während in ihm drin nichts war, was verstand oder beurteilte, was ihm da gerade passiert war. Die Straße rauschte wie immer, Menschen schoben sich übers Pflaster, Autos hupten. Er ließ sich hindurchtreiben wie ein Boot – das kleine Stück über die Darrenstraße hin zum Wall. Vor der Mauer blieb er stehen. Sah nach oben, da glänzte zwischen grünen Blättern eine blaue Kuppel, die sich ins Unendliche bog, nur am rechten Rand hing eine graue Wolkenwand, die der Wind gerade wegschob.

Er wusste nicht, wie lange er hinsah, nur dass er sich selbst im Lauf der Zeit kleiner werden spürte. Unbedeutender. Sich und seinen Ärger. Es wird gehen, das legt sich, dachte er. Nur nicht wenn ich dieser verdammten Enttäuschung nachgebe und nichts tue. Aber was sollte er jetzt machen? Urlaub nehmen? Niemals.

Da kam eine Gruppe kleiner Menschen vorbeigeschlendert, pärchenweise Hand in Hand. Ein kleiner Blonder drehte sich um und streckte ihm die Zunge raus. Wie von selbst streckte Herzberg ebenfalls seine Zunge heraus, tippte mit der Spitze seine Nase an. Der Kleine strahlte. Ein anderes Kind, ein Mädchen mit Mandelaugen, ließ ein Schlüsselband um sein Handgelenk kreisen, rollte es mit einer geübten Bewegung auf und wieder ab.

Hastig griff Herzberg in seine Hosentasche. Starrte dann auf den klein gewordenen Bund. Sein Büroschlüssel fehlte, der Schlüssel zur Etage, zum Haupteingang. Es gab nur noch einen kleinen, den zu seiner neuen Arbeitsstelle im Neubau gegenüber. Den er ja nun bald nicht mehr brauchte. Und einen ganz alten.

Die Dumpfheit in ihm zog sich zurück. Warum nicht, dachte er. Ich gehe meine Post holen und ein paar Sachen, das ist wenigstens etwas. Dann muss ich mir nicht das Hirn darüber zermartern, was sie mit mir vorhaben, jetzt, wo ich ein weiteres Mal die Grenze überschritten habe.

Er sah auf die Uhr. Es war Mittag, Renate würde mit Gitta beim Frauenkreis sein. Oder wo auch immer.

«Herzberg rennt da draußen rum, als hätte er kein Zuhause mehr.»

Kriminalkommissarin Desiree Weigand knallte ihr Fenster so laut zu, dass ihr Chef Heinz Jansen, der eben in ihr Büro gekommen war, zusammenzuckte.

«Meier will ihn nicht mehr», sagte er. «Wir haben gerade telefoniert.»

«Wunderbar, dann rufe ich Herzberg an.»

Jansen schloss die Tür hinter sich. «Das wirst du nicht tun.»

Desiree ließ sich auf der Tischplatte nieder, spürte unter sich Papierstapel, eine Bleistiftspitze. Mit einer Handbewegung lud sie Jansen ein, sich zu setzen. «Wie bitte?»

Jansen rührte sich nicht vom Fleck. «Wir müssen in Ruhe bedenken, wo in Zukunft sein Platz sein kann.»

Was für einen Scheiß redete der da? «Du hattest Zeit, damit herumzuexperimentieren, und es ist nichts dabei herausgekommen. Nun reicht es damit! Himmel, wir sind Beamte, da gibt es Fürsorgepflichten!»

«Deswegen ja.»

Sie stieß ein Lachen aus. «Was hat er denn angeblich verbrochen, dass Meier so mit ihm umspringt?»

«Darüber diskutiere ich nicht.»

«Er ist ein zu guter Polizist, das ist Meiers Problem.» Und deins, fügte sie in Gedanken hinzu.

«Du kannst das nicht beurteilen. Außerdem wollte ich mit dir über etwas anderes sprechen. Wie kommt ihr voran?»

Lies doch die Akte, fauchte sie innerlich. «Herzberg hat mir gegenüber angedeutet, dass er eventuell eine Möglichkeit gefunden hat, einen bekannten Rechtspolitiker in die Enge zu treiben. Das ist verdammt gute Arbeit, wenn du mich fragst!»

«Das ist hier nicht von Belang.»

Sie beugte sich vor. «Heinz? Was stimmt nicht mit uns, warum können wir zwei nicht mehr offen reden?»

Er sah sie ausdruckslos an. «Ich verstehe die Frage nicht.»

Sie schüttelte den Kopf. «Du hast mich immer gefördert. Ich dachte, ich könnte zu dir kommen, wenn ich ein Anliegen habe, egal, was es ist. Jetzt habe ich eins.»

«Hierarchien sind nicht verhandelbar.»

Sie sprang aus dem Stuhl. Stinkwütend. Weil er einen Scheißhaufen gefunden hatte, hinter dem er sich verstecken konnte. Sie lehnte die Stirn an die Fensterscheibe, die von der Sonne heiß geworden war. In genau diesem Moment tauchte unten jemand auf. «Er ist frei, und wir brauchen ihn», sagte sie noch, während sie spürte, wie ihr Blut zu kochen begann. Da unten lief tatsächlich Uwe Schmied über den Innenhof, mit ausladenden Armbewegungen, den Kopf lauernd gesenkt, wie ein Tier auf Jagd. Oder einfach nur sehr wütend. Irgendetwas hielt sie am Fenster, obwohl sie sich nur schnell, ganz schnell, wegducken wollte. Aber etwas Dunkles in ihr hatte die Flügel gereckt. Machte, dass sich ihre Augen in seinen Rücken bohrten. Und er sich genau in dem Moment umdrehte.

Jansens Stimme holte sie zurück. «*Du* brauchst ihn, sei wenigstens ehrlich!»

Sie schluckte gegen ihren Herzschlag an, der von unten gegen ihre Kehle drückte. *Brauchen ... ihn.* In dem Augenblick blieb Uwe stocksteif stehen. Hob eine Hand und legte sie sich über die Augen. Seine Lippen formten ein Wort. *Doris ...?* Sie starrte zurück, während die Bedenken der letzten Nacht in ihrem Kopf einen wilden Reigen tanzten.

«Desiree!», rief Jansen jetzt.

Sie drehte sich um. Uwe hatte sich ohnehin kopfschüttelnd abgewandt, und sie hatte im selben Moment gewusst, wie sie am besten mit alldem fertig werden würde. Jansen hatte es ausgesprochen, aber das ging ihn nichts an. Sie sah ihm fest in die wässrig braunen Augen. «Der Fall braucht Herzberg, nicht ich. Er steckt schon tief drin, kennt sich vor Ort aus, wir hinken sogar mit den Tür-zu-Tür-Befragungen hinterher ...»

Jansen nickte. «Du willst mir also mitteilen, dass meine Erwartungen an dich zu hochgesteckt waren?»

Ganz langsam sank sie auf ihren Schreibtisch. Getroffen, dachte sie dabei. Ausgerechnet du machst das, Heinz. Mein Mentor, mein Polizeipapa. «Wenn ihr ihn wegschickt, bist du mich auch los», sagte sie leise.

Heinz Jansen stand unbeweglich da, wie ein Stein. «Muss ich dich daran erinnern, dass du als Beamtin weisungsgebunden bist?»

Sie hielt seinem ungewohnt kühlen Blick stand, obwohl es weh tat. «Muss ich dich daran erinnern, dass mein Bruder Arzt ist und mir jeden beliebigen Wisch ausstellen kann?»

Sekunden später kippte sie vor Schreck beinahe vom Tisch, weil Heinz Jansen trotz seines schwindenden Bauchs und seiner Blässe noch eine Menge Kraft in seine Stimme gelegt hatte, bevor er den Raum verließ.

Dann saß sie da und starrte ihre Papiere an. Ich hab's versaut, wurde ihr klar. Für ihn, für mich.

Da kam ihr ein Gedanke. Eine Möglichkeit gab es noch, den Präsidenten. Der mit Heinz Golf spielte. Und mit ihr im Vorstand des Theaterfördervereins saß.

Blitzschnell drehte Herzberg sich im Hausflur seiner alten Wohnung um. Das leise Klacken der Tür und das Schmatzen der Gummiräder auf dem Parkett musste er glatt überhört haben, das Geräusch war ihm so fremd geworden, dass er nie und nimmer damit gerechnet hätte.

«Renate?»

Sie kam in den Flur gerollt und sah ihn mit großen Augen an.

«Wen hast du denn erwartet?»

Alles in Herzberg stülpte sich nach außen, wollte, dass er sich übergab. Es gab nur eine Stimme, die das in ihm anrichtete, die ihrer besten Freundin. «Tag, Gitta. Wie nett, dass du ... egal.»

Gitta, eine breite Frau mit grauem, krausem Haar, hängte mit wurstigen Fingern Renates Tuch an den Garderobenständer. «Und du willst hier was?», blaffte sie zurück.

«Das wollte ich eigentlich nicht mit dir besprechen.»

«Na, na», kommentierte Renate seinen Vorstoß. Dann rollte sie zur Konsole und deutete auf einen unordentlichen Haufen Papier, der darunter lag. «Das hier hat sich angesammelt.»

Herzberg nahm den Stapel an sich. Einige Briefe waren schon geöffnet worden, er fühlte eisiges Befremden unterhalb der Kehle.

«Ich bin solange in der Küche», hörte er dann und sah, wie Gitta auf ihren kurzen Beinen in seiner ehemaligen Küche verschwand. Er ging hinterher und schloss die Küchentür.

«Ich finde dein Verhalten von gestern unerhört», begann er, «und ich werde mich wehren.»

«Deine Neue kennt bestimmt einen guten Anwalt, es heißt, sie hat ihren Ex ganz schön ausgenommen.»

«Das hat sie gar nicht nötig.»

«Natürlich nicht.» Von Renates Stimme tropfte etwas Ekelerregendes, Herzberg musste an Sirup denken, der schlecht geworden war. Ohne ein weiteres Wort ging er an ihr vorbei ins Wohnzimmer zu dem Biedermeierschrank, in dem ihre Papiere verstaut waren. Als er den Ordner mit den Bankunterlagen in der Hand hielt, hörte er Renates Rollstuhl.

«Was wird das?»

Er drehte sich um und musste lachen. «Und das da?»

Renate versperrte mit ihrem Stuhl die Tür, hinter ihr hatte sich Gitta aufgebaut und stemmte die ausgebreiteten Arme gegen den Türrahmen.

Er hielt den Ordner hoch. «Ich werde mir was kopieren.»

«Kommt nicht in Frage. Oder?»

«Halt dich raus, Gitta.» Das Maß dessen, was er heute noch bereit war, über sich ergehen zu lassen, war gering.

«Sagt wer, der Verräter, das Schwein?» Gittas runde Augen sprangen beinahe aus ihrem Gesicht.

Herzberg machte den Mund auf, um ihr eine saftige Antwort zu geben, als sein Handy summte. Eine Möglichkeit, sich zu beruhigen, ehe er etwas Unüberlegtes tat. Er sah die Nachricht und musste tatsächlich lachen. *Herzberg, schwing deinen Hintern hierher. Und zwar dalli.*

«Was ist denn so lustig?», quakte Gitta.

Ich verabscheue dich, dachte Herzberg. Alles an dir. Immer schon. Aber ich werde dir nicht den Gefallen tun und es zugeben. Er fasste Renate ins Auge, die nur stumm mit den Achseln zuckte.

«Also gut», sagte er, öffnete den Ordner und heftete die obersten Papiere aus. Prompt kamen die beiden auf ihn zu. Aber da war der Tisch. Herzberg umrundete ihn. Wären sie von beiden Seiten gekommen, hätte er es nicht geschafft, so aber war er schneller im Flur als Gitta, in der Hand die Kontoauszüge ihres gemeinsamen Sparbuchs und ein paar Handwerkerrechnungen vom Wohnungsumbau, die er beglichen hatte.

Als er jedoch den Griff der Wohnungstür in die Hand nahm, hatte er Gittas Atem im Nacken. Er hatte nur eine Chance. Herzberg stoppte so schnell, dass sie von hinten gegen ihn stieß. Wie erwartet wich sie mit einem spitzen Schrei zurück. Er nutzte den Moment, um durch die Tür zu schlüpfen und wie der Blitz die Treppen hinunterzurennen.

Eine Viertelstunde später kam er gut durchgelüftet in seinem alten Büro an. Dessen Tür offen stand. Und in dem zwei der nettesten Menschen, die er kannte, an seinem kleinen Konferenztisch saßen. Der baumlange Stephan Müller und Desiree, die beste Kollegin aller Zeiten.

Sie verschränkte die Arme, auf ihrem Gesicht tanzte ein Grinsen. «Offenbar hast du da drüben Gehorsam gelernt, ich sollte Meier die Füße küssen.»

Er strahlte Desiree an, ihre vertraute schwarzbunte Erscheinung mit dem Stachelhaar und den niedlichen Grübchen, ihre Größe und ihre Wärme, die hinter markigen Sprüchen lauerte und ihm schon oft unerwartet eins ausgewischt hatte. «Ein Wort von dir, und ich bin da. Es geschehen noch Zeichen und Wunder.»

«Nicht wenn man die richtigen Leute kennt.»

Stephans Blick flog erschrocken zu Desiree, er war ein bisschen rot im Gesicht.

«Hör weg, Kleiner», sagte sie. Aber es klang irgendwie nett, sie wuschelte Stephan sogar durchs Haar, bevor sie sich umdrehte und eine Akte von Herzbergs altem Schreibtisch zog. Die Staubschicht, die sich darauf gebildet hatte, stob nach allen Seiten auseinander.

«Stephan hat dir eine Zusammenfassung geschrieben, darin findest du auf die Schnelle alles, was wir haben. Das kannst du gleich im Auto lesen.»

«Ich komme übrigens auch nicht mit leeren Händen. Stellt euch vor, mein Fall bringt uns eine wichtige Erkenntnis: Das Opfer Rudolf Schröter hatte insgeheim Kontakte zur NPD, hat der Partei über seinen Anwalt Tausende von Euro gespendet. Innigen Dank für die Mail mit seiner Spendenliste, Stephan.»

Desiree klatschte in die Hände. «Ich hatte da heute Morgen so einen Verdacht in Bezug auf die Imagepflege, die Schröter mit Hingabe betrieben hat. Jetzt wissen wir, warum. Er war ein verkappter Nazi, das ist die Erkenntnis des Tages. Okay, ihr zwei, dann mal los.»

«Wo geht es denn hin?», fragte Herzberg.

«Zur Beerdigung von Schröter, hinterher ist die Testamentseröffnung.»

«Sollte ich mich nicht erst mal einlesen?»

«Du bleibst jetzt schon lieber hier? Ich dachte, du hast nicht mal einen festen Wohnsitz.»

Ein glutwarmer Strahl schoss durch seinen Bauch. Er hatte vielleicht keinen Wohnsitz, aber eine Heimat, die ihn rief und lockte. Er sah auf die Uhr, es war fast drei, der Tag würde noch lang werden. «Da draußen will ich nur nicht schon wieder die Freundlichkeit von Peter Gruner in Anspruch nehmen müssen. Deshalb würde ich auch mein eigenes Auto mitnehmen.»

Ihre Augenbrauen berührten ihren zipfeligen Pony. «Verstehe.»

Herzberg konnte den schmalen roten Rand an seinen Ohren förmlich spüren. Sie hatte sehr wohl verstanden, warum er in Wirklichkeit zurückwollte. «Was ist mit dir, es klang eben, als wolltest du dich drücken?», fragte er schnell.

«Wieso, sie kommt doch mit», entgegnete Stephan Müller.

«Na ja, ich hatte eigentlich gedacht ...» Bei diesen Worten sah sie ihn beschwörend an.

«Stephan, könntest du schon mal einen Wagen besorgen?», wandte Herzberg sich an seinen Kollegen.

«Das war ja klar», sagte der, während er seine langen Beine unter dem Tisch hervorflocht. Seine lange Nase bebte, als er Desiree einen wütenden Blick zuwarf und durch die Tür verschwand.

«Alles beim Alten, wie ich sehe. Nur deine Zurückhaltung ist neu», sagte er dann zu ihr.

«Pass auf. Ich will diesem Uwe nicht über den Weg laufen. Heute habe ich ihn gesehen. Hier. Er kam aus dem Präsidium spaziert und hat mich wahrscheinlich erkannt.»

Herzberg schnappte sich eine der Wasserflaschen, die seit Wochen im Kasten an der Wand herumstanden. Kein Kollege hatte es gewagt, an seine Vorräte zu gehen, das fühlte sich gut an. «Er war zur Vernehmung hier, und er war es nicht, falls dich das beruhigt. Abgesehen von einem festen Platz auf unserer Beobachtungsliste haben wir auch nichts im Vorstrafenregister. Außerdem muss er erst mal an Stephan und mir vorbei. Und ich erkläre ihm schon, was er von dir halten darf und was nicht, keine Sorge.»

Ihre Grübchen zuckten. «Tja, irgendwie habe ich ein bisschen Schiss bekommen.»

Er nahm eine zweite Flasche, hielt sie ihr hin. «Wer bist du, kennen wir uns?»

Eine steile Falte schnitt ihre hübsche Stirn in zwei Hälften. «Mit diesen Typen ist nicht zu spaßen.»

«Entschuldige, du hast ja recht. Aber wie gesagt: Ich bin bei dir, endlich wieder, also keine Sorge.»

Er sprach sehr leise, ihre Lider flatterten für einen Augenblick. Dann stand sie auf, raffte die Akte vom Tisch. «Wenn du es sagst ...»

Er klemmte sich die Flaschen unter den Arm. «Aber eins würde ich gern noch wissen. Jansen wird mich ja nicht von sich aus ...»

«Hat er nicht. Er musste eine Weisung entgegennehmen.»

«Oh ...» Herzberg lief ihr voraus zur Tür, lehnte sich kurz dagegen. «Du hast es dir doch nicht mit ihm verscherzt?»

«Ich hab's für den Fall getan. Und jetzt aus dem Weg.»

Er fühlte ein seltsames Flirren in der Herzgegend. «Und das ist es wert?»

«Oh ja.»

Mit dem Ellbogen öffnete Herzberg die Tür nach draußen, für eine Sekunde verwirrt. Der Satz hatte ein warmes Echo gehabt, das tief und echt klang. Nur, dass er sie im Zusammenhang mit ihrer Arbeit noch nie so hatte sprechen hören.

Fast eine ganze Stunde und einen Stau an einer Baustelle später, der Herzberg die Gelegenheit verschafft hatte, Stephans Fallzusammenfassung zu lesen und sie mit Fragen zu löchern, stellten sie sein Auto an der niedrigen Parkmauer hinter dem Gutshaus ab. Desiree war gerade im Begriff, die Tür schwungvoll zu öffnen, als sie Roswitha Kamp auf dem Gehsteig entlanglaufen sah. Sie stoppte mitten in der Bewegung. Dennoch sprang Roswitha Kamp zur Seite, mit grimmigem Gesicht.

«Das wäre beinahe schiefgegangen», kommentierte Desiree den Vorfall und winkte ihr entschuldigend zu. «Das ist übrigens Roswitha Kamp», flüsterte sie dann. «Und der Mann in Badelatschen, den sie eben geküsst hat, ist ihr Mann Dietmar.»

Herzberg deutete auf den Mann in kurzen Hosen, der in die entgegengesetzte Richtung davonlief. «Geht er nicht mit?»

«Kann uns egal sein, und jetzt raus aus dem Auto.»

«Sicher, dass wir uns auf der Beerdigung zeigen sollten?», fragte Herzberg, während er ein schwarzes T-Shirt aus einem Kleiderstapel auf dem Rücksitz fischte. Im nächsten Moment war sein Oberkörper nackt.

Desiree legte eine Hand über die Augen. «Was wird das jetzt?»

«Zum Drüberziehen ist es zu heiß, außerdem bin ich es doch nur.»

Und ich, dachte sie beim Aussteigen. Nur. Langsam ging sie zur Mauer, die gerade so hoch war, dass sie nicht einfach so darüber blicken konnte. Sie stemmte sich auf die Zehenspitzen. Er würde hoffentlich nicht da sein, dieser Uwe, auch wenn er aus dem Dorf stammte …

Ihre Augen brauchten einen Moment, ehe sie sich an das schattige Dunkel im Park gewöhnt hatten. Sie sah einen schwarzen Menschenschwarm, etwa hundert Meter von ihr entfernt, der einem Sarg auf einer Rollbahre hinterher wogte. Der Sarg wurde von vier Männern flankiert. Einer hatte einen wiegenden Gang, den sie schon einmal gesehen hatte. Augenblicklich zündete jede ihrer Zellen ein kleines Feuerwerk. Igitt.

«Ja, das ist schon skurril, aber igitt?»

Hatte sie das etwa laut gesagt? Sie drehte sich um. Stephan Müller hockte neben ihr auf einem Mauervorsprung, sie hatte ihn gar nicht gesehen. «Ich warte übrigens schon seit zehn Minuten.»

Er war mit dem Dienstwagen gekommen, während sie in

Herzbergs Auto in aller Ruhe über den Ermittlungsstand gesprochen hatten. «Na und?»

Jetzt tippte er sie vorsichtig an. «Sag mal, ist irgendwas? Du guckst so komisch.»

Was jetzt, dachte Sie, gehen oder bleiben? «Nichts ist.»

«Worauf warten wir dann?»

Ich sollte das besser nicht tun, hämmerte es in ihrem Kopf, während sie auf die kleine Maueröffnung zulief, von der aus sie eine gute Sicht auf den Trauerzug hatte. Sie drängte sich neben einen dichten Haselbusch, der den Zugang halb verdeckte. In dem Moment drehte Uwe sich zu einem anderen Mann um, er war einen halben Kopf größer und sehr schlank.

«Das ist Blasskewitz, jetzt wissen wir ja, warum er hier auftaucht», hörte sie Herzbergs Stimme dicht an ihrem Ohr und bewegte sich ein Stück von seinem kitzelnden Atem weg.

Dort vorn redete Uwe gerade auf Blasskewitz ein, der energisch den Kopf schüttelte.

«Mir wäre wohler, wenn ihr ihn eingesperrt hättet», sagte sie.

«Wen eingesperrt?», kam es da von Stephan.

«Geht das auch leiser?», wies sie ihn zurecht.

«Ich hätte auch im Büro bleiben können, du hättest es bloß sagen ...»

Herzberg räusperte sich. «Uwe Schmieds Vater hat ein Geständnis abgelegt, was Sohnemann gar nicht gefiel, er wollte es unbedingt gewesen sein. Vielleicht gibt er dazu ja gerade eine Erklärung ab.»

«Ohne Erfolg, wie du siehst», gab sie zurück. Blasskewitz hatte Uwe gerade mit einer energischen Handbewegung zum Schweigen gebracht. Der fuhr sich mit der Hand über den Kopf und sah sich nach allen Seiten um. Eigenartig. Hatte er Schiss?

«Den komischen Typen da kennen wir doch. Ist es der aus der Kneipe?», fragte Stephan prompt.

Sie deutete auf die Kolonne, die vor einem eingezäunten Areal stehen geblieben war. «Sei still und pass auf!»

Der Sarg wurde jetzt von den vier Männern angehoben und hineingetragen. «Unser Moment», kommentierte Herzberg den Vorgang und setzte sich in Bewegung.

Also gut. Obwohl Desirees Puls auf ihr Trommelfell einhämmerte, lief sie ihm nach. Ein Stück von der Trauergemeinde entfernt gab es eine Gruppe buschiger Eiben. Durch die Zweige konnte sie die Grablege der Familie gut beobachten. Sie war von einer niedrigen Mauer und einem schmiedeeisernen Zaun umgeben, sechs Grabsteine bildeten an einer Breitseite eine schnurgerade Reihe, einer trug ein schmiedeeisernes Kreuz. Der Sarg schwebte jetzt anscheinend genau über dem ausgehobenen Grab.

«Klar ist es der aus der Kneipe», zischte Stephan ihr zu, «ich bin doch nicht blöd.»

Sie kam nicht dazu, ihm zu antworten, weil in dem Moment der Sarg rumpelnd am Boden der Grube auftraf. Im nächsten Moment wurde das Geräusch schon vom Grölen eines Rasenmähers verschluckt, der tuckernd angesprungen war. Alle Köpfe drehten sich mit einem Schlag in ihre Richtung. Tatsächlich, der Lärm war irgendwo hinter ihnen ausgebrochen, wahrscheinlich auf einem Feld jenseits der Mauer. Jemand lief los, heftige Tiraden ausstoßend. Ein anderer folgte, die dunklen Augen direkt in das Eibengebüsch gebohrt. Uwe. Wie ein Pfeil schoss ihr Puls in den Himmel. Sie starrte zurück, kam nicht vom Fleck, bis Stephan sie am Arm packte. «Was haben die vor, verflucht. Und wo ist Herzberg?»

Kühle Rinnsale liefen ihr den Rücken hinab, als sie hinter Stephan zurück zur Mauer rannte.

Auf der anderen Seite blieben sie stehen und lehnten sich schwer atmend gegen die sonnenwarme Wand. Desiree tastete nach ihrer Dienstwaffe, mit der anderen Hand tippte sie Herzbergs Nummer ein. In der nächsten Sekunde schnappte sie nach Luft. Vor ihrer Nase war ein braunes Augenpaar aufgetaucht.

«Doris!» Uwes Stirn glänzte, sein Atem hüpfte. «Du bist es wirklich!»

Für eine Sekunde funktionierte ihr Kopf nicht, auch nicht der Mund, sie konnte nicht mal nach Herzberg rufen. Instinktiv wich sie zurück.

Jetzt entdeckte er ihre Hand mit der Waffe. «Was wird das?»

Sie stieß mit dem Fuß gegen einen Findling, schaffte es, nicht darüber zu stürzen. Dann bohrte sie die Beine in den Boden, setzte ein wütendes Gesicht auf. Er war unbewaffnet, das war gut. «Sie bleiben zurück!»

Er wischte sich den Schweiß von den Wangen. «Wieso rennst du vor mir weg?»

Ruhig bleiben, beschwor sie sich. «Ich renne nicht.» Geniale Antwort. Wow. «Ich wollte bloß nachsehen, was da so einen Krach macht.»

«Jan. Und sein Rasenmäher. Aber wozu das da?» Er deutete mit dem Kinn auf ihre Dienstwaffe.

«Jan Kowalek?»

«Ja, aber ich verstehe nicht, wieso du ...»

Im nächsten Moment tauchte Blasskewitz neben Uwe Schmieds Schulter auf. «Du sprichst mit der Polizei?»

«Der Polizei?» Entsetzen huschte über Uwes Gesicht. «Stimmt das?»

Herzberg, fluchte sie, wo bist du? Sie war außerstande, sich nach ihm umzusehen, weil sie zurückstarren musste, als könnte sie damit einen Angriff abwehren. Da hörte sie ihn schon neben sich.

«Herr Schmied, Herr Blasskewitz. Gibt es ein Problem?» Seine Stimme war eine Mauer, über die man nicht so leicht drüberkam. Was für eine Wohltat.

Blasskewitz packte mit seiner spinnendünnen Hand Uwes Arm. «Gibt es bei Ihnen ein Problem?»

«Nicht dass ich wüsste», antwortete Herzberg fest und sehr laut. In dem Moment merkte sie, dass der Rasenmäher verstummt war.

«Dann ist es ja gut.» Blasskewitz' Hand blieb, wo sie war, als er Uwe zurück zum Grab steuerte.

Desiree stieß einen Schwall Luft aus, die sich anfühlte, als befände sie sich schon Jahre in ihrer Lunge. «Oh Mann, wo warst du?»

«Ich habe kurz telefoniert, aber ich war die ganze Zeit in deiner Nähe. Also keine Angst.»

Stephan deutete auf die Waffe, die sie noch immer in der Hand hielt. «Was war das gerade mit diesem Uwe?»

«Nix, der hat mich bloß angequatscht.»

«Angequatscht?» Stephan spuckte die Frage aus, als wäre sie giftig. «Warum hast du nichts gesagt? Ich war doch da!»

Aber sie wollte sich einfach nicht darum kümmern, dass er sich besser fühlte. Ich bin ein Stinktier, dachte sie. Ach, lasst mich doch alle in Ruhe. Sie verstaute ihre Waffe. «Wann ist die Testamentseröffnung noch gleich?»

Herzberg sah auf die Uhr. «In einer Stunde. Und bis dahin haben wir noch etwas zu tun. Aber die Waffe lässt du besser in meinem Handschuhfach. Den Autoschlüssel kannst du haben, wenn du willst.»

Sie liefen in die Richtung, aus der das Brummen des Mähers gekommen war. Über eine Brücke auf der gegenüberliegenden Straßenseite zu einem Stück Wiese, durch die sich ein schmaler Weg wand. Das Feld dahinter war rechts und links dicht bestanden von Holunder und prächtigen Mirabellenbüschen voller gelber Früchte. Stephan trottete hinter ihnen beiden her, sie konnte hören, wie er mit viel Energie Steine nach allen Seiten kickte. Aber sie würde nichts dazu sagen, das würde ihn nur ermuntern. Der Mann brauchte leider eine Rosskur.

Nach einer Weile eröffnete sich rechts ein Zugang zu einem nachlässig eingezäunten Stück Wildnis mit einer windschiefen Laube darin. Es lag auf einer kleinen Anhöhe.

«Du freust dich nicht, dass jemand so um dich besorgt ist?», flüsterte Herzberg, als er die rostige Pforte aufstieß.

Dahinter befand sich ein verkrautetes, staubtrockenes Blumenbeet, mittendrin lag umgekippt ein Plastikstuhl.

«Wenn es der Falsche ist!», zischte sie. Sollte Stephan es ruhig hören.

Herzberg deutete auf den Mann, der ihnen entgegenkam. «Entschuldige. Ausgerechnet ich sollte das verstehen.»

Angeber, dachte sie noch und schluckte gegen etwas an, das sich wie eine im Hals steckengebliebene saure Gurke anfühlte. Dann standen sie vor dem Mann mit den seegrünen Augen.

Jan Kowalek deutete auf den Rasentraktor hinter sich. «Dass die gleich die Kripo schicken, wenn ich mal zu laut bin …»

«Ihre Lautstärke kümmert uns nicht», antwortete Desiree, «auch wenn es einer Menge Leute hier anders geht.»

Auf Kowaleks zerfurchtem Gesicht erschien ein Lächeln. «Es gibt eine kleine Bank hinter der Hütte, sie ist einigermaßen sauber. Wollen wir?»

Hinter der Laube hatte man einen Ausblick wie im Bilderbuch. Goldgelbe Felder fielen vor ihren Augen sanft ab, dahinter sah man den Fluss schimmern, der sich irgendwo weit hinten im Wald verlor. Direkt hinter dem kleinen Gartengrundstück sah man eine frisch gemähte Wiese, Kowalek deutete darauf.

«Ich muss sie immer kurz halten, sonst gibt es Ärger mit der Genossenschaft, weil das Unkraut die Felder verunreinigt.»

Er sah jetzt Stephan an, der hinter ihnen hergeschlurft war, und deutete auf einen Stapel mit Sitzkissen. Schnell griff Stephan zu und hielt Desiree eines hin. Der Junge begriff schnell, das musste man ihm lassen, dachte sie. Und Kowalek hatte einen Blick für Menschen.

«Sie und die Genossenschaft haben eine interessante Beziehung, wie mir scheint», sagte Desiree, während sie sich auf die blanke Bank setzte. «Erzählen Sie uns davon. Und von Rudolf Schröter, Ihrem ehemaligen Chef.»

Kowalek setzte sich neben sie, den seegrünen Blick in die Landschaft vor ihnen versenkt. «Okay, aber das ist keine Liebesgeschichte. Das wissen Sie schon, nicht wahr?»

Stephan schmiss das Kissen zurück auf den Stapel. Es knirschte, als er sich auf einem umgedrehten Plastikeimer niederließ. «Was für eine Überraschung!»

Herzberg deutete ein Kopfschütteln an. Er war stehen geblieben und stützte sich mit den Unterarmen auf eine Regentonne.

Kowalek lehnte sich zurück und streckte die langen Beine aus. «Was Sie da sehen, gehörte vor dem Krieg den Schröters, alles. Dann den Menschen, die es bearbeitet haben, nach dem Krieg, der Bodenreform. Meine Eltern waren auch Neubauern. Ab 1960 und der Zwangskollektivierung beutete die LPG das Land aus, die die Bauern wenigstens an ihren Umsätzen beteiligte und ihnen Arbeit gab. Schröter aber wollte, dass alles wieder so wird wie vor dem Krieg. Die Agrargenossenschaft war nur sein Mittel zum Zweck. Er hat das Land hier immer als sein Privateigentum angesehen, und das ist nicht nur mir gegen den Strich gegangen.»

«Deshalb wollten Sie ihm mit der Anzeige beim Finanzamt eins auswischen? Getroffen hat es aber Dietmar Kamp.»

«Kamp ist auch kein Unschuldslamm. Nach der Wende stand ja die Privatisierung an. Das heißt, jeder bekam das in die LPG eingebrachte Vermögen zurück.»

«Auch Sie?»

«Und ich habe nichts davon an Schröter und Kamp verkauft, wie so viele andere, denen sie eingeredet haben, der Betrieb und alle ihre Arbeitsplätze würden zugrunde gehen, wenn die Genossenschaft keinen Zugriff mehr auf das Land hätte. Ich habe nur verpachtet.»

«Bis auf dieses Gartenstück hier.»

«Davon konnte ich mich beim besten Willen nicht trennen, muss ja nicht überall Weizen wachsen.»

«Das ist aber nicht von Vorteil für die Bewirtschaftung der Felder», warf Stephan ein. «Die großen Landmaschinen müssen drum herumkurven.»

Blitzmerker, dachte Desiree, stand auf und schob einen herunterhängenden Apfelzweig zur Seite. «Dafür haben Sie freie Sicht auf die Terrasse des Gutshauses.»

«Und umgekehrt», sagte Kowalek. In seiner Stimme glänzte ein breites Lächeln. «Ich habe Schröter oft von hier aus zugewinkt.»

Da musste sie lachen. Ich mag den Kerl, dachte sie.

Herzberg ließ die Regentonne los und setzte sich auf ihren Platz. «Diese Eigentumsmeierei bringt doch nur Ärger. Die Erde ist für alle da.»

«Du verstehst das nicht, Herzberg», erwiderte sie. «Jeder Mensch braucht einen Ort, von dem er andere ausschließen kann, damit einem nicht jeder ständig überallhin folgen kann.»

«Das ist bei jedem anders.»

Dann nervt dich das Schloss deiner Prinzessin wohl? Was für eine Überraschung, dachte sie. «Warum hat Schröter Sie eigentlich nicht entlassen, hat er nicht herausgefunden, dass das mit der Anzeige Sie waren?», wandte sie sich wieder an Kowalek.

Der stand auf und ging zum Zaun. «Er war froh darüber, so konnte er Kamp rauskegeln. Und ich hatte einen Trumpf im Ärmel. Er hat immer damit gerechnet, dass ich doch noch verkaufe, und ich habe das immer, sagen wir mal: offengehalten. Gemein, ich weiß, aber nur so konnte man etwas erreichen.»

Er kam ihr nicht vor wie jemand, der oft taktierte. «Aha?», sagte sie und legte so viel Zweifel wie möglich in ihre Stimme.

Kowalek pflückte eine Mirabelle von dem Busch, der am Zaun wucherte, und steckte sie sich in den Mund. «Sie können welche mitnehmen. So viele Sie wollen.»

«Ärgert es Sie, dass Sie ihm mit der Anzeige letztendlich einen Gefallen getan haben?», fragte Stephan, während er auf sie beide zulief.

Kowalek aß weiter. «Und wie.»

Stephan Müller pflückte nun ebenfalls eine Mirabelle. «Schröter musste die Grundstücke kaufen, richtig? Sie wurden nicht einfach rückübereignet.»

«Mit dem Gutshaus hat es angefangen, das war keine schöne Sache, fragen Sie mal Dietlind Schwanitz, die ehemalige Kindergartenleiterin.»

«Aber warum fand keine Rückübertragung statt, man

konnte doch alle möglichen Anträge stellen?», fragte Herzberg.

«Das steht im Einigungsvertrag», platzte Stephan heraus.

Jan Kowalek nickte. «Bei den Urteilen der sowjetischen Militäradministration ging es ja um Enteignungen wegen Großgrundbesitzes oder Kriegsverbrechen, und bei den Schröters traf beides zu.»

Für Sekunden wurde es still, nur ein paar Grillen waren zu hören. Sie sahen sich ungläubig an. Dann war Schröter also tatsächlich nicht nur ein neuer, sondern auch ein alter Nazi gewesen, so wie sie vermutet hatte.

«Das wussten Sie nicht?» Kowalek lachte.

Stephan ließ ein paar Mirabellen vorsichtig in die Hosentaschen seiner weiten Cargojeans gleiten. «Welches Kriegsverbrechen wurde der Familie denn zur Last gelegt?»

«Es ging wohl in erster Linie um den Endkampf gegen die Russen. Viel weiß ich nicht, es gibt ja auch nicht mehr viele Leute, die das miterlebt haben. Die Russen haben sich übel dafür gerächt an den Menschen hier.»

Noch einmal verstummten sie alle drei, stierten Jan Kowalek an. Endkampf, dachte Desiree, Sowjetarmee, der Einmarsch in Mecklenburg, ein grausames Kapitel der Geschichte. Besonders für Frauen. «Erzählen Sie uns mehr davon», sagte sie leise.

Kowalek setzte sich wieder neben sie. «Haben Sie unseren Fluss gesehen? Er führt fast ums ganze Dorf herum. Die Menschen hatten gedacht, es würde reichen, die Brücken zu sprengen und die Zufahrtsstraße mit Granaten und Sprengstoff zu präparieren, um die Russen fernzuhalten. Das war natürlich ein Irrtum.»

«Inwiefern?», fragte sie mit trockenem Hals.

«Die Russen haben Soldaten verloren und zwei Panzer, als

sie mit ihrer Kolonne die Straße herangerollt kamen. Also haben sie sich zurückgezogen und Verstärkung angefordert. Und sich danach hier ausgetobt. So habe ich das mal Wilfried Ganz sagen hören. Der war hier Pfarrer. Meine Eltern kamen ja erst 1946 her, als das Land verteilt wurde, sie stammten aus Schlesien.»

Stephan pflückte langsam weiter, seine Hosentaschen hatten inzwischen Beulen. «Und was hatte Schröter genau damit zu tun?»

«Der war bei der SS, also, der Bruder. Hermann. Von dem erzählte Rudolf Schröter manchmal, wenn er gut drauf war. Hermann war ja in Russland gewesen.»

Sie begann zu frieren, obwohl über den Feldern vor ihnen die Sonnenglut tanzte. «Und was erzählte er so von dem?»

Kowalek bohrte seinen Blick in die Landschaft. «Kriegsgeschichten eben. Einmal kamen sie wohl in ein Dorf, um ein Partisanennest auszuheben, aber das Dorf war leer, die Menschen wie vom Erdboden verschluckt. Also haben sie die Häuser abgefackelt und das Vieh erschossen. Aber niemand kam. Bis die SS gemerkt hat, dass die im angrenzenden Wald alle oben in den Bäumen hockten. Da haben sie dann nur draufhalten müssen, und die Leute sind runtergefallen. ‹Ernten› haben sie das genannt. Nur dass es keine Partisanen waren, sondern Frauen, Kinder und Alte. Und weil Hermann vom Krieg noch nicht genug hatte, hat er Ende April 1945 hier einen großen Volkssturm angezettelt, um die bolschewistischen Untermenschen davon abzuhalten, unser Land einzunehmen. Er ist dabei umgekommen.»

Plötzlich tauchte das Gesicht ihrer Oma ganz deutlich aus Desirees Erinnerung auf. Dazu ihre ungewohnt kindliche Stimme, wenn sie vom Flammenmeer bei Kriegsende in Neubrandenburg sprach, das sie als Elfjährige mit Freundinnen vom Brodaer Holz aus beobachtet hatte. So als wäre das ein Abenteuer gewesen. Damit lenkte sie von dem ab, was sie nicht erzählen konnte. Wie viele Mütter mit ihren Kindern und alten Eltern in den Wald geflüchtet waren und in Erdhöhlen schliefen, damit sie im Kampf um die Stadt nicht zwischen die Fronten gerieten. Nicht wissend, dass sie die deutsche Artillerie genau im Rücken hatten. Und dann von den Russen aufgestöbert worden waren, die sich über Frauen und Mädchen hermachten. Desiree schloss für einen Moment die Augen. Ich liebe dich, Oma, und ich hoffe, du hast irgendwo Frieden. «Die Menschen hier dürften sich also nach der Wende nicht gefreut haben, dass Rudolf Schröter wiederauftauchte, auch wenn er nicht bei der SS war.»

«Von denen, die das miterlebt haben, gibt es nicht mehr viele. Die leeren Dörfer wurden aufgefüllt mit Flüchtlingen. Jeder zweite Mecklenburger ist eigentlich ein Fremder, wussten Sie das?»

«Nein.» Von der Seite aus betrachtete sie Kowalek. Seine staubigen Arbeitssachen, die rissigen, erdverkrusteten Hände. Kam daher seine stille Beharrlichkeit? Weil er um seinen Platz hier hatte kämpfen müssen? Er verkörperte jedenfalls etwas, das Leute wie Blasskewitz spielten, aber nicht besaßen. Verbundenheit mit dem Land, das ihn ernährte, mit Feldern und Bäumen. Und er hatte einen See in den Augen. Jetzt stand er auf und ging zu seiner Laube.

Stephan Müller hatte das Mirabellenpflücken inzwischen eingestellt und hielt die Hände schützend über seine prallgefüllten Hosentaschen. «Wir sollten ein paar alte Leute ausfindig machen, die das erlebt haben.»

Magda kam ihr in den Sinn. Ob sie noch daran dachte? Oder hatte sie all das aus ihrem Bewusstsein verdrängt, weil es nicht anders auszuhalten war?

«Wir müssen aber erst mal», sagte Herzberg da. Anschließend kritzelte er etwas auf einen Zettel und hielt ihn Kowalek hin, der gerade zurückgekommen war, eine kleine Plastiktüte in der Hand. «Rufen Sie an, wenn Ihnen noch etwas einfällt.»

Desiree stand auf. «Eins noch. Dieser Kamp, ist das ein Einheimischer?»

«Ja.» Kowalek reichte die Plastiktüte Stephan Müller. «Wäre schade, wenn Sie die alle zerdrücken.»

«Und Gerd Siewering?», fragte Herzberg.

«Der nicht.»

«Reichenbächer?»

«Der ist von hier, ja.»

«Und Kai Henschke?»

Kowalek nickte. «Aber ist das denn wichtig?»

Desiree und Herzberg tauschten einen Blick. Und ob das wichtig war, Herzberg hatte ihren Gedanken sofort begriffen. Sie streckte Kowalek die Hand hin.

Er hielt seine schmutzige in die Höhe, betrachtete sie stirnrunzelnd, aber sie griff zu. «Darauf bin ich genauso gespannt wie Sie.»

Herzberg lief voraus. Unser Opfer ein Nazi, dröhnte es in seinem Kopf. Einer, der das sorgfältig verborgen hatte, damit ihn die Menschen hier akzeptierten, denn die Familie hatte schwere Schuld auf sich geladen. Selbst wenn es der Bruder gewesen war, der die Menschen in einen sinnlosen Kampf geführt hatte, angesichts solcher Verbrechen hatten die Menschen kaum Sinn für ein derartiges Detail. Lag hierin der Grund dafür, dass er zu wenigen Menschen enge Kontakte gepflegt hatte? War sein Engagement eine Art späte Wiedergutmachung gewesen?

Als sie schließlich den Vorgarten des Gutshauses erreichten, hatte Stephan sie eingeholt. Auf den Händen balancierte er vorsichtig seinen vollen Plastikbeutel, trotzdem kullerte eine Frucht auf den Boden.

Desiree hob sie auf und steckte sie sich in den Mund. Augenblicklich verwandelte sich ihre Miene.

«Dir scheint's ja zu schmecken», sagte Stephan und strahlte sie an. Dann hielt er ihr die Tüte hin. «Du hast doch früher immer so tolle Marmelade mitgebracht, hast du lange nicht mehr getan.»

Herzberg schoss einen warnenden Blick auf ihn ab, vergebens. Das mit der Marmelade war nämlich vor ihrem persönlichen Supergau letzten Herbst gewesen. Als sie ihren Verlobten in flagranti mit einer anderen erwischt hatte. Seither hatte sich bei ihr so einiges verändert.

«Ich dachte, es wäre an der Zeit, damit wieder anzufangen, findest du nicht?», hakte Stephan nach.

Dass er von dem Blick, den er jetzt abbekam, nicht tot umfiel, war ein Wunder.

«So geht das nicht, ihr zwei», sagte Herzberg schnell, «wir sind spät dran.»

Zu spät. Desiree verschränkte die Arme, ihr Blick sprühte Funken. «Ich hätte mir selbst welche gepflückt, habe ich aber nicht. Und ich wünschte wirklich, du würdest die Leute mal in Ruhe lassen.»

Stephans Nasenflügel bebten. «Wie du willst, ich brauche die Dinger nicht.» Trotzig stellte er die volle Tüte unsanft auf dem Boden ab. Dabei zerriss sie, und rote Mirabellen kullerten umher, kleine rote Rinnsale hinter sich herziehend.

Das darf nicht wahr sein, fluchte Herzberg leise. Stephan hatte sich längst abgewandt und lief auf die Hauptstraße zu.

«Bist du total übergeschnappt?», rief Desiree ihm nach.

Ihre Wangen hatten eine knallrote Farbe angenommen. Stephan aber hob nur die Arme. Was weiß ich denn schon, hieß das wohl.

«Du bist hier auf Arbeit!», legte sie nach.

Herzberg schreckte zusammen, ihre Stimme war gewaltig, das hatte er in der Art lange nicht gehört.

Stephan blieb ruckartig stehen. Wandte sich dann langsam um. «Mein Büro ist nicht hier, soweit ich weiß. Auf mich warten dort ein paar wichtige Recherchen.» Seine Stimme klang, als würde er sie hinter sich herschleifen. «Hier bin ich nur im Weg.»

Täuschte Herzberg sich, oder bebten seine Wangen? «Das geht natürlich in Ordnung», rief er schnell, während er Desiree eine Hand auf die Schulter legte. «Danke für alles, Stephan, und guten Heimweg!»

Mit einer gekonnten Drehung wand sich Desiree unter seiner Berührung hervor. «Lass das!» Dann lief sie auf das Gutshaus zu.

Nach ein paar Metern war er neben ihr. «Jeder versteht, was du durchgemacht hast», sagte er, «aber das ist lange her. Langsam solltest du dir wirklich überlegen, ob du nicht zu den falschen Leuten hart bist.» Dann fiel ihm ein, wie ihr Ex in ihrer Anfangszeit jeden Nachmittag vor dem Präsidium herumgelungert war, um sie abzuholen. Dann war er neben ihr hergewackelt, als könnte er vor lauter Hormonen nicht gerade gehen. Das alles konnte jemand wie Stephan schließlich auch, wenn nicht noch besser.

Im Foyer lief Herzberg Peter Gruner über den Weg, der gerade aus dem großen Saal kam.

«Sie dürfen wohl nicht dabei sein?», sprach Herzberg ihn an.

Gruners Gesicht war für einen Augenblick unbewegt, dann lächelte er. «Es gibt ein paar Sachen, an denen ich interessiert wäre. Von früher, ein paar Fotos, auf denen meine Mutter als junge Frau zu sehen ist, danach wollte ich fragen. Aber sie sind verbrannt.»

«Tut mir leid, dass wir nicht schnell genug waren.»

Gruner winkte ab. «Ich habe es sowieso eilig. Magda geht es nicht so gut.»

«Was hat sie?»

«Die Hitze, das Herz. Man darf sie nicht aufregen, das ist wichtig. Bitte.»

«Natürlich.»

Gruner zeigte mit dem Finger auf Herzberg, als wäre er ein Schüler, der genau die richtige Antwort gegeben hatte. «Sehr gut. Das Angebot steht übrigens weiterhin, Ihr Bett ist frei. Und ich streife heute Abend durch die Wälder, kümmere mich um den Wildbestand. Interesse?»

«Sie jagen?»

«Ich fürchte, so was ist nicht ganz das Richtige für ihn.»

Ihre Köpfe fuhren herum. Desiree stand plötzlich wieder neben ihnen. Vor wenigen Minuten hatte sie einfach abgedreht und Herzberg stehenlassen. «Wollen wir dann?»

Gruner nickte und verschwand nach draußen.

«Wo warst du?», fragte Herzberg, während sie hineingingen.

«Hab mich bei Stephan entschuldigt», knurrte sie. «Ist Uwe dadrin?»

«Glaube ich nicht.»

«Egal, ich warte draußen.»

«Sicher? Hör mal ...»

Aber sie stiefelte schon die Treppe hoch in die obere Etage. Sollte sie sich eben umsehen, auch gut.

Bevor Herzberg den großen Saal betrat, warf er noch einen kurzen Blick durchs Flurfenster nach draußen. Dort kniete Stephan Müller und las die umherkullernden Früchte auf, die er vorsichtig in die Reste der Plastiktüte bettete. Himmel, dachte Herzberg. Was für ein Drama.

Der Notar Robert Carus verhielt sich wider Erwarten unkompliziert, als es darum ging, ihn zur Testamentseröffnung zuzulassen.

«Dann muss ich hinterher keinen Bericht schreiben, das spart Zeit und Mühe», sagte er und bat die Teilnehmer mit einer einladenden Handbewegung in die Bibliothek.

Es gab keine Stühle, also standen sie. In zwei Reihen, einander gegenüber. Herzberg neben Carus. Auf der anderen Seite Jens Reichenbächer, der so tat, als sei Herzberg nicht vorhanden.

«Folgendes ist mein letzter Wille», begann Carus.

Als er nach ein paar einleitenden Worten den Namen Magda Schlottwitz verlas, begann Jens Reichenbächer auf den Fersen zu wippen.

«Magda Schlottwitz, geboren am 7. Mai 1928, erhält das Pförtnerhaus, in dem sie schon ihr Leben lang wohnt», las Carus.

«Das Haus also», stieß Reichenbächer zwischen den Zähnen hervor.

«Korrekt», entgegnete Carus und las den Passus noch einmal.

Durch Reichenbächers helle Haut klopfte an der Schläfe eine dicke Ader. «Es bekommt im September eine neue Heizung.»

«Die aus dem Nachlass zu bezahlen ist, zehntausend Euro sind dafür zurückzustellen.» Carus reichte dem Anwalt das

Blatt und fuhr sich mit der Hand durch die dichte weißgraue Mähne, die ihm bis auf die Schultern fiel.

Reichenbächer nickte und gab es zurück. «Ich hätte mir nur gewünscht, davon zu wissen.»

Herzberg stellte sich vor, wie unangenehm es für ihn werden würde, das seiner ambitionierten Frau zu erklären. Immerhin stand das kleine Haus direkt vor ihrer Nase, mit einer dementen Alten darin.

«Aus dem Nachlass erhält die Begünstigte weiterhin fünfzigtausend Euro, aus denen etwaige Pflegekosten gedeckt werden sollen», fuhr Carus fort.

Reichenbächer atmete tief ein. «Wie hoch ist denn der Wert des Vermögens?»

Carus ließ das Blatt kurz sinken, erst als der Anwalt den Kopf senkte, fuhr er fort. «Ich habe hier eine Liste mit den unbeweglichen und beweglichen Gütern des Erblassers, aufgestellt von ihm selbst. Der größte Posten ist der Anteil an der Agrargenossenschaft. Schätzungen zufolge beläuft sich sein Wert auf etwa vierhundertfünfzigtausend Euro, aber das Wertgutachten ist von 2008. Es muss ein neues erstellt werden.»

«Natürlich.»

«Jens Reichenbächer erhält dreißig Prozent des Wertes meiner Anteile an der Agrargenossenschaft zur treuhänderischen Verwendung und Verteilung an wohltätige Organisationen, ganz nach bisherigem Usus.»

«Was heißt das?», fragte Herzberg dazwischen, aber der Notar sah nicht einmal auf.

«Das Testament selbst gibt keine Summe an», fuhr er eilig fort, «nur die Prozentzahl.»

«Dann kann der Wert nach heutigen Maßstäben auch höher ausfallen?»

«Vermutlich», antwortete Carus nun doch. Herzberg konnte nicht anders, er musste Reichenbächer anerkennend zunicken, der mit unbewegter Miene zurückblickte.

«Wenn ich dann zum Ende kommen darf?» Carus richtete den Blick kopfschüttelnd wieder auf seine Papiere. «Der Singeklub ‹Freudenfunke›, der Leseklub ‹Tolstoi› und die Freiwillige Feuerwehr in Lichtenfels erhalten je zehntausend Euro aus meinem Sparguthaben, der Rest geht nach Abzug der Beerdigungs- und Entrümpelungskosten ebenfalls an Jens Reichenbächer zur wohltätigen Verwendung.»

Der Anwalt löste abwechselnd die Füße vom Boden, als stünde er auf heißem Sand. «Meines Wissens müsste ein ganz anderes Testament vorliegen», sagte er schließlich.

Aha, dachte Herzberg, das hier reicht dir wohl nicht.

«Tut es auch», gab Carus gelassen zurück, «von mir persönlich aufgesetzt. Es fehlt nur die Unterschrift. Vorgestern hätte er dafür einen Termin bei mir gehabt.»

«Vorgestern?»

«Er hatte ihn verschoben, ja.»

Reichenbächer sah aus, als würde er es kaum noch aushalten, ruhig stehen zu bleiben.

«Was hätte das neue Testament denn vorgesehen?», fragte Herzberg.

«Moment ...» Carus zupfte ein Blatt aus einem Papierkonvolut, das mit einem knallroten Klebezettel markiert war. «Herr Reichenbächer wäre Vollerbe des Gesamtvermögens geworden, allerdings sollten jährlich bestimmte Summen für die bekannten wohltätigen Zwecke gespendet werden.»

In Herzbergs Kopf tanzten die Gedanken, es war ein Hüpfen und Springen, er konnte sich kaum auf einen konzentrieren. Reichenbächer musste ja Rotz und Wasser geheult haben, als Schröter zu früh starb. «Und die anderen zwei Drittel aus dem gültigen Testament?», fragte er dann. «Die sind ja noch nicht vergeben.»

Carus ließ seine Papiere in einem sündhaft teuren ledernen Koffer mit dicken Messingschnallen verschwinden, der aussah wie ein gigantischer Arztkoffer. «Die kriegt jetzt der Staat.»

«Klar», stieß Reichenbächer aus, als wäre das das Natürlichste von der Welt und als mache es ihm nicht das Geringste aus. «War es das?»

Carus nickte. «Danke fürs Kommen.»

Schnurstracks verließ Reichenbächer den Raum. Von den hohen Wänden der leeren Bibliothek hallte das Knallen seiner Schuhe auf dem Parkett.

«Ich habe noch Fragen», rief Herzberg ihm hinterher. «Warten Sie draußen!»

«Was soll denn der Staat mit den Genossenschaftsanteilen?», wandte er sich dann an den Notar.

Der schnappte sich seinen Koffer und streckte die Hand aus. «Die Agrargenossenschaft hat laut Gesellschaftsrecht ein Vorkaufsrecht, was die Anteile betrifft. Und wird es bestimmt ausüben. Sonst noch Fragen?»

«Die Agrargenossenschaft ist der Sieger des Tages?»

Carus striegelte erneut sein Haar mit den Fingern, dabei blieb ein einzelnes Haar an seinen Fingern hängen, er sah es vorwurfsvoll an. «Das Testament, so wie es jetzt ist, lässt der Agrargenossenschaft eindeutig mehr Handlungsspielraum.»

«Soll heißen: Der Staat ist nicht so gewieft und leichter an der Nase herumzuführen? Immerhin kann Henschke den Wert der Anteile bestimmen, oder? Da kommt doch niemand aus Berlin und überprüft das mit einem Gegengutachten.»

«Korrekt. Man kann vieles herunterrechnen. Aber wissen Sie was: Es ist nicht meine Aufgabe, mir darüber den Kopf zu zerbrechen. Ihnen noch einen schönen Tag.»

Herzberg erwischte Reichenbächer im Vorgarten.

«Es ist nicht gut für Sie gelaufen, richtig?»

«Blödsinn, ich bin froh, aus der Verpflichtung raus zu sein.»

«Was heißt das übrigens: Spenden nach bisherigem Usus – dass Sie weiterhin Roy Blasskewitz die Tausender nur so zustecken?»

Reichenbächer riss seine Autotür auf und schwang sich in den Sitz. «Ich hoffe inständig, dass ich das nicht mehr tun muss, weil Sie Blasskewitz vorher aus dem Verkehr ziehen! Also, was stehen Sie hier herum, haben Sie nicht eine Aufgabe?»

Herzberg bekam die Tür zu fassen und hielt sie fest. «Die Kollegen sind schon dabei. Und wenn es nicht klappt?»

Reichenbächer fuhr sich übers Gesicht. «Nach bisherigem Usus ist ein dehnbarer Begriff, da fällt mir was ein.»

Wer's glaubt, dachte Herzberg im Stillen und ließ die Tür los. Du hast doch die Hosen voll. «Warum wollte Schröter das Testament ändern?»

«Das kann ich Ihnen sagen. Damit ich die Firma unterstützen kann. Ich hätte nicht den Wert der Anteile bekommen, sondern die Anteile selbst und wäre in alle Gesellschafterrechte eingetreten.»

«Wozu ist das denn notwendig?»

Reichenbächer schloss die Tür, ließ aber die Scheibe herunter. «Leider läuft es dort nicht so gut.»

Dann hatte Henschke Riesenglück gehabt, dass er sich nicht mit Reichenbächer herumschlagen musste. «Nur eins noch. Warum hat Schröter nie offen mit Blasskewitz sympathisiert? Warum hat er immer Sie vorgeschickt?»

«Die Familie hat schon einmal alles verloren, weil sie die Nazis unterstützt hat, er war in der Hinsicht sehr vorsichtig, fast paranoid. Aber ich habe das nie gutgeheißen.»

Reichenbächer startete den Motor, Herzberg legte die

Hände auf das offene Fenster. «Gewehrt haben Sie sich aber auch nicht. Sie tun für Geld alles, was?»

Wider Erwarten kam keine böse Erwiderung, Reichenbächer deutete ein Nicken an, während er wie ein kleiner Junge die Nase hochzog. «Ich war jung. Und dumm. Habe das Mandat übernommen, weil ich ganz am Anfang stand und Schulden hatte. Niemand bedauert das mehr als ich.»

Als Reichenbächer davongerauscht war, hörte Herzberg ein Trappeln hinter sich. Desiree.

«Hab dich eben rausgehen sehen. Und, was wissen wir?»

«Dass Kai Henschke ein verdammt gutes Motiv hätte», entgegnete Herzberg, ohne sie anzusehen. Dann erklärte er ihr, warum.

«Kassieren wir ihn sofort ein?»

«Ich rufe ihn erst mal an, um ihn ein bisschen aufzuscheuchen. Außerdem hast du doch Fred in die Spur geschickt. Vorher möchte ich auch noch etwas anderes überprüfen.»

Er drehte sich um und stieg die Stufen wieder hoch. Lief ihr voran durch die Küche, deren eine Wand mit riesigen hölzernen Wandschränken und Regalen ausgestattet war. Desiree musste auch hier kurz stehen bleiben und irgendetwas von «weißer Lasur» murmeln, aber er kümmerte sich nicht darum. Von der geräumigen Speisekammer aus ging die Tür zum Keller ab. Der Strom war abgestellt, also tappten sie im Licht ihrer Handylampen die Steinstufen hinunter. Er ging voran.

«Wenn ich stolpere, musst du mich auffangen», scherzte sie.

Er ging nicht darauf ein.

«Ich habe sogar versprochen, ihm eine blöde Marmelade zu kochen», grummelte sie. «Bist du denn nie zufrieden?»

Er überhörte die Frage. So einfach war das nicht, sie

musste wirklich vorsichtiger mit der Zuneigung ihrer Mitmenschen umgehen. «Da vorn müsste es sein.»

Sie liefen durch den feuchten Gang auf die Stahltür zu. Sie knarrte, als er sie öffnete. «Mist, das Schloss ist weg.»

Sie leuchtete hinein. «Was soll hier sein?»

«Hier drin lag ein ganzer Haufen unversteuerter Zigaretten, Reichenbächer wusste davon. Die muss jemand von Blasskewitz' Leuten geholt haben.»

Sie leuchtete die Umgebung der Tür ab. «Na, dieses Ding da war jedenfalls keine Abschreckung.» Sie zeigte nach oben. Dort baumelte an einem Stromkabel eine kleine Kamera von der Decke.

«Welcher Stümper hat die da so auffällig platziert?»

Herzberg dachte an Werner Simon und schluckte. «Keine Ahnung.»

«War das schon alles?», fragte sie auf dem Weg nach oben.

«Wir müssen Magda noch eine gute Nachricht bringen. Sie kriegt das kleine Haus vererbt und einen Batzen Geld noch dazu. Ihr Arzt behauptet zwar, sie wäre zu schwach für ein Gespräch, aber das glaube ich nicht.»

Auf den Eingangsstufen blieb Desiree stehen und legte eine Hand über die Augen, um sie gegen die blendende Nachmittagssonne abzuschirmen. «Das mache ich gern.» Dann tastete sie mit den Augen konzentriert die Straße ab.

Er stellte sich genau vor sie. «Desiree?»

«Hm?»

Er sah ihr direkt in die Augen, legte Verständnis und Zuneigung in seinen Blick, er konnte ihr nun mal nicht lange böse sein. Auch wenn sie zu manchen Männern ruppig war, war sie doch eine der besten Frauen, die er kannte. «Sie sind alle weg, keine Angst. Dieser Uwe wohnt hier nicht, soweit ich weiß. Und nein, ich bin dir nicht mehr böse. Aber du solltest wirklich … na ja.»

Sie zog die schmalen Augenbrauen zusammen. «Weiß ich doch.»

Er kramte sein Handy aus der Hosentasche. «Pass auf. Hier vorn an der Straße standen vorhin neben etlichen anderen drei Autos dicht nebeneinander, der SUV von Reichenbächer, der schwarze Mercedes von Blasskewitz und ein alter Opel Vectra, auch schwarz.» Dann tippte er eine Nummer in sein Handy und hielt es sich ans Ohr.

«Rufst du Henschke an?», fragte sie.

Er zwinkerte ihr zu. «Hallo Karin, kannst du bitte ein Kennzeichen für mich überprüfen?» Er gab es durch, und es dauerte keine Minute, bis ihm bestätigt wurde, dass der Vectra auf einen Uwe Schmied zugelassen war. An Desiree gewandt sagte er: «Schmied weiß, wer wir sind, wer du bist. Und was will er überhaupt von dir?» Blöde Frage, fiel ihm da ein. «Er hat dich jedenfalls mit seinen Blicken verschlungen», ergänzte er hastig.

«Mag sein.»

«Jedenfalls ist er kein ganz übler Kerl, das war zumindest mein Eindruck. Beruhigt dich das?»

Jetzt sah sie ihn mit ihren Kohlenaugen an, ein kleines Licht glomm darin. «Du bist ein … ach, egal. Danke.» Dann stapfte sie weiter vor ihm her durch den Vorgarten.

Inzwischen waren sie an den beiden steinernen Torpfosten angekommen. Herzberg fühlte ein warmes Plätschern im Bauch. Du bist ein Schatz, hatte sie das sagen wollen? Vor ihm blähten sich ihre weiten roten Blusenärmel wie Flügel. Wenn sie ein Vogel wäre, dann mindestens ein Adler, dachte er bei dem Anblick. Stark und wild. Besser, man legte sich nicht mit ihr an, es sei denn, man konnte ihr das Wasser reichen. Und genau das sah er irgendwie nicht, weder bei Stephan noch bei diesem Uwe.

An der Einfahrt zum Gutshaus blieb sie stehen. Diesmal flogen ihre Augen aber nicht umher, sondern betrachteten ganz ruhig das schöne alte Katzenkopfpflaster unter ihren Füßen. «Pass mal auf, Herzberg. Eins geht mir nicht aus dem Kopf. Dieser Satz von Kowalek. Jeder zweite Mecklenburger ist ein Fremder.»

«Wusste ich auch nicht.»

«Du bist ja auch Sachse.»

«Aber diesem Land hier sehr verbunden.»

Sie setzten sich auf den kleinen steinernen Vorsprung in der Mauer gleich links neben dem Tor, der wahrscheinlich genau zu diesem Zweck einmal gedacht gewesen war. Damit die Leute sitzend darauf warten konnten, eingelassen zu werden. Ein Akt der Gnade oder der Herablassung, je nachdem, auf welcher Seite des Tores man stand. Herzberg folgte ihrem Blick die schnurgerade Straße entlang. «Das hast du sehr gut beobachtet. Hier im Dorf gibt es eine Trennlinie, eine strikte, die über vieles entscheidet.»

«Du meinst, auf welcher Seite man steht?»

«Als Einheimischer wie Schröter, Kamp und Reichenbächer, diese Magda. Oder als Fremder wie Gerd Siewering.»

Sie lehnte sich gegen die Wand. «Oder als jemand, der Arbeit hat oder eben keine. Dem es finanziell sehr gutgeht wie Kamp oder eben nicht, selbst wenn er Arbeit hat, wie Kowalek. Ich bin gespannt, zu welcher Sorte Dietlind Schwanitz gehört, die ehemalige Leiterin des Kindergartens. Denkst du, beides hängt irgendwie miteinander zusammen?»

Herzberg betrachtete versonnen die schnurgerade Straße vor sich. «Das Dorf teilt sich in Gewinner und Verlierer, das denke ich schon.»

Irgendwo klappte ein Fenster, Desirees Kopf fuhr blitzschnell herum. «Denkst du, der Täter kommt von der Verliererseite?»

«Es scheint so, andererseits ist mir das fast zu einfach. Wir sind aber noch nicht so weit. Wir müssen erst mal noch zuhören. Du dieser Magda und ich, wem ich heute noch über den Weg laufe.»

«Die sagen bloß alle nicht viel.»

Er zeigte auf das Haus gegenüber, wo ein älterer Herr gerade seinen Oberkörper aus dem Fenster lehnte und tat, als würde er dessen Scharniere prüfen. «Wir sehen uns dann morgen und werten alles aus. Und keine Angst: Wir bekommen schon noch eine Ahnung davon, was sie verschweigen und warum. Wir sind ja jetzt zu zweit.»

Auf dem Weg zu Dietlind Schwanitz kam Herzberg an der Bungalowsiedlung vorbei. *Thälmannstraße* las er kopfschüttelnd. Wir sind ja links, sagte er halblaut, aber so ...?

«Links?», fragte da jemand, der gerade an ihm vorbeitrottete.

Herzberg drehte sich um, vor ihm stand Dietmar Kamp, im selben Freizeitlook wie eben, doch jetzt hatte er eine Angel in der einen und einen Eimer in der anderen Hand. «Links eben. Sie gehen angeln?»

«Ich war.»

Herzberg schielte in den Eimer, er war leer. «Nur ein bisschen allein sein ist ja auch ganz schön.»

Kamps Lächeln wirkte gequält.

«Ich meine, ich hätte Ihre Frau bei der Beerdigung gesehen.»

Kamps weißgraue Haut bekam frische Farbe. «Daran ist ja wohl nichts auszusetzen. Ich brauche das nicht, nur falls Sie fragen wollen, ich trauere anders.»

«Kein Problem.» Herzberg dachte an Stephans Bericht. «Nach der Betriebsprüfung, die auf die Anzeige von Jan Kowalek hin erfolgte, hat die Firma sich selbst wegen Steuerhinterziehung angezeigt, dann kam eine Nachzahlung, und dann wurde eingestellt. Warum wurden Sie trotzdem entlassen?»

«Keine Ahnung. Einen schönen Tag auch noch, ich muss jetzt heim, es ist Zeit für meine Tabletten.» Damit wandte sich Kamp ab und trottete weiter.

Herzberg überlegte einen Moment, dann lief er ihm hinterher. Zwischendurch hatte er mehr als einmal den Eindruck, dass Kamp das Tempo anzog. So viel zum Thema Herzschwäche. Die letzten Meter sprintete Herzberg, weil er Kamp noch vor seinem Haus einholen wollte.

Wie auf Kommando blieb Kamp ein paar Meter vor seinem Grundstück stehen, den Eimer fest in der einen, die andere Hand um die Angel gekrampft. «Was wollen Sie denn noch?»

«Anlässlich des Steuerverfahrens haben Wirtschaftsprüfer auf Betreiben Schröters die Betriebsunterlagen durchforstet. Was haben sie Brisantes gegen Sie gefunden?»

«Da haben sie mich dann rausgehalten, fragen Sie Henschke, der kann nachsehen.»

Herzberg streckte sich. Kamp starrte seine Brusttasche an, er ging ihm nicht einmal bis zur Schulter. «Wissen Sie, ich sage es nicht gern, es klingt immer so klischeehaft, aber wir können das Ganze jederzeit auf dem Präsidium fortsetzen, das kostet mich einen Anruf.»

Kamp ließ die Schultern sinken. «Ich kann mich nicht genau erinnern.»

«Ah ...» Herzberg fummelte sein Handy aus der Hosentasche.

«Ist ja gut!»

«Sie sind bloß wegen dieser Steuersache gefeuert worden?»

Kamps Gesicht wurde jetzt dunkelrot, er deutete ein Kopfschütteln an, während er auf die Thujahecke blickte, die wie eine Wand das Nachbargrundstück einhegte.

«Geht das präziser?»

Jetzt stellte Kamp den Eimer ab, der scheppernd auf dem Boden landete. «Deswegen war das nicht. Die haben dann noch gegen mich ermittelt. Also, die Polizei, wegen Betrugs. Bei dieser Betriebsprüfung kamen die zu dem Schluss, dass ich die Genossenschafter übers Ohr gehauen hätte. Schröter hat dafür gesorgt, dass es alle erfahren, dann haben sie auf einmal nicht mehr hinter mir gestanden. Vorher hatten sie ja einen Aufstand gemacht, dass er mich wegen dieser Steuersache rauskanten will, sie hätten es fast geschafft, dass ich bleiben konnte. Aber das mit dem Betrug war dann nicht mehr geradezuziehen. Ich war erledigt. Schröter hat mich fallenlassen und konnte es so aussehen lassen, als sei er dazu gezwungen gewesen.» Kamp hatte leise gesprochen, mit matter Stimme.

Er war nie damit fertiggeworden, schloss Herzberg. Dabei hatte er doch einer von den ganz Cleveren sein wollen, und eine Weile hatte es funktioniert. Das schnelle, neue Geld und was man dafür auf einmal alles kaufen konnte – wie sehr hatte das die Menschen nach der Wende gelockt, auch ihn. «Wie genau haben Sie die Genossenschafter denn angeblich betrogen?»

Kamp seufzte. «Es ging um die Jahre 1991 und 1992, in dieser Zeit wurde die Umwandlung der LPG in eine Agrargenossenschaft durchgezogen. Die kamen zu der Ansicht, dass die Wertermittlungsgutachten, auf der die gesamte Umfirmierung fußte, gefälscht waren. Das soll heißen, wir haben den Wert der LPG als zu niedrig eingestuft. Den Wert der Felder, der Stallungen, der Maschinen, des Lebendviehs und so weiter.»

«Inwiefern ist das Betrug?»

«Einige, die rauswollten aus der Genossenschaft, haben dann eben eine niedrigere Abfindung bekommen, die richtete sich ja nach dem von uns ermittelten Betriebswert.»

«Haben Sie die bewusst betrogen?»

Kamp zupfte ein gelbes Blatt von der grünen Mauer. «Meiner damaligen Meinung nach nicht. Schröter war ja mein Berater, die Idee kam eigentlich von ihm.»

«Eine Riesenschweinerei.»

Kamp schwankte ein wenig, es sah aus, als wollte er sich an die Hecke lehnen. «Ich habe Tag und Nacht dort im Büro gesessen und mir den Kopf zerbrochen, wie wir den Laden rüberretten. Meine Frau ist zweimal zu Hause ausgezogen, zweimal habe ich sie zurückgeholt. Dass es später gut laufen würde, wusste zu dem Zeitpunkt niemand, ich jedenfalls nicht. Die Industriebetriebe gingen ja alle Stück für Stück unter. Daher hatte ich kein wirkliches Problem mit den Zahlen, nein. Aber man musste mehr als nur clever sein, und das war ich nicht.»

Das war höchstwahrscheinlich eine Lüge, angesichts des Reichtums, den Kamp für sich persönlich angehäuft hatte, aber Herzberg verkniff sich die Bemerkung. Stattdessen betrachtete er eingehend Kamps Haar. Graublond, gut möglich, dass ein weißes darunter war. «Ich brauche Ihre Fingerabdrücke und ein Haar von Ihnen.»

Kamp überlegte einen Augenblick, dann nickte er bedächtig. «Ich war's aber nicht. Leider.»

Herzberg ging mit dem Gefühl, die Person Dietmar Kamps nicht zu durchschauen, den Weg zurück nach vorn, dorthin, wo die großen Wohnblocks standen.

Als sein Handy losschrillte, überwältigte ihn plötzlich der Wunsch, das alles bis morgen früh zu vergessen. Mit hüpfendem Herzen nestelte er es aus der Hosentasche. «Gleich bin ich unterwegs zu dir», sagte er hinein. «Oder kommst du wieder her?»

«Ich für meinen Teil stelle gerade zwei Einkaufstaschen ab.»

«Willst du kochen? Ich liebe dein Hühnerfrikassee.»

«Das gibt es am Donnerstag, dann kann ich Mareike nach Hause holen. Heute wird es eine Pizza, eigentlich will ich das einem Kind nicht servieren, aber ich bin überstimmt worden.»

Herzberg schluckte. «Hannes ist also da ... mit Mark.»

«Ist das ein Problem?»

Eine grässliche Giftspur zog eine Schneise durch seine Vorfreude auf den gemeinsamen Abend. «Schläft er bei euch?»

«Das Haus hat zweihundertvierzig Quadratmeter Wohnfläche. Vertraust du mir nicht?»

Herzberg fühlte eine Faust in seinen Bauch krachen. «Ich bin nur enttäuscht. Der Tag hat so gut angefangen, mit dir. Danach ist so viel Nervenaufreibendes passiert, daher wollte ich am Abend einfach noch ein bisschen glücklich sein.»

«Daran ist nichts verkehrt. Ich will das auch.» Ihre Stimme klang in seinen Ohren wie Gesang.

«Dann hat dich mein Bekenntnis heute Morgen nicht verschreckt?»

«Es hat mich gefreut. Ich bin auch verliebt.»

«Das ist nicht dasselbe.»

Er hörte sie tief einatmen. «Wir haben beide eine Geschichte. Lass es uns vorsichtig angehen, ja?»

Die Faust landete erneut einen Treffer in seiner Körpermitte. «Ich will nicht vorsichtig sein. Tut mir leid, dass sich das anhört, als wäre ich ein Egoist, und vielleicht bin ich das auch.» Sein Leben war durchsetzt von ihr, ihrem Lachen, ihrer Stimme, ihrer Haut. «Es gab in den letzten Jahren abgesehen von den Kindern nichts, was ich mehr genossen hätte als deine Zuneigung.»

Das sollte ihn wohl trösten, tat es aber nicht. «Und ich habe mich auf dich gestürzt, als gäbe es kein Morgen.»

«Und das war eine gute Idee. Aber sollten wir das nicht persönlich besprechen? Bitte. Ich müsste jetzt langsam ...»

«Dann bis morgen und guten Appetit für die Pizza.»

«Ach, ich werde mich an ein paar Reiswaffeln halten.»

«Machst du nur eine winzig kleine Pizza, damit niemand zu viel davon isst?»

«Nein», antwortete sie lachend. «Es ist ein Sommervirus, das gerade umgeht, die Praxis war heute rappelvoll. Mir ist ein bisschen schwummerig im Magen. Keine Sorge.»

«Ist es schlimm, kann ich irgendwas ...»

«Keine Sorge, das geht vorbei. Tschüs, bis morgen.»

«Ich ...» Dann starrte er sein schweigendes Telefon an und schluckte gegen die Bitterkeit im Mund an, den Geschmack von allem, wovor er im Leben noch Angst hatte.

Magda öffnet die Augen. Der See ist gelbgrün wie Spätsommergras. Wie ein Fisch gleitet sie durch das weiche Wasser, streckt eine Hand nach vorn, lässt die Finger mit den Bläschen spielen, die das Wasser auf der Haut schlägt, den winzigen zappelnden Wesen darin. Dann der andere Arm, dasselbe Spiel. Zwei, drei ruhige Stöße, und sie sieht seine schmale Gestalt herangleiten, das Gesicht voran, den Kopf dreht er suchend hin und her. *Wenn ich ertrinke, musst du mich retten.* Dabei ist sie eine so viel bessere Schwimmerin. Jetzt sieht er sie, hört auf sich zu bewegen. Greift sich mit der Hand an den Hals, verdreht die Augen. Im Nu zerreißt die Stille, ihr Herz zerhämmert ihr das Trommelfell. Schon ist sie bei ihm, fasst seine Hand, will ihn nach oben ziehen, da verzieht er das Gesicht zu einem Lachen. Seine Hand schnellt hinter ihren Kopf, dann ist er dicht vor ihr. In seinen Augen ist ein dunkles Glühen. Dann hat sie seine Lippen auf ihrem Mund. Sogar mit den Zähnen packt er zu, und sie schmeckt Blut. Fühlt ein glutheißes Erschrecken. Noch draußen am Ufer, bei Maria und Rudolf, die verschämt die Hände auseinanderreißen, als wäre das schon eine Sünde, lässt es sie nicht zur Ruhe kommen. Das Gefühl, aus Butter und Honig zu sein und jeden Moment zu zerfließen, tanzt in jeder Zelle.

Wumm ... wumm ...

Magda fuhr hoch. Blinzelte. Rollte mit den Augen, um ihren Kopf in Schwung zu bringen, der in einem Schraubstock eingeklemmt schien. Darin war nichts als eine zähe, klebrige Masse und nicht das kleinste Zipfelchen einer Idee, wie es gekommen war, dass sie mitten am Tag hier herumlag. Wenigstens geträumt hatte sie ...

Als sie sich aufrichtete, schlug jemand eine Glocke an, die war riesig, ihr Schädel war diese Glocke, ein Echo hallte darin. Sie stemmte sich vom Sofa. Da sah sie im Papierkorb ein bisschen Folie, bückte sich, betastete sie, stach sich in den Zeigefinger. Richtig, Peter. Er war da gewesen und hatte ihr eine Spritze gegeben. *Ich will nicht, dass du wieder in irgendeinen Schlamassel hineingerätst.* Als sie endlich aufrecht im Wohnzimmer stand, war ihr ganzer Kopf ausgespült, ein leeres Gefäß.

Hier musste erst mal frische Luft rein. Sie stieß das Fenster auf, das zum Garten hinausging. Die warme Luft, die hereinflutete, brachte gelbgrünes Licht mit und den bittersüßen Geruch von Quitten. Magda schloss die Augen. Gelbgrünes Licht ...

Wie damals. An dem Tag hatten sie vorher doch auf der

krummen Weide gehockt, deren Stamm sich über das Wasser beugt. Sie und Maria, und jede umklammerte mit Blicken den ihren der Schröter-Brüder, kullerte mit den Augen, schmollte und zierte sich. Dann ließen sie sich ungeschickt ins Wasser plumpsen und taten so, als würden sie untergehen. Kurze Zeit später schmeckte sie den bitteren Kuss ...

Da riss sie die Augen auf. Das Wummern kam von draußen! Sie tappte zur Tür.

Dort stand die unruhige Polizistin. Ihr Kopf flog nach rechts und links, als würde sie auf der Straße etwas suchen.

«Darf ich reinkommen?», fragte sie. «Schnell?»

Was hatte es mit dieser Frau bloß auf sich, fragte sich Magda, während sie ihr mit hämmerndem Herzen hinterher in die Küche lief. Und warum zog die einfach die Vorhänge nach draußen zu, stellte sich dahinter und spähte hinaus?

«Ein hübsches Haus, wirklich», sagte sie dabei, und es klang, als segelten die Worte auf einer Sturmwolke.

Magda öffnete den Mund, um zu antworten, aber es kam nichts heraus, nur ein komisches Geräusch. Und was hatte sie überhaupt sagen wollen? Sie schlug die Hände gegen das leere Ding auf ihren Schultern. Ein gewaltiges Tosen war zu hören. Die Frau hier vor ihr, die hatte Angst, das war mit ihr. Und die war dabei, sie mitzureißen.

«... Ihnen!» verstand sie da und zuckte zusammen.

Die Polizistin hatte sie an der Schulter berührt. «Haben Sie gehört, das Haus, es gehört Ihnen! Der Bruder Ihres Verlobten hat es Ihnen vermacht. Ich wollte die tolle Neuigkeit sofort überbringen.»

Ihres Verlobten? Hatte sie das etwa erzählt? «Welches Haus?»

Die Polizistin wiegte verschmitzt den Kopf. «Welches wohl?»

Magda sah sich um, betrachtete die sonnengelben Wände, die immer wie eine Umarmung gewesen waren.

Die Polizistin nahm ihre Hand weg. «Was sagen Sie jetzt?»

Sie kniff die Augen zusammen. Ja, sie hatte es ihr wohl erzählt. Wie auch nicht. Ganz frisch waren die Erinnerungen. Nach jenem Tag am See war sie nach Hause gelaufen wie der Blitz, und ihre Mutter hatte sofort gesehen, wie sie glühte und woher das kam …

Die Polizistin setzte sich jetzt. Ihre bräunliche Haut war blassgelb, und ihre Augenlider zuckten, fiel Magda auf. «Das Foto habe ich noch nicht», sagte sie, «aber bald. Solange erzählen Sie mir von Ihrem Verlobten, ja? Von Hermann?»

Magdas Atem kollerte. Was wollte sie denn wissen? Dass es an diesem Abend noch einen blauen Hintern setzte? Weil ihr die Mutter in der Speisekammer zwischen Kartoffeln und Pflaumenkompott mit dem Kochlöffel in der Hand erklärt hatte, was sich gehört für jemanden wie sie, der nichts Besonderes ist und den dann nie mehr jemand anguckt, geschweige denn heiratet? «Nun, wir haben uns eben verlobt, es war ja Krieg, da war man damit schneller, jeden Tag konnte alles vorbei sein.»

«Verstehe. Gab es eine Feier?»

Nun ja, in gewisser Weise, aber das erzählte man doch nicht. Sie beide allein auf der Holzbank im Pavillon. Mit saugendem Atem und völlig verschwitzt, obwohl ihre Bewegungen klitzeklein sind, sie wollen ja keinen Lärm machen. Der Tanz, das Sichwinden, ein honigsüßes Zerfließen. Und das alles mit blau geprügeltem Hintern. Die Erinnerung brachte sie zum Lachen. «Nein, keine Feier, alles war heimlich.»

«Ach so.» Die Polizistin lachte auch, als wüsste sie, was gemeint war. Aber ihr Lachen war nackt, ein Vögelchen, dem alle Federn ausgerissen worden waren.

«Was haben Sie?», hörte Magda sich sagen. «Vielleicht kann ich helfen.»

«Nichts habe ich, was für eine Frage!» Dabei schielte die Polizistin schon wieder durch die Gardinen. «Sie helfen mir, in dem Sie mir etwas erzählen. Etwas, das nicht so privat ist, damit wollte ich Ihnen nicht zu nahe treten. Vom Kriegsende hier im Dorf. Es heißt, Hermann hätte eine Rolle dabei gespielt. Meinen Sie, das geht?»

Magda schwankte plötzlich hin und her, als stünde sie auf Wasser. In dem Moment konnte sie durch den Spalt nach draußen sehen. Da war ein Mann in Schwarz, nicht allzu groß, kräftig und mit rudernden Armen. Uwe war das, natürlich, den kannte sie doch. Er wirkte sehr wütend. Von wegen, da ist nichts. Dann schlug sie sich die Hand vor den Mund, aber es war zu spät, andere, viel schlimmere Erinnerungen drangen nach oben ...

Der Gutspark trägt ganz dunkle Farben, grauschwarz ist alles, sogar die Luft, weil überall geschossen wird. Sie wollten sich schützen, das Dorf absperren, damit niemand hereinkommt. Aber die Soldaten sind doch ins Dorf gekommen, das Grollen und Beben mit ihren Panzern die Straße herunter ein Höllenklang. Sie ist mit Maria hinters Haus gelaufen und nun durch den Park, zu den Bäumen mit den hohlen Stämmen, um sich zu verstecken ... Ihr ziehender Atem holte sie zurück. Nicht daran denken, das ist vorbei. «Es geht mir gut, es geht mir gut ...»

Die Polizistin strich ihr jetzt übers Haar. «Wunderbar, das ist gut, nur bitte, beruhigen Sie sich. Wir können ein anderes Mal darüber sprechen. Das mit dem Haus war Aufregung genug.» Dann waren auf dem Gesicht der Polizistin zwei hübsche Grübchen zu sehen. «Was werden die Nachbarn dazu sagen?»

Magda legte sich die flache Hand auf die Brust. «Darüber spricht man nicht, das geht niemanden etwas an. Man kann froh sein, dass man noch am Leben ist.»

Das Gesicht der Polizistin wurde ganz weit.

Magda hielt sich am Stuhl neben dem Fenster fest, ihr war schwindlig geworden.

«Ich kann Ihren Arzt holen, soll ich das?»

«Nein, nein», redeten da ihre Lippen, während das Rauschen näher kam. Aber ihr gelang ein Lächeln, irgendwie. «Das ist nur die Hitze, man ist froh, das zu überleben, nicht? Der Doktor kommt sowieso jeden Moment vorbei.» Das war ihr ganz plötzlich eingefallen.

«Wenn das so ist, will ich mal lieber gehen», sagte die Polizistin und blieb trotzdem stehen, mit weiten Augen, als wollte sie nicht.

Nein, mehr gab es nicht zu erzählen. «Gehen Sie schon!» Magda hatte sich anstrengen müssen, das laut zu sagen.

Schließlich nickte die Polizistin und lief langsam in den Flur. Unsicher. Wegen Uwe?

Dann stand Magda da und hörte die Tür zufallen und wie die Polizistin zu rennen begann. Sie sollte etwas tun, und zwar ziemlich schnell, aber was? Durch die Gardine sah sie die junge Frau mitten auf der Straße keuchend stehen bleiben. Sollte sie rufen, dass sie zurückkommen sollte, hier drin wäre es sicher? Aber das stimmte ja nicht, nirgendwo war es sicher …

Und bewegen konnte sie sich auch nicht mehr, es ging einfach nicht. Und nichts kam aus ihrem Mund, nicht mal ein Hilferuf. Die dünne Haut über den Erinnerungen lag in Fetzen, alles war auf einmal wieder da.

Die grässlichen Bilder haben zum Schneiden scharfe Kanten. Graue Uniformen schälen sich aus dem Nebel, die Soldaten sind von allen Seiten gekommen. Dann sieht sie sich in ihrem graubraunen Mantel im Park stehen, wie angewurzelt, neben der Blutbuche. Ihre Schultern beben, weil sie so schlecht Luft bekommt. Sie haben sich nicht mehr verstecken können, jetzt können sie nicht mehr rennen, und die Männer lachen, aus ihren runden Gesichtern fallen grässliche Laute, während sie näher kommen.

Magda spürte einen Druck in der Brust, der im Begriff war zu explodieren. Die raue Wand schabte ihr die Haut auf, als sie daran herunterrutschte. Würde jetzt endlich alles vorbei sein? Unten knallte ihr Kopf gegen den Schemel. Gleich wird es dunkel, dachte sie schon.

Aber nein, da war noch ein ganz kurzes Aufflimmern, bevor um sie herum alles schwarz wurde.

Maria ist nicht mehr neben ihr. Sie selbst wird an den Armen gepackt und von zwei Männern festgehalten, einer größer, einer kleiner als sie. Der kleinere greift in ihr Haar und zerrt ihren Kopf herum, damit sie zusehen muss und zuhören, wie Maria zu schreien beginnt, als würde sie zerfetzt. Ein dünner Streifen Licht fällt auf den Männerhaufen, der über Maria hockt wie ein Ungeheuer, hässliche Bewegungen macht und dabei fürchterlich laut ist. Es saugt ihr die letzte Kraft aus dem Leib. Und als sie selbst dran ist, liegt sie bloß stumm da, mit zugeschnürter Kehle und aufgerissenen Augen.

Desirees Brustkorb ging wie ein Blasebalg. Himmel, was bin ich gerannt, bloß weil dieser Uwe auf der Straße herumtigert? Und wo war er überhaupt? Hektisch sah sie sich um. Die Straße war leer, es war früher Abend, wahrscheinlich hockten alle am Esstisch und vor dem Fernseher. Besser, es wäre jemand unterwegs. Oder war sie völlig paranoid? Sie wischte sich die Stirn, lief weiter. Da war noch etwas anderes außer

Uwe Schmied gewesen, was sie angesprungen und ihre Angst befeuert hatte. Magda selbst, das grelle Flackern in ihrem Blick, hinter dem sich etwas abzuspulen schien, ein Film mit schlimmen Erinnerungen wahrscheinlich. Arme alte Frau.

Im Herzen des Dorfes blieb sie mit brennenden Oberschenkeln stehen. Da war eine Präsenz. Die Gegenwart von etwas, spürbar wie zu dicke Luft. Sie drehte sich um, suchte mit den Augen die Straße ab, die Einfahrt zu Gruners Praxis, den Parkplatz. Wartete stocksteif, ob sich ein runder Kopf hinter einer Linde vorschob, über einem Autodach, mit einem Paar rehbrauner Augen. Dabei fiel ihr Blick auf die Kirche, zu der sich ein Weg schlängelte, der nach rechts von der Hauptstraße abging. Ihr Turm bot mit seinen schießschartenartigen Fenstern garantiert eine gute Sicht aufs Dorf. Ob man da hinaufkonnte?

Auf dem Friedhof um die Kirche, die auf einer umzäunten Anhöhe lag, herrschte noch Betrieb. Eine Gruppe Frauen stand schwatzend beieinander. Sie hatten einen älteren Herrn in die Mitte genommen. Als sie auf die Gruppe zulief, fühlte sich ihr Puls beinahe wieder normal an.

Die Gespräche verstummten, als sie ein paar Meter vor ihnen stehen blieb. Die Gesichter der Frauen fielen zu wie Türen. Nur der Mann sah sie freundlich an, immerhin.

«Es gefällt Ihnen so gut bei uns, dass Sie noch immer hier sind? Das muss die himmlische Ruhe sein.» Sein rundes Gesicht mit der dicken Nase, die an der Spitze einen runden Knubbel hatte, strahlte Ruhe und Zufriedenheit aus.

Desiree holte tief Luft. «Erwischt. Am besten gefällt mir der Fluss ringsum, da würde ich am liebsten reinspringen.»

Jetzt fuhren die Frauen zu ihr herum. «Sie wollen da baden?»

«Ist er denn verseucht?»

«Vielleicht», flüsterte eine, sie trug ein blaues Kopftuch und eine Schürze über dem grau-weiß karierten Kleid.

«Quatsch!» Die Frau daneben reichte Desiree die Hand, sie war mit Dreck überkrustet. «Ich bin Gerda Wustermann. Wenn Sie baden wollen, dann besser im See, der Fluss hat starke Strömungen.»

Bei der Trockenheit dürfte der doch nur noch ein Rinnsal sein, dachte Desiree. Egal. «Ich fahre dann wohl besser nach Hause zurück, wir haben ja den Tollensesee.»

Die Erleichterung der Frauen war förmlich zu greifen. Nun trat eine sehr schmale weißhaarige Frau mit einer Haut wie ein Faltengebirge auf Desiree zu. «Wissen Sie, unsere Frauengruppe hier kümmert sich um die Pflege der Gräber, um die sich kein Angehöriger mehr kümmern kann.»

«Etliche sind ja weggezogen», ergänzte Gerda Wustermann.

«Die, die hier gelebt haben, früher, die kennen wir ja zum Teil noch.» Das kam von der kleinen Weißhaarigen.

«Wir sammeln Geld im Dorf für die Blumen.» Gerda Wustermann hatte sehr schnell gesprochen und sie dabei strafend angesehen.

«Schröter hat auch immer was gegeben, zweihundert Euro im Jahr, das war sehr großzügig von ihm», sagte die dritte der Frauen.

«Wir sind eben der Friedhofsklub, komisch, aber wichtig», sagte der Mann. «Mein Name ist Wilfried Ganz, ich war hier Pfarrer und bin es ein bisschen immer noch.»

«Dann hätte ich eigentlich Sie heute bei der Beerdigung sehen müssen?», fragte Desiree.

Er winkte ab. «Der Verstorbene und ich haben uns immer mal unterhalten. Er findet Frieden.»

Der Pfarrer schien das sehr ernst zu meinen. Sie musste

unbedingt mit ihm sprechen. «Eine schöne Kirche haben Sie da. Kann ich sie mir ansehen?»

Er lächelte. «Natürlich.»

Sie hatte Glück, die Frauenmannschaft blieb, wo sie war, und als sie mitten in der kühlen dunklen Kirche stehen blieben, hatte sie Wilfried Ganz für sich allein.

Desiree sah sich um. Krumme Holzbänke standen fest und ruhig da, sie hatten Kuhlen, die Tausende von Hintern hineingesessen hatten. Dicke Pfeiler türmten sich daneben auf, sie liefen spitz nach oben zu und trugen ein gewaltiges Dach. Der Geruch nach Trockenheit und Staub und altem Holz legte sich wie eine Decke auf die letzten Reste ihres unruhigen Herzschlags. Vorsichtig atmete sie mehr davon ein. Ein Haus, das die Menschen schützt, bestimmt hatten sie zu allen Zeiten hier drin Zuflucht gesucht.

Pfarrer Ganz legte seine schwieligen Hände auf den Rücken einer Bank. «Wir sind stolz, eine Kirche zu haben, die den Dreißigjährigen Krieg unbeschadet überstanden hat.»

«Und den Zweiten Weltkrieg, wie es aussieht. Aber man denkt hier wohl in größeren Relationen?»

«Wahrscheinlich. Das hier ist ein altes Land. Aber sogar die Russen haben die Kirchengebäude weitgehend in Ruhe gelassen, falls Sie das meinten. Sehen Sie doch mal hier.»

Ganz führte sie zu einer Reihe trutziger Bänke, die sich niedrig und schwer an die hinteren Mauern des Hauptschiffs lehnten und vom Dunkel der darüberliegenden Empore beschattet wurden. Kleine, mit verriegelbaren Türchen versehene, halbhohe Sitzbänke, grau angemalt, mit kostbaren Schnitzereien versehen, Buchstaben und Zahlen.

«So war als ick lewe Wil ick nicht den Dodt des Sunders ...» las er vor. «Ist das nicht wunderbar?»

Dieser Stuhl ist gebauet von Lutger von Bassewitz Anno 1542 und repariret Anno 1747, las Desiree allein weiter. Unglaublich. «Ein Teil ist restauriert, nicht wahr?»

«Ein Verein in Neubrandenburg sammelt dafür Geld.»

«Lassen Sie mich raten, der verstorbene Rudolf Schröter hat auch dafür gespendet.»

Der alte Pfarrer nickte.

Desiree umfasste mit einer Geste den Kirchenraum. «Sie haben recht, wenn Sie sagen, dass man hier zur Ruhe kommt. Und man sieht und beobachtet Dinge, die man sonst allzu leicht übersieht.»

Der Pfarrer wandte ihr das Gesicht zu. «Als da wären?»

«Was meinten Sie, als Sie sagten, die Russen hätten die Kirchengebäude weitgehend in Ruhe gelassen?»

Wilfried Ganz trat aus dem Schatten der Empore und sammelte zwei Gesangbücher ein, die auf dem Boden lagen. «Nun ja, andere Häuser sind beschossen worden.»

«Das ist aber nicht das Entscheidende», sagte Desiree zu seinem Rücken. «Entscheidend sind die Schäden an den Menschen, nicht wahr?»

Er legte die Bücher behutsam auf einen Stapel zu den anderen. «Ich bin erst seit 1961 hier. Und die Leute reden nicht darüber, die wollen ihren Frieden. Und den brauchen sie auch.»

«Sie werden doch aber in all den Jahren etwas davon mitbekommen haben, Pfarrer sind Geheimnisträger. Es heißt, es hätte hier eine blutige Auseinandersetzung mit den Russen gegeben.»

Wilfried Ganz kratzte sich den runden Kopf, eine dünne weiße Strähne ragte danach wie eine Antenne in die Höhe. «Ist es für den Fall von Belang?»

«Alles ist für den Fall von Belang.» Das glaubte sie inzwischen tatsächlich.

Langsam ließ der Pfarrer sich auf einer der Bänke nieder. «Die Gräber, die wir gemeinsam pflegen, gehören Frauen. Jungen Frauen. Sie wurden in den ersten Maitagen des Jahres 1945 beerdigt.»

Sie setzte sich in die Bank gegenüber, während ihr Puls, der sich längst beruhigt hatte, wieder hörbar wurde. «Die Frauen sind in den letzten Kriegstagen umgekommen?»

Ganz nickte. «Aufgrund der verkehrstechnisch günstigen Lage war hier eines der Hauptdurchzugsgebiete der Roten Armee. Und das Dorf hat erbitterten Widerstand geleistet. Danach ...» Er legte die Faust auf den Mund. «... aus dem Fluss hat man jedenfalls die Leichen von 27 Frauen und Mädchen gefischt. Meine Schwester war dreizehn, als sie daran starb. Ich weiß es nur vom Erzählen, meine Mutter hatte mich von Demmin, wo wir wohnten, zu Tanten nach Neubrandenburg geschickt. Ich erinnere mich an einen russischen Soldaten, der mir ein Stück Kandiszucker schenkte, das ist alles, was ich aus dieser Zeit noch weiß, an Vera kann ich mich gar nicht erinnern.»

«Und Magda?», fragte sie leise.

«Ich gehe davon aus, alles andere wäre ein Wunder. Es gibt kaum eine Frau oder ein junges Mädchen, das nicht davon betroffen war.»

Oma, dachte sie, während das Rauschen in ihren Ohren noch lauter wurde, weil sie in dem Moment begriff. Kam daher dein breites Lachen, das klang wie ein Gewitter? Die nie versiegende Lust auf den nächsten Kerl? Alles eine Flucht nach vorn, damit das Leben lauter war als die Albträume. Und wenn das nicht half, ein paar große Schlucke aus einer der vielen Likörflaschen in der Vitrine.

Sie ließ sich gegen die breite Holzlehne sinken. Auf einmal verspürte sie das Bedürfnis, hier sitzen zu bleiben und ihm zu zeigen, wie leid ihr das alles tat. Wie oft hatte wohl dieser Mann hier gesessen und war einfach geblieben, als ein Mensch vor Verzweiflung fast verrückt wurde? Sie stützte das Kinn in die Hände. Dabei kam ihr eine Idee. «Gibt es vielleicht jemanden, der Schröter deshalb nach dem Leben trachtete? Schließlich hatte er den Endkampf gegen die Russen organisiert, wegen ihm mussten die Menschen leiden.»

«Nach der Wende hätte man am ehesten damit rechnen können. Als er plötzlich hier auftauchte und etliche Leute Angst bekamen, weil sie schnell arbeitslos wurden, hatte er daran ja seinen Anteil. Aber aus diesem Grund und so viele Jahre später? Da bin ich ratlos, genau wie Sie.»

«Und jetzt?», fragte sie seufzend.

«Machen wir alle Feierabend.»

Sie fuhren herum. Jemand trat aus dem Dämmerlicht unter der Empore, es war Peter Gruner, im Arm einen riesigen Strauß Sonnenblumen.

«Ich mag es nicht, wenn sie größer werden als ich», sagte er und legte sie auf einen Tisch hinter den neuen Sitzbänken im Vorderschiff.

«Danke schön, Hildegard wird sich morgen darum kümmern», sagte Ganz. Und dann, an Desiree gewandt: «Meine Frau.»

«Deine junge Frau», ergänzte Gruner.

Ganz bekam rote Wangen. «Wir haben letzten Sommer geheiratet, meine erste Frau ist vor sechs Jahren an Krebs gestorben.»

«Dann sollten Sie jetzt heimgehen und sich einen schönen Abend machen», sagte Desiree. «Ich bleibe noch kurz. Kann man auf den Turm gehen?»

«Da ist rein gar nichts Interessantes», rief Gruner, der schon wieder zur Tür gegangen war.

Ganz reichte ihr zum Abschied die Hand. «Es ist ohnehin abgeschlossen. Aber wenn Sie hier unten noch in aller Stille sitzen wollen, dürfen Sie das gern tun.»

Als der Pfarrer mit Gruner gegangen war, stand sie langsam auf. «Hmmm …», sang sie dabei in den stillen Raum hinein. Der Klang glitt die Wände hinauf und zerfloss irgendwo weit oben an der gewölbten Decke. Durch ein Fenster fiel schräges, dünnes Licht. Der reinste Frieden.

Sie ging an den Bänken vorbei in den kleinen Kirchenvorraum, von dem eine schmale Treppe nach oben führte. Zuerst stand sie nur da und starrte die Stufen an. Ihre Dellen, den verklumpten Staub in den Ecken, uralt konnte der sein. Eine eigenartige Kühle ergoss sich von dort in den Vorraum. Als sie mit schweren Beinen nach oben stieg, knarrten die Stufen, als würden sie brechen wollen. Der Geruch hier war ganz anders, alt und feucht, von einer bissigen Schärfe, und er schnürte ihr die Luftröhre zusammen. Dennoch konnte sie nicht stehen bleiben, es ging einfach nicht.

Und dann, auf halber Treppe, gab es hinter einer Nische eine Tür. Desirees rechte Hand hing für einen Augenblick unschlüssig über der Eisenklinke, von der sich kleine, eiskalte Schwaden lösten. Blödsinn, dachte sie dann und legte die Hand darauf. Hielt dennoch den Atem an, als sie sie hinunterdrückte, weil ihr die Kälte in den Arm schoss.

Aber es war abgeschlossen.

Draußen sah sie Gruner und den Pfarrer auf dem Hauptweg des Friedhofs stehen, die Köpfe nah beieinander. Als sie sie erblickten, stellten sie ihr Flüstern ein.

«Sie sehen nicht gut aus, fehlt Ihnen was?», fragte Gruner, als sie vor ihnen stand.

Sie schüttelte den Kopf. «Da oben auf der Treppe ist es sehr kalt, irgendwie.»

«Das kommt Ihnen nur so vor.»

«Wahrscheinlich.» Hoffentlich, dachte sie. Werde ich krank? Eine Sommergrippe?

«Oder Sie haben einen sechsten Sinn», meldete sich der Pfarrer zu Wort.

«Sechsten Sinn?»

«Den gibt es nicht», sagte Gruner schnell, räusperte sich und sah den Pfarrer dabei kopfschüttelnd an.

Der kümmerte sich nicht darum. «Dort oben hinter der Tür ist eine Turmstube. Dort hatten sie sich versteckt. Die Frauen und Mädchen. Sie wissen schon.»

Auf einmal blieb die Luft, die sie gerade im Hals hatte, stecken und kam nicht weiter. Hatte sie deshalb so reagiert? «Wie sind diese Frauen in den Fluss gekommen? Wollten die Russen nach den Übergriffen ihre Leichen dort verschwinden lassen?»

Der Pfarrer runzelte die Stirn. «Sie sind selbst hineingegangen, weil sie es nicht ertragen konnten. Manche auch vorher schon, um zu verhindern, dass sie vergewaltigt wurden. Es kam ja massenhaft vor, das eine und das andere. Hast du mir nicht von den vielen verkrüppelten Händen erzählt, Peter?»

Peter Gruner blähte die Nasenflügel. Dann streckte er beide Hände vor und ließ sie in den Gelenken nach unten sinken, die Finger krallte er ein. «Ich kann mich gut an diesen Anblick erinnern, das war weit verbreitet. Gescheiterte Suizidversuche, die Frauen hatten sich aus Versehen die Sehnen durchgeschnitten. Wer überlebte, war ein Leben lang arbeitsunfähig.»

Desiree schluckte. «Und Magda? Hat sie je versucht ...?»

«Natürlich. Diese Menschen sind schwer beschädigt. Sie waren doch vorhin bei ihr, nicht wahr? Was ich mir gerade ansehen musste, hat mir nicht gefallen. Sie hockte auf dem Boden, wirkte verstört. Ich musste ihr wieder eine Beruhigungsspritze geben. Können Sie das verantworten?»

Desiree reckte sich, jetzt war sie noch ein Stück größer als der Arzt. «Ich habe ihr nur gesagt, dass sie das Haus geerbt hat. Trotzdem kommt alles andere gerade wieder hoch, nicht wahr?»

«Das hängt mit Rudolfs Tod zusammen, sie haben sich ja ihr Leben lang gekannt. Er war der Letzte aus ihrer Generation, zu dem sie noch Kontakt hatte. Und sie weiß, dass sie theoretisch die Nächste ist. Diese ganze Aufregung kann auch zu einem Infarkt führen, und der wäre ihr Ende. Das wollen wir beide nicht, oder?»

So eine Endzeitstimmung hatte sie allerdings überhaupt nicht an Magda wahrgenommen. Angst vor den Erinnerungen ja, aber nicht vor dem Tod. «Das ist aber schon komisch, sie regt sich wahnsinnig auf, obwohl es ja der Bruder war, Hermann, mit dem sie verlobt war. Oder hatte sie später auch eine Beziehung mit Rudolf Schröter?»

«Nein», meldete sich Pfarrer Ganz zu Wort, «Rudolf war mit Maria Gruner, der Mutter unseres Arztes hier, zusammen, richtig, Peter? Die beiden Frauen waren beste Freundinnen.»

Jetzt war es, als hätte sie einen Stromschlag abbekommen, Gruner schien es ähnlich zu gehen, sein Lächeln fiel in sich zusammen.

«Oder hätte ich das jetzt nicht sagen sollen, Peter?», fragte der Pfarrer.

«Das ist ja kein Geheimnis», antwortete Gruner und nickte. «Aber das ist ewig her. Meine Mutter ist auch schon vor der Wende gestorben, also war es nicht schlimm, dass Magda Rudolf, nun ja, ein klein wenig übernommen hat. Rein freundschaftlich.» Dann schlug er dem Pfarrer kumpelhaft auf die Schulter. «Und jetzt wollen wir wirklich nach Hause, nicht wahr?»

Desiree sah zu, wie die beiden durch das Friedhofstor verschwanden. Wahnsinn, dachte sie. Und das hat er uns verheimlicht. Und diese Magda war cleverer, als es schien, zumindest früher. Auch ihre Oma war der Meinung gewesen, dass man, wenn der Krieg so viele Männer hat sterben lassen, den vorhandenen Rest eben teilen musste.

Sie wartete eine Weile, dann durchquerte sie leise den Friedhof und schlüpfte an der hinteren Seite neben dem Komposthaufen durch eine Maueröffnung.

Als sie auf die Straße trat, zog sich etwas in ihr zusammen. Wie ein Fahrstuhl schnellte die Angst nach oben und riss sie mit. Weiter vorn war hinter einer Platane ein Kopf aufgetaucht.

Mit einem Paar rehbrauner Augen, die sich in ihr Gesicht bohrten. Ihr Körper begriff sofort und schoss eine Ladung Adrenalin durch ihre Adern. Ein schneller Blick auf ihre Schuhe, ja, in denen konnte sie zur Not rennen.

So unauffällig wie möglich lief sie los. Nach ein paar Metern hört sie hinter sich Schritte auf Kies. Mist!

«Bleib stehen!»

Uwes Stimme klang, als würde er Steine schieben. War er nicht so fit wie sie? Sie beschleunigte, seine Schritte hinter ihr wurden leiser.

«Kann ich dich sprechen bitte?», hörte sie da.

Vergiss es. Sie lief weiter, hustete den pudrigen Staub der Straße aus. Da war Herzbergs Auto, endlich, aber sie war längst nicht so fit wie gedacht. Plötzlich hatte sie Uwes Hände auf ihrem rechten Unterarm. Wirbelte herum, rutschte aus und stürzte auf die Straße.

Seine Hände flogen auf sie zu. «Entschuldigung, ich wollte das nicht ...»

Sie riss die Arme zur Seite, nach denen er gegriffen hatte. «Was fällt dir eigentlich ein!»

Während sie aufstand, sah er sie mit aufgerissenen Augen an. «Bist du wirklich bei der Polizei?»

«Und ich werde dir Massen von Ärger machen! Mir einfach hinterherzurennen!»

Seine braunen Augen wurden groß wie Scheunentore. «Ich kann verstehen, dass du sauer bist. Ich wollte auch nur was fragen, eigentlich. Wir hatten uns doch neulich in der Pizzeria ...»

Sie schlug sich den Staub von den Sachen, genau in seine Richtung. «Wenn hier jemand Fragen stellt, dann ich.» Dann lief sie weiter.

«Können wir nicht ...», er begann zu husten, «irgendwo ... ich könnte dich einladen, quasi als Entschuldigung?»

Sie lief unbeirrt weiter. «Das ist so ziemlich das Bescheuertste, was ich je gehört habe.» Außerdem schämte sie sich und war wütend. Sie hatte tatsächlich geglaubt, er würde ihr wegen der Namenslüge dumm kommen. Die Beerdigung, der Besuch bei Magda und das Gespräch mit dem Pfarrer hatten sie ganz schon dünnhäutig gemacht. Nicht sehr professionell, wenn Jansen das wüsste.

«Wo willst du denn hin?»

Aber sie antwortete ihm nicht, das wäre auch noch schöner gewesen.

Herzberg schaute an dem traurig grauen Wohnblock hoch, während er sein Telefon in die Hosentasche stopfte. Natürlich hatte Kai Henschke nicht gewusst, dass Schröter ein neues Testament gemacht und es nur noch nicht unterschrieben hatte. Und schon gar nicht hatte er geahnt, dass es ihn wesentlich schlechtergestellt hätte. Und gegen Reichenbächer als Kompagnon hätte er sowieso nichts einzuwenden gehabt. Veralbern konnte er sich allein! Wenigstens war Henschke denkbar schlecht gelaunt gewesen, weil *einer von Ihnen hier gerade das Büro auseinandernimmt. Und das während der Ernte.* Na so was. Mal sehen, was Fred ihnen morgen präsentieren würde.

Jetzt drückte er den Klingelknopf, dann wurde er durch die Gegensprechanlage gefragt, was er hier wolle. Er erklärte es.

«Meine Frau ist bei ihrer Schwester und kommt heute erst nach zehn zurück», sagte Herr Schwanitz.

«Kann ich dann mit Ihnen sprechen?»

«Kommen Sie morgen wieder, dann sind wir beide da.»

Dann verstummte röchelnd die Gegensprechanlage.

Mist, dachte Herzberg und lief zurück zur Hauptstraße.

Dort stellte er sich unter eine der gewaltigen Linden, die die Straße beschirmten. Hier war es schattig, die Sonne hatte sich auf der anderen Seite des Dorfs in den Ästen der Bäume verhakt, und doch war es noch immer viel zu warm.

Er überquerte die Allee, die zum Ausgang des Dorfes hügelan führte. Schnurgerade und breit, wie für Militärparaden gemacht, dachte er. Kein Wunder, dass sie diesen Zugang verbarrikadieren mussten, wie Kowalek erzählt hatte. Auf der anderen Seite der Straße gab es einen Radweg und dahinter eine große Wiese mit einem Weidezaun. Herzberg lief darauf zu, folgte dem sanften Auf und Ab des asphaltierten Weges, weil ihn der See lockte, der in dem Waldstück dahinter versteckt lag. Grün und trübe und kühl. Er würde in dem kühlen Wasser schwimmen, eine Badehose würde wunderbarerweise nicht nötig sein, was machte es da schon, dass er allein war.

Als er an dem Weidezaun vorbeikam, fühlte er plötzlich

den Boden unter sich beben. Ein zartes Poltern bewegte sich von rechts auf ihn zu. Dann verstummte es, stattdessen war ein Schnaufen zu hören, leise wie Donnergrollen von ganz weit her.

Ein Pferd war in sicherer Entfernung zum Zaun stehen geblieben. Als Herzberg es ansah, stellte es die Ohren auf.

«He, du bist ja ein Schöner», gurrte er.

Das Pferd kam näher und senkte den Kopf.

Herzberg streckte die flache Hand aus. «Leider habe ich nichts, nur mich», sagte er. «Du bist wohl auch allein hier draußen, was?»

Als Antwort streifte ein warmer Luftzug seine Finger. Dann spürte Herzberg ein samtiges Streicheln. Es war warm und ein wenig feucht und kitzelte. Vorsichtig betastete er die weiche Haut um die Pferdelippen. Mit hüpfendem Herzen. «Von Tieren habe ich keine Ahnung, weißt du?»

Noch ein Schnauben war zu hören, verächtlich diesmal. Siehst du, hieß das wohl, ich beiße nicht, du musst nicht so einen Schiss haben. Herzberg lachte. «Schlau bist du ja.»

Das Pferd machte jetzt einen Schritt vorwärts und stellte sich längs zum Zaun auf, mit der linken Flanke berührte es das Holz.

«Ah, ich soll dir den Rücken klopfen, na dann ...» Herzberg tätschelte das hellbraune Fell und erntete einen zweifelnden Blick. Also gut, dann etwas kräftiger ... Staub wirbelte auf, ein paar Erdkrümel rieselten durch seine Finger. «Du hast dich im Dreck gewälzt, was? Hilft das gegen die Hitze? Die Mücken?»

Das Pferd wendete den Kopf.

Seine Hand blieb an Ort und Stelle liegen. «Die Einsamkeit vielleicht?»

Ein großes schwarzes Auge blickte ihn offen an. Dann hob das Pferd den langen Kopf über den Zaun und stupste ihn sanft damit an. Herzberg spürte die Wärme des Tiers, die gezügelte Kraft seiner Muskelberge, Sanftheit und Verstehen. Was wahrscheinlich Quatsch ist, dachte er. Dennoch schloss er die Augen und genoss den Moment. Bis ihn etwas aus seiner Verträumtheit riss.

Ein käckerndes Meckern. Herzberg musste eine Weile suchen, dann sah er es.

Zwischen den riesigen Pferdebeinen stand eine kleine weiße Ziege, die eifersüchtig zu ihm hochsah. Dann stupste sie dem Pferd mit der Schnauze gegen den Bauch.

Da musste er schon wieder lachen. «Beste Freunde, ich hab's kapiert!»

Das Pferd wieherte und schüttelte die Mähne, dann ließ es ihn stehen.

Herzberg sah zu, wie die beiden davontrotteten. Mit mir ist es genau dasselbe, dachte er, ich brauche Verbündete, sonst komme ich hier draußen nie auf einen grünen Zweig. Dann kramte er kurz in seinem Gedächtnis nach einer Telefonnummer, die er auf einem Schild gesehen hatte, und holte sein Telefon aus der Hosentasche. Auf seinem Display sah er die Nachricht von Desiree. *Mir reicht's für heute, keine Lust, auf dich zu warten, ich nehme mir ein Taxi.* Umso besser. Er tippte Gruners Nummer in sein Telefon und fragte, ob das Angebot noch stand.

Als die Haustür hinter Desiree ins Schloss fiel, atmete sie tief ein. Im Taxi hatte sie flach vor sich hin gehechelt. Als hätte sie gewusst, dass es erst hier drin wieder genug Sauerstoff gab. Albern, aber es stimmt, dachte sie, als sie den Schlüssel in die alte Silberschale gleiten ließ. Hier fällt die ganze Empfindlichkeit von mir ab, und ich sehe viel klarer, was für ein Geschenk.

Herzberg hatte recht, sie musste lernen, ein bisschen besser nachzudenken, bevor sie lospolterte. Sogar bei diesem Uwe war ihr das ein wenig peinlich, und der hatte es noch am ehesten verdient. Sie ließ ihre Tasche fallen und blieb einen Moment still stehen.

«Gibt es das», sagte sie laut, «dass man die Atmosphäre eines Hauses vergiften kann? Durch Gewalt? Schmerz? Angst, die Menschen ausschwitzen?» Im Turm jedenfalls war es gewesen, als würden die Wände sie erdrücken, obwohl die Kirche selbst so ein friedvoller Ort zu sein schien. Eine Trutzburg. Wie man sich doch irren konnte. Andererseits hatte der Pfarrer ja gesagt, dass die Frauen im Turm gehockt hatten, nicht in der Kirche. Ihre Angst musste sich wohl dort in die Mauern hineingefressen haben. Oder ich spinne, dachte sie. Was genauso gut möglich ist.

Sie schälte sich aus ihren Klamotten und ging ins Bad. Stellte die Dusche an und hielt das Gesicht unter den kühlen Wasserstrahl. Hier drin gab es das nicht, die Wände strahlten Ruhe und Frieden ab. Was immer Oma zugestoßen war, es war nicht hier passiert. Was für ein Glück. Wie war das wohl mit dem Gutshaus? Es hatte dort einen Mord gegeben. Aber bestimmt engagierten Leute wie dieser schnöselige Anwalt einen Feng-Shui-Berater, der ihnen die negative Energie wegtanzte.

Diese Frauen, dachte sie, während sie sich in ein Handtuch hüllte, hätten Grund gehabt, hart zu werden. Aber sie konnte sich beim besten Willen an nichts anderes als das lachende Gesicht ihrer Oma erinnern. Sie rubbelte sich den Rücken ab. Und ich? Bin mies drauf, aber warum bloß? Wegen eines Kerls, der auf der Hochzeit meiner Cousine deren beste Freundin flachlegen musste? Halb drei in der Nacht in einem lumpigen Partyzelt? Halb besoffen? Ich sollte mich zusammenreißen. Wirklich.

Sie pfefferte das Handtuch in die Badewanne und ging in die Küche. Schob den rot-weiß gepunkteten Vorhang zur Seite, hinter dem sich ihre kleine Speisekammer verbarg. Räumte ein paar Nudelpackungen beiseite, suchte zwei Gläser heraus. Rote und schwarze Johannisbeere und Stachelbeere. Dann schnappte sie sich einen Korb. Schon erstaunlich, was so ein Tag anrichten konnte. Und Herzbergs Zurechtweisung, wenn sie ehrlich war. Okay, sagte sie laut, während sie das Kleid betrachtete, das seit Sonntagabend in der Diele hing, ich denke jetzt nicht darüber nach, warum ausgerechnet er so was sagen darf, und schon knicke ich ein. Sie hängte das Kleid unter eine Jacke.

Dann holte sie von oben Jeans und T-Shirt, schlüpfte in die ausgetretenen Turnschuhe, die in der Schuhkiste obenauf lagen, und verließ das Haus.

Eine halbe Stunde später drückte sie auf einen ausgebeulten Klingelknopf in der Krämerstraße. Kurz darauf erschien eine kleine Prinzessin in der Tür. Die Haare unter der Krone waren zerstrubbelt, am Bauch spannte ihr Kleid, und ihr Gesicht war von schiefgegangenen Versuchen, Lippenstift aufzutragen, verschmiert. Vom Lidschatten über den Augen ganz abgesehen.

«Was ist denn bei euch los?», fragte Desiree, als Stephans Gesicht im Türrahmen auftauchte.

Sein Lachen reichte bis zu den Ohren. «Ich hab's wenigstens versucht.»

«Was will die hier?», krähte jemand aus dem Flur hinter ihm. Ein Pirat in langem Mantel und mit Krummsäbel in der Hand, das Gesicht ein ähnliches Desaster.

«Ähm ... uns helfen vielleicht?», antwortete Stephan. Dann winkte er sie herein.

In der Küche bauten sich die beiden Kinder neben ihr auf und lugten in ihren Korb. Der Pirat wischte sich die Rotznase breit. «Was ist das?»

Sie stellte die Gläser auf den Tisch. «Marmelade.»

«Hat die Krümchen?»

Sie sah Stephan ratlos an.

«Fruchtstücke und Kerne, das mag er nicht», erläuterte der, noch immer grinsend. Der Ärger, den sie ihm heute bereitet hatte, war wie weggewischt.

«Ich auch nicht», ergänzte die Prinzessin. Ihr Blick war düster.

«Ich streiche immer alles durch ein Sieb, das hat mir meine Oma beigebracht», sagte Desiree.

Stephan nahm ein Glas, öffnete den Schraubdeckel und ließ die Kinder hineinsehen. «Du bist perfekt, wusste ich doch.» Er holte einen kleinen Löffel aus der Schublade. «Die Zwillinge meiner Schwester übrigens», sagte er, während er ein bisschen Marmelade auflud und den Kindern hinhielt. Als der Pirat zuschnappte, hatte auch er den Mund offen stehen, wischte dann mit dem Löffel die Reste um den kleinen Mund weg und schob den Löffel noch einmal hinein.

Nee, dachte sie. Das sind doch keine Babys. Aber wahrscheinlich wollte er bloß alles richtig machen. Die Prinzessin drehte den Kopf zur Seite, als der nächste volle Löffel auf sie zukam.

«Du willst ein Weißbrot dazu, ja?», fragte Stephan, stellte das Glas ab und kramte in einer Plastiktüte.

«Ich esse nicht zwischendurch, davon werde ich dick», sagte sie mit abschätzigem Blick auf Desiree. Dann zog sie ihr zu enges Kleidchen glatt.

Das sagt die Richtige, dachte Desiree. Im selben Moment fiel ihr ein, dass sie genauso gewesen war in dem Alter. Alles andere als die perfekte kleine Ballerina. Das war gemein, schalt sie sich. Oma hätte nie so über mich gedacht.

Stephan knüllte die Tüte zusammen und klatschte in die Hände. «Aber was hältst du davon, wenn wir Desiree fragen, ob sie uns das mit dem Schminken mal zeigt?»

Desiree fing die Blicke aus vier halb zusammengekniffenen Augen auf. «Ich kann aber nur ein Katzengesicht», sagte sie.

Stephan runzelte die Stirn. Okay, dachte sie. Das ist der Punkt, an dem alles schiefgeht. Gleich gibt es Geheule.

Die Kleine schob tatsächlich die Unterlippe vor, ihr Piratenbruder riss den verschmierten Mund auf, für Sekunden war es mucksmäuschenstill in der Küche. «Na gut», entschied die Kleine dann.

Das Strahlen kehrte auf Stephans Gesicht zurück, er schob Stühle zurecht, sprang durch die Wohnung, schaffte Schminke herbei und Taschentücher. Dann legten sie los.

Während sie mit schwarzem Malstift Schnurrhaare malte, beobachtete sie aus dem Augenwinkel, wie Stephan zu ihr hinschielte. Mit zuckenden Mundwinkeln. Das hier ist keine gute Idee, dachte sie dabei. Ich mache ihm bloß Hoffnungen, und das ist nicht fair. Andererseits wäre er eines Tages bestimmt der beste Ehemann und Vater aller Zeiten, ausgerechnet sie sollte so etwas zu schätzen wissen. Mit ihrem Händchen für die falschen Kerle, wenn man es mal zusammenfasste.

Sie legte den Stift ab. «Fertig.»

Die Kleine schaute in den Taschenspiegel.

«Schön, nicht?», fragte Stephan.

Das Kind sah Desiree an und zeigte ein winziges Lächeln. «Lernst du mal ein anderes Gesicht? Dann kannst du wiederkommen.»

Desiree löste die Haarspange, mit der ihr Krönchen befestigt war, und steckte es neu fest. «Ich werde mich bemühen. Aber jetzt muss ich gehen.»

Stephan sprang auf. «Schon?»

«Und *mein* Gesicht?», fragte der Pirat.

«Das nächste Mal», tröstete sie. «Du willst doch nicht auch eine Katze sein, das ist langweilig.» Sie musste hier weg, das war besser so.

Der Kleine verzog das Gesicht.

Stephan wurde hektisch, riss eine Schublade auf, holte eine kleine Tüte Gummibärchen heraus. Der Pirat nahm sie huldvoll entgegen, seine Schwester zuckte ganz kurz, dann versteckte sie die Hand hinter dem Rücken und kniff die Lippen zusammen.

Stephan strich ihr über die Wange. «Dann bringe ich Desiree mal zur Tür.»

Die beiden stellten sich ihm in den Weg.

Er hob die Hände. «Okay, ihr dürft den Fernseher anstellen.»

Wie der Blitz stoben sie davon, im nächsten Moment flog eine Tür krachend ins Schloss.

Im Flur war es dunkel. Raus hier, dachte sie und legte eine Hand auf die Türklinke. Aber Stephan war schon bei ihr und stützte rechts und links neben ihr die Hände an die Wand. Und er roch so zart und gut, mit einer Spur Spülmittel und Weißbrot darin, dass in ihrer Körpermitte etwas zu strudeln begann.

«Wehe», sagte sie drohend. «Ich habe mich nur entschuldigen wollen.»

«Schisser», sagte er mit rauer Stimme.

Sie kniff die Nasenflügel zusammen. «Ich brauche noch Zeit.» Bislang spielte in seiner Gegenwart nur ihr Körper verrückt, Omas Erbe und nichts, was durch ein ganzes Leben trug. Und weniger als eine ganze Frau hatte Stephan nicht verdient, so viel war klar.

Er stand eine Weile da, dann stieß er sich von der Wand ab. «Dann eben nur die Marmelade. Ist ja wenigstens ein Anfang.»

Fragt sich nur, wovon, dachte sie, während sich die Tür hinter ihr leise schloss.

Gegen die mächtigen Buchenstämme konnte die Dämmerung nichts ausrichten. Sie bildeten eine Wand mit langen, schmalen Ritzen, durch die das letzte Licht des Tages sickerte. Ganz unten auf dem Waldboden hatte sich die Nacht längst zur Ruhe gelegt. Peter Gruner schritt dicht vor ihm her, sicher wie ein Tier. Herzberg sperrte die Ohren auf.

Der Wald flüsterte und schmatzte, Zweige knackten wie in knisterndem Feuer, und er stellte sich vor, dass die Bäume ihre Äste wie Arme in den Himmel reckten, leise seufzend nach der Hitze des Tages.

«Kommen Sie hinterher?», fragte Gruner über die Schulter.

«Es ist neu für mich.»

Ein Käuzchen schrie, Gruner blieb mit erhobenem Zeigefinger stehen. «Hier passiert einem nichts, niemals.»

Herzberg lauschte dem Schrei nach, den die Nacht gerade verschluckte. Irgendwo hörte er Wasser plätschern, der Fluss konnte nicht weit sein. «Ich weiß plötzlich nicht recht, was ich hier will.»

«Fühlen Sie sich unter Menschen wohler?»

«Nicht unbedingt, ich bin Polizist. Und Sie?»

Gruner lief weiter, dicht neben Herzberg her. «Ich lebe gern mit ihnen, aber ab und an brauche ich eine Pause.»

Nach einer Weile schälten sich vor ihnen die Umrisse eines

Ansitzes aus der Dämmerung. Gruner blieb davor stehen. «Alles, was wir tun, ist dem Wald egal. Er lässt einen in Frieden. Deshalb ist er so etwas wie Heimat für mich.»

Herzberg dachte an die Spaziergänge auf dem Wall, daran, dass es im Grunde immer darum ging, sich selbst zu vergessen, und am Ende hatte man sich doch wieder, aber neu und besser. Er rüttelte an einer Sprosse der Leiter, sie schien fest. «Muss ich da hoch?»

«Sie können auch hier unten warten, aber da verpassen Sie was.» Gruner stieg hinauf ins Dunkel, und Herzberg folgte mit wackligen Beinen. Oben setzte er sich neben Gruner auf eine Bank, die über die gesamte Breitseite des Hochsitzes ging, und starrte auf das Schwarz, das um sie herum aufgespannt war wie ein Tuch. Langsam gewann es Konturen, je länger er hineinsah: Spitzen und Wellen, gebrochene Linien und Zacken von Baumkronen, scharfkantig wie Scherenschnitte.

Gruners Arm schwenkte darauf zu. «Das dort in der Mitte ist eine Stieleiche, wir haben sieben Stück davon, alle ein paar hundert Jahre alt.»

Herzberg meinte, die Ewigkeit ihres Lebens zu spüren. Und er? War heute mit Ariane aneinandergeraten, weil er ein paar Momente lang eifersüchtig auf ihren Exmann war. «Ich würde gern so alt werden.»

«Mir reicht, was wir kriegen, wirklich.»

Herzberg lehnte sich gegen die Wand hinter der Bank. «Sie sind wichtig für andere Menschen, davon bekommt man nicht so leicht genug.»

Gruner lachte. «Sie haben Menschenkenntnis, alle Achtung! Ja, ich habe ein Helfersyndrom, das kann ich nicht leugnen. Aber ein Mensch kann nur eine bestimmte Menge an Dingen aushalten, auch im Guten, zumindest denke ich das. Irgendwann reicht es.»

«Magda bekommt das Haus», sagte Herzberg, weil er nicht wusste, was er dem hinzufügen konnte. Gruner hatte irgendwie recht und irgendwie auch nicht. Tod bedeutete Schmerz und Angst und Nichtverstehen, zumindest für ihn, jetzt, wo ihm sein Leben unentbehrlich geworden war, sogar die unschönen Dinge daran.

Gruner beugte sich nach vorn über die Brüstung. «Das Rascheln dort hinten ist eine Fähe, sie ist auf Mäusejagd. Sie ist schon ein wenig alt und hat es nicht leicht bei der Futtersuche, aber sie ist sehr entschlossen.»

Herzberg reckte sich, sah aber nichts. «Hat Magda es schwer gehabt in ihrem Leben?»

Gruners Oberkörper hob sich, als würde er sich mit Luft vollsaugen, um sich zu wappnen, wofür auch immer. «Wie alle in ihrer Generation. Sie hat den Krieg erlebt.»

«Hat der Tod von Schröter das alles wieder hochkommen lassen? Geht es ihr deshalb nicht so gut?»

«Das lässt sich nicht wirklich sagen.»

«Es heißt auch, dass es die Frauen hier im Dorf besonders schlimm getroffen hat, weil russische Soldaten sich für den Widerstand gegen ihre Armee gerächt haben. Wofür die Familie ihres Verlobten Hermann verantwortlich war.»

Gruner setzte sich kerzengerade auf, als hätte er irgendwo da draußen etwas entdeckt. «Ich weiß nur aus Büchern davon.»

«Das ist schrecklich.»

«Es ist typisch.»

«Aber es heißt doch, im Alter kommt alles wieder hoch, dann reden sie oft noch, wollen sich erleichtern, bevor sie gehen.»

«Für Magda trifft das nicht zu, leider, kann man sagen. Aber sie ist dement, zu vieles spricht dafür. Tut mir leid.» Gruner zog die Nase hoch. «Eine tolle Frau haben Sie sich da übrigens geangelt, woher kennen Sie sie?»

Herzberg fühlte sich augenblicklich unwohl. «Von der Arbeit.» Dann fiel ihm etwas ein. Gruner musste ungefähr siebzig Jahre alt sein. «Sie sind hier aufgewachsen?»

Gruner nickte, Herzberg spürte es mehr, als dass er es sah. «Wann sind Sie geboren?»

«Am 1. Februar 1946. Ich weiß, was Sie fragen wollen, das ist in Ordnung. Was Sie denken, stimmt.» Er nahm das Gewehr an sich, das er in einer Ecke abgestellt hatte. «Ich wusste es selbst lange Zeit nicht.»

Herzberg hielt kurz den Atem an, rechnete neun Monate zurück. Tatsächlich. «Irgendwer wird doch was gewusst haben, in einem Dorf sickert immer was durch.»

Gruner hob das Gewehr ein Stück an und ließ es auf den Holzboden auftreffen. Immer wieder. «Nicht wenn es alle betrifft. Aber das war nicht das Problem.»

Herzberg wartete ab, bis das dumpfe Trommeln der Suhler Jagdwaffe aufhörte, eine Fortuna aus den sechziger Jahren, wenn er sich nicht täuschte. «Sondern?»

Gruner holte tief Luft. «Ich habe natürlich gebohrt, wie Kinder das eben tun. Meine Mutter hat mir erzählt, dass sie sich in einen russischen Soldaten verliebt hätte und er sich in sie, er aber abberufen wurde, weil die Beziehung verboten war. Sie hat dabei immer so an mir vorbeigestarrt und hatte die Augen voller Tränen, ein Teil von mir ahnte wohl ...» Gruner fuhr ganz plötzlich vom Sitz hoch. «Da!»

Herzberg beugte sich mit klopfendem Herzen vor, sah aber nichts, er hatte lediglich ein Knacken gehört.

«Eine Ricke.»

Herzberg drückte sich gegen die Holzwand. «Was haben Sie vor?»

Gruner stellte sein Gewehr ab. «Nachsehen, welche es ist.»

«Das können Sie doch gar nicht von hier aus.»

Gruner holte ein Nachtsichtgerät aus seinem Rucksack und ein Fernglas. Dann bohrte er seinen Blick in die Dunkelheit.

«Sie hatten nicht zu Ende gesprochen. Sie ahnten damals …?»

«Sie ist es», flüsterte Gruner.

Er würde doch nicht etwa …? Besser, Herzberg tat irgendetwas, um das Tier zu vertreiben. Aber er wusste nicht gleich was, er stand bloß auf und stellte sich neben Gruner.

«Das stört.»

«Können Sie mir bitte die Frage beantworten?»

Gruner wühlte in seinen Hosentaschen, dann klappte er das Gewehr auf und legte die Munition ein.

«Was haben Sie vor?», fragte Herzberg laut, um das Klopfen seines Herzens in den Ohren zu übertönen.

«Schh!»

Neben sich konnte er spüren, wie etwas in Gruner wuchs, eine Kraft, die gleich durch den Gewehrlauf nach vorn schnellen und ein Leben beenden würde. «Nicht!», sagte Herzberg.

«Sie ist krank», entgegnete Gruner. «Das ist der einzige Grund, glauben Sie mir.»

Gruner reichte ihm das Fernglas, dann sah Herzberg es auch. Ein kleines, sehr schlankes Reh streifte zwischen zwei Bäumen hindurch, den Kopf gesenkt, als suche es etwas. Es hinkte, der hintere Teil seines Körpers war seltsam verschoben und kippte bei jedem Schritt nach einer Seite.

«Das Becken ist gebrochen», sagte Gruner, «sie ist am Verhungern.»

Herzberg wurde stocksteif, die Metallrundungen der Linseneinfassungen drückten gegen seine Augäpfel. «Was ist mit Einschläfern?»

«Das Ergebnis wäre dasselbe.»

Die Ricke hob den Kopf und witterte in ihre Richtung, so als hätte sie gehört, was soeben beschlossen worden war. Lauf, flehte Herzberg sie innerlich an. In dem Moment spürte er eine Hand auf der Schulter.

«Es wäre nicht schön, wenn zwei Füchse sie zwischen die Klauen kriegen. Oder ein Wolf.»

Herzberg schaffte es nicht, sich hinzusetzen und wegzusehen, irgendetwas hielt ihn neben Gruner fest, der nun das Gewehr ans Auge führte und zielte. Es verlangsamte seinen Herzschlag und machte die Beine bleischwer. Trauer, ein Gefühl von Vergeblichkeit. Dann sah er, wie der Hals der Ricke zuckte, sie musste die Gefahr erkannt haben, sie streckte ihn nach vorn, zog an ihrem Körper, kam aber nicht los. Herzberg meinte, ihre weit aufgerissenen Augen sehen zu können. Die Angst darin.

Er sah weg. Im selben Moment, als der Schuss fiel. Danach war der Wald für einen Moment so still, als würde er den Atem anhalten.

«Es ist vorbei», sagte Gruner irgendwann. «Sie hat es geschafft.»

«Und jetzt?»

«Rufe ich jemanden an, der sie holt.»

Nacheinander stiegen sie vom Ansitz, liefen ein Stück, Herzberg stolperte über Äste und Baumwurzeln, während Gruner telefonierte. Dann standen sie vor dem toten Tier.

Gruner nahm sein Baseballcap ab und kniete sich vor das Tier. Dann legte er ihm die Hand auf den Kopf. «Ist ja gut, Mädchen. Alles gut. Und mit Ihnen, Herzberg?»

«Ich hasse es, wenn ein Leben aufhört, selbst wenn ich verstehe, warum.»

Gruner stand auf. «Tragen Sie deshalb keine Waffe? Viele

Kriminelle haben ja eine. Ist Ihnen das eigene Leben im Zweifelsfall nicht wichtiger?»

«Bislang waren es immer andere, die in so einem Fall geschossen haben und dann damit leben mussten. Ich möchte nicht tauschen. Aber jetzt wird es Zeit für mich.»

«Ich muss noch auf den Abholer warten.»

«Einen Gastwirt?»

«Finden Sie das schlimm?»

Herzberg sah an Gruners ausgestreckter Hand vorbei. «Nur im Augenblick, aber das geht vorbei.»

Gruner zog die Hand zurück. «Es war mir jedenfalls eine Freude, den Abend mit Ihnen zu verbringen. Ich sage das nicht oft, das dürfen Sie mir glauben.»

«Danke.»

«Ich wünschte, es gäbe hier mehr Menschen wie Sie. Mit denen man sich mal unterhalten kann. Sie glauben nicht, wie mir das fehlt.»

«Deswegen sind Sie so oft im Theater?»

«Die Entfernung zwischen Lichtenfels und Neubrandenburg ist ja zum Glück nicht groß. Oder was meinen Sie?»

Das war ein Angebot, Herzberg verstand es sofort. «Nicht wirklich, nein.» Es hatte ein wenig schroff geklungen. «Es ist schon spät, danke für den Abend», sagte er freundlich.

Gruner nickte. «Nur noch kurz zu Ihrer Frage.»

«Ja?»

«Wenn meine Mutter mir diese Liebesgeschichte erzählt hat, ahnte ich, dass sie nicht stimmte. Ich bin dann jedes Mal weggelaufen, musste allein sein. Oft bin ich zu den Stieleichen. Früher waren sie noch nicht eingezäunt, da konnte man in die Hohlräume klettern und sich verstecken.»

«Sie waren ein sensibles Kind.»

«Ich habe gespürt, wie sehr sie um diese Geschichte gerungen hat. Für mich. Und da konnte ich sie nicht zur Rede stellen. Etwas in mir wusste wohl, wie sehr sie diese Lüge brauchte, um weitermachen zu können. Also habe ich mitgemacht.»

Vielleicht wäre es besser gewesen, sie hätten einander einfach in den Arm genommen, anstatt zu lügen, kam es Herzberg in den Sinn. Aber wer bin ich, dass ich so urteile. Ich selbst habe es jahrelang genauso gemacht. Plötzlich sah Herzberg sich selbst nach der Haftentlassung am Bahnhof in Bautzen stehen, neben sich Renate, die leise weinend auf ihre Schuhspitzen starrte. Er war nicht mehr als ein Hohlkörper, und ihm war klar gewesen, dass es von nun an zwei Möglichkeiten gab: vergessen oder untergehen. Und dass sich diese Frage jeden Tag, jede Stunde, jeden Augenblick unerwartet neu stellen konnte, mit aller Macht, egal, wie er sich in diesem Moment entschied. «Niemand versteht das besser als ich», sagte er leise.

Gruner schien ein Stück zu wachsen. «Erzählen Sie.»

Herzberg streckte ihm jetzt doch die Hand hin. «Ein anderes Mal vielleicht.» Ganz plötzlich hatte er das Bedürfnis, nach Hause zu fahren und Ariane in den Arm zu nehmen. Aber richtig, das ging ja nicht, er hatte keinen Autoschlüssel, den hatte er Desiree gegeben. Und selbst wenn, für Mark Seibold und ihn war selbst eine Tausendquadratmetervilla zu klein.

Gruner sah ihn durchdringend an. «Haben Sie etwas?»

Herzberg schluckte das dumme Gefühl im Hals hinunter. «Meinen Sie, ich könnte noch eine Nacht in Ihrem Gästetrakt zubringen?»

Gruner lächelte. «Das fragen Sie noch?»

Donnerstag, 31. August

Es war noch früh am Morgen, als Kriminalkommissarin Desiree Weigand den Flur der zweiten Etage der Kriminalpolizeiinspektion betrat. Und das obwohl sie sich auf dem Weg Zeit gelassen hatte. In den Bäumen auf dem Wall hatte ein bisschen Tau gehangen und kühles Licht, eine Ahnung von Herbst. Erfrischend nach einer halben Portion Nachtschlaf wegen eines blöden Traums und einer darauffolgenden diffusen Trauer, die vielleicht einen Namen bekommen hätte, wenn sie nicht tapfer bei hellem Licht und klassischer Musik den Rest der Nacht in einem düsteren Krimi gelesen hätte. Laut.

Silkes Tresen war leer, hinter der weit geöffneten Küchentür bullerte die Kaffeemaschine. Desiree steckte den Kopf hinein, sog den Duft der Bohnen ein. Dann befüllte sie ihre extragroße Tasse. Auf dem Weg ins Büro hörte sie aus Stephans kleinem Kabuff ein Fluchen.

Dort drin kniete er vor seinem Schreibtisch. Als er sie sah, sprang er auf.

Sie wich seiner Umarmung aus. «Was machst du da?»

Im nächsten Moment bekam sein Drucker einen kräftigen Hieb ab. «Dieses verfluchte Ding bleibt einfach mittendrin stehen.»

Sie warf einen Blick auf das Durcheinander, das er angerichtet hatte: zwei aufgeklappte Ordner, herausgepflückte Unterlagen, Klebezettel, ein frisch ausgedruckter Papierstapel. «Wie lange bist du eigentlich schon hier?»

«Nicht lange genug.» Er gähnte und schaltete den Drucker aus und wieder an.

«Du hast zu wenig Schlaf abbekommen.»

Er sah sie verschwörerisch an. «Sie sind über Nacht geblieben, da kannst du dir ja vorstellen, was ...»

«Zum Glück nicht», sagte sie kühl.

Sein Lächeln blieb nahe bei den Ohren. «Du siehst aber auch nicht gerade aus, als ob es bei dir besser gewesen wäre.»

Sie beschoss ihn mit einem Blick, der sein Lächeln endlich killte. «Schlecht geschlafen, kann passieren.» Weil sie leider nur im Traum ihre Beine um jemandes Hüften geschlungen und sich so wohl gefühlt hatte wie lange nicht. Über sich ein Gesicht, das sie nicht zuordnen konnte, trotzdem oder gerade deshalb war sie so laut gewesen, dass sie sich aus ihrem eigenen Traum gekickt hatte. Kurz davor. Und dann hatte sie dagelegen und beinahe zu heulen angefangen. Sie wühlte den Papierstapel durch. «Was ist das?»

«Ich war in meinem Lieblingsarchiv. Bewundernswert, wie genau Journalisten hingucken. Ich habe zum Thema Wirtschaftskriminalität zur Wendezeit recherchiert, das tangiert ja unsere zwei Verdächtigen Kamp und Henschke.»

Sie ließ die Blätter sinken. «Muss ich das alles lesen?»

«Nicht bevor die Tasse leer ist.»

In großen Schlucken trank sie die Hälfte und spürte, wie ein Licht in ihrem Kopf angeknipst wurde. Sie setzte sich in den einzigen freien Stuhl. «Es geht um die LPGs?»

Stephan hockte sich auf die Tischplatte. Fischte einen Zettel aus dem Stapel und las vor.

«Ein Bauernkrieg zwischen Mitgliedern und den Vorständen», unterbrach sie nach ein paar Sätzen, «ist das nicht übertrieben?»

«Gibt kein besseres Wort für das, was ablief, als man die LPGs nach westdeutschem Recht umstrukturierte.»

Sie stellte die leere Tasse ab, zog ein paar Blätter zu sich heran. Fotos waren darauf abgedruckt. Eine Bäuerin in Kittelschürze, einen Eimer in der Hand, *Bäuerin Althoff, Abfindungsvertrag* stand darunter und ein Zitat. *Die LPG brauchte doch Geld.* «Warum musste man die Leute überhaupt abfinden?»

«Weil es die Rechtsform LPG im bundesdeutschen Gesellschaftsrecht nicht gibt. Also musste man die in eine GmbH oder eine eingetragene Genossenschaft umwandeln, und da wurde erst mal ein Schnitt gemacht, um Leute loszuwerden. Anspruchsberechtigte. Also: Vermögensaufstellung, Auszahlung beziehungsweise Abfindung der Genossenschafter, die man nicht mehr wollte, Neugründung mit kleinerem Personalstock.»

Sie verschränkte die Arme. «Und was ist daran kriminell?»

Stephan nahm ihr das Blatt aus der Hand. «Pass auf. Die Bauern standen den LPGs gegenüber nicht schlecht da, denn sie waren ja die ganze DDR-Zeit über die Eigentümer ihrer eingebrachten Felder geblieben, auch wenn man sie in den fünfziger, sechziger Jahren zwangsvermitgliedschaftet hatte. Die LPG hatte lediglich ein gesetzlich gesichertes Nutzungsrecht an deren Grund und Boden. Dafür gab es im Gegenzug eine Gewinnbeteiligung. Die Bauern, die in der LPG gearbeitet haben, bekamen zusätzlich natürlich ihren Lohn. Problem der neuen Agrargenossenschaften nach der Wende: Dieses Nutzungsrecht fiel weg. Die LPGs mussten den ausscheidenden Genossenschaftern außerdem eine Abfindung zahlen, weil alles andere, die Gebäude, das Vieh, das Saatgut, die Maschinen, Gemeinschaftseigentum der LPG-Mitglieder war. Das machte denen finanziell ganz schön zu schaffen, deren Vorsitzende wollten ja weitermachen, und zwar mit der ganzen Ausstattung, die zum großen Teil super in Schuss war. Punkt eins. Also haben die LPG-Vorsitzenden ihre Bilanzen so heruntergerechnet, dass der ganze Laden auf dem Papier nicht viel wert war.»

«Und auf dieser Grundlage wurden die Abfindungen gezahlt?»

«Genau, die Bauern wurden dabei über den Tisch gezogen.»

«Einige haben superschnell kapiert, wie Kapitalismus geht?»

«Hier steht: Wie die Schmeißfliegen sind die Berater aus dem Westen durch die Lande gezogen und haben sich den LPG-Vorsitzenden angedient.»

«Wie Schröter bei Kamp.»

«Nur die Bauern hatten niemanden, der ihnen beistand.»

«War ja bestimmt auch nicht so viel zu holen. Und Punkt zwei?»

«Zum Weitermachen brauchte man nicht nur Ställe und Maschinen, sondern auch Felder, an die nun nicht mehr so leicht heranzukommen war. Daher erzählte man den Leuten: Eure Felder sind ohne uns nicht viel wert, verkauft die doch gleich an uns, dann könnt ihr hier euren Job behalten.»

«Lass mich raten: Land verkauft, Job trotzdem weg?»

Stephan nickte.

«Und Schröters Riesenbesitz?»

«Das ist noch mal etwas anderes. Der war, da er ja enteignet worden war, Staatseigentum. Nach der Wiedervereinigung wurde er von der *Berliner Bodenverwertungs- und Verwaltungsgesellschaft* verwaltet. Und die hat das Staatseigentum verpachtet oder verkauft, und zwar in den meisten Fällen an einflussreiche Großbetriebe, also ehemalige LPGs, die hatten schlicht die bessere Lobby.»

«So kam Schröter in den Besitz des Gutes?»

«Teils die Agrargenossenschaft, teils er selbst. Ich habe mir die Grundbuchauszüge noch nicht alle angesehen, aber ich schätze, er hat mehr zusammengerafft, als vorher seine Eltern hatten. Mit dem, was er einzelnen Bauern abkaufte.»

«Ein Bauer verkauft seinen Grund und Boden nicht.»

«Ein Neubauer, der mit der Bodenreform ein paar Hektar gekriegt hatte, schon, was sollte der denn damit anfangen. Mit dem Argument hat Schröter die Leute wohl überzeugt.»

Die Tür donnerte, dann flog sie auf. Fred Richter, braun gebrannt, enge weiße Jeans und hellblaues Logo T-Shirt, balancierte zwei Kaffeetassen in der einen Hand, in der anderen hatte er eine Akte. «Morgen, Leute!»

Von guter Laune am Morgen bekam Desiree ein schlechtes Gewissen und Heißhunger auf Süßes. Und dann ein noch größeres schlechtes Gewissen. Und davon schlechte Laune. Sie griff nach den Tassen. Der Kaffee war schön heiß. Eine setzte sie an die Lippen, die andere stellte sie vor sich auf den Tisch. «Was ist denn?»

Fred blickte pikiert auf das vollgestopfte Zimmer, dann in ihre Gesichter. «Bin ich nicht willkommen, läuft hier was mit euch?»

«Setz dich einfach!» Stephan hob den Drucker von dem kleinen Tisch und fegte ein paar Blätter herunter.

Fred ließ sich mit gespreizten Beinen darauf nieder.

Desiree berichtete, was sie hatten. «Und wie war es bei Henschke?»

Er hob die Brauen, blätterte konzentriert in seiner Akte. «Ich habe drei Wertermittlungsgutachten für die LPG ‹Morgensonne› in seinem Büro gefunden, zwei davon nicht in den

Ordnern, wo sie die Auflösung und Neugründung der Genossenschaft so hübsch archiviert haben.»

Desiree verdrehte die Augen. «Wo dann?»

«Im Tresor.»

«Wow.» Sie klatschte sich begeistert auf den Oberschenkel. «Wie hast du das geschafft?» Es fiel ihr nicht leicht, aber Fred liebte es, die Eier gekrault zu kriegen.

Er ließ seine Schultern kreisen, kommentierte das Knacken darin mit einem theatralischen Seufzen. «Wenn mein Chiropraktiker wüsste, dass ich letzten Sonntag einen Halben gelaufen bin.»

«Fred!»

Er stellte das Kreisen ein. «Ich habe die Sekretärin gefragt, als Henschke draußen war.» Er grinste breit. «Die haben Erntestress, Henschke hat momentan nicht viel Zeit, ihr seine ungeteilte Aufmerksamkeit zu schenken. Da habe ich ausgeholfen. Außerdem hat sie mir noch gesteckt, dass die Genossenschaft Zahlungsprobleme hat. Die letzten beiden Ernten liefen nicht wie erwartet, Henschke hat zwei neue Traktoren gekauft und sich mit alldem ein bisschen verkalkuliert. Es ist wohl nicht so, dass der Laden auf der Kippe steht, aber sie hatten schon wesentlich bessere Zeiten.»

Stefan griff nach der zweiten Tasse. «Als Schröter noch da war.»

«Definitiv.»

Desiree schnalzte mit der Zunge und streckte die Hände raus. «Fred, du bist ein investigatives Genie.»

Fred war einen Moment irritiert, dann gab er ihr sein Material.

Sie blätterte, verglich die rot unterstrichenen Zahlen miteinander, während sie ein Stück zur Seite rückte, weil Stefan sich zu ihr heruntergebeugt hatte.

«Interessant, die Zahlen werden ja kleiner», sagte er.

«Wertermittlung vom 7.9.1990: 1,7 Millionen DM, Gutachten vom 11.12.1990: 875000 DM, vom 3.2.1991: 420000 DM», las sie vor. «Also haben die ausscheidenden Genossenschafter nur ein Viertel dessen gekriegt, was Ihnen eigentlich zustand. Schweinerei. Und du pustest mir gefälligst nicht ins Ohr.»

Stephan beugte sich noch ein Stück vor. «Aber warum hat Schröter beziehungsweise Henschke die beiden anderen aufbewahrt? Ihnen müsste doch daran gelegen gewesen sein, die beiden ersten verschwinden zu lassen.»

Ein freundliches Wort, und der Junge wird frech, dachte sie. Der kriegt nie wieder Marmelade.

Fred schnippte mit dem Finger. «Hallo, ihr zwei! Die Unterschriften sind alle von Kamp, er ist für die Zahlen verantwortlich, nicht Schröter. Der wäre fein raus gewesen, hätte sich jemand beschwert oder den Laden wegen Betrugs angezeigt.»

Sie sah ihn an. «Schröter hat sich von vornherein abgesichert. Mit diesen Unterlagen hatte er Kamp in der Hand.»

Freds Blick schwirrte zwischen ihr und Stephan hin und her. «Ein ziemliches Aas, unser werter Schröter.»

Stephan begann in seinem Regal zu wühlen, das mit lauter Pappkisten gefüllt war. «Ich hab doch irgendwo die Grundstückskaufverträge ...» Er stapelte, wühlte, stapelte neu. «Hier», sagte er dann und fischte zwei angesengte Mappen aus einem Karton. «1991 kauft er nur das Gutshaus. Die anderen Käufe beginnen erst Ende 1993, Felder, Fluren und so weiter.»

Ohne ihn anzusehen, griff Desiree nach den Mappen. «Nach Kamps Rauswurf!»

«Kann interessant sein, oder?»

Stephan war wirklich schlau, aber das behielt sie lieber für sich. «Ich schätze, wir haben zu tun.» Sie warf einen kurzen

Blick in ihre Notizen mit den Arbeitsaufträgen, dann sah sie zu Fred. «Was ist mit Gruners Alibi? Hast du da noch was rausgefunden?»

«Weißt du, wie hart ich gestern in diesem Büro …?»

«Aber klar weiß ich das. Danke dir. Toll.» Habe ich das jetzt wirklich gesagt?, dachte sie dann. «Du musst das klären, ehe wir uns hier verrennen. Diese LPG-Spur stinkt nämlich nach viel Arbeit, wer wüsste das besser als du. Oder, Fred?»

Fred stand auf, straffte den Rücken, setzte eine Leidensmiene auf. Du gerissener Hund, dachte sie. Du Polizeiwiesel.

Stephan nahm ihr die Mappen ab, legte sie stirnrunzelnd zurück ins Regal. «Wenn das so ist, tut es mir leid für dich, dass du noch mehr Arbeit kriegst. Ich habe die Nummer von einem Agrarchef, der seinen Laden an die Genossenschaft Lichtenfels verkauft hat, er ist bereit, mit uns zu reden.»

War Stephan jetzt eifersüchtig, weil sie Fred die Eier gekrault hatte? Sie verdrehte die Augen. «Dann würde ich sagen: bis in einer Stunde, ihr zwei.»

Herzberg stieg voller Elan die Stufen in den dritten Stock des Neubaublocks hinauf. Nach dem gestrigen Spaziergang in den Wald hatte er gut geschlafen, war ausgeruht und gespannt auf das, was Dietlind Schwanitz ihm erzählen würde.

In der linken Tür erwartete ihn eine kleine Frau, graubraun von oben bis unten, Augen, Haare, Kleidung.

«Ich weiß Bescheid», sagte Dietlind Schwanitz, ehe Herzberg auch nur den Mund aufmachen konnte. «Sie können reinkommen.» Mit den Fingerspitzen in seinem Rücken dirigierte sie ihn ins Wohnzimmer.

«Herbert, du müsstest mit dem Müll gehen!», rief sie in den Flur, ehe sie sich Herzberg gegenüber in einem braunen Cordsessel niederließ. Im nächsten Moment klappte leise die

Wohnungstür. Sie schob eine Keksschale von der Mitte des gekachelten Tischchens in seine Richtung, ihr Lächeln erreichte gerade so die Mundwinkel. «Und Sie rücken jetzt mal raus mit der Sprache.»

Herzberg nahm gehorsam einen Keks, um etwas Zeit zu gewinnen. Diesen Satz hatte er schon einmal gehört, mit derselben Unerbittlichkeit vorgetragen. Er dehnte den Hals, um das leise Ziehen im Nacken loszuwerden. «Ich muss mir ein Bild machen. Von Rudolf Schröter. Dazu brauche ich verschiedene Perspektiven.»

Sie verschränkte die Arme. «Na, da kann ich helfen. Brauchen Sie eigentlich Kaffee dazu?»

«Ein Glas Wasser wäre nett.»

«So was schleppen wir nicht hier hoch.»

«Aus der Leitung?»

Sie ging es holen.

«Sie haben den Kindergarten im Gutshaus geleitet», begann er, als sie wieder saß.

«Bis 1991.»

«Dann wurde er wegen Kindermangels geschlossen?» Herzberg biss einen kleinen Happen aus dem Keks, eigenartigerweise war er knusprig und frisch.

«Dann musste der sein Haus zurückkaufen, für einen Appel und ein Ei. Für das Geld hätte ich es auch genommen, dann wäre der Kindergarten geblieben, und wir hätten weiterhin oben unterm Dach wohnen können. Aber nein! Der neue Bürgermeister musste ja mit Schröter kungeln.»

Herzberg ließ den Keks ganz in seinem Mund verschwinden. «Keine Begeisterung über seine Rückkehr?»

«Nee!» Sie stemmte die runden Fäuste in die Seiten, sodass ihr brauner Kittel über dem Bauch eine Beule schlug. «Der kam einfach anstolziert und wollte allen hier erklären, wie das so läuft im Kapitalismus. Und Kapitalismus hieß für den: Erst komme ich, dann erst mal lange nichts. Wenn es den anderen damit gutgeht, schön. Wenn nicht, dann nicht.»

«Das bezieht sich auf die Umgestaltung der LPG?»

Aus ihrem graubraunen Haarknoten hatte sich eine dünne Strähne gelöst, sie drückte sie mit der flachen Hand an den Kopf. «Das bezieht sich auf alles, was der angefasst hat.»

«Wann fing das an?»

«Gleich im November neunundachtzig. Zuerst großes Hallo, wir können jetzt gemeinsam was auf die Beine stellen. Ich war gleich skeptisch. Und dann war mein Herbert nicht mehr Bürgermeister und konnte nicht mehr verhindern, dass der sich hier die Filetstücke unter den Nagel reißt. Das Gutshaus, die Felder drum rum. Den Agrarbetrieb. Es gab wieder Herren und Knechte. Alles, was wir abgeschafft hatten.»

«Wie lange war Ihr Mann Bürgermeister?»

Sie griff ebenfalls nach einem Keks, biss ein großes Stück ab. «Bis neunzig. Was der alles getan hat hier für die umliegenden Dörfer! In Prittwitz gab es bis 1968 nicht mal Elektrizität! Den Kindergarten hier hat er ausbauen lassen und einen Konsum, der schon lange wieder abgeschafft ist.» Bei diesen Worten schob sie zur Bekräftigung ihr Kinn nach vorn.

Und da wusste er, woran sie ihn erinnerte. An das Steingesicht der Richterin in seiner Verhandlung. Dietlind Schwanitz strahlte dieselbe Unversöhnlichkeit aus. Solche Menschen hatten andere zugrunde gerichtet, wegen Kleinigkeiten, nur weil ihnen eine Ideologie eingeredet hatte, dass der kritische Mensch der natürliche Feind des Sozialismus war. Aber das durfte er ihr nicht anlasten. Er sah kurz weg, dachte an Arianes Gesicht, der Druck in seinem Rücken verflüchtigte sich. «Sie haben im Gutshaus gewohnt?»

«Wir sind Umsiedler gewesen aus Ostpreußen, im März

fünfundvierzig sind wir hergekommen, da war ich sieben. Zuerst haben wir in Baracken schlafen müssen, weil die Leute uns behandelt haben wie den letzten Dreck, dann wurde uns das Gutshaus zugewiesen.» Ein leichtes Lächeln spielte um ihre Mundwinkel.

«Da hatten Sie endlich wieder ein Dach über dem Kopf, und was für eins.»

«Die Russen haben ja gesehen, was wir für arme Schweine waren.»

«In den letzten Kriegstagen hat es Kämpfe im Dorf gegeben.»

Sie spuckte ein Lachen aus. «Die haben Volkssturm gespielt, der Schröter und sein Bruder und der kümmerliche Haufen, der noch übrig war. Dafür waren die Geflüchteten gut, bei so was mitzumachen.» Sie rückte mit ihrem Gesicht näher an ihn heran.

Der kümmelige Geruch von altem Brot schlug ihm entgegen. «Wobei genau?»

«Mein Vater hat sich geweigert, da haben sie ihn erschossen, der alte Bürgermeister noch. Schweinerei!»

«Auch die Übergriffe der Russen waren eine Schweinerei.»

Sie strich ihren Kittel glatt. «Uns Kindern haben die Sowjetsoldaten nichts getan, die haben uns kleine Kanten Schwarzbrot geschenkt, so war das.»

«Und die Schröters?»

Ihre Nasenflügel bebten. «Das waren Kriegsverbrecher. Das steht ja wohl außer Frage. Deshalb war der eine ja dann auch in diesem Straflager Fünfeichen, damals durfte man das nicht sagen, diese Lager gab es ja offiziell nicht.»

«Aber nur einer der beiden.»

«Den anderen haben sie gleich erschossen, heißt es. Rudolf ist nach seiner Entlassung gleich abgehauen in den Westen.

War auch besser so. Waren alle froh, dass sie den vierzig Jahre lang nicht angucken mussten.»

«Warum wurde nur einer erschossen, der andere nicht?»

Wieder drückte sie sich eine vorwitzige Haarsträhne an den Kopf. «Meine Mutter hätte es bestimmt gewusst, aber die lebt nicht mehr. Von 1945 an haben alle nur nach vorn geschaut. Wenigstens für vierzig Jahre.»

Und dann war die Zeit stehengeblieben, zumindest für sie. Herzberg presste den Rücken gegen die Sessellehne, um ihrem Kümmelatem zu entkommen. «Was hat Schröter eigentlich gesagt, als er sein Haus wiedergesehen hat?»

«Gefallen hat's ihm nicht. Wir hatten ja für viel Geld Umbaumaßnahmen durchgeführt. Fast überall lag Spannteppich, es gab kleine Toiletten im ehemaligen Vorratskeller, die Spielgeräte im Garten und so weiter. Der ganze Plunder war ja sowieso raus, die alten Möbel, das Parkett und so was, wer brauchte das schon. Da kam er mir blöd, was wir mit dem Haus angestellt hätten. Na, der war gleich mein Freund, das kann ich Ihnen sagen!»

«Es war also leergeräumt, keine Möbel, keine Bilder mehr?»

«Wenn es kalt ist, brauchen Sie keinen Biedermeierschrank, sondern einen warmen Hintern, damit die Kinder nicht an Lungenentzündung sterben. Was von den Möbeln übrig war, hat die Gemeinde verkauft, als der Kindergarten eingerichtet wurde. Das hat der Kerl irgendwie mitgekriegt und ist zu den Leuten hin, hat alle besucht, große Wiedersehensfreude vorgetäuscht, aber in Wirklichkeit nur rumgeschnüffelt, was die wohl noch von ihm haben. Meine Schwester hat ihm einen Kaufvertrag über einen Tisch und vier Stühle unter die Nase gehalten, da hat er aber blöd geguckt! Andere haben ihm was zurückgegeben, na, selber schuld.»

Herzberg fragte sich, ob seine Richterin ebenfalls in einer

Wohnung saß, die sich seit den Achtzigern nicht verändert hatte und nur an ihrem eigenen gramvollen Gesicht ablas, dass sich die Welt um ein Vierteljahrhundert weitergedreht hatte. «Sind Sie verbittert?»

«Wenigstens habe ich vierzig Jahre in einem Land gelebt, wo es so was nicht gab, so eine Buckelei vor der Hautevolee. Solchen Herrschaften, die man zu grüßen hat, zu denen alle aufsehen, nee, nee.»

«Es gab Zwänge, und es gab Herren, nur andere.»

«Das waren gewählte Volksvertreter, aber ich rede mir nicht mehr den Mund fusselig, ich will meine Ruhe.»

Komisch, dass sie ihn damit nicht wütend machte. Ob es an dieser ärmlichen Wohnung hier lag, die den Sieg der Geschichte über den Sozialismus dokumentierte? «Hatten Sie eigentlich auch Neubauernland?»

Ihre Mundwinkel verschwanden in ihren Wangen. «Die Eltern von meinem Mann.»

«Haben Sie es noch?»

Sie schüttelte den Kopf. «Das hat Schröter uns abgeschwatzt, angeblich war der Preis gut, na ja, was sollten wir auch mit so einer kleinen Fläche, da kann man ja nichts mit anfangen.»

Dann steckte also mehr als eine veraltete Ideologie hinter ihrer Abneigung. «Hat Schröter Sie irgendwie unter Druck gesetzt?»

«Meinen Herbert, aber ich hab das erst mitbekommen, als es zu spät war, lammfromm hatte der ihn da schon gequatscht.»

«Womit?»

Als Antwort kam nur ein Schnauben.

«Kann ich ihn selbst fragen?»

«Den lassen Sie mal schön in Ruhe. Dem geht es nicht gut.

Der hat so ein Morbus Dings, Chron, genau. Und wenn dann nichts mehr wäre, wir haben heute Mittag einen Termin bei seinem Doktor in Neubrandenburg.»

Auf der Treppe kam ihm der dünne Herbert Schwanitz entgegen, in jeder Hand einen weißen Plastikeimer. Als er ihn sah, wollte er mit gesenktem Blick vorbeihuschen, aber Herzberg stellte sich ihm in den Weg.

«Es tut mir leid, dass Schröter Sie so mies erpresst hat.»

Der Vorstoß gelang, Schwanitz nickte. Es stimmte also.

«Hat Dietlind etwa …?»

Herzberg bejahte.

«Wissen ja sowieso alle.» Er packte jetzt so fest zu, dass seine Fingerknöchel weiß wurden. «Aber dass der mich auf der Straße mit IM Hirte anspricht, obwohl wir noch ein paar Wochen vorher miteinander gefeiert haben, das ist schon eine Schweinerei gewesen.»

Aha, dachte Herzberg. «Haben Sie ihn wegen Verleumdung angezeigt?»

Schwanitz deutete ein Kopfschütteln an, dann schielte er nach oben. Dort war eine Tür aufgeklappt.

«Wo waren Sie beide letzten Freitagabend?»

«Zu Hause, wo sonst? Das Klubhaus gibt's ja nicht mehr.»

«Kann das jemand bezeugen?»

«Nee, wer denn?»

Herzberg gab den Weg frei und sah zu, wie Herbert Schwanitz so langsam und schwer atmend die Treppe hinaufstieg, als würde er einen Stein vor sich herschieben. Und da spürte er es: Der Verlust und die Verbitterung, die er eben gesehen hatte, taten ihm ehrlich leid. Noch vor kurzem hätte er für Menschen wie das Schwanitz-Ehepaar nicht das geringste Mitgefühl gehabt, erkannte er, als er durch die dünne, blankpolierte Glastür ins Freie trat. Die Wendezeit mit all ihren Umbrüchen hatte sich für ihn immer wie ein Sieg angefühlt. Aber seit Ariane in sein Leben getreten war, war sein Herz auf doppelte Größe angewachsen, viel Neues fand darin Platz. Und das war großartig.

Die Vorhalle war entsetzlich leer. Der Luftzug, den sie mitgebracht hatte, huschte leise pfeifend die Wände hinauf, rechts und links neben der riesigen Holztreppe. Magda schloss die Augen, der Wunsch, ein einziges Mal hier hinabzuschreiten wie die Hausherrin, war weg. Dabei hätte sie das jetzt tun können, immerhin ging es ihr wieder einigermaßen, sie hatte sogar einen Kaffee getrunken und war frisch im Kopf, da konnte man sich solche Ideen erlauben. Aber sie wollte nicht mehr. Damals, als es verboten war, hatte sie davon geträumt.

Magda schüttelte die Erinnerung ab. Dann lief sie in die Küche, vor der großen Anrichte blieb sie stehen. Die hatten sie rauswerfen wollen, Dietlind und ihr übereifriger Gatte, als der Kindergarten eingerichtet wurde, aber an Magda waren sie nicht vorbeigekommen. Aber schön war es doch gewesen, als so viele Füßchen durchs Haus getrappelt waren und kleine Köpfe in die Küche hineingelugt hatten. *Magda, was kochst du heute?* Und tatsächlich, da, ganz links im unteren Regal, lag noch etwas. Ein Pfännchen, blau emailliert, für ein bis zwei Spiegeleier. Sie nahm es heraus, strich mit den Fingern darüber, zwei scharfe, abgeplatzte Stellen kratzten an ihrer Haut. Es hatte viele Kinder gegeben, die keinen Fisch aßen. Peter hatte sie gleich zwei Eier gebraten, weil er so klein gewesen war. Sie sah ihn vor sich: zwei dünne Beinchen, die in klumpigen Schuhen stecken, ein schief geknöpftes Hemd, darunter feine dunkle Haut, die samtig riecht. Sie hatte ihn jeden Tag hier in der Küche behalten, bis sie fertig gewesen war, dann mit heimgenommen, weil Maria bis fünf arbeitete, ihn versteckt vor dem Gejohl der anderen Kinder. *Russenbalg! Bleib stehen und lass dir den Finger abschneiden und uns nachsehen, ob Russen schwarzes Blut haben.* Plötzlich fuhr sie zusammen, sie hatte etwas Komisches gehört, Atemgestöhn, sie lief durch die Küche, aber da war niemand. War das von ihr gekommen? Sie wischte sich mit dem linken Ärmel übers Gesicht, die Augen, vor denen die Küche auf einmal zu schwimmen begann. Einmal war Peter schon weg gewesen, hatte sich endlich mal allein heimgetraut, da hatte sie ihn vorn an der Mauer gefunden, den Mund voller Dreck. *Russen fressen doch Dreck.* Sie schlug sich die Hand vor den Mund. *Armer Kleiner.* Dachte daran, wie sie Peterchen an einer Linde festgebunden entdeckt hatte, die in der prallen Sonne stand, der kleine Mund ganz verkrustet vom Durst ... Ihr Herz stampfte jetzt in ihrem Brustkorb, sie schlug sich mit der Faust davor. Es wäre so einfach gewesen, dem ein Ende zu machen, so einfach, sie hätte nur den Mund aufmachen müssen ...

«Das ist ja interessant!», wurde da gerufen, und sie erschrak. Das Pfännchen konnte sie im letzten Moment festhalten. Sie stellte es behutsam ab, vergrub das Gesicht in ihrem Taschentuch, wischte alles ab.

Mitten in der Küche stand eine Frau im Sommerkleid mit roten Mohnblumen drauf, neben ihr ein ganz junger Mann, der ihr nicht mal bis zur Schulter reichte.

«Was machen Sie in meinem Haus?», fragte die Frau und kam einen Schritt auf Magda zu.

Magda lehnte sich gegen den langen Tisch, der genauso alt war wie sie.

«Vorsicht, der soll ins Esszimmer!»

Sie strich über das Holz hinter sich. «Wie viele Kartoffeln hier schon draufgelegen haben ...»

Die Frau streckte lachend die Hand aus. «Ich bin Silvia Reichenbächer.»

Magda ließ beide Hände in den Kleidertaschen verschwinden. In der linken war der Schlüssel zur Vordertür, schnell ließ sie los. Griff nach dem Pfännchen und verließ die Küche.

«Zur Einzugsparty lade ich Sie ein, dann können Sie sich alles noch einmal ansehen», wurde ihr hinterhergerufen.

Noch einmal ansehen?

«Die hübsche kleine Pfanne, gehört die nicht zur Ausstattung?» Das war der Mann, er klang wie ein nörgeliges Kind. Seine Schuhsohlen knallten auf das Parkett, in immer kürzeren Abständen.

Unbeirrt lief sie weiter, doch in der Vorhalle, sie hatte noch nicht mal die Hand auf der Klinke, stand er dann neben ihr. «Sie hören wohl nicht hin, wenn Sie jemand was fragt? Haben Sie was zu verbergen?» Der Mann hatte seltsame graue Augen, ganz farblos.

«Meinen Sie die?» Sie hielt ihm das Pfännchen hin.

Er streckte schon die Hände danach aus, da lockerte sie ihren Griff. Sie wollte es eigentlich gar nicht, aber das Pfännchen krachte scheppernd auf den Fußboden.

Dann lief sie durch den Vorgarten, nahm die Abkürzung durch die Mauer. Die Füße waren kaum hochzubekommen, sie schlurfte über den Kiesweg, als könnte sie ihr eigenes Gewicht kaum tragen. An ihrem Gartenzaun blieb sie stehen, ihre Beine fühlten sich ganz schwer an und ohne Gefühl. Nur das Innere ihres Kopfs war noch immer blau wie ein Sommerhimmel nach dem Regen, klar und sauber.

Oh doch, sie hatte zugehört. Jedes Mal, wenn die Polizistin aufgetaucht war. Erzählen hatte sie sollen. *Vom Kriegsende hier im Dorf. Und Hermann. Es heißt, er hätte eine wichtige Rolle gespielt.*

Mit bebenden Schultern schaute sie dabei auf das offene Schlafzimmerfenster. Und sieht sich wieder an seinen Lippen hängen, als würde Honig davon heruntertropfen. *Die Brücken müssen weg! Die Russen dürfen keinen Fuß ins Dorf setzen.* Sie klettert raus in dieser Frühlingsnacht Ende April. Schleicht sieben Kilometer ins Nachbardorf, von einem kahlen Busch zum anderen, quer übers Feld, eine Kiste mit Handgranaten holen und eine kleine mit Sprengstoff. Maria und sie scheuern sich beim Schleppen die Hände wund. Stapeln das Zeug mit blutigen Fingern unter den Brücken. Morgens um halb fünf gibt es einen riesigen Knall, und das Dorf ist eine Insel umgeben von Wasser.

Als sie ins Haus ging, zitterte sie wie Espenlaub. Niemand kam mehr so schnell herein und auch niemand heraus, schon gar keine Frauen und Mädchen. Und die Russen werden wütend wie die Stiere, weil sie die halb kaputte Straße nehmen müssen, wo ein weiterer Sprengsatz auf sie wartet und die Männer des Dorfs. Bald liegen überall zerfetzte Russen. Aber es kommen noch mehr Soldaten, so viele mehr, und sie sind voller Wut über ihre Verluste und fangen an, sie zu jagen ...

Magda holte den Schlüssel für das Gutshaus aus der Tasche und warf ihn in den Mülleimer. Das schaffte sie noch, ehe sie schluchzend aufs Küchensofa sank. Es tut mir leid, Hedwig, sagte sie laut. Es tut mir leid, Marianne. Es tut mir leid, Johanna. Es tut mir leid, Maria. Es tut mir leid, Dora, es tut mir leid, Ilse ... Sie zählte sie alle auf, alle, kein Name war vergessen.

Und dann begann sie im Raum umherzulaufen, schnell, schneller. Da war noch ein Name, er hallte in allen anderen wider, und sie schlug die Hände vors Gesicht und drehte sich hin und her, weg von den Wänden, von der Anrichte, dem Tisch, dem krummen Sesselchen. Weg von allem, das diesen Namen plötzlich sang wie ein Lied, erst leise, dann immer lauter, und sie ruderte mit den Armen und fing an zu schreien, als ginge es um ihr Leben.

Die Vormittagssonne hatte sich über den Park gelegt, blasser Dunst stieg von den Bäumen. Herzberg schlüpfte durch die Öffnung in der Mauer und lief auf die Bänke zu, die nahe am Haus um eine riesige Blutbuche standen. Setzte sich und atmete die laue Luft ein.

«Was bitte suchen Sie hier?», hörte er da.

Vor Herzberg war eine Frau aufgetaucht, groß, schlank, blond, Püppchengesicht. In einem perfekt sitzenden weißroten Kleid. In der Hand hatte sie eine Kamera. Reporterbarbie, würde Desiree sagen.

Sie streckte ihm die Hand entgegen. «Silvia Reichenbächer.»

Sie war bestimmt einen ganzen Kopf größer als ihr Mann, schätzte Herzberg, stand auf und nahm eine sehr warme Hand, die kräftig zudrückte. «Michael Herzberg. Sie sind schon mit der Umgestaltung beschäftigt?»

«Ich konnte es nicht abwarten.»

«Ist zu verstehen. Aber haben die Ereignisse der letzten Zeit Ihnen nicht die Freude verdorben?»

«Sie meinen den Mord? Darum kümmert sich jemand, der schlechte Energie aus Räumen beseitigt.» Jetzt winkte sie den beiden Handwerkern zu, die gerade aus der Terrassentür traten, eine Kiste zwischen sich.

«Was ist denn dadrin?», fragte Herzberg.

«Noch ein paar Bücher aus dem Nachlass, die haben die Verbrennung überstanden, weil sie auf dem Dachboden eingemottet waren. Die kriegt die Stadtbibliothek in Neubrandenburg. Vieles ist ja noch ganz neu.»

Herzberg erteilte der Versuchung nachzusehen, was es für Bücher waren, eine Absage. «Schröter war ein Büchernarr?»

«Ich habe mal alles durchgesehen, offenbar hat er über Jahre die ersten Plätze der Bestsellerlisten zusammengekauft. Das spricht nicht unbedingt für Kennerschaft.»

In Gedanken nahm er das mit der Barbie zurück. «Sie kennen sich aus?»

Sie zuckte ganz leicht zusammen, weil in dem Moment eine Kofferraumtür zugekracht war, lächelte dann aber. «Meine Freundin Ruth ist eine bekannte Buchbloggerin und ein echtes Trüffelschwein. Wir haben einen Buchklub und uns regelmäßig Bücher bei Schröter ausgeliehen, er hatte ja fast alles.»

«Sie waren mit ihm befreundet?»

«Oh nein!» Sie legte eine perfekte, sehr glatte Stirn in Falten. «Im Gegenzug fürs Ausleihen haben wir ihn jedes Mal eingeladen, bei uns mitzumachen, aber er wollte nicht. Zu viel zu tun.»

«Haben Sie das bedauert?»

Sie schürzte die dunkelroten Lippen, Herzberg verstand. «Er war eher der kontaktscheue Typ?»

«Und er hat nie gefragt, wann wir ein Buch zurückbringen, fällt mir gerade ein. Ich hingegen führe Listen, wem ich was borge, ich will meine Schätzchen alle zurück.»

Herzberg deutete auf eine weitere Kiste, die gerade herausgeschleppt wurde. «Er hat sie also nicht gelesen?»

«Wenn man ihn in ein Gespräch über ein Buch verwickeln wollte, ist er ausgewichen. Mag sein, dass es daran lag, dass er überhaupt keinen Kontakt zu den Leuten haben wollte. Oder daran, dass er wirklich nicht las, das konnte ich nie einschätzen. Er hat es einem schwergemacht, ihn zu fassen zu kriegen. Unmöglich eigentlich.»

«Was ist mit Magda? Hat sie es geschafft?»

Silvia Reichenbächer schob mit einem Zeigefinger eine blonde Haarsträhne hinters Ohr. «Sie standen sich nahe, das hat man gespürt. Da war eine Verbindung, etwas, das nur die beiden betraf, sehr exklusiv. Auch wenn es sich nur am Ende eines Tages in der Küche abspielte. Sie hat ihn ja bekocht.»

«Kann eine gemeinsame Vergangenheit der Grund dafür sein, gab es ein Geheimnis?»

«Ich habe keine Ahnung. Mit solch uneindeutigen Dingen käme ich nicht zurecht, aber das ist ein Generationenproblem.»

«Inwiefern?»

«Er hat ihr immerhin das Haus vermacht. Geschenkt.»

«Und das stört Sie?»

Sie warf sich jetzt den ganzen blonden Schopf über die Schulter. «Ich habe nichts gegen sie, wirklich nicht. Aber meine Eltern sollten dort einziehen, es wäre ideal gewesen. Wir gingen davon aus, dass wir das Gebäude aus dem Nachlass kaufen können. Ansonsten ist nämlich kein Haus frei im Dorf. Meine Eltern sind verrückt nach ihren Enkeln, und ich brauche die Hilfe.»

«Sie wussten nichts von dieser Erbschaft?»

«Nein.»

«Und wo sollen Ihre Eltern nun hin?»

Sie sah auf ihre Uhr. «Uns wird was einfallen.»

«Sie werden sich damit abfinden müssen, dass Magda sich nicht in Luft auflöst», sagte er fest.

«So war das nicht gemeint. Aber auch ich habe Interessen. Wir brauchen den Platz. Ich bin vierunddreißig, und ich will noch ein oder zwei Kinder. Das ist kein Verbrechen.»

Ein jähes Hungergefühl drückte ihm den Magen zusammen. Kinder ... Er selbst kam ja an keinem Kinderwagen vorbei, ohne hineinzustarren. Was für ein schöner Gedanke, dieses riesige Haus wieder mit einer Schar Plappermäuler zu füllen. Er gab ihr die Hand. «Nein», sagte er dabei, «das ist es ganz und gar nicht.»

Desiree lümmelte am großen Tresen im Flur, wo Silke gerade seelenruhig die Post verteilte, die neuerdings immer später eintrudelte. Jeder in der Abteilung hatte einen hübschen Plastikschuber, ihrer war gelb. Sie starrte auf den Stapel, der sich darin auftürmte.

«Wann soll ich das alles bearbeiten?»

Silke stellte den Ordner auf den Tresen. «Am besten gleich. Und das ist noch nicht alles.» Sie zog ein Blatt aus dem Drucker.

Desiree nahm es entgegen. «Ich muss am Freitag noch mal zum Schießtraining?»

«Jansen hat um den Termin gebeten.»

Desiree sah sich um. «Ich habe eine Menge zu tun.»

«Brauchst nicht gucken, er ist nicht hier. Morgen ist die OP. Eventuell.»

Desiree knüllte die Nachricht in die Hosentasche. «Die OP?»

Silke legte den Zeigefinger auf die Lippen. «Mehr weiß ich nicht, okay? Aber du kannst ja ein paar Aufgaben delegieren.» Mit dem Kopf deutete sie zur Eingangstür, die in diesem Moment aufging.

Desirees Herz sackte ein Stück in den Bauch. «Fängst du neuerdings immer so spät an?», rief sie mit belegter Stimme.

Herzberg kam vor ihr zum Stehen. «Können wir reden?»

«Ähm, ja. Wie bist du hergekommen, ich habe deinen Autoschlüssel?»

«Ich hatte einen Zweitschlüssel im Kofferraum versteckt, den ich im Notfall mit einem Trick aufbekomme, der Wagen ist ja uralt. Das ist mir leider erst heute morgen eingefallen.» Er sah sich um. «Wo sind die anderen?»

Schritte näherten sich von hinten. «Ihr müsst nicht rumschreien, ich komme ja schon.»

«Wie schön!» Desiree grinste Fred an. Dann verschränkte sie die Arme. «So, Herzberg, dann wollen wir uns mal alle gegenseitig auf den neuesten Stand bringen. Das geht gleich hier, oder stören wir?», fragte sie mit Blick auf Silke, die bloß mit den Achseln zuckte.

Herzberg griff nach seinem blauen Plastikschuber und begann zu blättern. «Okay, erster Verdächtiger, den wir eingekreist haben: Roy Blasskewitz, der ist wohl raus. Er hat zwar kein hieb- und stichfestes Alibi, aber so wie ich es sehe, auch kein überzeugendes Motiv. Es gab zwar diese dubiose Drohung von Schröter und möglicherweise die Einstellung von Spendenzahlungen, nachdem sich vermeintlich Blasskewitz' Leute im Gemeindeamt in Lichtenfels ausgetobt hatten. Aber Blasskewitz hätte einen Profi geschickt, und der hätte das Opfer nicht angefasst, sondern eine Waffe benutzt.»

«Den hatte ich ohnehin nicht im Visier», antwortete sie. «Fred, was hast du Neues?»

Fred verstaute die Fingerspitzen in den sehr engen Hosentaschen. «Der Arzt Peter Gruner, verdächtig, weil er durch seine Nachlässigkeit und ärztliche Schlampigkeit beinahe verhindert hätte, dass die Tat entdeckt wird, war tatsächlich im Theater und kommt daher nicht in Betracht. Hinterher hat er mit der Intendantin über die Aufführung geredet, offenbar liebt er es, seinen Sermon abzusondern, und das hat er nach ihren Angaben ausgiebig getan. Ich sehe auch kein Motiv.»

Herzberg stellte den Schuber ab, dann nahm er einen Apfel aus der Obstschale vorn rechts auf dem Tresen und rieb ihn an seinem Hemd ab. «Bloß der Vollständigkeit halber: Peter Gruner hatte keine leichte Kindheit, er entstammt einer Vergewaltigung durch einen russischen Soldaten. Es gibt Leute, die meinen, dass die zahlreichen Übergriffe dieser Art damit zusammenhingen, dass das Dorf zum Kriegsende so erbitterten Widerstand gegen die einrückende russische Armee geleistet hat. Und dafür gilt ja der Bruder unseres Opfers, Hermann Schröter, als Hauptdrahtzieher. Theoretisch hätte Gruner jeden Grund, wütend auf die gesamte Familie Schröter zu sein. Allerdings weiß er davon schon sein Leben lang. Überdies ist er Arzt und lebt für seinen Job, erst um Mitternacht geht in der Praxis das Licht aus, unwahrscheinlich, dass er sich das ruiniert. Vielleicht war er an dem Abend, als Jauer die Totenflecken übersah, einfach kaputt und hat deshalb nicht noch mal selbst nachgesehen.»

Desiree wiegte den Kopf. «Schröters Leiche hing über der Sessellehne, womit eine bestimmte Fleckenbildung einherging, sodass ein Profi wie Jauer denken konnte, es handele sich am Hals um Totenflecken und nicht um Würgemale. Und nur ein Profi weiß, wie ein Profi denkt.»

«Schröter war immer im Anzug unterwegs, und seinen Arzt empfing er nie im Bett, sagt Gruner. Außerdem kann ihn wirklich jeder in den Sessel gesetzt haben, der einfach nur wollte, dass alles friedlich wirkt und der Tod zufällig und überraschend aussah. Ausgenommen eine einzelne Frau.»

«Du bist jetzt Gruners bester Freund, verstehe.» Um sie herum versanken Köpfe zwischen den Schultern. Ja, das war nicht sehr professionell gewesen, sie hatte geklungen wie eine beleidigte Leberwurst. «Entschuldige, ich wollte nicht …»

«Schon gut.»

«Dann bleiben wir noch ein bisschen beim Thema: Die Verbindung unseres Opfers in die rechte politische Szene ist also älter als bislang angenommen, sie reicht zurück bis in den Zweiten Weltkrieg, und Schröter hat sie geheim gehalten. Warum?»

Stephan hob die Hand. «Scham? Reue? Angst vielleicht auch, doch noch einmal zur Rechenschaft gezogen zu werden?»

Sie nickte. «Was heißen würde, dass er zum Kriegsende Schuld auf sich geladen haben muss. Etwas Unverzeihlichliches getan haben könnte. Nur gibt es kaum Zeugen. Seine Lebensgefährtin oder beste Freundin Magda Schlottwitz ist wahrscheinlich dement, ihr Arzt Gruner schirmt sie ab. Magda war mit Schröters Bruder Hermann verlobt, und Gruners Mutter übrigens mit unserem Opfer. Ein ziemliches Kuddelmuddel.»

«Dann gehen wir davon aus, dass die vier eine verschworene Gemeinschaft waren. Und dass die Brüder sehr verschiedene Charaktere waren. Rudolf war wohl nicht im selben Maß fanatisch wie Hermann, ein Bücherwurm, wie ich gehört habe.»

«Schön blumig das alles, fast poetisch», warf Fred dazwischen. Er hatte die ganze Zeit breitbeinig dagestanden, sehr konzentriert, aber mit abschätzigem Gesichtsausdruck. «Aber doch sehr weit hergeholt. Wer sind die Verdächtigen?»

Desiree wollte nicht, aber sie musste sich verlegen räuspern. «Hier haben wir vorläufig nur die Spur, aber wer weiß. Im Grunde kommt das halbe Dorf in Betracht, jeder, der den Krieg überlebt hat.»

Fred klatschte in die Hände. «Ach, komm, nach so langer Zeit! Wollen wir nicht lieber mal näher ran? Stichwort Gegenwart und das liebe Geld.»

«Okay, Leute, dann zu Kai Henschke, dem Leiter der Agrargenossenschaft von Lichtenfels, Schröters ehemaliger Wirkungsstätte. Der dürfte froh sein, dass Schröter verschieden ist, ehe er Reichenbächer seine gesamten Firmenanteile vermachen konnte, das war nämlich in einem Testamentsentwurf vorgesehen. Demnach hätte Reichenbächer einen festen Platz in der Firma bekommen, Henschke vielleicht sogar den Geschäftsführerposten streitig gemacht oder ihm zumindest ständig über die Schulter geguckt.»

«Und das mag unser Henschke gar nicht, wie ich jetzt weiß», ergänzte Fred, während er die Hüfte hin und her schob, als könne er seine sportliche Energie kaum im Zaum halten.

Sie nickte. Angeber. «Dann haben wir noch Kamp, den geschassten Exgeschäftsführer, der sein ganzes Arbeitsleben der LPG gewidmet hat, einen Mann, dem man nichts Schlimmeres antun konnte, als ihn auf sein Sofa zu verbannen. Genau das hat Schröter getan, durch ein fingiertes Strafverfahren wegen Steuerhinterziehung und Betrug, wahrscheinlich eine Intrige, um ihn loszuwerden. Dazu habe ich mit einem gewissen Bernd Heiduzek telefoniert, Exchef der Agrargenossenschaft im zehn Kilometer entfernten Klattow. Er sagt, das mit den gefälschten Wertermittlungen im Umstrukturierungsprozess zur Wendezeit haben viele LPGs so gemacht, in vollem Verständnis der Sachlage. Kamp hat also wissentlich so gehandelt, es ist ihm nur blöd auf die Füße gefallen. Ausgerechnet Kamp hat sich jemanden wie Schröter ins Haus geholt, niemand sonst im Umkreis hat einen Wessi beteiligt. Kamp und Schröter müssen übrigens besonders viel Überzeugungsarbeit geleistet haben, den Genossenschaftern die niedrigen Werte zu verkaufen. Die LPG ‹Morgensonne› war nämlich ein Typ-III-Betrieb, das heißt Vieh, Getreide, ein riesiger Maschinenpark. Sogar eine Legebatterie für Hühner gab es, die war zur Wende keine zehn Jahre alt.»

Fred nickte, als gäbe es dafür eine Medaille. «Genau! Dieser

Jammerossi Dietmar Kamp, der durch Schröter alles verloren hat, der hat ein stärkeres Motiv als alle anderen.»

Sofort schwatzten alle durcheinander. Fred, der einzige Westdeutsche in der Abteilung, schaffte es immer wieder, sie alle zu provozieren. Es war Herzberg, der sich zuerst Gehör verschaffte.

«Es ist bestimmt nicht so, dass ich für jemanden wie Kamp allzu viel Verständnis hätte, aber er ist niemand, der jammert, das tut er gerade nicht.»

«Ups», gab Fred zurück, «dann hat er eben wie ein Held im Stillen vor sich hin gelitten, und irgendwann – puff! – ist er explodiert, so einfach ist das manchmal, ihr denkt immer viel zu kompliziert.»

Desiree verdrehte die Augen. Ja, das ist nun wirklich nicht deine Sache, dachte sie. Hat eben nicht jeder das geistige Format eines Herzberg.

Stephan hob den Arm. «Da fällt mir ein: Wenn Hermann Schröter im Sonderlager Nr. 9 des NKWD Fünfeichen eingesessen hat, könnte man doch dort mal nachfragen, ob die was über ihn haben.»

«Ach ja», sagte Desiree, während sie ihre Hosentaschen abtastete, aber da war nur die Einladung zum Schießtraining. Mist. «Heiduzek ist ein Eingeborener. Er kennt Schröter schon lange und hat mir einen Namen gegeben, Alfred Zwochow. Der hat Schröter in Fünfeichen Gesellschaft geleistet, er müsste noch leben.»

Stephan hob die Hand. «Total mein Ding.»

«Such mal auf meinem Schreibtisch, ich habe den Zettel mit der Adresse verschmissen. Bitte», fügte sie hinzu und registrierte ein überraschtes Lächeln auf seinem Gesicht.

Herzberg schnippte seinen Apfelkrieps über den Tresen in Silkes Papierkorb. «Vielleicht rührt aus diesem Endkampf 1945 die Verbissenheit, die Schande der Enteignung rückgängig zu machen. Sogar gegen die Interessen aller anderen im Dorf.» Herzberg berichtete von dem Besuch bei Dietlind Schwanitz, dem Verlust des Kindergartens, den Rückkäufen von Haus und Feldern durch Schröter.

Desiree starrte den Apfelrest an, der neben dem Papierkorb gelandet war. «Stellen wir mal die Verbindung her: Schröter brauchte die Entscheider wie Kamp, um 1990 im Dorf wieder Fuß zu fassen. Also war er erst mal scheißfreundlich. Dann hat er die entsorgt, die ihm im Weg waren, weil ihm eine popelige Anstellung nicht reichte.»

Herzberg umrundete den Tresen und hob den Griepsch auf. «Den damaligen Bürgermeister Herbert Schwanitz hat er öffentlich mit dessen Stasi-Vergangenheit konfrontiert, da hat der den Kopf eingezogen und ihm seine Felder verkauft.»

«Bilanz des Tages: Das halbe Dorf hat ein Motiv, prima!»

Fred lümmelte sich gegen den Tresen. Dann bedachte er Silke mit einem Zwinkern. «Man kann den Mörder fast verstehen, Schröter war ja anscheinend ein richtiger Mistkerl.»

Desiree schnipste mit zwei Fingern. «Also, liebe Kollegen, Motto des heutigen Tages: im Trüben weiterfischen. Herzberg und ich bleiben an Kamp und Henschke dran. Stephan kümmert sich um Fünfeichen. Fred verzieht sich in seine Höhle und brütet, bis der Schädel raucht. Ihr geht alle Papiere durch, alle Unterlagen, jedes kleine Fitzelchen. Was haben wir eventuell noch übersehen? Ruft mich jederzeit an, wenn ihr einen sehr guten Grund dafür habt. Alles klar?»

Fred Richter, der schon unterwegs in Richtung Etagentür war, fuhr blitzschnell herum. «Das hat doch Zeit bis nach dem Mittagessen.»

Sie warf sich ihre Tasche über die Schulter. «Lass dir was kommen!»

Herzberg reichte Silke seinen blauen Schuber. «Ich kümmere mich später darum. Wir sind schon den fünften Tag an dem Fall dran, langsam muss es wirklich werden.»

Fred kam jetzt tatsächlich zurück, zustimmendes Nicken bei allen. War ja klar. Auf Herzberg wurde gehört, er war immer noch der Chef, da konnte sie sich hier ein Bein ausreißen.

Im nächsten Moment flogen alle Blicke zur Tür.

Nee, dachte Desiree. Ist nicht wahr jetzt. Ohne gesehen zu haben, um wen es sich handelte. Sie konnte es an Herzbergs Gesicht ablesen, das von einer Sekunde auf die andere einen ganz anderen Menschen offenbarte. Einen Kerl wie Butter in der Sonne. Wenn seine Renate hier aufgekreuzt war, hatte er nie so ausgesehen, und sie hatte sich schon gefragt, ob er das gar nicht draufhatte. Jetzt wusste sie es besser.

Ariane Konrad in ihrem niedlichen Sommerkleidchen grüßte lächelnd in die Runde starrender Blödmänner, in die sich die besten Ermittler Neubrandenburgs auf einen Schlag verwandelt hatten.

Desiree packte ihren Plastikschuber und stiefelte damit zu ihrem Büro. Du wirst mich jetzt schön lieb bitten, und ich werde nein sagen, dachte sie. In ihrem Rücken brannte es schon, dort, wo sich Herzbergs bittender Blick gleich hineinbohren würde, mit dem er sie anflehte, für ihn bitte, bitte eine Ausnahme zu machen und ihm eine Stunde fürs Mittagessen freizugeben. Lächelnd öffnete sie ihr Büro.

Aber dann hörte sie nur, wie vorn die Tür ins Schloss fiel und mit einem Schlag alle Geräusche auf dem langen Flur verstummten.

«Ist das denn in Ordnung?», fragte Ariane, als sie sich in *Harris Café* an dem kleinen Tischchen am Fenster niederließen.

Herzberg zeigte auf das kleine Reserviert-Schildchen. «Ist das denn in Ordnung?»

Sie saß jetzt genau vor der Fensterscheibe, das Sonnenlicht hinter sich. Arianes Haut sah auf einer Gesichtsseite aus wie durchleuchtet. Er musste einfach hinstarren.

Sie hielt seinen Blick fest. «Es ist Alexanders Tisch, der ist immer reserviert.»

«Obwohl er in der Reha ist?»

«Harri ist eine treue Seele. Ich hatte übrigens nach deiner Kollegin gefragt, sie hat mich ein wenig schräg angeguckt.»

«Desiree, schräg?»

«Mag sie dich nicht?»

«Im Gegenteil.»

Eine ihrer Augenbrauen wanderte ein winziges Stück nach oben, dann versenkte sie den Blick in der Speisekarte. «Aha.»

«Eifersüchtig?»

«Nein.»

Mit einem Anflug von Bedauern forschte er in ihrem Gesicht. «Wie war es eigentlich bei dir heute Nacht?» Dass Mark in ihrem Haus geschlafen hatte, ein paar Meter neben ihr, war ihm nämlich gar nicht egal.

Ihr Lächeln wurde schmal. «Wir kommen zurecht.»

«Das heißt?»

Sie hob die Schultern. «Wir streiten nicht, es war sogar nett.»

Nett? Was zum Teufel hieß das schon wieder? Herzberg sah ihren wachsamen Blick und zwang sich durchzuatmen. «Tut mir leid, dass ich gestern eifersüchtig war, aber weißt du, er kann einfach auftauchen und ...»

«Wir waren verheiratet und haben zwei Kinder zusammen.»

Da war sie wieder, die Faust, die ihm ein Preisboxer in die Magengrube stieß. Er senkte den Kopf. «Ich weiß.»

«Können wir nicht einfach zusammen sein und essen?» Ihre Stimme bebte ein wenig.

«Natürlich.» Er legte ihr eine Hand an die Wange, sie bettete das Gesicht hinein. «Wie geht es sonst? In der Praxis, im Hospiz?»

«Im Hospiz ist zurzeit nicht so viel los. Ich bin froh darüber. Immer diese Tode, in die man keinen Sinn bekommt.»

«Dann sollte ich wohl besser nicht von meinem Fall erzählen?»

«Es könnte mich ablenken, das kann ich gerade gut gebrauchen.»

«Wieso das?» Sein Herz stolperte, sie hatte beinahe weinerlich ausgesehen.

«Es ist gerade eine Menge los in meinem Leben.»

In *ihrem* Leben? Er war ein Teil davon und kein Hobby. «Weißt du, es gibt da jemanden, der mich beeindruckt», sagte er mechanisch. «Eine Frau. Sehr alt.»

«Was hat sie mit dem Opfer zu tun?»

Er lächelte matt. «Sie hat Schröter gekannt und auch gemocht, der Verstorbene vermacht ihr ein kleines Haus. Sie haben zusammen schlimme Zeiten durchgemacht, im Krieg.»

«Und was haben diese Zeiten mit deinem Fall zu tun?»

Er zuckte die Achseln. «Es ist das stärkste Erlebnis ihres Lebens und vieler Menschen im Dorf, es kam zu Gräueltaten der Roten Armee. Die Erinnerungen und Gefühle, die verschwiegen werden, sind eine große Kraft in diesem Ort, scheint mir.»

«Was uns Angst macht, sprechen wir nicht an. Das ist normal.»

Er sah sie fest an. «Stimmt.»

Sie nahm seine Hand. «Und weiter?»

«Sie fängt leicht an zu zittern, wenn man sie fragt, wie es früher so war, in ihrer Jugend, im Krieg.»

«Das könnten Symptome einer PTBS sein, einer posttraumatischen Belastungsstörung, im Rentenalter tritt sie bei vielen auf, die jahrelange Verdrängung rächt sich.»

«Ist es möglich, dass sie einem dann vorkommen wie nicht ganz helle im Kopf?»

«Wie weggetreten, nicht ansprechbar, depressiv, ja, das gibt es. Warum?»

«Ihr Arzt denkt, sie ist dement.»

«Peter? Der wird seine Gründe haben. Auch Demenz kann so einen Erinnerungsschub lostreten, die Kontrollmechanismen unseres Gehirns funktionieren dann einfach nicht mehr. Und das, was wir am längsten behalten, sind unsere frühen Erinnerungen, die schlüpfen dann durch die Lücken.»

Inzwischen hatte sich Harri neben ihnen aufgebaut. Zwei Meter groß und ein Gesicht wie ein Vollmond. Die Güte in Person. Er beugte sich zu Ariane hinunter. «Geht es meinem liebsten Gast schon besser?»

«Alexander lallt nach seiner Zungenoperation wie ein Betrunkener. Wir haben eine Logopädin engagiert, die sieht er in den nächsten Wochen jeden Tag, was mich sehr beruhigt.»

«Klingt, als wäre sie hübsch.»

«Ist sie.»

Dann bestellten sie. Ariane nahm ein Wiesenkräuterschaumsüppchen, er ein Hähnchenschnitzel mit Salat.

«Und Susanne Ludwig?», fragte Herzberg, als Harri weg war.

Sie verschränkte die Arme. «Von der kann man ihn schlecht loseisen, das habe ich am Sonntag wieder gemerkt.»

«Er wird seine Gründe haben.»

Sie legte den Kopf schief, nickte dann. «Er braucht Stabilität, von allem anderen hatte er genug.»

Er ließ seinen Zeigefinger über ihren Handrücken wandern. «Du solltest dir nicht so viele Gedanken machen, du bist ein bisschen blass, weißt du? Sobald wir beide Luft bei der Arbeit haben, fahren wir weg, ja?»

Sie holte tief Luft, während sie an ihm vorbeisah. «Ach, das. Das ist bestimmt ein Sommervirus, das umgeht. Bei mir legt sich das leicht auf den Darm.»

Er griff fester zu. «Was kann ich dir Gutes tun?»

«Es genügt, dass du es willst.»

Herzberg lockerte seinen Griff, er spürte seinen Hals eng werden. Zwischen ihnen hatte sich ein Graben aufgetan, und er wollte unbedingt drüberspringen. «Weißt du, wo ich jetzt am liebsten wäre?»

Sie schloss die Augen. «Natürlich.»

«Wir haben dort so vieles vergessen.»

Sie pustete langsam Luft aus, es klang angestrengt. «So einiges, ja.»

Harri war jetzt zurückgekommen, er stellte das Süppchen so zärtlich vor Ariane ab, als wollte er sie nicht aus dem Schlaf wecken. Kaum war er weg, versenkte sie den Löffel darin und rührte, eine ganze Runde durch den Teller und wieder zurück.

Dann, ganz plötzlich, zog sich ihre Stirn zusammen.

«Ariane, was ist denn?»

Sie massierte sich die Schläfen.

Der Graben zwischen ihnen war auf einmal gigantisch. «Hast du Kopfschmerzen?»

Jetzt sah sie auf, sie war noch ein wenig blasser geworden. «Ich müsste noch in die Apotheke, bevor die Praxis wieder aufmacht, fällt mir gerade ein.»

«Das kann ich doch machen, bleib du hier solange in Ruhe sitzen und iss. Was brauchst du denn?»

«Ähm, das ... das geht nicht ohne Rezept.»

«Schreib eins.»

«Ich habe keinen Block dabei. Entschuldige, das hätte mir eher einfallen müssen. Heute Nachmittag rufe ich dich an, geht das?»

«Ich komme mit!»

«Nein! Bitte.»

Der Graben war jetzt in ihm drin, und er hatte das Gefühl hineinzustürzen. «Warum denn nicht?»

«Weil du heute noch eine Menge zu tun hast und jetzt essen solltest. Wirklich.»

Herzberg wich zurück, weil Harri gerade seinen Teller brachte. Dann legte er kraftlos die Hände neben das Besteck. Er konnte jetzt nicht ans Essen denken. Alles fühlte sich auf einmal schwer an, sein Körper war ganz und gar unbeweglich. Auch noch als sie aufstand und ihm einen Kuss auf die Stirn drückte. Selbst als sie ging, seltsam vorsichtig, als würde der Boden schwanken, und er nichts lieber wollte, als ihr hinterherzurennen.

Es war schon früher Nachmittag, als sie in Lichtenfels ankamen.

«Alle Achtung», sagte Desiree, nachdem sie ausgestiegen waren und sich auf dem überdachten Garagenplatz der Agrargenossenschaft umsahen. Er war bis auf zwei Traktoren leer, aber die schienen neu zu sein. Sie zeigte mit dem Finger darauf. «Das sind echte Schmuckstücke.»

«Schmuckstücke?»

Es klang wenig interessiert. Kein Wunder, während der Fahrt hatte Herzberg stumm auf die Straße gestarrt. Seine

Prinzessin musste irgendwas mit ihm angestellt haben. Etwas, das sie nicht missbilligte, wenn sie ehrlich war. «Mein Vater sammelt Modelle, ich habe schon viele Vorträge darüber gehört. Es handelt sich bei dieser Marke um die Mercedesse der Landwirtschaft», sagte sie im Vorbeigehen.

Im selben Moment klappte hinter ihnen eine Tür, und sie blieben stehen.

Kai Henschke war im Begriff, aus einem der Fahrerhäuser zu klettern. In Jeans und grauem Hemd, einen Laptop in der Hand.

«Arbeiten Sie dadrin?», fragte Herzberg.

«Wir sind im Erntestress, und die zwei hier machen Schwierigkeiten.»

«Und der Computer hilft ihnen wieder auf die Beine?», fragte Herzberg verwundert, während Desiree die Augen verdrehte.

«Er macht eine On-Board-Diagnose, es gibt eine Buchse, da schließe ich die Prüfsoftware an, und die weiß dann, was er hat.»

«Ausgerechnet einer von den Neuen im Stall, ärgerlich. Und, wird der Junge wieder gesund?», fragte sie.

Henschke glotzte prüfend an ihr herunter. «Wird er.»

Sie schlenderte hinüber und schlug die Fahrertür zu. «Schön. Sie haben zu tun, wir sowieso, also machen wir es kurz. Ihnen ist ja bekannt, dass ein Teil vom Erbe des verstorbenen Rudolf Schröter Jens Reichenbächer zukommt. Der Wert seiner Anteile an der Agrargenossenschaft beträgt eine halbe Million.»

Seine Augen hefteten sich jetzt an ihre Oberweite. «Da wissen Sie mehr als ich.»

Na warte, du Frauenheld. «Sie haben keine Vorstellung, was Ihr Laden wert ist? Ernsthaft?»

Henschke klappte seinen Laptop zu. «Können wir in mein Büro gehen?»

Desiree lüftete ihr T-Shirt. «Wenn es dadrin kühler ist», sagte sie mit gesenkter Stimme.

Henschkes Augen wurden weit. «Ich denke schon.»

Drin zog er schwungvoll zwei San-Pellegrino-Flaschen aus dem dunkelroten Kühlschrank und goss ein. Er rückte ihr einen Stuhl zurecht, dann ließ er sich ebenfalls nieder. «Entschuldigen Sie die Unordnung, die Sekretärin ist noch nicht zum Aufräumen gekommen.»

Sie ließ den Blick über das Chaos wandern, das Fred angerichtet hatte. Offene Schränke und Aktenkommoden, herumliegende Zettel, Schokoladenpapier, leere Flaschen, eine Pizzaschachtel. Prima. Sie senkte noch einmal die Stimme. «Ja, wir können richtig böse sein.»

Es funktionierte schon wieder, Henschkes Kehlkopf fuhr Achterbahn.

«Es ging um den Wert der Anteile», half Herzberg ihm auf die Sprünge. Ohne irgendeine Reaktion auf ihre Art des Vorgehens zu zeigen. Komisch. Er war wirklich am Boden.

«Genau. Ja. Natürlich kenne ich mich in meinem Laden aus. Nur ist es so, dass der Wert der Anteile Schwankungen unterliegt, je nachdem, wie die Geschäfte laufen.»

Herzberg stellte sein leeres Glas ab. «Und sie laufen gerade nicht gut.»

Henschke überlegte einen Moment. «Das stimmt nicht ganz.»

«Dann wäre es ungünstig, wenn Sie gerade jetzt einem Erben diesen Anteilswert auszahlen müssten.»

«Haben Sie mir nicht zugehört? Es geht dem Laden gut. Außerdem sind wir dem nicht hilflos ausgeliefert. Im Gesellschaftsvertrag ist geregelt, dass bei plötzlichem Ausscheiden eines Gesellschafters die anderen Gesellschafter ein Vorkaufsrecht haben. Die Gesellschaft soll in ihrem Bestand nicht gefährdet werden. Und im Moment kaufen wir diesen Anteil sogar billiger, da es tatsächlich nicht ganz so gut läuft. Das heißt, wenn es sich auf dem Papier so darstellen lässt.»

Sie stand auf. «Das Papier will ich sehen.»

Er lächelte. «Ist in Arbeit.»

Ihr Blick fiel auf eine schmale Mappe auf seinem Tisch. Sie warf Herzberg einen Blick zu, der deutete ein Kopfschütteln an und schlug seelenruhig ein Bein über das andere.

«Darf ich da mal reinsehen?», fragte sie schnell und griff danach.

Henschkes Hand schoss darauf zu und hielt die Mappe fest. «Ich arbeite gerade an einem Bericht für Ihren Kollegen.»

«Ich habe Sie übrigens nicht bei der Beerdigung gesehen», mischte Herzberg sich ein.

Henschke nickte. «Wie gesagt, die Ernte ist in vollem Gang. Rudolf hätte verstanden, dass ich nicht wegkonnte, das Gut stand für ihn an erster Stelle.»

«Herr Henschke», sagte Herzberg mit gespielter Besorgnis, «das neue Testament hätte Jens Reichenbächer zum Erben aller Genossenschaftsanteile des Verstorbenen werden lassen. Hätte Ihnen das gefallen?»

Henschke verzog keine Miene. «Sinnlos, darüber zu spekulieren, die Unterschrift fehlt ja.»

«Sie hätten sich auf einen neuen Gesellschafter einstellen müssen, einen mit möglicherweise weitreichenden Befugnissen.»

«Damit hätte ich kein Problem gehabt», sagte Henschke seelenruhig. Das Problem hatte er ja nun auch nicht, also musste er seine Gelassenheit nicht mal spielen.

«Wo wohnen Sie eigentlich?», fragte Herzberg mit derselben Schärfe weiter.

Henschke zog die Stirn kraus. «In einem Haus am anderen Ende des Dorfs. Wieso?»

«Das gelbe? Der kleine Hof?»

Henschke nickte.

Da begriff Desiree, worauf Herzberg hinauswollte. «Das tut mir aber leid.»

Henschkes Blick schoss zu ihr herüber. «Wie bitte?»

«Man soll sich zwar nicht mit anderen Menschen vergleichen, aber man tut es ja doch, nicht wahr?»

«Ich weiß nicht, worauf Sie hinauswollen.»

«Doch, das wissen Sie. Denken Sie mal an Kamps Haus. Der hatte denselben Job wie Sie. Ungerecht, oder?»

Herzberg deutete ein anerkennendes Nicken an, das sich anfühlte wie Sahnetorte auf der Zunge. Henschke holte tief Luft, mit glühendem Blick, er war so weit, jetzt würde er nicht mehr an sich halten können.

«Und dann spielt er in seinem Palast auch noch das Opfer», legte sie nach.

Henschke blähte die Nasenflügel. «Das Opfer einer Intrige, um genau zu sein. Wusste angeblich nicht, was er da unterschrieben hat während der Umstrukturierung.»

«Und was war das?»

«Die von Schröter und seiner Beratergesellschaft ermittelten Betriebswerte, die dann die Grundlage für die Auszahlung der Genossenschaftsbauern bildeten. Hinterher dann dieser Katzenjammer, wie mies er behandelt worden ist!»

«Wirklich ziemlich ungerecht», pflichtete Herzberg ihm bei.

Henschke lüftete sein Hemd, er guckte, als wisse er nicht, was er von alldem halten sollte. «Schröter war nur der Berater, Kamp hatte die Verantwortung, seine Unterschrift ist auf jedem der Verträge. Und er wusste auch, was für ihn dabei raussprang, alles andere ist schlicht undenkbar.»Henschkes Wangen glühten. «Dietmar hatte jeden Grund, sehr wütend auf Schröter zu sein, als der ihn dann rauswarf.»

Desiree nickte. «Es lebt sich besser ohne Schröter. Und ohne Reichenbächer. Viel besser. Nicht wahr?»

In dem Moment betrat die Sekretärin das Büro, Henschke nahm keine Notiz davon. Sein Blick schnellte zwischen ihr und Herzberg hin und her. «Nein, Schröter muss man in Schutz nehmen. Ich mochte ihn, seine Tatkraft, er war ein Vorbild. Er war für mich fast so etwas wie ein ...», er räusperte sich. «Ich mochte ihn, schlicht und einfach.»

Die Absätze der Sekretärin klapperten jetzt durch den Raum, mit einer ausladenden Bewegung ihres Hinterteils umrundete sie den Schreibtisch. «Kai, du müsstest noch ein paar Briefe unterschreiben», sagte sie, während sie eine Mappe auf den Tisch legte, wobei sie mit ihrem Busen seine Schulter berührte.

Henschke lehnte sich zurück. «Sie sehen, dass es gerade viel zu tun gibt, bei dem Chaos hier muss ich noch mehr darauf achten, dass mir nichts durch die Lappen geht.»

Das werden wir auch tun, dachte Desiree, danke für den Tipp. Sie stand auf. «Für das Chaos entschuldigen wir uns natürlich. Wäre nicht der Bauer, so hätten wir kein Brot.»

Dann schob sie auf dem Boden ein paar Ordner zu Stapeln zusammen und tat, als würde sie aufräumen helfen. Herzberg ging neben ihr in die Knie. «Was wird das?», zischte er.

«Lenk ihn ab», zischte sie zurück.

Henschke beugte sich schon über den Tisch. «Ich bitte Sie, das müssen Sie doch nicht tun. Wir kommen schon zurecht, kein Problem, die wichtigsten Unterlagen habe ich immer in meiner Nähe.»

Haargenau, dachte sie. Während Herzberg der Sekretärin einen Stapel Papier überreichte, packte sie die gestapelten Ordner und legte sie auf seinem Schreibtisch ab, genau auf die Mappe, die ihr eben ins Auge gestochen war.

«Oh, das war jetzt falsch, nun haben Sie noch mehr Chaos», sagte sie dann, raffte alles zusammen und trug es zu dem alten Schreibtisch am Fenster. «Da ist der ja doch noch von Nutzen, nicht wahr?», scherzte sie dabei.

«Wenn Sie so nett wären, ich muss jetzt mit raus», hörte sie Henschke hinter sich sagen, da war er zum Glück schon aufgestanden.

«Aber klar», antwortete Herzberg für sie beide. «Wie geht es eigentlich Ihrer Frau?»

«Ich muss ihr noch ihr Lieblingsheilwasser vorbeibringen, fällt mir gerade ein.»

Als Desiree hörte, wie die Bürotür geöffnet wurde, zog sie die Mappe unter dem Stapel hervor, schob sie sich unters T-Shirt und schloss sich den anderen an. «Herr Kowalek hat gestern so nett von ihr gesprochen.»

Henschke öffnete die Tür, dabei zog er eine Grimasse, die seine kleinen Zähne entblößte. «Ach was.»

«Da Sie so beschäftigt sind», Herzberg warf noch einen Blick in Richtung Sekretärin, «könnten wir ihr das Wasser auch vorbeibringen, wir fahren sowieso in die Richtung. Ich wollte meiner Kollegin nämlich den hübschen Waldsee zeigen.»

Sehr gut, dachte sie. «Sie könnten auch Kowalek schicken.» Das hatte sie sich nicht verkneifen können.

Henschke biss die kräftigen Kiefer aufeinander.

Aber er kam nicht dazu, noch etwas zu antworten, sie reichte ihm schnell die Hand. «War nur ein Vorschlag, danke für Ihre Zeit.»

«Ich hatte weit weniger erwartet», sagte Herzberg, während sie über den Hof zum Auto liefen. Die zwei Traktoren waren verschwunden, der große Platz staubte in der nachmittäglichen Hitze einsam vor sich hin.

Desiree kickte einen Stein zur Seite. «Er weiß erstaunlich genau Bescheid, was das Testament betrifft. Du hast gesagt: Schröter wollte ein neues Testament aufsetzen, nicht: Es gibt eins, nur die Unterschrift fehlt. Aber er hat es gesagt.»

«Und er lenkt den Verdacht auf Kamp.»

«Um von sich abzulenken.»

Herzberg schloss das Auto auf, dann wich er zurück, um der angestauten Hitze auszuweichen. «Schröter war auch nicht wie ein Vater für ihn.»

Sie riss die Tür auf und trat ebenfalls kurz zur Seite. «Oder jedenfalls nicht mehr, was noch viel interessanter ist.» Dann stieg sie ein. «Die Enttäuschung, der ganze Frust.»

«Ja, das tut weh», sagte Herzberg, als er den Motor anließ. «Wer hätte das gedacht.»

Er schien auf einmal wieder der Alte zu sein, tat das gut! «Du wirkst so entschlossen, was hast du vor?

«Ich zeige dir den See, hier kommt man ja um.»

«Aber nur ganz kurz, wir haben zu tun.» Dann zog sie etwas unter ihrem Shirt hervor.

Während er auf die Hauptstraße einbog, legte sie eine dünne Mappe auf das Armaturenbrett. Er schielte auf die Aufschrift. «Und?»

«Muss Fred gestern übersehen haben.»

«Derart gewonnenes Beweismaterial können wir nicht ...»

«Ist nur ein Druckmittel, keine Aufregung.»

«Doch nicht deswegen.»

«Banause. Ich hingegen spüre gerade, wie mein Puls ansteigt, guck mal nach links.»

Herzberg verlangsamte das Tempo und ließ den Blick über den Gehweg schweifen, dann hielt er den Wagen an. «Nichts wie raus hier.»

Jan Kowalek hob beide Hände, als sie auf ihn zukamen. «Ist irgendwas?»

«Sagen Sie es uns.»

Sein Blick schwirrte zwischen ihnen hin und her. «Was denn?»

«Es geht noch einmal um Henschkes Alibi vom Freitag.»

«Also gut, ja, Kai war letzten Freitag im Büro, ich habe ihn gesehen.» Kowalek ratterte den Satz so schnell herunter, dass sie ihn nur mit Mühe verstanden.

«Sicher?», hakte Herzberg nach.

Er versenkte den Blick im Boden neben seinen Gummistiefeln. «Zu Hause war er nicht.»

«Das wird uns seine Frau sicher bestätigen können», sagte Desiree.

Kowalek riss den Kopf hoch. «Sprechen Sie sie nicht darauf an, bitte. Dass Kai im Büro ... also, sie denkt, dass er bei der Ernte geholfen hat. Und sie darf sich nicht aufregen.»

Desiree warf Herzberg einen Blick zu, der dachte offenbar wie sie. Henschke war wirklich ein Vollidiot.

«Würde sie sich überhaupt aufregen?», fragte Herzberg.

Kowalek lächelte versonnen. In seinen hellgrünen Augen schwammen Licht und Wasser. «Die kleinste Kleinigkeit kann ihr jetzt schaden. Und ich will sie mir noch so lange angucken, wie es irgend geht, verstehen Sie?»

Sie trat dicht an ihn heran. «Aus der Ferne?»

«Besser als nichts.»

«Scheiß drauf», flüsterte sie. «Der verdient sie doch gar nicht.»

Kowalek sah sie traurig an, dann setzte er sich in Bewegung. «Nicht meine Entscheidung», murmelte er noch.

«Es kotzt mich langsam an», sagte Desiree neben Herzberg.

«Sehe ich genauso, es muss endlich was passieren, dann flippen hier ein paar Leute aus, verlieren den Überblick über ihre Lügenkonstrukte, und wir haben endlich eine Chance.»

«Dann gehe ich zu Magda, übernimmst du Kamp? Und sieh zu, dass du ihn allein sprichst, die Frau stört extrem. Übrigens war er mal mit diesem Manfred Schmied befreundet, jetzt sind sie zerstritten.»

«Interessant. Dann bis später und viel Erfolg. Ach, und bitte, lass das sein», Herzberg rührte jetzt mit der Hand durch die Luft, «du weißt schon. Das eben dadrin, mit der tiefen Stimme.»

Lächelnd ging sie davon. Es war ihm also aufgefallen, dass sie Henschke ein kleines bisschen mit ihrer Fraulichkeit manipuliert hatte, und es störte ihn. Na, sieh einer an.

Zehn Minuten später trat Herzberg an den Zaun neben der Thujahecke. «Guten Tag! Sprechen wir über Zahlen?»

Dietmar Kamp ließ den Rechen fallen, mit dem er den weißen Kies im Vorgarten glatt gezogen hatte. «Meine Güte, wir haben eine Klingel.»

«Ich wollte nicht mit Ihrer Frau sprechen.»

Eine Furche entstand auf Kamps gebräunter Stirn, dann zuckte sein Mundwinkel amüsiert. Herzberg schlüpfte durch das Tor und ging auf die große Doppelgarage zu. Wunderbar, vom Küchenfenster aus konnte man diesen Platz nicht einsehen.

«Es gibt drei Gutachten zur Wertermittlung für die LPG, warum haben Sie mir davon nicht erzählt?»

«Warum sollte ich?»

«Um sich selbst zu entlasten?»

«Hat doch keinen Sinn.»

«Sie waren nicht von Anfang an darauf aus, die Leute über den Tisch zu ziehen, das erste Gutachten nennt ganz andere Zahlen, höhere, realistische wahrscheinlich.»

«Und?»

Herzberg sah sich kurz um, er hatte etwas knirschen hören, es war gut, dass es hier Kies gab. Und tatsächlich, Roswitha Kamp war mit einem Garteneimer in der Hand aus der Tür gekommen, im rosa Trägerkleid.

«Sie werden darin doch wohl keine Gartenarbeit verrichten wollen», scherzte Herzberg.

«Ich bringe nur den hier weg.» Sie verschwand in der Garage, Herzberg legte den Finger auf den Mund, Kamp nickte. Von drinnen kamen Geräusche, ein Fluchen, dann tauchte sie wieder auf und sah ihren Mann an. Der zuckte die Achseln.

Der Kies spritzte zur Seite, als sie wortlos verschwand.

«Ich erinnere mich gut an diese wilde Zeit, die ersten Nachwendejahre. Ich war euphorisch, die Wende war für mich ein Geschenk, das ich am liebsten jeden Tag neu ausgepackt hätte», sagte Herzberg dann. «Plötzlich Freiheit. Und plötzlich Möglichkeiten, zu Geld zu kommen.»

Kamp lehnte den Rechen an die weiße Hauswand, er kippte zur Seite und hinterließ einen dünnen grünen Streifen auf der weiß verputzten Wand, aber er kümmerte sich nicht darum. «Roswitha ist meine zweite Frau. Wir hatten 1988 erst geheiratet, ich wollte, dass sie zufrieden mit mir ist.»

Vielleicht der erste wirklich wahre Satz, den Kamp aussprach. Also hatte er mit Schröter gemeinsame Sache gemacht, um Geld zu verdienen. Eine Zeitlang zumindest. «Es ging nicht lange gut mit Schröter.»

«Es waren nur ein paar Wochen, die er im Frühjahr neunzig bei uns gewohnt hat, so bis Ende Juni. Aber sie haben gereicht, von da an war unsere Beziehung rein geschäftlich.»

«Nachdem Sie erlebt hatten, wie er mit den Leuten umsprang?»

Kamp nickte, seine Mundwinkel verschwanden fast in seinen Wangen. «Das mit Herbert Schwanitz zum Beispiel verzeihe ich mir nicht, der war zwar in der SED, aber ein ganz Vernünftiger. Wir haben immer an einem Strang gezogen. Herbert hat von Anfang an gesagt: Von Schröter kommt nichts Gutes, wir müssen aufpassen.»

«Warum haben Sie Schröter trotzdem als Berater eingestellt?»

«Druck von allen Seiten. Vom neuen Bürgermeister, den Schröter mitgebracht hatte, von einigen Leuten hier, mit denen er gut konnte. Außerdem war er mit meinem Vater befreundet gewesen. Also habe ich mir gedacht: Was soll's, wird schon werden. Und die Zahlen ... alle haben das so gemacht.»

«Bernd Heiduzek hat es relativ unumwunden zugegeben.»

«Ist ja auch alles verjährt, nicht wahr?»

Herzberg sah sich um, er hatte ein Geräusch gehört. «Da Sie von da an alle Dreck am Stecken hatten: Warum konnte er Sie loswerden? Er steckte doch genauso mit drin? Auch wenn nur Ihre Unterschrift unter den Wertermittlungsgutachten steht.»

«Ich habe wirklich versucht, mich zu wehren.»

«Und wurden wegen Hausfriedensbruchs verurteilt?»

«Woher ...?»

«Das zu überprüfen ist Routine bei uns.» Jetzt sah Herzberg, dass die Terrassentür zum Garten offen stand. Bestimmt hatte sie gelauscht. Er hatte recht, schon im nächsten Moment kam Roswitha Kamp heraus und rauschte auf sie beide zu, ein paar Gummistiefel in der Hand. Vor Herzbergs Füßen ließ sie sie fallen. «Wenn ich vielleicht auch mal was sagen dürfte.»

Er trat einen Schritt zurück. «Bitte schön.»

«Als Schröter mitgekriegt hat, dass Dietmar sich wehrt, hat er versucht, ihn fertigzumachen.»

Kamp wandte sich zu ihr um. «Röschen, bitte ...»

Sie schlug nach seiner Hand. «Zuerst war unser Hund plötzlich tot. Über Nacht.»

«Der war alt.»

Ihr Zeigefinger schoss auf Herzberg zu. «Keine Woche später waren die Scheiben von unserem neuen Wintergarten eingekloppt – als wir vom Einkaufen zurückkamen, an einem Samstag war das. Keiner wollte was gesehen haben, obwohl hier überall Nachbarn sind! 1993 war das. Früher haben die Leute Dietmar auf der Straße gegrüßt, dann haben ihn alle geschnitten. Schröter hatte die alle in der Hand!»

«Haben Sie Anzeige erstattet?»

«Das wollte ich nicht», sagte Kamp heftig. Sein gebräuntes Gesicht war dunkler geworden.

«Haben Sie das gehört», kreischte sie jetzt, «er wollte das nicht! Ich habe vor Angst nicht mehr schlafen können! Jetzt wissen Sie, wozu dieses Aas Schröter fähig ist. War. Aber der feine Pinkel hat sich natürlich nicht selber die Finger schmutzig gemacht, dafür hatte er seine Leute. Wir haben nie rausfinden können, wer das war.»

Herzberg sah Kamp ins Gesicht. «Sind Sie deshalb nicht mehr mit Manfred Schmied befreundet?»

Kamp wich seinem Blick aus. «Der ging eine Zeitlang bei Schröter ein und aus, aber Genaues wissen wir nicht, leider.»

«Ist so etwas auch bei anderen passiert, die Schröter im Weg standen?»

«Nee, der hatte es nur auf Dietmar abgesehen!»

Herzbergs Blick flog zwischen den beiden hin und her. Das war die Wahrheit, es musste so sein, Roswitha Kamp hatte das ohne Überlegen herausposaunt, und ihr Mann war dabei ganz blass geworden. «Das ist eine ziemlich drastische Maßnahme. Ging es ihm nur um Ihr hohes Gehalt, das er einsparen wollte?»

Roswitha Kamp schleuderte ihre Latschen von den Füßen. «Es hat ihn gewurmt, dass die Leute Dietmar als Chef angesehen haben. Der konnte einfach nicht teilen, nicht das Geld, nicht das Ansehen, so war das.»

Das genügt mir nicht, dachte Herzberg. «Unterstellt, dass er hinter diesen Angriffen steckt: Nur bei Ihnen hat er mit dieser Härte durchgegriffen. Warum?»

«Weil der nicht ganz richtig im Kopf war, oder, Dietmar?»

Kamp sah Herzberg fest an und nickte.

«Ich brauche jedenfalls Ihre Fingerabdrücke.»

Roswitha Kamp schmiss den Gummistiefel, den sie gerade im Begriff war überzuziehen, zurück auf den Boden. «Dietmar war das nicht, so weit gehen wir nicht! Aber der Täter kriegt ’nen dicken Kuss von mir, wenn Sie ihn haben!» Sie zog die Stiefel an, verschwand noch einmal in der Garage und kam mit einem Rasenmäher wieder zurück.

Herzberg ging auf und ab, während er zusah, wie Roswitha Kamp den Stecker in eine Steckdose an der Garagenwand einstöpselte. Schröter war ein mächtiger Mann gewesen, und falls er wirklich hinter solchen Angriffen steckte, hatte er den Kamps Angst einjagen wollen. Weil diese beiden hier ihn mit irgendetwas in der Hand gehabt hatten. Sie hatten ihm damit ebensolche Angst eingejagt, ein anderer Grund war schlicht nicht denkbar. Und Kamp wäre ruiniert gewesen, wenn das auch noch herausgekommen wäre, sonst hätte er sich auch dagegen gewehrt. Theoretisch. «Was verpflichtete Sie eigentlich, Schröter gegenüber stillzuhalten? Die Angst vor Aufdeckung Ihres Betrugs in der LPG war es nicht, darüber wissen die Leute ja Bescheid. Was war es dann?»

Aber Kamp schüttelte nur den Kopf, dann hob er seinen Rechen auf. «Das sind doch bloß Spekulationen. Ich werde meiner Frau jetzt helfen. Auf Wiedersehen.»

Desiree kickte einen Kiesel vor sich her, während sie an Gruners Praxis vorbei auf das Gutsgelände zulief. Der Stein krachte gegen ein Holztor, das einen sehr gepflegten Garten umschloss. Mit eingezogenen Schultern sah sie sich um. Wartete, dass jemand aus seiner Tür trat und schimpfte, aber nichts geschah.

Ach nee, dachte sie dann und lief schnurstracks auf die beiden sichtlich schlechtgelaunten Männer zu, die eben aus Magda Schlottwitz' Haus getreten waren.

Jens Reichenbächer zerknüllte gerade ein Stück Papier in der Faust und warf es weg. «... ist der Ärger vorprogrammiert», sagte er barsch.

«Warum, was gibt's denn?», rief sie ihnen entgegen.

Blitzschnell fuhren zwei Köpfe zu ihr herum.

Sie lächelte breit und hob das Papier auf. Einen Flyer. Ein älteres Ehepaar war darauf abgebildet, das einen Rosenstrauch anlächelt, vor blauem Himmel und Sonnenschein. «Genießen Sie, was Sie verdienen», las sie laut. «Ist es also so weit?»

Reichenbächer griff nach dem Papier. «Das war nur ein Vorschlag.»

«Sie hatte einen Schwächeanfall», pflichtete Gruner ihm bei, seine Brille saß diesmal fest über den Augen, die sie böse anblitzten. «Ein Glück, dass ich in der Mittagspause nach ihr gesehen habe. Wegen ihrer beginnenden Demenz muss ich das täglich tun, das reicht aber offenbar nicht mehr aus.»

«Wollen Sie sie entmündigen lassen?»

«Davon redet doch niemand!»

Reichenbächer starrte auf seine Schuhe.

Sie nutzte die Gelegenheit, ihm den Wisch wieder zu entreißen und ihn sich in die Hosentasche zu stecken. Als Reichenbächer die Hand danach ausstreckte, hob sie drohend den Zeigefinger und ging auf die schwere Holztür zu.

Gruner war in Sekundenschnelle bei ihr. «Sie schläft.»

Sie drückte die Klinke hinunter, es war offen.

«Hallo?», rief sie in den dunklen Flur. Keine Antwort.

«Na bitte», zischte Gruner.

So, jetzt reichte es. Sie nahm ihr Telefon zur Hand und tat, als würde sie mit Monika Lochschmidt sprechen. Fragte, ob sie herausfinden könne, ob eine Betreuungssache gegen Magda Schlottwitz anhängig sei, und genoss den Anblick von Gruners Gesichtsfarbe. Du wirst mich kennenlernen, dachte sie dabei. Dann betrat sie das Haus.

«Sie gehen da jetzt nicht rein!», hörte sie noch hinter sich und fuhr herum.

«Und Sie kommen mir besser nicht hinterher!»

«Ich bin ihr Arzt, und ich ...»

«Ich bin Polizeibeamtin und werde mir selbst ein Bild machen. Wir können übrigens auch auf die Familienrichterin warten.»

«Das ist ja amüsant!» Reichenbächer hatte sich hinter Gruner aufgebaut.

«Grit Weise, ich hab noch was gut bei ihr», log sie. Es funktionierte, Reichenbächer stupste Gruner an, der trat zurück, die beiden flüsterten, aber sie achtete nicht länger darauf. Niemand kam ihr nach, als sie im Haus verschwand.

Hinten in der Küche brannte Licht. Es war an, obwohl es noch nicht spät war, aber der Himmel hatte sich zugezogen.

Am Tisch saß Magda Schlottwitz und starrte auf das Brett mit der Scheibe Brot, das darauf lag. Ein Messer hatte sie in der Hand, vor ihr standen eine Margarinedose und ein offenes Honigglas.

Desiree trat von der Seite heran, sodass Magda sie sehen konnte. Als sie nicht reagierte, legte sie ihr sacht eine Hand auf die Schulter. «Hallo Magda, geht es Ihnen gut?»

Magda legte das Messer ab, blickte auf. «Was sagten Sie?» Sie bedachte sie mit einem ungewöhnlich jungen Blick, zum Schaudern klar und frisch, als hätte sie Jahrzehnte des Vergessens abgestreift. Irritiert sah Desiree sich um. Noch etwas hatte sie gerade bemerkt, das neu war in diesem kleinen Stübchen. Eine süßliche Muffigkeit, die aus sehr alten, offen stehenden Holzmöbeln strömte. Desiree brauchte nicht einmal genauer hinzusehen und wusste: Dort, in den noch zusammengefalteten Umzugskartons an der Wand, sollten bald die Utensilien eines ganzen Lebens verstaut werden. «Aber ... warum?», fragte sie.

«Ich schaffe nicht mehr viel allein.»

«Haben die Sie gezwungen? Das lassen Sie sich doch nicht ...»

«Nein.» Magda nahm die Hände vom Tisch und lehnte sich zurück. «Jetzt bei der Hitze werden schnell gute Zimmer in den Heimen frei, Peter hat Kontakte.»

«Und Reichenbächer und er haben Ihnen gleich die Kartons gebracht?»

«Die sind schon eine Weile im Schuppen, das mit dem Umzug ist schon länger im Gespräch. Wir wären irgendwann gemeinsam gegangen, der Schröter und ich.»

Trotzdem hörte sich das an, als würde sie es irgendwo ablesen. «Stimmt das wirklich?»

Jetzt sah Magda ihr erneut ins Gesicht, mit Augen wie

frisch gewaschen. «Warum sollte es falsch sein, etwas zu ändern?»

«Sie haben das Haus bekommen, das ist die Veränderung!»

Magda lachte jetzt ein wissendes, resigniertes Lachen. Was zum Teufel bedeutete das? In Desirees Bauch begann etwas zu pulsieren, es war winzig, nicht mehr als stecknadelkopfgroß. Wut. Darüber, dass Magda weggeräumt werden sollte wie ein unbrauchbar gewordenes Möbelstück und dabei auch noch mitmachte. Sie hatte förmlich vor Augen, wie Gruner und Reichenbächer die Stirn in Falten legten. *Es ging nicht mehr anders, jaja, wie traurig. Aber wir haben getan, was wir konnten.* Heuchler. «Denken Sie wirklich, Sie kommen in eins dieser schönen Nobelheime auf dem Werbezettel?», fragte sie mit bebender Stimme.

«Ist das denn wichtig?»

Desiree schluckte, fand keine Antwort. In Magdas Kopf hatte auf geheimnisvolle Weise ein Großreinemachen stattgefunden, und es gab nur noch entrümpelte, übersichtliche, blitzsaubere Kammern darin. Und glasklare Antworten, zumindest für den Moment. Also gab es doch erst recht keinen Grund, hier zusammenzupacken.

«Weshalb kommen Sie eigentlich einfach hier herein?», fragte Magda mitten in ihre Gedanken.

Desiree rieb sich die Stirn, hier drin war es stickig. Ach ja, genau. «Ich musste oft an das Foto denken, das wir von dem Verstorbenen haben. Ich wollte fragen, ob es auch eins von seinem Bruder gibt.»

«Haben die Russen alles verbrannt, als sie das Gutshaus besetzt haben. Wozu brauchen Sie das?»

Weil mir Schröters hartes Gesicht nicht aus dem Kopf geht, der unerbittliche Zug um die Lippen. Bei einem Büchernarren? «Waren die beiden Brüder sich sehr ähnlich?»

«Aber ja.» Wieder ein blitzsauberer Blick.

«Sie haben aber nicht immer am selben Strang gezogen, oder? Das mit dem Endkampf zum Beispiel, das war Hermann, Ihr Verlobter.»

Magdas Brustkorb hob sich, aber sie sagte nichts.

Also ja. «Und Rudolf ist in den Westen geflohen?»

Magda deutete ein Nicken an.

Jetzt wusste sie wieder, was ihr noch auf den Nägeln brannte. Sie räusperte sich, atmete durch. Reg sie nicht auf, beschwor sie sich, schön langsam. «Er hatte doch aber seine Freundin hier, Maria Gruner. Hat er sich nicht bei ihr gemeldet nach der Haftentlassung?»

Noch ein Kopfschütteln, mit gesenktem Kopf.

Komisch. «Bestimmt wäre sie mit ihm gegangen.»

«1948 war der Junge ja schon im Kindergarten, eine Veränderung hätte ihm nicht gutgetan.»

Das glaubst du doch selbst nicht, dachte sie. Eine Frau, die allein ist und verzweifelt, geht doch mit ihrer großen Liebe mit. Aber jemand wie Schröter rührte wohl nichts an, was ein anderer angefasst hatte, auch wenn es gewaltsam geschehen war. Oder gerade deshalb, wegen der Schande. Schon gar nicht, wenn es ein Kind gab. Was für ein Arschloch. «Das war nicht nett von ihm.»

«Ja.»

«Dabei heißt es, er sei so ein Feingeist gewesen, der Bücher liebte. Kein Nazi. Die Russen haben ja auch nicht ihn erschossen, sondern seinen fanatischen Bruder.»

«Hm.»

«Warum hatte er sich nach seiner Inhaftierung so verändert? Sich auf einmal so verantwortungslos verhalten?»

«Der eine hat nicht überlebt, und der andere war nicht mehr er selbst. Das ist Krieg. Wen wundert das.»

«Mich.»

«Sie sind zu jung, um das zu verstehen.»

Desiree spürte, wie sie sich innerlich aufblähte. Genau den Scheiß habe ich schon mal gehört, von meiner Mutter. *Oma kommt zurecht, du brauchst sie nicht im Krankenhaus zu besuchen, das ist nichts für dich.* Und dann war es zu spät gewesen. «Hat Schröter sich nie bei ihr gemeldet vor der Wende?»

Magda war in sich zusammengesunken, ihr Kopf wogte hin und her, als hätte er seinen Halt verloren.

Also nicht. «Weiß Gruner von der Affäre?», flüsterte Desiree und legte ihr eine Hand auf die Schulter.

Magda sah sie an, da war ein kurzes Zucken der Augenlider, das sie im Keim erstickte. «Ich denke nicht», sagte sie. Dann zog sie das Brett mit der Brotscheibe zu sich heran und hielt inne, als hätte sie plötzlich vergessen, was sie damit anstellen sollte.

Desiree griff langsam zu, öffnete die Margarinedose, nahm das Messer und bestrich das Brot. Schnitt es in kleine Stücke.

Magdas Brauen hoben sich bis zur Stirn, als sie Desiree in die Augen sah. Ihr Blick war nun nicht mehr klar, ein kaum sichtbarer Vorhang schien sich darübergezogen zu haben. Aber dahinter lief der Film weiter, da war Desiree sicher.

«Essen», sagte sie und machte eine Kaubewegung. Ich will dir nicht weh tun, dachte sie. Aber nimm mich mit in deinen Kopf. Bitte.

Plötzlich entspannte sich Magdas Stirn, sie lächelte, stapelte zwei Brotstückchen aufeinander und schob sie sich in den Mund. Dann legte sie die Finger sofort wieder auf das Brot, als wollte sie sichergehen, dass ihre Finger nicht vergaßen, was zu tun war. So ging das, bis das Brot aufgegessen war.

«Ich lege mich jetzt hin», sagte sie dann, «darum kann ich mich aber allein kümmern.»

Desiree stand auf, sah zu, wie Magda in das kleine Wohnzimmer schlurfte und sich im Zeitlupentempo auf dem Diwan ausstreckte. Ich will nie wieder jemand sein, der sich nicht kümmert, bloß weil das einfacher ist, dachte sie, als sie die Decke, die auf einem Stuhl bereitlag, über Magdas Beinen ausbreitete. Dann drehte sie sich um und ging durch den schmalen, stockdunklen Flur nach draußen. Und vor lauter Reue und als Wiedergutmachung ein altes Haus wieder in Schuss bringen. Und einsehen, dass das nicht funktioniert. Weil es für manche Dinge schlicht und einfach zu spät ist. Ich komme wieder, Magda, verlass dich drauf.

Je leiser das Klacken der Schuhe auf dem Stein im Flur wurde, desto mehr floss Magda in den Diwan. Hier einsickern und nie wieder auftauchen. Glasklar sein wie Wasser, in dem nichts zu sehen ist. Das einfach wegfließt, niemand kann es festhalten. Sollte der Schlamm am Grund doch zurückbleiben, sollten sie darin herumwühlen, das ginge sie nichts mehr an ...

Kurz hob sie den schweren Kopf, lauschte nach draußen. Endlich war da das dumpfe Schnarren der Tür, die ins Schloss fiel. Das Kopfteil der Liege versetzte ihr einen Schlag, als sie sich zurückfallen ließ. Wo war bloß das Kissen? Sie legte sich eine kühle Hand auf die Stirn, tastete mit der anderen unter sich. Da waren die Gurtbänder, die Stahlfedern, zwischen denen Papier klemmte. Aber was tat das hier? Magda klopfte sich gegen die Stirn. Dahinter saß es doch ...

Richtig, da war zunächst die Frau mit Puppengesicht, die lauter Fragen stellte. Nach Rudolf und Maria.

Sie zuckte, ihre Hand verflocht sich in einer Feder, sie zog daran und zupfte, und dann tauchte ein dünner Packen vor ihren Augen auf. Das Gummiband, das ihn zusammenhielt, zerbröselte. Plötzlich war ein Schluchzen zu hören, das kam von ihr. Sie schlug die Kiefer aufeinander, biss sich mit den Zähnen auf die Lippe.

Oben auf dem Packen war eine Fotografie.

Sie lugte hin, vorsichtig, schloss die Augen. Schlamm wurde von einem Bild gewischt, das in ihrem Kopf saß, hinter einer Tür, die auf einmal offen stand.

Dahinter erkennt sie den Fotografen aus Demmin, einen kleinen Mann mit Vogelgesicht und einem Anzug, der aussieht wie vom großen Bruder geliehen. Die Gutsleute haben ihn kommen lassen, beide Söhne im Haus und lebendig, mitten im Krieg!

Magda schlug die Augen auf, strich mit dem Zeigefinger über die Pappe. Ja, das ist Hermanns Gesicht, kühl und klar wie ein Wintermorgen, es gibt nichts Schöneres auf der Welt. Ihre Finger begannen zu zittern, als sie daran denken musste, wie seine Hand ... oh ja, für einen Moment ganz tief unten am Rücken liegt, in die Rinne gleitet, in die er den Mittelfinger hineindrückt, das ist schamlos und herrlich. Und alles, während das Bild geschossen wird ...

Sie stemmte sich hoch, etwas drückte im Hals wie ein Husten, der nicht rauskonnte. Sie schluckte, würgte. Drehte sich auf die Seite. Besser ...

Das Bild klemmte noch immer zwischen ihren Fingern.

Neben Hermann steht Rudolf mit seiner eingewickelten Schulter unter der Anzugjacke. Von einem Fahrradunfall, am ersten Tag auf Heimaturlaub, nach dem Badenachmittag am See ein halbes Jahr zuvor. Sie hörte Hermann wieder lachen. *Du bist wirklich ein Held der Verwaltung mit deinem kleinen Telefonistenposten in Königsberg, und jetzt kannst du nicht mal da mehr hin. Lies einfach ein Buch, schlaf gut und träum was Schönes.* So verschieden sind die Brüder, obwohl sie sich so ähnlich sehen.

Dieser sanfte Rudolf. Und Maria trägt sein Handtuch, die Trinkflaschen, ist auf Schritt und Tritt an seiner Seite. Hält ihm die Ohren zu und funkelt Hermann böse an, wenn er zu frech wird. Ja, sie können miteinander, wie man das nur mit einem kann im Leben. Arme Maria mit ihren Augen wie … wie Kohlenstücke. Genau wie die der Polizistin …

Und wie die von Peter.

Schnell rollte sie sich ganz herum zur Wand, drückte die Stirn dagegen, sah unter sich das graubraune Papier verstreut auf dem Boden. Legte noch die Arme um den Kopf und drückte fest zu, aber die Worte darauf schlichen trotzdem heran. *Geliebte Maria, was wir getan haben, war das Beste, was man nur tun kann. Wir werden heiraten, keine Angst, auf mich ist Verlass. Hermann soll meinen Platz auf dem Gut haben. Wir gehen nach Berlin, wenn der Krieg vorbei ist. Für immer, dein Rudo.*

Jetzt wummerte es, das war ihre Faust, die gegen die Wand krachte. Sie konnte das nicht mehr hören …

Wie Peter hereinstürmt, den Papierpacken in der Hand. Die Briefe klatschen auf den Küchentisch, während sie am Schrank steht und Geschirr einräumt. Er reißt ihr die Teller aus der Hand, sie krachen zu Boden, das ist laut, aber sein Brüllen ist lauter. *Warum hast du mir das nicht gesagt! Ich habe mich nach einem Vater gesehnt und ihn mein Leben lang gesucht, und er war die ganze letzte Zeit hier, vor meiner Nase!*

Und wie er dann aus den Briefen zitiert, er konnte sie auswendig, die Worte mussten sich in sein Herz gebrannt haben. *Für immer, dein Rudo.*

Magda drückte sich noch fester gegen die Wand.

Aber sie hätte es ihm doch nicht sagen können, nicht das. Versprochen war versprochen.

Später drückte sie sich von der Wand, sammelte das Papier zusammen. Mit wehem Herzen. Kinder, die musste man schützen, und sie hatte es doch versucht ... Ganz von allein rafften ihre Hände die Briefe zusammen, schnell, das Drücken in der Brust wurde auf einmal schlimmer, warum, wusste sie nicht, aber es musste sein ... schnell.

Zu spät, sie hatte längst weiter in dem kleinen Stapel geblättert. Ein Foto herausgezogen. Da kam ein Geheul aus ihr heraus, aus Urtiefen.

Sie schlug die Hände vors Gesicht, drückte die Fingerspitzen auf die Augenlider, bis sie bunte Kreise sah. Spürte etwas Schwarzes heranrollen, so wie Ohnmacht. Aber vorher war da noch ein kleiner Junge mit flachsblondem Haar, sie spürt ihn in ihren Armen, da ist dieser Geruch nach Federkissen und Vanille ...

Sie atmete ihn tief ein, dann wurde es dunkel.

Bedächtig lief Herzberg die Dorfstraße hinab, als sein Telefon klingelte. Beim Blick auf das Display spürte er, wie sich sein Bauch mit Luft vollpumpte, und er fühlte sich federleicht und steinschwer zugleich.

«Liebling, wie geht es dir?», fragte er mit klopfendem Herzen.

«Danke, ganz gut.» Ihre Stimme klang, als hätte man sie auf einen einzigen Ton heruntergeschliffen.

«Aber?»

Sie räusperte sich. «Würdest du deiner Ehefrau erklären, dass ich keine weiteren Gespräche mit ihr wünsche? Wo hat sie überhaupt meine Handynummer her?»

Sein Herzschlag setzte aus. Das durfte nicht wahr sein! Und doch wunderte es ihn nicht im Geringsten. Den letzten Streit in der Wohnung hatte Renate verloren, also wechselte sie offenbar die Strategie. «Es tut mir unendlich leid, ich habe keine Ahnung, was sie von dir will.»

«Das kann ich dir sagen, sie hat mich tränenreich gebeten, dich glücklich zu machen. Und mir ihre Bewunderung dafür ausgesprochen, dass ich die Herausforderung angenommen habe, dich, trotz deiner schwierigen Biographie, in der es so viel Gewalt und Trauer gab, in mein Leben zu lassen. In ein Leben mit Kindern.»

Die Luft, nach der er schnappte, verkeilte sich in seinem Hals. Renate hatte mühelos seinen empfindlichsten Punkt ausgemacht und zielte darauf. Auf seine ... ja, seine Frau. Und das war Ariane, anders und so viel mehr, als Renate es je gewesen war. Er schlug sich mit der Hand auf den Brustkorb. «Renate ist hochmanipulativ, bitte glaub ihr nicht.»

«Stell dir vor, ich wusste nicht mal, was sie meint.»

Der Druck in seinem Brustkorb nahm zu. «Dass ich in Bautzen II inhaftiert war, Mitte der achtziger Jahre, aber das ist kein Problem mehr. Ich habe mich noch einmal damit auseinandergesetzt, als ich den Mord an deinem Stiefvater aufgeklärt habe, und noch viel mehr, nachdem ich dich kennengelernt hatte. Wegen dir wollte ich aufräumen und frei sein. Für mich ist das abgeschlossen. Es ist nicht mehr wichtig.»

«Natürlich ist es das!»

Der Druck stieg hoch in seine Augen. «Sie will einen Keil zwischen uns treiben, bitte, das darf ihr nicht gelingen!»

«Ich stand da wie ein Idiot.»

«Und ich werde das mit ihr klären, sofort!»

Sie ließ eine kleine Pause, in der er Glas springen hörte.

«Michael, sie sitzt im Rollstuhl!» Arianes Stimme hatte ihre Höhen zurück. «Hätte ich gewusst, dass sie so auf dich angewiesen ist, ich hätte doch nicht ...»

In seinem Kopf explodierte etwas. «Was hättest du nicht?»

«Ich … ich kann nicht an so vielen Fronten kämpfen.»

«Das brauchst du nicht! Ich bin auf deiner Seite, denn ich liebe dich, hörst du! Selbst wenn sie laufen könnte, wäre das so, nichts könnte daran je etwas ändern!» Er hörte sie leise schniefen, und es riss ihn entzwei. «Ich wünschte, wir hätten uns vor zwanzig Jahren kennengelernt», fuhr er mit bebender Stimme fort, «ich wünschte, wir wären verheiratet, ich wünschte, wir würden jetzt gerade einen Alte-Eheleute-Streit führen, und am allermeisten auf der Welt wünschte ich, wir hätten Mareike und Hannes zusammen bekommen.»

Sie lachte, es klang bitter. «Das ist eine schöne Idee, wirklich. Trotzdem wünschte ich, wir hätten uns richtig kennengelernt, dann wäre ich besser gewappnet gewesen.»

«Wofür, verflucht?»

Eine Weile blieb sie stumm.

Sein Inneres verwandelte sich in eine Höhle, es war dunkel und eiskalt darin. «Ariane?»

«Ich habe Kinder. Und eine schwierige Beziehung hinter mir, und jetzt sieht es aus, als würde sich alles wiederholen, der Nervenkrieg, der Stress, alle möglichen Leute reden einem rein.»

Er biss sich auf die Lippe. «Hör mir zu: Ich bin nicht schwierig, und ich finde deine Kinder großartig, sie sind die besten Kinder der Welt! Wenn sie mich irgendwann auch mögen, wäre es das größte Glück für mich. Und das wird passieren, ganz bestimmt – ich verspreche, alles dafür zu tun.»

«Kinder hassen die neuen Partner ihrer Eltern, das ist eine Tatsache.»

Hatte er da ein kleines Lächeln in ihrer Stimme gehört? In der Höhle wurde es schlagartig wärmer. «Sie werden mit der Zeit bestimmt ein bisschen gnädiger. Das erfordert aber einen gemeinsamen Alltag. Heute Abend zum Beispiel …»

«Heute Abend möchte ich für mich sein.»

Herzberg strich sich über den Arm, der ihm eiskalt vorkam. «Es gibt ein Problem, und ich darf nicht Teil der Lösung sein. Warum nicht?»

«Michael. Ich versuche seit zehn Minuten, um ein bisschen Abstand zum Nachdenken zu bitten, ich wollte keine Grundsatzdiskussion führen. Für mich steht nichts in Frage.»

Vor Erleichterung ging er ein Stück in die Knie. «Du willst nicht Schluss machen?»

«Auf keinen Fall.»

«Fühlte sich aber so an.»

«Das wollte ich nicht, tut mir leid. Ich muss trotzdem jetzt auflegen, der Kindergarten schließt in einer halben Stunde, Hannes will nicht immer der Letzte sein, der abgeholt wird.»

«Natürlich nicht.»

Nachdem sie aufgelegt hatte, ließ er sich auf einem großen rostrot gesprenkelten Findling nieder, alt wie die Welt. Wie doch in wenigen Augenblicken ein ganzes Leben einstürzen konnte ... aber wie es aussah, war er noch einmal davongekommen. Mit einem Hemdzipfel wischte er sich übers Gesicht. Hatte er denn wirklich geglaubt, er und Ariane würden ewig so weiter machen können? Sich in Hotels verkriechen und die Welt aussperren? Und eigentlich wollte er auch nicht, dass sie das taten. Ein Leben wollte er mit ihr, ein echtes, nervenaufreibendes, er musste sie nur davon überzeugen, es auch zu wollen.

Eine ganze Weile später stand Herzberg am anderen Ende des Dorfs in einem Garten. Nachdem er sich wieder gefangen hatte, hatte er angerufen. Es sei kein Problem, ein Gespräch zu führen, hatte Marina Henschke ihm versichert, und dass sie das immer noch allein entscheiden würde.

«Kommen Sie näher», rief sie ihm entgegen. «Keine Angst.»

Er trat auf die Frau zu, die auf einem Liegestuhl neben einem Holunderbusch lag.

«Gucken Sie ruhig hin, dann haben wir das hinter uns», sagte sie freundlich. «Danach können Sie mich vielleicht unbefangener ansehen, das wäre mir lieb.»

Während er sich hinunterbeugte, um ihr die Hand zu geben, musterte er die dünne Frau mit Strohhut, der auf einem nackten Kopf saß. Das Gesicht darunter mit der Haut wie Papier hatte die ebenmäßigen Züge einer antiken Skulptur. Die hellbraunen Augen darin strahlten eine Wärme aus, die seine Befangenheit sofort wegwischte. «Danke, dass wir reden können.»

Sie nahm seine Hand. «Ich habe eben eine Spritze bekommen. Jetzt haben wir eine Stunde.»

«Ich wünschte, ich wüsste, was ich sagen soll.»

«Machen Sie sich keine Gedanken, auf das hier ist niemand vorbereitet. Stellen Sie mir einfach Ihre Fragen.»

Er setzte sich in den Korbstuhl, auf den sie gedeutet hatte. «Danke.»

«Dabei sitzen wir hier gemütlich zusammen und trinken Zitronenwasser.» Sie zeigte auf das kleine Beistelltischchen. «Bei der Hitze kann einem das keiner verübeln.»

Herzberg goss zwei der bereitstehenden Gläser voll und reichte ihr eins. «Das Wetter ändert sich gerade. Vielleicht kommt der Herbst bald.»

Ihre Mundwinkel zuckten. «Alles ändert sich.»

«Und Sie sitzen hier allein, während er arbeitet?» Er erschrak, das war ein Fehler gewesen, er hatte kein Recht, eine schwerkranke Frau traurig zu machen.

Aber sie wandte ihm das Gesicht zu. Kein Schmerz war

darin zu sehen, keine Enttäuschung, die mussten lange zurückliegen.

«Ich weiß, dass Kai mit seiner Sekretärin schläft. Es ist allerdings nicht so, dass er nicht an mir hängt. Er kann nur nicht mit meiner Situation umgehen, er ist komplett überfordert.»

«Nicht nur damit.»

Sie fuhr ein Stück hoch.

«Entschuldigung, ich wollte Sie nicht aufregen.»

Sie schloss die Augen. «Ich habe ganz andere Sorgen. Sie haben bestimmt keine Vorstellung davon, was für Schmerzen so ein Körper produzieren kann. Da wird alles andere unbedeutend.»

«Dagegen gibt es doch sicher Medikamente?»

«Morgen bekomme ich etwas aus Amerika. Es ist hier nicht zugelassen, soll einem aber noch ein paar schöne Wochen verschaffen. Kai war so lieb, sich darum zu kümmern.»

«Das ist nett von ihm.»

Jetzt zog sie die Decke von ihren Beinen. «Es wirkt nun. Tun Sie mir einen Gefallen?» Sie setzte den Strohhut ab und eine Perücke auf, die neben dem Liegestuhl auf einem Tischchen lag, dann streckte sie die Hand nach ihm aus. «Gehen Sie ein Stück mit mir?»

«Da rein, bitte», sagte sie, als sie am Kirchengelände angekommen waren. Dann gingen sie langsam über den Friedhof.

«Hier werden die Menschen noch nahe bei der Kirche begraben. Das finde ich schön», sagte sie dabei.

«Ich auch, irgendwie.»

«Sind Sie gläubig?»

Herzberg schüttelte den Kopf. «Und Sie?»

Sie blieb stehen. «Ich habe beschlossen, dass es Zeit ist, ein paar Zweifel über Bord zu werfen. Finden Sie das dumm?»

«Nein.»

«Kai lacht darüber. Aber ein bisschen kommt es doch auch darauf an, wie gut oder wie schlecht man durch dieses Leben kommt. Und jetzt will ich es lieber leicht haben.»

Herzberg stieß eine gewaltige eisenbeschlagene Tür auf, die Kühle des Kircheninneren strömte auf sie zu. «Ich bin eher ein Naturmensch. Sterben und vergehen, zu Erde werden, aus der wieder etwas wächst. Das finde ich gar nicht schlecht.»

«Das schließt nichts aus.»

«Aber mir genügt es. Im Moment.»

Sie gingen an kunstvoll geschnitzten Bänken vorbei. Marina Henschke öffnete eine der kleinen Türchen und setzte sich hinein.

Herzberg folgte ihr. «Sie haben gesagt, dass Ihr Mann privat überfordert ist. Es geht auch in der Firma nicht so gut.»

«Das tut mir leid für ihn.»

«Wusste er, dass ihm nach Schröters Tod unter Umständen Jens Reichenbächer vor der Nase herumtanzen würde?»

«Kai hat deswegen getobt und geflucht.»

Also doch. «Von wem wusste er davon?»

«Von Jens. Oder Robert Carus ...»

«Die kennen sich?»

«Sie spielen zusammen Golf, seit zwanzig Jahren. Jens und Kai haben an derselben Uni studiert.»

«Schröter ist in letzter Zeit immer wieder in der Firma aufgetaucht. Wissen Sie, warum?»

«Kai und ich, wir reden schon lange nicht mehr miteinander. Ich weiß nur, was ich beobachte.»

Herzberg spürte etwas, das ihn rasend machte und stark. Er wollte etwas ändern, und zwar gleich. «Glauben Sie eigentlich, jeder andere Mann würde sich in dieser Situation genauso verhalten?»

«Ich verstehe nicht.»

«Da draußen gibt es jemanden, der mit Ihrer Situation nicht überfordert wäre. Er sitzt da in seinem durcheinandergeratenen Garten Eden und wartet schon sein halbes Leben lang auf die Gelegenheit, es zu beweisen.»

Sie lächelte und zeigte auf eine Abbildung auf der Holzempore vor ihnen. Zwei Menschen hatten einen Baum zwischen sich, Adam und Eva. «Hat er auch so einen hübschen Lendenschurz?»

«Er würde sich einen beschaffen, das ist mal sicher. Er würde alles tun, um Sie zum Lachen zu bringen.»

«Das hat er früher oft getan. Wir waren zusammen bei den Rettungsschwimmern. Er war mein Chef. Sah gut aus, ein Traumtyp. Aber so viel älter, zwölf Jahre ... Als ich endlich kapiert habe, dass es kein Jungmädchentraum war, sondern auf Gegenseitigkeit beruhte, war ich schon von Kai schwanger.»

«Und man nimmt Rücksicht, klar. Aber jetzt doch nicht mehr.»

«Alles zu klären würde viel Zeit erfordern. Und Kraft. Davon habe ich nicht mehr viel.»

«Gerade deswegen müssen Sie es ja tun.»

Sie sah ihn an, um ihre Lippen sah er einen entschlossenen Zug. «Mir gehören ein paar Felder, ich stamme ja aus dem Nachbardorf. Sie sind wertvoll.»

«Gut, sehr gut.»

Sie sah auf die Uhr.

«Noch eine Frage bitte. Hat Ihr Mann Schröter geliebt? Wie einen Vater? Hat der ihn enttäuscht? Ihn überwacht?»

«Sie müssen dann sicher wieder arbeiten», sagte sie schnell, «und das sind Privatsachen, wirklich. Aber es stimmt, Kai ist ohne Vater aufgewachsen.» Ihre Schultern hoben sich, es schien sie große Kraft zu kosten, aufrecht auf einer windschiefen Holzbank zu sitzen. Herzberg stand auf und streckte die Hand aus, wollte irgendwie helfen, aber sie wehrte ihn ab.

«Bitte, ich wollte Ihnen wirklich nicht zu nahe treten, aber ich bin auf Ihre Mitarbeit angewiesen. Wenn es Ihnen allerdings nicht gutgeht, dann ...» Er wollte dieser zerbrechlichen Frau nicht noch mehr Kummer machen. Verdammt blöde Situation.

«Warten Sie», sagte sie da und bedeutete ihm, wieder Platz zu nehmen. «Ja, in den letzten zwei Jahren war Schröter ständig im Büro. Er hat keinen Hehl daraus gemacht, dass er von der Entwicklung der Firma nicht angetan war, dabei lief es gar nicht so schlecht. Aber Kai wurde unruhig, begann, Fehler zu machen, Risiken einzugehen, um Schröter zu beeindrucken, was weiß ich. Gesagt hat er mir nichts, aber ich kann eins und eins zusammenzählen. Jedenfalls ist Schröter mit externen Beratern in der Firma aufgetaucht, hat ihnen alles gezeigt, sie an Sitzungen teilnehmen lassen.»

«Wollte er Ihrem Mann zeigen, dass er auf der Abschussrampe steht?»

Sie drehte den Kopf zur Seite. «Es ist eine Sitzung der Anteilseigner anberaumt, für September, ich habe ein Telefonat belauscht. Aber ich weiß nicht mehr darüber, wirklich. Nur dass Kai wahnsinnige Angst davor hat.» Sie sah noch einmal auf die Uhr, dann stöhnte sie leise.

Herzberg nickte. «Haben Sie noch einen Termin?»

Sie schüttelte den Kopf. «Aber noch eine gute halbe Stunde, bevor die Wirkung der Medikamente nachlässt. So lange bleibe ich noch für ein Privatgespräch. Pfarrer Ganz bringt mich dann nach Hause, er weiß Bescheid.»

In dem Moment wusste Herzberg, dass sie sich wahrscheinlich nicht wiedersehen würden. Er sah, dass sie es auch wusste. Ganz sacht legte er den kleinen Finger auf die knochige Hand neben sich. «Alles Gute und … Segen. Sagt man das so?»

Sie nickte.

Herzberg holte tief Luft. «Bei Ihrem Privatgespräch … könnten Sie da für mich um etwas bitten?»

«Natürlich.»

«Es gibt da jemanden, den ich nicht verlieren will. Wir haben beide eine Vergangenheit, die uns gerade in den Rücken fällt. Und ich selbst kann das nicht … beten … oder wie immer Sie das nennen.»

Ihr Finger streichelte jetzt zurück. «Auch wenn ich es gern für Sie wiederhole: Sie haben es gerade getan.»

«He, Herzberg, du siehst aus, als hätte dich jemand verprügelt. Nicht, dass ich damit ein Problem hätte, aber …»

Als er ihr das Gesicht zuwandte, verstummte sie. Es war schlimmer als vermutet, er sah aus, als hätte ihn jemand in Fetzen gerissen. Desiree kniete sich neben die Bank vor der Friedhofsmauer, auf der Herzberg hockte wie draufgegossen. Mist, sie hatte sich doch vorgenommen, nicht mehr so loszuplauzen. «Ich frage besser nicht, oder?»

«Nein.»

Seine Stimme klang, als würde er sie hinter sich herziehen. Dieses Weibsstück. Dass er sich wegen dieser Puppe im weißen Kittel …

Er steckte das Handy in die Hosentasche, das er in der Hand gehalten hatte. «Ich war eben bei Marina Henschke, es gibt Neuigkeiten. Eine Sitzung des Vorstands der Agrargenossenschaft ist anberaumt, ich habe Stephan darauf angesetzt.»

Das war dann wohl alles, was sie zu hören bekommen würde. Schade. «Gruner und Reichenbächer wollen Magda in ein Altersheim abschieben, und sie geht anscheinend freiwillig.»

«Doch nicht jetzt, wo sie das Haus bekommt!» Herzberg sprang auf

«Du musst deswegen nicht herumschreien!», rief sie ihm im nächsten Moment hinterher. «Bleib gefälligst stehen!»

Er hingegen lief weiter, also musste sie ihm hinterher. «Schröter hat sich nie nach Gruners Mutter erkundigt oder nach ihm, ist einfach in den Westen abgehauen und hat dort eine andere geheiratet. Ganz schön fies.»

«Und?»

«Dann kommt er doch wieder, und Magda schnappt ihn sich.»

«Seine Mutter hat das nicht mehr erlebt.»

«Aber Gruner musste es mit ansehen.»

«Den wollen wir sowieso besuchen.»

«Und diese Sache mit der Demenz, kann das eine Schutzbehauptung sein? Von Gruner? Ich glaube, dass sie sich sehr genau erinnert.»

Jetzt standen sie vor Gruners Praxis, Herzberg öffnete die Tür und trat zur Seite. «Wir bleiben an ihr dran, klar. Und wenn es keine Demenz ist, kann es bei allem, was sie im Krieg erlebt hat, auch Ausdruck einer posttraumatischen Belastungsstörung sein, das ist ...

Sie drängelte sich an ihm vorbei. «Ich weiß, was das ist, danke.»

«Das geht jetzt aber nicht, er ist ...» unternahm die Sprechstundenhilfe einen Versuch, aber Herzberg ließ sie stehen.

«'tschuldigung», stammelte Desiree mit schuldbewusster Miene. In dem Moment fiel ihr etwas ein, und sie blieb stehen. «Ach, sagen Sie mal», begann sie und legte eine Hand auf den

Stapel Blätter, der auf dem Empfangstresen lag, «wer macht eigentlich immer die Vertretungen für den Doktor?»

«Das sind etliche.»

«Wer am häufigsten?»

«Doktor Kerstin Schubert aus Neubrandenburg.»

Desiree spießte sie mit ihrem Blick auf. «Nicht Jauer?»

«Nur in Ausnahmefällen», sagte sie leise.

«Und Frau Schubert konnte letzten Freitag nicht?»

Die hellen Augen der Sprechstundenhilfe klappten auf und zu. «Weiß ich nicht.»

«Danke.» Sie knallte eine Faust auf den Tresen, registrierte zufrieden ein schuldbewusstes Zusammenzucken und lief Herzberg hinterher.

«Sie wollte es so, von mir aus hätten wir noch warten können», sagte Gruner gerade, als sie ins Zimmer kam, die Hände erhoben, als würde Herzberg eine Waffe auf ihn richten, ausgerechnet Herzberg.

«Dasselbe hat Magda tatsächlich zu mir gesagt, und ich kann mir den Sinneswandel nicht erklären», mischte sie sich ein.

«Sie ist eine entschlossene Frau.»

«Sie ist eine schwer traumatisierte Frau.»

Gruner runzelte die Stirn. «Wollen Sie mir etwa vorwerfen, ich könnte das nicht auseinanderhalten?»

«So weit sind wir noch nicht. Warum hat Sie eigentlich nicht Frau Schubert vertreten, wie sonst?»

Gruner sah zu Herzberg, der nur bedauernd die Schultern hob. «Ich hatte es eilig», sagte er dann, «die Karte fürs Theater habe ich im letzten Moment gekriegt. Jauer hatte ich zuerst an der Strippe.»

«Wann war das?», beharrte sie.

«Puh, da muss ich nachdenken, gegen sieben. Ich habe hier vorher noch die Abrechnungen gemacht und mich mal wieder über die ganze Bürokratie geärgert, ich wollte schnell raus, ein bisschen Kultur abkriegen. Ist das nicht genau die Aufgabe der Kunst, uns daran zu erinnern, dass wir Menschen zu großer Schönheit fähig sind, abseits des profanen Alltags?» Sein Blick lag noch immer fragend auf Herzberg.

«Eigentlich», sagte der.

«Ja, eigentlich.»

Was immer das hieß. Sie deutete auf sein Telefon. «Haben Sie versucht, die Ärztin in Neubrandenburg zu erreichen?»

Gruner überlegte einen Moment. «Nein.»

Der Mann war schlau, er gab sich offen und ehrlich. Und ihr Misstrauen konnte nicht mehr sein als eine paranoide Idee. Toll. «Sie hatten gesagt, dass Ihr Verhältnis zu dem Verstorbenen gut war?»

«Ich weiß immer noch nicht, was Sie von mir wollen. Aber ja.»

«Er hat Ihre Mutter sitzenlassen.»

Gruner zog das Gesicht in die Länge. «Aber das war ja nicht mein Problem.»

«Finden Sie das nicht unmöglich von ihm? Da stand sie nun mit einem Kind da, das sie nicht mal gewollt hat, und er lässt sie sitzen.»

«Natürlich finde ich das schoflig, andererseits ... sie hatte ein Kind von einem anderen, war schwer traumatisiert, es gibt nur wenige Männer, die es damit aufnehmen, das dürfen Sie mir glauben.»

Da hatte er allerdings recht. «Seit wann wissen Sie von dieser Jugendliebe Ihrer Mutter?»

Gruner schloss kurz die Augen. «Noch nicht lange. Ein paar Wochen. Sie hätte es mir nie gesagt. Nicht mir. Diese

Menschen redeten nicht über das, was ihnen zugestoßen war, das wird Ihnen jeder Psychologe bestätigen.»

«Ach was.»

Gruner legte beide Fäuste auf die schneeweiß gescheuerte Platte seines Schreibtisches. «Was kümmert mich außerdem der Exfreund meiner Mutter?»

Herzberg hob die Hand. Räusperte sich. «Es tut mir leid, aber ... ich hätte dazu noch eine persönliche Frage.»

Gruner nickte ihm zu. «Das geht in Ordnung.»

«Ihre Mutter war bestimmt stolz auf alles, was Sie erreicht haben, aber ... Gab es nicht so kurz nach dem Krieg, in diesem ganzen Chaos – die Menschen litten ja auch Hunger – den Gedanken an einen Abbruch?»

Herzberg, du Genie, dachte sie. Das hätte jede Frau an ihrer Stelle sofort getan.

Gruner hob die Augenbrauen, dann wischte er sich den strengen Zug vom Gesicht. «Man kann einem Kind schlecht sagen, dass man es eigentlich abtreiben wollte, und sie war ein guter Mensch, sie hat nie jemandem weh getan, schon gar nicht mir. Ich weiß es also nicht. Es gab überdies wenige gute Ärzte, kaum Penicillin und viele Frauen, die nach schlampig ausgeführten Eingriffen starben. Außerdem hat sie die Schwangerschaft spät bemerkt, erst als ich getreten habe, das hat sie mir mal erzählt. Weil sie sie verdrängt hatte, das Trauma, verstehen Sie?»

Desiree nickte. «Sie müssen so wütend auf Schröter gewesen sein.»

«Ich? Nein, das betrifft mich nicht. Sie war ja auch schon tot, als er wiederkam.»

Sie sahen sich beide an. Nichts erreicht. Und der Tag war schon so gut wie vorbei. Herzberg hob bedauernd die Achseln. «Eine Frage noch: Betreuen Sie auch Herrn Kamp?»

«Natürlich.»

«Seine Herzprobleme, sind die psychisch verursacht?»

Gruner seufzte und kratzte sich die Reste seiner weißen Haarpracht. «Dieser Mann ist eine Maschine, die man mitten im Lauf gestoppt hat. Die ganze Energie steckt noch drin und kann nicht raus. Ich bin kein großer Anhänger der Psychosomatik, aber in dem Fall stimmen deren Prämissen, sein Bluthochdruck begann, als er aus der Firma flog.»

«Ist Ihnen in letzter Zeit etwas an ihm aufgefallen?»

«Das unterliegt der ärztlichen Schweigepflicht.»

Herzberg sah sie streng an, weil sie schon den Mund aufgerissen hatte, um etwas Saftiges zu entgegnen.

«Schon gut, es geht ja um die Ermittlung», meldete sich Gruner im selben Moment zu Wort. «Erst am Montag war er zum Check-up hier. Er war stark hyperton, der distolische Wert lag bei hundertzehn, trotz Medikation.»

Sie verdrehte die Augen. «Und?»

«Er hatte wohl auch seit etlichen Tagen nicht gut geschlafen, also war es keine Blutdruckspitze, sondern eine bereits länger andauernde hypertonische Kri…»

«Das bedeutet?» Verflucht, was wurde das hier, eine Quizshow?

Gruner schob seine Brille nach oben. «Und das, obwohl er, wie gesagt, sehr gut eingestellt ist.»

Herzberg brachte sie mit einer Handbewegung zum Schweigen. «Das heißt, es hat eine Veränderung gegeben? Wann?»

Dieses Mal fiel das Nicken des Arztes heftig und dankbar aus. «Vor zwei Wochen hatten wir eine Gemeindeversammlung. Es ging um die Flüchtlinge. Schröter und sein Anwalt hatten sie einberufen, es ging darum, ob wir als Gemeinde juristisch gegen die Einquartierungen vorgehen wollen.»

«Sie waren auch dabei?»

«Und Dietmar Kamp. Was mich sehr gewundert hat, denn Schröter und er gingen sich aus dem Weg. Er hatte sich jedoch der Fraktion angeschlossen, die sich für die Aufnahme ausgesprochen hat. Vehement. Er hat sogar angeboten, sich um die Renovierungen zu kümmern, wollte den Pfarrer finanziell unterstützen.»

«Um Schröter eins auszuwischen?»

«Dietmar, der Kampf lohnt nicht, habe ich ihm gesagt, aber er wollte nicht hören.»

«Entschuldigung, aber ich verstehe den Zusammenhang nicht», warf Desiree ein.

Gruner hatte jetzt sein professionelles Arztgesicht aufgesetzt. Besorgt, aber distanziert. «Es gab Streit», sagte er. «Ich hatte recht, die Diskussion um die Aufnahme war nur ein Stellvertreterkrieg. Nach wenigen Sätzen kam alles wieder aufs Tapet, was zwischen den beiden abgelaufen war. Die LPG, der miese Rauswurf, es ging noch um einen Hund ... jedenfalls: Das Gebrüll war die ganze Straße hinunter zu hören. Die hypertonische Krise hat mich dann nicht verwundert.»

Herzberg sprang auf. «Und das sagen Sie uns jetzt!»

Gruner legte die Hände auf seine Armlehnen und schüttelte den Kopf. «Sie haben nicht danach gefragt. Aber entschuldigen Sie ... denken Sie wirklich, dass Dietmar ... nicht, dass ich ihn nicht verstehen könnte ... aber ... nein, das glaube ich nicht.»

Sie sahen einander an. Raus hier, sagte Herzbergs Blick. Wir haben zu tun. Dann stiefelten sie ohne Gruß aus dem Behandlungszimmer.

Draußen verschwand die Sprechstundenhilfe hastig in ihrer kleinen Küche, kaum, dass sie das leere Wartezimmer betreten hatten.

«Kann man helfen?», rief Desiree ihr nach.

Die Sprechstundenhilfe lugte um die Ecke.

Herzberg blieb vor ihr stehen. «Danke, dass wir den Betrieb aufhalten durften.»

«Hat es denn wenigstens was gebracht?»

«Leider nicht, da müssen wir wohl wiederkommen.»

Es war ein Genuss zu sehen, wie sich ihr Gesicht verzog. Okay, dachte Desiree. Herzberg, deine Art ist vielleicht subtiler, aber im Grunde bist du genauso frech wie ich. Tut irgendwie gut.

«Kommst du mal?», hörte sie da neben sich. Herzberg war inzwischen auf eine Wand zugegangen. Neben dem Tresen hingen Gruners Approbationsurkunde, die Promotionsurkunde und ein Foto. Das starrte er an.

«Ja?», fragte sie.

«Er sieht seiner Mutter total ähnlich!»

«Zum Verwechseln», pflichtete die Sprechstundenhilfe ihm bei.

«Ein Glücksfall für ihn und seine Mutter», flüsterte Herzberg.

Dann hatte die ihrem Vergewaltiger wenigstens nicht ins Gesicht sehen müssen. «Und?», fragte Desiree noch einmal, während sie die Frau barsch ansah. Woraufhin die die Küchentür schloss.

«Weiß nicht, aber ich habe das Gefühl, dass es wichtig ist.»

«Damit kann ich nichts anfangen.»

«Macht nichts, ich auch nicht. Noch nicht.»

Auf dem Parkplatz brodelte die Hitze des späten Nachmittags noch unter ihren Füßen, während über ihren Köpfen schon ein kühler Wind umherstrich. Am Himmel zog eine Wolkenfront heran, tiefdunkel wie ein Ozean. Herzberg knöpfte sich zwei Hemdknöpfe auf. «Soweit ich weiß, war Kamp noch nicht da, um seine Fingerabdrücke abzuliefern.»

«Dann schicken wir ihm gleich eine Limousine?»

«Unsere schönste.»

Sie breitete die Arme aus, damit die Hitze in ihrem Körper sich ein wenig verflüchtigte, aber es passierte nicht. Dazu müsste man alles von sich schmeißen, dachte sie. Und direkt unter einer Regenwolke stehen. «Und zur Belohnung?», fragte sie.

«Zeig ich dir endlich den See.»

«Aha», sagte Desiree, als sie wenig später vor dem See standen. «Sieht grünlich aus. Ein bisschen verwest.»

Herzberg knöpfte sein Hemd zu Ende auf. «Das Wasser ist herrlich. Weich und kühl, einfach perfekt.»

«Ich steck da nur die Füße rein.»

«Es ist immer noch knallheiß.»

Sie zog sich das Shirt über die Schultern. «Du willst mich also nackt sehen?»

«He! Nein ...» Er fuchtelte mit den Händen. «Nein, bitte. Ich wollte das nicht. Ich dachte, du hast vielleicht Badezeug ...»

Ihre Augen funkelten ihn an. «Nicht?»

«Im ganzen Leben nicht, nein.»

Ihr Gesicht wurde zu Stein.

Schlagartig senkte Herzberg den Blick. Großer, großer Fehler, schalt er sich. Du hast eine Frau in ihrer Körperlichkeit diskreditiert. Ausgerechnet du. Ausgerechnet sie. «Entschuldige.»

«Da ist so ein Rauschen, ich hör gar nichts.»

«Du weißt schon, ich wollte dich nicht ...»

Sie vollführte mit dem Zeigefinger eine Kreisbewegung rund um ihr Ohr.

«Natürlich würde es mich nicht stören, dich nackt zu sehen, im Gegenteil ...»

«Igitt, falsch!»

«Dann bin ich ein Idiot.»

«Schon besser.»

«Ein großer Idiot?»

Sie stieß ihn an. «Schon gut, du musst nicht auch noch witzig sein.»

Er nahm die Berührung auf, pendelte leicht hin und her. Und auf einmal öffnete sich eine Schleuse. «Weißt du, ich bin noch ein bisschen durcheinander. Es ging Ariane nicht gut heute Mittag, sie brauchte etwas aus der Apotheke, wollte mich aber nicht helfen lassen. Da muss was passiert sein, und ich komme nicht an sie ran.»

«Wie alt ist sie denn?»

«Fünfundvierzig.»

«Wechseljahre bestimmt.»

Richtig, daran hatte er noch gar nicht gedacht. Diese Frauendinge klärte sie lieber allein, das war verständlich. «Renate hatte sie zu allem Übel auch noch angerufen und ihr die Leviten gelesen.»

«Auf ihre subtil manipulative Art?»

«Und jetzt weiß ich auf einmal wieder, was Angst ist. Komisch.»

«Das wird schon, guck mal, eben haben wir doch auch aus einer Schlappe einen Erfolg gemacht. Eigentlich wollten wir nur wissen, ob Gruner einen Grund hat, Magda loszuwerden. Einen aus der Vergangenheit.»

Herzberg stutzte. «Ach ja, Gruner hatte so einen Container mit Museumszeug von seiner Exfrau im Garten stehen. Die kannte sich mit Heimatgeschichte aus. Da war im Grunde die ganze Dorfgeschichte dokumentiert.»

«Das ist ja mal genial.»

«Das Zeug ist aber verschwunden, aus Versehen vorzeitig vom Entsorger abgeholt.»

Desiree bückte sich, um ihre Hosenbeine hochzukrempeln. «Gruner verhält sich verdächtig, schon weil er Kamp anschwärzt, weil er Magda loswerden will. Und er entsorgt diese Tafeln, die sehr aufschlussreich sein könnten. Ich muss seine Exfrau kennenlernen.» Dann ging sie bis zu den Waden ins Wasser, der Uferschlamm schluckte ihre Füße.

«Und ich muss noch einen Bericht schreiben, schätze ich.»

Desiree zeigte auf den grünen Spiegel, der glatt und ruhig vor ihnen lag. «Wenn du dadrin eine Runde gedreht hast, also hopp!»

Das Wasser zog ihm schon nach wenigen Zügen die Hitze aus dem Körper, und er tauchte unter. Als es über seinen Schädel strich, spürte er, wie es seinen Kopf auswusch. Hier gab es nichts als gleiten und ab und an auftauchen und atmen, das tat gut.

Irgendwann, nachdem er eine große Runde gedreht hatte, schreckte er auf, wischte sich das Wasser von den Augen. Ein Blitz war über den Himmel gezuckt. Herzberg bekam es mit der Angst zu tun und stolperte ans Ufer.

«Herzberg, sag mal, geht's noch!» Desiree marschierte auf ihn zu. «Ich plärre hier rum, und du schwimmst immer weiter raus, als gäb's kein Morgen! Mal nach oben geguckt? Nichts wie weg hier.»

Halbnass ließen sie sich in die Sitze fallen. Als Herzberg den Motor startete, trommelte der Regen bereits auf das Autodach. Er musste ein Stück ausweichen, als sich vor ihnen eine Birke hin und her bog, gepeitscht vom Wind. Das entgegenkommende Fahrzeug musste bremsen und hupte, aber Herzberg fuhr unbeirrt daran vorbei.

«Ich habe wohl irgendwie den Kontakt zur Realität verloren, der See war so schön.»

Desiree ließ vor seiner Nase ihren Mittelfinger in die Höhe schnellen. «Ich hingegen habe an das denken müssen, was du vorhin gesagt hast: Gruner sieht seiner Mutter total ähnlich. Und dass es wichtig sein muss. Ich frage mich immer noch, warum.»

Herzberg rieb sich das Gesicht, seufzte. «Keine Ahnung, im Umkehrschluss heißt das ja bloß, dass man den Vater nicht sieht.»

In dem Moment kam ihnen ein Einsatzwagen entgegen, der für Kamp. Herzberg betätigte die Lichthupe, um ihn zu grüßen. Im selben Augenblick landete Desirees flache Hand auf seinem rechten Oberschenkel.

«Herzberg, du Genie! Das heißt: Jeder könnte sein Vater sein, ohne dass es uns bisher aufgefallen ist, sogar dieser ... genau, Rudolf Schröter, mit dem seine Mutter ...» Desiree schlug sich an den Kopf. «Wahnsinn.»

«Er ist im Februar sechsundvierzig geboren, könnte passen.»

«Und es würde erklären, warum sie das Kind nicht abgetrieben hat. Weil sie von ihrer Jugendliebe schwanger war!»

«Wenn du meinst.»

«Herzberg, kapierst du nicht? Im Krieg, während des Endkampfs, als alle dachten, dass sie morgen tot sind, klar haben die da!»

«Danke, ich bin nicht blöd, aber warum hat er sie nach der Haftentlassung nicht in den Westen mitgenommen?»

«Er war nicht in Lichtenfels. Wenn ich Magda richtig verstehe, ist er gleich abgehauen, sicher hatte er Angst vor den Russen, und das Gut war er ohnehin los. Maria Gruner konnte es ihm also nicht sagen. Vielleicht wusste sie es zu dem Zeitpunkt selbst nicht einmal genau, die Vergewaltigungen dürften ungefähr zum selben Zeitpunkt passiert sein.»

«Und damit sind wir wieder bei Gruner, aber ich sehe das Motiv einfach nicht. Er würde doch nicht seinen eigenen Vater umbringen! Den er sein Leben lang vermisst hat! Und er ist Arzt, ein angesehener Mann, das setzt man nicht aufs Spiel.»

Sie verschränkte die Arme.

Die Straße, der Himmel, alles war jetzt schwarz vor ihnen, nur ein paar grelle Blitze zuckten ab und an über die Felder. «Vertrackt, das alles», gab er zu.

«Sag das nicht. Wir kommen schon noch drauf. Aber für heute sieh einfach zu, dass du uns heil in die Stadt unserer Träume bringst.»

Kurz vor Neubrandenburg fuhren sie aus der Gewitterwand heraus. Die Stadt war glühend heiß und trocken, genau wie die Tage zuvor. Nachdem er Desiree abgesetzt hatte, fuhr sein Auto wie von allein auf den Ring und bog in die Jahnstraße.

Vor Arianes Tür parkte ein SUV. Seufzend stieg Herzberg aus.

Der fröhliche Lärm hinter der Tür schnitt ihm ins Herz. Ich störe doch nur, sagte er sich. Wozu reißen Menschen überhaupt eine Familie auseinander? Bestimmt bereuen sie es dadrin gerade. Er an ihrer Stelle würde es tun. Wenn er mit Renate Kinder gehabt hätte, hätten ihn keine zehn Pferde in Arianes Arme gezerrt.

Da ging die Tür auf, und sie stand vor ihm, barfuß, in einer sehr kurzen Hose und einem gestreiften Shirt mit Ketchupflecken darauf, und er war sich dessen schlagartig nicht mehr sicher. Im Gegenteil.

Als sie ihn sah, verschwand das Lachen aus ihrem Gesicht. «Komm doch rein.»

«Ich will nicht stören.» Himmel, was rede ich da.

Sie trat zur Seite, lächelte. «Tust du nicht.»

Am Ende des Flurs stand Mark und tippte auf seinem Handy herum. Als er Herzberg sah, zog er eine Grimasse. «Wer wollte hier Pferd spielen?», rief er dann, schnappte sich seinen Sohn und ging in die Knie. Hannes kletterte auf seinen Rücken. «Galopp!»

«Das macht er sonst nie», sagte Ariane, während sie in die Küche gingen.

Mareike stand dort neben dem langen Tisch, einen schmutzigen Teller in der Hand. «Natürlich spielt Papa mit uns Pferd.»

Ariane nahm ihr den Teller ab. «Schatz, lass uns hier aufräumen und setz dich ins Wohnzimmer, du bist noch schwach.»

Mareike griff nach einem Glas. «Heute Nachmittag sollte ich auch abräumen.»

Ariane nahm es ihr ab. «Und das genügt für heute.»

Die Kleine verschränkte die Arme und ließ sich auf einem Stuhl nieder.

Herzberg beugte sich zu ihr hinunter. «Na, was macht der Bauch, zwickt er noch? Schon ausprobiert, ob er sich mit Eis und Gummibärchen besänftigen lässt?»

Mareike sah ihre Mutter mit halb zusammengekniffenen Augen an. «Das erlaubt sie nicht.»

Oje, dachte Herzberg, was habe ich angerichtet.

Ariane stemmte mit gespieltem Ernst die Hände in die Seiten. «Wenn du Michael die Hälfte abgibst, mache ich eine Ausnahme.»

Mareike schielte in den Flur, wo die beiden Männer der Familie gerade schwitzend und schnaufend aufgetaucht waren. «Nein danke», sagte sie, rutschte vom Stuhl und lief ihnen nach.

«Sie ist schon wieder fit, das ist großartig», sagte Herzberg schnell.

«Ja, sie ist ganz die Alte.»

«Sie passt auf dich auf.»

Ariane räumte das Glas in den Geschirrspüler und klappte ihn zu. «Das ist keine Aufgabe für ein Kind.»

Herzberg fühlte sich bei dem Gedanken, dass er diese Aufgabe übernehmen könnte, groß wie ein Märchenriese. Hatte sie das damit sagen wollen?

«Hast du schon etwas gegessen? Ich könnte dir was kochen», sagte sie da.

«Lass, ich krieg jetzt sowieso nichts rein.»

Sie strich sich über den Bauch. «Mir ging's genauso.»

Jetzt sah er, dass der oberste Knopf ihrer Hose offen stand. «Was ist aus dem Virus geworden?»

«Ach, das. Kein Virus, eher eine Frauensache.»

«Dann ist es ...»

«Es geht mir gut, keine Angst.»

Er ging zu ihr, zog sie in seine Arme, dachte an Wechseljahre, Schlafstörungen, Haarausfall, Gewichtszunahme und dergleichen, Renate hatte sich häufig darüber beschwert. «Heute Mittag ging es dir aber schlecht.»

«Michael, ich bin nicht krank, okay?»

Er verschränkte seine Arme hinter ihrem Rücken, sog ihren Geruch ein. «Dann ist alles gut zwischen uns?»

«Aber ja.»

Mit einem Mal stand Mark in der Tür. «He, könnt ihr das vor meinen Kindern lassen?»

Sie fuhren auseinander.

«Wieso, du hast sie doch vor den Fernseher gesetzt?», sagte Ariane keck.

Mark Seibolds Daumen schnellte hoch und zeigte über seine Schulter zum Ausgang. «Soll ich gehen?»

Ja bitte, dachte Herzberg.

«Hannes freut sich, dass du ihn morgen bringst, und Mareike muss bis zum Nachmittag beaufsichtigt werden, du weißt, dass ich den Termin nicht verschieben kann.»

«Darum kann er sich doch kümmern!»

«Michael muss arbeiten.»

«Ähm, ich kann ...» Aber Herzberg kam nicht dazu weiterzureden, weil Mark ihn übertönte.

«Ach, und ich? Ich bin ja nur ein popeliger ästhetischer Chirurg, auf den eine Reihe Patienten warten!»

Ariane sah jetzt aus wie ein Häuflein Elend, sie sah Herzberg bittend an. Er blickte zurück, sehr fest. *Wir heiraten,* wollte er damit sagen, *dann kann er dir nicht mehr so kommen, ohne dass ich ihn offiziell in Stücke reißen darf.* «Ich finde eine Möglichkeit, wenn er zu seinen Patienten muss.»

«Nein, danke.» Mark lächelte. «Ich stecke für meine Kinder gern zurück, sie brauchen ihren Vater.» Dann stapfte er aus der Küche.

Das ultimative Argument, Mark war der Vater und er, Herzberg, ein Zaungast.

Ariane legte ihm eine Hand auf die Schulter. «Morgen ist er weg.»

Er küsste ihre Finger. «Was hältst du davon, wenn ich euch jetzt allein lasse?», sagte er, obwohl es das Letzte war, was er wollte. «Das Haus ist voll.»

Sie zog die Hand zurück. «Das ist sehr lieb von dir, danke.»

Er schaffte es zu nicken, drehte sich um und lief durch den

Flur zur Tür. Noch immer war er ihrer nicht sicher. Ob sich das jemals ändern würde? Und wenn nicht, wie lange würde er es aushalten, immer hinter der Glasscheibe zu stehen? Als er durch die Tür trat, sah er, dass sie ihm versonnen nachblickte. «Was hast du da übrigens für einen Termin?», fragte er noch.

«Nichts Besonderes, nur ein Check.»

«Na dann.»

Mark wusste es garantiert. Hier ist also mein Platz, sagte er beim Weitergehen zu sich selbst. Blöd, dass ich hergekommen bin.

Es knallte, als Desiree ihren Laptop zuklappte. Ein Bericht nach dem anderen und einen Fragebogen für Dietmar Kamps Vernehmung gleich morgen früh – fast zwei Stunden hatte sie dafür gebraucht! Dabei hatte es ihr immer Spaß gemacht, die Dinge schreibend in eine Ordnung zu bringen. Zuzusehen, wie ihre Finger wie von Geisterhand geführt Ideen aufs Papier warfen, auf die ihr Kopf allein gar nicht gekommen war, eine wundersame Sache. Vielleicht lag ihre Schwerfälligkeit daran, dass der Erfolg von heute Nachmittag beim Tippen viel von seiner Überzeugungskraft eingebüßt hatte. Gut, es hatte eine Auseinandersetzung zwischen Kamp und Schröter vor dessen Tod gegeben, aber die Beweislage war dünn. Dasselbe galt für Henschke und Gruner, beide verhielten sich verdächtig, doch ein mögliches Motiv schien noch immer an den Haaren herbeigezogen. Das Schlimmste war jedoch, dass sie bei Magda so viel Schmerz spürte, aber einfach nicht an sie herankam, um die Gründe dafür zu erfahren. Oder sie bildete sich das ein, und die Verbindung, die sie zu spüren glaubte, hatte nur mit ihr und ihrer engen Beziehung zu ihrer Großmutter zu tun, und sie war nicht imstande, Privates und Berufliches zu trennen. Toll.

Desiree stand auf, schnappte sich die Mappe, die sie bei

Henschke mitgenommen hatte, und schloss ihr Büro ab. Freds Büro war nicht abgeschlossen, also legte sie sie auf seinen Schreibtisch.

Es gibt einen Zeugen, dachte sie, als sie durch das leere Treppenhaus lief, jede Wette. Magda hatte den Toten als Letzte gesehen. Und sie stellte sich nach Kräften dumm. Oder wollte sie ihnen genau damit etwas sagen, und sie kapierten es einfach nur nicht?

Draußen schlug ihr der Wind ins Gesicht. Prima. Und das alles, während Herzberg Feierabend machte, das konnte einem wirklich die Laune verhageln. Sie horchte in sich hinein. Und warum fiel ihr das ausgerechnet jetzt auf, wo sie an Herzbergs neues Glück gedacht hatte, das sich anfühlte, als würde sie damit jemand ungerecht behandeln? Ich bin echt am Ende, dachte sie, während sie über den Hof lief. Der Wind riss eine Kastanie ab, die auf ihre Schulter ploppte. «Aua», rief sie und trampelte auf der Kastanie herum.

«Was hat sie dir denn getan, die Kleine?», brüllte da jemand gegen den Wind.

Klein, feist und blass. Hans Drewitz. Ach nee.

Mit baumelnder Aktentasche in der Hand lief er auf sie zu. «Wo ist denn Herzberg, macht der schon Feierabend?»

Sie sah auf die Uhr, es war fast sieben. «Bei seiner Freundin um die Zeit. Und du so?»

Das Grinsen fiel aus dem dicken Gesicht. «Noch allein hier, so wie du.»

Chapeau, Arschloch. Sie ließ ihn stehen.

Er kam ihr hinterhergedackelt. «War ein erfolgreicher Tag für euch, hab ich gehört, Glückwunsch.»

Sie lief weiter. «Soll ich ihn für dich küssen?»

«Also, wenn das eine neue Tradition für den Erfolgsfall wird: Ich habe heute ein Waffennest ausgehoben!»

Sie blieb stehen. Ich könnte dir vor die Füße kotzen, das ginge, dachte sie. «Vergiss es. Was für ein Waffennest?»

Er hob die Hand. «Dann bis irgendwann, schöne Frau!»

«He, Drewitz!» Sie stellte sich ihm in den Weg.

Er stieß gegen ihre Brüste, dabei riss er staunend die Augen auf. «'tschuldigung.»

Sie trat zurück. Du bist ja so eklig, dachte sie, während sie ihn anlächelte. «Jetzt musst du Farbe bekennen: Was war los?»

Er senkte den Blick, bis er dort angekommen war, wo er eben angeeckt war. «Ähm ... wir hatten einen Hinweis, Herzberg hatte ihn zuerst, wenn ich mich recht entsinne, der Hof der Rechten in Altentreptow. Da war jedenfalls etwas, und zwar im Wohnhaus.»

Die Rädchen in ihrem Kopf ratterten los. Waffen – Blasskewitz – ein Hinweis – etwa von Uwe, dem es so wichtig war, dass Blasskewitz ihn für einen Verbündeten hielt? Sie presste die Nasenflügel zusammen, um Drewitz' scharfen Schweißgeruch auszusperren, dann senkte sie die Stimme. «Hat wer gesungen?»

Drewitz schob den Kopf auf sie zu. «Wenn, würde ich es dir nicht verraten, meine Schöne.»

Sein Mundgeruch war schlimmer als eine Ohrfeige. Sie musste ein paarmal schlucken, um mit dem aufsteigenden Brechreiz fertigzuwerden. «Ach, komm.»

«Würde ich sofort, liegt an dir.»

Sie ballte beide Hände zur Faust, stellte sich vor, wie seine schlabbrigen Wangen zur Seite flögen, wenn sie ihm einen rechten Haken verpasste. Und wenn ich nie wieder einen Kerl abkriege: nicht mir dir. Uwe hatte unbedingt festgenommen werden wollen, dachte sie dann, was, wenn er einfach aus dem Verkehr hatte gezogen werden wollen? Aus Angst? «Schützt ihr eure Quelle vor Blasskewitz?»

Sein Gesicht schob sich von ihr weg. Er grinste.

«Und wenn was passiert?»

Er zuckte die Achseln. «Gehen wir jetzt aus?»

«Nein.»

«Dann tschüs.»

«Ist es Uwe Schmied?»

Aber Drewitz lief mit großen Schritten davon.

Sie stand da, kramte in ihrem Hirn. Bestimmt war er es, wer sonst? Nicht gut, Drewitz war ein Miststück, der würde ihn nicht warnen. Also würde sie noch einmal zurückgehen und nach Telefonnummern suchen. Immerhin hatte sie was gutzumachen.

Eine halbe Stunde später parkte sie ihren Suzuki am Augustabad und lief auf den Wald zu. Eigenartig, dachte sie, als sie unter das dichte Blätterdach trat, hier ist es heißer als draußen. Es war, als hätte sich die Sommerhitze vor den dünnen Schwaden kalter Luft versteckt, die schon überall umherstrichen. Der ganze Wald ächzte unter dieser Last, sehnte sich nach Abkühlung und nach Wasser. Dafür war es angenehm dämmrig.

Als sie nach zweihundert Metern die erste kleine Anhöhe hinaufstieg, tauchte vor ihr ein Fahrrad auf, eine riesige Staubwolke stob auf, als es mit durchdrehendem Hinterrad stoppte. Uwe stieg ab, mit feucht glänzender Haut und klebenden Sachen. Statt seiner schwarzen Kluft trug er ein weißes Hemd und eine hellblaue Jeansshorts. Sieh an, dachte sie. Aber woher sollte er auch wissen, dass sie mit ihm nichts weiter vorhatte. «Die haben Blasskewitz am Haken, es gab einen Hinweis», sagte sie schnell. «Warst du das?»

Uwe Schmieds Mund klappte auf. «Moment, die haben Roy? Schon?»

Sie zog eine Grimasse. «Stichwort Altentreptow.»

Er schmiss sein Fahrrad zur Seite. «Echt? Wow.»

Ein Schwall Menthol strömte aus seinem Mund, da hatte aber jemand seine Zähne geschrubbt! Sie wich zurück. «Du wusstest also von den Waffen.»

Er setzte seinen Helm ab, die Sonnenbrille. Ließ sich auf den Hintern fallen, verschränkte die Arme über den Knien.

«War ja klar», sagte sie.

Jetzt sah er zu ihr hoch, mit geblähten Nasenflügeln. «Als du gesagt hast, du willst mich sehen und es muss nicht in der Öffentlichkeit sein, dachte ich ganz was anderes.»

«Tja, falsch gedacht.»

Er legte die Stirn in Falten. «Wozu bin ich dann hier?»

«Ich habe Bedenken bezüglich deiner Sicherheit.» Wie bescheuert klingt das denn, dachte sie.

Er hob die Augenbrauen. «Auf Deutsch: Du machst dir Sorgen. Gefällt mir.»

«Ist mein Job.»

«Ich dachte, das macht 'ne andere Abteilung?»

Sie stützte die Hände in die Seiten. Lachte abschätzig, als er mit der flachen Hand auf den staubigen Waldboden neben sich schlug. «Warst du es, der gesungen hat?»

Er starrte durch eine Lücke zwischen den Bäumen dorthin, wo der See glitzerte. «Was wird das hier? Ein Verhör?»

«Es interessiert mich einfach.» Das stimmte sogar, sie wollte die Sache mit Uwe Schmied sauber beenden, ohne nachschleichendes schlechtes Gewissen, immerhin hatte sie ihn einmal belogen, und sie wollte ja netter werden.

«Finde ich gut, wirklich.» Uwe zog die Nase hoch, kramte nach einem Taschentuch, schnäuzte sich. «Okay», sagte er dann und nickte. «Schon vor 'ner Weile ist mir klargeworden, dass ich in den letzten Jahren eigentlich nur wütend war.

Wenn du rechts bist, dann findest du alles scheiße, was in diesem Land passiert, du hast ständig Stinklaune. Und das kotzt mich langsam an, weißt du, ich hab mich ewig nicht über was gefreut. Und heute nach der Vernehmung, als die mir gesagt haben, dass sie einem helfen, aus der Szene rauszukommen, da dachte ich: Vielleicht ist das jetzt die Chance. Vielleicht krieg ich ja noch was anderes hin im Leben.»

Und dann hatte er der Polizei einen Tipp gegeben. «Aber wieso hast du in Bezug auf die Flüchtlingswohnung gelogen?»

«Ich dachte: Wenn die mich drankriegen wegen der Sachbeschädigung, hab ich was gut bei Roy, dann lässt er mich in Ruhe.»

«Das ist gefährlich.»

«Ich hab einfach Bock auf was anderes, okay? Mit anderen Leuten. 'ner tollen Frau zum Beispiel.» Es klang wie eine Frage.

Sie verzog nicht das Gesicht, nicht sehr.

Er schlug sich jetzt mit den Fäusten auf die Knie, dann sprang er auf. Pflanzte sich breitbeinig vor ihr auf.

Sie registrierte ein Eau de Toilette, gar nicht mal so übel, darunter einen jugendlichen, gesunden Männergeruch. «Kannst du dich ein paar Tage irgendwo verstecken?», fragte sie schnell.

Er grinste. «Kommst du mit?»

In ihrem Bauch kreiselte lauwarmes Wasser. «Besser nicht, nein.»

«Bitte.»

Träum weiter. «Blasskewitz weiß, dass wir uns kennen.»

«Und er hat mir nach der Beerdigung dazu ein paar blöde Fragen gestellt. Aber kein Problem: Ich hab's auf die Sache mit der Flüchtlingswohnung geschoben, weiß der ja nicht, dass das 'ne andere Abteilung bei euch macht.»

«Hoffentlich.»

«Wieso?»

Weil er seine Leute überall hat, Dussel, sogar bei uns.

Uwe starrte auf seine Füße. «Jedenfalls, ich bin ab September in Lübeck, mach da 'ne Ausbildung, Hilfskoch erst mal, geht ein Jahr. Ist so 'ne Vorstufe, wenn ich das schaffe, kann ich richtig Koch machen. Da bin ich hier aus dem Schussfeld. Ich habe Roy ja auch noch mal geholfen, der müsste mich also in Ruhe lassen, der ahnt echt nichts, glaube ich. Also wieso können wir da nicht ...»

«Was hast du für ihn gemacht?», fuhr sie dazwischen.

«Ach, bloß ein paar Zigaretten geholt und ihm gebracht, nichts Schlimmes, wirklich.»

«Er dealt damit!»

«Na und?»

«Okay, ich bin nicht das Finanzamt. Aber ... halt dich besser bedeckt, keine Aktionen, keine Sprüche.»

Er fuhr sich jetzt mit der flachen Hand über den Schädel, und in ihr zuckte etwas schmerzhaft auf. Alles an dieser Geste war falsch, die gehörte Herzberg. Sie sah auf den Boden, bekam nicht mit, wie er auf sie zutrat. Schon hatte sie seinen Zeigefinger unterm Kinn. Uwes flaches, kantiges Gesicht verschwamm vor ihren Augen, dann hatte sie zwei sehr weiche Lippen zwischen Mund und Nase. Sie blieb stocksteif stehen, er korrigierte, blieb dann, wo er war, schloss die Augen. Das Wasser in ihr gluckerte, wallte siedend auf. Ging ja schnell, kam es ihr in den Sinn, gratuliere. Dann spürte sie seine Zunge und klappte die Kiefer reflexartig zu.

Er stob zurück. «Aua!»

Die Fontäne fiel in sich zusammen, ein bitteres Gefühl von Vergeblichkeit legte sich wie ein nasses Tuch um ihre Schultern.

Uwe rieb sich die Lippe. «Hast du das mit Absicht gemacht?»

«Ich hab dich nicht eingeladen, also beschwer dich nicht.»

«Aber ich hab dir klar und deutlich gesagt, dass ich dich gut finde. Dann kam dein Anruf. Du machst dir Sorgen um mich, und ich hab deine Bedenken zerstreut. Außerdem sind wir erwachsen, also: Hallo, wieso nicht?»

Weil ich mich dabei so leer fühle, irgendwie. «Weil es unprofessionell ist?»

«Und das in der Pizzeria?»

Okay, aber da wollte ich bloß Stephan ärgern, damit er mich in Ruhe lässt, aus genau demselben Grund, es fühlt sich immer an wie essen und nicht satt werden, und das will ich nicht. «Die können mich deswegen rausschmeißen, und ich brauche den Job, kapiert?»

Er nickte, einen verächtlichen Ausdruck im Gesicht. «Klar.»

«Pass auf, ich gebe dir zur Sicherheit die Nummer von einer tollen Frau bei Exit, die ...»

«Die haben die mir schon gegeben, danke.» Er schnappte sich sein Fahrrad.

«Hör mal, es tut mir ...»

«Lass mich durch.»

«Bitte, ich ...»

Aber da war er schon an ihr vorbei.

Freitag, 1. September

Herzberg wurde wach, als jemand an die Scheibe klopfte. Das lieblichste Gesicht der Welt war dahinter, schnell ließ er das Glas herunter.

«Das ist nicht dein Ernst», tadelte Ariane.

«Ich habe ein sehr bequemes Auto.» Und es nur bis zur nächsten Straßenecke geschafft, so steht es um mich.

Sie zog die Stirn kraus, lächelte aber. «Darf ich reinkommen?»

Er zog sich das Badehandtuch vom Körper, mit dem er sich zugedeckt hatte. Es müffelte ein wenig, von seinem gestrigen Bad im See war es nicht ganz getrocknet. Hastig schmiss er es hinter sich und öffnete alle Fenster.

Dann saß sie neben ihm. «Ich bin Schlimmeres gewohnt, keine Angst.»

Er nahm ihre Hand. «Wie geht es dir?»

Sie sah an ihm vorbei. «Ganz gut. Ich muss los, fährst du mich?»

Als er den Motor startete, kam Mark Seibold gemeinsam mit Hannes durch die Gartenpforte. Er trug ein blütenweißes Poloshirt und eine dunkelblaue Hose, Herzberg meinte, sein Parfüm riechen zu können. «Mareike bleibt allein?»

Sie winkte den beiden zu. «Er ist in zehn Minuten wieder da.»

Mark öffnete schwungvoll die hintere Tür seines SUV, hob seinen Sohn hoch und schwenkte ihn durch die Luft, ehe er ihn im Auto verstaute. Während er die Tür schloss, sah er Herzberg kopfschüttelnd an.

«Habe ich mir irgendwas vorzuwerfen?», fragte Herzberg, als sie losfuhren.

«Dass wir zusammen sind, aber das ist ja nichts Neues.»

Über diese Antwort sollte ich mich freuen, dachte er. Aber sie hatte es gesagt, als wäre das eine Last. «Es ist dir zu viel?», fragte er, als er auf den Ring einbog.

«Das jeden Tag auszudiskutieren ist mir zu viel. Du musst übrigens weiterfahren.»

«Nicht ins Ärztehaus?»

«Ich habe den Termin im Krankenhaus.»

Beinahe hätte er die rote Ampel übersehen und stieg auf die Bremse. «Warum?»

«Es ist etwas Gynäkologisches. Eine Untersuchung, die man nur dort machen kann. Routinemäßig. Kein Problem.»

«Etwa wegen der Wechseljahre?»

Ihre Stirn zog sich zu. «So weit bin ich noch nicht.»

«Oh.» Jetzt war er ihr definitiv zu nahe getreten. «Mir wäre das auch egal, wirklich.» Das war nicht viel besser, aber er wusste auf einmal nicht mehr, was richtig und was falsch war. «Entschuldige, dass ich mich so anstelle.»

Sie bogen jetzt auf den Parkplatz des Krankenhauses ein. Als sie hielten, lehnte sie den Kopf gegen die Nackenstütze. «Du hast übrigens einen sehr schönen Kopf, weißt du das?»

«Er gehört dir.»

Jetzt lachte sie. «Hannes hat heute Morgen nach dir gefragt, das fand Mark gar nicht lustig.»

Herzberg nickte. «Willst du mir nicht sagen, was mit dir ist?»

Noch einmal musterte sie sein Gesicht, die Hände, den ganzen Körper. Lächelte. «Es wird keine Probleme geben.»

«Probleme?»

«Jede Untersuchung birgt Risiken. Hinterher sind wir schlauer.» Sie legte ihre Hand an seine Wange. «Oje, ich habe dir Angst gemacht, das wollte ich nicht, und es ist auch völlig unnötig. Okay? Bitte. Ich bin nur Ärztin und gewohnt, alles aufs Tapet zu bringen.»

«Was an diesem Satz soll mich bitte beruhigen?»

Sie schloss die Augen. «Es ist nur eine Untersuchung. Du kannst mir vertrauen. Schaffst du das?»

Herzberg schluckte. «Du siehst bloß abgekämpft aus, gar nicht zuversichtlich.»

«Die letzten Tage waren der reine Stress.»

Herzberg runzelte die Stirn. «Ich will keine Belastung sein.»

Jetzt zog sie sein Gesicht zu sich heran und küsste ihn. «Bist du nicht, im Gegenteil. Wir sehen uns heute Abend, darauf freue ich mich. Du nicht?»

Keine zehn Minuten später stieg Herzberg mit flammendem Rücken die Treppe hinauf. So eine Nacht auf dem Autositz war nichts mehr für ihn. In sein Leben musste langsam wieder Normalität einkehren.

Als er sein neues altes Büro betrat, erschrak er. Heinz Jansen saß da in seinem Stuhl, die blass gewordenen Hände mit Adern wie schiefergraue Bergketten um die Armlehnen gekrallt, als müsste er so verhindern, vom Stuhl zu fallen. Sein Blick ging durch die Tischplatte, als wäre sie ein Fenster in eine unbekannte Welt. Herzberg spürte im nächsten Augenblick die Wärme eines Menschen im Rücken, bekam etwas Samtiges in die Nase.

«Heinz, du bist nicht im OP?», fragte Desiree hinter ihm.

Jansen wischte die Bemerkung mit einer Handbewegung beiseite. «Macht die Tür hinter euch zu.»

Dann, als sie Platz genommen hatten, sah er auf, die braunen Augen trübe wie fauliges Teichwasser. «Das war dann wohl nichts bis jetzt in Lichtenfels.»

«Das heißt, du wirst dich nun doch nicht ...», sagte Desiree.

Jansen deutete ein Kopfschütteln an. «Das heißt, wir werden Dietmar Kamp wieder gehen lassen, ich habe das eben veranlasst.»

Dabei hatte er ausschließlich ihn, Herzberg, angesehen. «Ich habe doch aber ...»

«Seine Fingerabdrücke befinden sich nirgendwo an dem Toten oder im Haus, er hat es seit 1993 nicht mehr betreten.»

Was für eine Blamage. «Das ging wirklich schnell.»

«Ab morgen bin ich erst mal im Urlaub.»

Desiree nahm jetzt auf seiner Schreibtischkante Platz. «Im Urlaub? Heinz, das ist doch nicht wahr.»

Jansen schob ein Blatt Papier, das vor ihm gelegen hatte, zu ihr herum. Herzberg schielte hin. *Urlaubsantrag* stand darauf. Er sah Desiree fragend an und erschrak, sie hatte Tränen in den Augen. Und er verstand gar nichts. Abgesehen von Jansens sichtbar schlechtem Zustand, aber das war doch wirklich ein Grund, Urlaub zu machen und keiner zur Verzweiflung. Oder etwa doch?

«Was ist los?», fragte Desiree, sie weinte jetzt.

«Das siehst du doch», antwortete Jansen fest. «Belassen wir es dabei. Bitte.»

Desiree riss sich von dem Papier los, wischte sich mit der flachen Hand übers Gesicht. «Ich sage jetzt nicht: Also gut, das ist es nämlich nicht, Heinz», sagte sie leise. «Aber so weit gut, dass wir Kamp ausgeschlossen haben, dann konzentrieren wir uns auf Kai Henschke, den Leiter der ... He, da draußen! Geht das leiser?», rief sie dann. Im Flur war etwas krachend heruntergefallen, es klang wie eine Ladung Geschirr. Augenblicklich ging die Tür auf.

«Das war ich. Scheiße.» Fred Richter stand da, seine hellblaue Jeans hatte am Oberschenkel einen großen Fleck. «Jetzt muss ich Silke einen neuen Blumentopf mitbringen. Entschuldigt, ich hatte es eilig.» Er schüttelte die Hand aus, mit der er unbeholfen über den Fleck gewischt hatte. In der anderen hatte er eine Mappe, die klatschte er im nächsten Moment auf Herzbergs Schreibtisch. Dann riss er die Augen auf. «Heinz?»

Der hob eine Hand. «Enttäusch du mich bitte nicht auch noch. Also?»

Fred sah weg und schluckte. «Ähm, ja ... Ihr werdet es nicht glauben, aber die Agrargenossenschaft steckt tiefer im Schlamassel als gedacht. Das habe ich aus dem Ordner, den mir jemand auf den Tisch gelegt hat, danke dafür. Die letzten drei Jahre also leichte, aber konstante Talfahrt des Betriebs bei steigenden Ausgaben, dieses Jahr für neue Maschinentechnik. Kurz gesagt: Henschke fährt gerade den Laden vor die Wand.»

«Dann holt ihn euch.»

Herzberg griff nach Freds Unterlagen. «Seine Frau bestätigt diese Situation ungefähr, sie hat zwar keinen genauen Einblick in die Firmengeschäfte, da sie ...» Mitten im Satz stoppte er, gerade noch rechtzeitig, er hatte *da sie todkrank ist* sagen wollen, aber Jansen brauchte das nicht zu wissen. «Sie berichtet von Schwierigkeiten und starken Versagensängsten ihres Mannes ...»

Alle Köpfe fuhren herum, Stephan Müller hatte laut gegen den Türrahmen geklopft.

«... und von einer permanenten Überwachung durch

Schröter in den letzten zwei, drei Jahren», fuhr Herzberg fort, «von Henschkes Wut darüber, von Fehlern, die er vor lauter Nervosität gemacht haben soll. Er ist übrigens ohne Vater aufgewachsen und wollte Schröter beeindrucken, stand beruflich und persönlich extrem unter Druck. Schröter hingegen wollte ihn wahrscheinlich loswerden, im September soll eine Vollversammlung der Gesellschafter stattfinden, wer weiß, was Henschke da geblüht hätte.»

Stephan kam ins Zimmer. «Da bin ich ja im richtigen Moment gekommen.» Er blätterte in einem Stapel Papier. «Unser IT-Mensch hatte ja die Mails des Opfers durchgesehen, wie ihr wisst. Hier.» Er hielt Herzberg einen Ausdruck hin.

Der las den Anhang einer Mail des Agrarbetriebs mit der Einladung zur jährlichen Vollversammlung der Genossenschafter. Unter *Tagesordnungspunkt 6* stand: *Die Personalie Henschke.* Ganz schön kaltschnäuzig, dachte Herzberg.

«Zu Kamp wäre da noch ...», fuhr Stephan fort.

«Der ist raus», warf Desiree ein. «Vergiss es.»

Stephan setzte sich aufs Fensterbrett. «Echt? Da sind nämlich noch ein paar dubiose Zahlungen an ihn, direkt von Schröter, alle dokumentiert. Sie stammen aus seiner privaten Schatulle.»

Herzberg sprang auf. «Sind die von vor oder nach dem Rausschmiss?»

«Ähm, auch von 1993, vom Januar, wieso?»

«Eine Abfindung wäre vom Firmenkonto abgegangen, nicht von Schröters Privatkonto, also gibt es einen anderen Grund.»

Jansen wiegte den Kopf. «Was tut das noch zur Sache?»

«Der Arzt Peter Gruner war Zeuge eines aktuellen, ziemlich schlimmen Streits zwischen Kamp und Schröter, das war kurz vor dem Übergriff auf die Flüchtlingswohnung. Da wurden alle alten Wunden wieder aufgerissen, es soll sehr emotional zugegangen sein.»

Desiree hob die Augenbrauen. «Sonst noch irgendwas, damit wir entscheiden können, ob wir das abschließen oder Kamp wieder ins Boot holen? Tatsächlich können wir uns nicht allein auf die Aussagekraft der Spurenlage verlassen. Dass es keine Spuren von Kamp gibt, kann auch daran liegen, dass sie weggeputzt wurden.»

Allgemeines Achselzucken.

«Dann komme ich wohl mal zu Spur zwei, die bis in die Kriegszeit zurückreicht», begann Desiree. «Magda Schlottwitz ist eine Schlüsselfigur, falls das, was sich in dem Mord entladen hat, länger zurückreicht, in ebenjene Kriegsjahre. Immerhin hat sie das alles miterlebt und trägt selbst schwer daran, verweigert aber strikt jede Auskunft zu dem Thema. Das gibt mir zu denken. Sie hat guten Grund, Schröter als Mitverursacher der Kriegsgräuel und den Mann, der ihre Freundin im Stich gelassen hat, zu verabscheuen, hat es aber nicht getan. Was also hat die beiden verbunden, dass sie ihn zeit seines Lebens mit ihrer Loyalität schützte? Respekt? Erinnerungen an eine gemeinsame Jugend? Oder ein Geheimnis, eine Schuld gar? Es ist jedenfalls etwas, das nicht ans Licht kommen darf. Finden wir dafür noch Zeugen?»

Stephan hatte sie die ganze Zeit bittend angesehen, erfolglos, jetzt schnipste er leise mit zwei Fingern. «Schröter hat nach dem Krieg nicht nur zusammen mit diesem Zwochow in Fünfeichen eingesessen, sondern auch mit Karl Kamp und Wilhelm Reichenbächer. Ich habe mit Zwochows Tochter gesprochen, er ist im Mai verstorben. Wilhelm Reichenbächer ist ebenfalls tot, aber Karl Kamp lebt noch, und zwar in einem Heim hier in der Stadt.»

«Großartig!»

Jansen räusperte sich. «Wer hätte jetzt noch Grund, deshalb an Schröter Rache zu üben?»

«Es könnte etwas über ihn bekannt geworden sein, das noch niemand wusste», sagte Desiree. «Etwas, das vielleicht in gemeinsamen Erlebnissen in Fünfeichen oder der Zeit davor wurzelt. Das wäre nämlich etwas, das Dietmar Kamp von seinem Vater wissen und gegen Schröter ins Feld geführt haben könnte. Was Schröter dazu veranlasste, ihn erst mit Geld zu bestechen und ihm dann den Wintergarten einzuschlagen und seinen Hund zu töten – vorausgesetzt, diese Dinge gehen auf sein Konto. Dann wäre Kamp übrigens eine richtige Kanaille.»

«Wofür es rein gar keinen Beweis gibt», ergänzte Jansen matt.

«Maria Gruner, die Mutter des Dorfarztes, war mit Schröter zusammen in den letzten Kriegswochen», meldete Herzberg sich zu Wort. Er hatte die ganze Zeit dagestanden und gelauscht. Desiree machte das wirklich gut. «Eine etwaige Vaterschaft könnte ein derartiges Geheimnis sein.»

Jetzt hob Jansen einen Finger, ganz sacht nur, aber es wurde sofort still. «Vielleicht klärt ihr das alles mit dieser Magda, und wenn sie zu alt oder zu dement ist, wie es heißt, dann trefft diese KZ-Insassen, damit wir die Spur ad acta legen können, mir ist das Ganze zu weit hergeholt. Aber zuerst nehmen wir uns diesen Henschke vor, das machen Werner und Fred. Wenn es keine Spurenübereinstimmung gibt, lassen wir ihn vorläufig fallen. Wäre allerdings schade, ich habe da so ein Gefühl.» Jansen schloss kurz die Augen, als müsste er etwas in seinem Kopf sortieren. «Wir haben uns nämlich lange nicht klargemacht, welch einen Bruch die Wende für die Menschen hier in Ostdeutschland bedeutet hat und dass es noch immer nicht leicht ist, mit den Folgen zu leben. Der Fall Konrad hat uns das ja in ähnlicher Weise gezeigt.»

Der Fall Konrad hatte ihnen in erster Linie gezeigt, dass die Vorgeschichte eines Mordes weiter zurückliegen konnte, als sie alle geglaubt hatten, aber Herzberg wollte Jansen nicht widersprechen. Außerdem hatte er recht: Die Wende hatte tiefere Spuren in den Menschen hinterlassen, als er bislang zugestanden hatte, die Begegnungen mit Gerd Siewering oder Kamp hatte ihm das gezeigt. Er wechselte einen kurzen Blick mit Desiree, sie deutete ein zustimmendes Nicken an, obwohl sie doch gar nicht wissen konnte, was er eben gedacht hatte. Oder doch?

Desiree räkelte sich kaum merklich, so als hätte sie etwas berührt. «Das mit Magda erledigen Herzberg und ich. Ebenso den Besuch bei Karl Kamp.»

«Und ich?», fragte Stephan.

«Du siehst dir meine Berichte an, würde mich wundern, wenn du nicht noch was entdecken würdest. Dann nimmst du Kontakt zur Exfrau von Peter Gruner auf, die ist eine Art Heimatforscherin, wer weiß, was sie uns zu diesem Kriegsthema noch erzählen kann. Und du, Fred, hilfst ihm.» Hastig schickte sie ein Lächeln hinterher. «Bitte. Und viel Erfolg.»

Eine halbe Stunde später blieben sie vor einer Blumenrabatte am Eingang des Seniorenheims stehen. Ein Feuerwerk in Gelb und Orange breitete sich da vor ihren Füßen aus. «Heiliger Bimbam», sagte Desiree.

«So was werden wir zwei uns nie leisten können. Im Gegensatz zu Irmgard Konrad übrigens», gab Herzberg zurück.

«Das ist kein Garten mehr, sondern ein englischer Landschaftspark. Und nein: Wir werden deine zukünftige Schwiegermutter nicht besuchen.»

«Hatte ich gar nicht vor.»

Ach was, dachte sie beim Hineingehen. Warum klingst

du dann auf einmal wie weichgespült? Sie durchquerten das große, kühle Foyer.

Hinter dem stuckverzierten Speisesaal gab es einen Wintergarten. Karl Kamp lag dort mit geschlossenen Augen in einem Liegesessel. Seine kleine Gestalt wirkte so hell und durchsichtig, als würde sie jeden Moment mit der weißen Fleecedecke auf seinen Beinen verschmelzen wollen.

«Wenn ich das gewusst hätte», kam es Desiree über die Lippen.

«Denken Sie bloß nicht, dass ich taub bin.»

Karl Kamp schlug die Augen auf, und sie erschrak. Seine Stimme hatte nicht geklungen, als sei er gerade aus tiefem Schlummer aufgewacht, sondern geschliffen und jung. Stählern. «Verzeihung.»

Er schürzte die dünnen Lippen. «Unterschätze nie deine Mitmenschen, lernt ihr das heutzutage nicht mehr?»

«Nicht in der Form.»

Kamps Mundhöhle offenbarte ein tadelloses künstliches Gebiss. «Wollen Sie noch was anderes, als hier rumzustehen und zu glotzen?»

Sie sahen einander an. Herzberg würde übernehmen. Sie war erleichtert, weil sie ihren Schlechtelaunepegel gefährlich ansteigen spürte.

«Sie waren mit Rudolf Schröter und zwei anderen aus Lichtenfels in Fünfeichen inhaftiert. Wie kam es dazu?»

Kamp zog die Vogelnase kraus. «Das steht doch in jedem eurer blöden Geschichtsbücher.»

«Wir würden es gern von Ihnen hören.»

«Also gut. Die politisch korrekte Antwort lautet: Wir waren Kriegsverbrecher, und die Wahrheit: Wir haben einen Krieg verloren und sind dem Rachedurst der Sieger zum Opfer gefallen. Dabei haben wir nichts als unsere Pflicht getan.»

«Hermann Schröter wurde erschossen?»

«Nicht im Lager, gleich an Ort und Stelle, standrechtlich.»

«Und dann, im Lager? Wie ging es da zu?»

«Muss ich das erzählen?», fragte Kamp barsch. «Jetzt, wo ich nur noch die liebe Sonne und die Blümchen angucken will?»

«Ich bestehe darauf!», gab Herzberg ebenso barsch zurück.

Kamp schien diese Sprache zu verstehen, er nickte zackig. «Wenn das so ist, gut. Tja, wir Gefangenen hatten kein Wasser in unseren Baracken. Jeden Tag ein Stückchen Schwarzbrot, das aussah wie aus Dreck gebacken, und ein paar Blechtassen voll Wasser. Wir waren völlig isoliert, auf engstem Raum. Nichts durften wir machen, nicht arbeiten, keine Freizeitbeschäftigung, nur aufeinanderhocken wie die Tiere. Hygiene Fehlanzeige, der Typhus hat nicht lange auf sich warten lassen. Es gab natürlich keine Medizin. Wie Untermenschen haben die uns behandelt, dabei waren die ... egal. Einer nach dem anderen ist gestorben.»

«Sie nicht.» Das hatte sich Desiree nicht verkneifen können. «Warum waren Sie alle bei Kriegsende eigentlich nicht mehr an der Front, sondern zu Hause?»

Das hatte gesessen, sein bleiches Gesicht lief rosa an. «Das war zu dem Zeitpunkt die Front!», blaffte Kamp. «Wir, also Alfred, Wilhelm und ich, waren ja drei Jahre jünger als die Schröters. Wir waren Flakhelfer. Rudolf war zuvor in Polen stationiert gewesen, aber wegen einer Schulterverletzung war für ihn ab Sommer vierundvierzig Schluss in Polen, er hat dann hier in einem Büro der Wehrmacht gearbeitet. Hermann war im März fünfundvierzig mit einer Bauchverletzung nach Hause entlassen worden, eigentlich hätte er sich schonen müssen, aber er hat die Verantwortung dafür übernommen, dass wir dem Feind nicht in die Hände fallen.»

Was für ein Held. «Dann lieber sterben, nicht?»

Kamp kniff die Augen zusammen, blies den Brustkorb auf und schnaufte, als wäre dies sein letzter Atemzug. Wegen ihrer Fragerei.

Vergiss es. «Und Sie haben sich ja schützend vor die Frauen gestellt, als die Russen kamen», legte sie nach. Das hatte sie sich ebenfalls nicht verkneifen können, erst recht nicht den scharfen Unterton in ihrer Stimme.

Kamp legte sich eine dürre Hand auf die Brust. «Wir haben sie versteckt.»

«Und das Versteck beschützt, verstehe.»

«Die hätten uns alle erschossen! Sofort!» Jetzt verzog Kamp das Gesicht, dann hob er den Arm. «Schwester?», brüllte er. Umgehend kam die Schwester, sie hatte die ganze Zeit Besteck auf den Tischen hinter ihnen verteilt.

«Ach, Sie sind es bloß, Irene», sagte Kamp. «Ich habe mein Spray im Zimmer gelassen.»

Die rundliche Schwester holte etwas aus ihrer Kitteltasche und hielt es ihm hin. «Habe ich gemerkt.»

Kamp seufzte, seine Stimme klang jetzt sehr alt, aber nicht echt. Vor ihren Augen sog er einen tiefen Stoß aus der roten Spraydose ein.

«Sie wissen, dass Herr Kamp wegen seiner Angina Pectoris ruhebedürftig ist?», wandte sich die Schwester an Herzberg.

«Natürlich», säuselte der.

Desiree holte Luft, doch Herzberg bedeutete ihr mit einem Lidschlag, zur Ruhe zu kommen. Und er hatte recht, sie half tatsächlich niemandem, wenn sie hier die Staatsgewalt raushängen ließ.

«Ihr Sohn», sagte Herzberg, als die Schwester davongerauscht war, und zog sich einen freien Stuhl heran, «ist ein tatkräftiger Mann.»

Was sollte das jetzt? Sie hob fragend die Augenbrauen, aber Herzberg kümmerte sich nicht darum.

«Hat er von mir», sagte Kamp.

«Sie waren sicher, was ich gut verstehen kann, sehr wütend, als Schröter seine Karriere zerstört hat.»

Kamp massierte seine linke Brust. «Natürlich.»

«Er hat, ebenso verständlich, versucht, sich dagegen zu wehren.»

Kamp legte den Kopf in den Nacken und verzog das Gesicht. «Ich wünschte wirklich, es würde besser wirken. Aber wissen Sie, so ist das mit der Medizin, es tritt ein Gewöhnungseffekt ein und dann ...»

«Herr Kamp?»

Kamp öffnete die Augen einen Spalt breit. «Hm?»

«Jeder an Ihrer Stelle hätte ihm geholfen, und das haben Sie auch getan, nicht wahr?»

«Wie bitte?»

«Ihn mit einer Information versorgt, die es ihm ermöglichte, Schröter unter Druck zu setzen, und die diesen wiederum nötigte, eindrucksvolle Gegenmaßnahmen zu ergreifen. Nachdem es mit Bestechung nicht geklappt hatte.»

«Was reden Sie da für ein Zeug?»

«Ich brauche genau diese Information, sie ist der Schlüssel zur Ermordung von Rudolf Schröter.»

Karl Kamp führte erneut sein Spray an den Mund. Dann kramte er unter seiner Fleecedecke und förderte einen Klingelknopf zutage. «Ich bin sehr, sehr müde, wissen Sie. Wenn ich eine Stunde schlafen könnte und Sie kommen dann wieder, fällt mir bis dahin vielleicht ein, was Sie meinen. Momentan fühle ich mich zu schwach.» Mit zittrigen Fingern drückte er die Klingel.

Desiree trat nahe heran und beugte sich über ihn. So nicht,

mein Freund. «Diese Information besitzen im Ort genau drei Leute. Sie, Ihr Sohn und Reichenbächer. Reichenbächer hat sie benutzt, um das Haus zu kriegen, für bestimmt nicht allzu viel Geld. Richtig?»

Herzberg schien nicht einmal böse, dass sie so laut gesprochen hatte. Die zwei Personen, die jetzt hereinkamen, dafür umso mehr. Es waren die Schwester von eben und ein Arzt, der sich umgehend an Kamps Handgelenk zu schaffen machte. Kamp nutzte die Gelegenheit, seinen Kopf zur Seite fallen zu lassen, worauf ihm der Arzt die Wange tätschelte und besorgt seinen Namen rief.

«So, jetzt ist hier Schluss», verkündete er dann. «Wer hat Ihnen eigentlich erlaubt ...»

Herzberg hielt ihm seinen Dienstausweis unter die Nase. «Sie sind nicht nur ein Mitwisser, sondern auch ein Mittäter!», sagte er an Kamp gerichtet.

Der junge Arzt lachte auf. «Und das soll mich beeindrucken? Ernsthaft?» Kopfschüttelnd machte er sich gemeinsam mit der Schwester an den Feststellrollen zu schaffen, dann schoben sie Karl Kamp samt Stuhl aus dem Wintergarten. «Und falls Sie es noch nicht wissen: Ich kann Ihnen jede Menge Ärger machen.»

«Reichenbächer geht nicht ran, Mist», sagte Herzberg auf dem Weg zum Auto.

«Gruner könnte die Information auch haben», sagte Desiree beim Einsteigen. «Und Magda. Henschke hat sie wohl nicht, er wird bald rausgeworfen.»

Hastig tippte Herzberg eine Nummer ein. Sprach mit jemandem, runzelte die Stirn. «Nein, das kann nicht warten», sagte er barsch, während sie losfuhren.

Es folgte ein kurzes Schweigen, während sie auf den Ring eingebogen. Seine Stirnfalten wurden dabei tief wie Gebirgstäler. «Und was ist passiert?» Er horchte, dann wurden seine Augen groß wie Scheunentore.

«Gruner wollte heute Morgen einen Hausbesuch bei Magda machen», sagte er, als er aufgelegt hatte. «Sie ist aber nicht auffindbar.»

Desiree brauchte einen Moment, um zu begreifen. «Um Himmels willen, ich muss sie suchen!» Um ein Haar hätte sie die Ausfahrt in die Stargarder Straße verpasst, im letzten Moment setzte sie den Blinker und bog haarscharf nach links ab.

«Immer mit der Ruhe, Desiree!»

«Herzberg, merkst du es nicht?», sagte sie heftig, als sie vor der Inspektion zum Stehen kam. «Wir haben sie mit unserer Fragerei gequält, ich hatte den Eindruck, wir machen ihre Verwirrung und ihre Angst mit jedem Mal schlimmer. Ich muss das wiedergutmachen.»

Herzberg saß mit offenem Mund neben ihr. «Dir ist aber klar, dass du auch Pflichten gegenüber der Ermittlung hast?»

«Scheiße, ja!» Sie hielt sich erschrocken die Hand vor den Mund. «Entschuldige, ich wollte nicht brüllen.» Aber ich habe versprochen, mich zu kümmern. Mir selbst.

Herzberg nickte.

«Danke, dass du das verstehst.»

Er deutete jetzt auf ihr Bein, das noch immer auf dem Gaspedal stand. «Es ist nur ein Gefühl, aber ich meine, wir sind kurz davor, die richtigen Antworten zu finden.»

Sie schaltete den heulenden Motor aus, löste ihr Bein. Dann sah sie den Kollegen herankommen. «Blöd nur, dass dein Hans Drewitz uns vor der Nase rumtanzt.»

Drewitz fuchtelte wie ein Irrer mit den Armen, also ließ sie die Scheibe runter. «Ist was?»

Drewitz strahlte wie ein Honigkuchenpferd. «Hat sie es dir schon gesagt?»

«Klar», sagte Herzberg. «Und jetzt haben wir zu tun. Wenn du so freundlich wärst.»

Drewitz schlug mit der flachen Hand auf das Autodach. «Halt dich für unsere Fragen bereit, klar? Wir sind noch nicht fertig.»

Dann starrten sie ihm hinterher.

«Was ist denn los?», fragte Herzberg.

«Die haben ein Waffennest ausgehoben, im Haus von Blasskewitz' Mutter. Drewitz hat mir das gestern Abend aufs Brot geschmiert.»

«Schön, und?»

Sie holte tief Luft. «Sie hatten einen Informanten.»

«Wen?»

«Uwe.»

«Oha, und wo ist er jetzt?»

«Keine Ahnung.» Sie fischte ihr Telefon aus dem Handschuhfach, rief Uwe Schmieds Nummer auf. Es dauerte ewig, sie wollte gerade auflegen, als sich jemand meldete.

«Wer ist da?» Eine Frauenstimme.

Desiree nannte ihren Namen.

«Sie sind die Freundin?»

Ihr Herzschlag beschleunigte sich weiter. «Muss ich mir etwa Sorgen machen?»

«Er wird noch behandelt.»

«Wo ist er?»

«In der Praxis Zetsche.»

Ein Chirurg. Ihr Herz setzte einen Schlag aus. «Was ist passiert?»

«Kann ich am Telefon nicht sagen.»

«Hatte er einen Unfall?»

Aber die Schwester hatte schon aufgelegt.

Sie lugte aus dem Auto, aber Drewitz war schon weg. «Es ist was passiert! Uwe ist in einer chirurgischen Arztpraxis.»

«Die haben ihn wegen seiner Aussage in die Mangel genommen?»

«Könnte sein.»

«Und was hat das mit dir zu tun?»

Sie stopfte das Handy in die Handtasche, massierte ihre Stirn, hinter der das Blut tuckerte. «Wir haben uns gestern Abend getroffen. Er hat mir erzählt, dass er aussteigen will, und ich war ... nun ja, irgendwie grantig.»

«Es gibt Stellen, an die man sich wenden kann, du bist nicht in der Verantwortung.»

«Trotzdem. Ich muss wissen, ob er von jemandem eine draufgekriegt hat. Aber eigentlich will ich zu Magda.»

«Gut, dann lass mich zu Uwe gehen.»

«Nicht deine Baustelle, Herzberg, wirklich nicht.» Sie drückte ihm den Autoschlüssel des Dienstwagens in die Hand. Aber es ist einfach toll, dass du mein Beschützer sein willst, daran könnte ich mich gewöhnen. «Fahr du schon mal nach Lichtenfelde, Magda suchen, du bist der Einzige, dem ich das zutraue. Ich komme nach, dauert nur zehn Minuten.»

Mit einem Knoten im Bauch stand sie kurz darauf in einem kleinen ambulanten OP-Saal. Neben ihr wirbelte eine zuklappende Patientenakte Luft auf.

«Ich musste ihm bloß das Nasenbein richten, das CT war unauffällig, seinem Kopf ist nichts passiert», sagte Doktor Zetsche.

«Was ist denn passiert?»

«Nur eine Schlägerei, nichts Besonderes.»

Wie bitte? Da stand dieser Kerl im weißen Kittel, keine

dreißig, und redete, als würde ihn nichts mehr wundern. «Hat er nichts gesagt? Dass ihn jemand verfolgt hat zum Beispiel?»

Jetzt schien der Arzt sie wahrzunehmen, er drehte sich zu ihr herum, seine gefaltete Stirn glättete sich. «Ist das denn so? Falls ja, müssen wir die Polizei informieren.»

«Ist schon passiert.»

Er zog die Mundwinkel ein. «Nein, er hat nichts dergleichen verlauten lassen, und er ist bei Bewusstsein eingeliefert worden.»

Das musste nichts heißen. «Und jetzt schläft er nur?»

«Deshalb haben Sie genau zwei Minuten, nicht länger.»

Sie sah zu, wie der Arzt verschwand, dann trat sie an das Patientenbett.

Zu sehen waren ein weißer Gesichtsverband und eine Hand, der Rest war unter weißen Laken versteckt. In ihr drin war es taub, bis auf eine dumme Ahnung. Wenn er eins draufbekommen hatte, würde er niemanden verpfeifen, das war klar. Dummkopf.

Als sie über den Flur ging, klappte die Tür hinter ihr wieder zu. «Na, das ging ja schnell für seine Freundin», sagte der Arzt zu ihrem Rücken.

Sie fuhr so schnell herum, dass er ein klein wenig zusammenzuckte. «Ich bin von der Polizei.»

Der Arzt richtete sich kerzengerade auf. «Macht nichts, eben waren ja zwei Freunde da. Die habe ich aber nicht reingelassen.»

Blitzschnell zog sie ihr Handy aus der Tasche, während ihr Puls losjagte. «Wie sahen die aus?»

«Ui, da stellen Sie mir aber Fragen! Sie waren beide mittelgroß und schwarz gekleidet.»

«Haben Sie die Namen?»

«Nein, warum?»

«Oh, Mann», sagte sie vorwurfsvoll, während sie die Nummer der Abteilung 6 aufrief. Dann fragte sie die Sekretärin nach Hans Drewitz. Ein paar quälend lange Sekunden später hob er in seinem Büro ab. Sie berichtete, was der Arzt ihr gesagt hatte.

«Ich weiß nicht, ob das mit seiner Aussage zu tun hat», nörgelte Drewitz, als sie fertig war.

Sie lief weiter nach draußen, holte tief Luft. «Schick hier jemanden zu seinem Schutz her, oder ich erzähle, dass du mich angegraben hast. Und ich finde jemanden, der das gesehen hat, versprochen!»

Auf dem Parkplatz, wo sie ihren Suzuki abgestellt hatte, stolperte sie. Wer zum Teufel hatte hier einen Stapel Werbezeitungen abgelegt, die der Wind umherschmiss? Als sie sich aufrappelte, klappte jemand, der gegenüber an einem Auto gelümmelt hatte, eine Zeitung zu, stieg auf der Beifahrerseite ein, und das Fahrzeug stob röhrend davon. Es war schwarz.

Sie stand für einen Moment wie angeschweißt da, da schoss ihr etwas in den Sinn. Die Visage kannte sie doch!

Wie der Blitz saß sie in ihrem Wagen und folgte dem Golf. Lernte das Rostocker Kennzeichen auswendig. Genau, der mit der Zeitung war einer der Typen aus der Pizzeria!

An der Ampel verlor sie den Wagen vor sich, fluchte.

Das Rauschen in ihren Ohren ebbte ab. Da hörte sie das Klingeln.

«Herzberg geht gerade nicht ran», meldete sich Stephan Müller auf ihrem Handy. «Henschkes Alibi ist geplatzt, wie es aussieht.»

Desiree bog auf den Ring, schlug die falsche Richtung ein. Mist! «Wie das?»

«Ich habe die Leute durchtelefoniert, die ihn letzten Freitagabend im Büro gesehen haben wollen. Und siehe da, seine Sekretärin, die genau das behauptet hat, hatte gar keinen Dienst, sondern war bei ihrem Lesekreis in Demmin, den eine gewisse Silvia Reichenbächer leitet.»

Dann hatte Kowalek bloß angenommen, dass Henschke im Büro die Sekretärin flachlegte, weil er das jeden Abend tat? Desiree bog in die große Wollweberstraße ein, grüßte stumm die vertraute braunrosa Fassade auf der rechten Seite und steuerte auf die Pfaffenstraße zu. Horchte in sich hinein, aber da war nicht der Hauch einer Idee, wie ihr diese Information jetzt weiterhelfen sollte. «Danke, und sonst?»

«War ein Postbote hier, der zu Herzberg wollte. Um ihm ein anwaltliches Schreiben zuzustellen.»

«Von wem?»

«Seiner Frau. Sag mal, sind die beiden zerstritten?»

Blitzmerker. «Das geht uns nichts an.» Sie hatte noch etwas sagen wollen, aber Stephan hatte aufgelegt.

Noch ehe sie weiter darüber nachdenken konnte, donnerte etwas auf ihre Motorhaube, und sie stieg voll auf die Bremse. Der Schlag stammte von einem weißen Stock, den ihr ein Mann mit dunkler Brille und gelb-schwarzer Armbinde drohend entgegenreckte. Jetzt merkte sie, dass sie dem Gehweg gefährlich nahe gekommen war. Eilig steuerte sie zurück auf die Straße, ließ den Wagen ganz langsam weiterrollen. Der Mann lief weiter, tastete mit seinem Stock die Straße ab. Bestimmt hatte er gelernt, sich nichts gefallen zu lassen, bestimmt war er allein. Und ich bringe ihn in Gefahr, dachte sie. Das kann nicht wahr sein.

Da tauchte rechts neben ihr das Theatergebäude auf, und vor der Glastür stand winkend Eva Könitz.

«Sag mal, was ist denn mit dir los?», fragte sie, als Desiree die Scheibe heruntergelassen hatte.

«Ich bin wohl nicht die einzige Blinde hier …»

Eva schnalzte mit der Zunge. «Ich dachte schon, du kommst mich besuchen, so wie dein charmanter Kollege gestern.»

In dem Moment ging in ihrem Kopf ein Licht an. «Er sagte, du hättest nach der Vorstellung letzten Freitag mit Peter Gruner gesprochen. Weißt du auch, wann er gekommen ist? War er von Anfang an da?» Der Tatzeitpunkt lag zwischen sieben und acht, möglich, dass Gruner danach erst ins Theater gefahren war.

«Er ist immer pünktlich, aber ich frage noch mal an der Kasse, Martina kommt in einer halben Stunde.»

«Danke dir.»

«Und sonst, Schätzchen? Lust auf Kaffee?»

«Ein anderes Mal.»

«Schade, ich könnte ein wenig Abwechslung gebrauchen. Die streiten sich auch ohne mich über das Bühnenbild für den Beckett.»

Die Tür zu dem kleinen Haus war verschlossen. Herzberg umrundete den Gartenzaun, durch den üppige gelbe Blumen wucherten. Die Pforte an der Seite stand offen, zum Glück. Er ging zum Hintereingang, rief nach Magda Schlottwitz, aber alles blieb ruhig.

Gerade als er sich zum Gehen wenden wollte, stieß er mit dem Fuß gegen einen Blumentopf, der umgedreht neben einer Bank stand. Beugte sich hinunter, um nachzusehen, was da auf den Steinplatten gekratzt hatte. Ach was.

Er probierte den Schlüssel aus, er passte.

Im Haus roch es muffig, als wäre länger niemand hier gewesen. Kaum zu glauben, dass Reichenbächer seine Schwiegereltern hier unterbringen wollte. Aber mit Geld konnte man diese

Ruine bestimmt in etwas Angemessenes verwandeln, was immer das war. Er ging in die Küche und staunte. Alles war aufgeräumt, nirgendwo Blumen, keine Essensgerüche. Magda war nicht mehr zu spüren. Verrückt, wie schnell das ging.

Das kleine dunkle Wohnzimmer hingegen sah aus, als hätte sie es gerade erst verlassen. Sogar als wäre sie mitten im Herumräumen aufgeschreckt worden und davongelaufen. Auf dem Diwan war eine Decke zusammengeknüllt hinterlassen worden, Papier lag verstreut auf dem Boden darunter. Herzberg ging in die Knie, hob es auf. Es war grau und weich, viele Male musste es berührt und aufgefaltet worden sein. Briefe. Die Schrift war an manchen Stellen verwischt, so als hätte jemand Tränen darauf vergossen. *Für immer, Dein Rudo,* las er. Sein Atem stockte. Hektisch blätterte er weiter, ein paar Seiten fielen herunter, er hob sie auf. *Geliebte Maria, was wir getan haben, war das Beste, was man nur tun kann. Wir werden heiraten, keine Angst, auf mich ist Verlass. Hermann soll meinen Platz auf dem Gut haben. Wir gehen nach Berlin, wenn der Krieg vorbei ist. Für immer, Dein Rudo.* Der Brief war vom 1. Mai 1945.

Herzberg stieß die verkantete Luft aus seinem Hals. Was hatte dieser Brief bei Magda zu suchen? Eines stand jedenfalls fest: Was Gruners Eltern verbunden hatte, war keine jugendliche Spielerei inmitten eines fatalen Endkampfs gewesen, sondern tiefer Ernst. Er stockte. Gruners Eltern, habe ich das eben gedacht? Ja, er war überzeugt, dass es stimmte. Herzberg hielt kurz inne, lauschte dem Gedanken weiter nach, der ihm da gekommen war. Niemals hätte Rudolf Maria einfach so mit dem gemeinsamen Kind sitzenlassen. Was war passiert, dass er es dennoch getan hatte?

Ich bekomme in all das noch keinen Sinn hinein, sagte er zu sich, dann raffte er den Packen zusammen und knüllte ihn in die Hosentasche. Schloss die Hintertür ab, stülpte den Topf wieder über den Schlüssel und rannte los.

«Da ist etwas, das ich nicht verstehe», begann er außer Atem, kaum dass er das Sprechzimmer betreten hatte.

Peter Gruner nahm keine Notiz von ihm, er sah nicht einmal auf, stattdessen hob er einen kleinen Jungen schwungvoll von der Liege und wirbelte ihn durch die Luft, der Kleine gluckste, seine Mutter schlug lachend die Hände vor den Mund.

«Wenn das wieder geht, dann darfst du auch schwimmen gehen», sagte Gruner.

«Und ihm passiert auch nichts?», fragte die Mutter.

«Ist dir gerade eben schlecht geworden, Tommi?»

Der Kleine, er musste in Hannes' Alter sein, legte sein Patschhändchen auf Gruners Schulter. «Nee.»

Gruner legte der Mutter die Hand auf den Arm. «Na bitte, das Ohr und der ganze Kerl sind kerngesund.» Er lächelte und winkte exakt so lange, bis sich die Tür hinter den beiden schloss. Dann ging der Arzt um seinen Schreibtisch herum. «Tommi wurde am Innenohr operiert, und das ist richtig gut geworden.»

«Freut mich», sagte Herzberg knapp und lehnte den ihm angebotenen Stuhl mit einer Handbewegung ab.

Jetzt machte Gruners gute Laune einer sorgenvollen Miene Platz. «Wenn Sie mitten am Tag hier auftauchen und nicht warten wollen, kann das ja nichts Gutes heißen, oder?»

«Sie ist verschwunden. Magda.»

Gruner hob den Blick, presste die Lider kurz zusammen, nickte. «Deshalb bin ich froh, dass sie in Zukunft rund um die Uhr beaufsichtigt wird.»

«Und jetzt tun Sie gar nichts?»

Gruner setzte sich mit halbem Hinterteil auf seinen Schreibtisch. «Sie wird Brombeeren sammeln sein, keine Sorge.»

«Das beruhigt mich nicht.»

«Ich gehe gleich mal nachsehen. Ich finde sie, das tue ich immer.» Gruner schob seine Brille hoch. «Was wollen Sie noch?»

Herzberg stützte die Hände auf die Tischplatte und sah Gruner fest ins Gesicht. Ich kann es noch immer nicht deuten, dachte er. Du bist so ein Menschenfreund, was ist es, das ich nicht sehe? «Eine Speichelprobe.» Die war zwar sinnlos, weil es keine Vergleichsprobe gab, aber ihn interessierte Gruners Reaktion.

Gruner warf den Kopf zurück. «Ich fürchte, ich verstehe nicht.»

«Die Aussage eines Mediziners würde mir allerdings genügen. Wenn ich Ihre DNA mit der von Rudolf Schröter abgleichen lasse, wird das Ergebnis viele überraschen, richtig?»

Gruners Blick blieb fest. «Wie kommen Sie darauf?»

Herzberg holte ein paar der Blätter aus der Hosentasche, legte sie ab.

Gruner beugte sich vor, riss die Augen weit auf. «Die sind ja an meine Mutter!»

Seine Überraschung wirkte eine Spur zu entschieden. «Sie hat Sie deshalb nicht abgetrieben, weil Sie das Kind ihrer Liebe waren. Kam Ihnen diese Möglichkeit nie in den Sinn?»

Gruner faltete die Hände, seine dunklen Augen tasteten den Schreibtisch ab, als läge irgendwo unter den Aktenstapeln die Antwort. «Meine Mutter hat nie über diese Jugendliebe geredet. Wahrscheinlich hat sie selbst nicht gewusst, wer mein Vater ist, denn ich sehe nur ihr ähnlich, und damals wusste man noch nichts von DNA-Analysen. Sie hatte einfach beschlossen, mich vor einer Katastrophe zu schützen und eine Herkunftslegende für mich gestrickt. Zum damaligen Zeitpunkt wäre ein Kriegsverbrecher sowieso keine gute Wahl gewesen, ich hätte nie studieren dürfen.» Gruner legte seine flache Hand auf den Brustkorb. «Menschen mit schweren Traumata sind oft darauf angewiesen, Dinge in ihrem Kopf umzuschreiben.»

«Auch wenn es um den eigenen Vater geht? Wo Sie doch als Kind schon so besessen von dem Thema waren?»

Gruner zog das Gesicht in die Länge. «Ich habe Ihnen das anvertraut, weil ich glaubte ... egal. Wenn ich die Wahl gehabt hätte zwischen Schröter und einem Soldaten der Sowjetarmee, der ja ein Held war und Schröter ein Kriegsverbrecher, dann hätte ich mich immer für den Soldaten entschieden. Sogar heute noch.»

«Haben Sie aber nicht, es herrscht die Macht der Fakten.»

Gruner stand auf, lief um den Tisch, ließ sich in seinen Stuhl fallen. «Wenn das stimmt, was Sie sagen, dann hätte jemand meinen Vater ...» Er legte die Hände um den Kopf.

Herzberg ließ ihm einen Augenblick. Ich sollte das verstehen, dachte er. Dennoch war er überrascht, dass Gruner sich ein paar Tränen vom Gesicht wischte.

«Und dieser DNA-Abgleich würde Ihnen dann welche Erkenntnisse bescheren?», fragte er dabei. «Denken Sie etwa, dass ich es war?» Er begann zu lachen. «Ich werde doch nicht meinen eigenen Vater umbringen, und wenn er meine Mutter hundertmal verlassen hat. Die beiden waren keine zwanzig. Ich war in dem Alter jede Woche neu verliebt.»

«In Ihrer Kindheit haben Sie sehr gelitten, und Ihr Vater hat Sie fallenlassen. Er hätte Sie und Ihre Mutter mit in den Westen nehmen können.»

«Meine Kindheit ist vorbei», sagte Gruner.

«Bei manchen Menschen ist sie das nie.»

Gruners Brustkorb hüpfte, sein Lachen klang wie ein Schluchzen oder umgekehrt. «Und jetzt?»

Herzberg legte die Hand auf die Hosentasche. «Meldet sich erst mal mein Handy.»

Er las die SMS von Stephan. *Henschkes Alibi geplatzt, Sekretärin hat gelogen, war bis 22 Uhr im Buchklub bei Silvia Reichenbächer.* Langsam steckte Herzberg das Handy ein. Dann sollte Jansen recht behalten, und Henschke war ihr Mann? Was für eine eigenartige Überraschung. «Da wäre noch ein Sache», erinnerte Herzberg sich in dem Moment. «Reichenbächer und Kamp haben Schröter erpresst, um ihre Ziele zu erreichen. Womit? Ging es um irgendetwas aus dem Krieg? Vielleicht um den Tod des anderen Bruders, Hermann?»

Gruner war inzwischen zum Fenster gegangen und hatte die Vorhänge geschlossen. Für eine Sekunde blieb er stocksteif stehen. «Woher soll ich das wissen?», sagte er zu den Vorhängen.

«Weiß es Magda?»

«Die war nicht dabei, als die alle von den Russen festgenommen wurden und die Hermann erschossen haben.»

«Sicher?»

«Das hat sie immer gesagt.»

Herzberg nahm die Briefe vom Schreibtisch. «Bis später also.»

Jetzt wandte sich Gruner zu ihm um. «Darf ich die bitte behalten?»

Herzberg steckte sie ein. Auch wenn es sinnlos war, der Vollständigkeit halber sagte er: «Ich schicke Ihnen jemanden vorbei, oder können Sie heute noch in die Inspektion kommen?»

Gruner wischte sich mit einem weißen Kittelärmel übers

Gesicht. «Nach Dienstschluss gern. Sie sehen ja, was bei mir los ist. Aber erst mal gehe ich Magda suchen, das ist im Moment am wichtigsten.»

Der Wald ist gar nicht still. Und das merke ich jetzt, dachte Magda. Als sie tiefer hineinging, wiegte er sich weiter im kühlen Wind. Äste stießen einander an, raschelten mit den Blättern. *Da unten läuft sie, die Alte. Zum Wasser.*

Sie legte die Hände auf die Ohren, nicht zum Aushalten war das. Es wurde besser. Aber es gab noch den Wind, der durch jede Ritze kam und ihr den Kopf sauber blies, sodass sie ganz hell und klar wurde. Und davon sang, wie viel sie doch falsch gemacht hatte.

Hoch oben klopfte ein Specht, hackte das böse Lied in kleine Stücke. Gewehrt hatte sie sich, fiel ihr in dem Moment ein. Gegen die Lüge, die so viel Böses mit sich gebracht hatte. Zumindest versucht hatte sie das.

Es war an einem Sonntag im November gewesen, der seit Wochen kalt war. Da hatte sie sich die Röcke glatt gestrichen, als der Spültisch mit ihr davor nicht mehr in gleichmäßigen Stößen gegen die Wand knallte. Die wollenen Kniestrümpfe wieder hochgezogen, ihre Filzlatschen gefunden, einen unter dem Spülbecken, den anderen auf einem Stuhl. Hatte sich umgedreht, in ein altes Schrötergesicht geblickt, ein fremd gewordenes. War mutig geworden. «Besser, du gehst wieder, weißt du?»

Magda blieb stehen, nahm die Hände von den Ohren, legte sie an ihre heißen Wangen. Schwankte wie ein Blatt im Wind. Stieß dabei gegen eine Buche, lehnte sich dankbar dagegen. Schwer war die Erinnerung auszuhalten, aber das half nichts. Die Bilder waren so scharf, dass sie sie wie einen Film ablaufen sah.

Er steht da in ihrer Küche wie ein Eisblock, sein Lächeln klirrt auf den Boden. «Was?», schreit er.

Sie zuckt nicht zusammen. «Es ist zu viel passiert.» Weiter sagt sie nichts, nickt nur. Du verstehst, was ich meine.

Da fährt etwas in ihn, das sie lange nicht gesehen hat, nur im Krieg. Sein Lachen ist grässlich. Er packt ihren Arm, und sie wundert sich, dass ihm über die Jahre so viel Kraft geblieben ist. «Das hast du nicht zu bestimmen!»

Sie wischt sich die Spucke aus dem Gesicht und sagt: «Das wäre das Beste, sonst kommt alles wieder hoch. Außerdem wird Peter irgendwann Fragen stellen.»

Magda glitt ein Stück am Stamm der Buche hinab, Rinde schabte auf Haut. Sie schluchzte auf, gegen die Worte an, aber sie dröhnten laut in ihrem Kopf. «Nur wenn du ihn darauf bringst.» Das hatte er dann zu ihr gesagt.

Wieder musste sie ein paarmal tüchtig schlucken, weil das so verteufelt weh tat, schon die Erinnerung daran, dass er so fest zugedrückt hatte. Und wieder schrie sie ihre Antwort zurück, in den Wald hinein. «Das werde ich auch!»

Da hat er die andere Hand in ihrem Haar, ihre Kopfhaut wird von tausenden Nadelstichen zerfetzt. «Wissen die Leute, was du getan hast?» Und sie weint und weint und wird erst fertig, als der Morgen graut.

Magda tastete hinter sich, drückte sich vom Baum weg, wischte sich mit dem Kleiderzipfel das Gesicht. Lief weiter, dorthin, wo es heller wurde. Ihr rechter Arm brannte und fühlte sich nass an, aber sie kümmerte sich nicht darum.

Sie war längst am Waldrand angekommen, ein paar Meter weiter vorn gluckste das Wasser, dort war die Schnelle, wo es um die Kurve schoss, darunter war es tief. Sie griff nach ihrem Rucksack, vergewisserte sich, dass er noch da war. Unten am Ufer gab es Steine. Schnell, nur schnell hinlaufen!

Im Weitergehen sah sie sich nämlich noch einmal in der Küche hocken, im Morgengrauen. Scharf wie auf einer Fotografie.

Er sitzt dabei. Sie hebt den Kopf. «Na siehst du», sagt er, lächelt, haucht ihr einen Kuss auf die Lippen. Legt beide Hände um ihr Gesicht, erst zart, dann presst er die Daumen gegen ihre Wangen. «Schön lieb wirst du sein und weiter für mich schweigen, ja?» Sie kann den Blick nicht abwenden, so dicht ist er vor ihr. Er forscht in ihren Augen. Sein Blick wird starr, das Gesicht zu Stein.

Magda wich den Grasbüscheln aus, die im Weg herumstanden. Nicht stolpern und hinfallen, gleich geschafft! Sie wollte schnell weg, weiterkommen, nicht hören, was er dann zu ihr gesagt hatte. Aber sie war nicht schnell genug.

«Denn vergiss nicht, Liebste, du bist eine Brudermörderin, genau wie ...»

Dann schlug sie sich die Hände auf die Ohren und drückte fest zu, damit das, was dann noch kam, draußen blieb, während sie zum Ufer tappte.

Und war endlich da und sank auf die Knie, genau dort, wo die großen Kieselsteine lagen.

Als Desiree auf der Landstraße war, tauchte der schwarze Golf hinter ihr wieder auf. Die Arschgeige aus der Pizzeria war einwandfrei zu erkennen. Sie beschleunigte. Der Wagen hinter ihr hielt mit. Was wird das hier?, dachte sie. Sah auf den Tacho. Fast hundert. Sie griff nach dem Handy, verzog den Wagen ein Stück, fluchte. Rechts ranfahren? Schlechte Idee. Irgendwie bekam sie es hin, Herzberg anzuwählen, aber er ging nicht ans Telefon. «Scheiße!», brüllte sie, dann verlangsamte sie ihr Tempo. Drastisch. Aber der Wagen hinter ihr überholte nicht, sondern kroch hinter ihr her.

Also rief sie Silke an. «Ich gebe dir mal ein Kennzeichen durch.» Sie nannte es ihr. «Da ist ein Wagen hinter mir, macht einen bedrohlichen Eindruck. Ich bin zwischen Köwitz und Lichtenfels.»

«Desiree, das ist nicht gut!»

«Ist Stephan da?»

«Der ist unterwegs nach Lichtenfels, da kam ein Notruf rein, von der Agrargenossenschaft. Herzberg weiß auch Bescheid.»

Super, er war zu ihr unterwegs. Sie hätte ihn küssen können. «Sag ihm trotzdem, worum es bei mir gerade geht, ja?»

«Mach ich. Und ich schicke eine Streife.»

«Was wäre ich ohne dich.»

«Hab dich auch lieb.»

Einen Moment lang vergaß Desiree aufzulegen. Das hatte gutgetan!

Ihr Wagen war trotz ihres Schneckentempos wieder ein Stück nach rechts abgekommen, sie zog den Suzuki auf die Straße zurück. Jetzt endlich blinkte der Golf hinter ihr. Aber war das gut?

Auf der Weide links stand ein Pferd, es sah sie ganz kurz an, stellte die Ohren auf, dann schob sich der Golf davor. Auf Höhe ihres Fensters wurde es dunkel, sie konnte nicht erkennen, wer im anderen Wagen auf der Beifahrerseite saß.

Ihr Herz trommelte zwischen den Ohren. Scheiße, die würden sie doch nicht ...

Nach rechts war kaum noch Platz, die Büsche am Straßenrand kratzen schon über ihren Lack, peitschten ihr Adrenalin weiter in die Höhe. Abrupt trat sie auf die Bremse, der Golf machte mit, also gab sie wieder Gas.

Auf der Gegenseite schoss jetzt ein Fahrzeug auf sie zu, das wie verrückt hupte. Der Golf blieb links, Desiree stieg auf die

Bremse, fiel in Sekundenschnelle zurück, schrie aus Leibeskräften, denn schon zog der Golf dicht vor ihr nach rechts und davon.

Ihr Herz sackte nach unten in den Bauch. Eine Weile starrte sie auf die Straße. Schüttelte sich, atmete tief und langsam, bis sie alle ihre Sinne zurückhatte.

Moment ... das hier war doch ... Sie erkannte rechts neben sich den Buchenwald. In ein paar hundert Metern eine große Senke, im Hintergrund den Fluss. Bis Lichtenfels war es nicht mehr weit. Und es gab einen Feldweg dorthin.

Sie wendete. Raste die Allee ein Stück zurück, bog nach links ab. Das Holpern der Räder auf den Betongitterplatten machte sie fast fröhlich. Und wenn ich mir eine neue Karre zulegen muss, alles egal. Da fiepte ihr Handy.

«Entschuldige, Süße, wir haben da was verpeilt», begann Eva Könitz, «Gruner kam letzten Freitag später in die Vorstellung, sagt Martina. Erst nach neun. Also nach der Pause. Nur falls das irgendwie wichtig ist.»

Sie reckte eine Faust, ließ sie gegen das Autodach donnern. «Ja, ja, ja!» Dann legte sie das Handy ab, hinten in der Senke sah sie schon die Kirchdachspitze von Lichtenfels, die eigenartig verdrehte viereckige Turmhaube schob sich langsam aus dem Grün. Und sie dachte: Da werde ich hingehen und ein Dankgebet sprechen oder wie man das nennt.

In der nächsten Sekunde explodierte ihr Puls.

Da, von einer Gruppe Holunderbüsche mit dicken schwarzblauen Fruchtdolden halb verdeckt, stand mitten auf dem Weg der schwarze Golf.

Wie zum Teufel ...?

Der Kerl aus der Pizzeria stieg aus.

Nicht gut.

Sofort fing ihr Polizistenhirn an zu arbeiten. Mit einem

Blick erfasste sie die Lage. Links Büsche, rechts das Feld, eine kleine Senke neben der Straße, wenn sie Glück hatte, schaffte sie es da durch, ohne dass ihr Auto stecken blieb. Die Waffe war im Handschuhfach, sie öffnete es, riss das kühle Metall an sich.

Dann zuckte sie zusammen. Der Typ war auf den Weg gesprungen, riss beide Arme hoch. Wie von selbst drückte ihr Fuß das Bremspedal durch, sie drosch auf die Türverriegelung ein, dann zog sie den Wagen nach rechts. Jubelte, es ging gut, gehorsam glitt der Wagen in den Graben neben dem Weg. Rollte weiter, an dem Typen vorbei.

Aber der Suzuki wurde langsamer. Los, fahr, verdammt!

Da sprang ihr der Typ hinterher. Seine Fäuste donnerten auf die Heckscheibe. Er brüllte etwas, das sie nicht verstand. Los jetzt, raus hier! Aber es krachte, sie musste irgendwo aufgesessen sein. Und sie konnte nirgendwo anders hin als nach vorn, das Feld rechts war mit Futtermais zugepflastert. Ich hasse das Landleben, dachte sie noch. Sah jetzt den Golf auf dem Feldweg direkt neben sich. Da, endlich wurde der Graben flacher, sie stellte sich aufs Gas, wollte zurück auf den Weg ziehen, aber der Wagen schlingerte, kam nicht hoch. Ihr Herz raste. Was jetzt?

Die Waffe ... ein Blick, ein Tasten, bitte nicht ... doch, sie musste vom Sitz gerutscht sein. Also musste sie weiter versuchen, aus dem Graben zu kommen. Der Motor heulte auf, dann griffen die Räder, und der Wagen schnellte los. Sie wollte sich schon nach rechts hinunterbeugen, um den Fußraum neben sich abzusuchen, als sie einen Baum auf sich zurasen sah.

Nur eine Sekunde lang, dann war er da. Schreiend riss sie das Lenkrad nach links.

Aber da krachte es schon.

Etwas flog auf ihn zu, kaum, dass er das Büro der Agrargenossenschaft betrat. Herzberg duckte sich, stieß mit dem Ellbogen gegen einen halbhohen Aktenschrank. Der fliegende Stuhl schabte eine schwarze Linie in die grau lackierte Tür, ehe er scheppernd zum Liegen kam. Über ihm polterte es weiter, Stoff riss, ein dumpfes Aufschlagen war zu hören.

Herzberg schoss nach oben. «Aufhören, und zwar sofort!»

Doch die Schlägerei war in vollem Gange. Er erkannte Jan Kowalek, der am Boden lag, die Arme schützend vorm Gesicht. Kai Henschke hockte über ihm und holte mit der Faust aus. Herzberg sprang hin, packte seine Faust, verdrehte ihm den rechten Arm. Henschke kippte schreiend nach hinten.

«Was fällt Ihnen ein!», brüllte Herzberg ihn an.

Henschke gelang es, sich loszureißen. «Das Schwein hat sie mir weggenommen!»

Seine Frau hatte ihn also verlassen. Alle Achtung, konnte Herzberg noch denken, denn schon war Henschke wieder auf den Beinen und stürzte sich auf Kowalek. Herzberg bekam ihn am Hemd zu fassen, aber einen Moment zu spät, sein Fuß war bereits in Kowaleks Nierengegend gelandet. Mit einem dumpfen Würgen drehte der sich zur Seite. Herzberg packte Henschke am Arm, schleuderte ihn von Kowalek weg, denn schon hatte er abermals ausgeholt, diesmal mit dem linken Fuß.

«Ich bringe Sie hinter Gitter, und zwar heute noch!», brüllte er, aber Henschke war wie ferngesteuert, sein Blick irr.

Er holte erneut aus, sein Fuß schrammte dicht an Kowaleks Oberschenkel vorbei. «Als ich heute Morgen aufgewacht bin, war sie weg!», schrie Henschke dabei.

Kowalek hob den Kopf, sein rechtes Auge war zur Hälfte zugeschwollen, aus seiner Nase lief ein dicker Streifen Blut. «Eher ist dir nichts aufgefallen? Sie ist seit gestern Abend weg.»

Ehe er einen weiteren Schlag abbekam, warf sich Herzberg zwischen die beiden. Henschkes Faust landete in seinem Rücken, er stöhnte auf. Hustete. Da sah er, dass die Sekretärin hinter einer Grünpflanze hockte und heulte. «Sie rufen die Polizei, und zwar dalli!»

«Hab ich schon, aber die kommen nicht!», schluchzte sie.

Herzberg hatte für eine Sekunde locker gelassen, das hatte Henschke ausgenutzt und sich erneut auf Jan Kowalek geworfen. Herzberg meißelte eine Faust zwischen die beiden, griff nach Henschkes Kehle, packte blitzschnell zu. Aber Henschke schwang sich nach hinten. «Marina gehört nicht zu dir, du Arschgesicht, du Versager!», brüllte er.

Der Mann konnte kämpfen, und er hatte Kraft, obwohl er so schlank war. Jetzt holte er mit dem rechten Ellbogen aus. Herzberg wich aus, bekam ihn gegen die Schulter und war für einen Moment kaltgestellt.

«Du bist selbst ein Versager», hörte er Kowalek da ganz leise unter sich.

«Klappe halten», zischte Herzberg.

Henschkes Gesicht glühte. «Sie gehört zu mir!»

Herzberg spürte einen frischen Luftzug, wandte sich zur Tür um.

«Das kann nur sie allein entscheiden», stammelte Kowalek, den Blick an die bleiche Gestalt im Türrahmen geheftet.

Henschke schien davon nichts zu merken, schon hatte er sich an Herzberg vorbeigedrängelt und packte Kowalek am Hemdkragen, riss ihn hoch. «Kann sie nicht! Nichts kann sie, nur krepieren!»

Da begann Jan Kowalek zu schluchzen, wie ein Sturzbach schossen die Tränen aus ihm heraus. Kraftlos hing er in Kai Henschkes Griff. Der jetzt ebenfalls zur Tür starrte und ganz weiß im Gesicht wurde.

«Ich kann sehr wohl noch etwas.» Marina Henschke, gestützt von Dietmar Kamp, stand jetzt mitten in dem Chaos, das die Schlägerei verursacht hatte. «Dinge entscheiden zum Beispiel.»

«Was machst du hier?» Henschkes Stimme zerbröckelte.

Marina Henschke, blass wie eine Wand, lief weiter auf ihn zu. «Deine Sekretärin hat mich geistesgegenwärtig angerufen, und ich habe Dietmar angerufen. Lass Jan los. Sofort.»

Herzberg rappelte sich auf, wollte sie aufhalten. «Bitte.»

Sie sah ihn nicht einmal an. «Du wirst mir nicht auch noch das wegnehmen. Ich habe gestern zum ersten Mal seit langem gemeinsam mit jemandem einen Film im Fernsehen geguckt. Wir haben gelacht, so was kannte ich gar nicht mehr.»

Henschke lachte hysterisch auf, es klang, als habe er einen Hustenanfall. Kowaleks Hemdkragen hielte er weiter fest, und Kowaleks Gesicht färbte sich tiefrot. Nicht gut.

Dietmar Kamp streckte eine Hand nach ihm aus. «Kai, lass los. Das hier, das bist doch nicht du!»

Und in Herzbergs Kopf rückte etwas an seinen Platz. Henschke war im Extremfall gewalttätig und ein Versager und stinkwütend, wenn er nicht bekam, was er wollte – aber was er wollte, war seine Frau. Er liebte sie wie verrückt, auch Arschlöcher konnten das. «Wo waren Sie am Freitagabend?», fragte er in die kleine Atempause hinein, die gerade entstanden war. Vielleicht lenkte es Henschke ab.

Der glotzte ihn an, ließ aber nicht los. «Hier.»

«Dafür gibt es keine Zeugen.»

Die Sekretärin verschwand heulend aus dem Büro.

Kamp war jetzt bei Henschke angekommen. «Kai, niemand kann was dafür, dass der Laden nicht so läuft. Die Milchpreise sind im Keller.»

Henschke lachte noch einmal sein irres Lachen, dann

zeigte er auf seinen Schreibtisch. Herzberg ging hin, nahm das Blatt an sich, das obenauf lag. Es war die Einladung zur Vorstandssitzung der Genossenschafter, Henschke wusste also von seinem nahen Untergang.

Dann hob er den Kopf, von fern hatte er eine Sirene gehört. Er zeigte das Blatt Kamp.

Dietmar Kamp las es, nickte, legte dem keuchenden Kai Henschke eine Hand auf die Schulter. «Ich kann mir die Bücher angucken, wir finden eine Möglichkeit, das geradezubiegen. Was denkst du, wie oft ich mir hier schon die Nächte um die Ohren geschlagen habe.»

Henschke zog die Nase hoch. «Den Laden willst du übernehmen, ja? Jetzt, wo Rudolf weg ist?»

«Roswitha reißt mir den Kopf ab, wenn ich es auch nur versuche, das weißt du doch. Aber helfen kann ich dir. Geld brauche ich nicht dafür, geht doch um uns alle hier.»

«Bitte», sagte Marina Henschke fest. «Lass nicht zu, dass hier alles kaputtgeht. Das bist du mir schuldig. Und lass Jan los, oder es wird schlimm für dich enden, du weißt, was ich meine!»

Die Tür flog erneut auf, Stephan Müller stürzte ins Zimmer, gefolgt von Fred Richter, beide hatten ihre Waffen im Anschlag. Herzberg hob beschwichtigend die Hände. «Nichts passiert, rein gar nichts, nur eine kleine Rauferei, kann passieren.»

Henschke richtete sich kerzengerade auf.

«Kai. Du bist noch jung», sagte Kamp im selben Moment, «Und du kannst weiterleben. Sie nicht. Tu's für sie.»

Henschke schleuderte Kowalek jetzt mit solcher Kraft von sich, dass er Marina Henschke vor die Füße flog. Sie strauchelte, Herzberg fing sie auf.

Dietmar Kamp hatte da schon nach Henschkes Arm gegriffen, die beiden rangen miteinander. Herzberg ließ Marina Henschke langsam zu Boden gleiten, dann war er frei und konnte dazwischengehen. Stephan Müller hatte seine Waffe inzwischen verstaut und half ihm.

Als sich alle beruhigt hatten, saßen Kai Henschke und Dietmar Kamp erschöpft auf dem Boden, flankiert von den beiden Polizisten. Marina Henschke hatte sich neben Jan Kowalek auf den Boden gesetzt, die beiden hielten sich in den Armen. Kowalek blutete nicht mehr, zum Glück.

«Wir nehmen Henschke jetzt mit», sagte Stephan Müller da. «Jansen besteht darauf.»

Herzberg deutete ein Kopfschütteln an.

«Wieso nicht?»

Draußen hörte man jetzt die Sirene eines Krankenwagens, erleichtert wandte er sich an Dietmar Kamp. «Sie werden mir jetzt Rudolf Schröters kleines Geheimnis verraten, das Ihnen allen mehr oder weniger in die Hände gespielt hat.» Er wartete.

Schlagartig wurde es ruhig im Raum, alle Augen waren auf Kamp gerichtet.

Der schien zu begreifen, dass Herzberg so lange nicht weitersprechen würde, wie er sich kooperativ verhielt. Für ihn stand viel auf dem Spiel. Vor allem die Aussicht, seinen schlechten Ruf geradezubiegen oder ihn für immer zu behalten. In die Stille hinein klingelte Herzbergs Handy, aber er sah nicht aufs Display.

Kamp schluckte ein paarmal und holte dann so tief Luft, als müsse er gleich in einen tiefen See springen. «Genau weiß ich es nicht, wirklich nicht, das müssen Sie mir glauben. Aber es hat etwas mit einem Standgericht zu tun, das die Russen 1945 abgehalten haben. Bei ihm auf der Terrasse. Die hat Schröter nie betreten, da ist er immer drum herumgelaufen, wenn er in den Park gegangen ist, ganz komisch war das. Es genügte schon, das Wort ‹Terrasse› fallenzulassen, da ist er fast ausgerastet.» Kamp räusperte sich, dann starrte er seine Schuhspitzen an. «Oder hat gemacht, was man von ihm wollte, aber nicht in meinem Fall. Das Gut wollte er um jeden Preis wiederhaben, also ist er mit ganzer Brutalität vorgegangen, und ich habe es irgendwann aufgegeben, meine Interessen gegen ihn durchzusetzen.»

Die Stille im Raum war jetzt zum Schneiden dick.

Das Telefon klingelte erneut, Herzberg wollte den Anruf schon wegdrücken, als er sah, dass es Ariane war.

Er meldete sich und ging aus dem Raum, während die Rettungssanitäter das Büro betraten.

«Michael?» Sie flüsterte beinahe, ihre Stimme klang müde.

«Ist alles gut bei dir?»

Stille. Sein Herz sprang fast davon.

«Wir können uns heute Abend nicht sehen, tut mir leid.»

«Warum denn nicht?»

«Es gab ein Problem, sie mussten die Untersuchung abbrechen.»

Für den Moment begriff er gar nichts, da war nur ein Rauschen in seinem Kopf. «Ein Problem?»

«Ich habe geblutet. Es war zu riskant.»

«Verflucht, was heißt das?»

«Wenn du heute Abend auf Station vorbeikommst, sage ich es dir. Am Telefon ist das blöd, aber mach dir keine Sorgen, ich bin völlig in Ordnung, das wollte ich nur kurz sagen.»

Zu spät, die Angst um sie riss längst an seinen Eingeweiden. «Mir keine Sorgen machen, wie soll das gehen?»

«Versuch's halt.»

Wie von allein fuhr seine Hand in die Hosentasche, umkrallte den Autoschlüssel. «Ich bin gleich da.»

«Nein! Nein. Ich bin ein bisschen verkabelt, zur Beobachtung, es gibt weitere Untersuchungen. Eine Hormonbehandlung. Bitte. Sie würden dich jetzt sowieso nicht zu mir lassen. Jetzt kommen sie, ich muss aufhören.»

Fassungslos starrte er auf sein schwarzes Display.

Als er wieder im Büro stand, zupfte Marina Henschke ihn am Hosenbein. «Geht es Ihnen gut?» Eine Sterbende, den Tod schon im Gesicht. In seinem Gehirn schwammen die Gedanken plötzlich ganz weit unten, versteckt im Schlamm. Worum war es eben noch gegangen?

«Das war alles, was ich weiß», sagte Kamp da zu ihm.

Herzberg nickte. Mechanisch. Den Nacken steif wie Beton. Etwas hatte sich getan unter dem Schlamm, aber er bekam es nicht recht zu fassen.

Jetzt sah er die Sanitäter und den Arzt vor Jan Kowalek knien, sie gaben einander leise Anweisungen, arbeiteten zusammen wie Rädchen in einem Uhrwerk. Wenige Minuten später verließ die Rettungsmannschaft mit dem Verletzten und Marina Henschke das Bürogebäude.

«Können wir Henschke nicht doch mitnehmen?», fragte Stephan Müller in die betretene Stille hinein. «Es geht immerhin um Körperverletzung, wenn nicht gar ...»

Den Rest hörte Herzberg gar nicht, eine Idee war in seinem Kopf aufgeflammt. «Ihr wartet hier, ich bin gleich wieder da. Muss noch mal kurz zu Gruner.»

«Aber warum ausgerechnet jetzt, wo wir ...» hörte er, ehe die Tür hinter ihm ins Schloss fiel, aber das scherte ihn nicht.

Eine Abfolge von Tönen schlitzte eine Lücke in die Dunkelheit.

Desiree setzte die Hände auf, versuchte, sich nach oben zu

drücken. Sackte wieder zurück. Auch gut. Sie wollte so gern in dieser Stille bleiben, alles in ihr wollte schlafen, sich ausruhen, aber da war etwas gewesen, das sie geweckt hatte.

Sie öffnete die Augen. Auf ihrer Netzhaut tanzte das Sonnenlicht einen fiesen Tango. Mit ihm kamen Erinnerungen. Gruner fiel ihr ein, sein verlogenes Alibi. Und Herzberg, der verflucht noch eins nicht an sein Telefon ging! Sie sah sich um. Spürte in sich einen Eisklumpen schmelzen. Ihre Pistole lag direkt vor ihrer Nase, ins Lenkrad verkeilt, und hielt ihr den Griff hin, als wollte sie sagen: Hab auf dich gewartet, Mädel. Sie fummelte sie raus, drückte sie an sich.

«Ich hatte einen Unfall», sagte sie laut, «bloß einen Unfall, das kann passieren. Es geht mir gut, ich kann sprechen.»

Als sie aussteigen wollte, merkte sie, dass der Wagen auf dem Dach lag. Das war also der Grund für ihren schweren Kopf, in dem das Blut hämmerte. Sie schob die Waffe in den Hosenbund, griff mit beiden Händen nach der Tür, schrie auf. In ihrer rechten Schulter lag ein Stein, der sich nicht bewegen ließ, er fühlte sich kochend heiß an. Also mit links ... sie löste den Gurt, stemmte sich nach rechts zur Seite, zog ein verdrehtes Bein nach, kriegte die Fensterkurbel zu fassen. Meine alte Karre, wie ich dich liebe. Kurbelte das Fenster auf, zog sich am Rahmen zur Tür. Schrie und keuchte wie ein Marathonläufer auf den letzten Metern. Kam irgendwie raus und hoch, stand mit schlackernden Knien da. Sah sich um. Niemand war da.

Dann wischte sie sich den Schleier von den Augen, begriff, dass sie heulte. «Wo ist mein Handy?», jammerte sie. Ich muss jemanden anrufen, da war ...

Richtig, ein schwarzer Golf. Er hatte sie von der Straße gedrängt. Eine Urgewalt schoss durch ihre Adern. *Ich kriege euch, ihr Schweine.*

Ihre Beine funktionierten, nur in der Schulter donnerte

der Schmerz. Egal, sie kam vorwärts. Der Horizont schwamm hin und her, sie schaffte hundert Meter, da hörte sie Stimmen hinter sich, und ihr Puls schoss in die Höhe. Im Laufen drehte sie sich zur Straße um. Dort stand er, der schwarze Wagen. Das Gesicht des Typen aus der Pizzeria schob sich aus dem Fenster. «Du bist die Schlampe, die Uwe umgedreht hat. Und jetzt haben die Bullen Roy am Arsch.» Die Tür öffnete sich, ein Bein erschien. «Weißt du, was wir mit Verrätern machen? Wir ...»

Abrupt hielt er inne, eine Sirene hatte geheult. Bloß ein Krankenwagen. Trotzdem hörte sie die Tür zuschlagen. Sah, wie der Golf anfuhr und davonstob. Hörte das leise Klacken, mit dem ihre Waffe entsicherte. Du darfst das nicht, meldete sich eine Stimme aus einem anderen Leben. Sie sind auf der Flucht und unbewaffnet.

Scheiß drauf.

Sie hielt auf die Reifen, auf die Karosse. Schoss und schoss. Sie war ein verwundetes Tier, todesmutig, unendlich wütend. Schrie ihren Zorn heraus, während sie das Magazin leerte. Aber das Auto wurde nicht langsamer, kam davon.

Zur Hölle mit euch.

Dann stand sie da. Starrte auf die Waffe. Die glutrote Blase löste sich auf, die Welt um sie herum nahm wieder Gestalt an. Bäume, eine Senke, darin ihr Suzuki, ein Haufen gelbes Knüllpapier. Links daneben ihre Tasche, fein säuberlich abgestellt. Absurd.

Ich bin doch nicht deswegen hier, ging es ihr bei dem Anblick durch den Kopf. Es geht um etwas ganz anderes. Einen Mörder, der frei herumläuft. Und einen Kommissar, der nichts davon weiß.

Um ihn letzten Endes. Herzberg. Der unterwegs war wegen eines Notrufs. Und wegen Magda, erinnerte sie sich.

Das mit Magda war bestimmt gutgegangen, jemand wie Herzberg bekam das hin.

Das Adrenalin schlich leise davon, aber ihre Wut war immer noch groß genug. Für Peter Gruner reichte sie allemal.

Das Wartezimmer war voller Leute, alle redeten und gestikulierten durcheinander. Mittendrin stand ratlos die Sprechstundenhilfe.

Herzberg drängte sich zu ihr durch. «Ich muss den Doktor sprechen.»

«Ich auch!»

«Heißt das, Sie wissen nicht, wo er ist?» Hatte Gruner gemerkt, dass er ihm nicht glaubte? Aber was hatte er vor?

Herzberg zeigte auf das Sprechzimmer. «Wir zwei gehen jetzt da rein und reden, und zwar schnell.»

Die Sprechstundenhilfe gehorchte widerspruchslos.

«Wussten Sie, dass Schröter der Vater Ihres Chefs war?», fragte er, nachdem er die Tür hinter ihr zugeknallt hatte.

«Wie bitte?»

«Steht irgendwas dazu in der Patientenakte?»

«Nein.»

«Können Sie sie holen?»

«Nein!»

«Schröter ist tot.»

«Ich weiß, dass nichts dergleichen drinsteht. Schröter hatte zwar keine Kinder, aber ...»

«Gruner hat es gewusst.»

«Nie im Leben! Ich hätte es ihm doch angemerkt.»

Herzberg atmete geräuschvoll ein. Es tat ihm leid, dass sie nicht mehr für den Arzt war als eine Freizeitbeschäftigung, aber er konnte jetzt keine Rücksicht darauf nehmen. «Was wissen Sie denn überhaupt von ihm?»

Sie griff nach einem benutzten Kaffeebecher, knallte ihn auf ein Tablett. «Er geht persönlichen Gesprächen lieber aus dem Weg, weil er anderen Menschen nicht zu nahe treten möchte. Er will nicht der Grund für irgendein Problem sein, er will ja nicht mal, dass ich meinen Mann vor den Kopf stoße.»

«Wie praktisch, jemanden zu haben, so ganz ohne Verpflichtungen, man kann die Sache jederzeit schnell beenden.»

«Das würde er nicht tun, nicht nach allem, was ...»

Herzberg senkte die Stimme. «Ihre Gefühle für ihn sind stark. Und es tut mir leid, dass er für Sie nicht dasselbe empfindet. Aber er wusste, dass Rudolf Schröter sein Vater ist. Ich verstehe nur nicht, warum er vor mir davonläuft, wo er doch angeblich nichts getan hat. Deshalb brauche ich Ihre Hilfe.»

Sie schüttelte den Kopf.

«Sie haben wegen dieser Beziehung schon Ihre Tochter verloren, richtig?» Das war das Erste, was ich von diesem Dorf gesehen habe, dachte er. Eine Tragödie, im Grunde das Präludium einer ganzen Sinfonie an Tragödien.

«Denken Sie denn, dass er Schröter ...?» Sie schluchzte.

«Hätte ich einen Grund, das zu denken?»

Die Sprechstundenhilfe ließ sich in Gruners Drehstuhl fallen, zupfte ein Taschentuch aus dem Spender und wischte sich das Gesicht ab. «In letzter Zeit war er ein bisschen in sich gekehrt. Wegen des Mordes, dachte ich, es hat ihn mitgenommen, dass so etwas hier passiert. Und vielleicht wegen des Fotos und der Briefe.»

Herzbergs Hand legte sich auf seine Hosentasche. «Welches Foto? Welche Briefe?»

«Er will ja den Dachboden ausbauen. Also hat er im Mai ein paar Sachen von seiner Frau aussortiert und ein paar Dinge von seiner Mutter gefunden, so eine Mappe.» Sie schniefte.

«Können Sie mir die zeigen? Sie wissen doch, wo er sie hat, nicht wahr?»

Sie sah ihn an. «Wie wäre das für Sie, wenn Sie wüssten, dass Sie jemandem nicht vertrauen können?»

«Wenn derjenige mir damit zu helfen versuchte, würde ich es irgendwann verschmerzen.»

Sie wischte sich die Augen, dann ging sie zu seinem Schreibtisch. Kippte eine Stiftebox aus, schloss mit dem kleinen Schlüssel, der dabei zum Vorschein kam, ein Dokumentenfach auf. «Nanu. Das ist ja leer.»

Der Lärmpegel im Wartezimmer stieg. «Ich sollte wirklich nachsehen.» Sie stolperte in Richtung Tür, Herzberg hielt sie auf.

«Haben Sie die Sachen selbst gesehen? Die Briefe gelesen?»

Sie machte einen Schritt zur Seite, um an ihm vorbeizukommen. Er ließ sie nicht durch.

«Ich hatte den Packen schon in der Hand, aber ich habe ihn schnell wieder zurückgelegt», sagte sie dann. «Wirklich. Das mit ihm, das hätte ich nicht aufs Spiel gesetzt. Damals.»

Er zupfte das Papierpaket aus seiner Hosentasche, schmiss es auf den Schreibtisch. «Sind das die Sachen?»

Sie beugte sich hinunter, schob die Blätter hin und her, nickte. Zog ein Stück Pappe von ganz unten aus dem Stapel, reichte es ihm. «Das hier hat er ganz lange in der Hand gehabt.»

Herzberg nahm das Foto an sich und zuckte so schnell zusammen, dass er ein Ziehen im Nacken verspürte. Er griff hin, drückte, massierte, starrte dabei unentwegt auf das Bild, während sein Puls sich beharrlich höherschraubte.

Es zeigte vier junge Menschen. Sie standen nebeneinander. Magda erkannte er sofort, das schmale Gesicht, glattes blondes Haar, zu einem Kranz um den Kopf geflochten. Sie hatte eine junge Frau untergehakt, sie war kleiner, brünett und sehr weiblich, sah fast südländisch aus. Eine jüngere Version der Frau auf dem Bild in Gruners Wartezimmer. Seine Mutter. Dann schlug Herzberg sich die flache Hand auf den Mund, um ein Brüllen zurückzuhalten und ein paar Begriffe aus der Fäkalsprache, die wie angegossen passten. Alle im Dorf wussten es. Und hatten es verschwiegen. Das, worauf es ankam. Auch wenn er für den Moment nicht genau sagen konnte, inwiefern.

Er fixierte mit den Augen die beiden jungen Männer, als wollte er sie zum Leben erwecken. Der links neben Maria Gruner mit der Tragschlinge um die Schulter, in der sein rechter Arm hing, das musste Rudolf sein. Er hatte einen verträumten Ausdruck um die Augen. Am anderen Ende stand neben Magda kerzengerade Rudolfs Bruder. Und er sah ihm zum Verwechseln ähnlich.

«Oh Gott», sagte Herzberg nun laut.

«Was ist denn?», fragte die Sprechstundenhilfe.

Er fuhr zu ihr herum. «Haben Sie es gewusst?»

«Was denn?»

Herzberg bezwang den Wunsch, die Frau zu packen und zu schütteln. «Dass die beiden Zwillinge waren?»

«Das ist doch bekannt.»

Er schloss die Augen. Brüll sie nicht an, sagte er sich, sie kann nichts dafür. Sie ist nur blind vor Liebe, wer ist das nicht. Dann sah er das Bild noch einmal an. Anders als die anderen stand Hermann Schröter darauf ein wenig abseits. Ein dünnes Lächeln im Gesicht, das nicht bis zu den Augen reichte. Die Hände hatte er hinter dem Rücken, er wirkte angespannt. Hatte er Schmerzen? Karl Kamp hatte von einer Bauchverletzung gesprochen, wegen der er im März vorzeitig nach Hause geschickt worden war. Herzberg drehte das Bild um. Wir vier.

R. M. M. H. stand darauf, mehr nicht. Es klang wie eine Essenz, ein Versprechen.

Er atmete tief ein. «Wo geht Gruner hin, wenn er allein sein will?» Und warum frage ich das, dachte er im nächsten Moment, ich weiß es doch.

Aber da war sie schon zum Schreibtisch zurückgelaufen, bückte sich, wühlte die Schublade noch einmal durch. «Oh nein.»

«Was ist los?»

«Die Schlüssel sind weg.»

«Welche Schlüssel?»

«Die zum Waffenschrank.»

Desiree lief auf das Dorf zu, schon eine ganze Weile, und kam, verflucht noch einmal, zu langsam voran, Schritt für Schritt ein Kampf gegen den Schmerz. In ihrem Kopf dröhnte es, als befände sie sich mitten in einer Baustelle. Gehirnerschütterung, mindestens. Wenigstens hatte der Schmerz in der Schulter nachgelassen. Das Zirpen ihres Handys pflügte durch ihr Gehirn, mit zusammengebissenen Zähnen zupfte sie es aus der Tasche.

«Endlich», sagte sie zu Stephan.

«Ich war, bevor ich los bin, noch mal im Keller, bei den Asservaten, dem halb verbrannten Zeug, und ich habe etwas gefunden.»

Es klang weich wie Wasser, sie sog es ein wie Medizin. «Was denn?»

«Ein Foto, genauer gesagt einen Abzug von einem alten Foto, Magda ist darauf, sie hat einen kleinen Jungen im Arm, ich schicke es dir. Hinten steht was drauf, das musst du lesen.»

«Alles klar. Apropos, hat Herzberg Magda gefunden?»

«Sollte er das?»

«Ja, verdammt.»

«Er hat nichts davon gesagt, dann ist das bestimmt gutgegangen. Sieh dir einfach das Bild an, okay?»

Sie drückte den Anruf weg und rief das Foto auf. Schwankte, schluckte den Brechreiz hinunter, als sie es auf dem Display groß zog.

Ein Mädchen war darauf, mit schmalem Gesicht, eine Haut wie weißer Marmor, schillernd helle Augen. Magda. Sie saß hinter einem kleinen Jungen, den sie nach vorn gebeugt umschlang. Er hatte dasselbe Gesicht wie sie. Ihr kleiner Bruder. Ein weiteres Bild hatte Stephan geschickt. Ach ja, die Rückseite. *Ertrunken am 3. Mai 1945* stand dort.

Ihr Puls schoss eine Ladung Adrenalin durch ihr Hirn.

Ertrunken?

Zwischen den Hammerschlägen der Schmerzen schlüpften ein paar Gedanken durch, alles, während sie das Datum anstarrte. Da war das Gespräch mit dem Pfarrer. Die Selbstmorde im Fluss, nach dem Einmarsch der Russen, die mussten Anfang Mai 1945 geschehen sein. Magda hatte es auch versucht. Und ihr kleiner Bruder? Ein Kind ging doch niemals freiwillig ins Wasser, schon gar nicht ins kalte. Hatte sie ihn einfach mitgenommen? Hatte er sich gewehrt? Übelkeit brannte plötzlich in ihrem Hals, riss sie nach vorn, kopfüber, und sie schleuderte alles aus sich heraus. Gehirnerschütterung, ganz sicher. Dann, als sie sich mit dem Handrücken den Mund abwischte, noch ein Gedanke. War Magda daran schuld? War es das, was sie quälte und in ihrem Kopf alles durcheinanderwarf?

Mein Gott.

Desiree zwang ihre bleischweren Beine, die wie Espenlaub zitterten, zum Weitergehen. Magda, verdammt, wo bist du? Sie sah sich im Laufen um, ohne den Hauch einer Idee. Fluchte, sammelte sich.

Das Haus würde geräumt werden, fiel ihr ein, Magda musste ins Heim. *Ich gehe nicht in so eine Altenverwahranstalt, zur Not gibt es immer noch den Strick,* hallte da eine Stimme in ihrem Kopf. Oma. Sie schluchzte auf. Magda war doch nicht deshalb weggelaufen, sie würde doch nicht noch einmal …?

Sie versuchte, schneller voranzukommen, sah sich wieder um. Da war noch ein Stück Feld, es stand voller Mais, eine Abkürzung in den Wald. Sie lief mitten hinein. Der Boden war bucklig und knochentrocken, jeder Schritt ein Hieb gegen den Schädel. Egal. Es war das einzig Logische. Einmal hatte Magda es schon getan. Im Fluss, das hatte der Pfarrer erzählt. Und sie war immer noch klar genug, eine Entscheidung zu treffen.

Hektisch tippte sie Herzbergs Nummer, der nicht ranging. Fluchte leise. Dann wählte sie noch einmal Stephans Nummer.

«Hör zu, wir müssen Magda suchen, Gefahr im Verzug, es besteht akute Suizidgefahr. Wahrscheinlich geht sie in den Fluss. Wo seid ihr gerade?», sagte sie, als er abgenommen hatte.

«Fred und ich stellen gerade das Auto ab und gehen in den Wald.»

Sie massierte ihre schmerzende Gesichtsseite. «Wieso das denn?»

«Warum klingst du eigentlich so komisch? Deine Stimme zittert, weinst du? Ist dir was passiert?»

«Wieso geht ihr in den Wald?»

«Herzberg ist dort, er hat mich angerufen. Ich schicke ihm Fred hinterher, bin gleich bei dir.»

«Was will er denn da?»

Dann war die Leitung tot. Sie starrte das Ding an, aber das half nicht. Stephan musste in ein Funkloch gelaufen sein.

Herzberg lief die kleine Anhöhe hinauf in den Wald hinein. Er dachte an den Abend bei der Jagd, an das Reh. Gruner liebte die Jagd. Wäre gut zu wissen, seit wann. Seit seine Mutter tot war? Seit er die Briefe gefunden hatte? Und hatte er Schröter zur Rede gestellt? Gar versucht, eine Beziehung zu ihm aufzubauen? Hatte der ihn nach wie vor nicht haben wollen? Auf einmal musste er stehen bleiben, die Antworten stürzten auf ihn ein, alle wild durcheinander. Er wartete, dass sich eine klar zu erkennen gab. Los doch!

Irgendwo schrie ein Adler, weit draußen auf dem Feld. Die Buchen wiegten sich rechts und links im kühlen Wind, er lief weiter, verließ den Trampelpfad, schaute auf den Boden. Das Foto, dachte er da ganz klar. Der Blick von Rudolf Schröter, die Liebenswürdigkeit darin. Das verschlossene Gesicht seines Bruders Hermann. Wenn der Gefühle hatte, zeigte er sie nicht, er hatte schlicht keine Sprache dafür.

Es war möglich, dass der Krieg Menschen veränderte. Zum Negativen. Sollte Rudolf Schröter wie sein Bruder geworden sein? Um ihn zu ersetzen? Weil er nicht verhindert hatte, dass er standrechtlich erschossen wurde?

Ersetzen …

Herzberg bückte sich nach einem Stock.

Dann stolperte er über einen Gedanken, und seine Füße verloren den Boden unter sich, da war eine Senke oder was auch immer, er trat ins Leere, fiel hin, sprang wieder auf. Verharrte, lauschte, hielt den Atem an. Dann sah er dem Knoten in seinem Kopf beim Platzen zu.

Der Schlüssel ist Magda, wusste er plötzlich. Ihre Hingabe. Und nur ein Mensch ist der Richtige. Der eine, den man liebt. Niemals austauschbar, nicht mal durch einen Zwilling. Ich bin so ein Idiot.

Er fummelte nach seinem Handy, ließ es fallen, wühlte es

unter braunem Blättermatsch wieder hervor. Kein Netz. Verfluchter Mist. Er rannte ein Stück zurück. Noch ein Stück, dann ging es.

«Schröter und sein Bruder waren eineiige Zwillinge, haben also eine identische DNA», begann er atemlos.

«Richtig», antwortete der Rechtsmediziner Wim Hultzsch. «Und wo ist die Frage?»

«Worin sie sich doch unterscheiden, genau das ist die Frage. Ich habe es eben erst kapiert.»

«Der Fingerabdruck ist immer individuell, auch bei eineiigen Zwillingen, aber was nützt das?»

«Können Sie die Akte einsehen?»

«Aber ja.»

Herzberg hörte die Tastatur am anderen Ende, mit jeder Sekunde stieg die Flut in seinem Bauch höher. «Es geht um eine Verletzung im Jugendalter, die etwa siebzig Jahre alt ist, würde man deren Narben noch sehen?»

«Narbengewebe ist von anderem relativ leicht zu unterscheiden. Noch dazu bei Rudolf Schröter, ich habe es ja beschrieben.»

Er hielt die Luft an. «Was genau?»

«Eine sternförmige Narbe. Ziemlich groß, kaum zu übersehen. Sie stammt von einer ziemlich großen Wunde, er hatte Glück, das zu überleben.»

Herzberg dachte an den Fahrradunfall, den Rudolf Schröter erlitten hatte, sein gelöstes Lächeln auf dem Foto neben Maria Gruner, daran, dass er abgesehen von der verbundenen Schulter frisch und gesund darauf aussah. «War es eine Kriegsverletzung?»

«Daran habe ich auch sofort gedacht. Es könnte ein Schrapnell gewesen sein, diese Art Verletzung ist häufig beschrieben worden in der Fachliteratur.»

Herzberg spürte, wie das Rauschen in seinem Kopf angekommen war und alles übertönte. «Und die war am Bauch?»

«Haargenau.»

Er ließ die Luft entweichen. «Sonst noch etwas? An der rechten Schulter vielleicht?»

«Nichts, nur Haut. War es das?»

Herzberg brauchte einen Moment, um zu Atem zu kommen, dann sagte er ja.

Als Magda mit dem Packen fertig war, hockte sie mit wunden Fingern am Ufer. Zum ersten Mal seit siebzig Jahren. Im Ohr seine Stimme, die geliebte, vertraute, gehasste Stimme. *Nichts wirst du sagen, denn du bist eine Brudermörderin, genau wie ich ein Brudermörder bin.* Sie hatte dem Satz nicht entkommen können, das war schlimm, aber nicht mehr lange.

Sie legte die rechte Hand über die Augen, die ein wenig blutete, die Steine waren schwer gewesen und ein bisschen scharf. Sie stellte den Rucksack gerade auf, kroch davor, schob die Arme durch die Träger. Stand auf. Viele Steine waren es nicht, aber sie schwankte doch. Schob einen Fuß nach dem anderen vorwärts.

Schon leckte der Fluss an ihren Zehen, mit warmer Zunge, gar nicht eisig, nicht schneidend scharf, weil noch Eis darauf schwamm. Leise gurgelte und schäumte er vor sich hin. Und flüsterte einen Namen.

Frieder.

Sie bewegte die Zehen, ging tiefer in den Fluss hinein. Spürte ihre Knöchel nass werden, das Kleid. Dann die Augen, ihre Wangen.

Wartete das Schluchzen ab, das ihren Brustkorb zerhackte. Wischte sich das Gesicht ab. Zog den Rucksack auf ihrem Rücken gerade. Dann sah sie an sich herunter. Mit Schuhen oder ohne? Stupste einen Uferkiesel los, der gluckernd unterging. Mit, natürlich. Waren ja ihre Schuhe und violett wie die Lilien am Zaun.

Sie schob die schweren Füße ganz hinein. Das Wasser war wie ein Seidentuch. Ihre Knie stimmten zu, die Oberschenkel, sogar der Bauch. Kühl und weich.

Nicht so wie damals. Sie sackte ein Stück in die Knie. Der Schmerz war unverbraucht und gleißend hell.

Was für ein liebes Gesichtchen Frieder hat, sie hat es genau vor Augen, da ist auch sein Stimmchen, sein Duft nach Milch und Pfingstrosenblättern, die er vom Boden sammelt und mit den Händchen zerreibt. Frieder ist eine kleine Blume. Und wie er den Po in die Höhe reckt und die Ärmchen hochreißt, ein Schrittchen macht …

Magda legte beide Arme um ihren Körper, damit die Träger nicht herunterrutschten. Schob sich weiter in den Fluss hinein, rutschte weg, verlor einen Schuh. Spürte den Schlamm mit bloßen Füßen. Ihre Beine gerieten in Bewegung. Ein Zucken und Winden, wie von selbst. Nein, nein, nicht schwimmen! Aber sie würden sowieso nicht ankommen gegen die Steine auf ihrem Rücken, die sie unter die Oberfläche drücken würden.

Da hörte sie einen Schrei. Ihren Namen.

Sie presste die Augen zu. Schnell weiter hineingehen und untertauchen, damit niemand sie sah und an den Armen rausziehen konnte.

Sie wird sich selbst erlösen, niemand sonst kann das für sie tun.

Schnell ging sie tiefer hinein, glitt aus, hätte beinahe um Hilfe gerufen, presste rechtzeitig die Lippen zusammen. Leise, leise! Und weiter, einen Schritt nach dem anderen, dort hinten, wo der Fluss um die Kurve bog, ging es steil hinunter.

Schon strich ihr das Wasser mit weichen Fingern über die Brust. Glitt unter den Rucksack, den Rücken hinauf. Legte sich mit kühlen Fingern um ihren Hals. Während die Steine im Rücken sie unter die Oberfläche zogen.

So einfach war das also.

Herzberg blieb stehen, lauschte. Kein Schuss, nur die tiefe Stille des Waldes. Er sah sich um. Da war ein Weg. Ein wenig festgetrampeltes Laub verriet, dass er selten benutzt wurde. Ein paar Meter dahinter eine Gabelung, er erkannte die Stieleiche wieder, ein dicker, schrundiger Fremdkörper zwischen glatten Buchen. Aber welchen Weg hatten Gruner und er an dem Abend genommen?

Lass es den rechten sein, flehte er und lief los. Nach wenigen hundert Metern wurde er langsamer, Herz und Magen zogen sich zusammen. Um sich hatte er nichts als kompaktes Grün. Vorsichtig trat er zwischen Farnbüschel, vermied herumliegendes Holz, hörte dem Rascheln seiner Schritte zu, dem Wischen der Farne über seine Hosenbeine. Mit jedem Schritt stieg das Pochen in seinen Adern höher, bis es die Ohren erreichte.

Von hier aus kann er mich sehen, kam ihm da in den Sinn. Also weg vom Pfad und hinter den Bäumen entlang. Rufen? Was, wenn Gruner ihn für ein Tier hielt? Und was, wenn er gar nicht auf Jagd nach Tieren war? Da tauchte direkt vor seinen Füßen eine Senke auf, dann noch eine. Lauter Löcher, offene Münder, die bis wer weiß wohin reichten. Er lief drum herum, spähte der Helligkeit nach, die vereinzelt in den Wald fiel. Erblickte endlich den Rand eines weiten Feldes und dort, ein Stück weiter, den Ansitz. Dahinter war der Fluss. Hinter einer Eiche atmete er ein und doppelt so lange aus, um seinen Herzschlag zu beruhigen. Starrte auf den grauen Holzbau am

Baum, aber er sah keinen Menschen, nur einen Busch daneben. Hatten sich seine Zweige bewegt?

Er ging weiter, immer von einem Baum zum nächsten, atmete, so langsam es ging, pumpte die Luft tief in die Flanken. Lauschte, starrte.

Hier unten war tatsächlich niemand, aber über ihm knarrte es. Sein Herz trommelte jetzt gegen seine Schädeldecke. *Hau ab!* Arianes Stimme, kreischend. *Los!* Seine Hand fuhr unter seine linke Schulter, aber da war kein Holster, wie auch. *Du und dein Scheißpazifismus,* sagte Desiree immer. Da zerbrach die Stille.

«Haben Sie Magda gefunden?» Gruner hatte sich aus dem Ansitz gebeugt.

Herzberg versuchte in seinem Gesicht zu lesen, aber es lag im Schatten. Vor sich hielt Gruner sein Jagdgewehr. Herzberg wagte einen Schritt auf ihn zu, ein Lächeln im Gesicht. «Alles in Ordnung.»

«Was tun Sie dann hier bei mir?»

Gruner verschwand aus seinem Blickfeld, es knarrte, er musste sich hingesetzt haben. Ein Klacken war zu hören. Hatte er durchgeladen? Nein, das klang anders. Stephan weiß Bescheid, beruhigte er sich. Halt ihn hin, red mit ihm. «Ist ein bisschen früh für die Jagd.»

«Ich sitze gern erst mal nur hier und sammle mich. Beobachte. Es ist ja nicht mehr so heiß.»

«Heute Morgen, nach dem Aufstehen, ganz kurz, da sah man draußen Nebel, er war ganz blass. Zart wie ein Schleier.»

«Ich weiß. Herbst.»

«Ja, alles ist anders als noch vor ein paar Tagen.»

Da kam wieder ein metallisches Klicken von oben, dann ein Fluchen. Hatte er zu viel gesagt?

«Ihre Suhler ist ein altes Mädchen, macht sie Probleme?»,

fragte Herzberg und fand, dass es ein wenig hoffnungsvoll klang.

«Sie sind nicht hier, weil Sie mit mir fachsimpeln wollen.»

Er wusste also, dass sie ihm auf die Schliche gekommen waren. Nicht gut. Herzberg ging dicht an die Leiter, schielte nach oben. Dort nahm Gruner gerade das Gewehr an sich, zog am Tragriemen, als wollte er etwas prüfen. Sein Gesicht verriet, dass er nicht zufrieden war, womit auch immer. «Eigentlich wollte ich Sie aufs Revier bitten, zu einem Gespräch», sagte er schnell.

«Ich kann später vorbeikommen.»

Gruner strahlte eine unbeschreibliche Ruhe aus, so als hätte er etwas Quälendes hinter sich gelassen. Aber es machte nicht den Eindruck, als habe er sein Gewehr schon durchladen können.

«Ich komme zu Ihnen hoch, wo ich schon mal hier bin, da können wir das abhaken, in Ordnung?», sagte Herzberg mit klopfendem Herzen. Er spannte die Armmuskeln an, ja, er war fit, zur Not konnte er Gruner die Waffe entreißen.

«Nein!»

Herzberg stieg weiter.

Gruner stellte das Gewehr rechts neben sich ab. «Ich habe jetzt keine Zeit dafür!»

Herzberg erschrak. Der Trageriemen des Gewehrs war abgelöst und durch den ringförmigen Abzug gezogen worden, sodass Gruner die Waffe bedienen konnte, während er den Lauf auf sich gerichtet hielt. Und er, Herzberg, hatte nur seine Hände, um ihn in Schach zu halten. Und seinen Kopf. Er zwang seine Stimme zur Ruhe. «Geht schnell. Bitte.»

Gruner beugte sich über den Ansitz, spähte nach unten.

Herzberg sah sich um, ob irgendwo ein Kollege zu sehen war, aber da war niemand. Nur Grün und Braun und das verschwiegene Flüstern des Waldes. Und ein Knistern. Dann ein Tappen. Zweige bewegten sich, Farne schwangen hin und her. Eine große, bunt gekleidete Gestalt glitt hinter zwei Eichen vorbei, so als schwebte sie ein Stück über dem Boden. Desiree. Sein Herz machte einen Satz. Was für ein Glück, vielleicht würden sie es gemeinsam schaffen, Gruner abzulenken.

In dem Moment rief Desiree: «Magda!»

Oh nein, dachte Herzberg, das darf er doch nicht ...

Da fuhr Gruners Gesicht schon zu ihm herum. «Sie haben mich angelogen!»

Herzberg hatte selten einen so entschlossenen Ausdruck in einem Gesicht gesehen. Im selben Moment spürte er, dass ihn etwas anfiel wie ein wildes Tier. Tu was, befahl er sich, halt ihn auf. «Dann ist Magda vielleicht noch mal weggegangen. Ihr eigenes Alibi ist übrigens bestätigt worden, Sie wurden im Theater gesehen.»

Gruners Gesicht veränderte sich nicht.

Herzberg spitzte die Ohren, während er Gruner mit seinem Blick festnagelte. Nichts zu hören. War Desiree stehen geblieben? Lauschte sie? «Wie es aussieht, können wir also auch in aller Ruhe hier runtersteigen und weitersehen, nicht wahr?»

Aber Gruner saß da wie ein Stein.

Dann rief Desiree noch einmal nach Magda.

Im selben Moment sprang Gruner auf und griff nach dem Gewehr. Herzberg wollte dazwischengehen, aber zu spät. Gruner packte ihn mit einer Hand am rechten Arm, drückte ihn in den Sitz.

«Sie will Magda suchen, sie fühlt sich nur verantwortlich.» Seine Stimme war dünn. «Ihre Stiefmutter. Das ist sie doch, nach allem, was sie für Sie getan hat, nicht wahr? Wo gibt es denn so was, dass man die eigene Kindheit beinahe nicht überlebt.»

Für Momente war Gruners Gesicht eine Kraterlandschaft, von der Gewalt aller Erdenkräfte zugerichtet. «Sie soll sie bloß in Ruhe lassen mit ihrer Fragerei und sie nicht quälen!»

«Das wird sie, natürlich», sagte er, so ruhig es ging. Dann starrte er mit angehaltenem Atem Desirees Rücken hinterher. Sie war im Begriff, auf die Lichtung zuzulaufen, die zum Fluss führte. Ja, lauf! Sieh zu, dass du wegkommst! Je weiter sie sich entfernte, desto gleichmäßiger pochte sein Herz, und sein Kopf wurde klarer. Er schielte nach rechts.

Gruner hielt das Gewehr nur mit einer Hand. Wenn er es schaffte, es über die Brüstung zu werfen, konnte er die Gefahr bannen. Mit einem Ruck sprang er auf und streckte die Hände nach der Waffe aus, aber er hatte viel zu wenig Platz. Und zu wenig Zeit.

Gruner hatte schon die Arme zur Seite gerissen, sodass Herzberg nicht an die Waffe kam, dann holte er aus. Herzberg sah den Griff des Gewehrs wie ein Geschoss auf sich zurasen.

Sein Körper hatte längst gehandelt, einen Schritt zurückgemacht, um dem Schlag auszuweichen. Er trat ins Nichts, kippte nach hinten. Da war ein Schrei, das war er.

Dann rasten Bäume an ihm vorbei, braune und grüne Streifen, er kreiselte mit den Armen, panisch, aber da war nichts, kein Baum, kein Ast …

Im nächsten Moment krachte er auf den Rücken. Hörte ein Pfeifen und war auf einmal ganz leer. Jemand hielt die Zeit an. Und seinen Atem. Und dann wurde es schwarz.

Desiree stand vor dem Fluss, eine Gewissheit hatte sie hergeführt. Wenn, dann würde Magda es hier tun. Sie trat dicht ans Ufer, mit noch immer zitternden Beinen, tastete mit den Augen die Wasseroberfläche ab. Magda, wo bist du? Ob Herzberg auch hier war, um sie zu suchen?

Plötzlich zuckte Desiree zusammen. Keine zwanzig Meter draußen schwamm ein lila Fleck ... Magdas Schuh, der Plastikcroc!

«Magda!», schrie sie da. Bitte lass mich nicht zu spät sein.

Sie zog die Schuhe aus, zerrte an ihrem Hosenbund. Leder, viel zu schwer, damit konnte sie sich nicht gut genug bewegen. Bückte sich mit zitternden Händen, nahm das Handy und tippte Herzbergs Nummer, der wieder nicht ranging. Stephans Nummer, mit schwindligem Kopf.

«Wo bist du?» Sie würgte, weil ihr so schlecht war.

«Und du? Verflucht, ich sehe dich nicht!»

Sie schluckte eine Ladung Saures hinunter. «Am Fluss unten, wo er diesen schmalen Knick hat, Magda ist ins Wasser gegangen, sie ertrinkt.» Ihre Stimme brach.

«Ich komme! Bleib, wo du bist!»

«Und was macht Herzberg?»

Aber Stephan hatte schon aufgelegt. Sie ließ das Handy fallen. Ich kann nicht warten, hämmerte es in ihrem Kopf. Los! Sie watete hinein. Starrte angestrengt auf das Wasser. Staunte. Jubelte. Da vorn stiegen doch Blasen auf! Wie ferngesteuert schob sie sich darauf zu, den Blick fest auf die Stelle gerichtet, die längst weiterschwamm im schnellen Lauf des Wassers.

Dann ging sie plötzlich unter, da war eine Untiefe, ihr Fuß war hineingerutscht. Braunes Wasser schlug ihr ins Gesicht, vor ihren Augen wurde es auf einen Schlag dunkel. Panik schoss durch alle ihre Körperzellen. Wo soll ich sie hier bloß finden?

Sie schluckte Wasser. Wie durch ein Wunder bekam sie Boden unter ihren rechten Fuß, sie stemmte sich ab und hoch, durchbrach die Oberfläche. Spuckte das Wasser aus, schnappte nach Luft. Schrie Magdas Namen, wieder und wieder. Wusste nicht, wie lange und wie oft.

Da stieß sie mit dem rudernden Bein gegen einen Stamm, der im Fluss trieb. Bekam etwas ab, es war glitschig. Stoff, der über ihr nacktes Bein wischte. Ihre Hände schnellten nach vorn, sie packte zu. Es war weich, hatte Knochen, und es war kalt.

Magda.

Sie versuchte mit einer Hand, das Bündel nach oben zu zerren, klammerte sich mit der anderen an den Stamm, der irgendwo festhing. Bekam einen Fuß darauf, hielt sich damit über Wasser. Endlich durchbrach Magdas weißer Haarschopf die Oberfläche.

Desiree schrie noch lauter. «Ich bin da, du bist nicht allein. Bitte bleib hier, geh nicht weg! Atme!»

Sie zerrte und kämpfte, bis etwas sie packte. Oder jemand. Sie mit sich fortzog, zurück ans Ufer.

Sie sah Stephan neben sich knien, ein nasses blaues Bündel lag zu seinen Füßen. Er riss es hoch, ließ es fallen, drückte auf seinen Brustkorb ein.

Bis Magda würgte und hustete. Und lebte.

Desiree lag nur da und starrte Stephan an.

«Sie kriegt Luft», sagte er lächelnd, «alles gut.»

In dem Moment zersprang die Dumpfheit in ihrem Kopf, und sie merkte, dass sie zitterte. «Und wo ist Herzberg, weißt du das?»

Er schwieg.

«Warum ist er im Wald? Was macht er? Warum? Stephan, antworte!»

Er hörte auf, sich die Lippe zu zerbeißen. «Gruner ist dort.»

Sie würgte einen dicken Klumpen Angst hinunter. «Er ist es, Stephan! Sein Alibi ist geplatzt. Wo genau wollte Herzberg hin? Bitte, er muss doch was gesagt haben!»

«Er ist einfach los und hat uns bei Henschke sitzenlassen.»

Ihr Herzschlag wurde ein Trommelfeuer der Angst, ohrenbetäubend. Sie ging auf alle viere, stemmte sich auf die Füße. Schwankte ein wenig, blieb aber stehen. «Gruner, der jagt doch. Ist er bewaffnet?»

Er riss die Augen auf. «Was hast du vor?»

«Stephan», wimmerte sie.

«Du weinst ja!»

Sie schluchzte weiter. «Sag!»

«Ein Jagdgewehr wahrscheinlich. Mindestens, sein Waffenschrank war leer.»

Lieber Gott, nein. Sie kniff sich in die Beine, die sich anfühlten wie Gummi. «Habt ihr ein SEK?»

Er sah weg, zu Magda, die sich bewegt hatte, griff nach ihren Händen, rieb und knetete. «Kann dauern.»

Sie setzte einen Fuß vor den anderen, hörte nicht zu, als Stephan sie bat hierzubleiben. Da schoss wie ein Blitz ein Gedanke durch ihren schmerzdumpfen Kopf. Sie blieb stehen, sah durch einen halb zugeschwollenen Augenschlitz, dass ihre Waffe aus der ledernen Hosentasche ragte. Nein, sie war nicht bereit, mit irgendwem zu verhandeln, schon gar nicht mit einem bewaffneten Gruner. Ihre Friedfertigkeit lag seit dem Unfall auf einem gottverlassenen Feldrand, mausetot. Sie ging hin, griff nach der Hose, zog sie an.

«Was hast du vor?», fragte Stephan.

Sie lief los, die Hand auf der Tasche. Doch dann hieb ihr ein Gedanke die Beine weg, und sie stolperte. Fing sich. Das Magazin ...

Sie holte es raus, sah nach. Eine, noch eine Kammer leer.

Nein, nein ...

Dann die letzte ... auch leer.

«Desiree, verdammt, was hast du vor!», brüllte er.

Mechanisch drehte sie sich um. «Du wartest auf den Krankenwagen.»

«Und du bleibst hier, du bist völlig von der Rolle!», schrie Stephan.

«Okay», log sie. Hatte sie nicht eben etwas gesehen? Richtig, Stephans Waffe, die lag ein Stück neben ihm auf der Erde. Magda hatte gerade mit den Armen zu rudern begonnen, er beugte sich über sie. Also würde sie es hin schaffen, ohne dass er es ...

Zu spät.

«Nein!», rief er schon.

Aber sie bückte sich, nahm die Waffe in die Hände.

Da ließ er Magda los und sprang auf. «Du bleibst hier und machst keinen Unsinn, ich sage das nur einmal! Es geht dir nicht gut, und wenn du nicht ...»

Den Rest hörte sie nicht mehr. Wie ferngesteuert brachte sie die Waffe in Position, hielt sie in seine Richtung. Was tue ich nur, dachte sie und wusste im selben Moment, dass es nicht anders ging. «Ich gehe jetzt Herzberg suchen. Und du bleibst hier. Keinen Schritt weiter. Das ist ein Befehl.»

Stephan blieb wie erstarrt stehen. «Dreh nicht durch jetzt, bitte, dreh nicht durch!»

Sie schlotterte vor Kälte. «Halt einfach den Mund.»

Er streckte die Hände nach ihr aus. «Nein», stammelte er. «Tu das nicht. Bitte.»

Aber sie drehte sich um und ging einfach weiter.

Die Welt war schmal und passte durch zwei dünne Schlitze. Buchenstämme wiegten sich darin, Wind rauschte und wischte Stimmen breit, sodass sie nichts verstand, nur dass Schmerz darin lag, ein Weinen vielleicht. Schließlich spürte sie einen Kokon aus Eis.

Da begriff Magda, dass sie nicht mehr im Wasser war.

Zwei Arme schlangen sich um ihren Oberkörper, und das Eis zersprang. Sie riss die Augen auf, so weh tat das.

Aber dort über ihr war kein Kaukasengesicht, rund wie der Mond, mit schmalen Augen hinter dicken Wülsten. Zwei helle Augen in einem schmalen, jungen Gesicht sahen auf sie herunter.

Hermann?

«Halten Sie durch, der Notarzt wird gleich hier sein!»

Die Stimme war weich und tief. Ihre Lider flatterten, stimmten ein in das Zittern, das durch ihren Körper jagte.

«Bleiben Sie bei mir, bitte!»

Sie drehte den Kopf weg, aber er legte eine Hand an ihre Wange. «Ich heiße Stephan. Und Sie, können Sie mir das sagen?»

Nein.

«Magda, warum tun Sie so etwas? Wollen Sie mir nicht sagen, was Sie quält?»

Alles in ihr bäumte sich auf. Und doch hob sie den Kopf, hin zu der Stimme.

Da war dieses schöne, helle Gesicht über ihr.

Wenn das doch das Letzte wäre, das sie sah, bevor sie endlich gehen konnte. Und nicht dieser schreckliche Tag Anfang Mai, den sie so tief in sich begraben hat.

Aber es geschieht nicht, er ist längst bei ihr.

Als sie der Soldat mit dem breiten Gesicht loslässt, kniet sie hustend im Uferschlamm. Auf der Oberfläche des Wassers vor ihr, das gluckernd vor sich hin strudelt, schwimmen Blasen in allen Farben. Große und kleine: Mäntel, Röcke und Hosenbeine, es sieht aus, als wollten sie die Frauen und Kinder aus dem Wasser heben.

«Frau?» Der Soldat, der sie aus dem Wasser gefischt hat, stupst sie an. «Aufstehen.» Er schlägt die Arme um den Körper. «Brrr… du krank …»

Sein runder Kopf saust zustimmend auf und ab, als sie sich erhebt. Er lacht, klatscht, streckt die Hände aus, weil ihre Beine sie nicht halten, will sie auffangen.

Doch da reißt er die Arme hoch, seine Augen werden weit, als würde er sich über etwas wundern. Das Lachen bleibt in seinem Gesicht, als er fällt.

Richtig, es hat geknallt.

Ihr Mund klappt auf, sie will schreien, aber jemand ist schneller, packt sie, schüttelt sie durch. Hermann. «Sei bloß still!»

Du warst nicht da, als die Männer kamen, du warst nicht da, als ich das Seil um uns gebunden habe, will sie schreien und mit den Fäusten auf ihn eintrommeln, aber um sich herum hat er eine Mauer gezogen, und sie hat nicht die Kraft drüberzuspringen. Er wickelt ihr bloß das Seil ab, schubst sie vor sich her. «Mach schon, lauf!» Und sie merkt: Ich muss nichts sagen über das Seil und über mich und Frieder, er weiß es auch so.

In den kalten Sachen voranzukommen ist ein höllischer Kampf, alles tut weh, außen und innen ist sie zu Eis erstarrt. Der Schmerz zwischen den Beinen ist wie weggebrannt, so schafft sie es bis in den Park. Unter der Blutbuche steht rauchend ein Militärfahrzeug. «Die sind alle tot», zischt Hermann, und da sieht sie, dass das Eisending nur noch eine Seite hat, der Rest ist weggesprengt. Das waren sie, Hermann und die anderen, mit einer Granate. Aber sie kann sich nicht darüber freuen.

«Weißt du, der eben, der hat mich rausgeholt, er war nicht dabei», fängt sie an, «als sie Maria und mich … Warum hast du ihn …»

Sein Griff um ihren Arm wird noch fester. «Wenn du das jemandem sagst, erschießen die uns alle!»

Sie stolpert weiter. Das Gutshaus steht da wie immer: die schönen rot-gelben Fensterbehänge nach hinten raus, die Kandelaber aus weißbuntem Kristallglas brennen, da weiß sie, es ist später Nachmittag. Plötzlich werden die Türen aufgestoßen, zwei Soldaten schleifen jemanden heraus. Rudolf. Der sich auf dem Dachboden versteckt hatte, weil er nicht kämpfen wollte.

Hermann hält Magda fest. Sie zittert jetzt so gewaltig, dass ihre Zähne klappern. Da vorn holt ein Soldat mit dem Gewehrkolben aus. Rudolfs Kopf fliegt zur Seite. Sie schreit auf, Hermann drückt ihr die Hand auf den Mund.

Zu spät, von links rennen zwei Soldaten mit Gewehren auf sie zu, Worte wie Knallfrösche fliegen herum. Hermann wirft seine Pistole weg.

Dann werden sie die Stufen hochgestoßen und stehen vor einem Offizier mit lauter Orden an der Jacke. Seine Augenbrauen sind breit wie Balken, eine einzige dicke Linie. Er packt Rudolf, zieht ihn am Kragen hoch, guckt ihm ins Gesicht, dann in Hermanns und lacht.

Ein Soldat mit zahnlosem Mund tritt heran. «Hermann gibt Befehle, wir haben gehört?», übersetzt er das Gebrüll des Offiziers. Das H klingt wie ein Fauchen.

Sie erstarrt. Das Fahrzeug, die Brücken, die toten Soldaten. Ein Standgericht.

Der Offizier brüllt längst weiter, seine Stiefel knallen auf den Steinen, während er auf und ab geht. «Hermann ist SS», übersetzt der Zahnlose.

Sie schüttelt heftig den Kopf. Die Uniform haben sie gestern verbrannt.

Der Offizier holt aus, sein Stiefel landet in Rudolfs Bauch, der in sich zusammenfällt wie ein leerer Kartoffelsack. Dann spuckt der Offizier neben ihm aus, nimmt das Gewehr von der Schulter. Sie greift nach Hermanns Hand, will ihn noch einmal berühren.

Doch der Offizier senkt plötzlich die Waffe, ein Soldat ist auf ihn zugerannt, er spricht und weint dabei, gestikuliert wie ein Wahnsinniger. Er erinnert sie an den, der sie aus dem Wasser gefischt hat, dasselbe breite Gesicht mit den dicken Augenwülsten. Den, den Hermann ... Sie kann es nicht mal denken aus Angst, die könnten es hören.

Der Offizier schreit jetzt besinnungslos.

Da wird Rudolf wach. Stemmt sich auf die Knie, blinzelt, spuckt Blut aus und zwei Zähne, steht auf. Der Offizier sieht das, schubst ihn zu Hermann hinüber.

«Wer ist Hermann?», wiederholt der Zahnlose sein Geschrei auf Deutsch.

Rudolf schwankt hin und her wie eine Wasserpflanze, verdreht die Augen und geht in die Knie, Hermann fängt ihn auf.

Der Offizier lädt das Gewehr durch, ein Geräusch wie ein Steinschlag. In ihrem Kopf macht sich sekundenschnell eine Leere breit, die sich dumpf anfühlt, aber auch herrlich. Alles wird ausradiert, das ist gut, wie soll sie auch weiterleben. Sie nickt Hermann zu, aber der guckt nicht hin. Er hat Rudolf unter den Armen gepackt, birgt seinen Kopf schützend an der Brust. Rudolf sieht auf, sucht angstvoll den Blick seines Bruders, den des Offiziers. Öffnet den Mund, aber es kommt nichts heraus.

Im nächsten Moment dreht sie sich um und läuft weg. Erschießt mich, denkt sie. Lasst mich bloß nicht davonkommen. Denn schon hat der Bruder auf den Bruder gezeigt und gesagt: Der hier, der ist es.

Herzberg wurde wach, als jemand seinen Namen rief. Die Stimme war eine Hand, sie zog das Dunkel von ihm weg wie eine Decke. Farben flimmerten durch sein Bewusstsein, verdichteten sich. Da ist eine Hand, die nicht zupacken kann, er erkennt die dicken Adern und den Leberfleck darauf, es ist seine Rechte. Schorfiges Holz, das rasend schnell an ihm vorbeizieht. Er hört einen Schrei, die Angst darin. Fühlt einen Schlag im Rücken.

Dann hörte er seinen Namen noch einmal. Schlug die Augen auf. Peter Gruner kniete neben ihm, drückte einen Finger gegen seine Halsschlagader, nickte. «Gut, dass Sie wach sind. Können Sie die Beine bewegen?»

Die Beine? Er sah an sich hinunter. Das, was da verdreht übereinanderlag? Weh tat es nicht, er fühlte gar nichts. Panik ließ alle seine Körperzellen erglühen. Nein ... Er hieb mit den Händen auf die Beine ein. Spürte schließlich, wie sich ein Kribbeln ausbreitete. Unterhalb des Gürtels dann ein Stechen und Trommeln. Hurra! Das da unten ist gebrochen, ausgekugelt, was auch immer, aber ich spüre es.

Gruner nickte noch einmal, ließ ihn los. Stand auf, ging einen Schritt zur Seite. Matter Stahl blitzte in seiner Hand, ein schmaler kurzer Lauf. Eine Pistole.

Herzberg schluckte beißende Angst weg, dann begriff er: Nie würde Gruner zugeben, dass er Schröter getötet hatte, das konnte er sich nicht antun. Um das, was er für die Menschen im Dorf war, hatte er ein Leben lang kämpfen müssen.

«Die beiden Schröters», begann Herzberg keuchend, «die waren nur äußerlich gleich, ansonsten waren sie ganz verschieden, nicht wahr?»

Gruner wischte sich mit der Hand über die Stirn. Schniefte.

«Sie hatten einen Vater», brach es aus Herzberg heraus. «Den Besseren von beiden.»

Gruners Gesicht ballte sich zusammen.

«Er hätte nie zugelassen, dass die anderen Kinder sie quälen.»

Gruners Finger rieben über den Pistolengriff. Er holte etwas aus der Hosentasche, steckte es hinein. Das Magazin.

«Was Sie getan haben, das war ... Sie sind kein Mörder, kein schlechter Mensch.»

Gruner drückte nach, das Magazin rastete klackend ein. Er nickte. «Nur eine Frage noch: Wie sind Sie darauf gekommen?» Dann steckte er sich den Lauf in den Mund, zuckte, zog ihn wieder heraus, massierte seine Wange.

Herzberg ließ die Linke vorschnellen, aber Gruner sprang zur Seite weg. Verflucht! Er schnappte nach Luft, in seinen Beinen wummerte das Blut. «Schröter hatte keine eigenen Kinder, obwohl er verheiratet war», sagte er, so ruhig es ging. «Wegen einer Kriegsverletzung am Bauch möglicherweise. Aber Rudolf hatte gar keine solche Kriegsverletzung, nicht wahr? Er war ja gar nicht in Kämpfe verwickelt wie sein Bruder Hermann. Er hatte nur den Fahrradunfall und eine Zeitlang eine verbundene Schulter, nichts wirklich Schlimmes.»

«Und?»

Sein Magen stülpte sich wieder und wieder nach oben. Herzberg zog langsam Luft durch die Nase. «Und eine Narbe an der Schulter, die verschwindet nicht so einfach und taucht an einer anderen Stelle wieder auf, nicht mal in einem russischen Lager.»

Gruner nahm die Waffe erneut in den Mund.

«Halt!», rief Herzberg matt. In seinem Bauch strudelte schwarzes Wasser, kreiste schneller und schneller. «Das ist vollkommen unnötig.» Aber Gruner würde es tun, das wusste er. Hier vor seinen Augen. Dann stieg etwas in seinem Magen über die Ufer, er kippte vornüber, und es stürzte aus seinem Mund.

Sofort ging es ihm besser, der trübe Vorhang vor seinen Augen war weg. Ein Brennen schoss durch seine Beine. «Tun Sie das nicht!», wiederholte er. «Sie sind Arzt!»

«Nicht mehr.»

Leise, aber er hörte es. Angst schoss durch seinen Körper. Und Zorn, glutrot. Da hörte er etwas. Ein Rufen, schwach, vertraut. Dann eine Sirene. Die Kollegen!

Gruner ging einen Schritt zur Seite, den Lauf im Mund. Mit einem Klacken entsicherte die Waffe.

In Herzbergs Brust explodierte ein Feuerball. Er schoss hoch, kam auf die Beine, schwankte, balancierte sich mit den Armen aus. Er machte einen Satz nach vorn, bekam mit beiden Händen Gruners rechten Arm zu fassen, zerrte den Lauf aus seinem Mund. Gruner riss den Mund auf, brüllte, bekam die Rechte aus Herzbergs Klammergriff, winkelte den Ellbogen an und stieß zu. Und Herzberg fiel, seine Füße hatten einander im Weg gestanden, genau in den Ellbogen hinein. Der in seinem Bauch landete. Eine Sekunde später schaffte er es irgendwie, seine Hände noch einmal vorschießen zu lassen. Sie erwischten Gruners Jacke, zerrten ihn mit sich, und sie stürzten beide der Länge nach zu Boden, Gruner auf ihn drauf, in voller Länge.

Für eine Sekunde lagen sie aufeinander und starrten in das Gesicht des anderen.

Dann spürte Herzberg eisiges Erschrecken, grabeskalt. Gruners Gesicht war plötzlich schmerzverzerrt. «Wissen Sie, was er gesagt hat?», schrie er. «Rudolf war ein Schwächling, das hat er mir an den Kopf geworfen! Ein Versager, einer wie er hätte nie das Gut führen können. Mein Vater war aber der rechtmäßige Erbe, Hermann fühlte sich immer betrogen. Hat schon als kleiner Junge mitgearbeitet, um meinen Vater da rauszudrängen, und wehe, ein Erntehelfer hat sich eine Kartoffel unter die Jacke gesteckt!»

Herzberg versuchte zu nicken, es ging nicht. «Ich verstehe, aber ...»

Aus Gruners Gesicht fielen kleine weiße Fäden. «Er hätte es schaffen können, mein Vater!» Dann wurde er schlaff, sein Oberkörper begann zu beben.

Ja, dachte Herzberg und ballte die Fäuste. «Ich weiß doch, ich weiß.» Gut, dass er es hinbekam, so einfühlsam zu klingen. Er sammelte alle Kraft, die er noch hatte. Sie würde nicht reichen, Gruner anzuheben und von sich zu stoßen, der wie ein nasser Sack auf ihm lag. Immerhin, das Adrenalin schoss helles Licht durch seinen Kopf. Da hörte er es rascheln, entschlossene Schritte, Menschen, die sich durchs Laub tasteten. Gleich würden die anderen da sein, gleich war das hier vorbei. Sie waren gefunden. Seine strohhalmdünne Luftröhre weitete sich. Fast geschafft!, jubelte er. Tat, als würde er aufgeben, ließ sich stöhnend zurücksinken.

Gruner hob den Kopf, lauschte. «Nur die Besten überleben, das hat er noch zu mir gesagt.»

«Wir alle verstehen Sie.» Herzberg flüsterte. Seine Stimme klang frei, angstlos, das war herrlich. «So eine Tat im Affekt ... dieser Umstand wird berücksichtigt, glauben Sie mir.»

Da hob Gruner den Oberkörper, ließ ihn noch einmal auf Herzberg niedersausen, presste die Luft aus ihm heraus. Kam wieder hoch, rutschte ein Stück von Herzberg weg, führte die Waffe zum Mund.

Für eine Sekunde stand die Welt still.

Eine Sekunde, in der Herzberg die Ohren spitzte. Das Schaben von Jacken an Baumstämmen hörte, es war wie Musik. Es holte ihn endgültig zurück ins Leben, in seine Welt, wo es

Liebe gab und Verstehen. «Glauben Sie ihm nicht!», presste er zwischen den Zähnen vor. «Dann hätte er gewonnen.»

Der Abzugshahn klickte leise, als Gruner den Zeigefinger krümmte. «Das hat er längst.»

Das Geräusch ließ ihn aufwachen, er stemmte die Fäuste in den Boden, bekam den Unterkörper ein Stück hoch. Gruner hockte weit unten auf seinen Beinen, so hatte er ein wenig Bewegungsfreiheit. Herzberg schaffte es, eine Hand frei zu bekommen, die linke. Bitte, dachte er, lass es gutgehen. Er kriegte Gruners Hand zu fassen, zog sie ihm mit aller Kraft aus dem Gesicht.

Genau in dem Moment, als es knallte.

Desiree hörte einen Schuss krachen, stürzte weiter. Alles, während die Angst um Herzberg in ihr ein tiefes Loch schaufelte.

Dann sah sie ihn unter Gruner liegen, mit aufrechtem Oberkörper und gehobenem Arm, eine Hand hatte er an Gruners Arm. Der sich einen Pistolenlauf in den Mund steckte.

Ein Bild der Hölle.

Sie riss die Waffe hoch. Richtete sie auf Gruner. Seelenruhig straffte er den Rücken. Sie justierte blitzschnell nach. Visierte seine Stirn an.

Auf Wiedersehen, Peter Gruner.

Dann explodierte ein Schuss. Kein geschmeidiges Zischen, sondern dumpfes Bollern, alter Stahl. Nicht aus ihrer Waffe, das begriff sie noch.

Sie ließ die Waffe sinken, als sie Gruner umkippen sah. Robbte auf Herzberg zu, rief, schrie seinen Namen dabei, als ginge es um ihr Leben.

Dann hockte sie über ihm. Aus dem Loch in ihr wurde ein Abgrund, und sie stürzte hinein. In dem Moment, als sie das Blut aus seinem Mund fließen sah.

Er hat den Tod so oft geahnt, sogar gesehen. Neben sich in der Zelle, in Bautzen, als sie Heinzi haben ersticken lassen. Und doch ist es anders. Etwas hat eine Schneise durch seine Brust gezogen, die sich angenehm warm anfühlt, und da ist nicht mehr als ein Gefühl der Verwunderung. Ach, so ist das?

In die Bewegungslosigkeit hinein krachen Zweige, das hört er wie durch ein Brennglas gebündelt. Es sind viele Beine, die durchs Gestrüpp auf ihn zukommen. Ein Befehl wird gebrüllt. Vor ihm fängt Desiree an zu schreien, er weiß, dass sie es ist. Sie brüllt seinen Namen. Ihr Schmerz kommt aus Urtiefen. Er spürt eine Verbindung, schon lange ist sie da.

Sein Atem gurgelt, im Mund schmeckt er Blut. Er schluckt es, saugt Luft in seine Lunge, die sich anfühlt wie zerschnitten. Stößt sie wieder aus, und sein Mund füllt sich, er macht ihn auf, lässt es laufen, aber es wird nicht leichter davon. Er wird schwer, zum Bersten schwer. Hände greifen nach ihm, drücken auf seinen Brustkorb, wollen ihn festhalten, schaffen es nicht.

Aber ich bin doch noch gar nicht bereit …

Plötzlich ist da ein Pochen, tief und dunkel. Bum … bum … Er wird gepackt und aus sich herausgezogen, er kann nichts dagegen tun. Dann gehen ihm die Augen über. Da unten liegt er wie ein erlegtes Tier, ein roter Fluss schäumt aus seinem Mund. Desiree schreit, schlägt mit den Armen auf den Boden, nimmt seine Hand.

Das müsste er doch merken.

Im nächsten Augenblick gleiten Nebel heran, und er sieht nichts mehr. Das Menschengebrüll läuft breit wie Öl, wird ein Brummen, wird alles, was er wahrnimmt, bis es ganz zerfließt. Etwas zieht ihn weiter, und er will nicht mit, aber es geschieht. Er gleitet hinein in eine Ruhe wie weiches Wasser und Umarmtsein. Und er wartet. Ja, er wartet.

Da schiebt sich etwas in seine Hand. Es ist klein, aber er

spürt, was es ist: eine andere Hand. Von einem Menschen, kaum sichtbar, nie geboren und doch immer ein Teil seines Lebens. Er ist nicht allein, weiß er in dem Moment. Gemeinsam bewegen sie sich voran, durch eine schmale Höhle. Die ist dunkel und doch nicht dunkel, es gibt kein Warm und kein Kalt. Nur Helligkeit am anderen Ende und eine Anwesenheit wie Luft und Wasser.

Umfassend. Endgültig. Gütig.

Noch einmal ist von fern etwas zu hören.

Sein Name?

Aber das ist nicht mehr wichtig. Da ist die andere Hand, sie füllt seine, und er weiß: Alles wird gut.

In dem Moment lässt er los.

Eine Woche später

Kriminalkommissarin Desiree Weigand stand vor dem Spiegel ihres Einzelzimmers. Neben ihrem Schulterverband hatte sie einen zweiten um den Kopf.

Die Krankenschwester, die soeben zum Verbandswechsel hereingekommen war, legte ihr eine zarte Hand auf die Schulter. «Es sieht schlimmer aus, als es ist, versprochen.»

«War ein Schock, der zweite Verband.»

Schwester Marianne, sehr jung und so schön, dass es an Unverschämtheit grenzte, streifte sich Handschuhe über. «Es war Pech, dass auch noch Ihr Kiefer gebrochen war und die Ärzte sie ein bisschen aufschneiden mussten, um heranzukommen und ihn zu richten. Das gebrochene Schlüsselbein war ein Klacks dagegen. Aber Doktor Mark Seibold ist der beste Gesichtschirurg, den sie in Rostock haben. Er hat es so gemacht, dass man den Schnitt später kaum sehen wird.»

«Na dann.»

Die Schwester begann, den Verband abzuwickeln. Als sie so gut wie fertig war, hielt sie noch einmal inne. «Da draußen hockt seit Tagen jemand auf dem Flur, der Sie sehen will. Daran denken Sie bitte. Und zwar … jetzt!»

Dann war der Verband weg, und sie starrte das an, was ihr entgegensah. Auf der rechten Wange war das eine bunte

Landschaft mit ein paar schwarzen Strichen von den Fäden dicht vorm Ohr, die in alle Richtungen abstanden wie Stacheldraht.

«Das ist nur ein kleiner Schnitt, glauben Sie mir, und ich habe schon viel gesehen. Das wird wieder wie vorher. Denken Sie sich einfach die Verfärbungen weg», sagte die Schwester.

«Wieso, wir haben Herbst, passt doch.»

«Dann haben Sie Humor. Finde ich großartig.» Die Schwester begann, ihr mit einer Lösung vorsichtig die schmale Narbe zu betupfen. «Sie sagen, wenn was ist, ja?»

In dem Moment presste sie die Augen zu, weil sie an das Foto gedacht hatte, das bei ihr im Flur hing. Sie und ihr Bruder, auf seiner Hochzeit. Sie sah so verdammt gut darauf aus. Und glücklich, in der Woche zuvor hatte sie Andreas kennengelernt, ihren späteren Verlobten.

«Was ist?»

Sie schüttelte den Kopf. «Ich gehe dann vielleicht mal raus auf den Flur.»

Ein leichtes Zucken einer dieser vollkommenen Wangen. «Gleich so?»

«Na klar.» Dann verschwindet Müller, sollte er da immer noch kampieren. Vielleicht komme ich diesmal ja weiter als zum Flur der ITS, wo Magda liegt und sich in ihr Leben zurückkämpft. Und Herzbergs Prinzessin die ganze Station in Atem hält. Erst gestern hatte Desiree sie von fern neben seinem Bett stehen sehen. Ein Bollwerk aus Fürsorge und Streicheln, aus Tränen, Beteuerungen und Flehen. *Komm zurück zu mir.* Als ob sie die Einzige wäre, die um ihn kämpfte. Wenigstens sah sie fürchterlich dabei aus, die ganze Gestalt zerpflückt vom Schmerz, das ebenmäßige Gesicht verquollen. Schön, dass es ein bisschen Gerechtigkeit gab. Und er, Herzberg, mittendrin, bleich wie ein Tiefseefisch, blind und taub, nicht mehr in dieser Welt.

Die Schwester warf das alte Verbandszeug in den Mülleimer. «Glückwunsch zu diesem großartigen Entschluss. Aber ich komme mit, falls etwas ist.»

Falls jemand bei ihrem Anblick in Ohnmacht fiel, hieß das wohl. Aber bitte, Job war Job. Nur dieses Angefasse und Gestütze konnte sie sich sparen.

Draußen auf dem Flur saß nicht Stephan Müller. Erleichtert ließ sie sich neben Jansen auf einen Besucherstuhl sinken.

«Wie geht es dir?», fragte er.

«Prächtig. Und selbst?» Was für eine Frage. Jansen sah aus, als würde sich sein Leben in Riesenschritten davonmachen.

«Heute gab es ein Erfolgsfrühstück für alle.»

«Für welchen Erfolg?»

«Gruner ist zwar tot, und wir haben keine Ahnung, warum er es getan hat, aber wir gehen davon aus, dass er es war. Erst wenn ...»

Erst wenn Herzberg aufwachte und mit ihnen redete, würden sie den Fall endgültig verstehen, klar. Falls er es tat. Was Sie sich mehr wünschte als alles auf der Welt. Aber was würde sie ihm dann sagen? Ist dir endlich klar, dass ich Idiotin in dich verknallt bin? Heimlich? Dass ich deswegen alle anderen wegstoße? Dass ich sogar einen Kollegen mit der Waffe bedrohe, der sich mir in den Weg stellt? Sie wischte den Gedanken beiseite. Nickte. «Warum bist du wirklich hier?»

Jansen sah auf seine Finger, rieb und knetete. «Zwei Dinge.»

Sie fuhr zu ihm herum, seine Stimme hatte geklungen wie abgeschmirgelt, die Stimme für schreckliche Nachrichten. «Nein. Bitte.»

«Es tut mir leid, aber sie konnten sie nicht retten. Ich habe es eben erfahren, so eine Lungenentzündung, die ist in dem Alter ...»

Desiree schlug die Hände vors Gesicht. Magda war tot! Sie war also auch zu ihr zu spät gekommen. Hatte nicht mehr mit ihr sprechen können, obwohl sie sich das so fest vorgenommen hatte. Der Arzt hatte sogar grünes Licht gegeben, gestern Abend erst. *Wenn das neue Antibiotikum anschlägt, dann morgen vielleicht, ich drücke die Daumen.*

«Du bist nicht dafür verantwortlich, hörst du?», sagte Jansen.

Hast du eine Ahnung, dachte sie. Ich werde mich immer so fühlen, verantwortungslos, mies, genau wie bei Oma. Weil ich ihr nicht mehr gesagt habe, wie sehr ich sie liebe und dass es mir nichts ausmacht, sie so zu sehen. Sondern mich hinter meinen Eltern versteckt habe, die mich *nur beschützen wollten vor diesem Anblick.* Einem alten Menschen, dem der Krebs aus dem Hals wucherte und der langsam erstickte. Sie war eben jemand, der die falschen Entscheidungen traf, das Geschehen im Wald hatte es erneut bewiesen, alles, was sie da getan hatte, war komplett falsch gewesen. Und gefährlich.

Er legte ihr eine Hand auf die Schulter. «Kann ich dir irgendwie helfen?»

Sie schüttelte ihn ab. «Und das andere?»

Eine Weile schwieg er. «Ich will, dass du meinen Platz einnimmst.»

Sie wandte ihm erneut das Gesicht zu. «Warum? Heinz, du stirbst doch nicht.»

Er schluckte. «Du willst nicht? Wieso?»

«Das fragst du noch?»

Er hob den Zeigefinger und deutete auf ihre Wange. «Das da wird wieder, keine Angst. Du hattest den besten Gesichtschirurgen des Landes, Ariane Konrad hat ihn persönlich herzitiert.»

Auch das noch. Sie schüttelte den Kopf. «Das meine ich nicht.»

«Was ist dann der Grund?»

«Ich fühle mich der Verantwortung nicht gewachsen.»

Jansen starrte sie an. Keine Spielchen, sagte sein Blick, kein Taktieren, dafür haben wir nicht die Zeit. Sie sah weg.

«Willst du mir das wirklich abschlagen?», beharrte er. «Du bekommst jede Hilfe, die du brauchst nach diesem Trauma. War dieser Doktor Neudert schon bei dir? Er ist ein hervorragender ...»

«War er», unterbrach sie ihn. «Ich muss es dir trotzdem abschlagen.» Man sollte die Menschen besser mit mir verschonen.

«Blödsinn.»

Sie hatte nicht geahnt, wie schwer der Stein war, den sie bei ihm im Brett hatte.

«Mit Herzberg wird das so schnell nichts mehr, es tut mir leid für dich. Auch persönlich», sagte er da schon.

Also wussten es alle. Kein Wunder, nachdem sie im Wald seinen Vornamen geschrien hatte, als ginge es um ihr Leben und nicht um seins. «Es tut mir leid, Heinz. Nach diesen Ereignissen steht mein Entschluss fest. Ich mache so ein Sabbatjahr.»

Jansen nickte, dann stand er auf und wandte sich zum Gehen. «So etwas gibt es nicht bei uns. Raus ist raus.»

Sie wartete, bis er um die Ecke verschwunden war. «Eben.»

Wie lange er schon am Boden des Sees lag, wusste er nicht, war es ein See oder das Meer oder eine Wüste? Es war eine Antwort ohne Frage. Hier war es gut. Alles war vollständig.

Da spürte er, wie sich etwas unter ihn schob. Er wurde vom Grund der Dinge gerissen, nach oben gedrückt, es ging immer schneller. Das Dunkel wurde licht, Geräusche flogen umher.

Alles Leichte fiel von ihm ab, und er spürte wieder, dass er allein war, eingesperrt hinter einer Wand aus Haut. Nicht verwoben mit allem, was am Urgrund des Seins schwebte, nur er selbst. Um ihn herum gab es lauter Dinge, die er brauchte und nicht erreichen konnte, das war schlimm.

Dann war er an der Schwelle des Tags, sah das Licht, musste sich daran gewöhnen. Es wurde schmaler, dunkler, schob sich zusammen, Täler und Hügel traten heraus. Ein Gesicht.

«Michael?»

Über ihm schwammen zwei graue Seen. Alles, was er war, sah er darin: einen Menschen, vermisst, geliebt. Er öffnete den Mund, wollte sagen: Ich bin es. Aber etwas fehlte. Er wollte nachsehen, was es war. Bekam die Hand hoch, vor sein Gesicht. Sie war leer. Trauer stieg in ihm hoch und brach über die Ufer.

«Warum weinst du?»

Er erkannte die Stimme, konnte aber nicht antworten, ließ nur den Schmerz heraus, so war es am besten.

Dann hatte er doch wieder etwas in der Hand, es war warm, flocht sich zwischen seine Finger, führte seine Hand. Im nächsten Moment berührte er etwas Weiches.

Jubel hob an, ehe er verstand.

Durch Haut und Fleisch spürte er den Tanz des Blutes, leicht wie einen Wimpernschlag. Ein Zucken und Beben, das Auffalten einer Blume.

«Du bist fast gestorben», sagte Ariane. In ihrer Stimme klang die Musik des Universums. «Ich dachte, das wäre das Einzige, was mir von dir bleibt, und da konnte ich es nicht.»

Was sie für ihn war, strömte aus ihm heraus auf sie zu, und sie lächelte.

«Zwei Tage lang war es schwierig, nach der Untersuchung habe ich mit dir um die Wette geblutet, aber jetzt ist das vorbei.»

Da riss ein Vorhang, und er wusste, wo er war und warum. Spürte sich, den Menschen, der gebrechlich war. Sehr. Alles tat weh, er war von oben bis unten auseinandergerissen und wieder zusammengeflickt worden, und wer weiß, wie er sich aufrappeln würde. Aber er konnte es schaffen.

Ohne dass er wusste, wie ihm geschah, wurde er von einem reinen, weißen Glück überwältigt.

Er war zurückgekommen vom friedlichen Urgrund der Dinge, wo alles Leben herkam und hinging. Dort, wo nicht sein Platz war. Noch nicht.

Ich bin hier, dachte er. Ich liege in einem schneeweiß bezogenen Bett in einem Krankenhaus, wo man sich um mich kümmert. Es steht in einer Stadt am See, Menschen haben sie gebaut.

Wir sind da, und wir sind zu dritt.

Alles ist gut.

Danksagung

Eines vorweg: Das Pferd ist für Anna.

Ansonsten möchte ich einigen Menschen Danke sagen, die dieses Buch begleitet haben. Zuallererst Gisa Klönne, meiner Mentorin und lieben Freundin, die mich so großzügig an ihrem Können teilhaben lässt und an genau den richtigen Stellen sagt: Das kannst du besser! Ohne sie wäre der Roman nicht das, was er ist. Silke Jellinghaus, meiner Lektorin, die jeden Fehler aufspürt, meine Texte glättet und poliert. Dem großartigen Team bei Kindler, das diesen Roman ans Licht der Welt geholt hat.

Ich danke Sabine, meiner ersten Leserin, für ihr Gespür und ihre feinfühlige Kritik. Patricia für ihre Energie, die ich so gern anzapfe. Ruth für ihren Zuspruch und dafür, dass sie Wege ebnet. Ein Dank geht auch an Ina, die ihr medizinisches Fachwissen mit mir geteilt hat. Und an Annett, die mir so viel über die Umgestaltung der DDR-Landwirtschaft erzählt hat.

Schließlich möchte ich mich bedanken bei Uschi Lehner, stellvertretend steht sie für alle Buchhändlerinnen und Buchhändler – unsere wichtigsten Verbündeten auf dem großen, wilden Markt der Geschichten.

Am meisten aber danke ich Torsten, Lea, Anna und Lukas: für das Glück meines Lebens.

Weitere Titel von Claudia Rikl

Kommissar Herzberg

Das Ende des Schweigens

Der stumme Bruder

Claudia Rikl

Das Ende des Schweigens

Ein ehemaliger Major der NVA hat sich in seiner Neubrandenburger Datsche die Pulsadern aufgeschnitten. Doch jemand hat seinen Freitod an sich gerissen, seine Zunge liegt abgeschnitten neben ihm. Journalistin Susanne Ludwig findet den Leichnam, und obwohl der Anblick traumatische Erinnerungen weckt, beginnt sie zu recherchieren. Was dem ermittelnden Kommissar Michael Herzberg überhaupt nicht passt. Vor fast 30 Jahren hat Herzberg im berüchtigten Stasigefängnis Bautzen II eingesessen. Objektiv kann er deshalb nicht bleiben. Dennoch ist er überzeugt, dass all das nichts mit ihm persönlich zu tun hat. Ein fataler Irrtum.

528 Seiten

FSC
www.fsc.org
MIX
Papier aus verantwortungsvollen Quellen
FSC® C083411

Das für dieses Buch verwendete Papier ist FSC®-zertifiziert.